三國點將

李鹏 著

作家出版社

目录

前言

公元184年，一群头戴黄巾的普通民众，高喊着“苍天已死，黄天当立”揭竿而起，用简陋的农具敲响了大汉王朝的丧钟。曾发出过“犯强汉者，虽远必诛”之强音的帝国，再也无力支撑自己庞大的身躯，踉踉跄跄着颓然倒下。

战乱频仍，汉帝国的臣民在颠沛流离的逃亡途中，激情渐挫，豪气益萧。国与家、王与民、臣与士慢慢低下了昂扬的头颅，尚武勇战的雄魂渐去渐远。割据四方的诸侯豪强经过长期兼并战争，逐渐形成了魏、蜀、吴三大武装集团，并在一定的时间内，形成了均势，中国在秦汉大一统之后又一次出现了分裂。

纵观中华民族的历史，于相对固定疆域内多个政权并存的分裂时期，三国不是第一次，也不是最后一次，但其受关注程度却远胜于其他时期，我个人认为主要有以下三个原因。

一、《三国演义》的客观影响

《三国演义》，全名《三国志通俗演义》，是我国第一部长篇章回体小说，作者是明代著名作家罗贯中。《三国演义》源于三国这段精彩纷呈、波澜壮阔、荡气回肠的真实历史，也源于千百年来中国民间无数百姓在街头巷尾、道旁田间、茶余饭后的口口相传。与西方一千个人有一千个哈姆雷特不同，《三国演义》里的每一个人都几乎被艺术地脸谱化，很少有人会对曹操的奸、刘备的仁、关羽的忠、赵云的勇、诸葛亮的智、张飞的猛提出不同的看法。因为这些已经程式化了的人物，《三国演义》就不再是一本单纯的历史小说，在更多的时候承担着无数蒙童人生道路的启蒙。通过这部小说，通过其中的故事，孩子们在生动的情节中了解了什么是忠孝节义，知道了如何去辨别是非忠奸。这时，对没有机会接受以四书五经为读本的正规教育的普通百姓而言，《三国演义》就是一本通俗易懂、传承中华民族正统价值观、开启民众心智的教科书。今天，很少有中国人会不知道三国，在全世界任何一个华人社区里也都能看到三国文化的影响。三国文化早已成为世界文明的一个组成部分，它的光芒将与人类的发展进步交相辉映。

二、三国时期的战争性质

历史是民族文化与文明传承过程的一个体现，不同民族的历史必然有着不同的文明背景。毋庸置疑，三国的历史是以汉文明为背景的。而汉文明是中华文明的主流和主体，并在很长时间里一直处于先进地位。普通民众对三国的各类史实、传说、故事具有天然的亲切感，三国文化自然而然会受到来自各方的广泛关注。这也是文化传承性和向心性在人类社会发展过程中的充分体现。

从战争性质来看，魏、蜀、吴三国之间的战争是追求国家统一的战争。秦汉大一统前的春秋战国时期，汉民族也曾发生过惨烈的内部争斗，但那时因为周王室这个名义上的中央政府存在，各封国之间的战争多以争夺霸权为目的，并未上升到追求统一的高度。正如孟子所说的“春秋无义战”，在诸侯国之间发生的战争基本没有道义支撑。中国人讲究名分，没有道德外衣的战争行为，很难得到人们的青睐和赞同。三国时期，大一统的思想已深入人心，割据三方的统治集团都以统一天下为己任。从这个角度上看，魏、蜀、吴的将士们进行的都是正义的战争。他们这种追求统一的认识和行为，也得到了三国以后各个时期主流社会的广泛认同，被绝大多数人所接受。今天一个比较有趣的现象可以佐证这一点，那就是从专业人士的评说到纯属娱乐的游戏，魏、吴、蜀这三方都有人数众多的支持者，而且这些支持者并没有因为支持不同国家而形成敌我相对、爱憎分明的斗争阵营。反观其他各个分裂时期，如东晋十六国，五代十国，宋朝时金、蒙古、西夏等的混战中就很难出现这种对交战各方都较认同的现象。

三、三国历史的时代特征

三国的时代特征是非常明显的。在中国历史的发展轨迹上，三国绝对是一个特殊的拐点，这样的标志性时代，必然会引起人们高度关注。三国是汉与晋两朝更替的过渡时期，由此向前两百年汉人金戈铁马所向披靡气吞万里如虎，由此向后两百年汉人偏安一隅任人宰割几近亡国灭种，反差之大，怎能不让人扼腕叹息？公元311年，名为汉（很讽刺）的匈奴铁骑攻破了洛阳。把刘禅当作自己先帝（更讽刺）的刘聪，俘虏了西晋皇帝——晋怀帝司马炽后，得意地问道："你们汉人亲如骨肉何故要自相残杀呢？"司马炽觍颜答道："此殆非人事，皇天之意也。大汉将应天受历，故为陛下自相驱除，且臣若能奉武皇之业，九族敦睦，陛下何由得之？"

呜呼！距此三百多年，公元前36年，长安人陈汤矫诏率领一支来自西域临时拼凑的"多国部队"征讨郅支单于取得大胜后，将单于的首级和一篇虽读千遍也不厌倦的奏折一同呈给了汉元帝刘奭（shì），这个略带血腥的奏折全文如下："臣闻天下之大义，当混于一，昔有唐、虞，今有强汉。匈奴呼韩邪单于已称北藩，唯郅支单于叛逆，未伏其辜，大夏之西，以为强汉不能臣也。郅支单于惨毒行于民，大恶通于天，臣延寿、臣汤将义兵，行天诛，赖陛下神灵，阴阳并应，天气精明，陷阵克敌，斩郅支首及名王以下。宜悬头槀街蛮夷邸间，以示万里，明犯强汉者，虽远必诛。"

这样的豪言壮语，我每读一次都会热血沸腾，激动之余又不禁会想，司马炽是否知道汉人曾有过这样的激情四射、有过如此的豪气干云？在随后长达三个多世纪的黑暗日子里，那些在异族铁蹄下痛苦活着的汉人，如若有机会看到这些文字他们的心中又会作何感想？

我不想去探究造成这一切的原因，不想重温耻辱，更不愿再踏入历史的血河，这些痛苦的回忆，像梦魇一样，透过千年的时空仍可令人窒息。在21世纪，带着中华复兴、再度崛起的自豪，带着对以陈寿为代表的史家先贤的尊崇与膜拜，从《三国志》《资治通鉴》《华阳国志》等经典史籍的字里行间，从历史细节的表面与背后，力图用文字从那些名留青史却早已逝去的武将身上，捕捉强汉的残袖，在三国古战场那从未消散的肃杀中，寻找一个强大王朝雄浑苍凉的萧瑟背影，探究一个伟大民族历久弥新的勃勃意气。

没有演义，只有历史，顺序也是按照陈寿当年的编排。

两千多年前因为汉朝，今天在中国这块土地上生活的很多人有了共同的称呼——汉人。那时，做一个汉人是世间不可多得的荣耀，到今天我仍然因为身处在以汉文明为主体的中华文化的浸润中而备感自豪。

三国点将之一

生不逢时的超级猛男——吕布

主题词：生不逢时

怀才不遇终是能力有限，生不逢时必曾错失良机。在大自然的规划中，弱者或生不逢时的生命，就应该完蛋。

——《莫黛斯特·米尼翁　婚约》巴尔扎克

做人生不逢时，仲惨过做鬼。

——《倩女幽魂》阮继志　公元 1987 年

就一个时代而言，三国既是最好的，也是最糟的。

说它最好，是因为乱世给很多人提供了展示才华的舞台、大显身手的机会。

说它最糟，是因为在这些舞台和机会面前，每个人的个性特点都会被无限地放大，在滚滚的历史潮流中，每一个个体就像四壁不均匀的气球，被突然来到的机遇之风吹得膨胀起来，最后因为某一个缺点造成的脆弱，把自己炸得粉身碎骨。

而那些平凡百姓在兵乱和天灾面前，完全没有改变命运的机会，只能在无奈之中化作田野上的白骨，不留痕迹地淹没在历史的长河中。

一些名留青史的超人也好、精英也好，虽然也曾叱咤风云，虽然也有过一时风光，但最后都会被无情地淘汰，因为他们并不属于这个时代。

如果换一个时空，他们的人生会书写出别样的精彩。但群雄逐鹿的三国能给他们的唯有生不逢时的遗憾。

其他行当不好说，但在武将里，恐怕再没有谁比吕布更生不逢时了。即使他的人品没有得到一点认可，也没有人否定过他的武艺。

他杀了自己的第一任主公丁原，把汉王朝置于万劫不复的境地。他又杀了自己的第二任主公董卓，帮助王允实现了复兴汉室的抱负，给了汉王朝难得的复兴机会。他曾在王允死后，投靠过袁术、袁绍。他曾跟着张邈、张超兄弟攻打曹操。也曾在败给曹操后，投奔了刘备。投奔刘备后，又偷袭刘备。偷袭完刘备又帮助刘备，阻止袁术攻打刘备。帮完刘备，却又去攻打刘备。打完刘备，又联合袁术一起攻打曹操。最后在曹操大军的围攻下，兵败遭擒，被活活勒死。

在《三国志》中吕布的排名非常靠前，在《魏书·卷七》之首，除了帝后之外，在单独成传的人里名列第五。他和排在前面的董卓、袁绍、袁术、刘表一样，都为历史向三国前进的进程起过巨大的促进作用。如果没有这些人，估计真不会有三国。

吕布姓吕名布字奉先。这个“名”虽普通，但“字”却来历不凡，在《尚书·太甲中》就有“奉先思孝，接下思恭”的说法。这是商朝名臣伊尹给被废又复位的嗣王太甲的许多忠贞谏言中的一句，就是希望自己的君王能够“侍奉先人，不要忘了孝顺；接待下属，不要忘了恭敬”。所以吕布这块“布”，并非用来做衣服的寻常之物，而是用来孝敬先人的。名字起得这么有内涵，要说吕布的家世很普通，恐怕是说不过去的。从吕布后来的所作所为来看，他确实辜负了家人的一片苦心。

吕布是五原郡九原（今内蒙古自治区包头市）人，当时这里属于并州，因为骁勇过人，还会武艺，吃上了皇粮。当时的刺史丁原丁建阳，出身贫寒，为人粗犷，也是一身好武艺，擅长弓马骑射；在县里当基层干部时，工作任劳任怨，从不谈条件，有急难险重的任务，总是冲在前头，还有些文化，具备了处理公务的基本素质。

刺史权力不小，级别却不是很高，作为地方行政和纪律监察的领导，丁原干起来还是有些吃力的。朝廷根据他的特长，让他做了骑都尉，带兵驻扎在黄河中游北面以东的地方。

就是在这个时候，吕布做了丁原的主簿。主簿是为主官掌管文书的佐吏。

一想到对下级的命令，对上级的请示汇报，还有各类讲话、经验材料和年终总结这些让今天职场精英们都抓狂不已的任务，竟然是吕布来负责，吕布的文化水平看来比一般人是要强了不少。

丁原对吕布非常信任，给予的待遇也很优厚。到这时候为止，吕布还是一个素质很全面、能力很突出、非常有前途的优秀基层干部，如果不出意外的话，凭他的本领一定能够在未来边境地区爆发的高烈度局部战争中立下赫赫战功，用那些敢于冒犯大汉天威的狂徒的首级铸就一条封侯拜将的成功之路。

然而，平淡从来就不是三国的风格，即便是序幕的拉开，节奏也是快得让人感到所有的一切都迫不及待。

中平六年四月十一日（公元189年5月13日），汉灵帝刘宏驾崩。

灵帝的死，让东汉十分脆弱的政局再次面临危机。以大将军何进为首的外戚势力与宦官集团之间爆发了剧烈的冲突。

灵帝尸骨未寒，西园八校尉中来自宦官集团的蹇硕就开始图谋杀掉何进，后因宦官集团内部不和，致使蹇硕阴谋败露被何进诛杀。这时，历经党锢之祸的士人集团开始利用外戚与宦官之间的矛盾。

袁绍通过何进的门客劝说何进将所有的宦官全部杀掉。何进同意后，袁绍进一步劝说何进，为何进描绘出功成之后名垂千古的美丽蓝图。何进兴冲冲地捧着这个蓝图与自己的异母妹妹何太后商量，却被何太后拒绝了。为逼何太后就范，何进不顾多人劝阻，按照袁绍的建议召集四方猛将带兵向京城聚集。奉此命令，前将军董卓进驻关中的上林苑，府掾王匡动员了他郡中的强弩兵，东郡太守桥瑁进驻成皋。

武猛骑都尉丁原也接到了这个特殊的命令。这时他已经被晋封为执金吾，所以任务也格外与众不同，就是要火烧孟津，用熊熊的火光把雒阳城映得通红。丁原非常出色地完成了这个任务。位列九卿掌管禁军的执金吾，这个职位在东汉可是个又风光又实惠的钻石岗位。当年开国皇帝刘秀留下过一句千古名言：“仕宦当作执金吾，娶妻当得阴丽华。”执金吾统率京城中的北军，而北军从某种意义上说是可以决定皇帝命运的军事力量。

在熊熊的大火中，丁原的人生达到了从前连想都不敢想的辉煌巅峰，但他没有想到自己会在各方的高度关注和全力争夺之中，为人生巅峰付出生命的代价。杀他的凶手不是别人，正是吕布。诛杀丁原也成了吕布人生中的第一个污点。

吕布是丁原的下级，不愿意接受丁原的领导，完全可以一走了之，另谋高就，不管出于什么原因都不应该对非常信任自己的主公下杀手。但是吕布偏偏做出了这样为天下所不齿的丑事，这是为什么呢？

对这件事，同一本《三国志》说法都不同。《董卓传》记载的是：董卓是在吞并掉何进、何苗兄弟俩的部曲以后，“又使吕布杀执金吾丁原”。《吕布传》里的记载是：董卓因为吕布被丁原信任，就诱使吕布杀了丁原。

这两种稍有不同的记载，帮助我们在明确两个事实的同时，也带出了两个疑问。

事实一：吕布深受丁原的信任是公认的；事实二：吕布是在利益的诱惑下背叛丁原的。

疑问一：董卓给吕布开出的条件是什么？疑问二：究竟是谁说服了吕布？

第一个问题很好解答，因为当吕布带着丁原的人头见到董卓后，董卓对他的封赏应该就是事先开出的条件。具体来说，就是让从事文字工作的吕主簿，一下子成了俸禄为两千石的吕都尉，还是符合吕布特长的骑都尉，而骑都尉这个官职也正好是丁原生前所担任的。

除此之外，董卓为了表达对吕布的信任和宠爱，和吕布立誓结为父子。吕布弓马娴熟，体力过人，号称“飞将”。俗话说“朝里有人好做官”，有一个连皇帝都可以换掉的干爹在朝里，吕布平步青云很快就做了中郎将，被封为都亭侯。

那么第二个问题，究竟是谁做的说客呢？很遗憾，目前能看到的史书上都没有记载。所以，“不知道”就是标准且没有任何人能够指责的首选答案。

董卓对丁原起杀心的时候，从实力上来看，只有刚刚掌握的何进、何苗部曲和原有不满三千的西凉步骑。虽然西凉兵和羌人常年血战，但要真和丁原麾下那些与匈奴交过手的并州铁骑打起来，并无十足的胜算；再从职务上来看，董卓是公元188年才晋升的并州牧，而丁原是老资格的并州刺史，虽然董卓是名义上的最高长官，但丁原以刺史的身份长期兼职骑都尉，所以丁原才是并州真正的实权派。

在这种情况下，如果单凭董卓的力量想要诱使吕布造丁原的反，难度确实有点大。但难度再大，也有人能搞定吕布。虽然具体是哪个人不好确定，但是何方势力操纵应该可以推测出来。

这股势力就是当时天下人都仰慕嫉妒恨的四世三公的袁家。袁家才是这场大乱的幕后真正推手。

在他们的建议下，何进从四方调兵进入首都雒阳。他们和进入雒阳的董卓还有过一段时间不长的蜜月期。他们的计划很周密，很成功。

外戚和宦官集团相继团灭，三大势力唯有士大夫硕果仅存。袁家在朝中门生故吏比比皆是，影响力无人可及。

何进身死后，袁绍和何苗一起率领何家部曲。袁绍坐视何进的部将吴匡杀掉了何苗。杀尽宦官后，袁绍、袁术两兄弟实际上替代何进两兄弟成为这支武装的领导人。

如果没有袁绍、袁术的配合，董卓根本不可能顺利吞并“何家军”。最早提议把董卓纳入进京逼宫名单的本来就是袁绍。《后汉书·王允传》中说过，“凉州人素惮袁氏”。

因为有了种种的默契，所以鲍信募兵返京后看出董卓的野心想要发兵突袭董卓时，被袁绍制止。

董卓投桃报李，连另立皇帝这种大逆不道的事情都是先和袁绍商议，而且废黜少帝另立献帝的计划也是最早送给了袁隗过目，袁隗的意见就俩字：同意！但唯一没有料到的是董卓在事成之后竟然不听话了。袁绍这才发现真正是小瞧了董卓这个大老粗。恼羞成怒之下，袁绍和董卓翻脸，全然不顾袁隗等人，和袁术一起脚底抹油开溜了。袁家百足之虫，死而不僵，家大业大内部矛盾也大，就不再多说了。

但翻脸归翻脸，董卓在周毖、伍琼的劝说下并没有往心里去，反而还封袁绍为渤海太守，封袁术为后将军，曹操也跟着沾光被封为骁骑校尉。

还有一件事情可以证明，那就是汉少帝刘辩的退位仪式。这时袁绍已经逃往冀州，但留在京城的袁绍叔父袁隗亲手把少帝玉玺解下交给了即将成为献帝的陈留王。

如果袁隗不同意废帝，就不会亲自去做这样大逆不道的事情。其中的重要原因在于：袁、董本就是盟友，而且这个时候相互的关系并没有因为袁绍反对废帝而破裂。但这一切只能证明袁、董两家曾经走得很近，还不能完全确定是袁家派出了说客。

丁原是七月奉召，八月身死，直到吕布成为董卓的“儿子”，这期间没有任何史料表明吕布和袁家有过私下的接触和公开的交往。那么又凭什么认定说客来自袁家呢？

不要担心，只要袁、董之间曾经勾搭过，他们当中总有人会在适当的时候跳出来用行动证明。这个人就是吕布。

至于如何证明，就得从吕、董之间的关系变迁中寻找。

话说吕布献上丁原首级之后，董卓对吕布真真是极好的！

董卓看重吕布武艺高强，又看重吕布是并州武装的继承者，同时董卓也明白自己待人粗鲁无礼，人缘不好、仇家太多，害怕别人暗算，只要外出，就让吕布做贴身护卫。

在董卓不顾众人反对做出迁都长安的决定后，吕布还奉命率兵为获取陪葬的金银珠宝挖掘了雒阳周边历代皇帝陵寝和官员墓穴。这样的坏事都干，除了表明吕布对董卓真是忠心耿耿之外，也充分证明了吕布是个头脑简单、做事完全不考虑后果的莽汉。

初平二年（公元 191 年）农历二月，董卓成了太师，地位在诸侯王之上。

志得意满的董卓，派吕布作为骑兵都督和大督护胡轸一起攻打孙坚。这时候孙坚刚刚被董卓的大将徐荣打败，驻扎在梁县以东。

胡轸没有和吕布搞好关系，孙坚利用两人不和主动出击，把胡轸打得很惨。这里需要特别说明的是，胡轸的著名部将——都督华雄在此战阵亡。

孙坚的主动，某种程度上说是受了吕布的鼓励。根据《英雄记》记载，胡轸率领本部人马到达阳人城外时已是傍晚，人困马乏，就露宿在城外，想休息到第二天清晨再攻城。胡轸的休息是纯粹彻底的，既没有让部下构筑营垒，也没有部署警戒。胡轸和吕布关系向来不好，所以被吕布狠狠地坑了一把。吕布竟然在深夜突然造谣说孙坚来偷袭，把胡轸营中搞得一片混乱。孙坚是看到混乱后才发动的攻击，取得了意料之外的大胜。

胡轸败后，董卓亲征，和孙坚在雒阳附近的诸多陵墓处大战，结果又被士气旺盛的孙坚打败。董卓留下吕布断后。故都雒阳被破坏得惨不忍睹，到长安方向的几百里见不到人烟，不见鸡犬，不见一栋好房子。在持续的猛烈攻击下，孙坚拿下了雒阳的南门——宣阳门，吕布无法守住，战败逃走。

当然，一场败仗影响不了吕布和董卓的关系。董卓依然信任吕布，吕布继续和董卓过从甚密。有多密切呢？吕布竟然密切到和董卓的贴身侍婢好上了。不过俩人保密工作做得挺好，董卓不知道。但是吕布心里有鬼，非常忐忑，总怕暴露了以后，受到董卓的惩罚。偏偏董卓是个暴脾气，没事也得发通火。刚开始对吕布还有几分客气，熟悉了以后，渐渐就现了原形，少了顾忌。有一次因为小事，吕布没让老头儿满意，董卓随手抄起小手戟就扔了出去。董卓本来就是力大无穷、左右开弓的神箭手，这一扔的杀伤力可不小。幸亏吕布是“飞将”，一个飞身腾挪逃了出去，要换别人可能当场就挂了。事后，吕布主动登门给自己的“董爸爸”赔罪，董卓一看这样对待“吕儿子”也有点后悔，于是父子俩又发誓和好如初。可在吕布心里为这事就起了疙瘩，慢慢地疙瘩就越来越大。

这个时候，司徒王允正在和仆射士孙瑞一起密谋搞掉董卓，重振朝纲。

吕布和王允是并州同乡，是王允拉拢的重点目标。王允以同乡的名义，给予吕布特殊的厚待。吕布虽然喝过点墨水，但在王允面前还是个大老粗，什么心事也瞒不住。果然，有一次老乡聚会时，吕布就把差点被“董爸爸”干掉的事情告诉了王允。

吕布把这样的事情告诉王允并不完全是因为他有口无心，倘若真是有口无心为什么不告诉别人呢？因为在这个时候，在吕布看来王允既是同乡，更是自己人。但吕布并没看出，王允这个“自己人”的真正目的是要除掉董卓。

王允听到吕布这样一说，当机立断开始攻心，苦劝吕布做内应，在关键时刻出手把“董爸爸”干掉。

杀掉大恶人董卓本是功在当代利在千秋的大好事，可在吕布的人生中又成了第二大污点。因为不管怎么说，他又“叛变”了！因为王允无论怎样说都是正面人物，所以陈寿只是巧妙地记载了他对吕布动之以情、晓之以理的一面，隐瞒了封侯拜将、诱之以利的一面。结果给广大读者造成了这样一个印象，在器宇轩昂、满腔忠血的王允面前，吕布就像一个苦大仇深的弱智儿一样，被一句“君自姓吕，本非骨肉。今忧死不暇，何谓父子？掷戟之时，岂有父子情也？”就摆平了。

大家可以脑补一下这个画面。吕布说：“我们有父子之情啊，怎么办？”王允说：“你自己姓吕，和董卓就没有骨肉关系，如今你连自己的生死都顾不上了，还和他谈什么父子！他把戟扔向你的时候，难道想到父子之情了吗?！”话音一落，吕布就同意了，下定决心跟着王允干掉董卓。两人所处的地点比较隐蔽，肯定隔音，甚至隔光，说的还都是三国时期的山西普通话。

不给点条件吕布能叛变？

事实证明条件一直都有，而且是越开越高。

诛杀董卓的风险极高。即便是王允和吕布之间的合作已经非常隐秘了，但还是走漏了一些风声。最夸张的是竟然有人在背上写着大大的“吕”字，然后高唱着“布啊”之歌在闹市走来走去。还有一个道士则直接把一张写着“吕”字的布交给了董卓。在谶纬流行的东汉末年，这样对待一个人，就是要命的节奏。幸运的是，董卓没在意。

公元 192 年 5 月 22 日（初平三年四月二十三），作恶多端的董卓终于要死翘翘了。

这天，汉献帝的病刚刚痊愈，在未央宫设宴款待群臣。董卓换好了朝服刚登上车，马就惊了，把他掀翻在泥地上。董卓只能无奈地回屋换衣服，他的小老婆知道这个情况后，觉得不是什么好兆头，就阻止董卓赶这个饭局。董卓竟然不听老婆的话，的确是没救了！

他出行的排场很大，左边是步兵，右边是骑兵，一层层的护卫很严密，还专门让吕布在身边警卫。快走到宫门时，拉车的马又像受惊了似的不肯前行，这一次董卓有点怕了，突然很想老婆，想要回家。

但这时候，王允和士孙瑞已经秘密地向汉献帝上过要求诛杀董卓的表并获得了献帝的批准，吕布则怀揣着士孙瑞给他的诏书，吕布的同乡骑都尉李肃则带着秦谊、陈卫等十几个亲信换上卫士的服装守在了未央宫正门两侧的掖门。

如果董卓回家了，一切努力白费了不说，谁能保证诛杀董卓的秘密不会被泄露？于是，吕布走上前去，给他的董卓阿爸吃了定心丸，劝董卓最好是吃完这顿饭。怀着对吕布的无比信任，董卓踏上了不归路。一进宫门，李肃拿着戟带着假冒的卫士们就直冲上去，朝着董卓猛刺。董卓的朝服里穿着铁制铠甲，李肃只刺伤了董卓的手臂。双方爆发了激烈的格斗。

董卓掉下车来，习惯性地呼唤自己的儿子，大喊着："吕布在哪里？吕布在哪里？"

吕布及时出现了，但这一次，吕布没有如董卓所愿。吕布大喊道："奉皇帝的诏令，讨伐贼臣！"

刚才叛变的引号问题可以解答了，把"叛变"双引起来，是为了表明吕布没有叛变。因为吕布奉的是皇帝的命令，他完全是大义灭亲，应该是彪炳史册光照汗青的壮举，充满了反戈一击的正能量。

但后世的议论和史评都忽视了这一点，都高度一致地站在董卓的角度抹杀了吕布行为的合法性。

董卓确实觉得吕布太可恶了，破口大骂道："狗崽子，你胆敢如此！"

吕布没让董卓骂完，就手持铁矛刺死了董卓，并催促士兵砍下董卓的头颅。注意：吕布用的兵器可是矛！是矛！就是矛！

追随董卓而去的除了董卓的三族亲人外，还有三个亲随。这三个人为了保卫董卓的尸体，可谓是前仆后继，第一个冲上来的是董卓的主簿田景，后面两人是董卓的仓头奴仆。吕布把他们也全干掉了。这三个人的死，不过再次证明了一个真理：忠诚与地位无关。

董卓落得如此下场我一点都不感到奇怪。对这件事，我唯一比较好奇的是也曾做过主簿的吕布在杀掉这三个人，特别是在杀田景时，心中作何感想？

董卓一死，长安君臣和百姓欢声雷动。朝廷也开始论功行赏，司徒王允上奏献帝封吕布为奋武（威）将军（《后汉书》里是奋威将军，《三国志》里是奋武将军），虽然名头不是很响亮，但这可是统率各路军马的总监军，当时关东诸侯起兵攻打董卓时英明神武的曹操就任过这个职务。

此外，还给吕布假节的政治待遇，出行的仪仗和三公的排场一样。最关键的是王允竟然邀请吕布一同主持朝政。吕布的爵位也从亭侯级别的“都亭侯”一下子跃过乡侯这个级别，成为县侯级别的“温侯”。

非常凑巧的是，初平二年（公元 191 年），董卓也假皇帝之名把王允封为温侯，食邑多达五千户，当时王允本意是要拒绝的，但是在士孙瑞的劝说下，为了麻痹董卓王允就委曲求全地答应了下来。

这样一个爵位，在王允眼中完全是个可有可无的多余之物，但是给了吕布，不但会亮瞎吕布，还显得王允的劝说很有诚意。

这个时候，王允为了诱使吕布背叛董卓而开出的具体条件究竟是什么，难道还不清楚吗？条件清楚了，但是还要加上一条，有皇帝的首肯，哪怕是有名义上皇帝的诏书。

孟津城里的大火烧过还不到三年，吕布用两任主公的首级为自己换来了超乎常人想象的荣华富贵。从一个小小的主簿摇身一变成为假节的将军，这样毁三观的提升一般人是扛不住的。

事实证明，吕布还真不是一般人，即便是大富大贵了也没有一味地贪图享受，他没有做什么出格的事，还是很有作为的。

吕布本来就对凉州人没什么好感，杀了董卓之后，又担心凉州人报复，就向王允建议把董卓的部下都干掉。但王允觉得首恶只是董卓，凉州的普通兵将没有太大的罪过，就拒绝了吕布的建议。

吕布又建议把董卓的财产赏赐给朝中的公卿和将校，让大家除了获得董卓死翘翘的精神快感外，再享受点物质上的实惠，进一步坚定建设强盛汉朝的信心。但王允还是没同意。在王允眼中，吕布不过就是一个很好忽悠、四肢发达的武夫。王允瞧不起吕布是从骨子里的。而吕布自负立下了诛杀董卓的不世之功，毫不掩饰自己的得意，到处自吹自擂。

结果两个并州老乡，“蜜月”都没度完就开始闹矛盾了。

王允对凉州兵不抚不剿的休克疗法，造成了凉州兵的叛乱。

首先，董卓的部将李傕一听说董卓被杀，就立刻把自己军中的几百个并州人不分青红皂白全都杀掉了。虽然同是并州人的王允并没有对这件事有过什么反应，但李傕的心里总是忐忑的。其次，丁彦思和蔡伯喈两位名士因为和董卓亲近也被王允借故杀掉了。

这两件事的发生，凉州兵已成惊弓之鸟。所以等到听闻百姓口口相传的要杀尽凉州人的谣言，贾诩一建议，李傕就带头伙同郭汜带着凉州兵反了。

这时候，吕布就把在诛杀董卓中戳出第一矛立下头功的同乡李肃派到陕县，带着皇帝的诏书，赦免董卓的女婿牛辅。

牛辅反戈一击，把李肃打得大败而逃。

李肃是当初冒死跟着吕布一起诛杀董卓的忠实部下，逃回弘农后，吕布竟然因为他打了败仗，直接就军法处决了，这样对待亲信，吕布的执法真是太严明了。

也许吕布是因为手下武将很多，反正杀不完，就这么任性！

阴历五月二十四，因为王允的错误政策，董卓死后也就一个月，李傕、郭汜率领的十余万西凉乱军包围了长安。吕布终于有机会一展猛男本色了。根据王粲的《英雄记》所载：当时，郭汜率军在长安城北，吕布打开城门带上人马主动迎战。阵前吕布豪气大发，对郭汜说："且却兵，但身决胜负。"意思是说，咱们先把兵撤到一边，咱俩人一战定胜负。一个仪比三公的高级干部，堂堂的万户侯，统率武将还假节的高级将领，竟然提出了单挑！没办法，谁叫咱武艺高功夫好，我想挑就挑！

郭汜虽然名气没有吕布大，但勇气可一点不比吕布小。一听吕布这么说，也是热血上头，难道我西凉汉还能怕了你这个并州佬？马上就同意了吕布的建议。

两人开始了真刀真枪的单挑，结果吕布的长矛刺中了郭汜，郭汜的部下把他抢了回去，双方各自退兵休战。

通过这场战斗不但明确地告诉我们，三国时期的战场确实还有武将的单挑，还又一次清清楚楚地告诉我们吕布的武器是矛！是矛！是矛！不是方天画戟！！！

正如一次战斗的结果无法决定战争的胜负，一次决斗的胜利也无法赢得战局的扭转。

此时此刻虽然西凉兵人数众多，但是长安城毕竟是西汉的京都，城墙高大坚固，西凉兵缺乏攻城设备，并没有什么好办法。可是，又因为吕布，长安城破了。六月初一，吕布麾下来自蜀郡的士兵哗变，打开了城门。西凉乱兵蜂拥而入。吕布的人少，李傕、郭汜的人多，双方在城中混战一场胜负立分。于是吕布把董卓的头颅挂在马鞍上，率领几百名骑兵，突围而走。最让人惊讶的是，为什么吕布要把董卓的头颅一直带在身边？

虽然王允对吕布并不怎么看重，但大难来临之际，吕布却仍然惦记着这个值得尊敬的并州老乡。

吕布在皇城的青琐门外停下来，大声招呼王允一起逃走，王允的回答是："如果天佑社稷，国家平安，那么这是我最大的心愿，但要是实现不了，我将为之献出生命。如今皇帝年龄尚小，唯一的倚仗就是我，我不忍心遇到危险就自己逃命。请您勉励关东的各位将领，一定要把皇帝和国家大局时刻放在心上。"看到王允已抱定必死之心，飞将军吕布逃离了杀戮盈城的长安。吕布的这次出行，是人生中的重大转折，从此他将独自面对乱世，他为之奋斗拼搏的朝廷再也无法给他明确的指令了。

对错是非，全靠一人之断；生死存亡，尽在一念之间。

离开了长安，吕布没有回并州的老家，也没有投奔关东那些曾经讨伐过董卓的诸侯，他出了武关，直接去了南阳，那里有袁术。

至此，谜底可以揭晓了。

将吕布从丁原处策反到董卓这方的人一定是袁氏了。

在反董联军中，唯一打败过董卓军的就是孙坚，而彼时的孙坚正是袁术的部下。双方在战场上打得你死我活，董卓死后，吕布却偏偏和袁家"度尽劫波兄弟在，相逢一笑泯恩仇"？

不是谁都有能力把吕布从主簿变成骑都尉的，何进刚死的时候董卓做不到，但是太傅袁隗能做到，所以袁术或者袁绍出面，就能够说服吕布干掉丁原。那时在京外基层干部吕布看来，唯有袁家才最能代表天子。袁家当时不可能拿到诏书，单凭四世三公的威望，就能够让来自边地的吕布以为这就是皇上的旨意。

真相被尘封在历史的细节之处，如果看不到，那么吕布的生存法则就异化为——只追随能够确保给自己眼前带来最大利益的人。他持有诏书的环节被忽略后，诛杀董卓就成了对董卓的背叛。

于是，吕布就成为一个只看到了王允对自己做出的晋升奋武将军和封温侯的许诺的趋利之人。这些利益董卓能给吕布，但是没有给；而王允虽然给不了，但是却给吕布提供了达到目标的现实途径——干掉董卓。为封侯晋将而杀董卓这个锅吕布一旦背上，就很难卸下来了。

就如同吕布逃离长安时仍然不忘当初和他密谈过除掉董卓的王允，吕布逃出长安后也必然会记得当初和他密谈过除掉丁原的袁术。过去吕布和袁术有过这样的合作，现在吕布还带着袁术的仇人董卓的头颅，所以吕布选择袁术就成了必然。这种优待在袁术看来，不过是对昔日同盟的继续拉拢；而在吕布看来，更多却是自己杀董卓给老袁家报仇后的劳动所得。

吕布见到袁术后，两人还没打起来，《三国志》和《后汉书》先打起来了。

《三国志》里记载的是袁术厌恶吕布反复无常，就没让吕布进城，所以吕布就逃离袁术处，投奔了河内（今河南省沁阳市）的张杨。

而《后汉书》里的记载是袁术也没有让吕布失望，给他的待遇非常优厚。以恩人自居的吕布对待袁术就比较随意，他放纵部下士兵四处抢掠，引发了袁术的不满。再加之李傕还在以朝廷的名义悬赏通缉吕布，吕布感到情况不妙就离开了袁术。

离开袁术以后，《三国志》和《后汉书》又打起来了。《三国志》里说吕布直接去了袁绍那里，而后又投奔了张杨。而《后汉书》里说的则是吕布先去了张杨那里，而后才投奔了袁绍，最后离开袁绍又回到了张杨那里。从地理位置上来看，张杨所辖的河内位于南阳和冀州之间，吕布投奔袁绍的路上要路过张杨的辖区，所以《后汉书》的说法可信度要高一些。

张杨也是并州人，早年也是因为武勇过人，被并州当地政府招揽为武猛从事，和吕布一起都在刺史丁原的手下工作过，为人非常厚道，和吕布关系不错，并没有因为吕布杀了老领导就不接待吕布。

张杨的优点是厚道，缺点是太厚道。对部下非常宽容，发现谁背叛了自己，做了对不起自己的事情，也不知道惩罚，只是相对哭泣，用眼泪来感化对方。这样管理部下，要想上下齐心也是难上加难。所以，张杨的部下无视领导的态度，都暗地里想抓了吕布去讨赏。

吕布知道以后，有点害怕，就对张杨说："我和你是同乡，现在你杀掉我，未必全是你的功劳。不如把我活捉了献出去，可以获得李傕等人丰厚的爵位和赏赐。"张杨觉得吕布说得很有道理。于是，张杨的部众紧紧地围绕着如何用活捉吕布求得更好更多的荣华富贵这一目标，空前地团结起来，稍有不同的是部将们想的是捉住之后再要吕布的命，而张杨却是真心要留个活口。

张杨这事伪装得不错，一方面吕布还是觉得张杨要和手下一起杀自己，所以找机会跑了；另一方面李傕和郭汜以为张杨和吕布已经同流合污了，为了分化瓦解张、吕阵营，安定天下反对自己的势力，竟然借献帝之名大行封赏。

吕布沾了光，又做了颍川太守。颍川（治所在今河南省许昌市建安区）是豫州八郡之一，是京城之外人口最多、最为繁华的地方。

初平四年（公元 193 年），摆脱了通缉犯的身份，吕布继续北上投奔自己昔日的盟友袁绍。这个时候袁绍正在和张燕的黑山军交战，张燕拥有精兵数万人，骑兵数千。双方打得难解难分。所谓憋屈太久，方显猛男本色。吕布见过袁绍，就投入了紧张的战斗。当时，吕布的坐骑名叫“赤兔”，这个马似乎比传说中还要厉害，不但能够跨越壕沟，还能腾跃城墙。吕布骑着“赤兔”，和手下的猛将成廉、魏越带着几十个精锐的骑兵，天天冲击张燕的军队，有时一天要冲杀三四次，每次都带着敌人的首级回来。因为吕布很善于驾驭良马，所以他骑着赤兔马的光辉形象，被当时的民间整理成一句流传很广的名谚：“人中有吕布，马中有赤兔。”

就这样一连冲了十几天，张燕不过是黄巾起义后，乘乱而起又被招安的乌合之众，哪里见过吕布这伙在并州与匈奴久战的铁骑，实在招架不住就脚底抹油——溜了。

吕布立了功，就向袁绍讨赏，再次请求袁绍给自己增加兵力。

在打仗之前吕布寸功未立就要求过增兵，这次提出来，吕布觉得差不多了，但是袁绍还是没同意。

吕布的手下，以前长期在边关，进了首都这个花花世界后算是开了眼界、见过世面了。这本是好事，但他们看到的和参与的有好多是董卓禽兽军队干出的丧尽天良的坏事。而且明面上，吕布还声称杀董卓是给袁绍家报了仇，所以这些纪律本就不怎么好的骄兵悍将更加肆无忌惮，在袁术那里抢老百姓的，到了袁绍这里变本加厉一点没收手的意思。部下做得不好，吕布作为领导做得也不怎么样。不管怎么说吕布可是中央大员，是曾经和王允一起主持过朝政的高级干部，而袁绍的部下大多是袁绍自己任命的，有没有正式编制，有没有正式任命，在朝廷那边都没个准信，所以吕布在袁绍的文臣武将跟前非常傲慢，缺乏起码的尊重，群众基础非常不好。结果把袁绍的头折磨得比袁术还疼。好在这个时候的吕布，闯了一年多的江湖，吃了很多亏，警惕性提高了不少，感觉到袁绍的态度有了变化，就立即要求回雒阳。

袁绍同意了吕布的请求，还借天子的名义任命吕布做了自己曾经任过的司隶校尉。袁绍的如意算盘是对外做好礼送吕布的宣传，以便暗地里杀掉吕布。所以，在出发的前一天晚上袁绍特意派了三十名全副铠甲的猛士给吕布送行。吕布让这三十个壮汉站在自己的军帐两侧，派人在帐中演奏鼓乐、弹奏古筝。

在乐声的掩护下，吕布悄悄地走了，那些壮汉以为吕布还在，熄灯时间一到，还按军营里的一日生活制度按时睡下。到了半夜，三十个人一齐杀入帐中，冲着吕布的床榻被褥一通乱砍后，回去复命说吕布死了。

第二天，袁绍亲自过问，手下打听到吕布并没有死，这才下令关闭城门，但是吕布早已踏上了投奔张杨的坦途。

吕布虽然东奔西走，没有自己的地盘，但他毕竟是温侯，是假节仪同三公的奋武将军，而且手下有一支能征善战的精锐部队，所以仍然是各方诸侯不敢小瞧的实力派。所以他的一举一动非常受人关注，但是吕布自己对此并不敏感。

在投张杨的路上，吕布又惹事了。在途经陈留（治所在今河南省开封市陈留镇）时，被太守张邈热情地款待，临分别时吕、张二人握住对方的手臂发誓结成盟友。

张邈成名很早，董卓乱政时，和曹操共同起兵，为人刚直不阿，颇有侠气。袁绍当上讨董的盟主后，有些洋洋自得，翘尾巴了。张邈看不惯就批评了袁绍，结果被记了笔黑账。

袁绍看到张邈和吕布结盟，就担心两人对自己不利，于是就让和自己还在“蜜月”期的曹操杀掉张邈。

其实曹操一直就看不起袁绍，只是迫于形势才和袁绍维持关系，但遗憾的是曹操的演技实在太高，张邈根本没看出曹操的真实想法。所以，当张邈知道袁绍让曹操收拾自己的时候，心里不安起来，就开始琢磨着怎么对付曹操。而曹操对袁绍的要求根本就没有理睬。兴平元年（公元 194 年），曹操留下少数部队驻守，几乎倾巢出动，攻打徐州的陶谦。

驻守东郡的陈宫，一看机会来了，就游说张邈：“现在，天下分崩离析，豪杰并起，您麾下有十万之众，处在兵家必争之地，按剑在手，就可以俯视天下，完全能够成为人中豪杰，现在却甘心受人统制，这可就让人看不起了！现在曹操东征，兖州空虚，吕布是闻名的壮士，善于战斗，英勇无敌，把他请来一起占据兖州了以后，就可以静观天下形势发展，等到时事变化好转，就能够纵横一时！”

本来就有想法的张邈一听这话，立即让自己的弟弟张超和陈宫等人一起去迎接吕布，请吕布担任兖州牧，占据了濮阳，一时间兖州所属的郡县群起响应，都造了曹操的反。

此时，曹操刚刚打败陶谦的部将曹豹和刘备，守在郯城（今山东省郯城市）的陶谦已经惶惶不可终日。但是，无奈后院起火，曹操只得急忙撤兵。

张邈的计划是派刘翊到鄄城告诉荀彧吕布要来帮助曹操攻打陶谦，让荀彧疏于防备，然后派大军随之跟进，让豫州刺史郭贡攻打鄄城，让吕布攻打濮阳，让陈宫攻打东阿，汎嶷攻打范县。

荀彧是何等人物，怎会上这样的当？反倒亲自劝退了郭贡的兵马，及时请来夏侯惇干掉了城里准备接应吕布的叛乱分子，保住了鄄城。

见到郭贡退兵，已经攻克濮阳的吕布亲率大军来攻打鄄城，曹操也率领大军救援，吕布没攻下鄄城就退兵了。

吕布占据的兖州可是个好地方，在《读史方舆纪要》中顾祖禹对兖州的评价是“据河济之会，控淮泗之交，北阻泰岱，东带琅玡，地大物繁，民殷土沃。用以根柢三楚，囊括三齐；直走宋卫，长驱陈许，足以方行于中夏”。

如果扼住险要主动出击，想怎么打就怎么打，但是要选择守城不出的保守战略，一定没有好下场。颇具战略眼光的曹操，看到吕布退回濮阳后，一针见血地分析道：吕布这小子得到兖州以后，不知道占据东平（今山东省东平市东）的险要，扼阻亢父（今山东省济宁市南）、泰山之间的要道，占据险要保持对我们的压力，只知道傻待在濮阳城里，我看这小子没什么本事。于是，直奔濮阳攻打吕布。吕布带兵迎击，曹军立足不稳，作战失利，被迫退兵三十里。

曹操的这次失败，《三国志》里说的是，吕布的骑兵很厉害，一冲锋把青州兵就冲乱了，青州兵一乱又冲乱了曹军的阵脚，曹操被包围，四面又起了大火，曹操跌下马来，伤了右掌，一个叫楼异的司马把自己的马让给了曹操，曹操才得以逃生。

返回营中，曹操立即与众人商量，认为吕布获胜必然骄傲自满，疏于防范，于是夜袭西塞。

濮阳的西边驻扎有吕布的一支军队，曹操来势汹汹连夜就发动了攻击，一举将其击溃。追击过程中，正好遇上前来救援的吕布，双方迅速进入对杀状态。吕布也再显其猛男风范，亲自策马冲锋陷阵，从早上一直打到太阳偏西，危急时刻多亏典韦神勇，曹军才能坚持到吕布主动后撤。

曹操为了这次战斗也是倾其精锐，于禁、徐晃、乐进这些主要的猛将，都参加了这场战斗，夏侯惇很有可能就是在这一仗中被打瞎了一只眼睛。

一战不成，看着来势汹汹的曹操，吕布使出了反间计，故意让濮阳的地方实力派田氏诈降曹操，假装要做内应。这个计谋竟然成功地骗过了年近不惑的曹操。

为了表达一定要拿下濮阳的决心，曹操从东门进城后就放起了大火，用驱走夜色的明亮火光告诉大家曹操不走了。火一烧起来，曹操才发现自己上了吕布的当。

这回真正是坚强的决心败给了现实的困难，巷战中曹军被吕布军打得大败，连曹操本人都被吕布的骑兵逼住，不过还好这些人只是问了个话："哪个是曹操？"曹操马上告诉敌兵说："骑黄马逃走那个，就是曹操！"于是，骑黄马的顿时就成了战场焦点，而不被人重视的曹操趁乱逃出了濮阳城。曹操的这次失败，也成就了吕布人生的第二次辉煌，不过这次辉煌比吕布诛杀董卓后的第一次辉煌还要短暂。回到大营的曹操立即慰问部下，组织力量制造攻城器械，大举围攻。双方从五月打到八月，战斗了一百多天。

濮阳在这年爆发了非常严重的蝗灾，百姓被饿死无数，发生了人吃人的惨剧，以劫掠百姓闻名的吕布军团断了粮，曹操的粮食也是非常紧张，双方无力再战，各自退兵。

吕布带着肚子咕咕叫的部下，走到乘氏（今山东省巨野县西南）时，被该县一个名不见经传的李进打败，灰头土脸地跑到山阳（今山东省金乡县西北四十里）才安顿下来。这个李进无权无势，无名无位，但是竟然能以一己之力打败吕布，真是细思极恐！这个时候，曹操也进入了事业的低谷期，险些接受了袁绍让他把家人送到邺城的请求。而刘备却因为陶谦病死，意外地得到了徐州，驻守在下邳过上了衣食无忧的腐朽生活。曹操在程昱的鼓励下，重启斗志，开始稳扎稳打一城一地地收复失地。

兴平二年（公元 195 年）夏天，曹操又亲率大军攻打巨野，驻守巨野的是吕布手下的薛兰和李封两位将领，吕布救援不及，曹操攻下巨野又顺势进驻乘氏。

吕布在东缗（今山东省金乡县东北）得到了陈宫所率的万余兵力增援，开始向曹军反击。

曹操的主力部队这时都下乡收麦子去了，不但营垒不坚固，留守的人也很少，连一千人都不到。吕布大军一到，曹操让随军的家眷拿着兵器，登上了营垒的墙头。吕布一看曹军的营垒西边有道大堤，南边有一大片森林。就对部下说："曹操这个家伙狡猾狡猾的，咱们可别中了他的埋伏。"从吕布如此谨小慎微可以判断出，他的营地应该在那片茂密的树林的南边，完全看不到曹军的营垒。曹操充分利用了地形，借助森林的遮掩，把就那么点兵力分成了两半。一半埋伏在大堤后，另一半在大堤外堂而皇之地布阵。

第二天，吕布再次前来挑战，吕布打得很保守，只派出一支轻兵上前和大堤前列阵的曹兵交手，打了一会儿曹军在大堤后面的伏兵一下子全部杀出，吕布猝不及防竟然被曹操大乱阵脚，落荒而逃，曹操一直追到了吕布的营地才返回。

逃回营地的吕布完全没了士气，连夜撤退。曹操又趁势进攻，拿下定陶后，分兵平定了其他郡县，重新夺回了兖州。而吕布则如丧家之犬般一路向东投奔了刘备。

这整整一年，吕布基本上就没有安宁的时候，打了败仗把家底都快赔光了，当被袁绍围攻的东郡太守臧洪前来求援时，吕布没有任何作为也是可以理解的。

刘备这时候在曹操的力挺下，被汉献帝封为镇东将军，刚刚当了宜城亭侯。没想到赫赫有名的温侯吕布竟然来自己门前讨饭吃，一时间非常激动。吕布见到刘备以后，也是非常地尊敬，对刘备说出了一番肺腑之言："我与你都是北疆人。我吕布看到关东诸将起兵想要诛杀董卓。等到我杀了董卓离开长安到关东，却发现关东的诸将没有人愿意接纳我，都想杀掉我。"说完以后，吕布郑重地请刘备到自己的帐中，让刘备坐在自己妻子的床上，叫妻子出来向刘备行礼，斟酒上菜，亲切地称刘备为贤弟。

刘备看吕布说话有些不太靠谱，表面上装作非常受用，但实际上却很不满意。但是这些不和睦的小节并没有影响两人合作的大局，刘、吕双方甚至订下了儿女结亲之策。

当时，刘备和曹操、袁绍是一伙的，虽然吕布从诛杀董卓开始就和袁家绑在了一起，但因为袁绍曾对吕布起过杀心，所以吕布只能选择和袁术一伙。

但是袁术因为有了称帝的野心，和自己的本家袁绍竟然成了死敌，所以连带着看刘备不顺眼，找机会就打。

在吕布来到徐州的时候，袁术已经派出大军来攻打徐州了。

刘备誓死捍卫自己人生中的第一块根据地。留下家眷亲自出马在盱眙、淮扬一带和袁术对峙。吕布也怀着对刘备的感激，积极主动地在阜陵攻打袁术。

吕布打起仗来还是比较彪悍的。袁术正面战场打不过，就开始琢磨歪点子。他给吕布写了一封密信，信中大肆吹捧吕布立下了"诛董卓、破兖州、破刘备"等三大功，还许诺给吕布大米二十万斛，兵器战具则是按需供给。吕布看后，高兴得完全忘记了刘备是见过自己妻妾的贤弟，还是自己未来的亲家，立刻带兵水陆并进，直奔下邳而去。吕布之所以会一下子和刘备翻脸，除了他没脑子以外，和袁术派出的信使很有关系。这个人叫袁涣，很有才华，在袁术这个大反贼手下工作，却总是一副大义凛然的样子。让袁术既讨厌又无奈，还得恭恭敬敬地以礼相待。

《三国志》里说，袁涣是在吕布打阜陵时被吕布扣留的，如果袁涣好好待在袁术的大营里，怎么会被吕布扣留？他被吕布扣留，肯定是去了吕布的营中，如果不是送信，他去吕布的大营干什么？（袁涣是信使的原因，下面会说到）

距离下邳城四十里时，刘备的中郎将丹杨人许耽趁夜派司马章诳拜见吕布。

章诳告诉吕布，城中留守的张益德和下邳相曹豹很不团结，张益德杀了曹豹，两人部下互不信任，已经乱成一团。把守城西白门的一千多丹杨兵，听到将军您来，欢呼雀跃，就像死去的人又活了过来一样，只要将军的大军一到西门，他们就会打开城门迎接您。于是吕布星夜兼程，在凌晨时分赶到了下邳城下。

天刚亮，丹杨兵就打开了城门，吕布大军全部进到城中，四处放火。张益德的部下猝不及防，被杀得大败。留在下邳城里的刘备家眷，还有刘备手下部曲、将领、官吏的家眷，连同城中的物资，全部成为吕布的战利品。至此吕布完成了反噬恩主刘备的全部行动，这其中让人无法理解的有很多很多，但最突出的有两点。

吕布是个自视甚高的人，无论是杀丁原还是杀董卓都是因为有朝中超一流的重臣说项才会就范。而这次背叛刘备，却仅仅因为一封密信和一个小小司马提供的情报就做出了决定，如果没有其他因素，吕布根本不会有这么果断迅速的反应。这是其一。

其二，吕布的军纪不好是出了名的，连袁绍、袁术都不能容忍，但这一次吕布却没有为难刘备的家眷。而正是因为这个意外，让我确定地判断出是袁涣在幕后悄悄地推动了这次变故。

袁涣这个人出身高贵，非常有性格，但他却一直念着刘备的好，原因很简单，他是刘备在当豫州刺史时推荐成秀才的，刘备是他的恩主。即便是最后魏、蜀、吴三分天下，袁涣成为了曹魏的臣子，在听到刘备的死讯时，别人都拍手庆贺，就他一个人独自沉默。当时陈群父子也在吕布军中，吕布战败后，见到曹操时陈家父子都行的是跪拜礼，唯有袁涣双手抱拳举过头顶，给曹操行了一个“高揖”这样的辞别礼。特别是吕布战败后，大家哄抢吕布留下的财物时，别人都抢金抢银，唯独袁涣拉了几百卷书。

这一次，他劝吕布倒戈攻击刘备是忠于袁术所托，事成之后劝吕布不杀刘备家眷是忠于恩主，完全符合其人的行事作风，要换作他人，刘备家人性命难保。

刘备遭此暗算，军心不稳，被袁术打败，逃到海西向吕布请降。已经自封为徐州刺史的吕布正在为袁术没有运来承诺的粮食而恼火，就和刘备重归于好，还让刘备继续担任豫州刺史。

刘备向吕布求和时，吕布的部将都说刘备反复无常，供养他纯属浪费粮食，不如早点干掉他。吕布不以为然，还把这些话告诉了刘备。刘备听后心里更加不安，就主动提出要去小沛。

这个时候李傕和郭汜火并，汉献帝被迫逃离长安，专门下诏要求吕布迎驾。可见在献帝心中，除了王允也就吕布是比较可靠的忠臣了。但是吕布因为没有粮食，无法接纳献帝和献帝身边的百官，只得上书请罪。

曹操给吕布送去亲笔信一封，几近夸张地把吕布表扬慰问了一番，表达了自己迎接天子平定天下的意愿，还用皇帝的诏书告诉吕布要悬赏抓捕公孙瓒、袁术、韩暹、杨奉等人。

吕布看到信简直是大喜过望，又派人给献帝上书说："臣本来应当迎接圣驾，但我知道曹操忠孝，迎接圣上要去许都。臣以前和曹操打过仗，现在曹操保护陛下，臣作为一个外将，想带兵跟随，但是怕人家以为臣有非分之想，所以在徐州戴罪听候陛下发落，无论进退心中都不能安宁。"

同时还回信给曹操说："吕布是有罪之人，按法律应该斩首，但是您亲笔写信慰劳，还用厚礼褒奖。重新看到悬赏抓捕袁术等人的诏书，吕布一定全力效劳。"

曹操必然不会让汉献帝处罚吕布，反倒是晋封他为平东将军、平陶侯。

历史在这里让粮食撞了一下腰，汉王朝的命运也拐了一个小弯。如果袁术的粮食能够按约送到的话，曹操就失去了挟天子以令诸侯的政治机遇，吕布也未必同意与刘备的和解，三国的历史必将改写。但因为粮食，这一切都只能成为如果。

袁术一看吕布从刘备手里夺得了徐州，实力大增，害怕吕布威胁自己，就为自己的儿子求婚，请求吕布把女儿嫁过来，吕布同意了。吕布这个决定非常任性，给曹操专门去信表示要为抓捕袁术效劳，这才多长时间就变卦了！

袁术一看，吕布同意了联姻，就放开手来派大将纪灵率领三万人马攻打刚被吕布发配到小沛的刘备。刘备只得向吕布求援。

吕布会同意吗？会为了刘备去打自己的准亲家吗？为了自己的女儿也不能

啊。刘备是谁？我不熟。可是吕布竟然同意了，而且是立刻起兵，没有一点犹豫。

一位部将劝阻说：“将军您一直都想除掉刘备，现在可以假借袁术之手来干掉他。”吕布却说：“你说得不对，袁术如果占据了小沛，就会在北边联合泰山一带的部队，我们就会被袁术包围，我不能不去救刘备啊。”于是领步兵千人、骑兵二百，飞速赶往小沛。纪灵等人听说吕布前来援救刘备，只好收兵，不敢轻举妄动。

温侯的名头真是不小。

在离小沛西南一里的地方，吕布扎下营寨，派人去请纪灵和他的部将，刚好纪灵也派人请吕布过去饮酒，毕竟吕布是袁术的亲家。

吕布对纪灵等人说：“玄德，是我吕布的贤弟。如今他被诸位围困，我特意赶来救他。我生性不爱看别人互相争斗，只喜欢替别人调解纷争。”大家还不太明白这话是什么意思时，吕布就让门候在营门中竖起一支戟。他说：“诸位看我射戟上的小支，如一发射中，诸君当立即停止进攻，离开这里，如射不中，那你们就留下与刘备决一死战。”他引弓向戟射出一箭，正好射中了小支。纪灵和诸将都大为震惊，纷纷夸赞说：“将军的威力真是和天神一样啊！”

第二天，吕布又与诸将欢聚宴饮，然后各自回兵。可以想见袁术知道这个消息以后该有多么地愤怒、无奈和不可思议，反正从此以后，纪灵这个人再也没有出现过。这就是广为流传的典故——“辕门射戟”。不过吕布此举除了再次彰显其超级猛男的本色之外，所有的积极意义都被后来出尔反尔的举动，毁灭殆尽。

刘备在吕布的帮助下，得到了在小沛休养生息的机会，渐渐有了起色，除了被打散的旧部，还有一些新人陆续前来，很快就聚集了一万多人。如果吕布和刘备能够好好地团结起来，两人互相取长补短，别人还真不好对付他们。但是吕布这时候又邪恶了，他一看刘备这么有号召力，元气恢复得挺快，就又想起部将们当时对刘备的评价，就撕毁和约亲率大军进攻小沛。

刘备打不过吕布，无奈之下，前往许昌投奔了曹操。曹操热情地接纳了刘备，给刘备补充兵马发足粮草，还让刘备做了豫州牧。吕布抢了刘备的地盘，又打跑了刘备，但是仍然觉得不过瘾。这时候，袁涣还在他手里扣着，他就想让袁涣写封信把刘备好好地臭骂一番。可是袁涣就是认死理，认为不能这样做，吕布三番五次强迫，都不就范。

吕布大怒，用刀剑威胁袁涣说：“做这件事就能活，不做就死。”袁涣脸色丝毫没变，笑着对吕布说："我听说只有德行可以用来羞辱别人，没听说用污言秽语来羞辱别人的。如果他本来就是个君子，那么他不会因为将军你的话而感到耻辱；如果他的确是个小人，那么他肯定会用同样的话来回复你，这样一来最后受侮辱的人就是你而非他了。再说我先前侍奉过刘将军，就像今天侍奉你一样，假如有一天我离开这里，再来痛骂将军，行吗？"吕布自感惭愧而作罢。

由这件事可以看出吕布还有耻感，还不算太坏。虽然吕布羞红了脸，但仍然咽不下对刘备的一口恶气。实在不明白，他为什么这么恨刘备？

这一年是建安元年（公元196年），曹操终于把献帝迎奉到许昌。颠沛流离的东汉天子和朝廷终于安定了下来，人们的心中又有了希望。

到了六月，吕布摊上大事了。部将郝萌发动了武装叛乱。郝萌动起手来一点也不萌，带着兵直接朝着吕布在下邳城办公的诣厅侧门猛攻，好在吕布把办公场所当作军事堡垒来修，十分坚固。叛军就没有攻进去。但是混乱中，吕布压根儿不知道造反的是谁，就带着家眷逃到了部将高顺的驻地。吕布非常狼狈，光着头，衣不蔽体，牵着老婆，打穿厕所的墙壁才逃出来。

高顺问道："将军有所隐不？"吕布回答："这是河内人的声音。"高顺便猜到造反的是郝萌，于是率部平叛，弓弩齐发射杀郝萌军，天亮还营。

激战中，郝萌的部将曹性反正，与郝萌对战，郝萌刺伤曹性，曹性斩断郝萌一臂，高顺乘势斩下郝萌的首级，用床担着受伤的曹性前往见吕布。吕布问曹性此事缘起，曹性回答："郝萌受到袁术的鼓动而造反。"吕布又问："同谋的都有谁？"曹性回答说陈宫同谋。当时陈宫坐在吕布旁边，小脸涨得通红，旁人都察觉到了。吕布因为陈宫是首席谋士，并不追究。曹性又说："郝萌造反时曾问我可行吗，我说吕大将军神勇不可对抗，没想到郝萌狂惑不止。"吕布对曹性说："你真是个健儿。"随后又安排曹性好好养伤，等曹性伤愈后，又让曹性来统领郝萌的余部。

从告别袁绍以后，到夺取曹操的兖州，陈宫就一直是吕布身边最重要的谋士，在一起共事了三年，吕布心软了。再以当时吕布的处境来看似乎唯有袁术还可以作为外援，如果再杀掉与袁术友好的陈宫，就再也没有外援可以依靠了。

建安元年（公元196年），袁绍给曹操写了一封措辞非常傲慢的信，因为太傲慢了，让曹操忍无可忍地向荀彧和郭嘉这两个谋臣说出了要讨伐袁绍的话，从而引发郭嘉那段非常著名的"十胜十败"论。

也就是这次战略研讨中，郭嘉明确地建议曹操利用袁绍和公孙瓒交战的机会，东征吕布，为以后与袁绍的争霸扫除后顾之忧。至此，吕布成为曹操集团排名最为靠前的铲除对象。但吕布浑然不觉，仍然继续着和袁术剪不断理还乱的变态关系。

袁术终于要称帝了，吕布是他非常重要的盟友，所以袁术就派人为自己的儿子求娶吕布的女儿，吕布同意了。袁术就派韩胤为使节，向吕布正式转达他将更换年号、登基称帝的事情，同时接走吕布的女儿去完婚。袁术称帝的行为在汉室仍在的情况下，是彻头彻尾的大逆不道，但吕布竟然还同意和他联姻，实在是糊涂到了极点，这种祸及九族的事情别人躲还躲不及，吕布还急乎乎地往上靠。孤独久了，太需要一个盟友。但是，沛相陈珪担心袁术、吕布成了亲家，徐州、扬州联为一体，将会危害国家，于是前往游说吕布："曹公奉迎天子，辅佐朝政，征讨八方，威震四海，将军您应与他合作，共商大计。如果您与袁术成了亲家，将会背负不义的罪名，那样您的安全就如同累卵，岌岌可危了。"

听陈珪这么一说，吕布又想起当初袁术不接纳自己，把已经跟着韩胤走了的女儿追了回来，拒绝了和袁术儿子的亲事。悔婚已经够狠了，但是吕布还有后招，他把袁术的使者韩胤戴上枷锁、镣铐，送到许都交给了曹操。曹操毫不客气地在街市公开处斩了韩胤，把韩胤脑袋挂起来示众，给许昌百姓上了一堂生动的忠君爱国大课。

陈珪想派其子陈登到许都，说明吕布愿意与曹操合作，吕布不同意派陈登去。正巧曹操的使者这时来到，传来汉献帝任命吕布为左将军的旨意，把平东将军的大印也送了过来，曹操还亲自给吕布写信，大送高帽，大加拉拢。信里说："国家没有好金子，我就用我自己的好金子给你做了个将印；国家没有紫色的绶带，我就把自己佩的紫色绶带给你，以此来表达我的心意。"这会儿把朝廷的官还当回事的诸侯已经不多了，而吕布只是拿到了迟到的将印就高兴得忘乎所以，全然不记得不同意陈登见曹操这档子事，派陈登启程专门带着给曹操的复信，向汉献帝谢恩。可让吕布没想到的是陈登见到曹操后说的全是他的坏话。陈登告诉曹操吕布有勇无谋、反复无常，希望曹操早日除掉吕布。

曹操说："吕布狼子野心，实在不能让他久留世上，你当然是最熟悉内情的。"当即把陈珪的年俸禄提到二千石，任命陈登为广陵太守。临别时，曹操拉着陈登的手说："东边的事，便全托付给你了。"密令陈登私下分化吕布的队伍，联络势力，为自己做内应。

出行前，吕布想通过陈登向朝廷求得徐州牧，这个愿望没能实现，大怒，挥舞着戟来砍桌子，对陈登说："你父亲劝我与曹公合作，我才拒绝了袁术的婚约；可是现在我一无所获，你们父子却一同加官晋爵，我被你们出卖了！"

陈登面不改色，从容地答道："我见曹公时说：'对待将军您，要像对待猛虎，应当让他吃饱，如果不饱，他会吃人的。'曹公说：'并不像你说的那样，对吕布更像是养鹰，饿时可以利用，而当他吃饱了，却会自顾飞去。'当时的对话就是这样的。"吕布听后，竟然不再生气了。

很快，袁术听说吕布回绝了婚事还杀了韩胤，大怒之下派手下大将张勋、桥蕤等人同韩暹、杨奉合兵，率几万步兵骑兵，分七路进攻吕布。七路兵马都没看到纪灵的人影，是不是可以给他默哀了？当时吕布只有三千兵力，四百匹马，敌众我寡，他十分担心地对陈珪说："都是因为你，现在把袁术的大军给招来了，你说该怎么办？"陈珪说："韩暹、杨奉与袁术，不过是仓促聚起来的部队而已。原先就没有确定计策，不可能相互维持。我儿子陈登把他们看成是一串公鸡，肯定住不到一个窝里去，很快就可以让他们离散。"

吕布采纳陈珪的计策，写信给韩暹、杨奉说："二位将军有救驾之功，而我亲手杀掉董卓，一道建立功名，将会留名青史。现在袁术反叛，应当一同讨伐他。你们为什么与反贼来这儿攻打我呢？可趁着现在联手打败袁术，为国家除害，为天下建立功业，这个机会不可失去。"同时许诺打败袁术军队之后，将缴获的钱粮全给他们。韩暹、杨奉非常高兴，翻脸不认人，给吕布回信敲定了这事。

吕布发兵迎击张勋，在距离张勋营地百步之遥时，韩、杨二人率兵同时发动攻击，斩杀袁术大将十人，杀伤堕水死者不可胜数，活捉了桥蕤，其余袁军人马溃散逃走。随后，吕布又和韩、杨二军乘胜追击，水陆并进，兵锋直指袁术的"帝都"寿春，一路上大肆抢掠。到钟离（今安徽省凤阳县），抢得实在不能再抢了，就撤回了淮北。

撤兵前，吕布给袁术留下了一封信，信里说："阁下仗着兵力强盛，经常说猛将武士都想吞灭我，多亏阁下约束制止！吕布我虽然没什么勇力，但今天虎步淮南，一时之间，阁下鼠窜寿春，连头都不敢露出来。你的猛将武士都到哪里去了？你喜欢说大话污蔑天下人，但天下人怎么会都被你诬蔑？古时候打仗，使者在其间传递信息，这回不是我吕布先惹起来的。咱俩离得不远，有什么要说的你还可以再来。"

吕布渡过淮水后，袁术才亲自率领步骑五千在淮水南边列阵，吕布的军队在北岸哈哈大笑，尽情地嘲弄够袁术后才走。

时有东海（今江苏省东海县）人萧建担任琅邪（今山东省临沂市）相，管辖着莒县，保城自守，不听吕布的号令。吕布就给萧建修书一封，说："天下举兵，都是为了诛杀董卓。我杀了董卓，来到关东，想联络兵马向西迎回皇帝，光复洛阳，但是诸将却互相攻打，没有一个顾念国家的。我吕布，是五原人，故乡离徐州有五千余里，是在天下的西北角，今天不会来争夺徐州这个天下的东南之地。莒县和下邳相去不远，本来就应该互通有无。如果按照阁下你的意愿，那么每个郡的郡守都能称帝，每个县的县长都能称王了！以前燕国的乐毅攻打齐国，呼吸之间就攻下了齐国的七十余城，唯有你的莒县和另外一个即墨这两个城没有攻下，之所以这样，是因为即墨城有田单的缘故。今天，吕布虽然不是乐毅，但是阁下也不是田单，你可以把我的信拿给有智谋的人一起瞧瞧再说。"这封信充满了自负般的自信，就如同吕布的政治宣言，让我们得以看到猛男丰富的内心世界和远大的政治抱负。

萧建看到信后，马上派主簿带上回信和礼物，连同良马五匹向吕布示好。如果萧建以为这样就能被吕布罩着的话，那他就太天真了。因为，当三国时期的"江左盟主"臧霸攻击莒县时，吕布并没有前来救援这个和自己互通有无的"同事"。这个原因等到臧霸破城以后，大家才知道，原来是臧霸许诺要把城里的物资分给吕布一部分。

问题来了：一个小小的莒县能有多少好东西，堂堂的温侯这么好打发？

事实证明，打发吕布确实不难，等不及臧霸送上门来就要着急地自己带人到莒县要东西。

一贯言辞甚少的高顺实在看不过眼了，就劝吕布不要去，说："将军亲自斩杀董卓，威震戎狄，声名远扬，您只用端坐在这里向周围看一眼，远近自然都会臣服，不宜轻易出战；如果偶尔打了败仗，对名声的损害可不小。"吕布不听，坚持要带兵去莒城。

臧霸对吕布那可是敬而远之，一看他老人家带着像土匪一样的军队来，害怕吕布的部下祸害百姓，强抢民财，就坚守莒城，闭门不出。吕布无法攻克，只得灰溜溜地带兵返回下邳，丢人现眼地白跑了一趟。

随后，臧霸一看吕布撤军，又不愿意和吕布翻脸，就派人主动把事先承诺的物资送到了下邳。这充分证明，高顺的意见是完全正确的，判断也是完全准确的。

高顺这个人就像贝加尔湖一样，清白纯澈，仪表威严，恬静少语。他统率的部众军容严整，铠甲兵器精良，每次作战必定获胜，被称作"陷阵营"，是三国最为精锐的部队之一。

吕布天生喜欢随便作出决定或改变主张，做事情变化无常。高顺常常规劝说："将军做事情，不肯慎重考虑，时常出现失误，说话做事总是有差错。失误的事情难道可以一再发生吗？"

吕布了解高顺的忠诚，但终究不采纳其意见。

吕布的部队军纪差，韩暹和杨奉的军队纪律更差，又因为没有粮食吃，更是变本加厉，像上班一样来来回回在扬州和徐州之间四处抢劫，更可恶的是，抢来抢去也没抢饱肚皮。为求一饱，韩杨二人盘算着到荆州投奔刘表，当时的荆州在刘表的治下呈现出一片太平祥和之景，实在堪称乱世的桃源福地。

两人还挺够意思，决定要走了，就向吕布告辞。结果出乎两人意料的是，吕布不同意。

既然不同意就得有对策和后续的措施，要么当头一棒干掉两人吞并他们的兵马，要么多给胡萝卜补足粮草，可是吕布什么也没做。于是韩、杨两人就开始暗地里操作，他们看到吕布和刘备有过节，就悄悄地联络刘备一起攻打吕布。

刘备可不是吕布那么单纯的莽汉，他表面答应了杨奉，两人相约带兵攻打沛县。战前说要宴请杨奉，在酒酣耳热之际，派兵干掉了杨奉。可怜的韩暹一直跟在杨奉后面干坏事，杨奉一死，他顿时成了没头苍蝇。

建安三年(公元198年)，吕布再次反叛朝廷与袁术结盟，没了袁术的威胁，吕布立即腾出手来攻打刘备。领军的是中郎将高顺和北地太守张辽。后来名扬逍遥津的张辽和高顺一同出征，竟然还当不上主将，吕布军团中的武将的确是一个优秀的集体。

刘备驻守的沛城没能抵挡住高、张二人的进攻，这期间曹操派出夏侯惇前去救援，竟然也被高顺打败。九月，高顺等攻破沛城，俘虏了刘备妻儿，刘备只身逃脱。

曹操决定亲征吕布，这时众将领担心刘表和张绣，极力阻拦曹操远征。荀攸则力排众议，认为吕布为人骁勇，又和袁术结盟，如果他纵横淮河和泗水之间，总会有英雄豪杰前去依附。如今他背叛朝廷，内部军心不稳，咱们大军只要一到，必定可以将他打败。曹操遂下定决心。

大军出征后，泰山军的首领臧霸、孙观、吴敦、尹礼、昌狶等人都投向了吕布阵营。

曹操走到梁地时遇到了刘备，两人一同进驻彭城。

陈宫对吕布说："将军应该主动迎战，以逸待劳，无往不胜！"吕布只采纳了一半陈宫的建议，决定把以逸待劳贯彻到底，这样答道："不如等曹操来进攻，然后我把他们都逼到泗水里淹死。"

十月，曹操在彭城屠城，最大限度地消除了后顾之忧，全力以赴直奔下邳。吕布亲自率军多次出城和曹操交战，都被曹操打败，无奈之下只得躲进城中，不敢出战。曹操再次写信给吕布，分析胜败，讲明祸福。吕布看了信觉得很害怕，就想投降。但陈宫觉得以前背叛过曹操，是曹操眼中罪大恶极的人，投降了绝对没有好果子吃，于是就劝阻吕布，鼓励吕布与曹操决战。

陈宫说："曹操远来，不可能停留得太久。请将军您率领一支精兵驻守在城外，由我率领剩下的军队在城内。如果曹军进攻将军，我就领兵出城攻击他们的后背；如果曹军攻城，将军就领兵在外策应。这样下去，不过一个月，等曹操粮食吃光，我们再发动反击，就可以打败他们了。"吕布一听觉得这个计策靠谱就同意了，打算自己带人去截断曹军的粮道，留下陈宫和高顺守城。

到这个时候，前面只在刘备面前露过一小脸的吕布老婆出面了，不过很遗憾没有任何证据可以证明这个女人是貂蝉。面对即将出战的丈夫，吕夫人的建议是这样的："陈宫与高顺长期不和，将军您一出城，他俩必然不能同心协力守城，万一出现变故，将军还有哪里可以立足？而且曹操对待陈宫犹如父母对待怀中的幼儿，陈宫还舍弃曹操来投靠我们；你对待陈宫并没有曹操对他好，现在却把全城交给他，你抛下我和孩子，孤军远出。如果……我还能再做你的妻子吗？希望将军好好思量一下，不要被陈宫等人所误啊！以前妾身在长安，被将军抛弃，多亏庞舒暗地里收留我，现在你遇到难处，可以不用顾忌臣妾。"

吕布妻子的话，每一句都没有错，特别是最后以退为进的悲戚之言，都是在洞察了人情世故之后做出的理性分析，而对陈宫的评价，应该是明白已久却没有机会诉说，今日别离之际如鲠在喉，不吐不快。

其实，陈宫迎接吕布也好，勾结袁术陷害吕布也好，反对吕布投降曹操也好，和吕布对陈宫好不好关系不大，陈宫从边让等人被杀之后，就铁了心要为好友报仇，和不共戴天的曹操血战到底。这种坚定的政治追求，吕布不明白，吕夫人更不会明白。

吕布没有听从陈宫的建议，他任凭曹军在下邳城外挖壕筑垒，一天天扭紧绞杀自己的枷锁。

吕布悄悄派遣部下许汜和王楷到袁术那里求救。这两个人都是当初和陈宫一起在兖州迎接吕布的名士，他们坚决地执行了吕布的命令，发挥自己的才智劝说袁术同意援救自己曾经多次反复的主公。袁术的质问带着满肚子的委屈和愤懑："吕布不把女儿送到我这里来，活该失败，为什么又来找我？"许、王二人忙说："明上您现在不救吕布，也是自取灭亡啊。因为吕布一旦被曹操消灭，接下来也就该你了。"

"明上"是用来对君王或非君主级别的统治者的尊称，袁术这时已经称帝，许、王二人用这样一个模棱两可的称呼真的可以说是为了吕布用心良苦、费尽心机了。

袁术立刻整顿兵马，声援吕布。而吕布担心袁术因为自己不送女儿而不发兵救援，就用丝绸锦缎把女儿裹住，绑到马上，乘着夜色亲自送女儿出城。守城的曹军并不接战，只是弓弩齐发，吕布无法通过，只得又退回城里。

这次失败的突围成为后世很多人用来指责陈宫先前给吕布的建议不行的重要依据，其实指责陈宫的人没有看到，在陈宫建议和吕布送女出城之间的时间差，前者是曹军新到立足未稳，后者是曹军包围已经完成，完全是两种不同的环境，怎么有可比性呢？而且吕布本来就是迫于形势才送女儿给袁术的，并非心甘情愿。而袁术也不是心甘情愿，救援的效果更是可想而知了。

真正想救吕布的是河内太守张杨，但他的实力太弱，只能率军进驻野王（今河南省沁阳市）的东市，遥相呼应。但就这一点微弱的呼应声也不能持久，在曹操与袁绍的明争暗斗下变得时断时续。

张杨为人宽厚仁慈，从不用刑罚树立自己的权威，部下有叛变的，他知道后不打不骂，只是像对待老情人那样执手相看泪眼，无语凝噎，而后给与毫无原则的原谅，终于被存有异心的部下所害。

十一月，张杨部下中亲曹操的部将杨丑杀死了张杨，在投奔曹操的半道上，亲袁绍的部将眭固又杀了杨丑北上投奔袁绍，曹操得知消息后派曹仁和史涣前去追杀，最后眭固被杀，其余残部都归了曹操。

最后的外援来自臧霸，这个山东人是真靠谱，一直起兵接应吕布，直到吕布被曹操生擒后，他才藏了起来，要怪也只能怪吕布自己不争气。

曹操从十月份以来一直打了将近三个月，将士们一会儿挖沟筑城当民工，一会儿围追堵截当敢死队，一会儿攀爬城头当炮灰，非常疲惫。曹操看到困难重重就想退兵。荀攸和郭嘉劝阻说："吕布有勇无谋，现在连战连败，已经没有了取胜的锐气。三军以主将为主心骨，主将气泄了，全军上下都不会有精神。陈宫虽然是个好谋士，但是反应慢。现在就应该趁着吕布精神萎靡，陈宫还没想出对策，发动猛攻，把吕布消灭。"

强敌在外，大难临头，吕布虽然骁勇善战，但是没什么谋略还小心眼儿，连高顺这样忠心耿耿、品格高尚、战力超群的优秀人才都不能好好任用，部下也是相互猜忌，状如散沙。

他的部将侯成丢失了十五匹好马（《九州春秋》上记载的是十五，《资治通鉴》上记载的是一匹，个人认为宋朝时中国养马之地都已沦陷，马匹比较珍贵，觉得良马有一匹就了不得了，怎么会有十五匹？但在三国时侯成是骑将，吕布军队又是以骑兵为主力，所以十五匹可信程度较高）。

这些马是侯成让人帮着牧养的，结果这人赶着马要到沛城去投奔刘备。侯成自己带人把马追了回来。

这绝对不是小事，该不该庆贺一下？应该吧。和侯成一起的那帮武将也都这么想，于是大伙就凑份子给侯成祝贺。侯成也高高兴兴地酿了五六斛酒，捕猎了十几头野猪，准备大操大办一下。

对于官员的吃喝，从汉初就是严令禁止的，虽然三国已是汉末，大家对一些禁令早就不在乎了，但侯成还是挺讲究，对吕布也很尊重。他带着人扛了半扇猪，打了五斗酒前去拜见吕布，跪下来恭恭敬敬地说道："前段时间承蒙将军大恩，我把丢失的马追回来了，其他将领都来祝贺，我自己酿了一点点酒，打猎得到了猪，不敢私下吃喝，先给您奉上，一点小意思，请将军收下。"

侯成这段话虽然不长，但是说得却很周全，把派兵追马这好事归功于吕布的恩赐，连吃喝这样的事情也要请示吕布。

对这样上下级之间联络感情的机会，吕布的处理方式有很多，随便一个三国爱好者都可以提出好几种方案，但吕布的反应还是太任性了。

他竟然怒了，而且是大怒，训斥侯成说："我吕布命令禁酒，你却酿酒。"越说越怒，一怒就开始上纲上线了，"你们一起吃喝做了兄弟，想一起谋杀我吗？"此言一出，举座皆惊，侯成心里十分害怕，带着万分的恐惧忐忑不安地告罪而去。一回家就把酿好的酒倒掉，把收到的贺礼逐一退还，既丢了脸面，也感觉没了信任，从此就有些疑神疑鬼。

等到曹操挖开泗水围死了下邳时，侯成终于下定决心，联合魏续和宋宪绑了陈宫投降了曹操，曹军经过三个月的苦战终于进入了富饶繁华的下邳城。

白门楼是下邳城的南大门。

十二月癸酉，吕布在楼上看到曹军蜂拥而入，攻势大盛，守住下邳已无可能，就下令让左右亲兵把自己的首级交给曹操，但是部下都不忍心，于是吕布下城投降。

曹军把吕布绑着押送到曹操面前。一见曹操，吕布就要求松绑，曹操笑说："捆绑老虎不得不紧。"

吕布又对曹操说："明公您怎么这么瘦了？"

曹操说："吕君怎么认得我？"

吕布："从前在雒阳温氏园里见过。"

曹操："这样啊。我已经忘记了。我这么瘦，是因为恨不得和你早点相见。"

当时，吕布是董卓最信任的亲信，是大红人，而曹操不过是西园八校尉里的典军校尉而已，吕布的这个近乎套得实在是不咋样。

在强烈的求生欲望驱使下，吕布又开口了："我平日里厚待诸将，为什么形势一危急他们就都背叛我了？"实在不知道一同被绑着的高顺听到这话以后作何感想？吕布你这个"都"字绝对不该用，起码我高顺没有辜负过你啊！

曹操听后说："你冷落自己的妻子，疼爱诸将的老婆，就是对他们的厚待？！"吕布无言以对，只得沉默。曹操的话如同惊雷滚滚，实在没想到吕布竟然还有这个爱好。

吕布又说："齐桓公不计较射钩之仇，任用管仲为相国；请让吕布为明公效劳，竭尽全力供您调遣。可以吗？"不待曹操回答，吕布又说，"明公您一直因为我烦恼，现在我决定归顺您，以后您让我带着骑兵，您自己统领步兵，完全可以统一天下啊！"

曹操似乎有所心动。吕布一看，求生欲望更加迫切，刚好又看到了刘备，情急之下他完全忘记了过去的恩怨，只觉得熟人好说话，就对刘备喊道："刘玄德，我现在是阶下囚，你是座上宾，帮我说句话让明公把绑我的绳子松一松啊！"

曹操一听，就抢过话来问道："这些话为什么不对我说，却要让刘使君来说呢？"

说者无心，听者有意，寄人篱下的刘备刘玄德一看曹操起疑，哪里还会、哪里还敢给吕布说情呢？

曹操看出吕布想活命，就动了收为己用的念头，下令给吕布松松绳子。

主簿王必看到后，出来给曹操建议道："吕布是强悍的敌人，他的部下都在下邳周围很近的地方，不能宽恕他。"王必深受曹操信任，听他这么一说，曹操说道："我本来都要给你松绑了，但是主簿不听我的，你说怎么办？"

这时，刘备终于看清形势了，曹操对杀不杀吕布并没有明确的态度，但曹操的主簿王必却是坚定的强硬派，认为吕布留下来是祸害。而且吕布真要投降了曹操并受到任用，曹操的势力不就更大了？于是，刘备说道："曹公，您难道忘了董卓和丁原吗？”

曹操顿时如醍醐灌顶般做出了决定，下令缢杀吕布。

吕布一听刘备这样说自己，破口大骂：“大耳贼最不可信。”

这话一说，刘备更加庆幸自己刚才临时做出的决定，要不然吕布真被救下来，自己一定是既招曹操怀疑，还不受吕布待见。

人生最后一个决定，吕布竟然还是做错了。找人在曹操面前给自己说情，找谁也不能找刘备啊，难道自己恩将仇报的烂事都忘记了吗？

这一天，和吕布一同被杀的还有陈宫和高顺。陈宫是曹操的老友，曹操十分真诚地想劝服陈宫，但是陈宫坚决不为所动，还用无法反驳的神逻辑保全了妻儿老娘的性命。曹操流着泪送别陈宫，但陈宫却头也不回地走向了刑场。

最为遗憾的是高顺，这样一个不世出的人物一言不发地，以一种毫无畏惧的宁静寂然赴死。对于自己的主公，他早已无语。

“凡破家亡国，非无忠臣明智者也，但患不见用耳。将军举动，不肯详思，辄喜言误，误不可数也。”这句话是高顺劝谏吕布时说的。听人劝，吃饱饭，吕布自己不愿意思考，别人提出好意见还不采纳，失误多到数不清楚，事败身死是应有的结局。

阐述道理一针见血，剖析人性也一针见血，在战场杀敌高顺也是一剑封喉。但是吕布却没有听，连高顺的“陷阵营”还要交给魏续，正是魏续的变节要了吕布的命。

如果是高顺统领这个连续打败过刘关张和夏侯惇的劲旅，即便是曹军进了城，也未必能把吕布怎么样。

吕布是并州军团在武力方面的杰出代表，他生不逢时，在无情的乱世早早出局是一种必然。

高顺的平静还有一份坦然，因为他知道在他的身后，有一个叫张辽张文远的人带着本部人马已经归顺了曹操。他也坚信并州铁骑的传承将在这个年轻人身上得以延续。这个年轻人没有让高顺失望，十六年后，在一个叫逍遥津的地方，他带着八百铁骑以一场打败东吴十万雄兵的大胜名扬天下。

吕布死后，曹操把他和陈宫、高顺的首级送到了许昌，与反贼袁术这个伪帝勾结判个死刑不过分。只是不知道即将成年的汉献帝刘协看到这个当年诛杀董卓的功臣落到这般田地该有多么感伤？

能够让曹操有所顾忌的人又少了一个，汉家的江山在收到剿灭吕布捷报的同时，更显得风雨飘摇。

对于吕布的评价，后世大都不太好。觉得他反复无常，只要有好处，什么事情都能干出来。陈寿的评价是，吕布有虓虎之勇，而无英奇之略，轻狡反覆，唯利是视。自古及今，未有若此不夷灭也。

南朝时，名臣萧介在劝阻梁武帝不要收留侯景时的谏议中也说过吕布的不是："微臣听说恶人的秉性不会改变，而且天下的恶人都是一样的。当年吕布杀死丁原来侍奉董卓，最终又杀死了董卓，又做了叛贼……为什么呢？因为狼子野心，最终也不会有驯服、顺从的秉性，比如饲养老虎，一定遭受被饥饿的老虎吃掉的祸患。"

"轻狡反覆，唯利是视"就是吕布最为真实的写照。他之所以这么做，就是因为他稀里糊涂，分不清楚谁是自己的朋友，谁是自己的敌人。

如果在和平年代，没有这么多的抉择考验，他单纯地根据上级的指示，是能够靠着自己超级猛男这个特长有所作为的。又或者是战事年代，这时候敌我分明，完全不用琢磨是敌是友的问题。比如：若是在汉武帝时期，举国与匈奴大战，看到匈奴一顿胖揍就是了。假以时日，单凭战功，也不是没有封侯拜相的可能。但是天下一乱，上级的指示乱了，敌我的阵营乱了，自己的脑子也乱了。所以纵然自己有超一流的武力，身边有一流的武将团队、有上流的谋士辅佐，却打出个兵败身死的末流结局，真是十分地悲催。但是仔细想来，吕布似乎并不是大家印象和后人评论的那么坏。所谓"三姓家奴"的说法明显带有演义的夸张。吕布不是残暴无底线的人，从他善待刘备家眷来看，他的品行中还有人性的温暖。如果说为什么吕布成为三国里比较臭名昭著的人物，在我看来是犯了"不知二命"的大忌讳。这就必须得说说中国历史上非常有名的一个事件。

春秋时期，齐国的庄公被大臣崔杼杀掉了。这个事对后世影响很大，甚至被收入我国的中学语文课本中，但是历代至今大家关注的焦点都在秉笔直书不畏生死的那几个史官身上，文天祥在《正气歌》里的那句"在齐太史简，在晋董狐笔"，就是用的这个典故。

在唐朝开国时期，记录千古一帝李世民贞观之治的《群书治要》里，也收录了此事。之所以要把唐朝的事情拿出来说，是因为从唐朝开始，治史才成为官方行为，不再成为相对独立以世袭的方式专职从事著述历史的史官的专利。

在《群书治要》中，虽然也记录了史官的英勇事迹，但却省略了庄公被杀的过程。

其实，庄公死得就像《我的团长我的团》里的迷龙一样，非常麻烦。冲着要杀自己的人连续提出了一系列要求。

说起封建社会，大家最能想到的就是“普天之下，莫非王土；率土之滨，莫非王臣”“君要臣死，臣不得不死；父要子亡，子不得不亡”，庄公就是齐国的君主，别说提要求了，就是让这伙子人去死，他们也得照办。但是，这些人竟然把庄公的系列要求给全盘否定了。用短短两句话把齐国的最高统治者怼得完全没了脾气。具体内容《左传》和《史记》的记载都一样：“皆曰：‘君之臣杼疾病，不能听命。近于公宫，陪臣干掫（zōu）有淫者，不知二命。’”

在上尊下卑等级观念和君权至上集权思想深入人心的封建社会，被派去杀皇帝的人一般都不会有太多的政治头脑，更不会有多少人生智慧，因为稍微有点心眼都不敢做这样大逆不道的事。但杀庄公这伙人所说的话可不是一般人能够说出来的，充满了操纵政治的智慧和把玩权力的哲理。

先看第一句：“君主您的大臣崔杼病了，病了自然就不能前来听你下命令了。”很明白，崔杼不来了，想等着当面质问不可能了。再看第二句，“这里离宫廷很近，我们这些崔杼大人的家臣只管捉拿淫乱之徒。不知道第二个人（或是第二个）的命令”。这句话意思也很明白，但是感觉“离宫廷很近”这半句像是废话，既然是废话，为什么还要说呢？

如果是杀别人这句话没有必要，但要杀齐侯，这话就非常有必要。只有这样说，才能让齐侯明白，这里的人实际上都知道你是齐侯，也知道这里归朝廷管辖，但我们这些人是崔杼的家臣，你齐侯管得了崔杼，管不了我们；你的臣子崔杼不听你的话了，可我们这些崔杼的臣子却很听崔杼的话。至于崔杼为什么不听你的话，你自己到九泉之下好好反思吧。

齐侯好色，但脑子并不糊涂，听完这句话，脑子里绕了好几道弯弯以后，彻底明白这是崔杼早就安排好的，连怎么说都演练得如此娴熟，这伙人已经被崔杼洗过脑了，自己说什么也没用了。于是这才有了大王翻墙、大腿中箭、大头朝下、大摔一跤、大王惨死的悲剧。

其实从本质上讲，秉笔的史官和弑君的家臣都是尽职尽责的人。但史官恪守的是职业操守，而家臣维护的是主公私利。

春秋时期，这些家臣的行为并没有遭到太多的指责。但随着历史的发展，封建集权的越发集中，所有的最高统治者都不会允许出现这样只知家主不知君主的情况发生。

但是其他人对崔杼家臣却难保不是心有所羡而口不能言。试想那些野心家谁不希望自己的部下只对自己忠心耿耿，除了自己其他人的命令都不听呢？可是谁要是真的让部下做到了，那他离死也就不远了。想想有多少武将就是因为一句“只知某某，不知天子”的非议而一命呜呼的。但这些血淋淋的教训仍然无法遏制一个人对掌控部属命运的欲望，如臂使指的感觉可能真的是太爽太爽了。一旦这样的情况成为普遍现象，那么国家就一定会陷入军阀混战、民不聊生的悲惨境况。唐末安史之乱后割据四方的节度使和民国袁世凯称帝失败后拥兵自重的北洋诸将都是如此。在这样的大背景下，吕布作为一个部属在对待直接领导的问题上，接连犯了杀丁原、杀董卓两次错误，特别是在其中隐情外人无法得知或者是即使知道也故意忽略的情况下，可以说，吕布每次选择的都是服从于距离皇权最近的人。这就意味着只要有比自己直接领导职务更高的官员发话，吕布立刻就会冷酷地放弃朴素的上下级感情。也正是这个原因，吕布诛杀国贼董卓的天大功劳竟然也可以成为他人生的最大污点。

所以吕布在历史评论中就一定会被口诛笔伐，在现实中任何人只要被冠以与吕布相类的说法就一定会被所在的体系排斥在外。

在我看来，即便是黑化翻案成为风气，吕布也没有洗白的机会，除非上下级关系在人类社会中彻底消亡。

一个能力超常人生却没能成功的人，生不逢时就是他最好的注脚。

给吕布写诗：

丁原董卓命俱休，
刘备二袁友成仇。
麾下高顺真猛将，
帐中陈宫有计谋。
临机决断凭喜好，
任性用事多不周。
勇冠群雄难成事，
一朝身死白门楼。

三国点将之二

一目了然的后勤部长
——夏侯惇

主题词：后勤

如果一两天没饭吃，再好的计划都完了。如果这次打胜了，全体指战员的功劳算一半，后勤算一半！

——彭德怀　公元1951年

公元前202年二月初三，消灭了项羽、平定了楚地后的刘邦，采纳了大臣们联名呈上的劝进表，决定称帝，在洛阳南宫大宴群臣，参加宴会的有三百多人。

酒酣耳热的刘邦心情特好，不禁向这些人杰提出了一个很有技术含量的问题："列侯诸将无敢隐朕，皆言其情。吾所以有天下者何？项氏之所以失天下者何？"

回答开国皇帝关于如何取得天下这样的问题，无疑是一个绝好的拍马屁机会，众大臣自然是不会放过，不过太史公对那些露骨的吹捧向来是不屑记录的，他只记下了高起、王陵的发言，这二位仁兄的发言是以"陛下慢而侮人"为开端，又贬又褒，包含了朴素的历史唯物主义。

刘邦听后得意地说，"公知其一，未知其二"。然后说出了比自己还能耐的三个人——张良、萧何、韩信（排名不分先后）。再然后，在分封群臣时，定萧何为首功。

很多人，主要是些文化程度不高的武将，不服气，觉得自己出生入死、南征北战，还伤痕累累，而萧何“徒持文墨议论，不战，顾反居臣等上”，所以向刘邦发问“何也？”。

刘邦没有正面回答这些粗人，只是讲了一个很生动的田猎的例子。归纳起来就是三个问号：问号一，群臣“何也？”。问号二，刘邦“诸君知猎乎？”诸君“知也”。问号三，“知猎狗乎？”诸君“知也”。

你们就是！诸君“皆莫敢言”，因为这些人虽然文化不高，但是很明事理，都懂得如果再纠缠，狗就有可能变成狗肉。

后来口服心不服的大臣们利用给曹参评功的机会又一次发动了反击，刘邦虽然心里清楚萧何功大，可是不好再比其他人为狗，这个时候关内侯鄂千秋同志站出来，针对这个问题发表了重要的讲话，此次讲话高屋建瓴、立意高新、影响深远、观点鲜明，紧紧把握了古代战争的规律，抓住了决定战争胜负的关键因素——后勤。

刘邦听后完全同意，大家听后也没了意见，因为道理很简单：没人没粮就没法打！为了体现对后勤工作的重视，萧何功劳第一，而帮助大家认识到后勤工作很重要的鄂千秋也被晋封为安平侯。

无数血的教训告诉我们，后勤也是决定战争胜负的关键因素。所以能够在后勤部门工作对一个从军报国的人来说也是无上的光荣，和冲锋陷阵、战场杀敌一样。所以《南皮县志·风土志下·歌谣》里说：“兵马不动，粮草先行。”《孙子兵法》说得更是明白：“军无辎重则亡，无粮食则亡，无委积则亡”。19 世纪 30 年代，拿破仑·波拿巴的政史官 A.H. 约米尼在总结征俄失败的经验教训时最先使用“后勤”概念，并以此作为军事术语。不管有没有“后勤”这个词，每一个懂军事的人都明白，想打胜仗一定要有一个优秀的后勤部长。

但是千军易得、一将难求，一个优秀的好部长更难求。打仗所消耗的人、财、物数量往往非常巨大，要想打理清楚、算计明白，没有金刚钻，是揽不了这个瓷器活的。三国时期，后勤部长还是有一些的，曹操也一样，他拥有的是一名看什么都一目了然的后勤部长。

这个人就是大名鼎鼎的夏侯惇夏侯元让。

早在曹操刚起兵的初平元年（公元 190 年），夏侯惇就陪同他一起到扬州募兵了，在这个过程中夏侯惇积累了丰富的抓丁经验。到了建安元年（公元 196 年），夏侯惇担任了河南尹，成为管理京畿地区的最高行政长官。

这期间，曹操打败了袁术，绞杀了吕布，和张绣反复纠缠，赶跑了刘备。

这一系列战斗中的军粮供应、输送民工、救治伤员和战后重建工作都是由夏侯惇一手操办。尤其是和袁绍长达七年的北方争霸战，夏侯惇以大将军的身份不但包办了后方的治安、战线左翼的安全，还一直艰难地给前线曹军提供着各种军需供应。

当然有朋友会说，官渡之战曹军差点就因为没粮食打了败仗，夏侯惇这个后勤部长当得实在是不怎么样！前线的粮食不够吃是事实，但是因为这事就指责夏侯惇同志的工作不称职实在是有些偏颇。

首先从当时的社会环境来说，适逢乱世要么做一个武将打打杀杀阵前取人首级，立功受奖，要么做一个谋臣，没事琢磨点运筹帷幄，不用冲锋陷阵也能官拜上卿、功成封侯，没有谁愿意做买粮抓丁的幕后工作者。除此之外，管后勤风险一点不比上阵厮杀小，没准一不小心脑袋就被人借去稳定军心，这事三国里还就曹操干过，所以更没人愿意干。

大千世界无奇不有，难道就真没人愿意干吗？实事求是地说愿意干的人当然有，因为管后勤在很多人眼中意味着管大把钱财、管紧俏物资，是肥差。可抱有这样想法的不轨之徒，曹操不会让他们干。除了这个原因以外，管后勤还要管人，比如对俘虏的劳役、壮丁的训练、新部队的编成，都是实实在在人的工作，这就需要管后勤的人还得忠诚，要是不忠诚，带着新训练的壮丁和俘虏在背后捅一刀谁受得了？老谋深算的曹操更是不会让他们干。当然了忠诚的人也不是没有，典韦就很忠诚，可是他管不了后勤，因为他连字（夏侯惇字元让，典韦就没有）都没有，能有多少文化？让典韦去算账，那绝对是瞪圆两只眼，糊涂一本账。能干的不愿意干，想干的不够忠诚，忠诚的又没文化，所以合格后勤部长的人选真是凤毛麟角，夏侯惇还真是不简单。

更难能可贵的是，夏侯惇还克服了身体上的不便，兴平元年（公元 194 年）跟随曹操在讨伐吕布的战斗中，夏侯惇的身心健康受到了极大伤害。

广为人知的是他失去了自己的左眼，而不为人知的是他心灵上的创伤。

自从那次战斗后，夏侯惇就不能照镜子了，只要照镜子就恨自己是个独眼龙，史载“照镜恚怒，辄扑镜于地”。这完全是一种心理极度扭曲后，在精神上不健康的表现。

在诸多的精神疾病中，最为常见的就是精神分裂症。精神分裂症发病时的主要表现有很多种，就夏侯惇的一些表现来看，情况不容乐观。

他乱摔东西、不能控制自己（好好的镜子给摔了），还可能出现一种毫无根据的错误想法，总好像听到有人议论他（“军中号惇为盲夏侯”《三国志·魏书九·诸夏侯曹传》），指责他，威胁他（曾被人劫持，参见《韩浩传》，后面会讲到），看见奇怪的影像（自己的独眼形象）。

重度精神分裂患者会因悲观绝望而自杀，给家庭、社会带来巨大的悲痛。

现代社会，很多名人也备受此病折磨，如奥斯卡获奖影片《美丽心灵》主人公的原型、首倡博弈论的数学天才纳什教授就是。

所以不管怎么说夏侯惇绝对是个标准的残障人士。

不过话说回来，把心灵上的创伤完全归结到左眼失明上，绝对有些偏颇。在我看来，他因为轻信敌人而在自己大营中惨遭绑架，才是造成精神损害的主要原因。

这件事也发生在兴平元年，曹操为报父仇攻打陶谦，把夏侯惇留在濮阳看守后方。结果曹操的好朋友张邈突然叛乱，要把吕布接应到自己的防区。当时曹操的家眷都在鄄城，夏侯惇就轻装前进，急急忙忙地从濮阳往那里奔。不到三百里地，骑兵跑了一日一夜。曹操的军队都去攻打徐州的陶谦，留守的兵少，就这点兵还有很多人和张邈、陈宫暗中勾结。

当时负责防守鄄城的荀彧，派人紧急给夏侯惇发出求援信，情况很危急，叛军准备里应外合，夏侯惇刚到鄄城就与吕布军相遇，打了个遭遇战，吕布跑了，夏侯惇就连夜进城诛杀了数十个叛乱分子，为保住鄄城立下了大功。

而吕布则顺手把兵力空虚的濮阳城给打了下来，把曹军的辎重包了圆。然后吕布"遣将伪降，共执持惇，责以宝货，惇军中震恐"。还好，夏侯惇的部将韩浩用眼泪和智慧，守住了不和恐怖分子谈判的铁律，态度强硬地平息了这场骚乱。

可是夏侯惇仍然在曹军内部的安全教育活动中被作为反面典型宣传得尽人皆知，丢尽了面子。可以想象，在那以后的夜晚里，独自在中军大帐的孤灯下，看着写有自己屈辱经历的公文，夏侯惇心里一定会后悔不迭地扼腕道："没看出那几个奸人的真面目，我真是瞎了眼！"结果，在不久后的一次战斗中，他真的瞎了一只眼睛。

真是屋漏偏逢连夜雨，劫后又瞎一眼睛。

2004 年 11 月 10 日中华人民共和国民政部、劳动和社会保障部、卫生部、原中国人民解放军总后勤部，四部联合颁发了《军人残疾等级评定标准（试行）》。

从第三条十八款"一侧眼球摘除或眶内容剜出"，并第六款"有器质性精神障碍、精神分裂症"规定来看，如果夏侯惇生在今天，他的情况评为三级残疾军人是没什么问题的。

都是瞎了一只眼睛，后唐的李克用死后被尊为太祖皇帝，而夏侯惇只是个忠侯。

看到这里，纵使铁石心肠也会感慨命运的不公，为什么夏侯惇要承受这样的不幸？一个残疾人，在身心都受到严重伤害的情况下，仍然不辞劳苦地担当起曹魏军中的后勤部长，这种精神难道不值得学习吗？

夏侯惇能这样，离不开长期以来曹操的信任和厚爱，离不开家人的关心和爱护，离不开同事们的支持和帮助，从这方面来说，他又是幸运的。说他幸运，首先表现在他的病情没有进一步恶化，在爱的海洋里，他除了摔镜子以外，再没有发生过其他可能发生的事情。

一千多年后，和他患有同样疾病的纳什因为家人和同事的关爱，在获得诺贝尔奖的前夕清醒过来，恢复了正常。纳什和夏侯惇的经历再次告诉我们精神分裂症不可怕，可怕的是大家觉得精神分裂症患者不可爱。

正是这样的爱，慢慢地治愈了夏侯惇心灵深处的创伤，他又健康快乐地为曹魏阵营工作了二十七年。在这二十七年里，更为魏国的篡汉工作做出了新的更大的贡献。

夏侯惇能康复，还有一个重要的原因就是他很爱学习。

这就不得不说说他十四岁那年犯的那次错误。当时夏侯惇和其他豪强的孩子一起接受私塾教育，他尊师重教的意识特别强。强到有个人污辱了他的老师，夏侯惇一气之下就杀了这个人，因此以性格刚烈而著名。

夏侯惇在带兵打仗、枕戈待旦、戎马倥偬之时仍然经常亲自接老师来给自己讲课，努力学习文化知识，提高自己的文化素质。有时不能远迎，等到老师来时，也一定要亲自到营门口恭候。正是因为有幼时学业的基础和成人后持之以恒的学习，夏侯惇才能在处理好千头万绪的平战时后勤工作的同时，彻底消除心里的阴影。

这里要表扬曹操，因为在所有人的关爱中曹操给予夏侯惇的信任最关键。

曹操打败袁绍，平定河北，夏侯惇官拜伏波将军，兼任河南尹，特批他可以有自行裁决事务的权力，且不受法律法规的约束。建安十二年（公元207年），又给夏侯惇增加封邑千八百户，并前二千五百户。建安二十一年（公元216年），跟随曹操攻打孙权，曹操回到许昌就把前线的最高指挥权交给了他，夏侯惇成为前线二十六军的大都督，驻扎在居巢。

为了表示慰问和关怀，曹操把当时娱乐圈里名气较大的歌妓女乐赏赐给夏侯惇，并说："春秋时晋国的大臣魏绛对国家有和好戎族的功劳，没有真刀真枪地拼杀，就接受了晋悼公赏赐的金石乐器，何况夏侯将军你呢？”魏绛当时是推辞再三才收下，而夏侯惇好像很愉快地就笑纳了，这一点希望大家不要指责他还不如一个古人，因为他的心灵毕竟要脆弱一些，需要用“伎乐名倡”的歌声舒缓紧张的情绪，这对他的身心健康大有裨益。

建安二十四年（公元219年），关羽兵败被杀。曹操在摩陂（今河南省郏县东南）驻军，摆下盛大筵席，宴请诸将。表彰了解除樊城（今湖北省襄樊市）之围的徐晃，同时把夏侯惇提升为前将军。

除了封侯拜将之外，曹操在生活中也给了夏侯惇充分的信任。

野外驻扎时，曹操的营地都是戒备森严，外人很难进入，只有夏侯惇可以自由地出入内室。曹操乘车外出的时候，常常请他同坐一车。可以比照张辽，打了好多场胜仗凯旋后才能享受同车待遇。由此可见曹操对夏侯惇的亲密和器重程度是其他将军没法比的。

曹操这样对待夏侯惇原因是多方面的，绝非单纯的感情用事。

首先，夏侯惇家和曹操家是世交，他们俩是正经八百的发小，不是亲兄弟却胜似亲兄弟。其次，夏侯惇的工作业绩很突出，身为领导坚持学习，不断用先进的文化武装自己的优点，前面已经说过。

再说说以身作则，在担任建武将军封高安乡侯期间，有一年地方大旱，又闹蝗灾，夏侯惇带着军民引来太寿河水，并亲自到河中挑土，挖出一个蓄水的大池塘，还带领军队为百姓示范种水稻。百姓在他的感召下，战胜了自然灾害。

更难能可贵的是，夏侯惇管了那么多年的后勤，经手了那么多的钱粮，从来没有犯过经济错误，常在河边走，就是不湿鞋。他为官清廉生活节俭，领到的俸禄，都分给了部下和族人。

夏侯惇虽然在很长的时间里主管后勤，但是真要打起仗来也算得上是一把好手。且不说鄄城下打败了超级猛男吕布，在初平二年（公元191年），夏侯惇跟随曹操打败了盘踞在东郡的黑山军，次年又招降青州黄巾军二十万，为曹军后来统一北方奠定了牢固的兵力基础。

实事求是地说，夏侯惇不是常胜将军，打过不少败仗，尤其是左眼失明以后。建安三年（公元198年），吕布又和袁术勾搭在一起，派出猛将高顺攻打驻扎在小沛的刘备，高顺攻破了小沛，曹操派夏侯惇去救援刘备，结果很没面子的是夏侯惇也被高顺打败了。这个高顺实在是猛，打败了刘关张，又打败了夏侯惇！时过境迁，若干年后赤壁大战前，投奔了荆州的刘备受刘表之命攻打曹操，曹操叫夏侯惇带着李典一起去抵挡，到了叶县这个地方，刘备烧了营地后撤，夏侯惇就黑着头去追，李典劝都没劝住，结果和于禁一起中了埋伏。夏侯惇虽然打了败仗，但是在魏军中像他这样上马提枪能打仗，下马握锄可耕田，战斗生产两不误、发展较为全面的武将还真没几个。

这样的好兄弟，这样的好干部，曹操能不喜欢吗？

除了上面那些原因以外，还有一个是夏侯惇独有的别人都不具备的特殊原因，就是左眼失明。到这里可能就会有朋友问了，没有左眼和一同坐车有什么关系？

说到这里，就不能不说说汉代的礼仪，虽然官职上以右为大，但乘车时是以左为上。《仪礼·乡射礼》更是明确规定："设尊者北面，西曰左，尚之也。"空着左边的位置以待宾客谓之"虚左"。战国时信陵君乘车迎侯生，就"虚左"以示尊敬。在曹魏阵营中，只有夏侯惇坐在右边曹操最放心也最有面子，试想两个人并排坐着总得说话吧，照理说和自己尊敬的人坐在一起，说话得正脸面对，可是话说时间长了，车坐久了正常人难免用余光，就有些失礼，虽然是小节，但曹操肯定觉得不爽。可换作夏侯惇，他聊得再久也不能用余光，因为别说余光，他左眼压根儿就没有光，所以只要说话就得转过脑袋正脸看着曹操，曹操感觉很有面子，此其一也。

曹操这个人爱好很多，有些爱好还不登大雅之堂，万一遇到这种情况，你说陪同坐车的该怎么办？这样的难事，换作夏侯惇就很简单。他可以正脸瞅着前方，右边风景独好，既符合孔夫子"非礼勿视"的要求，还不会因为出现转过脸这样的行为引起曹操的反感，曹操自然是非常满意，此其二也。

还有一个最关键的原因是曹操这人多疑，睡觉都睁只眼，有好心的侍从给他盖个被子，都叫他给杀了，坐车的时候警惕性也一样很高，担心别人突然给他一下子，来不及反应。但对夏侯惇就不同了，他左眼看不到曹操这边，要真想有什么举动，夏侯惇比别人得多一个转身的动作，他这多一个转身的时间准备，曹操就多一个转身的时间防备，所以曹操很放心，此其三也。

所以夏侯惇在曹操的心目中是别人不能替代的，在《三国志》中《诸夏侯曹传》里陈寿把他就排在了首位。《诗经·大雅·抑》上说："投我以桃，报之以李。"曹操信任夏侯惇，夏侯惇也没有辜负这份信任，对曹操的信任桃花，夏侯惇报以了忠诚李子。

这里就举一个例子，曹操称了魏王以后，给多数重要的官员、将领授予了魏国的官职，考虑到夏侯惇身份特殊就没给他授。夏侯惇就一再上表要求当魏官。曹操没法子，封他做了前将军。

其实曹操不给夏侯惇授魏国的官职，纯粹是为夏侯惇好。从历史上看，夏侯惇是西汉开国元勋汝阴侯夏侯婴的后裔。鸿门宴上和樊哙、纪信等人一起护卫刘邦返回霸上营中。彭城（江苏徐州）兵败，刘邦逃亡时，为减轻车子的重量将儿子刘盈（后来的汉惠帝）及女儿鲁元公主三番五次地推下战车，全赖夏侯婴三番五次地停车，才得以获救。刘邦称帝后，夏侯婴又参与诛除臧荼、韩信、陈豨、英布等异姓王侯。刘邦死后，历经四朝且都官居高位，立下汗马功劳。

夏侯惇作为这样一个汉朝著名的忠良之后，现在反过来积极要求担任魏国的官，实在让人有点想不通。

而且当时的魏国，还只是汉的一个封国，所辖地域局限于今河北一省，曹操觉得让夏侯惇当魏国的官有些委屈。就专门批示说："吾闻太上师臣，其次友臣。夫臣者，贵德之人也，区区之魏，而臣足以屈君乎？"可是夏侯惇就是不依不饶，觉得没有魏国的官职是莫大的耻辱，"上疏自陈不当不臣之礼"。想想四百年前的"滕公"夏侯婴，再看看今天的夏侯惇，让人不禁感叹：皇帝虽然轮流做，忠臣总有夏侯家。

建安二十四年（公元 219 年）冬十月，孙权上书称臣，想让曹操称帝。曹操把孙权的上书拿给大家看后说："这小子想把我放到炉火上烤呢！"

这时有一些大臣见梯就上，比如侍中陈群、尚书桓阶立刻奏请曹操称帝，曹操都没有理睬。夏侯惇开口了，他对曹操说："天下咸知汉祚已尽，异代方起。自古以来，能除民害为百姓所归者，即民主也。今殿下即戎三十馀年，功德著於黎庶，为天下所依归，应天顺民，复何疑哉！"从这段话可以看出，夏侯惇认为汉朝气数已尽，能够成为天下主人的必须是能够为百姓除害的人。而曹操经过三十多年的征战，正是这样的"民主"。

曹操听后说出了一句非常著名的话："若天命在吾，吾为周文王矣。"周文王就是姬昌，他的次子姬发攻灭了商朝建立了周朝，曹操的这句话，就是对汉朝的死刑判决书。给曹操创造出这样一个表明心迹的机会，夏侯惇真是不简单。这哥俩关系确实不错。

夏侯惇除了对曹魏的事业忠诚以外，对待朋友也很真诚。他和三国时期著名的义士田畴交情甚厚，当时曹操一直想把田畴收归己用，但田畴誓死不从。后来曹操让夏侯惇去劝田畴，临行还专门嘱咐，去了以后要动之以情，不要暴露出是曹操的意思。夏侯惇住在田畴家里，按照曹操的吩咐行事，田畴也心照不宣，不说话。待到要回去复命的时候，夏侯惇用手抚着田畴的脊背，坦诚地说：田先生，我家主公真心请您，您就不能考虑考虑吗？田畴见夏侯惇坦诚相告，也就说出了自己的肺腑之言，最后说“请原效死刎首於前”。话没说完，泪流满面。夏侯惇见到曹操后，如实地报告了事情的全部经过。曹操一看就不再勉强，封田畴为议郎，给了个不用坐班不管具体事的虚职。

夏侯惇对待朋友就是这样真诚，当年被劫持就是因为对人太过真诚。可以说，夏侯惇的优点是真诚，缺点是太真诚了。

建安二十五年（公元220年），一代枭雄曹操走到了生命的尽头，曹丕即位后拜夏侯惇为大将军。

四个月后，夏侯大将军跟随着他的好主公好哥们儿也离开了人世，也许九泉之下的曹操还会和他共乘一车。

鉴于他的极度忠诚，有关部门给他确定的谥号是“忠侯”。曹丕感念夏侯惇的功劳，就把他的七子二孙全部赐爵为“关内侯”，他的弟弟夏侯廉和长子夏侯楙还被封为“列侯”。青龙元年（公元233年）夏五月，曹丕下诏说：“昔先王之礼，於功臣存则显其爵禄，没则祭於大蒸，故汉氏功臣，祀於庙庭。大魏元功之臣功勋优著，终始休明者，其皆依礼祀之。”挑选三位功劳最高的武将入太祖庙庭配飨。夏侯惇列首位。

魏国灭亡以后，西晋泰始二年（公元266年），夏侯惇的孙子夏侯佐死了，夏侯家后继无人。司马炎下诏说：“惇，魏之元功，勋书竹帛。昔庭坚不祀，犹或悼之，况朕受禅于魏，而可以忘其功臣哉！宜择惇近属劭封之。”

甚至到了西晋灭亡后，东晋的檀珪觉得自己身为名门之后却没有个好官位，心里不平衡给尚书令王僧虔写信要官时，所举事例中就有夏侯惇，话是这样说的：“夏侯惇魏氏勋佐，金德初融，亦始就甄显，方赏其孙，封树近族。”言外之意，连魏国的夏侯惇都能够泽被后世，惠及族人，我这个大晋国的名门之后为什么不能给点封赏呢？

可见夏侯惇的劳苦功高和所受恩宠，在当时的士大夫中既广为人知又被高度认可。

夏侯惇以一己之功不但泽被后世，还惠及旁支，可谓极尽哀荣。搞后勤的武将做成这样，如果还说不成功就是虚伪了。

一个真正的武将，永远渴望金戈铁马、阵前厮杀，即使没有了战争，他们的耳畔也常常会响起鼓角争鸣，他们的眼前也常常会浮现出刀光剑影。夏侯惇在失去左眼的同时，基本上也就远离了战场，这绝对是一种痛苦。

夏侯惇身体残疾了，但却没有沉沦，他也曾向不公平的命运发起过挑战。

建安二十年（公元215年），他参加了讨伐米贩子张鲁的战斗。曹操派许褚来保护自己的哥们儿，的确得好好保护，如果再失去了右眼怎么办？夏侯惇带领大军和张鲁那不肯投降的弟弟张卫相互顶牛。夏侯惇的前军迷迷糊糊地走错了路，冲到了张卫的大营里，结果打呼噜碰上放炮——俩人都吓一跳，张卫竟然给乱军冲破了阵脚，夏侯惇侥幸取胜。盲侯式的胜利让军事家曹操颇有些后怕，这种瞎猫撞见死耗子的好事谁也不敢保证还能有第二次。

从此，夏侯惇彻底脱离了一线的战场，成为一名专职的后勤工作者，他个人的不幸，造就了曹军后勤工作的大幸。

这就是人生，这就是命运。不管上天安排我们做什么，我们都要尽力做好它。夏侯惇做得挺好。他在家庭生活上也很有收获，光儿子就生了七个，最后在大将军的高位上平静地死去。

即便没有封侯拜将的尊贵，一个人只要活得清清白白平平安安就很好。

祝愿读到这里的每位朋友都能够清白、平安。

就用“清平乐”这个词牌吧，给夏侯惇作一首词：

清平乐·夏侯惇

元让年少
杀人莫嫌早
人欺吾师忍不了
募兵酬粮功高
驰援鄄城赶巧
营中被劫糟糕
一目了然以后
风景这边独好

三国点将之三

三国时的反恐精英

——韩浩

主题词：恐怖

所以他们制造恐怖，其实是他们自己在恐怖啊！

——《最后一次演讲》闻一多　公元20世纪

公元193年，曹操的军队传出了一个爆炸性的新闻，一贯非常彪悍的大将军夏侯惇被劫持了。

在濮阳攻吕布的战斗中，布“遣将伪降”，夏侯惇放松了警惕，一不小心被劫持了，一世英名啊……

实事求是地说吕布的作战计划，用现代眼光来看应该属于特种战，类似于斩首行动。

吕布最大的缺点就是识人不明，这次也不例外。他所选择前去诈降的刺客，在成功地劫持夏侯惇后，并没有立刻下手结果夏侯惇的性命。可能每个人都禁不住想，这哥儿几个莫非有更高的政治诉求，抑或是要趁机提出一些军事讹诈？可是很遗憾，我们都错了，他们竟然开始赤裸裸地勒索钱财，史载，“共执持惇，责以宝货”（《三国志·魏书·夏侯惇传》）。什么是宝货？感觉这几个家伙就是。

深入敌后的特种兵一下子成了绑票勒索的恐怖分子，要是吕布看到这一幕肯定得气吐血。

当时夏侯军中的反应非常奇特，陈寿说：“惇军中震恐。”

堂堂的正规军难道会给打劫的吓住？真是岂有此理！还真有此理。因为这起劫财的案件既没有发生在钱庄票号，也没有发生在各家银行，而是发生在戒备森严的军营。惯于在阵前厮杀的职业军人对付劫营比较专业，对付劫财的经验却少得可怜，这样劫持人质的恐怖行为更是罕见！而且突然面对一群劫财劫到军营的抢劫犯，猝不及防确实很让人“震恐”。

这样的劫犯真强！但是这个世界上从来都是没有最强只有更强。在夏侯惇的军中就有一个这样的人。

这位先生首先部署军队守住营门，堵死劫匪的逃路。然后召集各级军官和头领下令让大家管住部下不得妄动，稳住自己的队伍。末了他才来到夏侯惇被劫持的地方，怒道：“你们这些凶手叛逆，狗胆包天劫持了大将军，还妄想活命吗？”估计到这会儿，劫人的哥儿几个早就盼银子盼得脖颈都疼了。但没想到等来这样一句要命的话。这句话，抓住了事情的要害，但凡是要钱的人肯定怕死，命要没了，钱有什么用啊？这些劫匪之所以敢铤而走险，就是认定人质在手，你们投鼠忌器不敢拿我们怎么着。

可是很快他们发现支撑讹诈的这个忌讳也不存在了，因为这个强人抛出了更狠的话：“况且我接受命令讨伐叛贼，怎么能为了一个将军，就任你们胡作非为呢？”这回轮到劫犯震恐了，因为到这个时候他们才明白，面前这个人的心里有一样东西比将军的性命更重要。

这就是对责任、使命和职守的忠诚。

到了这步田地，感情脆弱的歹徒一定会害怕得哭鼻子，可这帮家伙的眼泪还没掉下来，这个强人先哭了。他对着沦为人质的夏侯惇摆出一副遗体告别的架势一边哭一边喊：“呜呼，将军，我不这样做就对不起国法啊！”言毕，立刻招呼士兵攻击劫犯，相信在发出命令的那一刻，他的脸上还挂着泪珠。

本来这些歹徒死前还可拉一个将军做垫背，绝对是不吃亏，因为曾经做过主簿的吕布已经替他们算过账了。可这几个劫犯却震恐了、崩溃了，丢下武器，跪在地上，叩头辩解：“我们只想索要些钱财就走！”他们错误地认为只有刺杀对方的主将才是死罪，而勒索点财物不算什么，由此看来吕布军队的纪律实在不怎么样。他们不知道自从桥玄老先生把被绑架的十岁爱子和三个绑匪一齐歼灭的那次大义灭亲后，皇上就已经下诏：“凡有劫质，皆并杀之，不得赎以财宝，开张奸路。”（《后汉书·桥玄传》）法盲真是连强盗也做不好。说什么都晚了，在他们面前的只有死路一条。

夏侯惇先生脱险了，一场人质危机胜利解决。

曹操听说了这件事后，对那个曾在夏侯惇面前哭泣的人说：“爱卿你这样完全可以作为万代效法的榜样！”曹操不光这样说，还用命令的形式保证大家都这样做。这条命令的中心思想是这样的：“自今已后有持质者，皆当并击，勿顾质。”（《三国志·魏书·夏侯惇传》）命令的效果非常明显，史载：“由是劫质者遂绝。”（《三国志·魏书·夏侯惇传》）“不和恐怖分子谈判”其实也是现代社会很多国家的基本国策。

从现代战争的几次正反案例来看，斩首行动的成败关键都在于情报的准确。而吕布的情报工作明显没有做好。因为无须他细致打探，只需多问问一直跟着自己的老兵，就一定会打听到那个让自己的特种兵们崩溃的人究竟是何方神圣。而那几个劫犯如果知道了这个强人的光辉事迹，他们绝对不敢去讹诈。

这个强人，在几年前，带领军队在孟津（今河南省孟津县附近）阻挡董卓（吕布不要说这个人跟你不熟）。董卓劫持了那个人的舅舅杜阳想敲竹杠，这个人也一点没有妥协。这个人在两千年后的今天被很多人忽视，在六百年前诞生的《三国演义》里也只是个不起眼的龙套。这个人不但是个反恐精英，还从根子上断绝了恐怖组织的兵源，为曹操统一北方和后来晋国统一天下打下了雄厚的基础。

谁这么牛？

韩浩韩元嗣。

《三国志》里对韩浩的记载很简单，只说了他的籍贯是河内人，需要说明的是，这个河内不在越南，而是在今天的河南。此外还说他官至中护军，掌禁军，封侯。

简单，简直是太简单了。还好一个叫孙盛的人填补了这个空白，虽然他所写的《魏晋春秋》早已失传，可是被人抄袭的部分章节还是流传了下来。我们要真诚地感谢前互联网时代的转帖行为。在孙盛的笔下，韩浩的形象才变得丰满，当我见识完他的丰满后，才真正感觉到他的高大。若无孙盛则韩浩之光芒必没于历史尘封。

韩浩，姓韩名浩字元嗣。

汉末起兵，因为所在的县靠近山川林泽，地形复杂，便于藏匿，所以强盗很多。为了抵抗强盗的侵犯，韩浩招集了一些人马来保护县城。河内太守王匡因此把他招为从事，让他带兵去孟津阻挡董卓，这样看来他应该是从事里的武猛从事或都督从事，主抓军事口工作。

孟津是黄河边上的战略要地，董卓势在必得，就抓了韩浩的舅舅河阴（今河南省荥阳市）令杜阳作为人质。董卓信心满满地来到城下，他相信外甥一定会听舅舅的。他有理由这样想，东汉外戚专权，连皇帝都得听舅舅的话，何况你小小的韩浩？可是韩浩偏偏不听，史载："卓执之，使招浩，浩不从。"

这个不从，让韩浩小火了一把。"袁术闻而壮之，以为骑都尉。""夏侯惇闻其名，请与相见"，见完，"大奇之"，直接给人给枪，拉着一起打天下。

当时在曹军内部展开了一次促进发展与阻碍发展的大讨论。众说纷纭，只有韩浩和枣祗提出当务之急，乃是屯田。因为天灾人祸，那时粮食不是歉收，而是连年绝收。所以经常出现人相食的惨景。很多人从军竟然只是为了不被别人吃掉。粮食成了困扰各方诸侯的大难题。袁术的军队甚至只能靠河鲜（河蚌）和水果（桑椹）来充饥，曹军也好不到哪里去，多次因为粮尽退兵，放弃了到手的胜利。

屯田始于西汉，在东汉末年又被韩、枣二人重新提起，他们所实施的实际上是寓兵于农、兵农合一的崭新模式。这和新时期党中央关于军民融合的建军思想不谋而合。军队闲时种粮，自给自足不用人民负担，流民有了土地，再也不会去铤而走险，参加恐怖组织了。正是屯田制的实施，曹操的人生达到了手中有粮心中不慌的新境界，充足的粮食又引来更多的人口，曹操的事业也由此进入了良性循环，极大地加快了统一北方的进程。

后世把屯田实施的主要功劳归功于枣祗，这没有错。但是韩浩作为一个武将，在经济建设领域也能提出这样有价值的建议，殊为不易。

除此之外韩浩把自己的本职工作也做得很好。

这就是三国中有名的战斗，柳城之战。

柳城在今辽宁省朝阳市东南。在战国时属于燕国的塞上五郡之一的辽西郡。到汉朝，柳城已成为辽西郡西部都尉司令部所在，后被乌桓占据，当作了自己的统治中心。"乌桓者，东胡也。汉初，匈奴冒顿灭其国，余类保乌桓山，因以为号焉。俗善骑射，随水草放牧，居无常处"（《三国志·魏书》）。这里的乌桓也就是曹操要北伐的乌桓。

今天按照公路的里程计算，从许昌到朝阳的距离为一千一百二十公里。即使到了河北玉田，在田畴的帮助下大军抄了近道还得走五百多里。太远了！所以大家都反对。

但有两人支持，一个是郭嘉郭奉孝，另一个就是韩浩。能和郭嘉想到一块儿去，就是水平。韩浩的建议是这样的："今兵势强盛，威加四海，战胜攻取，无不如志，不以此时遂除天下之患，将为后忧。且公神武，举无遗策，吾与君为中军主，不宜沮众。”虽然和郭嘉的谋划相比，韩浩的发言更像是拍马屁。但是在智慧方面不如郭嘉一点不丢人。无论如何，在这场对抗异族的战争中，韩浩是主战派。

后面的战斗不赘述了，因为在张辽的传记里会有详细的记述。可是每每看到这里我都会感慨，三国都乱成这样了，汉人的军队灭二十万胡骑，仍然不是难事。可见当年鼎盛时，强汉是何等强悍！

“遂从破柳城”，凯旋后，“改其官为中护军，置长史、司马”。这一年是建安十二年（公元207年）。那么中护军是个什么样的官职呢？《魏略》明确记载的是“护军总统诸将，任主武官选举”。不但管理武将，还负责武官选拔。岗位重要，权力很大。

这还不算完，韩浩又跟着曹操讨伐张鲁。张鲁投降以后，派谁镇守呢？于是又开会讨论，很多时候曹操真的很民主，遇到军事外交、人事任免等大事，一般都借助集体智慧，实在是有负专权独断的恶名。肯定是韩浩在这次出征中表现得太突出了，大家都说这个任务最好交给韩浩，史载：“议者以浩智略足以绥边，欲留使都督诸军，镇汉中。”

民主一完就该集中了，曹操总结陈词：“吾安可以无护军？”就这样韩浩和大军一起回朝了。史书对这事的评价是：“其见亲任如此。”正当曹操信任韩浩，大家也十分看好他的时候，史书在这里拐了个大弯。“及薨，太祖愍惜之。”所谓愍惜就是又哀愁又可惜。韩浩死了，没有儿子，继承他遗志的是侄子韩荣。

三国里，曹操树敌最多，可是很少有听说曹操遇刺。这里面韩浩功不可没，由于他在夏侯惇遇劫时处理果断，由此引发新法的实施，直接遏制了很多人的犯罪企图。而大规模持续的屯田使得社会不安定因素大为减少，又从根本上肃清了恐怖分子在人力上的来源。

有饱饭吃，有工作做，大家有家有口，尽享天伦之乐，谁会去当恐怖分子？所以说，韩浩在不经意间成就了自己反恐的英名。

故曰：韩浩乃三国之反恐精英也。

给韩浩送首诗：

少时起兵除战乱，
舍却亲情保家园。
临危处险无惊忙，

救得盲侯斩敌间。
为安民本倡屯田，
皆称智略足绥边。
主战柳城平胡虏，
反恐英名千载传。

三国点将之四

速度与激情的人生

——夏侯渊

主题词：速

兵之情主速。

——孙子　公元前 6 世纪

兵贵神速。

——郭嘉　公元 207 年

今天谈起“速度与激情”，大家的第一反应肯定是与之同名的著名系列大片，片中演绎了一群帅哥靓女在各类汽车狂野不羁的飞奔中衍生出的一段段荡气回肠的爱恨情仇。

2013 年扮演男主角的演员在现实生活中再度上演了他在电影中的飙车神技，不过这一次没有主角光环的加持，他开着车撞上了一棵大树，在极致的速度中走完了自己激情的人生。

他这样做也许是因为总在虚拟的电影中超车，这种情愫如此强烈以至在现实中他已不能容忍别人对自己座驾的超越。这种个性不仅电影明星有，三国武将也有。只是那时候没有留存影像资料的技术，唯有一段流行的军营民谣为我们勾勒出一个有速度有激情的鲜活人物。

“典军校尉夏侯渊，三日五百，六日一千。”

把“三日”“五百”和“六日”“一千”放在一起，说的当然不是饭量。它说的是典军校尉夏侯渊的行军速度，三天能到五百里，六天能到一千里。

放到今天这个行军速度可能连一般的自驾游都赶不上，但在三国时期以步骑混合的部队能够达到这样的速度，即便夏侯渊能够谦虚地自称第二，其他人也绝对不好意思称自己第一。

三国时期见诸史册跑得最快的人应该是东吴的虞翻，他拿着长矛步行陪着骑马的小霸王孙策打猎，当孙策关心地问他“你没有马怎么办”时，他自信满满地说：“我善于步行，一天能跑二百里地，咱们队伍里没有人能够超过我，你可以策马试试，我步子不用太紧就能跟上。”虞翻是一个人，而打仗是千军万马，主要看整个部队集体机动时的速度。

对比魏蜀吴三方，单从行军速度上来说，魏军应该是略胜一筹，因为魏军地处北方，疆域最为辽阔，在华北大平原上进行机动，肯定要比蜀吴两方便利一些。赤壁之战后，刘备在蜀地，孙权在江东，经常发生边境战争。曹魏在两线作战的情况下，需要频繁机动，长途行军自然是最为熟悉的科目。以单一骑兵部队的机动为例，曹操在南征刘表追击刘备时率领虎豹骑曾创造过一昼夜行军三百余里的纪录。司马懿在攻打反复无常的孟达时，从宛城（今河南省南阳市）挺进到新城（今湖北省房县），一千二百余里的路程只用了八天，一昼夜行军一百五十余里。

1935 年，长征中的红军来到大渡河前，河水湍急，工兵部队无法架设浮桥，能够找到的渡船仅有小小四条。千钧一发之际，陈光率领红二师四团，在坎坷泥泞的小道上昼夜兼程狂奔二百四十里，夺下了泸定桥，打开了北上之路。身处绝境之下的工农红军用这个速度粉碎了敌人“让红军成为第二个石达开”的企图，创造了中国军事史上的奇迹。

以这样的速度跑一天可以，跑两天三天也可以，那么到第五、第六天呢？这个问题，不是随随便便就能回答的。当然夏侯渊作为一个古人是无法和英勇的工农红军相比的，而且单看一天的速度，汉代的一里约等于今天的四百二十米，换算下来实际的日行军速度也就是七十公里，但根据歌谣来看，夏侯渊可以把这个速度至少保持六天不变。

偶然的爆发固然强悍，但能够把爆发变得持久而稳定以后，在战场上就会转变为令人恐怖的战斗力。

夏侯渊作为曹操妻妹的老公，既善征战又受信任，统率过的张辽、徐晃、于禁、张郃等武将都是曹军中的精英翘楚，交过手的马超、韩遂、昌豨、宋建等人不是西凉的精兵悍将，就是雄霸一方横行多时的悍匪强夷。征战区域从中原腹地一直到汉中盆地和陇外草原，在广阔的战场上，战胜过很多强敌，他所带领的是一支坚强的部队。而在战场上，最难啃的骨头一定会交给他们。

夏侯渊一生戎马倥偬，最出彩的一笔是在建安十九年（公元214年）。

被曹军打败的马超在张鲁麾下借到兵马，北上攻取凉州，包围了祁山。祁山守将姜叙立即向夏侯渊求救。面对这样的重大敌情，夏侯渊很好地发扬了军事民主，把如何应对这个难题交给了大家伙儿一起讨论。部将们各抒己见，但表达的意思却只有一个：应该听主公曹操的指挥。

但夏侯渊却不这么认为。他的看法是，从驻地到邺城，往返路程要四千里，以虎豹骑的速度即使不眠不休也要将近半个月才能跑个来回，路上这么一耽搁，等接到曹操的命令时，姜叙他们早就被马超给灭了。所以请示曹操是不可行的，应该速速出兵。这种情况，曹操也不可能说不救。于是，派张郃率领五千人马，从陈仓小道出发。自己率领大军，押着粮草辎重随后出发。

非常遗憾的是，还没等夏侯渊到达前线，马超麾下的氐族和羌族联军就不战而退，姜叙也转危为安。

马超的不战而逃，疑点还是很多的。因为，张郃缴获了不少马超军遗留的器械，既然是主动撤退就不会走得这么狼狈。从马超的角度来看，他刚刚投奔张鲁，正是急于立功的时候，哪里能够不打一仗就跑呢？想到这里以后，甚至还会怀疑陈寿先生是不是为了突出夏侯渊的光辉形象，而在这里用了曲笔。最关键的一点是，大家千万不要忘记了夏侯渊的速度，从战前的讨论可以看出，按照常理援军半个月后才能得到出发的指令，但夏侯渊却以出人意料的决断和速度，用最短的时间就改变了马超继续作战的决心，因此祁山解围的功劳，夏侯渊当之无愧。而且这个分析还有文献的佐证，《魏书》上就非常明确地说过：“渊为将，赴急疾，常出敌之不意。”

马超虽然撤离了，但韩遂还带兵驻扎在天水郡的显亲（在今甘肃省天水市辖区内），夏侯渊立刻带兵前去攻击。韩遂抵挡不住，逃跑了。夏侯渊一路急追，到了略阳，在距离二十里的地方，夏侯渊停止前进了。

因为敌情发生变化，夏侯渊决定调整作战行动。部将中有的说应该继续攻击韩遂，有的说应该进攻兴国这边的氐族。夏侯渊又一次表现出超凡判断力，他独树一帜地认为：韩遂部队精锐，兴国的堡垒坚固，若直接攻打，难以取胜。不如趁敌人不备进攻长离，那里是很多羌族部落的大本营，韩遂军中羌人不少，看到老家被威胁，一定会回兵施救，这样韩遂必须回师寻求决战，在运动中可以择机一战灭敌。

夏侯渊的判断没有错，当他的精锐骑兵杀到长离时，羌人没有什么防备，很多人丢了脑袋。这一下就算韩遂能坐得住，羌兵们可坐不住了，他们纷纷赶回自己的部落。韩遂无奈之下，率军离开以逸待劳的营地，昼夜兼程回援长离。

战场的态势按照夏侯渊事先预料的那样，如彩排般顺序发展。韩遂赶到长离后，双方一对阵。夏侯渊才发现自己的兵力比对方少得多。部将们看到敌强我弱，纷纷要求赶紧抢修工事、挖沟扎营、固守待援，准备龟缩起来打个持久战。

这一仗简直就是夏侯渊的独角戏，其他人的出场似乎只为了给他当好配角，这一次他仍然是反大家之道而行之。他是有速度激情的人，在他的字典里似乎没有“固守”这俩字。

他鼓励部下说：“我们已经奔波了几千里，如果突然扎营固守，那么部队士气一定会低落，这样的情况下我们很难坚持作战。敌军虽然人数比较多，但并不难对付。”于是下令进攻，把韩遂杀得大败而逃，连帅旗都成了战利品。

乘胜回师略阳，又稍加调整补足粮草后，围攻兴国。这时的氐人虽然还不如后来建立后秦时那样强大，但像兴国氐王阿贵、百顷氐王千万这样的部落都有部众上万人，这些部落本来都规规矩矩，但是从建安十六年（公元 211 年）一起跟着马超造了曹操的反。马超被打败以后，阿贵被夏侯渊屠灭，千万背井离乡又跑到汉中投奔了马超，剩下没来得及跑的那些个部落就都投降了。

乘胜追击是夏侯渊的拿手好戏，这一次自然也不会例外。他又接连转进奔袭了高平、屠各等地，连战连捷，缴获了大量的牛马粮草和各类物资。大胜之后必有大功，夏侯渊获得了“假节”这个特殊的政治待遇。

其实从夏侯渊的经历来看，曹操的用人还是比较公允，在人事方面的作风是很正派的，任人唯贤的标准坚持得不错。

夏侯渊从小就和曹操关系很好，而且俩人都不是循规蹈矩的好孩子。常在河边走，终于湿了鞋。一次，曹操犯了大事，被判了很重的罪，关键时刻夏侯渊挺身而出顶了罪。躲过一劫的曹操在监狱外边多方营救，费了不少力气才把夏侯渊救出来。后来，夏侯渊娶了曹操的小姨子，和曹操成了连襟兄弟。再后来，夏侯渊的长子夏侯衡还娶了曹操堂侄女为妻，俩人还是姻亲。有这么硬的关系，夏侯渊后半辈子跟着曹操啥也不干也能吃香的喝辣的。但真要觉得夏侯渊一定会靠着发小和裙带这条关系线，过上好吃好喝、无所事事的好日子，那不仅小瞧了曹操，更小看了夏侯渊。当然这种特殊的关系的确给了夏侯渊一个特殊的好处，那就是拥有了曹操的信任，而夏侯渊终其一生也没有辜负过这份信任，最后用自己的生命向天下和世人昭示了对曹操的忠诚。

中平六年（公元 189 年）十二月，曹操从陈留（今河南省开封市陈留镇）起兵勤王讨伐董卓，夏侯渊和夏侯惇兄弟俩一起加入了队伍，当时夏侯兄弟俩和曹仁、曹洪兄弟俩的职务一样，都是别部司马。官确实不大，毕竟曹操当时的“奋武将军”都是临时的。

东征西讨中，夏侯渊还做过骑都尉。到了建安初年，夏侯渊担任了陈留太守，后来又转任颍川（治所在今河南省禹县）太守。建安五年（公元 200 年）八月，曹操与袁绍决战于官渡，夏侯渊暂时代理“督军校尉”，主要负责督运兖州、豫州、徐州军粮。曹军缺粮缺得厉害，打败了袁绍也没缓过劲儿，多亏夏侯渊及时地运输补给，曹军的实力才得以恢复，声威才得以重振。

也是在这一年，忙于战事的夏侯渊失去了自己的一个女儿。说起这个孩子，她的爹夏侯渊还真不是亲爹，但奶奶却是亲奶奶。这丫头的亲爹是夏侯渊的亡弟，过继到夏侯渊名下那年兖州、豫州大乱，家家无粮、户户断炊，夏侯家这样的地主家也没有余粮了。无奈之余，夏侯渊把自己小儿子的口粮给了这个女儿。小儿子可怜地夭折了。就是这样一个身世悲惨的孩子，却在这一年出城拾柴时走失了。这件事，估计让夏侯渊难过了很长时间！

夏侯渊这个时候也算是曹军中的主要将领，堂堂一个骑都尉，年俸秩比两千石，怎么说也是个领导，可做闺女的还要干打柴这样的粗活，可见他对子女要求非常严格，没有沾染上给子女搞特殊化的腐败习气。在这样的家风家教下，夏侯渊的孩子没有一个孬种。

这期间，夏侯渊带着张辽和于禁两度平定了昌豨的反叛。这场战斗还是比较曲折的，先是建安六年（公元 201 年）昌豨第一次叛乱，夏侯渊带着张辽去平叛，打了几个月张辽劝降了昌豨；建安十六年（公元 211 年）昌豨又叛乱了，先是于禁去平叛，结果没搞定，曹操就派夏侯渊去增援，夏侯渊一去昌豨果然被擒，然后在于禁的坚持下杀掉昌豨。

消灭了昌豨后，夏侯渊的职务晋升为典军校尉，成为上、中、下、左、右、典、助、佐等八校尉中的正式成员，统率中央常备军。估计那个关于夏侯渊跑得快的歌谣就是从这个时候开始唱起来的。

建安十二年（公元 207 年）十月，济南、乐安的黄巾军在徐和、司马俱的带领下，四处出击，攻城略地，连济南王刘赟都被杀掉了，夏侯渊率领泰山、齐、平原三郡的兵马和吕虔一起经过数十次艰苦的战斗，扑灭了农民军的抗争。斩首和生俘的黄巾军都有数千人，缴获了大量的粮食。

建安十四年(公元209年)，夏侯渊被任命为行领军。曹操和孙权干完仗后，派遣夏侯渊率军攻打在庐江叛变的雷绪。

建安十六年（公元211年)，太原守将商曜发动叛乱自立，夏侯渊带着徐晃以征西护军的身份，连续攻克了二十多个屯垒，攻克了太原。为了震慑反曹势力，夏侯渊不但斩杀了商曜，还残忍地下令屠城，充分暴露出速度与激情之外的屠夫嘴脸。三月，夏侯渊奉命配合司隶校尉钟繇一起讨伐汉中的张鲁。八月，又跟着曹操讨伐聚众自立的马超、韩遂等部，双方在渭南苦战，马超被打败。到了十月，夏侯渊又率领徐晃、朱灵等将领平定了隃麋、汧诸氐，率兵与曹操在安定会师，迫降了杨秋。十二月，曹操离开安定回家，夏侯渊带着朱灵和路招，一起留下来驻守长安。

他的先祖夏侯婴在这里作为汉朝开国首任太仆，先后忠心耿耿地辅佐了高祖刘邦、惠帝刘盈和文帝刘恒三代帝王，而夏侯渊现在却死心塌地地跟随挟天子以令诸侯的曹操。历史的轮回总是让人不胜唏嘘啊!

建安十七年(公元212年)，曹操回到邺城后，任命夏侯渊为代理护军将军。这期间夏侯渊干了一件叫曹操非常满意的事情，他带着人马活捉了在长安城南边的南山里啸聚山林的刘雄（也叫刘雄鸣)。曹操很欣赏刘雄，既尊称他为“神人”，又笑骂他作“老贼”。

马超和韩遂的老部下梁兴在名儒、左冯翊郑浑的怀柔政策威逼下，心存恐惧，胁迫五千多人在鄜城图谋不轨。曹操派夏侯渊帮助地方部队剿灭梁兴，郑浑的兵虽然是杂牌但是战斗力很强，打起头阵来一点也不含糊，大家伙齐心合力一起干掉了梁兴，收降了梁兴的部众。还是在郑浑的配合下，夏侯渊杀掉了夏阳的贼寇靳富，救出了夏阳县长、邵陵令和他们属下的官吏，把靳富等人抢夺的物资物归原主，还招降了三千余户依附于靳富的百姓。夏侯渊还顺手攻破了鄠县（今陕西省户县)，清除了马超的余党，平定了整个关中。自黄巾起义后，关中平原上持续近三十年的战乱终于得以平息，因为这个功劳，夏侯渊被封为博昌亭侯。

建安十八年（公元213年）正月，马超带着在陇右聚集的联军倾巢出动，张鲁也派出大将杨昂率军为马超助阵，双方集结兵力一万多人围攻冀城，凉州刺史韦康坚守了整整八个月。这期间，韦康派去向夏侯渊求救的别驾阎温被马超抓获，阎温拒绝投降，被马超在城下斩杀。夏侯渊进兵到距离冀城二百多里地时，接受韦康投降却又杀了韦康的马超带兵前来，犹豫不决中的夏侯渊打了败仗。在后方的汧诸氐部族响应马超再次叛乱，屯兵于兴国，于是夏侯渊率军回撤。

如果论起生活的幸福指数来说，这段时期夏侯渊的可是不高，几乎年年有仗打，在长安待得一点也不安宁。

随后的一年中，我想夏侯渊一定反复地思索着被马超打败的原因，并寻找出克制陇右羌氐兵马的对策。

建安十九年（公元214年）为解祁山之围，夏侯渊与马超再次相遇，这回撤退方变成了在西凉陇右素有威名的马超。十月，夏侯渊又接到了一个艰巨的任务。曹操直接点名派他平定陇西的宋建。

宋建作为叛臣贼子在正牌的史书上自然不会有单独的传记，当然也就没有较为详细的记载，所能知道的就是他已经在枹（fú）罕（今甘肃省临夏县）称王称霸了三十多年了。在《傅子》中，宋建因为杀牛祭天祈福的行为和文钦的拜祠祭天、诸葛诞夫妇聚会神巫被一起列入了僭越身亡的反面教材。从宋建已经给自己设置了丞相这个情况来看，估计他已经称了帝，俨然一副和朝廷平起平坐的模样。

任何朝廷即使再腐败无能也不容许有人公然在自己的国土内称帝，而且《后汉书》记载宋建给自己最早确定的封号竟然是“河西平汉王”（《三国志》里记载的是“河首平汉王”），是可忍孰不可忍？所以这三十年间，政府军克服了内有宦官乱政、外有黄巾造反的重重困难进行过多次征讨，但都没取胜。历史的责任像接力棒一样传到了曹操的手中，曹操毫不犹豫地承担下来，略加把玩就转给了夏侯渊。

曹操给夏侯渊派了两个都姓张的得力助手，一个是大名鼎鼎的张郃，另一个是名头一般的张既。在枹罕他们所面对的不是鲜花和掌声，而是宋建麾下杀气腾腾的十万叛军。兵少对优秀的将领来说从来都不是事儿，夏侯渊率领弱势兵力，以迅雷不及掩耳之势包围了枹罕，用了一个多月时间，就擒获了宋建。夏侯渊把宋建和宋建所封的那些大小官员一并斩首。并派出张郃分兵平定河关，深入小湟中，逼降了在河西的羌族部落。祸乱三十多年的陇右地区一下就平定了。

曹操专门下通令表彰：“宋建叛乱三十多年，夏侯渊一举平定，虎步陇右，所向披靡，没有人能够超越到他前面。仲尼曾说过：‘吾与尔不如也！’”曹操引用孔子的这句话，应该是在表达一种自叹弗如的感觉吧。

建安二十年（公元215年）三月，曹操发兵讨伐张鲁，夏侯渊带领驻凉州诸将及羌、胡诸王与曹操在休亭会师。这期间，曹操每次会见这些少数民族的头领和大王，都带夏侯渊一同出席坐镇以示威慑。

七月，张鲁封好府库，逃到山中。曹操将汉中收入囊中。夏侯渊被授予都护将军的职务，率领张郃、徐晃等部将平定了巴郡。

十二月，曹操从南郑回师北归，夏侯渊被留下来镇守汉中。获得三百户食邑的封赏（加上以前就有的一共八百户了）。

这期间，夏侯渊一点也没闲着，在完成防守任务的同时抽组力量，发兵攻击了武都、下辨等地的氐族和羌族部落，缴获粮食十余万斛。

建安二十三年（公元218年），刘备进军至阳平关，夏侯渊率张郃、徐晃等将领分头迎战。让徐晃采取攻势，攻破了陈式的防守；让张郃采取守势，驻守广石。必须要多说一句，陈式就是《三国志》作者陈寿先生的父亲，先后击败了蜀汉方面吴兰、雷铜和马超、张飞两路人马的进攻。在广石的张郃更是顶住了刘备亲率的万余精兵发起的猛烈攻击。

建安二十四年（公元219年）正月，诸葛亮统率援军赶到，对汉中势在必得的刘备，尽遣精锐从阳平关渡过沔水，在定军山摆出决一死战的架势与夏侯渊相持。在这种近乎静止的非运动状态下，夏侯渊迎来了他人生的最后一战。

刘备趁着正月里浓浓的年味，在夜间放火烧毁了夏侯渊营地周围的鹿砦，夏侯渊派张郃保护东面的营地，自己率领轻装步骑防守南面的营地。刘备向张郃挑战，张郃出击被打败，夏侯渊又分出自己的一半兵力支援张郃。刘备又在走马谷放火焚烧曹军的营寨，夏侯渊出来救火，在路上和刘备的军队相遇，魏将军夏侯渊的亲卫和汉中王刘备的亲卫相比，毕竟不在一个水平上，双方短兵相接后，夏侯渊战死。

夏侯渊的死讯引发了全军的震动，军心不稳的部队呈现出崩溃般的撤退。但他随军参战的五公子夏侯荣坚决不撤，拒绝部下把自己带走，说道：“君亲在难，焉所逃死！”表达出要随父亲战死沙场的决绝之心，而后挥剑冲入战场，在乱军中阵亡，年仅十三岁。夏侯荣这个孩子要在学校里绝对是优等生，非常聪慧，七岁就能写文章，以过目不忘而闻名，曹丕曾经在宴请时亲自验证过他博闻强记的过人才华。从小还喜欢带着小伙伴玩打仗游戏，自己当统帅，排兵布阵演练攻防，有敢违反游戏规则的小朋友，夏侯荣打起屁屁来毫不客气，夏侯渊看后都暗自称奇。

三儿子夏侯称也是文武双全，十六岁时和夏侯渊在野外见到了一只老虎，夏侯称拍马就追，以速度见长的夏侯渊想阻拦都来不及，夏侯称一箭就射死了老虎。曹操听到这个壮举，高兴地握着夏侯称的手说：“我得汝也！”夏侯称还和曹丕交情不错，经常相互宴请把酒言欢，席间指点江山豪气干云，当时的能言善辩之士，都不是他的对手，可惜在十八岁那年正值芳华就无奈凋零。真是天不假年啊，倘若这两个文武双全的少年英才能够健康地为魏国工作五十年，天子哪里轮得到司马家呢？

这些事不知道让夏侯渊有多难过！然而让夏侯渊难过的还有很多。

他想不到，他的二儿子夏侯霸后来投降了蜀汉。他更想不到，十九年前走失的女儿，后来遇到了张飞，还成了张夫人。张夫人生下两个女儿，都先后嫁给刘禅做了皇后。定军山之战后，张夫人专门向刘备请求安葬了夏侯渊。夏侯霸投奔蜀汉时，刘禅还专门解释说：“爱卿的父亲是自己在行军中因为混乱而遇害的，并非是我的先辈们刀兵所伤。”还指着自己儿子对夏侯霸说：“他们都是夏侯家的外甥啊。”对夏侯霸封赏和待遇十分丰厚。夏侯渊当年弃子养侄的义举，让自己幸得安葬，还泽被后世，正所谓天道轮回，善有善报！

对夏侯渊的阵亡，曹操是有心理准备的，他曾经告诫夏侯渊说：为将者应当有所敬畏和示弱的时候，不能单单依靠勇气。虽然勇敢是做武将的根本，但彰显勇敢需要使用智谋和计策！“但知任勇，一匹夫敌耳。”也就是说，在曹操眼中，夏侯渊虽然经常打胜仗，但都是靠逞匹夫之勇，这样下去早晚会吃大亏。

从夏侯渊的生平所为来看，他应该是个性情中人，做事雷厉风行，讲义气，重感情，自然也会意气用事、感情用事，凡事还喜欢率先垂范、事必躬亲。所以他会为朋友顶罪，他会舍己子而为弟女，他会严格管教自己的儿女，即使是过继来的女儿也要外出打柴。可想而知他的几个儿子经受的是怎样的严格管理，也可想而知他在管理自己的部属时是怎样地军令如山。

也许只有这样，他的部队才能够上下齐心步调一致地保持高速机动，否则在高速运动下，即便到达目的地也无法进行战斗。所以夏侯渊往往能够在极端困难的情况下战胜数量远超自己的敌人。

按照今天比较流行的说法，夏侯渊最后的阵亡是“性格决定命运”。所以，夏侯渊如果真按曹操说的做了，他也就不是夏侯渊了。无论是演义中所说的受不了法正步步紧逼反客为主的计策刺激，《三国志·张郃传》中所载的在去救火的路上遇到了刘备，还是《三国志·黄忠传》里所载的与黄忠的死斗，夏侯渊留给历史的始终是一个策马疾驰、渐去渐远的背影，却没能留下战死沙场瞬间的清晰定格。

伴着他悄悄隐去的背影，我的耳边似乎听到了浑厚的男低音和清脆的童音深情哼唱出的和声：“典军校尉夏侯渊，三日五百，六日一千”……

正始四年（公元 243 年）七月，还是魏国皇帝的曹芳下诏在魏太祖曹操的宗庙里祭祀夏侯渊等已故的开国功臣。再也不用策马疾驰的夏侯渊终于能够在九泉之下，平稳安定地享用一顿顿配飨的美食大餐。

该给夏侯渊写诗。为了配合他那么好莱坞的洋范儿，我决定来一首现代的：

当夕阳的残红血腥了狼烟，
当破空的呼救绝望了城垣，
当号角的鸣啸把出征送远，
我快马加鞭！

当戈壁的苍凉迷茫了信仰，
当叛逆的耻辱刺痛了脊梁，
当刀剑的青光把斗志激昂，
我直奔前方！

当兄弟的脖颈被套紧枷锁，
当亲人的别情被饥饿烧灼，
当杀戮的火光把夜色冲破，
我死得其所！

三国点将之五

仁者无敌真豪杰
——曹仁

主题词：仁

仁者，可以观其爱焉。

——《礼记·丧服四制》 公元前3世纪至公元前2世纪

夫仁者，己欲立而立人，己欲达而达人。

——《论语·雍也》孔丘　公元前5世纪

帝王必须兼具天下利害，不能有常人的恩怨之心。若如常人仁善，那确定无疑的是，他连一个将军都不能做好，遑论帝王哉！

——《大秦帝国》孙皓晖　公元2016年

每个民族都有自己的文化，有人说中华民族的文化主流就是儒家。从西汉时期董仲舒“罢黜百家，独尊儒术”的意见被汉武帝采纳后，儒家就占据了统治地位，处于东汉末期的三国时期也是如此。在整个儒家文化体系中，虽然众多流派对“仁”的解释多有不同，但都把“仁”作为最高道德原则。

古时候“仁”可以说是个比较神圣的字眼，不像现在的商人给自己公司起名字用到“仁”时毫无心理负担。

在漫长的中国历史中，人物众多，灿若星河，但不知是不是因为对仁心存忌惮，用“仁”做名的还真不多。

当然，林子大了，什么鸟都有！这事情，东汉末年的曹炽就勇敢无畏地干了！

那是汉灵帝建宁元年（公元168年），二十三岁的曹炽喜得贵子，小伙子一高兴就给孩子起了个响当当的名字叫曹仁。幼年的曹仁确实没给自己的爹爹曹炽争气，行为不甚检点，有多不检点史书上也没说。但是能确定的是，他的所作所为和“仁”所要求的差得老远。长大点了就喜欢骑马射箭打猎。要放在太平盛世，赶狗撵兔的这些事就是不务正业，几乎就是“没出息”的代名词，但谁能想到绵延四百年的汉家江山会因黄巾起义而遍地狼烟，曹仁的这些爱好都成了最有用的本领，他就越过修身齐家这个打基础的初级阶段，直接开始了治国平天下的建功立业之路。

黄巾起义那年，曹仁刚好十八，小伙子血气方刚，一身功夫，看到大乱将至，非常有心计地私下里结交了一群志同道合的朋友，相互串联起来竟然拉起了一支千把人的队伍。他们聚在一起，横行于淮水和泗水之间，倒也快活自在。

董卓专政后，曹操在陈留首倡义兵，号召天下英雄勤王锄奸。就是从这个时候，曹仁带着自己的队伍投奔了曹操。

曹仁是曹操的从弟。“从弟”这个称呼在古代特指和自己有共同曾祖父但父亲不同且年龄比自己小的同辈男性，若祖父不是同一个人就是“从祖弟”，如果祖父是同一人就是“从父弟”。曹操的父亲曹嵩是曹腾的养子，曹腾有个兄弟叫曹褒，曹腾的父亲叫曹节。曹仁的曾祖父是曹节，祖父是曹褒，父亲是曹炽，所以曹仁的确是堂堂正正的曹操从弟。如果单论血缘，从弟比族弟要亲近一些，比弟要疏远一些。打虎还靠亲兄弟，上阵不离父子兵。曹操看到曹仁带着兵来入伙，直接就让曹仁做了别部司马，代理厉锋校尉。厉锋校尉是曹操的创造，名字非常酷，主要是负责率领骑兵部队。

骑着高头大马的曹仁从小混混一下变成了骑兵将领，虽然仁不仁大家还不太清楚，但人模人样肯定是做到了。

三国时期最不缺的就是战斗，尤其是董卓被杀，初平元年（公元190年）共同起兵的诸侯们开始互相残杀之后。

初平四年（公元193年）一月，荆州牧刘表切断袁术的粮道，无奈之下袁术带兵进入陈留，派大将刘详在匡亭（今河南省长垣市）屯驻。曹操将主力留在鄄城，自率精兵攻打刘详，袁术几乎倾巢而出，匡亭之战爆发，袁术惨败。

袁术退守陈留郡的封丘（今河南省封丘县），曹操继续追击想围而歼之，但袁术趁包围圈未成之机，又逃到了当时的纺织业中心襄邑（今河南省睢县），曹操不依不饶又追打将来，追到太康（《三国志·武帝纪》中记载为太寿，窃以为应该为太康，太康县有渠水流经），曹操为攻下太康，引来“渠水”（河流名）灌城。袁术又跑到宁陵（今河南省宁陵县），曹操还追着打，一直把袁术打得跑到了九江。

这一仗在曹操的发展史上是非常重要的，袁术当时的实力很强，声势比袁绍还要大，结果被曹操打得一蹶不振。直至四月份，袁术杀掉扬州刺史陈温后，才算暂时安定下来。从战斗过程和曹操一贯的用兵风格综合来看，造成封丘的包围不紧和在太康引水灌城的原因应该只有一个，那就是曹操的兵力不足。他所率领的骑兵野战尚可，但攻城不足。所以袁术在陈留境内才会东奔西逃，因为他的军队无法抵挡曹操精锐骑兵的冲击，为保命袁术只能不断地派出后卫部队，用部下的生命来换取自己逃亡的时间。

这样的战斗不会太惨烈，那些后卫所起的作用也仅仅是稍微迟滞一下曹操的追击，所以袁术从来就没有真正跑远过。骑兵成为整场战斗的主角。曹仁作为主要的骑兵头领全程参加了战斗，《三国志》中记载的曹仁此战“斩获颇多”应该是真实可信的。

同年五月，曹操的父亲曹嵩在徐州被杀，为报父仇曹操亲自出马找陶谦算账，三军将士更是争先恐后，冲在最前面的自然还是骑兵。

大军的先锋正是曹仁。曹仁一路上开道杀敌、侦察警戒忙得不亦乐乎。先是打败了陶谦的部将吕由，和大部队在彭城会师后，一起打败了陶谦的主力。尤其是在攻打徐州境内的费县、华县、即墨、开阳等地时，陶谦多次派兵紧急驰援，都被曹仁率领的精锐骑兵打败，最后只能眼睁睁看着曹操破城屠城。仗一直打到第二年的春天，曹军因为吃光了军粮，被迫退兵。

兴平二年（公元195年），曹操再次讨伐吕布，以雪前一年在濮阳战败的耻辱。曹仁承担了攻打句阳（今山东省菏泽市牡丹区）的任务，力战攻下城池，生俘吕布手下将领刘何。曹操通过这一仗收服了兖州，渡过了陈留起兵后的最危险时刻。

建安元年（公元196年）八月，曹操迎接汉献帝有功被封为司隶校尉，随后定都许昌，开始挟天子以令天下。曹仁因为多次立下军功，被封为广阳太守，成为广阳郡的最高长官，广阳当时不算繁华，还是老少边穷地区，但两千年后这里的地价非常地高，因为广阳的地界都在北京。不过曹仁当这个官也就是享受个待遇，并没有到任，原因很简单——这地方曹操管不了，还是公孙瓒的势力范围。对曹仁的任用，曹操另有打算，因为很看重他智勇双全，就没让他上这个“空任”，而是以太守的身份继续做统领骑兵的议郎工作。从这里也可以看出曹操对曹仁的厚爱，因为根据汉制，太守秩比二千石，而议郎只有六百。若论起级别来，议郎不过是七品芝麻官，而太守可是相当于三品的大员，工资待遇翻了好几倍。

建安三年（公元 198 年），曹操再次出兵攻打驻守在穰城（今河南省邓州市）的张绣，曹仁独领一军攻打周围的县城，俘虏了三千多人。打到五月份，后方传来袁绍可能来袭的消息，刘表也率领援军赶到，曹操急忙撤兵。张绣在贾诩的指导下把撤退途中的曹军杀得大败。当时曹军士气低落，多亏曹仁重整旗鼓，才使军心重新振奋，击退了张绣。这事曹操非常满意。但曹仁却没有得到什么封赏，或许是曹操这时候太忙了。这一年曹操接纳了刘备，终于杀掉了吕布，还占据了关中平原。

建安四年（公元 199 年）二月，因为起兵响应吕布的老资格保皇派大司马张杨被部将杨丑所杀，杨丑杀掉张杨后想带着队伍投奔曹操，结果走半道上反倒被张杨的老部下、曾经做过黑山贼的眭固杀掉。眭固当年和袁术一起攻打东郡时被曹操打得灰头土脸，本着不忘旧仇的原则眭固带着张杨的残部暂时集结在射犬（今河南省武陟县西北），准备投奔袁绍。

四月，不甘心到嘴边的队伍跑到别人家去的曹操进军临河，派曹仁和史涣前去攻打眭固。眭固一看曹军杀到，在心理阴影的影响下，自己带兵北上，名为向袁绍求救，实则逃命。把以前在张杨手下做长史的薛洪和做河内太守的缪尚留在射犬，自己则带兵北寻袁绍求救，结果才跑到犬城就遇到了曹仁。两军恶战一场，眭固兵败身死，曹仁大胜。消息传回河内，薛洪和缪尚马上就投降了。这时候的曹仁已经很威猛了，部下也不乏强人，这一仗中参战的就有五子良将中的徐晃和乐进。

这场战争是曹操和袁绍两大武装集团之间因为触及核心利益而引发的第一次直接碰撞，此前袁绍一直忙于和公孙瓒争夺幽州。二月袁绍攻破易县，公孙瓒自焚而死。解决了后顾之忧的袁绍很快就听到了眭固被杀的消息。六月袁术想投奔袁绍，结果曹操派出刘备在徐州拦住了袁术，袁术退回寿春病亡。刘备得以暂驻徐州。而曹操进兵夺取北海，兵锋直指青州。曹操与袁绍的矛盾公开化，俩人都暗做准备，准备决一死战，灭了对方。

从十二月开始，双方大军陆陆续续地集结于官渡。需要特别注意的是，半年前刚刚受命于曹操阻击袁术的刘备，在这会儿摇身一变帮助背叛曹操投靠袁绍的刘辟攻打滬强附近各县，这些地方的百姓纷纷起兵响应。曹操后方顿时不稳，许昌以南民心大乱，曹操为此忧心忡忡，十分不爽。

这时曹仁出现了，再次成为主角。他对曹操说：“许昌南边各地的百姓和官员以为我军目前在官渡军情紧急，无法脱身回师救援，而刘备却率领大军兵临城下，他们为求自保背叛我们本是应该。但刘备刚刚带着袁绍的部队，还不能发挥他们的作用，只要我们进攻就可以打败他们。”

曹操觉得曹仁的这个意见非常好，不但马上采纳还专门指派曹仁率领骑兵攻打刘备。曹仁非常彪悍，一下就把刘备赶跑了，攻克了刘辟的营垒，镇压了所有的叛乱。这次胜利可谓意义重大，不但一下就解决了曹军的后顾之忧，确保了曹操能够全力以赴地在官渡与袁绍决战，还把刘备打得对袁绍失去了信心，不久就借口要南下联络刘表共同进攻曹操，离开了袁绍。刘备路过曹操地盘时，曹操没有派曹仁而是派蔡阳拦截，刘备毫不客气地留下了蔡阳的人头，这事在《三国演义》中被罗贯中非常艺术地汇编到了关羽千里走单骑的故事里，蔡阳也成了被关羽斩掉的六将中的一个。《三国演义》和正史的区别就在此处。

言归正传继续说曹仁。双方在官渡对峙期间，袁绍苦于正面相持不下，派遣猛将韩荀率军从侧翼出击，意图截断曹军西边的粮道和退路，结果被曹仁在鸡洛山打败。虽然史书上没有记载战斗的经过，但是我们可以推断出曹仁出手非常重，因为袁绍从这一仗后再也不敢派军开辟第二战场。

袁绍歇菜了，但是曹仁却充足了电，和自己的老搭档史涣一起，反过来攻击袁军的粮道，成功截击袁绍的运粮车，把所运军粮尽数烧毁。主战场之外的战斗，烦琐而无趣，曹仁就在这样的情况下，帮助曹操一战打败了袁绍。

也是在这一年的年初，为了解除后顾之忧，拉拢在江东的孙策，曹仁听从曹操的命令，让自己的女儿远嫁给孙策的四弟孙匡，在联姻这个特殊战线作出了特殊的贡献。可惜孙匡二十几岁就死了，这个女儿真是可怜！

官渡之战虽然胜利了，但是曹操和袁绍家的战斗还持续了很长时间，毕竟是拥有四个州的大土豪，要不是袁绍没有安排好身后事，这场战斗的胜负还真不好说。

建安十年（公元 205 年），大局终于定了。一月，曹军攻破南皮城斩杀了袁谭，占据青州。二月，袁熙和袁尚的部下叛变，二袁投奔乌桓，曹操又占据了幽州和冀州。四月，张燕也投降了曹操。

曹操亲率大军北伐乌桓。趁此机会，在建安九年被迫投降曹操的并州刺史高干，举兵反叛，曹操派出乐进和李典前去讨伐，攻到壶关（今山西省壶关县）

就攻不动了。

建安十一年（公元206年），曹操亲征，下令说：“攻下城后，所有人全部活埋！”这样的狠话放出来，壶关的军民只有死路一条，所以守城意志非常坚决，曹军一连攻了几个月也没攻下来。其实这个时候高干并不在壶关，他留下部将夏昭和邓升守城，自己跑到匈奴那里搬救兵去了。

形势变了，曹仁就又出现了，曹仁向曹操建议：“围城的时候必须要让城里的人看到能活命的门道，把这作为开辟生路的办法。现在您告诉敌人必死的结果，必然迫使他们自发地坚决防守。况且壶关城池坚固，存粮很多，直接攻城只会造成士兵的伤亡，要一味围困就会拖延很长时间；现在我们把兵马驻扎在坚固的壶关城下，攻打拥有必死决心的敌人，不是好的决策。”曹操听从了曹仁的建议，不再坚持屠城，壶关很快就归降了。

写到这里我想曹炽先生终于可以松口气了，当然了我也可以松口气了，曹子孝终于做了一回“仁”事啊，给曹操提出这样一条人性化的建议，不但保住了壶关和壶关以后很多并州百姓的性命，也对得住自己的“仁”名和“仁者无敌”这四个字。打下并州后，曹操论功行赏封曹仁为都亭侯。

建安十三年（公元208年），曹操赤壁战败，把征南将军曹仁留下来，镇守江陵（今湖北省荆州市）。当时的情况的确不好，孙刘联军乘大胜之威，而曹军上下士气萎靡，瘟疫流行，曹仁要守的要说是个烂摊子也不为过。

祸不单行的是，他的对手是江东第一名将周瑜。江陵与东吴一江之隔，这样的地方周瑜要不打都说不过去。这一打就是数万人的规模。

曹仁站在城楼上，看到了先期抵达的数千吴军前锋。一直习惯进攻的曹仁，虽然这次是防守方，但也没有忘记先给对方一个下马威。他下令招募了三百名勇士，派出了后来死于“牛继马后”这一谶语的大将牛金出战。这三百人在牛金的带领下打得十分投入，完全是不给自己留退路的打法，很快就被吴军给包围了。情况十分危急！

曹仁一看，怒火中烧，一是气吴军可恶，二是气牛金无能。小牛！让你率精兵出击是为了狠杀吴军的士气，要是吴军把你们包了饺子，我怎么给大家交代啊！曹仁立即吩咐左右备马。长史陈矫和众人一看曹仁也要出城，连忙拦着劝道：“敌人兵多气盛，不可抵挡，咱们宁可放弃了这三百人，将军您也切切不能以身犯险！”

曹仁不听，自己披挂上马，只带着手下几十名壮士，一同纵马出城而去。事实证明，曹仁在城楼上没有白站。他选择的解围突破口是距离包围圈还有百余步远，且有一道壕沟的地方。站在城楼上焦急观战的陈矫还以为曹仁他们也就是停在那里吼两嗓子，站两下子，给点精神鼓励就回来了。没料到曹仁竟然拍马过河，直接杀入敌阵！这一下不但把陈矫吓得够呛，东吴军估计也受惊不小，牛金等人终于获救。

这围解得太突然了，还有些人没反应过来。曹仁就又冲了回去，把这些他要求招募的勇士救了出来，解围的过程充满了惊险，也充满了血腥，曹仁身为大将军亲手杀死的吴军就有好几个。

这一仗真是充分彰显了袍泽之谊和曹仁的爱兵之情，全身而退回到城中后，陈矫等人不禁感叹道："将军真天人也！"这个"天人"年纪实际上也不小了，已经整整四十岁了。曹操听说了曹仁的光辉事迹后，改封曹仁为安平亭侯。

周瑜看到曹仁不好惹，便隔江扎营，伺机而动。双方进入艰苦的相持阶段，赤壁之战后孙刘联军凶猛的进攻势头终于得到暂时遏制。对长江一线地况非常了解的甘宁向周瑜建议应该攻取江陵上游的夷陵（今湖北省宜昌市东南）。夷陵与江陵互为掎角，战略位置十分突出，甘宁率领跟随自己多年的死士，一下就攻下了夷陵。

曹仁丝毫不敢怠慢，马上派出五六千人的援军包围夷陵，坚决要将夷陵夺回。

甘宁所部人数虽少，但战斗力极强，曹军屡攻不克。周瑜和吕蒙更是紧急驰援，吴军内外夹击，夷陵围解。周瑜乘胜渡江兵临城下，刘备也派兵一同前往将江陵团团围住。

双方约定日期在城下大战，亲自策马督阵的周瑜都被飞箭射伤右胁。曹仁看到周瑜受伤，又听说周瑜伤势严重卧床不起，就趁机出兵想要打败吴军。周瑜强撑病体巡视全营，曹仁一看无机可趁，就返回城中死守。这时，关羽奉刘备之命断绝了曹军北归的道路，曹仁已经坚守了整整一年的江陵几近死城，城破势成必然。

而退回北方的曹操在谯县已经训练成新的水军，驻军合肥。同时下令由政府供养阵亡军人中没有产业的家属，要求地方官员做好抚恤工作，以稳固后方。曹操调集援军从各方出击，接应曹仁以解江陵之围。各路援军中，李通的救援工作最为拼命，终于打破关羽的阻击，与曹仁会师，在返回途中李通病逝。

江陵的任职经历充分展示了曹仁善守的一面，在这里他实现了从独领一军的将军到独当一面的统帅的素质跃升。能在周瑜和刘备、关羽的合击之下坚守一年，曹仁虽败犹荣！

建安十六年（公元211年），马超不顾父亲马腾的死活联合韩遂、杨秋、李堪、成宜等人一同起兵反曹。

曹操亲自率军西进征讨马超，任命曹仁为安西将军，总督诸将扼守潼关，把马超在渭水的南边打得大败。

这期间，苏伯、田银在河间（今河北省献县）造反，曹操就任命曹仁为骁骑将军，率领七支大军剿灭了叛乱。当然这并非曹仁一人之功，因为留守后方的曹丕也派出军队作战，甚至还有三千鲜卑骑兵由轲比能带领着跟随阎柔一起参加了战斗。但这毕竟是当时的大事，苏、田二人起兵后，幽州、冀州震动，曹操当时差点就撤兵放下马超不顾回师平叛，几乎错过了打败马超的良机。所以平定叛乱之后曹操再次任命曹仁为征南将军、假节，率军屯守樊城，承担起镇守荆州的重任。

而曹仁遇到战事依然随时听命出征。

建安二十二年（公元217年）正月，曹操率领大军进驻居巢。二月，又进驻到长江西岸的郝谿。孙权在濡须口建筑城堡防守，曹操派兵攻打，孙权撤军。到三月份，曹操率领大军返回，留下曹仁和张辽配合夏侯惇屯守居巢。

这年夏天，汉献帝授予曹操出入警戒清道和设置旗帜的特权，冬天又让曹操的王冠上可以缀挂十二根旒，可以乘坐金根车，套六匹马驾车，配五时副车。曹操距离皇帝的位置越来越近，而在荆州经营多年的关羽北伐的欲望也越来越强，云长二哥的小宇宙爆发出越来越浓烈的杀气。而忠于汉室的少数大臣也用自己的生命做出了最后的抗争。

建安二十三年（公元218年）春，汉太医令吉本、少府耿纪、司直韦晃在许昌起兵，火烧丞相府和军营，因势力太弱，兵败身死族灭。冬天十月份，宛城（今河南省南阳市）守将侯音等人造反，活捉了南阳太守，还带着官吏百姓占据宛城，想和关羽联合。宛城距离曹仁驻守的樊城不远，曹操就派曹仁前去平息叛乱。到建安二十四年（公元219年）春天，曹仁攻破了宛城，杀了侯音。

回到樊城后，曹仁被曹操封为征南将军。征南将军几乎还没开始做征讨南方的准备呢，关二哥就带着水陆两军杀将过来。虽然曹仁手下的猛将庞德用不要命的打法让二哥吃了不小的亏，但是曹操丝毫不敢掉以轻心，派出了很是看重的五子良将之一的于禁于文则。

在救援曹仁这个任务时还引发出对魏国历史走向影响深远的一件事。本来曹操想把领军救援的任务交给曹植，已经把曹植任命为南中郎将，行征虏将军的职能。曹丕知道后以太子的身份赐酒给曹植，曹植喝得酩酊大醉，无法前去领命。此举不但引得不知情的曹操对曹植大发雷霆，还让曹植丧失了掌握兵权的良机。当然了，如果曹植得以出征，也许水淹七军被俘虏的就不仅仅只有于禁了。

历史就是这样有趣！于禁的七军抵近后，曹仁又命庞德在樊城以北十里处驻扎，与自己坐镇的樊城相互照应。孰料天降大雨，汉水暴涨，关羽的水军陡然间威力爆表，直接斩杀庞德，逼降于禁，光俘虏就抓了好几万人。本来形势大好的樊城一下成为水陆禁绝的危城。城墙被洪水浸泡，在水面之上的只有几板的高度，还有多处塌方，就这数千人的队伍还军心不稳、士卒心存恐惧。而且事发突然，城内存粮不多，快吃完了，情况十分紧急。右倾逃跑主义思潮悄悄占据了上风，有人公然建议说，洪水滔天非人力可以抗拒，咱们应该趁关羽的包围圈尚未合拢，赶紧跑。曹仁没有被这些消极的言论打动，他所期待的是正面的舆论宣传和积极鼓动，汝南郡的长官满宠这个时候贡献了自己的智慧。

满宠很会说话，顺着投降派的话说，洪水滔天来得快去得也快，肯定不能长久。据说关羽的前锋已经到了郏县（今河南省平顶山市），京城以南民心不安，各方骚动。关羽在这种情况下没有继续进兵逼近许都，就是还没有解除后顾之忧，担心我们切断他们的退路和粮道，如果我们也逃走，那么黄河以南就不是朝廷的领土了！曹君您应该坚守在这里！

曹仁听从了满宠的建议，把白马沉入水中以此盟誓，激励全军誓与樊城共存亡。官兵没有一个有二心的。后来，徐晃受曹操亲命与关羽对峙待援，同时按照曹操的指示让士兵将孙权已经出兵袭击荆州的书信系在箭上射入城中，樊城的将士一片欢腾，士气提振百倍！当然这还不算狠，更狠的是曹操为了让关羽和孙权打得更激烈一些，专门百里加急通过驿站把孙权要求攻打关羽的文书送给曹仁，让曹仁用弓弩射给关羽看。曹操派出的后继之援络绎不绝，东吴偷袭夺得荆州后的心战也渐生奇效，关羽在腹背受敌、大水消退的情况下，被迫撤军，樊城围解，曹仁再建奇功。

关羽撤退时，曹仁还想出城追打，赵俨谏阻了曹仁。后来曹操还专门传令不许曹仁追击。这时候曹仁始终保持了从谏如流的良好风范，赢得了一次次胜利。关羽的北伐以兵败身死告终，但却成就了许多人的功名。

曹仁因为这个功劳，在曹操去世，曹丕篡汉称帝后，官拜魏国的开国首任“车骑将军”，负责荆州、扬州和益州的所有军务，这三块地方有一块半都不属于魏国，曹丕也用这种特殊的分工来鼓励曹仁针对孙刘两家的战斗精神。当然了，还有非常实惠的爵位，曹仁同时也被晋封为“陈侯”，增邑二千户，连同以前的共计有三千五百户。儿子升官老爹也跟着沾光，曹仁已过世的父亲曹炽被追赠一个谥号“穆侯”，光看坟就派了十户人家。

这一仗打得天昏地暗，虽然关羽失败，但是给魏国上下留下了很重的心理阴影。曹丕继位后，孙权领兵向西进军，大家就开会在朝堂上商量如何应对，最后形成的结论竟然是樊城和襄阳没有存粮，无法有效防守抵御敌人。于是曹丕就把曹仁从樊城召回到宛城，而曹仁则一把火烧了樊城和襄阳。

当时，持反对意见的人是有的，就是司马懿，他的理由是孙权最近打败了关羽，这个时候正想和我们结盟，肯定不敢与我们交恶。襄阳是水陆交通的要冲，更是防御敌人进攻的要害，绝对不能放弃。但司马懿的意见没有被曹丕采纳。

事实证明，真理在司马懿这边。曹仁撤走后，孙权并没有派兵占据。曹丕很后悔。一后悔就派曹仁和徐晃重回襄阳，这时候孙权已经派陈邵把襄阳给占了。曹仁和徐晃就黑着头打，把襄阳打了回来。不管怎么说，曹仁这后半辈子情愿不情愿地跟“襄樊”干上了。

打下襄阳后，曹仁派部将高迁把汉水以南归顺魏国的百姓强行迁徙到汉水以北，这时候的曹仁虽然也很以人为本，但是他更看重的是这些人缴纳的赋税和可以提供的徭役。

黄初二年（公元221年），曹丕拜曹仁为大将军。这一年，黄初元年投降魏国被封为列侯的冯翊（今陕西省大荔县）人郑甘又叛变了。曹丕派遣曹仁去讨伐，这时候夏侯惇已经去世，曹仁作为大魏帝国的最高军事长官去扑灭一个小小的叛乱，简直是高射炮打蚊子，结果是必然的——郑甘兵败被斩。曹仁因为这个功劳又被曹丕封为大司马，位列一品居三公之首，率军移防临颍（今河南省临颍县），又分兵据守乌江（颍河的支流），随后回师驻扎在合肥。

黄初三年（公元222年），刚被曹丕封为吴王的孙权拒绝了送长子孙登到魏国做人质的要求。曹丕恼羞成怒，不顾群臣劝阻，执意犯“二”，出动三路大军进攻东吴。秋九月，曹仁自领中路大军直取濡须，另外两路是曹休、张辽、臧霸出洞口，曹真、夏侯尚、张郃、徐晃围攻南郡。孙权派吕范率领水军迎战曹休，诸葛瑾、潘璋、杨粲救援南郡，派朱桓镇守濡须抵挡曹仁。

当然曹丕犯“二”的背后还有很多文章，详见《臧霸传》。

五十五岁的曹仁已经无法亲临战场，只能在后方的营帐里过过嘴瘾。这一仗不知道是因为这个原因还是因为最后打了败仗，陈寿竟然没有将其收入《三国志》中的曹仁传。

这个时候，镇守濡须的已经不是拥有瘢痕体质的周泰，而是当时还不出名的朱桓朱休穆，曹仁毫不客气地给朱桓上了一堂非常生动的声东击西课。

在曹仁要攻打羡溪的声势下，朱桓赶紧分兵救援，部队出发后才发现曹仁的真实意图是要攻打濡须口，朱桓又赶紧派人把赶赴羡溪的兵马往回叫，而这时曹仁的大军距离濡须口只有七十里地了。朱桓手里只有五千人，诸将都十分害怕。

想必曹仁也觉得此战必胜无疑，派出自己的儿子曹泰前来突袭，舐犊之情是真真的浓啊！就这曹仁还亲自率领一万人马在橐皋（今作柘皋，安徽省巢湖市境内）给曹泰压阵。同时派出常雕率领诸葛虔和王双等人带着五千兵马，一大早就乘坐油船袭击朱桓部众家眷居住的中洲，这种牵制是致命地有效。但蒋济就不这么看，他对曹仁说："吴贼占据西岸，在上游陈列水军，咱们的兵马攻入中洲，是自入地狱，走的是导致死亡的危险之道。"可曹仁已经听不得别人意见了。

归根结底，曹仁是小看了比自己小九岁的朱桓。

朱桓安抚好众将后，偃旗息鼓，故意向曹军示弱。曹泰还年轻，没有看出破绽。很不幸，曹泰让自己的父亲失望了，因为朱桓突然派兵攻取油船，自己率兵火攻曹泰。战报传来，曹仁郁闷透顶，差点没吐血。只有曹泰带着残兵败将逃了回来，常雕被临阵斩杀，王双被俘虏后送到武昌当作战利品展览。

中路大军打成这样，曹丕也很没面子，后来专门下诏说："孙权残害万民，暴殄天物，朕认为不能让贼寇的气焰嚣张，所以分别命令猛将率领三路大军一并征讨。东路大军与吕范水战，斩首四万，缴获船只万艘。大司马曹仁据守濡须口，俘虏的敌人也有数万人……"诏书里曹仁的任务从攻打濡须口变成镇守濡须口。后来诏书又说："过去成汤打猎时解开围网的三面，只留一面，以至'天下归仁'。这次我们撤除江陵之围也是仿效此举。"

这样的宣传骗骗百姓是可以的，但是对曹仁来说心里更是难受。戎马一生，东征西讨打过多少胜仗，结果在最后一战，指挥自己的儿子把仗打成这样，实在是咽不下这口气。诏书是芒种后下的，曹仁在小暑后就去世了。这诏书确实不是安慰剂，倒像是催命符。

黄初四年（公元223年），曹仁死了。享年五十六岁。儿子曹泰继承了爵位。魏文帝赐谥号为忠侯。按照《史记·谥法解》里所说"危身奉上曰忠"，所以这个谥号在当时是非常高大上的美誉。

当初曹仁从吴军包围圈中救出的牛金，后来屡立战功，官拜后将军，也算对得起曹仁了。

青龙元年（公元233年），魏明帝下诏在太祖庙庭祭祀夏侯惇、曹仁和程昱。

曹仁少时放浪，不够检点，但是成年之后尤其是带兵打仗后非常注重学习，当了将军更是奉公行法铁面无私，身边总放着条令制度，坚持依法办事。魏文帝曹丕在当太子时，曾经写信告诫远征乌桓的曹彰说：“做将军的奉公执法，难道不应该像征南将军曹仁那样吗？”

作为武将，曹仁是非常全面的，因为深受曹操信任所以很早就能够独当一面，常常一个人带兵另辟战场单独作战。他善于使用骑兵，是围点打援、阻援劫粮、剿匪平叛等游击战、运动战的高手。同时曹仁也善于带兵，有执法如山从严的一面，也有爱兵的暖男一面，舍身救牛金一事就是明证，因为恩威并施所以才能将士效命，有了这个基础，曹仁才能创造独守孤城的不凡功绩。

曹仁参加过的战斗因为时代久远，具体细节早已淹没在历史长河中，我们无法得知。但与曹仁同时代的人对他的评价却留下不少，除了曹丕把曹仁作为王族在守法方面的模范外，曹植也认为曹仁是平定黄河中下游地区的功臣，认为他“文武并亮，权智时发。奢不过制，俭不损礼”。

西晋著名的哲学家傅玄在其所著的《傅子》中认为，曹仁的勇猛，古代著名的大力士孟贲和夏育不如他，张辽也在其次。

无论这些人对曹仁的评价对错与否，在我的心中总记得曹仁劝阻曹操屠城的仁义和策马杀入重围救出牛金的壮举。他对得住自己名字里的“仁”字，也无愧于仁者无敌的正面范例。

该给曹仁写诗了：

仁孝之道乃大节，
据实称名贵如玠。
少年不检性存邪，
成人奉法品无缺。
文武并亮权智发，
突阵驰援敌胆怯。
一生军旅能攻守，
仁者无敌真豪杰。

三国点将之六

莫笑我是痴情种——夏侯尚

主题词：情

人说情到深处无怨尤，不必强求，可是换成你，你真的看破。

——《感受》刚泽斌　公元 1991 年

若志不强毅，意不慷慨，徒碌碌滞于俗，默默束于情，永窜伏于凡庸，不免于下流矣！

——《诫外甥书》诸葛亮　公元 3 世纪

人是感情动物，海涅说过："人的理性粉碎了迷信，人的感情将摧毁利己主义。"在诸多的感情中，爱情应该是最为美好、最为甜蜜的。

说三国武将，讲到爱情，这似乎是风马牛不相及的事情。但是在三国确实有一些荡气回肠的爱情故事。也许战乱中的人们更需要爱情的滋润。

虽然在正史里，一本正经的陈寿没有留下男男女女才子佳人们的卿卿我我，但是从当时一些文学作品的艺术演绎中，还是能够看出人们对美好爱情的渴望与憧憬。

曹植的《洛神赋》留下了落魄皇子与洛神之间一段幻化无穷的人神超时空之恋。《孔雀东南飞》则将建安年间庐江郡的小官吏焦仲卿与知书达礼的妻子刘兰芝的悲惨命运刻画得淋漓尽致入木三分。还有《三国演义》把堂堂温侯吕布和区区侍妾貂蝉之间的苟且偷欢也描写得情真意切。

很遗憾这些文学作品只能作为生活影像，不能作为社会现实，也无法当作真正的历史。因为在备受历代史官推崇的忠孝仁义礼智信等封建核心价值观里，爱情是没有位置的。即使偶尔有之，也只能放在犄角旮旯等不被人所注意的边缘地带。

三国武将里有人有过爱情吗？肯定有。那么陈寿记下来了吗？还好真有，不过没记全。

这事发生在黄初五年（公元224年），魏文帝曹丕非常气愤地说道："杜袭看不起夏侯尚，确实是有道理的。"杜袭是当时的大将军军师，官不小，因为不是主角，就不再赘述，只说明一点：他是杜根的孙子。他早年非常鄙视夏侯尚，说夏侯尚是"非有益之友"。曹丕这样说，充分证明对杜袭的评价他一开始并不认同，那么夏侯尚究竟做了什么事情坐实了杜袭的评价又让曹丕这样恼火呢？

这事真要说起来确实有些狗血，从本质上讲也就是一段合法婚外恋引发的惨案。说婚外恋是因为夏侯尚将特别的爱给到了妻子以外的女人身上，说合法是因为这个女人是夏侯尚的一个小妾。

三国还处在万恶的封建社会，男尊女卑天经地义，大丈夫三妻四妾很是平常，像夏侯尚这样的王侯将相要没十几个女人都不好意思出门。宠爱小妾根本就不算什么。但夏侯夫人可不是一般人，人家贵为德阳乡主，是被曹操视若己出的曹真的妹子。这妹子非常强悍，把家庭矛盾整得像国际纠纷似的，告了御状直接让曹丕这个皇帝哥哥给自己做主。曹丕贵为天子，真是非比常人，一点不含糊地直接派人绞死了夏侯尚的爱妾。曹丕的处理非常果断，以至于有些草率了。

因为从夏侯尚后来的表现来看，人家是有真感情的。小妾死后夏侯尚竟然悲伤致病，乃至神情恍惚。甚至在小妾下葬后，为解相思之苦，夏侯尚竟然开棺望尸。

曹丕理解不了这种重口味的相思，这才非常愤慨地说出了上面那句话。被皇帝这个当朝的最高统治者这样评价，按常理来说夏侯尚的仕途算完了。可曹丕对他的恩宠一点没减少，还是很信任他，重用他。但是再恩宠再信任，夏侯尚的爱妾也不能复生，所以夏侯尚的病也就无法痊愈，只能是越来越重了。

到了黄初六年（公元225年），镇守南方的夏侯尚因病回到邺城休养，曹丕多次亲自前往探望，握着他的手痛哭流涕，毫不掩饰自己的关切之情，似乎忘记了夏侯尚那些重口味的荒唐事。对此病中的夏侯尚不知作何感想，是皇上你派人杀了我的爱妾，现在又这样关心我，我们还能再回到从前那样吗？

五年前，他们真的是好朋友！那时，正值早春三月。一支充满悲伤的队伍从雒阳出发，向着邺城缓缓前行。这支队伍运送着一代枭雄曹操的棺椁。

十六年前，曹操取得决战官渡的胜利后，把邺城作为自己的司令部，把傀儡皇帝刘协孤独地放在了许昌。

一年前，为解襄樊之围，曹操率军南下在二线坐镇指挥。随后，关羽被东吴斩杀，危机结束，曹操率军返回，走到雒阳时病逝。这是当年全天下一等一的大事。

汉帝国已经奄奄一息了，而作为属国的魏国却如同一个足月的胎儿，就等着分娩出新帝国的那天到来。

曹操的逝去，既留下了悲痛，也留下了权力的真空，奉送梓宫的任务也因此显得颇有政治意味。这支队伍里的最高首长不是太子中庶子（太子的侍从官）司马懿，正是为治丧而持节的夏侯尚，那时他还是中领军。

这时虽然贵为长子，但在夺位之争的关键时刻，曹丕不敢离开邺城半步。他必须选择一个忠诚可靠又能服众的人物来担此大任。

夏侯尚是夏侯渊的侄子，从小就善于出谋划策，很得曹丕器重。明明是两个官二代，纯属货真价实的富贵之交，但对外却偏偏说是“布衣之交”。就这样，夏侯尚加入了治丧委员会，成了名誉主席，而且成为最为悲伤的领导人。

试想曹操死了，老谋深算的司马懿高兴还来不及呢。所以，夏侯尚在队伍里一定是非常注目。因为他不但持了“节”，还因为是个讲感情的人在真哭！

汉代的“节”一般长八尺，上端绑着羽毛，到东汉末期夏侯尚手里所持“节”已经由苏武手里所持的赤色变成了黄色，一般是竹子做的，但也有很多是铜质鎏金，极尽装饰之能事。当时袁术就是打着对“节”好奇的幌子，骗走了马日磾手中的“节”。后来，袁术没把节还给马日磾，把马日磾气得吐血死了。那时候，节不但花里胡哨的，很引人注目，还非常地重要，是权力和身份的象征。

早在建安八年（公元 203 年），曹操平定冀州时，夏侯尚就做了军司马，虽然俸禄不高，也就千石左右的年收入，但却是大将军的属官，属于亲信。此后就一直跟着曹操鞍前马后地征战四方。后来又做了五官将文学，这也是五官中郎将之一，是曹操专门为太子曹丕设置的属官。他们既负责保卫皇帝和皇宫的安全，还负责掌校典籍，侍奉文章，可谓是能文能武，都很有两把刷子。

建安十八年（公元213年），曹操晋爵魏公，建魏国，趁此东风，夏侯尚又当上了黄门侍郎，和其他五人一起负责引导“王”们入座，还负责传递诏书，成为亲信中的亲信。

这期间，夏侯尚没立下什么军功，主要靠着天生的血缘关系厮混。如果硬要说有的话，他也确实打过胜仗，不过不是主角，只是跟着曹彰跑了一趟龙套。

那是建安二十三年（公元218年）四月，代郡（今山西省阳高县西南）的乌桓联合鲜卑人叛乱。乌桓曾经很强大。建安五年（公元200年），曹操打败袁绍后，乌桓遭到多次攻击，单于蹋顿被张辽斩杀后，投降的有二十多万，曹操把其中精壮的男丁编成骑兵，这支部队被称为“天下名骑”。但十几年后的这场叛乱，对乌桓人来说绝对是个悲剧，因为忽悠他们叛乱的盟友鲜卑人根本就没有参加战斗，轲比能带着数万人马在山上安安静静地看完他们被曹彰彻底击败后，服服帖帖地归顺了曹魏。夏侯尚因为参与其中，跟着立下了第一个军功。

曹操的丧事办完后，把所有的功劳都算到一起，夏侯尚被封为平陵乡侯，从散骑常侍升为中领军。散骑常侍这个职务是曹丕的创造，因为夏侯尚而专门设置的可能性很大，是皇帝的亲随，不但负责给皇帝提意见指出皇帝的过失，皇帝外出的时候还要骑着马给皇帝做伴。在曹魏时期不是大儒高才压根儿别想当这个差。至于中领军则是曹操的创造，首任为史涣，夏侯渊也当过，这个级别的武将可以开府，是禁军的最高统帅。魏代汉后，夏侯尚子承父业继续担任这个职务，他的两个前任分别是曹休和曹真。

曹丕登基后，对夏侯尚更是关爱有加，升任征南将军，官居二品，此外还兼任荆州刺史，被授予主掌南方各军的符节，成为独当一面的军中大老。

这时候，夏侯尚才表现出其智勇双全、能文能武的狰狞面目。他向曹丕呈上了一封向刘备进攻的奏章：“刘备在上庸驻有军队，那里山路艰险难行，他们不会对我们有太多的防备，如果我们派遣一支奇兵，隐蔽前去，出其不意，那么一定能够达到出奇制胜。”曹丕批准了夏侯尚的作战计划，于是夏侯尚和徐晃一起率领各军打跑了刘封，逼降了孟达，顺利攻下了上庸，平定了三郡九县。

战后夏侯尚因功被曹丕封为征南大将军，成为征南中的征南了。官做得越大，夏侯尚的战斗意识也越强，把对东吴作战的弦绷得紧紧的。

这时，孙权虽然已经向曹魏称臣纳贡，但是夏侯尚看出孙权只是为了避免两面作战而作出的权宜之计，所以积极做好攻击孙权、发兵南下的准备。果然，孙权在取得夷陵之战的胜利后，拒绝了让儿子做人质的要求，并自称为王，正式建立吴国。

曹丕大怒，发兵三路兵锋直指江东，这一年是公元 222 年。这一仗一直打到了第二年。双方胶着不下之际，为打破僵局，魏文帝曹丕决定亲征吴国，驾车来到了宛城。

夏侯尚和曹真一同率领一路人马攻打南郡。随他们俩一同出征的是两个牛人：张郃、徐晃。夏侯尚一到前线就派出前部三万人马，趁着水位不高，江面变窄，修了浮桥。

与他们对峙的东吴军队基本上分成了两拨。一拨是孙盛带领的一万人马，驻扎在江中的小岛。一拨是朱然带领的五千人马，守在江陵。同时派出水军在江中游弋，仗着水上优势，摆出了一副进退有据的架势。

张郃派军攻下了孙盛驻守的百里洲，兵临江陵城下。

夏侯尚带着骑步军一万多，趁着夜色从下游悄悄地偷渡到长江对岸去，还带了许多油船。带油去不是因为魏军已经完成了由骡马化向机械化的跨越式发展，也不是因为魏军伙食好油水特别大，而是夏侯尚要用火攻了。这次东吴军队终于尝到了被火烧的滋味，夏侯尚的火放得很大，水上陆上都有。吴军大败，魏军大胜。

江陵城失去水路支援，全城被围。孙权派出诸葛瑾解围，夏侯尚分兵顶住，余部不依不饶继续围攻。守江陵的朱然在这一仗中打出了悍将本色，坚守六个月岿然不动。

这时候瘟疫来了，很公平地传染到了攻守双方。夏侯尚的兵马病成什么样史书上没有记载，但江陵城里的病况《三国志》上有寥寥数笔的描述："时然城中兵多肿病。"于是，曹丕下诏命令夏侯尚撤兵返回北方。

如果单看《三国志 · 魏书 · 夏侯尚传》，这场战事似乎又是一次因为瘟疫而被迫中止的战斗。但在《三国志 · 吴书 · 潘璋传》里可是明明白白地写着，魏军从百里洲的浮桥上源源不断地派兵攻城，潘璋在上游准备了上百万束芦苇，要顺江而下火烧浮桥，魏军看到漂在江面上的大量浮苇，担心浮桥断后无以为继，才匆忙撤军的。不管怎样，这一仗，双方互有胜败。

战后，夏侯尚因功增加食邑六百户，食邑总数达到一千九百户，同时还赐给斧钺，官拜荆州牧，成为诸侯大员。

这时的荆州经过多年战乱，城池残破，四野荒芜，山越等一些少数民族几乎住到了城下，而汉水对面就是虎视眈眈的东吴。夏侯尚上任后针对百姓大都住在长江以南，江北人烟稀少的状况，打通了上庸方面的道路，向西拓展七百余里，把上庸和荆州真正地联系起来了。五六年的时间里，有几千家山民和少数民族前来投奔，向魏国效忠归附。那时候整个中国经过连年战乱，人口数量从东汉末年的六千余万锐减到不足千万，以人为本的思想成为三国统治者的共识，攻城略地固然重要，但各方真正看重的还是人口。

有了人，就能开辟荒地，就有壮丁，就能生产能战斗，实力就能壮大。所以招人头、抢户口是最大的政绩。

这些成绩曹丕没有忽视，黄初五年（公元224年）的时候，就趁着人口归附的大好形势晋封夏侯尚为昌陵乡侯。这期间，东吴和蜀汉两国忙着修复盟约，曹丕也乐得享受当皇帝的快乐日子，当然也没有忘记继续折磨折磨自己的弟弟们。

夏侯尚身为荆州的土皇帝，也把主要精力转向了个人的生活。享乐主义一时占了绝对上风。正所谓饱暖思淫欲，安定思享乐，夏侯尚这样做也是人之常情。但是，他错就错在没和妻子举案齐眉，却把心思用到了妾的身上。夏侯尚明媒正娶的是曹丕的妹子，这种婚姻在政治上的勾连要远大于感情的契合。

从小妾死后夏侯尚的表现来看，他们二人之间绝对是真感情，小妾的心思我们已经无法得知，但是夏侯尚的这个表现，还是让我们在感叹他荒唐之余，心头陡升出一股暖意。金戈铁马的三国，在大家眼里多是硝烟战火、你死我活的恶斗，多是权谋搏杀、纵横捭阖的诡谲，绝少这样充满人之本能的爱情故事。

夏侯尚的特殊举动为三国武将这个群体增添了几分亲切感，让他们更加有血有肉有情有义，让他们更加真实，也更坚定了我心中长久以来一直都有的观点：武将们从未远去，他们本就活在我们中间。

可能有人会说夏侯尚对小妾未必有真感情，没准儿只是喜欢她的美色，只是单纯的肉欲。对此，我确实有保留意见。因为夏侯尚是个温和而又重感情的人。

他深受曹丕信任，不光是因为血统关系，而是曹丕在未确定世子身份之时的纯澈之交。当时曹丕和曹植的夺嫡之争非常激烈，充满了血腥，直接影响了很多人的命运。荀彧的孩子荀恽倾向于曹植，荀彧又在很长时间内深受曹操信任，为此曹丕不得不委曲求全，恭恭敬敬地巴结荀彧。而荀恽却和曹植关系密切，曹丕自然对荀恽是怀恨在心，夏侯尚在这件事情上与曹丕保持了高度一致，与荀恽几乎没有来往。按理说，夏侯尚不用参与这样的斗争，单凭血统和才学就可保荣华富贵，但他和曹丕关系好，就死磕曹植，完全是性情中人的标准作为。

在对待丁仪一事上，夏侯尚又表现出认理的一面。当初曹操很宠信丁仪的父亲丁冲，要把女儿许配给丁仪，但曹丕知道后给曹操打了小报告，说丁仪瞎了一只眼睛，结果丁仪未能遂愿，并因此愤而转向支持曹植。等到曹丕上位后，清除异己，下诏命令丁仪自尽，丁仪找到夏侯尚磕头求救，想让夏侯尚帮忙求情，但是夏侯尚却只是痛哭流涕而没有施救。从这个细节我们可以断定，一是夏侯尚和丁仪关系不错，并没有因为政见不同而绝交，不然丁仪也不可能临时抱佛脚，病急乱投医。二是夏侯尚虽然心存同情，却也明白皇命不可违，很清楚君要臣死臣不得不死的道理。这是政治路线，不是感情用事的地方。

夏侯尚对待丁仪和荀恽的态度完全不同，我想原因只有一个，那就是丁仪这事理亏在曹丕。如果曹丕不去妄言丁仪的缺点，丁仪绝对不会转而支持曹植，因为假设丁仪娶了曹操的女儿，那么无论谁当皇帝，他都是曹家的亲贵，没有参与斗争的必要。丁仪是当时有名的学者文人，写得一手好文章，曹操后来见到丁仪后，非常欣赏他的才华，不禁感慨说像这样的小伙就算是瞎了双眼也配得上我闺女，何况才瞎了一只眼睛。而且曹操还非常明白地说是“吾儿误吾”。

这个坑爹的儿子不是曹丕是谁？作为曹丕好友的夏侯尚能够理解曹丕，毕竟与争夺王位这个生死攸关的大事相比，诋毁丁仪眼睛这事简直就不值一提。紧要关头，曹丕怎么能眼睁睁看着曹植的好朋友成为父王的女婿，又怎么能够任凭曹植阵营的实力有所增加呢？

夏侯尚的这些做法，曹丕十分欣赏，除了封侯拜将的高官厚禄外，还曾经下了一道特别的诏书，就为这个诏书，曹丕和蒋济都翻脸了。

这事曹丕和夏侯尚都有责任，夏侯尚这边主要是有些得意忘形，竟然拿着曹丕的诏书给人炫耀。蒋济到府上拜访，不看不要紧，一看吓一跳，因为诏书上写道：“卿腹心重将，特当任使。恩施足死，惠爱可怀。作威作福，杀人活人。”蒋济心里琢磨：卿是我信任的重要将领，应该委任特别的使命。使你能够赏赐足以让人拼死效力的恩惠，施行足以让人内心感怀的仁义。让你作威作福到可以杀人且能够免罪的程度。这怎么了得！

过后，蒋济到宫中专门拜见曹丕，直言不讳地说自己没有看到什么好事，只是听到了要让国家灭亡的言论。一句话把曹丕气得变脸了，非要让蒋济说个究竟。蒋济就说了在夏侯尚府里看到诏书这事，明确告诉曹丕“作威作福”是《尚书》上明确禁止的行为，是古人一贯慎而慎之的事情，怎么能出现在皇帝的诏书里？

曹丕听后，马上派人追回了诏书。虽然曹丕在诏书这事上出尔反尔，没有体现出“天子无戏言”的自律，但对夏侯尚的信任确实是超过常人的。即便是后来夏侯尚爆出掘墓开棺、抚尸追思这样重口味畸恋的特大丑闻，曹丕也只是关起门来发发牢骚而已。

但夏侯尚却扛不住了，他的魂已经跟着那个小妾走了。人失去了感情依托就如同行尸走肉。

也就一年时间，黄初六年（公元225年）四月，夏侯尚就直奔黄泉和心爱的人团聚去了。夏侯尚死后，被追谥为“悼侯”。曹丕还专门下诏既彰功绩又表追思，为显严肃特全文摘录如下：“尚自少侍从，尽诚竭节，虽云异姓，其犹骨肉，是以入为腹心，出当爪牙。智略深敏，谋谟过人，不幸早殒，命也奈何！赠征南大将军、昌陵侯印绶。”夏侯尚的爵位由其子夏侯玄继承，分出夏侯尚的食邑三百户，赐给夏侯尚弟弟夏侯儒的孩子，还授予这个孩子关内侯的爵位。

但愿在九泉之下，夏侯尚能够再次和他心爱的女人双飞双宿，永不分开。

不过，他们果真如此，也快乐不了几天，因为仅仅隔了一个月，四十刚到正值壮年的曹丕驾崩，追着夏侯尚到九泉之下的另一个世界去了。不知道曹丕还会不会再次处死那个小妾？

到了正始四年（公元243年），曹芳专门下诏让一些开国功臣享受在太祖庙庭祭祀的待遇。其中就有夏侯尚。

夏侯尚的死本来也就是因情伤抑郁过度，但是当时御用的天文学家们，将他的死亡和火星的运行毫不客气地联系了起来。这些吃天文饭的官员明确地观测到黄初六年五月十六日壬戌，火星运行到北斗星的南面，古人称之为“太微”的这个区域，而后推算出曹丕有“大忧”或“大臣有忧”这样的“科学论断”，弄得朝廷上下都很紧张。第二年四月，夏侯尚的死才让大家明白有忧的是大臣而不是皇帝，大家才长长地出了一口气，同时也再次看到了科学的力量。

当然，一个人的死亡留给世界的不可能都是正能量。夏侯尚虽然不是坏人，但他的死也还是产生了一些负能量，除了让曹丕非常思念惋惜外，还让降将孟达的心里愈发不安，总觉得朝中无人自己迟早会被清算，最后竟然铤而走险背叛魏国重归蜀汉。结果被司马懿用闪电战击杀在上庸，白白让司马懿在篡魏夺权之路上又积累下一笔大大的军功。

司马懿也是一代奸雄，和夏侯尚的关系不错，但两人后代的交往却是充满了血雨腥风。

虽然夏侯尚在人生的最后岁月和曹夫人有些貌合神离，但他们在青春燕尔时，还是义不容辞地生下了一子一女。这两个孩子，绝对堪称人中龙凤，都颇有才华。儿子夏侯玄仪表堂堂，在政治上很有建树，文学和玄学更是独有造诣，很有名士范儿。女儿夏侯徽嫁给司马师，相夫教子颇有建树，几乎到了算无遗策的地步。但是她对老公的事业越用心，老公越是不放心。夏侯徽在二十四岁时，被政治野心膨胀的老公司马师毒死。夏侯玄在四十六岁时，被司马师夷灭三族。

这些事情，夏侯尚怎么也不会料到吧。

按照惯例要给夏侯尚写首诗：

天生王族贵胄身，
亲领精锐踏征尘。
略有功勋得节钺，
封侯拜将受厚恩。
娇妻本是帝家女，
儿女龙凤若仙人。
繁华一朝皆是梦，
命消魂散缘情真。

再哭张辽就来了

三国点将之七

——张辽

主题词：威慑

威慑兜虎，莫之敢伉（抗）。

——张衡　公元 1 世纪

无所畏惧者与具有威慑力量的人同样刚强。

——席勒　公元 18 世纪

很久很久以前，江南，小镇，私塾，中年儒生，群童，课间，忽闻儿哭，童皆笑，儒笑曰："娘子，速速止啼！"……啼如故，儒怒曰："傻婆娘，为什么不说张辽来了。"须臾间，孩不哭，童不笑，一片肃然。

张辽就是张文远，雁门马邑人，马邑即今天的山西朔州。

说张辽之前得先说说聂壹，因为聂壹是张辽的先祖，张辽的张是老聂家改姓过来的。他改姓是因为欺骗匈奴单于成了匈奴民族的全民公敌。正是他的欺骗直接引发了中国历史上最波澜壮阔的民族战争，他的阴谋等同于萨拉热窝的枪响，堪比珍珠港上空日军战机的轰鸣。

那是西汉的元光二年（公元前 133 年）夏天，雁门马邑豪民聂壹通过大行令王恢给武帝刘彻上了份专奏。建议趁着匈奴与汉朝和亲修好，利用边民对大汉的信任来引诱军臣单于。武帝听从了王恢的建议。让聂壹假装逃亡到匈奴，欺骗单于说："我能干掉马邑的长官，献出整个城池，这样可以得到全部的财物。"单于还真上当了。聂壹斩了一个犯了死罪的囚徒，把死囚的脑袋挂在马邑城头，并修书一封交给单于的使者："马邑长吏已死，可急来。"单于看到鸡毛信后，立即率领十万铁骑入武州塞（在雁门附近）。汉朝也不含糊，在马邑的山谷中伏兵三十余万，就等着他们自投罗网。谁知道，一个边吏的偶然叛变，让单于发现了这个惊天的阴谋。于是匈奴立即退兵，汉军立即追击。汉帝国对匈奴的反击战正式开打，最后到宣帝时，大家才成了兄弟。

而聂壹因为伤害了匈奴兄弟淳朴的心，即使很多年后民族团结了，还有很多人不原谅他，人家的账都是秋后算的，可是老聂家一年四季都有人来算账。怎么办呢？走吧，舍不得祖辈居住的故土和万贯家产，不走吧，架不住胡儿们的纠缠，于是不知道在哪一代实在忍不住了就换了姓，要不然就只有聂辽没有张辽了。

据正史记载："汉末，并州刺史丁原以辽武力过人，召为从事。"注意了那时候没有人肉搜索，要想武力过人已经很难了，让大家都知道他武力过人则是难上加难。

边塞民风彪悍，能打的人很多，为什么偏偏张辽成名呢，没准"王辽""李辽"更凶猛？这时候聂壹的作用体现出来了，因为别人没法跟张辽比。据分析，从聂壹的儿子开始，他们家的男丁已经打了最少三百年了。

马邑是民族聚居区，有汉人也有胡人，兄弟民族无论再怎么融合，胡人说起他们老聂家，肯定是一肚子火，所以从小到大，老聂家的娃娃们就得跟那些胡娃们经常做斗争，这一斗就斗了三百年。到了张辽这儿，终于打出了名声，地方长官丁原听到他的光辉事迹，就把他特招成公务员，做了有工资没编制的"从事"。

俗话说，良好的开端是成功的一半。从这一点来看，张辽的职场生涯还比较成功，第一次出差去的就是首都，具体任务就是把兵送到雒阳，顺利到达首都后，大将军何进就以皇帝的名义又把他派到河北继续征兵。征兵其实就是抓壮丁，那时适逢黄巾起义各地战乱频发，军人这个职业的风险很高，收入差还没有完善的安置政策，进了军营除了战死就是伤病死、过劳死，属于性价比极低的行业。可征兵这样的苦差事，偏偏让张辽遇上了。年轻的张辽很有责任心，克服重重困难，凑了千余人。费尽周折回到首都，才发现老领导何进已经让太监干掉了，无可奈何间被董卓收编，更无奈的是还没混个脸熟董卓也被干掉了，他又被吕布收编。于是，张辽有了明确职务，官拜骑都尉。于是，他跟着吕布东跑西颠。

吕布被李傕打败后，张辽就一路跟着跑到徐州，因为忠心升官做了鲁相（空头支票，当时山东不归吕布），相当于山东省的省级领导，这一年张辽才二十八岁。这时候的张辽，很无奈，没打过几个胜仗，他的一切努力不过是用自己的曲折经历，证明着一句大家耳熟能详的名言：失败是成功的母亲。张辽的主要问题是“母亲”多了点。这个时候极度渴望一场胜利的他也许经常仰望苍天像希瑞公主那样长啸一声：“赐予我力量吧，我是张文远。”

上天没有赐予他力量，又赐予了他一次失败，但这次失败将是他人生中最重要的一次，也是最后一次。史载：“太祖破吕布於下邳，辽将其众降，拜中郎将，赐爵关内侯。”上句的亮点在“侯”。《滕王阁序》中有“李广难封”的名句，李白也曾言不由衷地吟过：“生不用封万户侯，但愿一识韩荆州。”不想封侯，认识韩荆州干什么，跟他学写诗？文武方面的两个顶级牛人都曾经狂热地追求过“侯”这个功名，而张辽一战败投诚，曹操就封侯，这么大的刺激张辽的小宇宙不爆发都不行了！

很快，他展开了一系列天马流星拳般的连续战斗，“数有战功，迁裨将军。袁绍破，别遣辽定鲁国诸县”。大家注意，当鲁相这么多年，这个时候张辽才和鲁地实实在在地发生了第一次亲密接触。

作为一个武将要有惊人的洞察力，眼神要好，既要发现先机，还要能够从敌人的眼神中读出暧昧的深意。武将可以不懂风情，但是不能看不出战场上抛来的媚眼。张辽不但做到了，而且做得很好。请看正史：与夏侯渊围昌豨於东海，数月粮尽，议引军还，辽谓渊曰：“数日以来，每行诸围，豨辄属目视辽。”注意此处的“属目视辽”四字，张、昌两人隔一箭的射程，还能“眉目传情”。张辽又进一步发现，昌豨射出的箭越来越少，就得出了昌豨内心犹豫不愿力战的结论。向夏侯渊建议，要和昌豨谈谈，没准能招降。于是对昌豨的使者说：“我家主公有命令，让我转告。”昌豨果然下山和张辽进行谈判（说明张辽的判断很准确，心灵的窗户在张辽这里成了破敌的手筋）。两人见面后张辽大义凛然地说：“太祖神武，方以德怀四方，先附者受大赏。”昌豨答应投降。张辽单身上三公山（演义中关云长单刀赴会去的是正规的外交场所，现实中张辽赤手空拳去的可是恐怖组织的巢穴，二者相较何如？），来到了昌豨家中，昌豨丝毫不避讳，带着老婆一起和张辽见了面，而后跟着张辽参拜了曹操。

曹操安抚完昌豨，责备张辽说：“此非大将法也。”张辽对主公的关心致谢后，说道：“以明公威信著於四海，辽奉圣旨，豨必不敢害故也。”曹操满意地看着这个年轻人，说了很多鼓励的话。言谈中张辽切实感到了组织的温暖，决定倍加努力，倍加勤奋地工作，用更大的胜利来回报主公关怀。

于是他走到哪里，胜利就出现在哪里。什么叫望风披靡？看看张辽的这段人生经历就知道了。他跟着曹操在黎阳征讨袁谭、袁尚，立下战功，代理中坚将军；还跟着曹操在邺城攻打袁尚，没能攻破袁尚的坚守，又跟着曹操返回许都；曹操又派张辽和乐进攻下阴安，把那里的百姓都迁徙到黄河以南；而后，又跟随曹操再次攻打邺城，取得了胜利；打完邺城，张辽又单独攻取了赵国、常山，招降了沿山盘踞的贼寇和孙轻率领的“黑山贼”；又跟着曹操攻打袁谭，打败袁谭后，张辽又单独带兵攻取了海滨各地，消灭了柳毅等贼人。这趟差出得有效益啊！回到邺城时，曹操亲自出城迎接，“引共载，以辽为荡寇将军”。“引共载”就是和曹操坐一辆车回城，很光荣的！张辽下定决心更卖力地战斗。马不停蹄地“复别击荆州，定江夏诸县，还屯临颍”，封都亭侯。

尤其是在柳城讨伐袁尚时，突然和袁尚请来的匈奴军队相遇了。张辽坚决劝曹操迎战。袁尚真是对张辽缺乏了解。助战这事，请谁也不能请匈奴军。张辽祖辈跟匈奴小儿肉搏，是世仇，见了匈奴必须得打。张辽一发奋，曹军上下斗志昂扬。曹操很欣赏张辽的勇敢，把自己的“曹”字旗发给了张辽。张辽一看，义无反顾地冲杀过去，单于蹋顿一下就呜呼哀哉了。

这一仗张辽面对世仇，舍生忘死于千军中取单于首级，一跃成为武将中的超男，信心极度膨胀，为以后的以少胜多、威震华夏奠定了雄厚的精神和名气基础。从此没有人再怀疑张辽的武力。

除了勇武的一面，张辽在一些非常的时刻还会表现出镇定和急智的一面。

古代打仗最危险的是炸营。高度紧张的战士们在噩梦中惊醒以后，相互疯狂砍杀，白天里亲密无间的战友成了凶神恶煞的屠夫，人与人之间一瞬间没有了信任、忘却了道德，只有杀戮，这样的情况严重时甚至可以导致全军覆没。

张辽驻扎在长社时就遇到了一次这样的炸营。临出发时，张辽军中有人谋反，夜里为了制造混乱，点起了火，全军都骚乱不堪。张辽对身边的部下说：“不要动，这不是整个军营的反叛，是有人想制造兵变，想用骚乱来扰乱军心。”于是传令：没参加叛变的就静坐地下。张辽带着数十个亲兵，站在军营中央。没过多久军营就安定了，很快就抓住了主谋，杀掉了首犯。一场兵祸消弭于旦夕之间。

打完外敌，又得平定内乱，陈兰、梅成带着氐人六县反叛，曹操派于禁、臧霸等人前去讨伐梅成，张辽率领张郃（张郃这样的强人竟然只能做张辽的部下)、牛盖等将讨伐陈兰。梅成那边，一看于禁来势凶猛就诈降，于禁一高兴就撤了。于禁前脚走，梅成后脚就带着陈兰转入安徽省潜山县内灊山开展游击战。灊山中有天柱山，风景优美，易守难攻，《天柱山志》称天柱山“峰无不奇，石无不怪，洞无不杳，泉无不吼”，实在是拦路抢劫的宝地，杀人越货的天堂。张辽见到如此美景竟被贼寇蹂躏，就恨不得马上开动大军冲进去，部将们都说：“兵少道险，难用深入。”张辽说：“此所谓一与一，勇者得前耳。”狭路相逢勇者胜，很有马服君赵奢的遗风。于是进军山下安营扎寨，发起攻击，斩获了陈兰和梅成的首级，俘虏了所有的部众。曹操得到捷报后，高兴地作出了如下批示：“登天山，履峻险，以取兰、成，荡寇功也。”于是增加封地，假节。

“假节”不但是了不得的荣誉，更是了不得的权力。它意味着一个武将，不但可以随心所欲地杀敌人，还可以随随便便地杀自己人。还好，他很好地解决好了权利和义务之间的关系，使“节”在他的手里发挥了前所未有的作用，创建了惊世奇功，奇到何种程度？就算是好莱坞大片也无以媲美。因为很快上天就让他作为主角在一个超豪华的舞台上一展身手，出演这出戏不用遵循什么潜规则。所有的物资和拍摄道具，还有十万人之多的群众演员，都由别人一应备齐。

主角：张辽；第一配角：孙权；时间：公元215年；地点：逍遥津。

因为这部大片的场面实在过于宏大，情节过于精彩，从来没人能写完全，所以大家一定要多方查看，否则就会挂一漏万，永生遗憾。

公元215年，孙权实在受不了曹操多年来时不时由合肥越巢湖发兵南下的骚扰，决心将东吴从长期的折磨中解脱出来，就趁曹操用兵汉中之际，尽遣江东精锐共计十万大军直扑合肥。

当时张辽刚好和乐进、李典等将领带着七千余人驻守合肥。敌人来了怎么办？曹操说：按既定方针办。曹操离开合肥的时候用一种非常戏说的手段，给军中的护军薛悌留下了一份绝密文件，而且还专门强调：“贼至乃发。”果不其然，孙权用自己的行为证明曹丞相和预留的绝密文件一样都很有用。看着东吴兵临城下的十万大军，曹军上下一时间对丞相很钦佩，他们立即召开前指扩大会议认真学习、共同领会文件精神，并希望从中找到破敌之策。

文件中的重要指示很明确：“如果孙权来犯，张辽、李典将军迎战，乐进将军防守，薛悌护军不能参战。”诸将皆疑，肯定还有人在肚子里反对。这时张辽说话了：“主公在外远征，等到救援赶到，敌人早就把城攻破了。因此主公在信里说要我们趁着敌军没有集结好的有利时机，给予迎头痛击，挫败他们的锐气声势，安定我们的军心，然后才能够坚守成功。成败关键，在此一战，诸位同袍还有什么疑虑？”李典马上表示：“张辽刚才的发言很全面，他的意见我完全同意。”实事求是地讲，李典和张辽向来是不甚团结的，但李典也这么支持张辽。这一方面是因为李典本来水平就很高，知道孰轻孰重；另一方面也许是生怕出言不慎，被持节的张辽公报私仇了，假节的作用充分体现。

于是张辽连夜招募不怕死的愣头肌肉男。想当年，年轻的张辽远赴河北费尽口舌，不但等谢了花瓣，还等掉了何进的脑袋，才忽悠了千把人，可现在一晚上，就动员了八百壮汉，假节的作用又一次充分体现。因为头脑再简单的肌肉男也明白，如果不听张荡寇的话再硬的肌肉也会变成死肉，所以纷纷横下一条心。战前，张辽没玩虚的，用牛肉来犒赏将士，朋友们切莫小看了这顿牛肉，因为汉朝的法律规定“食牛者罚”，“盗牛、屠牛者斩”。只有天子在祭祀社稷时，才能杀牛。吃牛肉是很高的待遇。以少击众，不吃饱吃好怎么有力气战斗？

次日，当第一缕阳光绽出地平线时，全副武装的张辽拿起大戟，率先杀入敌阵。片刻，数十无名小兵和两个无名将领，就见阎王了，在完成这些任务的同时，张辽一直大声呼喊着自己的名字。名将从哪里来？在那个没有网络、没有电视的古代，要想出名确实就只能靠自己宣传自己，伴着“张辽”“张辽”的大喊，吴军记住了张辽的名字。

张辽冲破了营垒，冲破了阻拦，冲到了孙权的中军旗下。孙权见张辽来势凶猛，大为惊恐，左右的谋臣侍卫都不知所措，只好拥着孙权登到一个高大的坟包上，用长戟自守。张辽说：“你敢下来吗？”孙权不动，说：“你敢上来吗？”两人斗着嘴，就像在流沙河上打斗的猪八戒、沙和尚。

等孙权定下神来往下一看才发现，张辽没几个人，于是调集兵马把张辽的小分队包了饺子，而且饺子皮很厚。张辽忽左忽右指挥突围，迅速朝前方猛烈攻击，顶透了饺子皮，带着几十个人冲了出来，留在包围圈里的人发出了求救的吼声：“将军弃我乎？”

这时，三国中最感人的一幕发生了。本来战场的厮杀声很大，可这呼救声音却清晰地传了出来。个中原因无非两个：一是被包围的人想着自己快玩儿完了，豁出命喊一嗓子，声音非常响亮；二是因为包围他们的吴军可能很好奇，想知道他们究竟要交代什么后事。张辽听进耳中记在心里，付诸了行动。他拨转马头毅然决然地又一次冲进了包围圈，包围圈又被突破了，被包围的战友获救了。此后孙权的人马再无斗志，张辽所向披靡，无有敢抵挡的。仗从早上打到中午，吴军的气势一下折了一大截，溃败得非常投入，完全忘记了自己才是进攻的一方。

张辽凯旋后，加强守备，军心安稳士气很旺，大家都对张辽很钦佩。孙权在合肥停留了十多天，没有取得实质性进展，就带着兵撤退了。史载："众心乃安，诸将咸服。权守合肥十馀日，城不可拔，乃引退。辽率诸军追击，几复获权。"历史往往就是这样，不敢正视淋漓的鲜血，不敢直面惨淡的人生，在这短短数行字的背后是持续了十余天非常惨烈的合肥攻防战。孙权久攻不下，军中又疾疫流行，只得望城扼腕，引军撤退。

在回马江东的路上，孙权脆弱的心灵又一次受到了伤害。

Action：逍遥津血战!

吴军撤了，孙权发扬风格率领吕蒙、蒋钦、凌统及甘宁等人和车下虎士千余人，留在合肥以东的逍遥津北断后。这一切被城中的张辽看得清清楚楚，既然孙权组织的群众演员阵容如此豪华，张某人不奉陪到底，岂不可惜?

张辽带着李典、乐进杀过去，孙权本来只是补拍一个最后撤退的镜头，没打算真刀真枪地打一场断后的战斗。所以吴军一经接触就撒腿就跑，士气低迷到敲了几通鼓都没有动静，把甘宁气得破口大骂。受了刺激的吴军，开始与张辽激战。结果，陈武壮烈牺牲，宋谦、徐盛，受伤撤退。这时，潘璋被迫接连杀了两个逃兵，这才避免了吴军相互"蹂践"而死的悲惨命运。凌统扶着孙权好不容易赶到逍遥津，结果发现桥给人拆了。孙权绝望得想死的心都有了，多亏部下提醒，他才学习刘备好榜样，搞了一次马跃檀溪似的马术表演，逃离了战场。

至此精彩的大戏才真正闭幕。在《献帝春秋》中，为了美化张辽专门记载了这样一段：辽问东吴降兵，"向有紫髯将军，长上短下，便马善射，是谁？"降卒答曰，"是孙会稽"。张辽后与乐进相遇，言不早知之，急追自得，举军叹恨。其实孙权的相貌是很有特色的，刚出生就是"方颐大口，目有精光"（语出《江表传》），成年后"形貌奇伟，骨体不恒"（语出《三国志》），这样的领导张辽怎么会认不出？再者说，张辽和孙权在军中打过照面，在坟头边还打过嘴仗，凭张辽的眼力，一箭开外尚能清晰读懂昌豨暧昧的眼神，错马之间又怎能看不清楚孙仲谋的面目呢？《献帝春秋》中加这一段其实可以理解，无非是想让张辽更加英雄神武。可是对待能够以少胜多的文远犯得着这样画蛇添足吗?

历史是精彩的，可是很多精彩有时并不真实，只有用心才能剥去浮华看到真相。张辽人生中最精彩的一页已经随风翻过，这次胜利为张辽评定绝世名将的高级职称，积攒了足够的科研积分，就如同经典，难以复制唯有重温。

一年后，也就是建安二十一年（公元216年），曹操为了再一次骚扰孙权，来到合肥，故地重游，叹息良久后，又和张辽共同重温了一下当年的快感。“乃增辽兵，多留诸军，徙屯居巢。”这一仗是张辽一生中最壮美的篇章，也是影响三国历史进程的重要一仗。

这一仗，给江东上下造成了无法消除的心理阴影，使得孙氏集团从此打消了北伐的幻想，很多年后张辽跟随曹丕再次进攻东吴时，孙权还是非常忌惮，专门发手令给诸将：“张辽虽病，不可当也，慎之。”所以，在逍遥津之战的第二年，东吴就暗自与魏媾和，回过身来图谋蒸蒸日上的蜀汉。那时讯息并不发达，战争的细节在对阵双方数量的悬殊之下变得不甚重要，种种传闻使东吴军队一夜之间成了“乌合之众”的代名词。这么差劲的表现，使得刘备对昔日的盟友也心生企图。引出了关羽小瞧东吴、水淹七军、白衣渡江、败走麦城、夷陵之战等种种故事。影响之重大，意义之深远，何战若此？

六年后，也就是黄初二年（公元221年），已经是晋阳侯的张辽，采邑达到了三千六百户（这就意味着持节的人也不能杀他了），带着无上的荣光来到洛阳。文帝曹丕亲自询问了当年大战的情形，又和张辽重温了当年的快感。末了，曹丕感叹地说：“此亦古之召虎也。”感叹完后，“又特为辽母作殿，以辽所从破吴军应募步卒，皆为虎贲”。也就是这一年（还有一说是黄初五年），张辽屯兵雍丘病倒了，文帝曹丕派侍中刘晔带着太医前去医治，派出殿前虎贲询问消息，这些人等前后相继在官道上络绎不绝。还没有痊愈，曹丕就把张辽接到行宫，亲自接见，握着张辽的手，赐给张辽御衣，让太官每天都送御膳给张辽食用。张辽的病差不多好了，才回去带兵。吴兵来犯，张辽带病杀退吕范。

这场胜利加重了病情，张辽终于病逝于江都，享年六十三岁。在诸多的三国武将中，多数人陈寿没有记录他们的年龄，而张辽是年龄有准确记载的少数武将之一。

曹丕为之流涕。而后追谥张辽为刚侯。

黄初六年（公元225年），帝追念张辽、李典在合肥之功，诏曰，“合肥之役，辽、典以步卒八百，破贼十万，自古用兵，未之有也。使贼至今夺气，可谓国之爪牙矣”（爪牙原来是形容超猛之人的褒义词啊）。其子张虎为偏将军，张虎死，其子统继承功名。当世再无张辽之名。

三百年后，南朝著名的诗人庾信在《哀江南赋》中，把张辽排在攻灭东吴的名将王濬之前，以“张辽临于赤壁”的句式惊鸿一瞥般重现江湖，让人们对其在赤壁之战中的功绩又生出无限遐想，不禁又有岁月绵长英雄逸散之感。

遥想张辽，竟不知被遗漏了多少功业！

给张辽写诗：

少时勇武涉仕途，
四处奔波觅雄主。
丁何董吕皆亡败，
否极待得曹公来。
屡立战功勋渐著，
招降昌豨智信足。
智擒叛首定力显，
天柱乱贼施威伏。
七千全胜十万虏。
逍遥津口勇退吴，
重病丧破江东胆，
呼名夜止小儿哭。
二帝叹服视召虎，
深得器重假节符。
千载犹称张文远，
刚侯威名世代传。

三国点将之八

一失节成千古恨

——于禁

主题词：节

时穷节乃见，一一垂丹青。

——《正气歌》文天祥　公元13世纪

功名富贵逐世转移，而气节千载一日，君子信不当以彼易也。

——《菜根谭》洪应明　公元16世纪

东汉初平三年(公元192年)，三十七岁的一代枭雄曹操，在众人的拥戴下，成为新任的兖州牧。作为新官，曹操把上任后的三把火，全都喷向了扑灭黄巾起义的战场。

这时，轰轰烈烈的起义已经八年多了，虽然败局已定，但青州的义军还是在这一年成功地斩杀了兖州牧刘岱。一时间青州黄巾军声威大振。这种形势下，曹操显示出与众不同的独到眼光。在他看来，黄巾军刚获大胜，必然警惕不足，可以寻找机会发动突袭，于是在寿张设下奇兵，准备出其不意，争取一击功成。

那时的阿瞒虽已年近不惑，但冲动起来还是像个血气方刚的毛头小伙，他打马扬鞭直奔黄巾军而去，几乎是单枪匹马地冲入阵中。单枪匹马就单枪匹马了，为什么还要加个“几乎”呢?

这是因为他身后还跟着一个人，这个人是曹操最死忠的铁杆，无怨无悔地支持着曹操直到生命的最后一刻。

他叫鲍信，是泰山平阳（今山东省新泰市）人。当初，董卓专权，天下诸侯公推袁绍做反董联盟的主席，只有鲍信坚定不移地认为曹操才是能够统领群雄匡扶汉室的人物。鲍信不仅自己紧紧地跟着曹操，不离不弃，还带上了自己的亲弟弟鲍涛。他坚信只要跟着曹操，就一定能够实现自己的人生理想，一定能够平定天下。

这一次，他和曹操实在跑得太快，把步兵远远地抛在了身后。如果跑得快就没人敢打你的话，那百米冠军大可以再捎带一枚拳击的金牌，但无情的事实证明，跑得快，挨打也快。敌众我寡，鲍信拼着性命给曹操创造了杀出重围的机会，而自己却连尸首都没有留下。

战后，曹操派人四处寻找，也没有找着。带着浓浓的悲伤，曹操用木头做了假的遗体，洒泪祭之。这应该是成年之后的曹操第一次当众流泪。痛哭流涕的曹操一定还记得鲍信力挺自己的那些往事。

初平元年（公元 190 年），诸侯起兵共讨董卓，袁绍等人出于自保不愿意和董卓拼命时，只有鲍信一心一意地跟着曹操攻打徐荣。为此鲍信自己受了伤，还赔上了自己兄弟鲍涛的命。等到初平二年，袁绍夺取冀州后，暴露出妄图另立皇帝的嘴脸，鲍信又果敢坚决地点醒了因为不知如何对待袁绍而十分纠结的曹操。而这一次，为了曹操，鲍信竟然牺牲了自己的性命。

祭奠完鲍信后，历史确实没有留给曹操多少时间来哭泣，还有太多的事情等着他去做。有那么一天，大约还是初平三年，在演义中被孔明骂死于阵前、实则寿终正寝的王朗向曹操隆重推荐了一位人才。曹操召见了这个人。双方进行了亲切友好的交谈，从交谈的结果来看，曹操很满意。因为在这个人不太丰富的工作简历中赫然有一条：最初的领导名叫鲍信。曹操满意的结果是，授予此人“军司马”，而且立即让他带兵攻打徐州的广戚（今山东省微山县）。

广戚城被攻下后，曹军中所有人都知道了一个新任的陷阵都尉——于禁于文则。有好事者还打听到，他是山东钜平（在今山东省泰安市）人，从黄巾起义开始就响应鲍信的号召从了军。而于禁本人并不在乎别人怎么打听自己，他只是想着怎么把仗打好。

兴平元年（公元 194 年），于禁跟随曹操到濮阳攻打吕布。濮阳城虽然没有打下来，但于禁带着部属，独自攻下了濮阳城南的两座营垒。随后又独自带兵攻克了由吕布手下高雅驻守的须昌（今山东省东平县须城镇西北）。接着又跟随曹操攻打寿张、定陶和离狐（在今山东省菏泽市），在雍丘围攻张超，取得了攻无不克的良好战绩。特别是建安二年（公元197年），曹操的部队驻扎在版梁，而于禁则在进攻刘辟和黄邵率领的黄巾军时，立下了奇功。

要说这个刘辟，还真是个人物，因为根据《三国志》的记载，他分别在建安元年和建安二年两次被曹操围剿，但是依然不屈不挠地在建安四年（公元199年）官渡之战前夕，非常勇敢地响应袁绍并与刘备合兵一处攻击曹操。在这样一个大仙深夜偷袭曹营时，于禁率领自己的本部人马进行了反击，不但击毙了刘辟，还干掉了刘辟的干将黄邵，逼降了其余的黄巾军。劫营劫成这样，确实挺不容易的。

此战过后，于禁升至平虏校尉。

还是在这一年，悍然称帝的袁术入侵陈国，曹操亲自带兵应战，袁术留下桥蕤、李丰、梁刚和乐就等四员大将退守苦城。于禁和乐进一起攻下苦城，将袁术四将悉数斩杀。即便是没有前面那些攻城斩将的功劳，这一年也应该是于禁之年。因为在正月里攻打张绣的战斗中，他就用自己卓越的表现，征服了曹操的心，也为自己在曹军中赢得了很高的威望。

在宛城，曹操犯了天下男人都会犯的错误，付出了非常沉重的代价。在那个悲催的夜晚，长子曹昂、侄子曹安民和典韦（详情请参阅典韦传）一同战死。败退的曹操，非常狼狈，建制被打乱的曹军将士们唯一能做的就是抄小道，四处奔逃，躲避张绣铁骑的追杀。在一片混乱之中，有一支小部队始终保持了严整的阵容。虽然他们人不多，就数百人，但一直在战斗，能让他们脱离队伍的唯有战死，表现出非同一般的战斗力。追兵退后，在返回大营的途中，他们敲着战鼓，奏着军乐，丝毫没有战败的颓丧。

这时，他们的队伍遇到了一群受了战伤但形迹相当可疑的壮汉。大战之后有人受伤非常正常，但带着伤裸奔就不正常了。打成光屁股了，可真是输到家了。惊雷滚滚之余，于禁就逮着其中一个裸男问个究竟。这个身无寸缕的可怜人答道："我们被青州兵抢了！"青州兵是曹操赖以争天下的根本，恃宠而骄，除了曹操从来不把别人放在眼里。杀个把人都没事，抢条内裤算啥？

于禁没管这一套，他带着满腔怒火义愤填膺地给部下做起了战前动员："青州兵和我们同样都已经跟随了主公，他们难道还要做贼吗？"然后毫不留情地教训了那帮目无法纪的青州乱兵。青州兵挨了打就到曹操那里告黑状。有部下就建议："青州兵已经把状告到曹公那里了，事不宜迟，您赶紧去向主公说明情况吧。"于禁却沉着冷静，不慌不忙地挖好壕沟、修好营寨，把一切安排好了以后，才对部下说：“现在敌人还在后面追着，谁也不能预料他们什么时候会追杀过来，不先修好营垒，做好准备，到时候用什么来抵挡敌军呢？主公凡事听得清、看得明，无中生有的诬告和不必要的申诉，没有任何意义！”于是，在部下的忐忑不安中于禁拜见了曹操，当面陈述了当时的详情。

曹操听后非常高兴地对于禁说：“这次淯水（今河南省的白河）之难，对我来说损失很严重，感到有些伤不起了。可于将军在大乱之中还能掌控队伍，讨伐惩治暴乱之徒，修筑坚固的堡垒营寨，节操坚贞不可动摇，即使是古代的名将，也没有谁能比你做得更好！”会见结束后不久，于禁被曹操封为益寿亭侯。

建安三年（公元198年），于禁跟随曹操再次攻打张绣，攻占了南阳、章陵等地，一直把张绣打到了穰城。这年冬天，于禁又跟随曹操来到了下邳，在这里三国第一莽汉吕布被活捉后缢杀。又和史涣、曹仁一同在射犬（今河南省泌阳市东北）攻打眭固，眭固兵败身死。到这个时候，于禁还没打过败仗。

建安四年（公元199年），袁绍与曹操之间的大战一触即发。八月，曹操带兵攻打黎阳，派臧霸等攻打青州的齐、北海、东安等地，让于禁驻扎在黄河南岸，承担了防守大后方和监视袁绍的重要任务。九月，曹操回师官渡。袁绍兵多将广，马多粮足，面对强敌于禁没有丝毫畏惧，自告奋勇要做先锋。壮烈勇武的气势让曹操非常感动，于是让他带领两千精兵驻扎在延津。

这时的曹操，还有一个非常重要的任务必须亲自完成，经过慎重考虑，他决定亲征徐州。在那里被他视作英雄的刘备又叛变了，和袁绍遥相呼应，准备制造出更大的动静。

袁绍趁机猛攻延津。于禁死守延津，挫败了袁绍的企图。袁绍不但没能打下延津，还被于禁和乐进一起打了个反冲击。于禁和乐进从延津西南沿着黄河，反击到汲县和获嘉二县，焚烧了袁绍派兵驻守的三十多个屯兵据点，斩获的首级和生俘的敌兵都有数千，还招降了袁军中何茂和王摩等二十多个将领。于禁的坚守和反击，使得曹操能够集中力量打败刘备，缓解了两线作战的被动局面，可谓功不可没。

防守完延津之后，曹操又将进攻的任务派给了于禁，让他单独带兵驻扎在原武（今河南省原阳县）攻击袁绍驻扎在杜氏津的部队，虽然袁军早已修筑了营寨，但于禁还是攻下了它。这一次于禁晋升为裨将军，随后又和曹操一起回到了官渡主战场。这时曹、袁两军的营寨几乎已经连在一起了，双方都筑起了土山对峙。袁绍派兵居高临下，用弓箭攻击曹军官兵，曹军官兵伤亡很大，恐惧的心理在军中四处蔓延。于禁承担了监督守卫土山的任务，他奋力作战，身先士卒，极大地提高了部队的士气，为最终打败袁绍立下了汗马功劳。战斗结束后，大获全胜的曹操将于禁提升为偏将军。

建安十年（公元205年），曹操上表给汉献帝，详细介绍了于禁的德才表现，因为全是四字一句，翻译成现代汉语，实在有失古代汉语表彰一个武将的气韵，故而在此摘录全文如下："武力既弘，计略周备，质忠性一，守执节义，每临战攻，常为督率，奋强突固，无坚不陷，自援枹鼓，手不知倦。又遣别征，统御师旅，抚众则和，奉令无犯，当敌制决，靡有遗失。论功纪用，宜各显宠。"于是于禁就成了虎威将军。

打败袁绍平定了冀州，到了建安十一年（公元206年），驻守在徐州的昌豨在这个时候却造反了。说起来，昌豨和于禁早就认识，颇有些交情，是山东老乡。和于禁早年跟随鲍信镇压黄巾起义不同的是，这个昌豨一直在泰山一带落草为寇，后来接受招安，投奔了刘备。刘备被吕布偷袭后，又和臧霸一起投奔了吕布。吕布死后，昌豨又投奔了曹操。官渡之战前，又背叛曹操，投奔了袁绍，后经张辽劝说，又再次高高兴兴地归顺曹操。张辽走后没过多久，又叛变了。

这次于禁毫不客气，上来就是一顿疾风骤雨似的围攻，昌豨招架不住，想到和于禁是老朋友，就投降了。当时众将领都认为昌豨已经投降，应当把他送给曹操处理，毕竟这厮反复无常了这么多次，曹操都没怎么严肃处理。可于禁却说："诸君难道不知道主公一向的法令？被包围以后才投降的敌人决不赦免。尊奉军法、执行命令，这是我们为主公服务的基本操守。昌豨虽然是我的老朋友，但我怎么能因为旧情丧失自己服从法令的节操呢？"

其实于禁给过昌豨机会，本来剿灭昌豨这个有点超纲的作业，曹操是只给于禁一个人布置的，两人你攻我守打得不亦乐乎，但是于禁竟然没有打下来。看到战事胶着，曹操就把夏侯渊派去了，夏侯渊和于禁两人合兵一处，让于禁很没面子。一直都是好学生，这次在别人的帮助下才完成了作业，这让于禁的脸往哪儿搁？所以于禁亲自与昌豨诀别，然后像鳄鱼吃小动物时一样，流着眼泪把昌豨干掉了。在对青州兵的处理上，曹操一贯非常谨慎，毕竟这是他打天下的老本，对这些个目无法纪、骄横狂纵的头领，处理轻了没用，处理重了怕反弹，引起连锁反应。所以，曹操为这事没少头疼。可这一次，昌豨这个烫手的山芋被于禁这样彻底地解决掉了。曹操驻扎在淳于（今山东省安丘市），听到这个消息后非常感慨地说："昌豨想投降不到我这里来，却找到于禁，难道不是他命该如此吗！"可见，假使昌豨这次再投降曹操，曹操仍然不会较真儿，照样还是会像前几次那样宽恕他的。昌豨用自己的脑袋成就了于禁执法如山、铁面无私的光辉形象。

这并不是最重要的，重要的是昌豨和臧霸、孙观、尹礼、吴敦等人同在泰山一带占山为王，时而受招安、时而为寇，过着有枪就是草头王的无组织无纪律生活，心情舒畅就跟着曹操打仗，心情不爽了就造反过几天自由日子。曹操要真打吧，这些人过几天还是要回来，可要老不打呢，他们三天两头找麻烦。也没有特别好的办法。这次于禁毫不留情地斩杀了昌豨，给了随同出征的臧霸强大的威慑和强烈的震撼。从昌豨人头落地的那一刻起，臧霸清醒地认识到，世道变了，今后的江湖不能只讲义气，还得守法律、讲规矩。此后，臧霸对曹魏始终忠心耿耿。从这一点来说，昌豨也算死得其所。而曹操也更加器重于禁。连有人诬告蒋济这样的事情，曹操也会找于禁商量商量。

建安十四年（公元209年），在赤壁铩羽而归的曹操把精力放在了内部维稳方面。当时陈兰和梅成攻占了氐六县叛乱，曹操派于禁和臧霸攻打梅成，张辽和张郃讨伐陈兰。于禁一到，梅成就带着三千手下投降了。后来于禁撤兵后，梅成又叛变了，还带着手下投奔陈兰。张辽和陈兰相持不下，军粮日益吃紧。于禁就临时客串运粮官，过了一把管后勤的瘾，送出的军粮如长江之水连绵不绝。张辽的军队吃饱了肚子，一鼓作气灭杀了陈兰、梅成。

战后，论功行赏，于禁的食邑由一千户增加为一千二百户。当时整个北方，也不到六百万人，如果一户按照五口人计算的话，供奉于禁一人的就是曹魏千分之一的人口，待遇非常高！

这个时候，于禁和张辽、乐进、张郃、徐晃等五人成为曹军阵营中最为顶尖的战将。曹操每次出征，这五个人总是不二人选，轮流出现在第一阵容里，进攻时做先锋，撤退时当后卫。而于禁因为治军严整、威名更盛。每次战斗缴获，自己丝毫不取，全部交公。曹操知道后，每次给他的赏赐都特别多。

但于禁把部下管得太严，并没有真正得到士兵们的服从拥护。这一点成为他悲剧人生的重要原因。但在当时，于禁的威严持重在曹军中颇具盛名。当曹操想削掉朱灵的兵权时，就让于禁充分地发挥了这个特长。说起来，朱灵在曹魏营中也算是老革命了，早在兴平元年曹操发兵攻打徐州为父报仇时，朱灵就受袁绍指派到徐州为曹操助战。打完仗后，朱灵对部下说曹操才是真正的明主，于是带着大家一起抛弃袁绍投了曹操。到赤壁之战又与张郃、张辽、于禁、乐进等七人，每人独自率领一军，长期独当一面，立下不少战功，而且也是以威严而闻名于世。朱灵在陈寿眼中仅次于徐晃。曹丕即位后，高度赞扬朱灵道："佐命献帝，典兵历年，威过方邵，功逾绛灌。图籍所美，何以加焉？"这样的人带兵驻扎在外，想夺了兵权还不生变故，岂不是很难？

但于禁单刀直入，带着数十个骑兵，拿着命令直接冲入大帐，接管了朱灵的部队，整个过程朱灵和部下没有谁敢多动一动。朱将军也不愧是名将，本也是忠贞之士，顷刻之间就毫无怨言地完成了从大汉将军到于禁部下的角色转变。

建安二十一年(公元216年)，于禁官拜左将军，假节，又追加食邑五百户，一个儿子被封为列侯。于禁的人生达到了辉煌的巅峰。意气风发的于禁在回顾人生时，不知道是否还记得十四年前的那场败仗。那时，他和李典一同在夏侯惇的带领下迎战奉刘表之命前来进攻曹魏的刘备，刘备烧掉营寨，佯败退走，夏侯惇不听李典的劝阻，执着地带着听话的于禁追击，结果在道狭林密的地方中了埋伏。不但自己灰头土脸不说，还为罗贯中先生创作《三国演义》时提供了火烧博望的素材。但这事对于禁来说也许不记得了，十四年过去了，真是太久了！这时的于禁已然是个人物了，有个性、有脾气，带兵驻扎在颍阴，和驻扎在阳翟的乐进、驻扎在长社的张辽，竟然不能和谐共事了。中护军赵俨奉曹操之命亲自出马，事无巨细，逐一调节，三人关系似乎才好了点。

建安二十四年（公元219年），关羽北伐，围攻曹仁驻守的樊城，于禁奉命驰援。此时的关羽，已在荆州养精蓄锐十余年，锤炼出一支纵横长江的虎狼之师。虽然年岁大了，可能无法重演类似万军丛中取颜良首级的壮举，但关羽已经成长为当时少有的能够指挥水陆两栖作战的超一流战将。

那一年，于禁守延津，关羽攻颜良，两人并肩作战。

那一年，于禁和毛玠做了曹操八十三万大军的水军都督，关羽做了一千水军的头领，两人隔长江相望。

两人熟悉过，还可能是好朋友，但是多年之后一相逢，便须分出个死活胜负，什么是战争？这就是。于禁统率三万精兵，驻扎在樊城以北，只待合适的机会，给予关羽致命一击，解曹仁于围攻之危。

八月中秋，却无天高云淡，于禁和他的部下等来了连绵不绝的大雨。汉江不知不觉地暴涨，营地一片泽国。于禁和众将登高避水，远远望见杀气腾腾的艨艟斗舰。一方是仓促离营的残乱之旅，一方是善假舟楫的虎狼之师（具体情势参看庞德传）。只有庞德率领本部在河堤上与关羽的水军力战，最后被俘身死。而于禁身处绝望之地，做出了一个让所有人都目瞪口呆的决定——投降！

没错，于禁投降了！就是那个铁面无私、执法如山的于禁投降了！没想到于将军当叛徒了！对此，曹操的感慨是：“我与于禁相知近三十年，实在没想到面临危险，身处大难之际，他竟然不如庞德啊！”

千百年来，水淹七军始终被作为胜利者关羽的功绩广为传颂。但作为交战双方的失败者，于禁在当时做出决定时，经历了怎样的心路历程，经过了怎样的利弊权衡，却很少有人去关注。胜利者不受谴责是一般公理，那么，可否反过来就认为，谴责失败者就是天经地义的呢？在东方文化里，“投降”从来就不是一个什么好字眼。在两千年前，尚处于青春期的汉文明，充满着生机和活力。那时的中国人重义轻生，视死如归，把名节和操守看得要比生命还重。

三十年戎马倥偬、身经百战、出生入死的于禁，来到樊城，肩负主公曹操的重托，带着三万精兵是来打胜仗的！他对战局的发展，可能有过无数个设想，对面临的强敌也一定有充分的心理准备。可是这一回，他的头号敌人是肆虐的汉水。面对江上关羽如堡垒般的巨舰，于禁那些被洪水围困、濒临绝境的部队，根本没有还手之力。占据河堤的庞德所能做的只是射箭，可这并不是对军舰的实质性攻击，基本上对关羽的水军造不成任何伤害。事后，在应对这场危机的廷辩中，司马懿就明确向曹操建议说：“禁等为水所没，非战守之所失。”在连绵不绝的滔滔洪水面前，即使是再勇敢的战士，也打不过军舰。十一年前在赤壁，曹丞相的大军面对江水也只能兵败北还。五年后在广陵，曹丕也只能望江兴叹道：“魏国虽有精武骑兵成千上万，在这里也没有用武之地啊！”

不对等的战斗，就是屠杀。

于禁执法无情，并不意味着他会草菅人命，并不意味着对自己的士兵没有深厚的感情。“宽是害，严是爱”的道理也不是每个普通士兵都能理解，在常规状态下，冷冰冰的军纪完全可以约束住这些赳赳武夫，但身处绝境下，对于禁的不满不服就会集中爆发失去控制。即便于禁有心死战，但将士却无心用命。这应该是于禁做出投降决定的内因。再看外因。当时三国鼎立的局面已然成形，魏蜀吴三方为了统一大计，都能够善待战败的俘虏，大规模的杀降斩俘几乎绝迹。一个人死容易，但如果你还决定着三万部下的生死就不那么容易了。三万人是什么概念？当时，曹魏整个治下的人口不过六百万，这三万壮年男子差不多是全魏国男人的百分之一。以今日十四亿中国人计，谁能想象一千四百万军人在一场战斗中全部战死？就算一战尽没，那也得有机会拼死一战才行，可当时的情况连拼命的机会都没有，这么多人活活淹死，谁能接受？

在《三国志》中，陈寿也明确记载了当时的情况，“禁与诸将登高望水，无所回避，羽乘大船就攻禁等，禁遂降”。洪水来了，于禁带领诸将站在高处，看着滔滔的江水，低洼处底层的小兵们面临灭顶之灾，山丘成了孤岛，营地成了汪洋，已经落水的人在垂死挣扎。这时，远方驶来一队战船，是求战还是求救？是战斗还是投降？在自己的一世英名和部下的生命面前，于禁选择了后者。

由于关羽后来兵败身死，而于禁对自己人生的最大耻辱也讳莫如深，没人知道当时于禁和关羽进行了怎样的谈判。毕竟，当年关羽也曾被曹军俘虏过，现身说法的威力是无穷的。二人曾同为曹操麾下大将，官渡一战，都立下赫赫战功，即使没有很深的私谊，就凭几分神交，于禁的部下也不会受太大的罪。事后看来，关羽的确没有亏待于禁的降兵，为了填饱他们的肚子，甚至不惜派兵抢走了东吴储存在湘关的粮食。而这一事件也最终促使孙权下定了奇袭荆州、撕毁盟约的决心。

荆州易手后，作为魏国同盟的东吴，更没有必要虐待这些被俘的魏兵。三万魏兵活下来了，逃脱了一场屠杀。他们能够再次回到家中，和自己的家人团聚。在别后重逢、死而复生的冰火两重天中，可以想见包含了多少让人暖暖的人间欢喜。而于禁的人生却从光荣的圣殿滑向了耻辱的深渊。

吕蒙攻破江陵后，孙权接见了获释的于禁，还邀请于禁骑马和自己并行。著名的神棍虞翻看到后，大声喝道："尔乃降虏，还敢与我主齐马？"言罢还挥舞马鞭要抽打于禁，多亏孙权及时制止，于禁才得以避免落得和马儿般挨鞭子的羞辱。那一刻，于禁的心里该有多难受。再后来，孙权在楼船上与群臣举杯共饮，于禁听到助兴的音乐后，流下眼泪，又被虞翻痛斥："汝欲作伪求免罪？"

我们应该相信，这时于禁的哭绝不是伪装。他虽然被虞翻恶心得够呛，哭完还得称赞虞翻的忠义。这日子，真是苦啊！

但更苦的总在后面。两年后，曹丕逼迫汉献帝让出汉家的江山，自己当了皇帝。孙权称臣纳贡，为表忠心，就想把于禁遣送回去。虞翻又跳出来，建议把于禁斩首，然后将此消息通令三军，给臣子中有二心的人提个醒。孙权没有听虞翻的，而且给足了于禁面子，派了不少大臣一起送于禁北上。就在这当口，虞翻仍然没有放过于禁，临别之际毫不客气地说："你这样好过，可别以为东吴无人，那是因为我的建议没被采纳罢了。"这种生不如死的日子，于禁过了两年，见到文帝曹丕时，已经完全没了名将的范儿。他须发全白，面容十分憔悴，像个小老头。他磕头时，哭得一把鼻涕一把泪。

曹丕没有责备他，表现得很大度，还用春秋时期在邲之战中败给楚军的晋军主帅荀林父和崤山之战中被晋国俘虏又放回的秦国将领孟明视的故事来安慰他。专门下诏说，樊城之战是因为水灾突发，不是战斗不力的原因。同时任命于禁为安远将军。这让于禁的心中备感温暖，还是自己的主公亲啊！

不过这个安远将军再也没机会带兵了，曹丕把于禁调整到了外交战线，准备让他出使东吴。出发前，曹丕特意安排于禁到北边的邺城，去拜谒高陵。于禁的主公曹操就长眠在这个地方。其实在高陵，只要想起与曹操三十年的风风雨雨就已经够老头百感交集的了。但曹丕仍然觉得不够刺激，他叫人预先在高陵的屋内画上了最让于禁心痛的情景。魏国的艺术家们在皇帝曹丕的旨意下，用画笔再现了关羽得胜、庞德怒而不屈、于禁投降屈服的不堪往事。

可怜的于禁面对这样的玩法，果然没有让曹丕失望，在羞愧和悲愤中，发病而死。一代将星，就以这样的方式终结了人生轨迹，但在他身后的争议千百年来一直就没有消停。

其中最多的自然是与庞德比较。两汉时期对投降敌方的将领处罚一直很重，比如李陵在死战力竭身处绝境的情况下投降匈奴，被汉武帝灭了族。这种惯例一直延续到东汉，官渡之战后，曹操俘虏了逃跑不及的沮授，曹操既爱沮授之才，又念两人是故交，实在不愿杀他。但沮授却明白地告诉曹操自己叔父、母亲、兄弟等家族的命运都掌控在袁绍手中，不求他图，只求速死。马超反了西凉后，在曹操掌控下的马腾家族也被满门抄斩。所以，庞德这种出身不好、兄长还在蜀汉一方的没有获得完全信任的人，为了家族的利益，除了战死以外实在没有太好的生路。而于禁不同，他是鲍信的老部下，可谓根正苗红，而且和曹操有三十年的交情，他自信曹操不会拿他的家族怎样。只是没想到曹操对他的投降反应那么大。他非常不幸地和东汉开国初期负于刘秀的庞萌一起，成了两个著名的反面典型。

在这种情况下，为了部下生存和家族利益，于禁的苟且偷生和庞德的杀身成仁，都可以理解。两人死后，于禁的儿子于圭嗣封益寿亭侯，而庞德的四个儿子都赐封关内侯，都享受了正常的政治待遇。

到了北宋，在处理开国功臣石守信之孙石元孙战败被俘的事情时，于禁阵前投降的事情又被翻了出来。这时候已经是公元 1040 年了（北宋康定元年），西夏军队在李元昊带领下攻打延州（今陕西省延安市西），石元孙和大将孙平一起带兵救援。在三江口，和西夏军大战一场，结果救援没成，孙平战死，石元孙也被俘。后来宋朝与西夏签订了耻辱的合约后，两国停战，石元孙被放了回来。有谏官就上奏折说应该杀掉石元孙，另外一名贾姓谏官拿出袖里装的《三国志·于禁传》说，以前的朝代里，将军臣子败俘回来，都不加罪。于是皇帝赦免了石元孙。三江口之战宋军之所以战败，原因很简单，宋军虽是攻方，但只有劳师八千，而西夏这边是以逸待劳的精兵十万。因为于禁“帮忙”侥幸未死的石元孙，后来弃武从文，改行做了地方父母官，大行仁政，轻徭薄赋，深受百姓爱戴。这些百姓在感激石元孙的同时，不知道有几位还记得或知道于禁？

于禁是可耻地做了俘虏，但他投降后，并没有做任何不利于魏国的事情。在大自然不可抗力的逼迫下，他投降虽然不对，但也并非一无是处。

两千年前的三国时期，于禁的做法也许没有人能够理解。但今天，我们从以人为本的现代文明视角出发，能否给于禁这位投降的军人一点宽容？

1942年5月5日上午10时，美国驻菲律宾总司令温莱特中将发出了最后一封电报，在电报中他这样说道：“请告诉全国，我的部队和我本人已经完成了所有人类能够做的一切，我们捍卫了美利坚合众国和她军队的优秀传统……我带着深深的遗憾和对我顽强军队的无限自豪去见日军指挥官了。再见了，总统先生！”第二天，他带领一万二千人向日军投降。

电影《英雄儿女》中王成的原型——战斗英雄蒋庆泉，永远都忘不了1953年4月16日。当时，二十五岁的他是志愿军第23军67师步话机排一班的战士，即将伤愈的他被一班副谷德泰临时派到驻守在石岘洞北山的阵地201团2营5连帮人替个班，战斗打响后，营长命令他留下来联系炮火，等待4连和6连来接应换防。五十八年后，老英雄回忆起来，仍然很激动：“我接到营长的命令叫我跟5连一起，我就知道自己不能活。”18日下午，怀着必死决心的老英雄对着步话机一遍又一遍地喊出了：“向我的碉堡顶开炮！”当他再醒来时，发现自己躺在敌人的汽车上，脸上、身上都是血……因为被俘的经历，不但他的英雄事迹无法宣传，被岁月尘封，还受到了许多难以想象的委屈。落实政策后，老英雄唯一的要求就是要一枚当年的参战纪念章。他的老首长、23军原政委裴周玉将军颤颤巍巍地把纪念章亲手别到了他的胸前，两位耄耋老人相拥着号啕大哭……现场的观众也都是泪如雨下。“我不是英雄，但我也不是狗熊！我曾经是俘虏，但我绝不是叛徒！”

人不是一着戎装就会斩断情丝变身成钢铁战士的，更不是一上战场就化作肆意挥霍生命的亡命之徒的。要允许他们在身处绝境死战力竭之后有尊严地放下武器，回归到一个普通人的角色。战争是历史发展的最强音，但绝不是社会进步的主旋律。

当有一天和平重新来临的时候，当那些曾经战斗过的勇士，卸去身上的枷锁，黯然归来时，希望我们能够用宽容、理解和温暖的目光去迎接他们。毕竟，作为战士，他们曾经战斗过。毕竟，作为军人，他们也应该有权利活着。

不怕死亡，选择屈辱地活着，就是为了有一天还能亲眼看到胜利的祖国。

于禁未得千古，唯愿文则安息！

该给于禁写诗了，我觉得把《临江仙》中“喜”改成“泪”就挺合适了。

临江仙·于禁

滚滚长江东逝水，浪花淘尽英雄，是非成败转头空，青山依旧在，几度夕阳红。

白发渔樵江渚上，惯看秋月春风。一壶浊酒“泪”相逢，古今多少事，都付笑谈中。

三国点将之九

曹魏帝国的最后砥柱
——张郃

主题词：砥柱

而二公在朝，天下望之，屹立若中流之底柱，有所恃而不恐。

——《与陈侍郎书》朱熹　公元12世纪

砥柱人间是此峰。

——《白鹿原》陈忠实　公元1992年

公元231年，魏太和五年，汉建兴九年，吴黄龙三年。

五月辛巳，秦州，木门道前，战马不安地顿着蹄子，喷着响鼻。一支精骑突然停了下来。此刻，横在他们面前的是静静的两道梁和一条河。沿河弯弯曲曲隐没于山后的是一条小道。这条小道，是蜀汉军队回撤的路。

快马加鞭就能够杀他们个措手不及。司马都督就是这么想的，毕竟能够抵挡得住大魏铁骑的部队，全天下还没有呢。可是，这样的地形真不太适合铁骑施展威力。即使追上，在这么一条易守难攻的小道上又能有多大的斩获呢？带着这样的疑问，带队的魏军大将，在这里驻足。周围的将士带着几分敬畏，默默地看着主将。十数年的四方征战，在这些将士的心中留下的只有不容置疑的信任。

当年段颎为防范羌人修建的木制长栏在山梁上还有几分残迹。西边的梁，叫旋帽嘴梁，东边的叫什么来着？叫什么都无所谓了，打完这场仗，这个梁将以这个主将的名字命名。这个主将不是别人，正是魏军中赫赫有名的大将张郃——张儁乂。那道梁在今天被人称作——张郃梁。

在谷口停留的片刻，不知道张郃在想什么，但他的心里绝对不会平静。行前，魏军都督司马懿做出追击的决定后，张郃明确表示反对："从兵法上看，围城时要留下让城内人逃出的通道，对撤退的敌军不要追击。"这话没错，三年前王双就是率领骑兵去追击撤退的蜀军，结果被蜀军临阵斩杀。这次怎么又要去追呢？对，这次就是要追，精通兵法的司马都督不但不听张郃反对追击的意见，还偏偏指派张郃来完成这个可有可无的攻击任务。军令如山，官大一级压死人啊！

这时候，人才济济精英云集的诸曹、诸夏侯等一班精兵强将，除了身患重病时日不久的曹洪曹子廉之外，都已经追随主公曹操去了！李典李曼成是汉献帝建安十四年（公元 209 年），曹纯曹子和是建安十五年（公元 210 年），乐进乐文谦是建安二十三年（公元 218 年），夏侯渊夏侯妙才是建安二十四年（公元 219 年），夏侯惇夏侯元让是建安二十五年（公元 220 年），张辽张文远是魏文帝黄初三年（公元 222 年），曹仁曹子孝和曹彰曹子文都是黄初四年（公元 223 年），夏侯尚夏侯伯仁是黄初七年（公元 226 年），许褚许仲康和徐晃徐公明是明帝太和元年（公元 227 年），曹休曹文烈是太和二年（公元 228 年），臧霸臧宣高是太和四年（公元 230 年），听到蜀汉军队再次来犯，曹真曹子丹都督已经在月前病亡了。

五子良将只剩下我了！老兄弟们都走了……带着浓得化不开的悲怆，张郃下达了命令：

"前进！"

尘土再次飞扬，铁骑卷起一阵狂飙冲着山谷喧嚣而去。当他们返回时，张郃身受箭伤，身边人马伤亡惨重。很快噩耗传遍魏军营中：张郃将军阵亡！在一次明知不可为而被迫为之的自杀式攻击中战死，张郃绝对是死不瞑目、不会心甘。他这样的武将从来都是关键先生，从来都是栋梁之才。张郃在，军不倒，张郃去，营必乱！

如果不相信，让我们回到三十一年前那个充满铁血战火的夜晚。

汉献帝建安五年（公元 200 年），相持日久的官渡之战，终于到了决战的时刻！那晚，曹操得到许攸的情报，立即亲率五千精骑，趁夜奔袭袁绍军屯粮之地乌巢。

袁绍得到哨探的情报，马上召开紧急会议，商议对策。张郃的意见十分明确，必须立刻增兵乌巢救援淳于琼。他考虑到曹操此来必是精兵，到乌巢后淳于琼必然抵挡不住，若乌巢军粮损毁，军心大乱后袁军必败无疑。张郃的原话共二十四个字："曹公兵精，往必破琼等；琼等破，则将军事去矣，宜急引兵救之。"郭图的意见也非常明确，他认为奔往乌巢的是曹操亲率的曹军主力，曹军大营必定空虚，应该派出大军立即攻打曹军大营，攻其必救，曹操必然撤军，乌巢之围可不战而解。郭图的原话共二十一个字："郃计非也。不如攻其本营，势必还，此为不救而自解也。"张郃毫不客气地进行了反驳："曹公营固，攻之必不拔，若琼等见禽，吾属尽为虏矣。"文臣武将争论完毕，该领导拍板了。袁绍这次没有优柔寡断，一下子就同时批准了张、郭两人的意见，还毅然决然地指派不同意攻打曹营的张郃去攻击曹营。

其实，如果不开这个会议，袁绍也是有主意的，根据《三国志·魏书·武帝纪》记载，袁绍一听到曹操攻打淳于琼，就对长子袁谭说道："就彼攻琼等，吾攻拔其营，彼固无所归矣！"可见，利用曹操不在营中，把曹军大营攻下，叫曹操无处存身早就在袁绍脑海中先入为主了。但这一点张郃是不会知道的。张郃自然也不知道能让袁绍向乌巢派出援军已经是很有面子了。后来的进程表明，这个信息的不对称彻底决定了官渡之战的胜负。

众所周知的事实是，袁绍采纳了张郃分兵救援的意见，但与张郃的要求还有差距。张郃是个好军人，领导决心已下，他就带着部下开始攻打曹军大营，坚决执行这个不可能完成的任务。

为什么说不可能完成呢？因为袁、曹两军在官渡从七月份开始对峙，三个月来相互攻打，天上投飞石，地下挖坑道，袁绍一方为了攻破曹军营垒可谓无所不用其极，但在兵力占据绝对优势的情况下，袁军仍然拿曹军的营垒无可奈何。从双方将作战重点从正面互相攻击转向遏制对方粮草运输，就充分表明进入相持阶段以后，在坚固的阵地面前，双方已经无法通过直接攻破对方的防线取胜。这一点曹操的认识就非常清醒，所以能够抛下大营，亲自去攻打乌巢。20世纪初，进入工业文明的人类打了一场以阵地战为主的第一次世界大战，这场战争中无数战士的生命证明了一个铁律：在单纯依赖地面攻击武器的情况下，有纵深的坚固阵地对进攻一方来说，是不可逾越的天堑。对于曹军的动向，袁绍方面肯定是有所掌握的，从事后曹操缴获的诸多书信来看，曹营中给袁绍一方通风报信的绝对比许攸这样给曹操通风报信的人多。冷兵器时代，在阵地战中防守营垒的主力是步兵。曹操奔袭乌巢所率的是骑兵，因此曹操在不在营中对曹营的防守实力并无太大影响，而且曹军连夜急袭事发突然，这种战斗决策因为事关胜负在当时绝对是顶级绝密，即便是袁绍知道了，曹军中防守一线的普通将士也未必知道。这样一来，不但曹营防守的实力没有减少，甚至连士气都不会有影响。因此，连夜突击曹营必将和此前的所有攻势落得一样下场。历史只留下了张郃和郭图之间简短的对话。但是在这只言片语的背后，隐含着决定战争胜负亘古不变的规律。

张郃出发了，带着对淳于琼的担心，带着乌巢粮尽只能束手为虏的绝望，带着部下打着火把灯球，像活靶子一样，迎着营垒后射来的利箭飞矢，用血肉之躯承受高墙上抛下的滚木礌石……东方破晓，淳于琼兵败被俘的消息裹着乌巢的滚滚浓烟传遍了袁军营帐。而郭图似乎完全忘记了自己决断失误，在袁绍面前告发张郃出言不逊。袁绍则再也没有机会向张郃发号施令了。张郃和副将高览在听到乌巢粮草被烧的消息后立即投降了曹操，他们的身后，刚刚用于攻打曹营的巨大器械在熊熊的烈火中痛苦地呻吟着坍塌着。

看到张郃，曹操高兴得几乎忘乎所以，发出了“如微子去殷，韩信归汉也”这样惊世骇俗的感慨。之所以说惊世骇俗，因为曹操这句话里包含了两个典故。所谓“微子去殷”是说商纣王的哥哥微子看到纣王无道，屡次规劝未果，就把商朝祖先的牌位全部带走投奔了周武王。而“韩信归汉”是说汉朝名将韩信最早跟随项梁在楚霸王项羽手下做事，但不受项羽重用，无奈投靠刘邦，经萧何力荐被拜为大将。这两人改换门庭的行为都在改朝换代这样的大事件中起到了决定性的作用。曹操将张郃比作这两人，那么不是自比帝王了吗？可以看出张郃的投降对曹操来说是多么大的惊喜，但反过来对袁绍而言又是多么大的打击。

关于张郃、高览投降曹操这件事，在《三国志》和《后汉书》中都有记载，但说法却不尽相同。《后汉书》中《袁绍传》里说的是张郃、高览因为听到淳于琼兵败的消息后，投降了曹操，袁绍军队因为张郃、高览的投降而在很短时间内崩溃，《三国志》中《武帝纪》和《袁绍传》里也是持同样的说法；但在《张郃传》里说的是袁绍军队土崩瓦解后张郃才投降了曹操。从不同的说法中找出正确的结论，从扑朔迷离的迷踪中找出真相，都是读历史时最有意义和乐趣的地方。这两种说法所描述的事件并无矛盾，都在陈述张郃投降和袁军溃败这两个事实，差别只在顺序上，但这个顺序是非常重要的。若张郃投奔在前，则属雪中送炭；若袁军溃败在前，张郃倒戈只是锦上添花。即便是不对历史较真儿，也得本着对张郃负责的态度，一定要把这件事情研究明白。

前面说过，袁绍在得知曹操奔袭乌巢后还是派出了救兵，《三国志·张郃传》中写得清清楚楚："绍但遣轻骑救琼，而以重兵攻太祖营"，这个"重兵"正是袁绍军中最为精锐的主力部队。读到这里，很多朋友的眼前会浮现出一个大大的问号。打头阵的固然有是主力的可能，但是把鱼腩部队派在最前头当炮灰消耗敌人有生力量的事情也不少。问题来了：凭什么说张郃和高览是主力？这得从二人的官职说起。当时，高览是步兵校尉，张郃是屯骑校尉。同属中垒营，也就是三军的中军。中军的地位如何且不说，先说说中军领导层的具体组成。首先，中军元帅是袁绍。其次，文官阵容：兼大将军幕府长史的是袁绍长子袁谭，主簿是起草声讨曹操檄文的陈琳，参谋是许攸、辛评和苏由。第三，武官阵容：步兵校尉一人，就是高览；屯骑校尉一人，就是张郃；另有越骑校尉一人韩荀，射声校尉一人吕旷。按照汉朝军制，校尉虽然是带文官之名但确实是武官，相当于今天的师长，当时袁绍军人马甚众，各部均是齐装满员，校尉所辖的员额为一万一千三百四十余人。步兵校尉和射声校尉所辖虽然均为步兵但装备差别很大，步兵校尉的单兵着铠甲、戴头盔，手持短兵器；而射声校尉的单兵穿薄甲、握弓矢；屯骑校尉人马皆着铠甲，用长枪马刀；越骑校尉着薄甲，用弓矢。从装备可以看出，射声校尉的部队是用于防守及伏击的轻步兵，而步兵校尉的部队则是攻坚决战的主力；屯骑校尉的部队是用于冲击的突骑，而越骑校尉的部队是用于搜索警戒的轻骑。当时袁军的前锋颜良将军被关羽刺杀在白马，骑前锋的将军文丑被曹操斩杀于酸枣，越骑校尉韩荀被曹仁斩杀在鸡洛山，军中能战之将只有张、高二人。他们二人所统率的重步兵和重骑兵正是袁绍军中独一无二的绝对主力。

所以袁绍才会在张郃不同意攻打曹营的情况下，仍然指派张郃去执行任务，因为只有张郃有能力完成这个任务。在与郭图的争论中，张郃说得很明白，乌巢是决定官渡之战胜负的关键，在袁绍做出决定后表现得有些悲观。我们可以大胆地做出推断，张郃在领受任务的同时已经做出了让袁绍完败的决定。从现存史料可以很明白地看出，曹操在完成夜袭乌巢的任务后，并没有立刻倾巢出动攻打袁绍，曹操并非不知道痛打落水狗的道理，而是因为兵力处于绝对劣势的曹军，无法在同时完成夜袭和坚守两个任务的情况下，再抽出第三支生力军来。因此当曹军完成对乌巢的攻击后，最有可能的行动是马上返回加强大本营的防守，断然不会像郭图那样想当然地"攻其必救"。

以张郃准确把握战斗进程的敏锐，他投奔曹操的时机也绝对不会选在袁军崩溃大势已去胜负已明之后，他所选择的一定是决定局势的最关键所在和曹操最需要的时候。《三国志·袁绍传》明确记载的是“太祖还，未至营”时张郃、高览就已经投降了。《三国志·荀攸传》记载，曹操斩杀淳于琼后，张郃和高览烧毁了攻城橹请降，袁绍抛下军队独自逃亡，防守大营的曹洪还怀疑张郃投降有诈，荀攸在旁对曹洪说道：“郃计不用，怒而来，君何疑？”（从这个细节可以看出曹军获取情报的能力有多强悍）曹洪这才受降。不管是曹洪将信将疑的受降还是曹操迫不及待的亲自迎降、带有明显僭越色彩的喜出望外，都充分说明造成袁绍大军崩溃的最重要原因就是绝对主力张郃的叛离。战国时期，最为惨烈的长平之战中，被围的四十万赵军在粮断的四十六天里也没有溃乱，但当统帅赵括在最后自杀式的突围中战死以后，立即出现了斗志全无全军被俘惨遭坑杀的情状，这也更为有力地说明只有当一支军队的主力或者主帅这样的中流砥柱被击垮之后，才会出现崩盘。

当然了，即使张郃不投降曹操，因为粮草被烧，袁绍一方仍然会以失败告终，但是这个失败的过程将会大大延长，而作为胜利一方的曹军也必将付出非常沉重的代价。对此，作为当事人的曹操非常明白。所以，他毫不吝啬地晋封张郃为都亭侯，拜偏将军。当东方的朝阳向浸满鲜血的官渡战场洒下第一缕光芒时，关键先生张郃的大名在壁垒森严、蓄势待发的曹营中广为传颂，并且将在很长一段时间内成为将士们的关注焦点和精神支柱。

张郃字儁乂，冀州河间郡鄚县（今河北省任丘市北）人，出生年月不详。公元 184 年，黄巾起义爆发后，张郃应征入伍，在韩馥部下担任军司马的职务。一入伍就能当个小官，可见张郃在当老百姓时就很注重培养自己的军事才能。所谓穷文富武，能学习这些技能的人家境一般来说是不错的，如果没有黄巾起义，张郃可能就在河间有滋有味地过上一辈子达到小康标准的幸福日子。但是，乱世像漩涡一般将张郃卷入三国你死我活的战场，开启了他的名将生涯。

当时的冀州刺史还是董卓采纳尚书周毖和城门校尉伍琼的意见而任命的韩馥。汉献帝初平元年（公元 190 年），袁绍用计夺取冀州，逼走了韩馥。张郃带兵留在冀州，被袁绍收编，提升为校尉。张校尉率兵对抗公孙瓒。公孙瓒被击败后，张郃功劳很大，升为宁国中郎将。张郃的具体战功已经湮灭于历史，但从公孙瓒拥有强大骑兵这一点来看，张郃在运用和应对骑兵作战方面的能力一定非常突出。他的才能将在跟随曹操四处征战的岁月里得到充分的展示。

建安九年（公元 204 年），张郃随曹操攻克邺城，大败袁尚。次年，又随曹操在南皮消灭袁谭势力。建安十二年（公元 207 年），曹操远征乌桓，张郃与张辽共为先锋。战后，张郃因功升为平狄将军。后来，张郃又参加了征讨管承，征讨陈兰、梅成等人的作战。建安十六年(公元211年)，马超、韩遂叛乱，张郃随曹操出征，在渭南大破关中诸军，又率军围攻安定，迫使杨秋投降。建安十九年（公元 214 年），马超在张鲁支持下，卷土重来围攻祁山。张郃跟随夏侯渊一同攻打马超。此战张郃单独率领步骑五千，从陈仓小道赶去解围。张郃到渭河后，马超派出数千氐人和羌人迎战张郃，但没敢交战就撤了，张郃缴获了很多兵器和军械。十月份，张郃又跟随夏侯渊讨伐在陇西枹罕自称平汉王已经三十余年的宋建。张郃单独率兵杀入小湟中，平定了河西的羌族，攻占了陇右一带大片的土地，协助夏侯渊平定了叛乱。建安二十年（公元 215 年），曹操亲率大军进攻汉中，从今天陕西省宝鸡市附近的大散关出发，经武都进入氐族人盘踞的地区，双方发生冲突。曹操派遣张郃率领五千步兵担任先锋居前开道，张郃和朱灵一起攻破了氐人的防线，双方在河池相持。七月，张郃所部进军到阳平。双方僵持多日，结果因为“一目了然”的夏侯惇所率部队在森林中迷路后，误打误撞冲散了张鲁大将张卫的大营，引发大面积的混乱，曹军又借机大造声势，本来就无心死战的张鲁抛下城池、粮草和金银珠宝，把汉中拱手让给了曹操。天上突然掉下这么大的馅饼，曹操一口吃下自然是心情大好。曹操高高兴兴地班师回朝，留下张郃与夏侯渊、徐晃一起镇守汉中，抵御刘备的进攻。同时，还把汉中居民八万余口迁移到邺城和雒阳。

同年，张郃也依据这个“绥怀开导”的方略，率领五千步兵南下迫使巴西和巴东二郡投降，把当地的百姓集体移民到汉中。汉中盆地，土地肥沃，易守难攻，是益州的北大门。汉中的失守，使益州直接受到曹军的威胁。当时，张鲁受曹操的招抚，从山中躲藏之处走出来臣服了曹操。消息传到益州，人们纷纷奔往汉中。崇尚“以民为本”的刘备当然不会允许这样的事情发生。一怒之下，刘备杀一儆百，对逃亡者采取斩决的重罚，仍然无法制止。

在刘备的高度重视下，人称万人敌的张飞被紧急任命为巴西郡太守，率领万余精兵迎战攻势不减的张郃。双方在宕渠（在今四川省渠县东北）对峙，顶起牛来，一下就相持了五十多天，大家都姓张，谁怕谁啊！最后，张飞利用熟悉地形和兵力较多的优势，主动约战张郃。张郃为什么一下就同意和张飞决战呢？原因非常简单，快没粮食了。汉中盆地本来也是小天府，是比成都平原小一号的鱼米之乡，但这时的战场已经延伸至宕渠，距离汉中的直线距离将近二百五十公里，以当时落后的交通状况，巨大的后勤保障压力使得张郃无法与张飞进行长期对峙，即使张飞不约，张郃也会主动出击。

一贯善于利用地形的张郃终于要在自己擅长的领域栽跟头了。张郃率兵前去，在狭窄的山道上吃了大亏，张郃的人马被张飞截成数段各个击破，仅带了十几个人，丢下战马，翻山越岭逃回了汉中。五千兵马被憋屈成一字长蛇，这个时候主将能指挥的人数主要取决于嗓门而非能力的大小。从平原上成长起来善用骑兵的张郃，第一次领教到大山的厉害。此后，张郃再也没有犯过这样的错误，直至遇到敬爱的司马懿大都督。这一仗，张郃虽然败得很惨，但毕竟以一支偏师攻占二郡，还掠夺了不少蜀地的人口，功过相衡，没受惩罚，反倒升了官，做了荡寇将军。

建安二十三年（公元 218 年），刘备亲率大军前来攻取汉中，攻打阳平关，夏侯渊、张郃、徐晃等人率军迎击。吴兰、雷铜和马超、张飞两路人马先后被曹军击败。建安二十四年（公元 219 年）春，诸葛亮从成都率军增援刘备，张郃负责防守的广石成为刘备亲自攻打的主攻方向。刘备将精兵万余人分为十部，在入夜之后猛攻。张郃也亲自率兵与蜀军进行搏斗，结果刘备不能攻克。这一仗是刘备本人在赤壁之战后第一次尝到失败的滋味，在曹魏和蜀汉阵营中影响极大。这时，很多人才知道一向擅长进攻的张郃，也是个防御高手。

虽然刘备战败，但是黄忠黄汉升却在定军山斩杀了曹军主将夏侯渊。这种在全局层面上东边不亮西边亮的结果，对只是偏将的张郃来说除了接受之外毫无他法。无奈之下只能同夏侯渊残部合兵一处退守阳平关。主将战死，形势非常危急，在刘备军队的攻击下，群龙无首的曹军随时都有全军覆没的可能。军中司马郭淮这时站出来对大家说道：“张将军是我们大魏国的名将，刘备非常怕他。现在形势危急，在这里除了他没有人能够稳定军心。”在刘备的心里，张郃的重要性也远超夏侯渊。刘备听到黄忠斩杀夏侯渊后，只说：“当得其魁，用此何为邪！”这个魁指的就是张郃，也许刘备还记得广石之战的挫败感，想起张郃来心中有所忌惮。

对张郃来说，这是一个幸福的时刻，也是一个危险的时刻。能够得到部下的一致认可，在没有上级组织任命尤其是主公曹操批准的情况下被公选为主将，实在是大家对张郃综合能力和全面素质的最大认可。但这种黄袍加身似的公推，如果碰到小心眼儿的领导，存有杀身之祸的可能。但这时候，张郃顾不了那么多了，他站出来承担了统领全军、重整士气的艰巨任务。作为中层领导的各位部将也都服从张郃这位新任领导的调遣，于是军心又稳，士气重生。刘备想渡过汉水进攻魏军，但是张郃很民主地采纳了郭淮的建议，率魏军在距离汉水北岸较远的地方扎营固守，严阵以待，随时准备半渡而击刘备军。刘备看出魏军企图，放弃渡河，率军驻在汉水以南，和魏军隔汉水相持。这时，已经进驻到长安的曹操，派使者先行一步，给张郃以“假节”的荣誉，顺从民意从程序上将张郃的地位合法化。

随后，曹操赶到汉中一线，亲自组织战斗。天下英雄谁敌手？曹刘！两个英雄又见面了，刘备却只是扼守住重要的高山隘口，坚决不出来直接应战。原因很简单，主场作战就算打不过，也耗得过。赵云和黄忠在天荡山烧毁了曹军的粮草，偏偏又逢阴雨连天，道路损毁，后方的粮食送不上来，曹营中多处积水，将士苦不堪言，人心惶惶，逃兵很多。曹操无奈，传达了“鸡肋”的口令，杀掉了猜透口令的杨修，撤出汉中退兵长安，把张郃留下驻守陈仓。

建安二十五年（公元220年），曹丕即位为魏王，任命张郃为左将军，晋封都乡侯。随后，曹丕称帝，大赏群臣，晋封张郃为鄚侯。不过这个鄚侯也不是那么好当的，刚封完就跟着曹真征讨安定的胡羌，平定之后张郃与曹真一同进京朝见曹丕。

魏黄初四年（公元223年），张郃同夏侯尚一起进攻江陵。张郃单独率领一军，别督诸军渡江，攻取洲上屯坞，击败孙盛屯坞里的主力部队万余人，又是大功一件。对这场战斗，魏文帝在说明撤军的诏书里对张郃的英勇表现做出了最为正式的官方说明，“左将军张郃等舳舻直渡，击其南渚，贼赴水溺死者数千人”。用大白话说就是左将军张郃的船首尾相连，攻击江陵南边的江中洲，东吴“贼兵”被逼跳水淹死的就有数千人。但这么大的战功张郃并没有得到封赏，一来领军的夏侯尚作为领导自然是要立功在前，二来诏书里给其他两路所计的功劳分别是斩首四万和杀敌无数。这样一比较，张郃白啃了江陵之战中最硬的骨头。张郃所攻克的屯坞所在的江中洲，对江陵之战的吴魏双方都具有关乎胜败的重要意义。东吴对此认识充分，准备充足，驻兵万人还构筑营垒。要想攻下，水军并不占优势的魏军必须要想办法发挥出自己陆战的优势。张郃搭起了浮桥，亲率军马进攻围坞，并力克孙盛占据了影响战局的关键所在。这一战，虽未达成占领江陵的战略目的，但张郃本人却显示出两栖作战的本领，能力素质越来越全面了。

太和元年（公元227年），魏明帝曹叡即位，张郃奉命屯兵荆州，在司马懿的带领下进攻孙权部将刘阿等人，追至祁口，两军大战，吴军败走。

太和二年（公元228年），蜀汉军队在休养生息、厉兵秣马近十年后，由丞相诸葛亮亲率大军北伐，一时间天下震动，南安、天水、安定三郡倒戈响应。此时，曹真被赵云、邓芝的佯攻牵制，司马懿还在荆州应对东吴，能够独当一面的将领除了张郃再无一人。如若战败，曹叡所在的长安将受到很大威胁，张郃成为扭转战局的唯一希望，所以曹叡专门下诏“加郃位特进”，参照东晋的官制，“特进”是持节的都督。如果我们简单梳理一下张郃所参加的战斗，就会发现，每一次都居于曹魏家族至亲嫡系的指挥之下，到曹丕和曹叡时期，虽然多有战功，却再无晋升。但这一次，蜀军来势凶猛，魏军又猝不及防，危急时刻，才给予张郃这个并非近臣的武将破格的提升，并拨给五万兵马。张郃没有辜负皇帝的期望，他在街亭成功地将马谡塑造成和赵括一样的反面人物。

战前，马谡被人称为“才器过人，好论军计”，所属兵马也是蜀军中精锐，从副将王平以偏师驻守的营垒而张郃都无法攻克来看，蜀军的战力相当强悍。但是，让所有人都没想到的是，马谡率主力上山据守，放弃了必须坚守且不能有任何闪失的要道。

张郃敏锐地捕捉到马谡的破绽，坚决而迅速地切断了蜀军的水源。战场的态势就此逆转，马谡无力控制焦渴如火的部下，张郃非常轻松地赢得了街亭之战的胜利。不仅如此，还挥兵趁势平定了先前投降蜀汉的南安、安定、天水三郡。这一仗张郃既是指挥员也是战斗员，没有谁能够再抢在他前面分享他应得的喝彩和表彰。魏明帝曹叡专门下诏说:“贼亮以巴蜀之众，当虓虎之师。将军被坚执锐，所向克定，朕甚嘉之。益邑千户，并前四千三百户。”在《三国演义》中诸葛亮因为此次失败唱了出空城计，并不符合历史的事实，只是后人的艺术虚构。但这次距离成功最近的北伐，却因张郃的致命一击而转胜为败，这成为所有心向蜀汉、心仪孔明的人们永远的痛。张郃成为影响三国历史进程的关键先生，仅此一役即可青史留名。

这时，远在荆州的司马懿训练好水军，计划沿沔江顺流进入长江再次讨伐东吴，张郃所率的关中部队，奉命前往荆州，听从司马懿指挥作战。张郃一路奔波赶到荆州后，却因为隆冬时节江水太浅，大船不得通行，无法入吴作战，无奈之下又回军驻扎方城，等待机会。

没想到，诸葛亮不屈不挠地在一年之中二度北伐，集中兵力猛攻陈仓。此时关中兵力空虚，无法抵挡诸葛亮。魏明帝曹叡急令张郃回京领命。此刻曹叡似乎已经对爷爷曹操手下的这位老将产生了心理依赖，不但交给张郃三万兵马，还破天荒地派出武卫、虎贲等侍卫保护张郃。就这曹叡觉得还不够表达自己的心情，又亲自把张郃送到河南城，专门摆酒为他壮行。君臣将别，曹叡仍然惴惴不安地问道："路这么远，等将军到陈仓了，诸葛亮会不会已经得逞了呢？"张郃没有被曹叡前所未有的厚爱冲昏头脑，他实事求是地向曹叡展示了自己决算千里的战略判断力。他判断诸葛亮后勤补给困难，大军远征带不了多少粮食，如果单靠人力运载根本不具备长期作战的能力。回答说："没等臣到陈仓，诸葛亮就会撤走了！屈指算来，诸葛亮的军粮不够十天的用量！"

十天之量，这是一个悲催的数字，两千年后的二十世纪，当中华儿女以中国人民志愿军的名义跨出国门在朝鲜半岛与世界第一军事强国的美国作战时，那些英勇无畏的伟大战士所能携带的物资，只够七天的行军作战之用。从这个角度看，志愿军将士们所拥有的物质条件竟然还不如三国时期的蜀军。这个规律，美国人在吃尽苦头后才由四星上将马修·邦克·李奇微发现。也正是因国力不足造成的后勤短板，给志愿军战士造成了极大的伤亡。和平年代忽视后勤对战争的巨大作用，会让战时前方的战士流尽本不该流淌的鲜血。

张郃日夜兼程，带兵走到南郑时，传来了诸葛亮退兵的消息。到唐代仍然被视作"难于上青天"的蜀道，给三国时期智商最高的优等生诸葛亮惹出了太多的麻烦。三国这些古代兵家先贤和志愿军先烈们用生命换来的珍贵教训，在承平日久的今天被一些人抛之脑后。诸葛亮既然退兵了，张郃再去陈仓也没了意义，曹叡下诏命令张郃到首都来。蜀军撤退后，王双很不服气，就不依不饶地追了上去。结果，诸葛先生一个回马枪就把王双送去见阎王了。王双恶战身死，张郃未战却得到了意想不到的封赏，被封为征西车骑将军，成为魏国军界仅次于大将军司马懿的二号人物。

就这个名号而言也是大有深意。曹魏政权来自汉献帝的禅让，曹操欺负孤儿寡母的劣迹，让魏国皇帝不仅对外姓武将的戒心很重，还对自己的宗亲也不放心，在军权上都有严格限制。为防止君权受到威胁，从文帝开始，只选择一名最为亲信的人来执掌兵权，其余宗亲都是被防范的对象，外姓人中除了司马懿因是文人出身又与曹丕关系密切被授予大将军之外，其余武将即使功劳再大也无法受封正号将军。但对张郃，曹叡又实在无法不给晋封，无奈之下，才出现了"征西车骑"这样一个前无古人后无来者的另类封号。张郃终于在南征北战近三十年后达到了自己军事生涯的职务顶点。如果不是写历史，而是作为张郃同时代的人，在这一刻是不能这么说的，因为当时天下尚未统一，不知道还有多少硬仗在等着张郃，同时也不知道还有多少功勋在等着张郃。

张郃一生，四处征战，能攻善守，鲜有败绩。他通晓应变之术，擅长利用地形安营扎寨，判断战场形势迅速准确，蜀汉军中即使诸葛亮都对他有所顾忌。张郃虽是武将，但征战之余喜欢和儒学之士结交，曾经因为向朝廷推荐同乡卑湛，受到皇帝的嘉奖。所以，张郃被魏明帝曹叡和朝中上下一致认为是军中砥柱、国之栋梁。司空陈群曾说过："郃诚良将，国所依也。"据《新校本南史·卷十九》记载，南朝宋时的太保王弘王休元曾说过，昔日曹魏一朝非常器重张郃，时人都说不能一日没有他。

张郃在木门道战死以后，曹叡非常惋惜，上朝时叹曰："蜀未平而郃死，将之若何！"是当时魏国朝野一致悲伤哀悼的事情。张郃的死，是当时震动天下的大事，所以在《三国志》《魏略》《华阳国志》《汉表传》中均有记载。《魏略》中明确地记载，张郃是在司马懿强令之下才被迫追击撤退的蜀军的。而《汉表传》中记载的和战国时期庞涓之死非常类似，诸葛亮也像孙膑一样在青封木门给张郃准备了一棵削去树皮并写有"张郃死此树下"的大树，大树附近的道路两旁预先埋伏了数千张强弓劲弩，张郃肯定是在劫难逃。至于是射中大腿还是射中膝盖伤重而亡，还是当场身死，这些细节因为我心痛于每一个三国武将的逝去委实不愿再去考证了。

一代名将死于这样一场毫无意义的追击，实在是无法让人接受。用当下流行的阴谋论视角来分析，其中的确是密布疑云。自街亭之战后，长期在一线作战并在普通官兵中威望很高的张郃在曹魏政坛俨然是政治明星，江陵之战前和曹真一同接受了魏明帝曹叡的接见，照此势头进入曹魏政治核心指日可待。在和司马懿为数不多的几次合作中，长于进攻且很能把握战机的张郃表现出非常强烈的进取心。在这次抵御蜀军的战斗中和司马懿因为战略方针不同发生了几次分歧，虽然最终都由司马都督拍板按照自己的意愿付诸实施，但是张郃适时攻守的方案明显更高一筹。

蜀军的攻击是从当年二月开始的，因为曹真病重，曹叡派司马懿镇守长安，率领张郃、费曜、戴陵、郭淮等将领共同御敌。三月份，曹真病亡。司马懿给了曹真的老部下费曜、戴陵四千精兵防守上邽（今甘肃省天水市），其余兵马全部西行前往祁山应战。对这个部署张郃是不同意的，因为这样不但将那四千人马的孤军置于危险之地，对长安的防守也没有了纵深，一旦诸葛亮突破祁山，或绕道攻击长安，魏军的防线将出现崩溃。所以张郃提出应该分兵驻守雍（今陕西省凤翔县）、郿（今陕西省眉县）两地。司马懿坚持自己的方案。理由是如果分兵以后，开赴前线的军队能够单独阻挡蜀军的话，那么张将军说得没错；如果他们不能抵挡而我军又分处前后，当年西楚霸王项羽的三军就是这样被黥布击败的。于是大军一切行动按照司马懿的部署。

一生谨慎的诸葛亮虽然不敢绕道直取长安，但是立刻分兵亲自率兵攻击司马懿，郭淮和费曜攻击诸葛亮，被诸葛亮打败。诸葛亮不但攻破上邽，打败了留守的部队，还割走了城外成熟的麦子。此战之后，曹真手下的悍将后将军费曜和戴陵再也没有出现过。按照现代战争统计伤亡的惯例来说，这两个曹真的老部下都应该属于失踪人员，我想他们已经在司马都督的精心安排下在九泉之下和老领导相见了。

随后，双方在上邽的东面对峙。司马懿占据险要地形，不与蜀军直接交锋，诸葛亮率军回撤。诸葛亮一撤退，司马懿就来劲了，马上指挥大军跟了上去，到了卤城这个地方。张郃再次建议："诸葛亮到此迎战我军，但是没有达到作战目的，想要以持久之计来取胜。祁山那边虽然困难，但是知道我救援大军即将到达，人心不会不稳。我们可以在此驻扎，再分出一支奇兵，截断蜀军的退路，不应该像现在这样只尾随不攻击，这会让对我们有所期待的民众失望。现在诸葛亮孤军远征，粮食不足，肯定是要马上撤军了。"司马懿再次拒绝了张郃的建议，只是带着大军跟着诸葛亮。即使追上也不攻击，又上山扎营，筑垒防守，坚决不和蜀军交战。当时的司马懿在军队中究竟是怎样的地位，这次对峙过程中的历史细节给出了答案，而其所反映的情况更加坐实了张郃在军中如日中天的威望。

面对司马懿的乌龟战术，魏军上下产生了比较广泛的不满情绪，贾栩、魏平等人多次请求出营作战，在被司马懿拒绝后，这两个武夫竟然说："都督您害怕蜀军就像害怕老虎一样，怎么能不被天下人取笑呢？"这让死后被尊为宣帝的司马懿哪里还有半点面子？这些敢于公然嘲讽司马懿的将领，难道不会到张郃那里去寻找共鸣吗？这种假设成真的概率应该很大。其他将领也纷纷请求出战。很显然司马懿的作战思想在魏军中压根儿没有什么市场，甚至可以说受到了文臣武将的一致抵制。

入夏以后，五月初十，司马懿终于同意张郃攻击围困祁山之南的蜀军。自己镇守中路与诸葛亮相持。张郃一去，就与王平率领的蜀军精锐无当飞军打得难解难分。街亭之战时张郃就和王平交过手。那时候王平还只是一个小小的裨将军，看到马谡的主力鸟兽散时，只能带着自己不满千人的小部队鸣鼓作势。已获大胜的张郃并没有趁势追击扩大战果，而是怀疑有伏兵，没有逼近，许多逃散的败兵才得以幸免。这充分证明张郃用兵非常谨慎，不会蛮干。这次两人再度交锋，也算是仇人相见分外眼红。

可是司马懿却被诸葛亮派出的魏延、高翔、吴班打得大败，被俘虏的就有三千多人。司马懿无奈退守到何卫的大营。

六月，诸葛亮终于吃完了带来的和抢来的粮食，真正要回汉中了。这时，司马懿非常高调地派张郃去追击。张郃在反对无效、抗议无果之后，执行追击命令，被蜀军射杀在木门道。这一仗，不管司马懿的出发点如何，所造成的事实是曹真部下精锐尽失，军中二号人物张郃身死，自己成了魏军中独一无二的大佬。

八年后，魏文帝曹丕指定辅政大臣的一幕再次重现。明帝曹叡在病重弥留之际把皇位传给了年仅八岁的齐王曹芳，这时的辅政大臣因为藩王不得辅政的原因，只剩下曹爽和司马懿两人。没有得力武将辅佐的曹爽，充分展示了自己的草包本色，在十年后的高平陵之变中长吁短叹了整整一夜，交出兵权，最后和同党一起被夷灭三族。

从此兵权在手的司马懿更加凶残血腥地重演了曹操篡汉的所有步骤。而同期的东吴，吴主孙休却在老将丁奉的支持下，夺回了本该属于自己的皇权。

张郃死后，魏国给他的谥号是“壮侯”，谥法中“武而不遂、死於原野曰壮”，真是非常合适。张郃的爵位由他的儿子张雄继承，张郃一生靠战功挣得的食邑，魏明帝都分给了他的四个儿子，还赐给他的小儿子关内侯的爵位。正始四年秋七月，曹芳专门下诏在曹操的庙庭祭祀故去的二十位开国元勋，张郃位列第七，居于外姓武将之首。

壮侯壮哉！

为张郃写诗：

甲子之年烽烟起，
苍天将死应戎机。
乱世随波从军去，
争霸幽冀有功绩。
投名袁绍非亲信，
速降曹操列勋籍。
好武崇儒双全者，
善结营阵有奇计。
古来战阵多几往，
一战决胜殊非易。

官渡汉中街亭处，
扭转乾坤可堪奇。
曹营军中将千数，
阵前选帅唯儁乂。
投军何求终正寝，
身陨木门永太息。

三国点将之十

洪洞县里有好人——徐晃

主题词：洪洞

问我祖先来何处，山西洪洞大槐树；祖先故里叫什么，大槐树下老鸹窝。

——民谣　公元14世纪

京剧是国粹，是我国最具影响力的剧种，一些名段中的经典唱词，常常让人陡然生出“此曲只应天上有”的感慨，但有些唱词却让人一下子无名火冒出三丈高，很不得把编剧揪出来狂扁一顿。比如《苏三起解》中，苏三被押解时语含悲愤地唱的那句“九也恨来十也恨，洪洞县内是无好人”，山西省洪洞县的朋友听了肯定不舒服。虽然苏三所说的坏人只是衙门里的昏官恶吏和皮氏，但听戏的人很容易就把洪洞县看作坏人的集中营、败类的聚集地。

今天的洪洞县交通发达，人口众多，已然是山西省内名列前茅的文物资源和旅游资源大县，偶尔和他们说起“无好人”这事情来，碰到较真儿的人还是够你喝一壶的。如果谁穿越到三国时期在河东杨县唱《玉堂春》，被围观群众扔一脑袋烂白菜臭鸡蛋都算是好运气。要是摆场子的地方刚好在曹军的辖区，那肯定得有人跟你玩命。如果你魂断三国，一缕香魂重返现代，只留下一段悲催的回忆，也没什么可遗憾的，因为砍你的人可是三国中大名鼎鼎的武将、曹操手下五子良将之一的徐晃徐公明。

至于他为什么要砍你，原因很简单，徐公明正是河东杨县人，杨县就是现在的洪洞县。即便是他有名将风范，考虑到穿越后的那身奇装异服、变态歌喉和指名道姓般的骂人方式，他要不砍才不正常。至于围观群众为什么要乱扔东西，那原因也很简单，因为徐晃确实是杨县乃至整个河东地区的大好人。

三国这段历史，如果作为一个局外人看看热闹是很过瘾的，武将冲锋陷阵，谋士勾心斗角，烽火连天，天天打仗。但要生活在那个年代可真是太悲惨了。先是因为天灾不断，东汉桓帝、灵帝时期，政治腐败得老天爷都看不下去，北方和中原地区大规模的蝗灾就出现过五次，黄河在五十年里四次决口，就连长江都发生了五次大水灾，重要产粮区荆州受灾很重，甚至在北方的草原都发生大旱，引发游牧民族的大规模南迁。这死了不少！很多老百姓被逼无奈，拖家带口地信了张角、张宝的太平道，参加了黄巾起义，官军来镇压为了军功不分老少见人就杀、不问好坏只要脑袋，又死了不少！战乱以后农业生产遭到破坏，水灾、旱灾、蝗灾频繁，连袁绍的军队也只能采摘桑葚、袁术的军队也只能淘取河蚌充饥，普通百姓更是无以果腹，又死了不少！既然打仗总得有伤亡，很多人当了兵，粮没吃多少就送了命。官渡之战后，袁绍兵败，很多被曹操俘虏，光被活埋的就七万多，又死了不少！

战端一开，城门失火殃及池鱼，老百姓也跟着遭殃。董卓的禽兽兵团，为骗军功，竟然在首都雒阳郊区集社的时候，派兵围杀百姓，“马前悬人头，车后载妇女”的惨状流传千古。曹操为报杀父之仇，攻打徐州，一路屠城，遇害百姓的尸体多得几乎壅塞河流。曹操自己在《蒿里行》就说过：“白骨露于野，千里无鸡鸣。生民百遗一，念之断人肠。”百遗一虽有夸张，但是战乱引发的人口大量减少的确是真实存在的。公元157年，东汉政府清查过全国户口，这次“人口普查”显示中国的人口是五千六百多万。按照目前公认的说法，公元280年吴国灭亡时，人口为二百三十万；蜀汉在公元221年刘备登基时，人口是九十万，到了蜀汉灭亡时，人口增长到九十四万。这一年平定蜀汉的魏国将魏蜀人口“通计”，一共是五百三十七万人。而《晋书》里记载，吴国在蜀汉灭亡时的人口，有二百三十万。这样加起来，中国的总人口也不超过八百万。这还是三国时代进入了相对和平期、长期恢复人口生产后才有的数字。

对人口统计来说，数字的背后对应着无数个鲜活的生命。徐晃通过劝阻曹操屠城，为这个数字的增长做出了积极的贡献。曹操一生中最重要的战斗就是官渡之战，在这场战斗后非常感慨地说过：“当绍之强，孤犹不能自保，而况众人乎！”曹军上下经历这场惨烈的战斗后，对袁绍所部的仇恨很深。不仅有坑杀七万降卒的残酷，更有后来攻打幽州并州等地频繁屠城的铁血。作为并州人，徐晃是看在眼里急上心头。正在此时，假装投降的易阳（今河北省邯郸市永年区东南）令韩范又据城自守不服从管理，曹操将攻打易阳的任务交给了徐晃。

兵临城下后，按照惯例徐晃只能攻下易阳斩掉韩范的脑袋，屠城也在所难免，但徐晃却没有这样做。他要劝降韩范，将动之以情晓之以理、科学分析了成败结局的一封书信，随箭射入城中。韩范看到信后，决定放弃自守，率领全城再度归降。任务完成后，徐晃当面向曹操汇报工作："现在袁谭、袁尚二人还没有消灭，其他城池的人都竖着耳朵急切地想听到易阳的战况，倘若这回屠灭了易阳，恐怕将来剩下的城池都会拼命死守，那么平定河北也就遥遥无期了。希望曹公把易阳作为示范，其他地方一定会望风而降。"

曹操同意了徐晃的意见！徐晃的这个意见在加速袁绍集团灭亡的同时，也给河北人民带来了免于杀戮的平安。这一年，是东汉建安九年（公元 204 年），这片土地上的人们在此后的一百多年里基本上再没有遇到过大的战乱。这么大的恩惠，河北人民能不记着徐晃的好？

徐晃早年在河东郡里当过小吏，如果赶上太平时节，他一辈子估计也就在基层公务员的岗位上退休终老了。黄巾起义，天下大乱，徐晃跟着车骑将军杨奉四处征讨立下了军功，被提拔到骑都尉的岗位。

初平三年（公元 192 年），司徒王允用计诛杀董卓。董卓部将李傕、郭汜等人在贾诩的忽悠下攻入长安，又杀了王允和不少朝廷高官，长安城惨遭屠城，几乎成了废墟。徐晃说服杨奉带兵把汉献帝又护送回雒阳。七月启程，杨奉被封为兴义将军。一路上，董卓残军反复追杀，走得非常艰难。直到十二月才过黄河，到了安邑（今山西省夏县北），汉献帝奖赏护驾有功的人员，徐晃被封为都亭侯。

建安元年（公元 196 年）八月，汉献帝到了南宫，在杨安殿封杨奉为车骑将军，韩暹为大将军。随后又封董承为辅国将军。这期间韩暹和董承的矛盾越来越大，两人争斗也愈演愈烈，徐晃就建议杨奉投靠曹操。当时的曹操自任司空，同时还行使车骑将军的权力。于是杨奉带着徐晃等部下归附了曹操。

建安二年（公元 197 年），因为雒阳残破，在董昭等人的建议下，曹操带兵护卫着汉献帝前往新都许昌。这是曹操挟天子以令天下的关键一步，杨奉在韩暹的游说下，决定跳出来捣乱，想在驻地梁（今河南省开封市）劫驾攻击曹操。冬十月，曹军攻打梁，把杨奉打得投奔了袁术。这次战斗后，徐晃彻底与杨奉决裂，独自投奔了曹操，跟随曹操开始了自己的名将之路。

建安三年（公元 198 年），曹操分兵给徐晃，派他去攻打卷、原武（两县均在今河南省原阳县）两地，徐晃完成任务后被拜为裨将军。又随曹操攻吕布，招降了吕布的将领赵庶、李邹等人。

建安四年（公元 199 年）春二月，张杨的部将杨丑杀掉张杨后准备带兵投奔曹操，结果半道上眭固又杀掉杨丑准备带兵去投袁绍，曹操派徐晃与曹仁、史涣一起出兵征讨，攻破河内射犬城斩杀了眭固。

建安五年（公元 200 年），曹操和袁绍这两个北方最大的武装集团，在官渡展开决战，徐晃几乎参与了所有的关键战斗，立下了汗马功劳。头功是带兵击败了投靠袁绍的刘备，打破了曹军两线作战的被动局面。二功是跟随曹操击败了颜良，攻下了白马（今河南省滑县东北）。三功是跟随曹操进兵延津（今河南省延津县北），击败文丑，被拜为偏将军。四功是和曹洪一起击败濦强的贼寇祝臂。五功是在相持阶段，和史涣率领骑兵数千攻打为袁军运粮的韩猛，在故市（今河南省郑州市西北）打败袁军并截烧其辎重。这一仗的情报与谋划都出自荀攸，曹操询问谁是执行任务的最佳人选，荀攸只说了三个字："徐晃可。"战后，徐晃因功被封为都亭侯。

建安九年（公元 204 年）二月，袁谭和袁尚争夺权位大打出手，曹操趁此良机发兵北上攻打冀州。虽然二袁内讧，但曹军进展仍不顺利。四月，曹军围住了邺城（今河北省临漳县西南），只攻下了邯郸（今河北省邯郸市）。这时，发生了易阳令韩范诈降的事件。徐晃在这次战斗中扎扎实实做了一回爱民模范。韩范也被封为关内侯。因为徐晃的正确建议，涉县（今河北省涉县西北）长梁岐开城投降，也被封为关内侯。战局顿时为之一变，攻下邺城指日可待。旋即徐晃又攻下了毛城（今河北省涉县东南），断了邺城的粮道。采取围点打援的方式，巧设埋伏大败袁军，破三屯。冀州到底是袁绍的发家之地，民心颇有反复，刘备待过的平原就发生了叛乱，又是徐晃出征平定。

建安十二年（公元 207 年），曹操亲自带兵北征乌桓，徐晃随行。在白狼山之战中，曹军大获全胜，斩杀蹋顿单于等十余人，徐晃因功官拜横野将军。这一仗也完全扫平了袁绍的残余势力。

建安十三年（公元 208 年）七月，曹操挟连胜之威，亲率大军南征，刘表身死，刘琮归降，曹军兵不血刃占领荆州。徐晃驻扎在樊城，独当一面，先后攻克中庐、临沮、宜城等地，又与满宠一起攻打驻扎在汉津的关羽。虽然徐晃在局部取得了不少胜利，但对全局并未产生决定性的影响，赤壁之战以曹操战败、孙刘联军胜利告终。十月，曹操大军撤离后，徐晃留下来和征南将军曹仁一起防守江陵，与驻守襄阳的折冲将军乐进遥相呼应。这期间曹仁还派兵围攻过甘宁驻守的夷陵，最后吕蒙用计救了已怀必死决心的甘宁，有理由相信这次战斗中，一定也有徐晃的身影。也是在这一年，徐晃和曹仁一起顶住了周瑜的攻击。

建安十五年(公元210年)，徐晃随夏侯渊去太原平叛，连续攻下二十余屯，斩杀叛乱头领商曜，这一次徐晃没能再次扮演爱民模范，他遵照夏侯渊的命令延续了曹军对叛乱毫不留情的铁血惯例，太原惨遭屠城。

建安十六年（公元211年），马超、韩遂等西凉十部，联军十余万人马，在关中举起反曹大旗。曹操又一次亲征，指派徐晃驻扎在汾阴，镇守河东，以保后方平安。马超兵强将勇，曹军受阻于潼关天险无法前进。曹操向徐晃询问破敌之策，徐晃建议道："主公您率领大军攻打潼关，而敌人竟然没有派兵对蒲阪（今山西省永济市西蒲州镇）进行防守，可知他们没有多少计谋。现在只要给我一支精兵，渡过蒲阪西边的黄河渡口，作为大军的先锋，插入关内做好截击敌人的准备，能够擒获敌人。"八月，曹操批准了徐晃的作战计划。徐晃、朱灵率四千精兵从蒲阪津（今山西省永济市、陕西省大荔县朝邑镇之间的黄河渡口）乘马超、韩遂不备，渡过黄河。马韩二人反应不可谓不迅速，立即派出梁兴率领步骑兵五千余人，攻击徐晃。时间仓促，徐晃这边堑壕、营垒尚未筑成，但徐晃在立足未稳、兵力不占优的情况下英勇作战，打败了梁兴，开辟了登陆场。闰八月，曹操大军从此渡河，绕过潼关天险。九月，曹操用贾诩所献的离间计，把马超和韩遂的联军彻底打败，斩杀成宜、李堪，占据关中全境。

建安十七年（公元212年），徐晃和夏侯渊兵出两路平定了隃麋、汧诸氐。凯旋邺城后，曹操又派徐晃与夏侯渊继续讨伐马超、韩遂在平鄜（今陕西省延安市一带)、夏阳的残兵败将，兵锋所指，梁兴被斩，三千多户部众归降。

建安二十年（公元215年）七月，徐晃跟随曹操征讨张鲁，又取得了讨伐椟、仇夷和山氐的胜利，独立完成任务的徐晃再次保全了这些少数民族军民的性命，降服了他们。此外，徐晃还出兵解救了被包围的张顺将军，攻破陈福等人驻守的三十余处营垒。战后，徐晃因功官升平寇将军，和张郃一起被曹操留下来守汉中，徐晃驻扎在阳平关。

建安二十三年（公元218年），刘备亲率大军，尽遣精锐进攻汉中。四月，蜀军进至阳平关，夏侯渊、张郃、徐晃等率军阻击。在正面攻击的同时，刘备还派出部将陈式等人率十余营兵马攻击马鸣阁，想要切断曹军的后路，结果这支奇兵被徐晃杀得溃不成军，很多将士自投山谷，伤亡惨重。捷报传到后方，曹操大喜，给了徐晃“假节”的荣誉。献帝诏令说：“此阁道非常险要，是汉中的咽喉所在。刘备想夺取这里断绝西南与内地的联系，达到独霸汉中的目的，将军用胜利挫败了他们的谋划，很好！”

汉中，作为汉王朝的龙兴之地，被曹操视为鸡肋，但在刘备看来却事关存亡，双方统帅重视程度的不同直接决定了战役的结果。等到夏侯渊在定军山下被黄忠临阵斩杀后，曹操带着不能得陇望蜀的高度自觉，下定决心亲自到汉中把剩余的部队带回北方。徐晃那电光石火般的胜利，成为汉中争夺战中曹军为数不多的亮点之一。

建安二十四年（公元219年），驻扎荆州的关羽起兵北伐，于禁的七军因汉水暴涨，全军覆没，危急关头曹操又想到了驻扎在宛城的平寇将军徐晃。于是徐晃又带着部队南下进驻阳陵陂。

徐晃的部下几乎都是新兵，于是曹操派将军徐商、吕建等一再传令给徐晃，要他务必：“要等到兵马集结后，一起前进。”这个命令并非多余，当时徐晃的部将看到樊城情势危急，纷纷逼迫甚至斥责徐晃，要求尽快展开对关羽的攻击，但徐晃以兵力不足为由都予以拒绝。多亏随军议郎赵俨劝阻诸将，让大家再坚持十天，等待水退援来。诸将这才退去。

不仅前方如此，在后方的曹操也沉不住气了，想率军亲征以解曹仁之围。当曹操再一次有负独断专行恶名向众人征求意见时，几乎所有人都认为不这样就无法取胜。只有桓阶力排众议，力阻曹操，于是曹操率领大军进驻摩陂（今河南省郏县东南），不到前线遥做强援，只给精神上的鼓励。由此可以看出此时的徐晃承受的压力有多大。没有把握的仗徐晃不打，几近迁都的曹魏已经不能再承受任何失败了。

徐晃和关羽之间的战斗，在《关羽传》里有详细的描述。徐晃首先在阵前与关羽的话语交锋中占了上风。然后利用关羽决战意志不坚决的有利时机，假装构筑长长的堑壕，做出威胁关羽军队后路的态势。关羽果然烧营撤军，集中兵马全力加强对樊城的包围。徐晃军趁势猛追，率军进驻偃城，两面连营，稳扎稳打，不断朝着关羽大营的方向修筑营垒，步步为营、步步紧逼，双方阵地最近处相距仅有三丈。除此之外，徐晃还挖了地道与曹仁互通消息，而东吴决心攻打关羽的绝密情报，则在第一时间射箭飞书至关羽军营和被围的樊城之中。一时间，关羽犹豫不决，而樊城中曹军士气大振。

同时，曹操又连续派出殷署、朱盖等十二营兵马，与徐晃合兵一处，确保在兵力上对关羽保持绝对优势。具备攻击条件的徐晃没有和故交关羽客气，马上开打。他采用声东击西的战术，佯攻关羽主力所在的围头，实则为了突袭关羽分兵把守的四冢。等到关羽率领步骑五千出营救援时，徐晃才集中兵力猛攻关羽。这时，打了败仗的关羽也许会想起陆逊送来的那封言辞谦恭的书信，信里赫然写着："闻徐晃等步骑驻旌，窥望麾葆。"仗打成这样，你陆逊怎么能说是徐晃的步骑只会停在那里窥探呢？

徐晃趁势攻陷关羽的营垒。关羽主力乘船从沔水撤退，樊城之围终于解除。战役经过大概如此，但《三国志》中"蜀军大败，很多人掉入沔水淹死"的说法可信度并不高，因为那时关羽的水军依然非常强大，完全有能力接应退兵，阻挡魏军的追击。不管双方在战术上究竟有怎样的得失成败，反正曹军达到了打破樊城包围、迫使关羽回师南下对付东吴的战略目的。可以说曹军胜利了，而这头功自然属于徐晃。

接到樊城围解的捷报时，曹操给予了很高的评价，通令表彰徐晃说："敌人包围圈的堑壕中埋设的鹿角型尖桩就有十重，将军能够取得此战的全胜，打破敌人这样的包围圈，斩获很多敌人首级。在我指挥作战三十余年和所听说过的古代善于用兵的人中，没有见过能够这样长驱直入敌围的。"在这样重要的公文中，曹操也没有忘记幽默，徐晃为何能够长驱直入设施齐备的营垒？也许只有在防守方主动撤离时才会发生吧。但是曹操明显觉得还不过瘾，用古时兵家圣贤和经典战例进一步说明徐晃的功绩，"何况樊城和襄阳被围困的严峻程度，超过了战国时期乐毅讨伐齐国之战中对莒城和即墨的围困，所以将军的功劳，也超过了孙武和司马穰苴"。莒城和即墨的围困长达三年之久，城中居民易子而食，以人骨为薪柴。要想惨过这两个城池，关羽还得围上好几年。而要说徐晃比孙武和司马穰苴功劳还大，别说别人不信，估计徐晃自己也不信。看得非常明白的曹操，显然不愿意说得太明白。可见公文的含水量在三国时期就已经很高了，从鼓舞士气的角度来说，在需要一场胜利的时候，怎样宣传都不为过。不管怎样，这一仗又为中华民族的语言宝库贡献了一个后来被广泛应用的成语：长驱直入。当然在以后漫长的战争史中，能够长驱直入杀入敌阵夺取胜利也都是难度很高的技术活。

等到徐晃凯旋，到达摩陂时，曹操出营七里亲自迎接徐晃，并设下宴席慰劳徐晃，庆祝胜利。这时的曹操举起酒杯只是对徐晃说了一句："保全樊城、襄阳，都是徐将军你的功劳。"徐晃此次出征所率部队很多不是自己的部下，而是临时抽组混编而成的，但是徐晃带过以后就是不一样。

众军云集可是各个部队展示自身特点、比拼作风纪律的大好时机。曹操利用这个机会巡视兵营，不少士兵争相出阵要一睹魏王风采，只有徐晃的部下驻守己阵岿然不动，军容军纪的水平比曹操的护卫部队还要高。目睹此情景，曹操不禁感叹道："徐将军可谓有周亚夫之风啊！"这个评价，曹操到这一天才意识到，而徐晃从彻底离开杨奉开始，已经跟随了曹操整整二十一年。

在讲述徐晃的过程中，我基本上是按照时间的顺序罗列着他的战斗经历。平铺直叙，直来直去，不但看起来枯燥乏味，写起来也是郁闷劳苦，像是在做重复的体力劳动。我们这样看、这样写尚且如此，可曾想过经历过这一切的徐晃作何感想？

从黄巾起义之后，他东征西讨，四处奔波，有过几许安宁？多少年一直在诸曹和诸夏侯的阴影下辛苦地战斗，直到二十一年后这次独当一面，在生死决战中才得以真正崭露头角。在这种坚持背后的东西才真正值得我们关注。

这一点，徐晃自己曾作出过很好的回答："古人患不遭明君，今幸遇之，当以功自效，何用私誉为！"古人担心不能遇到贤明的君主，而我却非常幸运地遇到了，我所做的只应是建功报效，要我个人的名声和荣誉干什么呢！这句话，到今天也有非常积极的意义。在这字里行间有两个字跃然于纸面，那就是——忠诚！怀着对主公曹操的一腔赤诚，徐晃的所有身心几乎都扑在了用兵打仗上，很少进行官场上的交往。

公元220年，曹操去世，曹丕继位后便晋封徐晃为右将军，进封逯乡侯。同年，曹丕称帝，徐晃又被封为杨侯。封了侯的徐晃依然是闲不住的，他和征南将军夏侯尚一起攻下了上庸城，赶走了蜀将刘封。战后，魏国派徐晃镇守阳平关，并改封徐晃为阳平侯。后来，徐晃与曹仁一同夺回了东吴所属、镇守主将新换为陈邵的襄阳城。

黄初三年（公元222年），魏文帝亲率大军南征东吴，徐晃又在上军大将军曹真、征南大将军夏侯尚两位皇亲国戚的领导下围攻南郡。东吴派出诸葛瑾、潘璋、杨粲前来解围，双方大战一场，因准备不足、时机不当，这场被刘晔等大臣坚决反对的南征最终还是以失败告终。

黄初七年（公元226年），魏文帝曹丕去世，魏明帝曹叡继位。吴国乘机派左将军诸葛瑾等攻襄阳，徐晃与司马懿一同出兵击败了诸葛瑾。这次战功为徐晃带来了二百户食邑的赏赐，成为少数几个靠战功赢得三千户以上食邑的将军（前后共计三千一百户）。

也是在这一年，徐晃病了，曹叡派专人为他寻找治病的药方。和很多武将一样，领导再关心对病情也是无力回天。太和元年（公元 227 年），徐晃去世，谥号是壮侯，其爵位和食邑由儿子徐盖继承。临终时，徐晃充分表现出一代杰出将领的优秀品质，也保持了自己一生俭朴、严于自律的本色，特别嘱咐入棺下葬时穿着当时的普通衣着就可以了，全然没有食邑三千一百户的奢华。对待功名利禄，徐晃表现出高度的言行一致，从不居功要赏，“不得饷，属徐晃”在当时曹军中非常流行，甚至连徐晃本人也有所亲闻。对此，徐晃没有计较，只是颇有大将风度地说道：“我把你家的锅打烂啦？”

徐晃的一生几乎参与了曹魏阵营所有的重要战斗，他生于乱世而自择明主，勤勤恳恳、不辞劳苦，征战频仍，是魏国开国元勋中最具战斗力的武将之一，与于禁、张辽、乐进、张郃一起并称为“五子良将”。徐晃作战非常谨慎，每次战前都会把侦察兵派得很远，尽力扩大侦察范围，最大限度地探明敌情把握战场态势。在拟制计划、草拟方案时，首先做好确保不被敌人打败的准备后才会进攻，等到战斗打响，部下为立军功、追逃突阵和抢夺战利品时，连吃饭都顾不上。

正始四年（公元 243 年）秋七月，曹芳专门下诏在曹操的庙庭祭祀故去的二十位开国元勋，这其中就有徐晃。

为徐晃写诗：

丈夫生于乱世中，
为平黄巾投杨奉。
丹心劝主迎天子，
慧眼择机附曹公。
志存一统勤征战，
心怀大义救民生。
洪洞故里好人在，
三国首推徐公明。

三国点将之十一

独断大义的侠客将军——李通

主题词：义

将者不可以不义，不义则不严，不严则不威，不威则卒弗死。故义者，兵之首也。

——《孙膑兵法·将义》孙膑　公元前 4 世纪

盛世创业重统之英雄，以襟怀豁达为第一义；末世扶危救难之英雄，以心力劳苦为第一义。

——《曾国藩家书》曾国藩　公元 19 世纪

仁者不以盛衰改节，义者不以存亡易心。

——《三国志》陈寿　公元 3 世纪

大家都知道“独断”是个很不好的词语，在现代社会有这样行事风格的人是很不受欢迎的，即使在从众心理占主流的情况下也是如此。当然“真理往往掌握在少数人手里”这句话也被很多事实证明过，可真到要独自做决定的时候，几乎没有人会觉得轻松。

三国时的武将是要经常打仗的。那时候，通信手段还比较原始，不比当今信息时代，能够千里之外越空指挥。那时候，到了战场全靠将领临机决断，

“独断”还真不是个贬义词。试想，敌人都攻到眼前，战火都烧到眉毛了，你还要发扬民主，还要开会集体研究研究，估计还没开出结果，脑袋就先搬家了。所以“将在外，不由帅”还真不是个托词，在决定战争胜负的冰冷铁律面前，这貌似自由的背后实际上隐藏着很高的决策风险，一着不慎满盘皆输，兵败身死，绝非儿戏。所以，能够身经百战从普通一兵成长为统率千军万马的将军，一定是善于决断的佼佼者。

作为统治者，这样的人谁得到的越多，谁的实力就会越强，谁最终胜出的希望也就越大。三国里魏国的实力最强，不仅强在地方大、人口多，最关键的强势就在于曹操网罗了一帮子忠心耿耿的能征善战之士。

除了诸夏侯和诸曹这些与曹操有血缘关系的部下外，有一个对曹操忠心耿耿的武将，他在曹操最困难的时刻，几乎所有人都做了叛徒，他也没有动摇过对自己主公的忠诚。即便他的这种忠诚带有封建社会特有的人身依附，但他的这份执着，充分证明了自己是一个有信仰的人。历史没有亏待这个有信仰的人，起码陈寿就对他不错，因为今天我们仍然能准确地说出他的生卒之年，知道属于他的时间是从公元 168 年开始，到公元 209 年结束。能享受这个殊荣的三国武将确实不多。

这个人就是李通，字文达，小字万亿，江夏平春（今河南省信阳市）人。我们一同重温的就是他四十二年的人生之旅中，最为光辉和最具个性的生命片段。

做武将前李通是江汝地区有名的游侠，对于侠客这个群体来说，三国时期绝对具有着承上启下的重要意义。经过秦汉四百余年的大一统之后，高度集中的皇权之下杀人寻仇、重义轻生的独行侠逐渐没了必需的生存空间，最终在战乱时期被具有豪强身份的地方武装集团的代表所替代。虽然三国时期还有徐庶、典韦、张绣这样单枪匹马执行过刺杀任务的孤胆英雄，但其他以侠客扬名的不是曹操、袁绍、孙坚、曹仁这样的世家贵胄，就是许褚、史涣、吴班、甘宁、鲁肃这样聚众结伙的草莽豪帅。毕竟天下大乱了，哪怕是所有的高手都在一个人身上灵魂附体，就算把“不是一个人在战斗”喊一万次，也改变不了乱拳打死老师傅的悲惨局面。

根据陈寿的记载，李通应该是小小年纪就开始行走江湖了，之所以这样说是因为黄巾起义这年李通才十六岁，但别看他年纪小，反应可一点不慢。几乎是在第一时间就和同郡的陈恭一起响应朝廷号召，在朗陵（今河南省确山县）起兵，从事镇压农民兄弟的反革命工作。

千万不要小看这个花季少年，因为跟着他一起从事反革命工作的人非常多，用陈寿的话说是“众多归之”。这些人有单独来的，也有成团成伙的，其中最大的一拨竟然有两千多家。那时候封建主义深入人心，农民兄弟们的革命热情高，土豪劣绅的反革命热情更高，不但自己投身从事反动工作，还拖家带口一起去。

这伙人的头头叫周直。这个反动分子继承了所有反动派不团结的优良传统，表面上和李通、陈恭二人合作，但背地里根本不听招呼。在反动阵营里也是一副阳奉阴违两面三刀的丑恶嘴脸。李通看在眼里急上心头，就想采取断然措施，杀掉周直，清理门户。但是陈恭反对这样做。对陈恭的优柔寡断，李通是非常了解的，所以李通毅然决定踢开陈恭闹反革命，独自下定决心，设下圈套除掉周直。

于是李通决定请周直吃饭，一起共商扑杀黄巾义军的反革命小计。大难临头的周直一点都没有觉察，准时赴约。结果，在酒酣耳热的欢饮之际，毫无防备的周直被李通突然斩杀，结束了短暂的反革命生涯。不能嘲笑周直的麻木，换作你我，对一个花季少年能有多高的警惕？

周直死了，他那两千多家的部下顿时是群虫无首、一片混乱。一击得手的李通，迅速抛出第二记杀招，带着陈恭一起捕杀了周直手下的大小头目，攻下了周直的营垒，把周直的部众全部收为已有。这次斩首行动，一举奠定了李通在这个小团伙中的领导地位，陈恭再也不能和他平起平坐。墙倒众人推，鼓破众人擂。优柔寡断的陈恭在接受侠客少年李通的领导后，威慑力明显下降，一不留神竟然被自己的小舅子陈郃给干掉了。这回李通不用和别人商量了，立刻带着精兵强将给自己的合伙人报仇。陈郃完全不是李通的对手，乖乖献上了项上人头。李通把陈郃的脑袋放在陈恭的坟头上，用这种快意恩仇的血腥方式告慰了陈恭的在天之灵。

黄巾义军没有给李通太多时间悲伤，他们在吴霸的率领下打到了李通的地盘。李通挟两次平叛之威，活捉了吴霸并逼降了他的部下，进一步壮大了自己的队伍，取得了人生的第一个三连胜。

这支地方反动武装之所以拥有战斗力，和李通的带兵能力是分不开的。兴平年间（公元 194—195 年），天下爆发饥荒。李通很好地把握住了这次多难兴邦的机会，充分表现了笼络人心的超强能力。他倾尽家产，换来粮食帮助部下，和普通乡勇兵丁一起分食粗粮吃糠咽菜，用同甘共苦的实际行动，赢得了部下的真心拥戴，大家都争抢着想要报答李通，为他效命。反动阵营暂时在李通所在的局部地区形成了上下齐心这样不利于黄巾义军的糟糕局面。一时间，不但革命事业陷入了低谷，连周围的强盗都不敢过来黑吃黑了。

如果换作一般人，这辈子也就安安心心地做个地盘不小且兄弟挺多的土豪了。但李通还真不是一般人，他在建安元年（公元196年）初，突然带着自己的弟兄投奔了曹操。史书上没有记载李通投靠曹操的原因，这时候的曹操实力还不够强大，刚刚平定了张邈的反叛，悄悄地舔着伤口恢复元气。其时的曹操既有积极发兵讨伐董卓的好声誉，也有屠戮徐州百姓的臭名声。也许，这一年里曹操能够打动李通的地方，就是打败了在汝南、颍川地区由何仪、刘辟、黄邵、何曼等人率领的黄巾军。

有朋友可能会说，曹操这一年把汉献帝接到了雒阳，开始了挟天子以令诸侯的政治流氓活动。李通投奔曹操是因为汉献帝的缘故。这种看法，虽然貌似可信，但却与事实不符。首先从时间来看，李通奔往许昌是在年初，汉献帝到雒阳时都秋天了，年底时才到了许昌，李通投靠在前，献帝驾临雒阳和许昌在后。其次从李通出身于游侠来看，他自小闯荡江湖，眼里怎么会有朝廷和天子呢？

前面说过，曹操是在李通的地盘里打败了黄巾军。那么大军所至，作为主帅的曹操自然是大家议论的焦点，除了曹操起义兵的光辉事迹外，曹操年轻时候做过的那些偷鸡摸狗、智抢民女的“侠义”行为，也会从不同渠道添油加醋地传播开来，这些事情李通听后能不惺惺相惜怦然心动吗？于是李通去了许昌，还带着一群搞过内讧、打过黄巾的兄弟。只要带人来，曹操都欢迎。于是李通被封为振威中郎将，带着人马驻守在汝南西界。

第二年，曹操在宛城被张绣夜袭，吃了大亏，死了儿子，还折了典韦。曹操灰头土脸，惊魂未定间，李通带着人马及时赶到了，曹操的兵力在一夜之间得到了恢复，组织人马反击张绣。李通被任命为先锋。张绣的战斗力很强，曹操之所以亲征，是因为前次自己没去，只派了曹洪，结果吃了败仗。但是李通这次前去却旗开得胜，把张绣打得大败。雪中送炭的援兵和一马当先的胜仗，李通终于证明了自己，被曹操提拔为裨将军，封建功侯，还分出汝南的两个县给他，让他做了阳安都尉。

李通在这里将迎来人生最为严峻的考验。第一个考验来自感情方面。李通从一个自由自在的侠客，到一个聚众自保的土豪，能够扬名立万威震一方靠的就是讲义气。但一端起铁饭碗，成了朝廷的人之后，李通一下就变成了坚持原则不徇私情的好同志。

这事要说起来还真是棘手，因为牵扯的不是别人，正是李通岳父的兄长。

老人家可能看到侄女婿当了大官一时得意做出了为老不尊的事情来，结果该他倒霉碰到了赵俨，被判死刑。李通的老婆一看自己伯父性命不保，就哭哭啼啼地让李通找赵俨通融，希望能让赵俨给个面子，行个方便。赵俨当时也是刚刚投奔曹操，到朗陵也是新官上任三把火，一心要做出点漂亮的政绩证明自己。朗陵这个地方，当时有很多土豪劣绅肆无忌惮地横行霸道，可谓是秃子打伞——无法无天。赵俨从这些个坏人中，挑出最坏的一撮逐个审查，全部判处死刑。估计李通老婆的伯父就在其中。当时的地方官权力很大，州牧郡守都有生杀大权，是死是活其实就是李通一句话的事情。可是李通在老婆的号哭声中却说了这么一句话："我刚刚开始为主公曹操效力，从道义上不能因为私情私利废弃公家的法度！"李通不但没有干涉赵俨的执法，还因为赵俨执法如山刚正不阿，特别嘉奖了赵俨。并在私下里主动和赵俨结交，成了关系非常亲密的朋友。

赵俨这个朋友李通没有交错，正是在他的帮助下，李通才圆满平安地度过了第二个考验。这次考验的结果，给曹操留下了深刻的印象，可能终其一生都没有忘记。那是建安五年（公元200年），曹操和袁绍两军在官渡进行决战，虽然曹军从一开始多次在局部地区取得了战斗的胜利，但是袁绍的兵力实在太多，数量远超曹军。除了少数坚定分子，曹营中的很多人都暗自与袁绍联系，预留好了后路。

汝南是袁绍的家乡，处于曹操抗击袁绍的后方，又是戒备荆州刘表的前沿。李通镇守汝南，自然成为各方重点拉拢的对象。袁绍派特使前来，要拜李通为征南将军。刘表也暗送秋波明送好处，毕竟张绣都是李通的手下败将。结果，李通毫不客气地都拒绝了。这一次，李通又没跟人商量，甭管是部下还是亲人。李通的这些亲信可没李通对曹操那么忠诚，就都合着伙跑到李通跟前，嚷嚷着要求李通接受袁绍的整编。其中一个有理有据地哭着说："老大您现在孤零零地独守汝南，已经没有强大的外援了，咱们的败亡那可是马上就会到来，不如赶紧归顺袁绍吧。"

李通亲信们所说的除了败亡马上到来不是事实外，其他都是真的。因为袁绍派兵南下，除了阳安城以外，汝南郡的其他官员全部都接受了袁绍的诱降，被袁绍册封了官职。李通听后大怒，用手握住剑柄怒斥道："曹公明晓事理，必然会平定天下。袁绍虽然强盛，但不会用人，终究要成为曹公的俘虏。我就是死也不会对曹公有二心。"说完，李通立刻杀掉了袁绍的使者，把袁绍给他的征南将军大印呈送给曹操。

三国时的地方官员，什么都得管，像李通这样的官员，不光要处理棘手的外事工作，还要扎实做好军事斗争准备，兼顾好经济增长这个事关全局发展的重要工作。李通的办法是“一手抓维稳，一手抓收税”，而且两手抓得都挺硬。他针对前方大战、后方人心不稳的现状，集合兵马打败了辖区里的瞿恭、江宫、沈成等武装，把他们的人马全部消灭，还砍下三人的头颅，专门送给曹操报捷。平定了淮河和汝水地区后，又针对曹操缺粮少钱，供给弱于袁绍的实际情况，抓紧推动阳安城内居民赋税的登记工作。这是一个危险的举动，因为那时老百姓的觉悟可没有李通那么高，谁给的实惠多，谁对自己好他们就跟谁走。此刻，在其他接受袁绍招降的地方，地方官员已经停止了赋税征收，那里的居民得到了第一笔背叛曹操的红利。而在阳安城的赋税登记工作完成后，面对接下来的赋税征收，民众无论做什么都有可能。

关键时刻，赵俨来了，好朋友之间无须客套。赵俨开门见山地说：“现在天下还没有统一，汝南这边除了阳安之外的郡县都背叛了朝廷，袁绍已经免除了不该他收的税收，而你现在却向这些忠于朝廷服从主公的人收税，这些人中如果再有些喜欢作乱的小人，稍加挑拨，引发了事变，可就够你遗憾和悔恨了！”但李通这样做自然也有他的道理，他说道：“袁绍和主公对峙，情况非常紧急，我周围的郡县都背叛了朝廷。如果我不把应缴的赋税送给朝廷，那些观望的人一定会怀疑我别有用心、另有打算啊！”这种顾虑也很正常，非常时期如果违背了朝廷的命令，确实会被人怀疑。赵俨又说：“你所顾虑的确实是事实，但是你得好好地权衡轻重缓急。不如这样，你稍微把征税这事缓一缓，我帮你解除这个烦恼。”

赵俨给镇守许昌的荀彧写了一封信，信中说：“现在道路艰险还不畅通，阳安郡应当呈送给朝廷的锦绢，一出城肯定会遭到盗贼的抢劫。郡里的百姓贫困且没有出路，附近的郡县城池都已叛变，很容易出现全盘崩溃的局面，现在已经到了关乎一方安危的关键时刻。况且阳安郡里的人们还保持着忠诚于朝廷的气节，即使处在危险的环境下也没有二心。对细微的善事一定要奖赏，就是对恪守大义的人最好的勉励。善于治理国家的人，把财富藏在民间。我认为这个时候国家应该对百姓加以抚慰，那些征收的锦绢，都应还给百姓。”这些话，我觉得李通不是没有想到，但是他却不能说。荀彧也是有大智慧的人，赵俨这样说，荀彧肯定会支持上报曹操批准，同样具有政治智慧的曹操自然也不会不同意。果然，荀彧回信说：“你们的意见我立即报告了曹公，要求把锦绢全部退还给百姓的公文已经发到郡里了。”

这个喜大普奔的消息，迅速传到了阳安郡里后，全郡的百姓和官员纷纷表示坚决拥护汉献帝的领导、自觉在思想上和行动上和曹将军保持高度一致，并且一定要紧紧地团结在李通将军的周围，为打败袁绍做出自己应有的贡献。李通在危难时候的突出表现，到死后很多年还被魏文帝曹丕专门下诏念叨过，诏书上说："以前袁绍叛乱时，从许昌蔡县以南的地区，几乎人人都怀有二心，只有李通坚持大义，毫不动摇。使得那些怀有二心的人得到感化，都归顺了朝廷，朕非常欣赏他！"这一仗后，李通被封为都亭侯，升任汝南太守。这时候，曹操已经统一了北方，摆脱了袁绍大军兵临城下那种憋屈的压迫感。

《魏略》在记载李通和赵俨这俩好朋友时透露出一个非常惊人的细节，这个细节的暴露严重影响了曹操刻意营造的光辉形象。官渡之战时，在袁绍的绝对优势下，很多汉室的官员和曹操的部下悄悄写信给袁绍提前表达了效忠之心，这些信件都因为袁绍的惨败而落入了曹操的手中，当时很多曹操的死党得知此事后，纷纷建议曹操按信抓人，清理队伍，但是曹操非常大度地看都没看就烧掉了这些书信。这让很多人感激涕零，从此死心塌地再无谋反的想法。这也是曹操一生之中非常出彩的漂亮事。也许在写李通赵俨时，大魏国的郎中鱼豢疏忽了。根据他的记载，曹操打败袁绍后，派人查抄审阅了袁绍档案室中存放的所有书信和笔记，唯独没有发现李通的只言片语。曹操一琢磨，想起赵俨和李通都在阳安，就猜到肯定是赵俨出谋划策所致，还明明白白地说了"此必赵伯然也"这样的话。对曹操烧信这事大家都无异议，但对烧前看没看信，还是有争论的，比如：虽然与曹操处于同一时代的鱼豢认为曹操看了，但是到南朝刘宋时为《三国志》作注解的裴松之就认为曹操没有看信。裴松之的理由是，如果曹操让人看了这些信，知道谁是动摇分子，那么就不是安定人心的做法了，所以看信之说不足为信。这种想当然的说法，实在是没有太多说服力，我就很不服气，从后来曹操父子对汉室残存官员毫不留情的凶残杀戮来看，曹操看过信的嫌疑很大。从鱼豢后来没有仕晋可以看出，他对曹魏是很忠诚的，是个非常严谨的史学家，黑化曹操的可能要比美化的概率小很多。

无论历史的真相和细节如何，李通确实是用忠诚赢得了曹操的信任。

在此后的几年中，曹操专心致志地消化着官渡之战的胜利果实，而李通在汝南太守的位置上也勤勤恳恳地做了一些尽职尽责的本分之事。其中最大的政绩就是剿灭了在桃山上聚集了五千多户人丁的张赤。

建安十三年（公元 208 年），曹操南征，准备一统天下。结果大军水土不服瘟疫流行，又中了黄盖的苦肉计，在赤壁挨了一通火攻，又被周瑜打得招架不住撤回了北方。第二年，留在江陵守城的曹仁被孙刘联军围住了。周瑜和刘备带着主力在江陵城外围攻，关羽带着一支部队阻击来自北方的魏国援军。曹操派出的援军正是李通。

这一次，李通非常勇敢也非常卖力，率领部下迎着关羽的阻击部队而上。碰到鹿砦等障碍物，他竟然下马和普通官兵一样清理道路，以非常坚决的态度和决心冲入包围圈，且战且行。不但突破了关羽的阻挡，还打破了东吴大都督周瑜和蜀汉开国皇帝刘备的包围，几经血战终于把曹仁接了回来。如此辉煌的战果，使“李通”这个名字成为“勇冠三军”的同义词。

仗打到这个程度，李通可以载誉凯旋了。至于今后他还会创造怎样的战绩，即使想象力最丰富的人也不敢轻易预言。但出人意料的是，就在班师的路上，李通却突然病死了！实在是很佩服李通，连死都这么果断。

说起这个病来，《三国志》可真没有少费笔墨，与疫情相关的记载有六十多次。以赤壁之战为例，曹军战败的原因除了遭受孙刘联军火攻的突然袭击外，因为水土不服引发的瘟疫也是士兵大量减员不能忽略的因素。从一马平川的中原大地来到水网密布的江南水乡，各种疾病都威胁着曹军官兵的身体健康，蚊虫传播的疟疾和饮食不卫生引起的腹泻，都严重影响了部队的战斗力。这些疾病在解放战争期间，给中国人民解放军南下的部队也造成了很大的麻烦，一些主力团非战斗减员达到了 90%，痢疾和疟疾连团级指挥官都无法幸免。在李通所处的年代，他的部队所能拥有的卫生条件和医疗支援较之 21 世纪其差别有如云泥，正是这些疾病让他这个得胜之师的统帅竟然在班师回朝的路上突然身亡。也许他是带病出征，更为可能的是半道上被传染病击倒。如果有一支强大的卫勤保障力量，三国的历史肯定会被改写。

在疾病缠身的情况下，李通仍然能坚持与士兵同甘共苦，保持当年起兵初期的本色，的确不失爱兵如子和率先垂范的名将风范。所以曹丕登基之后，不但高度肯定了李通的忠诚，还特别强调说，李通的不幸早逝，即便是儿子李基继承了爵位也不足以酬报李通的功劳。李基的兄长李绪驻守樊城，立下了很被看重的军功。为彰显对二人的特别恩宠，魏文帝任命李基为奉义中郎将，任命李绪为平虏中郎将。

义熙五年（公元 409 年），南朝宋帝国的高祖刘裕亲征鲜卑慕容超，卢循趁虚联络沈林子沈敬士和他的族人沈叔长。沈林子将此情况密报刘裕，刘裕素知沈叔长骁勇善战，自己又与慕容超酣战，便忍而不发，直到回到广固后，才诛杀了沈叔长。忙活完后，刘裕在表扬沈林子时就把李通树成了典型。刘裕说，从前魏武帝在官渡之战中，淮河汝河和兖州的大多数人都怀有二心，只有李通能够独断大义，你现在所做的正是和当年李通一样。其实真正能够独断的不是别人而是刘裕，他一个人毅然决然地灭亡了司马家，开创了自己的刘宋王朝。虽然刘裕称王称帝，也堪称一代雄主，但在忠诚这个问题上，他永远也没有和李通平起平坐的资格!

给李通写诗：

侠客年少即起兵，
骁勇果敢树威名。
乱世率众投英主，
危难孤身尽忠情。
镇守一方多功绩，
剿抚兼施无乱行。
勇冠三军独断客，
身后万世留侠影。

三国点将之十二

掀起三国历史的新高潮——臧霸

主题词：高潮

随着经济建设的高潮的到来，不可避免地将要出现一个文化建设的高潮。

——《中国人民站起来了》毛泽东　公元 1949 年 9 月 21 日

这时代，旧的东西在崩坏，新的在滋长中。但在时代的高潮来到之前，斩钉截铁的事物不过是例外。

——张爱玲　公元 20 世纪

我国古典文学中的四大名著之一《三国演义》是一部高潮迭起的优秀文学作品。

三国的名人都是在高潮的时候出现过的，而且大都有过特出色的表演，比如赵云制造了长坂坡这个高潮，周瑜制造了赤壁之战的高潮，张辽制造了逍遥津大战的高潮。而那些在高潮出现前做足了铺垫的人物，却往往被历史尘封，让岁月淹没，不被人关注。

臧霸就是这样的一员武将，因为他总是出现在高潮出现的前期，习惯性地处在情节发生、发展的阶段，从事一些剿灭土匪、保护侧翼、稳定后方之类不露脸的事情，所以不为很多朋友所知。臧霸也知道这样会被历史的尘埃淹没，所以他努力了，奋发了，用自己人生的最后一搏，掀起了三国历史发展的新高潮。对这样有特殊历史贡献的人物，完全有必要深入了解一下他的光辉事迹。

让我们暂时把目光聚焦在公元222年，在这样一个以阿拉伯数字“2”为基数的豹子年，魏国、蜀汉和吴国发生了很多不可思议的事情。我不禁要想，难道这些古人突然觉得如果自己不“二”一下，就对不起年头里带着的这么多“2”？

首先“二”了的是东吴，他们完全忘记了联汉（蜀）抗魏的战略方针，在公元219年底，偷袭且捕杀了进攻樊城的关羽；孙吴小“二”以后引出了蜀汉的中“二”，不到两年后，在公元221年六月，刘备不顾多数人的劝阻，完全忘却了复兴汉室的重任，为报私仇统率着精锐大军舍刚刚篡汉自立的曹魏攻打了吴国；公元222年九月，刘备中“二”以后，终于引出了魏国的大“二”，曹丕派出了阵容豪华的大军，抛开夷陵之战元气大伤的蜀汉，疯狂地进攻了一年前纳表称臣且刚打了胜仗势头很猛的吴国。

“世界上没有无缘无故的爱，也没有无缘无故的恨，更没有无缘无故的沉默与分离。”那就自然更不会有无缘无故的“二”了。对于小“二”和中“二”只要简单分析一下就可以知道缘由，我们可以说孙吴的小“二”，是因为想夺回荆州；刘蜀的中“二”是因为想报杀弟之仇；那曹魏的大“二”究竟是为什么呢?

就是因为臧霸。臧霸很不简单，别的放一边，先看看他享受的待遇。比如“采邑”的户数，张辽那么彪悍才两千六百，可臧霸比他还多四百，名列同时期曹魏阵营的名将之首。曹操又不傻，为什么会给臧霸特别的厚待呢？自然是臧霸有常人所不及的本领或者有过别人所不及的功劳。

首先，通过早年臧霸的一些突出事迹，一点点揭开他的神秘面纱。

臧霸，字宣高，泰山华县人。父亲臧戒在县里担任狱掾，他依据法律，坚持原则，没有听从太守欲报私仇杀人的命令，惹怒太守，被逮捕后准备押送到郡府处置。当时，十八岁的臧霸已经小有名声了，太守为了确保安全，负责押送臧戒的官差就派了一百多人。事实证明，太守确实没想多。臧霸听说父亲被冤枉了，就带着十几个哥儿们抄小路在“费”这个地方的西山等着。看到押解父亲的队伍来了，臧霸就出现了。整个解救过程中，一百多个解差没一个敢动弹的，赵云来了曹军还知道跑，可是臧霸来了，解差连跑都不敢。史书上没有记载十八岁前的臧霸做了什么，我们无从得知，但有一点可以肯定，臧霸绝非善类！臧霸和父亲一起逃亡到东海，史书上说“由是以勇壮闻”。意思是从此以勇敢豪壮而闻名。

黄巾军起义后，臧霸在陶谦麾下打败了来进犯的农民军，因功担任骑都尉，在徐州打着政府的旗号招兵买马。这期间臧霸还作为主帅带着孙观等一帮兄弟驻扎在开阳。当曹操讨伐吕布的时候，臧霸带着人马去给吕布助战，没想到吕布给曹操活捉后绞杀了，臧霸一看这样，就躲了起来。曹操四处寻找，才找到臧霸。两个强人一相逢，便生出几分欣赏，末了曹操爱屋及乌，把臧霸的弟兄们召集齐后都给封了官，并划出青州和徐州让臧霸管理，从此臧霸跟他的兄弟们在这里就扎下了根。

根扎下后，臧霸一点也没闲着，跟着各种各样的人打着各种各样的仗。曹操和袁绍在官渡对峙的时候，臧霸多次率领精兵悍将突入青州，打得袁绍在东线只有招架之功，乐得曹操丝毫不用挂念东线的局势。后来，曹操攻打袁谭的时候，东面各州叛乱，臧霸带着自己的兄弟们也很快摆平了泰山和渤海之间的一群乱臣贼子，没叫曹操费什么心。能这样曹操想不高兴都难，就给臧霸和他的兄弟们都封了侯。封了侯臧霸仍然斗志不减，跟随曹操攻打孙权，两次杀入巢湖，取得了胜利。

除此之外，他还跟着于禁打过昌豨。尤其是当张辽和陈兰狭路相逢的时候，臧霸被单独派去攻打皖县的韩当，使得孙权没法救助。照理说臧霸这时不是主攻，意思意思就可以了，可是没想到臧霸打得相当投入，韩当攻打了几次都给臧霸打败了。后来孙权派了数万水军陆战队乘船到舒口（和舒城均在今安徽省舒城县）驻扎，想分兵救援陈兰，可是这些个援兵听说臧霸也驻守在舒城，竟然扭头就撤。臧霸打完皖县后竟然把吴兵吓成这样，可见当时他有多么凶神恶煞，只可惜陈寿先生没有记录下来，只能凭空想象了。臧霸确实狠，本来任务只是掩护侧翼，帮助张荡寇完成剿匪的任务，援兵撤了任务就算完成了。可他偏不，听说吴军撤了，立刻就追，而且还追得特玩儿命，追了整整一夜，跑了一百多里地，终于截住了敌人。史载："霸夜追之，比明，行百余里，邀贼前后击之（注意这个'前后'，说明有些兄弟跑得太急太快竟然冲到敌人前面去了，只好回头杀将过来）。"结果可怜的吴军连船都来不及上，就纷纷跳水逃命，好在吴人会水，但好端端的陆战队员都变成了蛙人。这不是抢戏嘛！这场战斗的直接后果，陈寿用一句话做了总结："由是贼不得救兰，辽遂破之。"剿完匪的张辽被封为荡寇将军，我想张辽的心里应该最清楚明白，军功章应该有臧霸的一半。

臧霸的队伍之所以这么能打，跟他护犊子是分不开的。兖州发生骚乱，臧霸的两个小跟班徐翕、毛晖竟然当了叛徒，后来曹操派军队平定了叛乱，反过来清理队伍，这两个兄弟就躲到了臧老大那里。曹操知道后就派刘备给臧霸捎了个话，核心内容就是臧霸你得提二人脑袋来见。结果臧霸压根儿就不给面子，对刘备说："霸所以能自立者，以不为此也。霸受公生全之恩，不敢违命。然王霸之君可以义告，愿将军为之辞。"说白了，就是没有兄弟就没有我臧霸。可怜刘备一世枭雄此时落魄，只能当一回传送信息的小喇叭。刘备回去后一点没漏地把原话转告给曹操，曹操听罢长叹一声："这是传说中古人才做的事而藏霸竟然能够实行，这又何尝不是我所愿意做的呢。"于是，两个小弟既往不咎官复原职。

其实，曹操把臧霸一同做掉也不是不可以，他有能力让这个地头蛇和他的小弟们一起去阎王那里报到，可臧霸绝非一般的地头蛇，那些青州兵可以不服从天子，不服从王命，但是绝对服从臧霸的拳头。臧霸十八岁那年震慑一百多个解差不敢稍动的威名早已深入了这些骄兵悍将的心。曹操对此肯定是心知肚明。另外，曹操少年时代和臧霸一样都有过古惑仔的经历，臧霸劫囚车，曹操抢民女，这种流氓之间的惺惺相惜也足以遏制曹操的冲动。就连小名俩人都风格一致，曹操小名叫阿瞒，瞒着见不得人；臧霸小名叫奴寇，贱得见不得人。况且臧霸自从跟着曹操，一直任劳任怨，别人不愿干的苦活脏活累活，他不但都干，还干得很好。臧霸是个猛人、强人，本质上也是个老实人。当年，曹操打败袁谭后，臧霸主动提出要把自己和将领的家人送到邺城做人质。曹操拒绝了。

所以，曹操能宽容他，信任他，别人行吗？曹操死了，曹丕来了，臧霸迎来了人生最大的信任危机。曹丕连自己的弟弟都不信任，不怀疑臧霸才怪。看着勇悍的臧霸，又想到如狼似虎的青州兵，曹丕就睡不踏实。现代科学研究证明，长时间睡眠不好，会影响人的智商，而人智商低的直接表现就是会变得很"二"。在公元222年的秋天，正是因为曹丕的"二"，才造成了魏国的大"二"。如果曹丕没那么"二"的话，可能三国就要早结束五十多年，可曹丕做出的错误举动，使得三国经恶战后重归对峙，制衡之势也更加稳固，使得三国的时期得以延长，为引发出三国历史发展的新高潮奠定了坚实的基础。

公元220年，曹操死后曹丕即位，《晋书·宣帝纪》说："魏武薨于洛阳，朝野危惧。"刚才说过，青州兵服从强权甚于公理，所以当曹操死了以后，青州兵先乱了，青州兵一乱就牵扯到了臧霸，因为虽然臧霸在徐州，但是他的部下也有许多是青州人。《魏略》记载："建安二十四年（公元219年），（臧）霸遣别军在洛（阳）。会太祖崩，霸所部及青州兵以为天下将乱，皆鸣鼓擅去。”新皇帝即位，你们敲鼓不为进攻却擅自逃走，这是什么行为？分明是叛乱！对青州兵来说，他们只是简单的逃窜，而对曹丕来说，却是一种真真切切的威胁，谁敢保证这不是大规模叛变的开始呢？

新帝登基，稳定压倒一切，曹丕必须摆平他们。长期以来，像独立王国一样的臧霸就如鲠在喉，要么把他吐出来，要么就把他吞下去。曹丕选择了后者。臧霸就升官了，“迁镇东将军，进爵武安乡侯，都督青州诸军事”。在古代，帝王把一个武将突然调离他长期镇守的盘踞地，往往是要下杀手的信号。臧霸会任人宰割吗？他不是呆鹅，一定能够采取适当的行动来拯救自己。他能否找到有效的办法，来改变曹丕的想法？

就在君臣斗智斗勇的过程中，他们并不知道，还有一个人一直在悄悄地关注着。虽然离得很远，但我相信他能够在遥远的成都洞悉一切，这个人就是刘备，极度膨胀的刘备。刘备和臧霸打过交道，臧霸护犊子的性格，在他给曹操当小喇叭时就已经清楚了。青州兵做了乱兵，乱兵在任何时候都是要镇压的。在刘备看来，依臧霸的性格，决不会看着自己的兄弟被镇压而坐视不管。所以刘备做出了判断，如果青州兵哗变，曹丕必定会镇压，为保住兄弟，臧霸必反。精锐的青州兵叛乱会怎样？魏国也许能够取得平叛的胜利，但那时一定会元气大伤，甚至会一蹶不振，任何外来的力量轻轻一推，整个国家都会轰然倒塌。而如果刘备此时进攻魏国，像很多人进谏的那样（包括赵云），说什么曹丕新篡人心思汉云云的现象也许会出现，但可能会迫使曹丕暂时放下屠刀，团结青州兵共同对付他这个最直接的敌人。所以刘备做出了选择，进攻吴国，虽然大家都反对。

我们从刘备的角度来分析，就会发现有两个原因支持他所做的决策。一来可以让曹丕放开手脚收拾青州的叛逆，引起更大的叛乱；二来刘备对自己的军队也很有信心，因为关羽的偏师都几乎将曹操打得迁都，自己统率的大军从长江顺流而下，怎么能灭不了区区东吴呢？五年前，张辽的七千人就可以把东吴的十万大军打得找不到北。而张辽在打濡须口，因为连日大雨，江水暴涨。吴军逼近的时候，还让臧霸给出过主意，在蜀军中能和臧霸、张辽相抗衡的人有很多。至此刘备的“二”终于真相大白，根本上是因为刘备对臧霸一定会为了保护小弟而悍然作乱的误判。否则，刘备不可能倾巢出动伐吴。

但让刘备没有料到的是，臧霸没有选择玉石俱焚的反叛。他和曹休积极主动地搞好关系，通过曹休在曹丕那里争取到了表达忠心和展示才华的机会，成功地保全了自己和小弟。《魏略》中记载："文帝即位，以曹休都督青、徐，霸谓休曰：'国家未肯听霸耳！若假霸步骑万人，必能横行江表。'"臧霸表达了强烈的求战欲望。

而此刻曹丕不信任臧霸也日渐显露，在《三国志·董昭传》中，有如下记载：黄初三年，带兵驻扎在临近长江的洞浦口的征东大将军曹休，亲自上表说，"愿意率领精锐的士卒攻取江南，通过获取敌人的物资来满足我军的需要，战事一定会取得胜利。"曹丕担心曹休会马上行动，就派驿站快马传诏制止。刚好董昭在曹丕身边，于是进言说："我看到陛下神色忧虑，应该不仅仅只是曹休要渡江作战的缘故吧？现在渡江，人多畏难，即便曹休有这个意愿，但限于形势不可能独自前去，还需要其他将领的配合。臧霸等将领已有富贵，不会再有别的欲望，只想着安心养老，保住已有的福禄，怎么肯冒着风险自投死地，来寻求意外的功名呢？如果臧霸等人畏缩不前，曹休的战斗意志肯定会受到影响。臣担心陛下您即使有让他们渡江作战的命令，他们也会心存犹豫，未必能马上执行。"董昭虽然说了臧霸没有别的欲望，但是曹丕却不一定会相信。

面对一支战斗力超强且尾大不掉的部队时，历代的帝王们基本上采用了以下两种办法：一是自己动手把主帅干掉，二是让强敌动手把军队打残。曹丕采用了第二种方法，在刘备和孙权之间，他选择了孙权这个强敌。如果让虎狼之师攻打新败的刘备，没准儿一战功成，等到那些惯于割据的青州兵发现天府之国的可爱之处，他们就会赖着不走，和刘备的残余势力一起整出个四国演义来，那样的情景真是不堪设想。曹丕的想法没什么错，因为四川盆地实在太适合割据了，后来钟会在灭掉蜀汉后，不就想拥兵自重吗？所以，攻打相对较强的东吴，消耗掉青州兵，就成为必然选择。

可曹丕这样做，瞒不住东吴，估计他也不想对东吴隐瞒。所以陆逊在火烧连营后的表现也就有合理解释了，他没有太投入地追击刘备的败兵，而是见好就收撤回到长江防线上，耐心地等待着魏军的到来。

果然，公元222年夷陵之战之后不久，曹魏分三路大军开始进攻吴国。这三路大军根据《吴主传（二）》的记载是这样的："秋九月，魏乃命曹休、张辽、臧霸出洞口，曹仁出濡须，曹真、夏侯尚、张郃、徐晃围南郡。"而孙权的应对是"遣吕范等督五军，以舟军拒休等，诸葛瑾、潘璋、杨粲救南郡，朱桓以濡须督拒仁"。三路大军中只有臧霸和张辽的这路人马取得了实际的战果。仍然是《吴主传（二）》记载了臧霸的战绩："曹休使臧霸以轻船五百、敢死万人袭攻徐陵（今江苏省徐州市丹徒区西），烧攻城车，杀略数千人。"既然这万人是敢死的，杀敌不少，自己也死了不少，臧霸立了大功，青州兵的实力大损，所以曹丕自然也就不好再对他下手了。臧霸通过曹休表达了自己的忠诚，又通过攻打东吴，为自己赢得了保命的战功，成功地化解了危机。

对于臧霸本人，也许并不知道因为自保的行动，导致很多人一系列的不正常行为，在本文中我把这些不正常的行为统称为“二”。他就如同南美高原上那只轻微振翅的蝴蝶，至于北美大陆的龙卷风会不会吹起，他没必要也不可能关心。但两千年后，我们站在今天的时代高点俯瞰历史时，应该尽最大努力去找出类似蝴蝶翅膀和龙卷风之间的所有联系。

因为判断臧霸必反，刘备“二”了；因为怀疑臧霸造反，曹丕更“二”了；因为看到臧霸没反，东吴没有追打刘备，孙权也有一点“二”了。臧霸和他所代表的青州兵，作为一支举足轻重的武装受到了三国的普遍关注，如果没有臧霸，公元222年前后的三个国家就会表现得比较正常。蜀汉会正常地攻打刚刚篡汉自立的魏国，也许人心思汉的北方军民会打开城门迎接刘皇叔的王师。刘备统一了魏国以后，东吴内部心怀统一的世家大族们定会合力迫使孙权归附（可参见周瑜和孙权的谈话）。汉王朝或许就会被这个卖草鞋的王室远亲搞得再来一次回光返照。

假设一下，刘备会定都何处？这个汉我们如何命名？刘备作为喜欢和兄弟同床共枕彻夜畅谈关心国事的皇帝，肯定不会像司马炎那样广招天下美女，更不会每个县只给五十个民兵编制自废武功，那么还会有五胡乱华吗？

如果没有臧霸，曹丕会正常地攻打新败而元气大伤的刘备，这样的话不用邓艾几十年后那么辛苦地偷渡阴平，刘备的蜀汉没准儿在刚刚建立就走向灭亡，那么挟江而下攻打东吴的场景会提前半个世纪发生，那么三国这个波澜壮阔的历史大片也许刚拉开序幕就草草收场了。可曹丕偏偏把进攻的利剑指向了孙权，迫使孙吴两家在血战之后再次结盟，自此，三国大势成矣，并延续了近六十年。

这六十年里，三国的高潮才真正来到。这一切就像一盘棋局，是棋局则终有胜负，每一个棋子也有自己的宿命。中盘时，为了决定战势的发展和胜负的走向，怀必杀之气的至关重要的那个手筋，却只能由一个棋子来完成。如果将读史比作打谱当成复盘，那么在三国历史的这盘棋里，由我复盘的话，一招结束布局开启中盘的棋子就是臧霸。

也许关于臧霸的剖析有些牵强附会，过于曲折离奇，其实只要想想三国那许多跌宕起伏的高潮，那许多深谋远虑高瞻远瞩，这一切就都有可能。为什么三国的历史美如画，武将的鲜血染红了它；为什么三国的天空美如画，因为谋臣的智慧装点了它。三国的天空也许并不纯净，带有阴霾，但只要穿透了阴霾，就一定能发现灿烂的星光月华。

臧霸没有反，曹丕很羞惭，在物质上给予了优厚的补偿，不但有“每有军事，帝常咨访焉”的虚名，还有超过张辽徐晃等人的三千户采邑的实惠。魏明帝登基以后，臧霸已经很受信任，担任了执金吾，采邑的户数又增加了五百。太和四年（公元 230 年）八月，臧霸跟随明帝巡视东部。明帝派臧霸代行太尉的职责，用公牛祭祀受禅坛。

臧霸在公元 184 年黄巾起义前就已经年满十八岁成人，四十六年后到了公元 230 年还能够主持祭祀，这样算来他少说也活了近七十岁，才在洛阳城内寿终正寝。他的谥号是威侯。继承他爵位的长子臧艾后来也做到了青州刺史和少府的高位。他的三个儿子都封了侯。正始四年（公元 243 年）七月，臧霸又配飨从祀于曹操的庙庭。

人生如此，夫复何求？

给臧霸写诗：

年少救父勇壮豪，
跟从吕布败后逃。
曹公赏识得公任，
青徐二州尽辛劳。
仁义广施存部曲，
信诚独专曹魏朝。
身入青州营垒处，
一人逞尽万人骄。

三国点将之十三

第六感超强的忠诚卫士——许褚

主题词：直觉

没有人能命令我做什么。我靠直觉做事，直觉是我最好的顾问。

——戴安娜　公元 20 世纪

在科学发现中，真正可贵的因素是直觉，我相信直觉和灵感。

——爱因斯坦　公元 20 世纪

建安五年（公元 200 年），官渡，两支大军，十余万人，对峙。双方统帅曹操、袁绍。

这场战斗是以曹操的大胜和袁绍的惨败而告终的。这在今天早已为人熟知，被当作以少胜多的典型战例在很多场合得以重现。可在当年，很多人却面临艰难的抉择，因为他们无法确定谁胜谁负。只有少数精英人物能够透过复杂的外表看到本质，透过千军万马抓住主帅这个主要矛盾，通过曹操、袁绍综合素质的对比，分析出曹操会打败袁绍。这些人中有张绣帐下被誉为“毒士”的贾诩、关中诸将的智囊杨阜、荆州刘表的忠实部下韩嵩。还有一些是绝对的大多数，他们认为胜利一定会属于袁绍，而曹操注定要失败。原因很简单，双方实力过于悬殊，战场兵力对比：袁绍军人十万，马一万，曹操军连人带马一共两万。这些人在曹操军中就有很多。在那个时候，失败主义和投降主义的幽灵在曹营的土地上疯狂地四处游荡，很多人暗地里写信给袁绍提前效忠。是谁？没人知道，因为信都给曹操烧了。不过还有例外。当时，甚至在曹操的“常从士”（贴身侍卫）中也出现了动摇分子。作为反面典型中的首恶留下了姓名，名字比较怪，叫徐他。

也许是因为离曹操太近，早早就听过曹操得胜后说过的名言：“当绍之强，孤犹不能自保。”也许是受到了来自袁绍方面物质的诱惑，也许是脆弱的神经屈从了内心的恐惧，这些也许都是猜测，而真相早已尘封于历史，永远不为我们所知。而我们所知的就是徐他反了，还反得很彻底。

他带着几个志同道合的人，准备剥夺曹操的生命。徐他有作案的帮凶，也有作案的工具，更有作案的决心，但他们一直没动手，因为缺乏一个最关键的要素——作案的时机。他们发现曹操让一个叫许褚的人“常侍左右”，这个人坚守岗位的做法直接造成徐他等人“惮之不敢发”。再猛的老虎都得打盹，再悍的强人都要休息。于是徐他等人就沉下心来耐心地等待，他们等啊等，盼啊盼，白天看日，夜晚观星，终于等到了许褚的休息日。终于可以动手了！

徐他了解许褚的过去，知道许褚早年那些骇人听闻的传奇，只要许褚在徐他就害怕，许褚走了他就敢于放手一搏。可是有一点他们没有想到，许褚由于长时间在保卫战线上的倾情投入，已经具备了常人所没有的第六感。当徐他开始蓄谋已久的行动时，“褚至下舍心动”。一种异乎寻常的感觉促使许褚一心动马上就行动，“即还侍”（《三国志·魏书·许褚传》）。而徐他对此却完全不知，当他手持利刃忐忑不安又激动万分地走进曹操的大帐时，首先看到的竟然是最不愿意看到的人。无言的对视中他们用眼神完成了这样的对话。

徐他：你不是回家了吗？

许褚：我又回来了！

很可惜徐他的心理素质很差，缺乏隐藏自己内心活动的经验，也不具备掩饰自己情绪波动的技巧。他非常惊恐，史载：“大惊愕，他色变。”这一切逃不过许褚的眼睛，于是阴谋败露，准备剥夺曹操生命的徐他被许褚剥夺了生命。曹操安全了，他可以继续指挥官渡之战。

历史有时就是这样神奇，最是那一瞬间的心动，像小蝴蝶轻微振动的翅膀，很多天后引发了乌巢上空决战的风暴，影响了历史的进程。这一切，对曹操而言也许可以看作是命运的青睐和上天的眷顾。而对许褚，除了他拥有第六感以外没有更好的解释。

心理学认为意识的五感是：听觉、视觉、味觉、嗅觉和触觉。而有种被称作潜意识的意识却不在此列。这种意识不是透过语言或逻辑推理而得，是我们不曾察觉的一些经年累月储存在脑里的讯息，在自觉地整理分析后，浮现到意识层面、成为一种可辨认的感觉，就是所谓的“直觉”“第六感”。

很明显要想拥有第六感就必须得有经年累月的信息积累，而许褚就具备这样的条件。那时节，想杀曹操的人太多了。许褚的工作一定是非常地繁忙，所以他比别人积累得多。而那么多的“刺曹”案中，流传下来的就此一件。可见在惜墨如金的陈寿眼里，许褚的先知先觉具有特殊的意义。因为先知先觉可以将危险扼杀在摇篮里，可以将威胁制止在萌芽中，这才是反恐安保的最高境界。

反恐从来没有亡羊补牢。世贸大厦倒了，就算抓住了所有的劫机犯又能怎样？反恐只有防患于未然。最好的办法是，在敌人行动前，就把他们全干掉。所以许褚预先心动，返回营中挫败徐他的恐怖行为，到今天对于安保工作，尤其是军队的保卫工作仍然有着很强的借鉴意义。

根据史书记载许褚是一个生性严谨、遵奉法律、持重慎言的人。他有一个非常响亮的绰号：“虎痴。”这个“痴”字，绝对不是贬义词，它是专门用来形容许褚对自己本职工作的极度投入。许褚一生中最重要的任务就是保卫曹操。“虎”让许褚有了保卫曹操的资格，而“痴”让许褚拥有了第六感的特异功能。

朋友们，现在得去看看这个“虎”是怎么来的。

许褚，字仲康。沛国谯县（今安徽省亳州市）人，与曹操同乡。史书又没有记载许褚的出生日期，武将的年龄，真让人头疼！虽然没有说许褚的年龄，但是对许褚的相貌和身材，还是做了较为细致的描写。史载：“长八尺馀，腰大十围，容貌雄毅。”竟然用了整整十二个字！“容貌雄毅”比较好理解，但身材就得详细讨论了。有时根据史书来描写武将就如同在网上聊天，只能通过对方的只言片语来推测伊人的相貌。先说身高吧，三国时期的一尺相当于二十四点二厘米，那么从“八尺馀”可以推断出许褚的身高应在一米九四以上。腰大十围就有点恐怖了。围，量词，一般是指两手拇指和食指合拢的长度。以一围三十厘米计算，许褚的腰围将是三百厘米，这样许褚腰部的厚度将在八十厘米左右，宽度将在一百二十厘米左右。倘若陈寿先生在这里没有夸张的话，那么在人前的许褚不应该是一个人，而是一座塔。简而言之许褚是一个超级大块头。

大块头一般都有大力气，许褚也一样。汉朝末年，天下大乱，地方宗族纷纷聚团自保，许褚就集合了一些年轻人和几千家亲族，共同筑造了坚固的堡垒，防止强盗和乱军的抢劫。果然，汝南（今河南省汝南县）葛陂的贼寇一万多人来攻打许褚的营垒。许褚的人少，寡不敌众。不但防守得筋疲力尽，连箭矢都用尽了。这时许褚的力气派上了用场，他让大家收集像杆头一样大小的石块堆在营垒的四角，然后自己拿起这些石头向围城的贼寇砸去。所谓杆头，就是澡盆，多大多重大家自己去想，许褚用这样的石头整出极其恐怖的战果。史载："褚飞石掷之，所值皆摧碎。"这样的描述让我想起了一千五百多年后宁远城头的红衣大炮。所以，"贼不敢进"。

他们把许褚的营垒围了起来。战争中被包围的城池有一个共同点，就是缺乏粮食。唐时张巡坚守的睢阳，"二战"时苏联人民保卫的列宁格勒，概莫能外。许褚的小小壁垒中自然也面临这样的难题。于是他假装和对方和谈，为显诚意，用牛和对方交换粮食。

为什么这些强盗这么看重牛呢？其实不奇怪，这些所谓的强盗不过是无法生存的善良农民，即使他们啸聚山林，成了所谓的"贼寇"，也从来没有忘记种田。比如曹操打败青州的黄巾军后，缴获的物资中就有大量的农具。枣祗、韩浩所建议的屯田，实际上就是跟人家黄巾军学的。工欲善其事，必先利其器。战乱中的三国不仅马很稀罕，就连牛也成了十分奢侈的劳动工具，那时的耕牛就相当于二十世纪五十年代农业合作社的东方红拖拉机。如果这场仗能够缴获几头耕牛回去，此行不虚也！

可以假设一下当时的场景，许褚放出牛，对方推出粮。可是贼人来取牛的时候，牛一看不是自家主人，受了惊吓，就往回跑。许褚一看，就走出自己的队伍，跑到牛身后，抓住牛的尾巴，逆着牛前进的方向，拉着牛，走了百余步。对方在一瞬间感到了莫名的恐惧，耕了一辈子的田，没见过有谁比牛的力气还大。"贼众惊"，不但不敢取牛，连仗也不打了，直接撤了。

其实退不退兵都是粮食闹的，试想仗打成这样双方都有些苦大仇深了，可是一听说交换吃的就马上和平了，用植物蛋白换取动物脂肪的买卖极大地诱惑了"贼军"，他们拿出的粮食也许就是自己最后的余粮，交换失败了，没吃的了能不退兵吗？不管怎样，许褚因为吓退了敌军，飞石击阵、倒拖牛尾的壮举震惊了淮河汝水，他也成了陈、梁一带最威猛的龙头老大。

建安三年（公元 198 年），曹操进军到淮汝一带，许褚带着自己的人马前来投奔。当曹操看到自己面前的这座肉山，发出了自己的感叹："此吾樊哙也。"（曹操将许褚比作樊哙，那他岂不是自比刘邦了？说他名为汉相实汉贼也，一点不冤枉）被曹操看作樊哙的许褚，当天就成了都尉，成为曹操的贴身侍卫，一起成为侍卫的还有跟随许褚的一些侠客。这一夜，曹操在许褚的护卫下睡了。不知道曹操可曾梦回宛城。

次年三月，曹操再次进攻张绣，他带着许褚。张绣，我曹操又回来了。这一仗，许褚非常勇猛，率先登上城头。张绣军被斩首万余。许褚升校尉。官职与其前任典韦平齐。

两年后，随曹操参加官渡之战，杀徐他，更加被曹操信任，出入同行，不离左右。

建安九年，曹操趁袁尚出兵攻打袁谭之机，进军围攻邺城。袁尚投降不成战败逃跑，邺城遂被曹操攻破。许褚因功封关内侯。这一仗胜得实在太容易，没有什么值得书写的战斗。

七年后，建安十六年，许褚将迎来人生中最大的考验。这一年，关中的十部将领联合起来造反，合兵十万，他们的主帅是马超。一开始曹操对于获胜显得很有信心，他说："战在我，非在贼也。贼虽习长矛，将使不得以刺，诸君但观之。"（《资治通鉴·六十六卷》）曹军后来确实胜了，不过这期间在渭河边上，若不是许褚，曹操就出师未捷身先死了。

闰八月，曹操在潼关北渡渭河，还有的人认为是北渡黄河。渭河和黄河在潼关开始交汇，在那里黄河是南北走向，北渡只能够实施在东西走向的渭河上。渡河的过程是这样的，大军先过河，而身为领导的曹操带着许褚和一百多个虎士留在南岸断后。

三国时，敌人从来都不给对手的领导面子，只要领导带人断后，就一定要打你，而且还打得特狠。这事张辽干过，马超比张辽还早，带的兵也比张辽多很多。马超带着一万多步骑实施了攻击，一时间箭如雨下，曹操却坐在胡床上不动。许褚告诉曹操说，敌兵很多，现在士兵们都已经渡河了，应该速速离开。于是曹操被许褚扶着上了船。《三国志》记载说，当时剩余的曹军士兵都争着上船，船压得过重快要沉没，许褚砍死了想要攀舷而上的士兵。这一段过于夸张，颇有水分，因为跟着曹操断后的只有许褚手下的一百多个虎士，他们一向以勇武而不怕死著称，怎么会出现争相夺船逃命的情况呢？《资治通鉴》就没有记载这事。上了船，并不意味着就脱离了危险，因为箭雨一点没有停着的意思。没有人掩护的船工被射死了，而曹操是很安全的，因为许褚左手举鞍，右手撑船，保护曹操渡过了渭河。

至于那一百多个虎士，他们中的大多数人应该是力战而死，为曹操的小船脱离长矛的杀伤半径争取了宝贵的时间。西凉兵惯于投掷长矛，在有效的杀伤范围内，长矛的贯穿力远大于弓箭。假使没有虎士的阻挡，一个马鞍根本无法保证曹操的安全。这一仗，《三国志》给许褚这样的评价："是日，微褚几危。"

用今天的话说就是，这一天，如果没有许褚曹操就完蛋了。

其实就在曹操北渡渭河的当口，徐晃已经从蒲阪渡过了黄河。两军对峙，战争进入了战略相持阶段，在这个时期曹操和关中诸将都在阵前进行了各怀鬼胎的叙旧。根据史书记载，马超当时想利用阵前谈心的机会一个必杀突击把曹操干掉，可是马超听说过许褚的勇猛，担心这个猛人就在曹操身边那些骑马的随从里，于是就问了一句："公有虎侯者安在？"曹操回首把许褚指给了马超，许褚用怒目回应了马超的问候。马超竟然给震慑得不敢动手了。

这件事在《三国志・马超传》中也有记载，经常有人把这当成是马超胆小的一个证据。其实这里也有可疑之处，试想既是马超自己的小算盘，别人怎能知道？如果突击成功带着炫耀的意思马超可能会告诉别人，可是被许褚吓住了，这么丢人的事情，马超怎么可能给别人说？所以，不可信。虽然陈寿先生写得很认真，大多数很可信，但孟子曾经说过的"尽信书不如无书"似乎更有道理。反过来说，想说明许褚多么勇猛，选择马超来做比照，只能说明马超的勇猛更为公认。

曹操和马超结束了谈话，双方撕去最后一抹温情的面纱，几天后就展开了生死厮杀。马超败了。许褚亲手斩获首级 N 个（N 代表未知，不代表多），因功升任武卫中郎将。武卫的称号由是而始。当时，曹军中因为许褚力大如虎而"痴"，所以一直称呼他为"虎痴"，绰号响亮得连马超都知道了，所以问候的时候叫他"虎侯"。有了这次阵前问候，天下的人都这样称呼许褚，好像这才是他的名字。

许褚生性谨慎，遵守法度，质朴厚重，沉默寡言，似乎是天生的保卫干部。在原则问题上也是六亲不认。有一次，镇守荆州的曹仁从前线回来拜见曹操，等候曹操的时候，曹仁在殿外遇见了许褚。曹仁热情地招呼许褚到侧殿座谈一下。面对领导的堂弟，镇守一方的诸侯，许褚只说了一句："魏王就要出来了！"就转身走进了大殿。热脸贴了个冷屁股，这个屁股还很肥大。曹仁心里觉得特窝火。

有人就此事好心地责备许褚说：曹征南是宗室的重臣，屈尊折节跟你打招呼，你为什么不理人家？曹仁当时是征南将军，古人有用官职借代人称的习惯，其实现在也一样。比如市长怎么怎么，省长怎么怎么，是一种带有奉承意味的尊称。许褚说："他虽是主公的亲戚、封疆大吏，但终归是外放的藩臣。我是负责内卫的内臣，内外之间有话当众说就行了，为什么要到屋里说悄悄话呢？"

虎痴的“痴”绝非痴呆的“痴”，这就是最过硬的证据。自古以来，朝中内臣、封疆大吏相互眉来眼去的大都不得善终。历朝历代朝堂上政敌想把对手置于死地时，勾结边将这个罪名出现的频率都很高，许褚一个武夫能有此等见识，充分显示出他在政治上的成熟和智慧。这样的好部下，曹操不喜欢都难。史载：“太祖闻，愈爱待之，迁中坚将军。”事干得漂亮升官，话说得好也升官，真是学习许褚好榜样啊！

建安二十年（公元215年），许褚跟随曹操出征汉中，这是见于史书中关于许褚所参加的最后一次大规模战斗。

五年后，曹操死了。许褚非常悲伤，哭得口吐鲜血。

曹丕即位后，对忠心耿耿的许褚依然厚爱，封他为万岁亭侯，官职也升迁为武卫将军，专门负责掌管中军宿卫禁兵。从内环境来说，三国时期曹魏境内的恐怖分子是最多的，因为那时的北方割据最甚，战事最惨，可是遍观整个三国时期在曹魏阵营都没有出现过高级领导遇刺的事件。反观刘备和孙权方，都因为防范不严出现过高级领导遇刺甚至主公身死这样的恶性事件。

从表面看，似乎都是独立的偶发案件。而从深层次的分析来看，曹魏因为韩浩等人引发的制度变革以外，典韦，尤其是许褚等人在安保各个环节上的突出表现，都保证了各级领导的安全。我们可以假设一下，如果孙策不死，费祎不被刺杀，吴国和蜀国会有怎样的走势？官渡之战时如果曹操遇刺身亡，历史又会怎样？真是不知有几人称帝，几人称王。

明帝即位后，对这位三朝元老仍然十分厚爱，不但进封为牟乡侯，还给予食邑七百户。跟随许褚出来打天下的那些虎士，都是精通剑术的侠义之士。他们当中因功封侯和官拜将军的有数十人，都尉、校尉一级的多达百人，这些虎士在跟随许褚的戎马倥偬中，继承了他的风骨，传扬了他的精神，保证了安保工作的连续性。

许褚死了，这在当时一定是非常轰动的新闻。可是到今天关于他死亡的细节我们却无从得知。本来我不愿探讨许褚的死，因为在我心中每一个三国武将的死亡，都意味着一个传奇的结束，英雄迟暮，我总于心不忍。可是许褚的谥号引发了我对他死因的思索，根据谥法：“武而不遂，死於原野曰壮。”究竟有何事不遂？究竟又是为何死于原野？也许什么都没有发生，不过是生老病死的自然规律，也许……这一切都成了千古之谜，无人知晓，只能留待后人评说。

我只希望，做了大半辈子安保工作的许褚，在逝去的那个夜晚，心中不再有提防，只有平静。那一夜，许褚睡了。死亡是永恒而平静的休息。

让人遗憾的是，许褚百忙之中培养出的接班人许仪在跟随钟会伐蜀时，因为整修道路的质量出了问题，被当即斩首，成为钟会整肃三军树立权威的牺牲品。

给许褚写诗：

生逢乱世许仲康，
聚众筑垒逞豪强。
飞石击敌显神力，
阵前夺牛名远扬。
得遇曹公身为将，
常随左右护周详。
先知先觉由痴起，
虎侯虎气传华章。

三国点将之十四
以身殉职的禁卫队长
——典韦

主题词：殉

天下有道，以道殉身；天下无道，以身殉道。

——孟子　公元前3世纪

我腿已断，不必管我。我决心殉国，以保全国格人格。

——寸性奇　公元1941年5月13日

终于写到典韦了。

典韦，姓典名韦字……很遗憾典韦没有字。在三国那个战乱频仍的岁月里，对战交锋的武将如果只有姓名而没有字，不能不说是一个遗憾。

请看下面这段情景对话。叫阵的先说："来将通名，本将＊（星号表示各类武器）下不＊（星号表示各类武器取人性命时的动作）无名之辈！"很奇怪，这个时候被叫的人一般都会乖乖地道上名来。比如大家耳熟能详的"吾乃张飞张益德"，如果时间允许还要加上自己的籍贯，说全了就是"吾乃燕人张飞张益德"。可是典韦说到"吾乃典韦"时，就像吃了个大红薯给噎住了一样，对方的将士们都会在内心深处千万次地问："下面呢？下面的字呢？"下面没了！不管是什么，只要下面没了，对一个男人来说都是很灰头土脸的事情。传说中典韦的黄脸或许就是这样丧出来的。

从礼仪上来看，自西周开始，中国男性的成人标志除了冠礼以外，还要根据其本名的含义，取一个表字，让人称呼，以示尊重。冠和字像一份契约一样，要求男人必须实施孝悌忠顺的道德规范，承担对社会和家庭的责任。可是这么重要的“字”，典韦却没有。在这里只要稍微联想一下，就会发现典韦的名字很有可能来源于一个最最普通的称呼。

“喂！”

自古以来穷人家都信奉赖名好养活，所以总给孩子起些不登大雅之堂的名字。但可怜的典韦也许连这么个赖名都没有，没有名字想要呼唤他时，就只能用这个“喂”字来替代。时间长了，大家都以为老典家的小子原本名字就叫“典韦（喂）”。因为种种原因，典韦没有用来让人表达对自己尊重的表字，也许时人认为“尊重”和“典韦”这两个词如果同时出现的话，分明就是个病句。所以典韦只能姓典名韦了，至于字……下面没了，就没了吧。人生不能因为没了字，就不完整吧。反正穷苦人家出身的典韦也不一定会计较。他如果不苦，爹娘就不可能让他年轻轻的去当杀手；他如果不苦，爹娘也舍不得让他给人去做保镖；他如果不苦，也不会因为能吃饱饭就觉得受了特殊的待遇。

典韦，陈留己吾人也。陈留也算历史名城了。公元前 221 年，秦始皇一统中国后，设置的第一批郡县里就有陈留县，其城关镇所在地就位于今天河南开封的陈留镇。以后历朝历代虽有变化，但总体说来陈留县全境相当于今天河南东至民权、宁陵，西至开封县、尉氏，北至延津、长垣，南至杞县、睢县之间的地区。

这个区域分属于今天河南省的开封和商丘，有了名人总会有地方去争，所以典韦的籍贯一直存有争议。其实没什么可争的，因为商丘市宁陵县还有己吾城村。一个两千多年前的古人，能够被人精准地定位在一个村子里，我们要是还不相信这样的说法，还真有点不好意思。

成年后的典韦，身材魁梧，膂力过人，志向远大，喜欢打抱不平。所谓“横看成岭侧成峰，远近高低各不同”，不平在任何时候都是相对的，所以喜欢打抱不平不见得就是好事，搞不好越打越不平。典韦既然喜欢打抱不平，不知道他怎么处理这个棘手的问题。从他的成名之作来看，可能就是一个不容易分辨出是非对错的“不平”。当时的襄邑人刘先生和睢阳人李永结了仇。襄邑在今天河南省商丘的睢县境内，而睢阳已经成为今天商丘市的一个区。然后又不知道为什么刘先生找到了典韦，想让典韦帮助自己报仇。不知道为什么典韦就答应了。

杀人自古以来就是很难办的差事，典韦这次也不例外，他刺杀的对象李永以前曾官拜富春长，虽然现在不当了但谱摆得还是很大。家里戒备森严，防范十分严密。典韦推了一车鸡和酒，装扮成上门送礼的人，等在门口。等人家开门以后，直接进去，用怀里藏着的匕首杀了李永，接着又杀了李永的妻子。

杀了人，典韦一点也不紧张，他逃离第一现场的动作，《三国志》只载了两个字："徐出"。"徐出"是一种非常悠闲的行进方式，这种行进方式一个人表演不了，必须得有足够多的观众，而且这些观众必须怀有敌意。在众目睽睽虎视眈眈的逼视下，能够淡定从容，展示的是一个武将超乎寻常的自信心，彰显的是一个武将震敌绥远的威慑力。

草草翻过二十五史，还有两个牛人曾经表演过"徐出"，在北魏军面前大摇大摆撤军的檀道济曾经徐出，率数十骑劝降二十万回纥（hé）大军的郭子仪曾经徐出。典韦虽然徐出的场面比上面俩人小，但不管怎么说也算是个处女秀，能这样就很不错了。

徐出后的典韦仍然不着急，他从容地取出推车上藏在鸡和酒里的刀戟（匕首、刀、戟，为杀人典韦准备的兵器真是不少），然后"步去"。刚才的"徐出"已经很牛了，现在这个"步去"就更牛了。因为李永家住在闹市，那时候的市民们见义勇为的热情一点也不比今天低，虽然整个集市的人都被典韦的举动吓住了，但追上来的还是有几百人。这几百人不敢接近，只是跟着，不离不弃，摆明了就是一心要看典韦往哪里跑，结果跑了四五里路他们发现那里有接应典韦的同伙。有了同伙的帮助，典韦反身就打，摆脱了追逐。突然感觉李永似乎并不坏，否则怎么能有几百人愿意冒着风险跑四五里路执着地跟着凶手呢？没准典韦的打抱不平真有问题。

在很多文艺作品中，因为秉承邪不胜正的定律，到最后死掉的都是坏人，以此推理，李永应该是个坏人，刘先生应该是个好人。可是很奇怪好人刘先生没留下名字，而坏人李永却留名青史。这其中莫非大有蹊跷？不管怎样，"典韦"这个名字从此进入了当时很多豪杰的心里。

初平年间（公元 190—193 年），张邈举义兵讨伐董卓，典韦被征召到队伍中，成为司马赵宠的部下。古代军队出征，在大帐前都会树立起一杆作为标识和仪仗的大旗。这个旗杆的高度一般要让全军营的将士们都看得清清楚楚。赵宠的营中，没有人能够举起这个大旗，可是典韦一只手就搞定了。

典韦的举动让人联想到一门古老的民间艺术——中幡。玩中幡的谁不是个顶个的壮汉？这么大的力气，赵宠感到十分地惊异。典韦的名头在军中自然也就亮了起来。很快组织上把他划归给夏侯惇。在夏侯惇麾下，典韦多次杀敌立功，进步挺快，官拜司马，和赵宠平级。

兴平元年，也就是 194 年，典韦司马跟随曹操大军一起讨伐吕布。当时吕布在濮阳以西四五十里的地方，派驻军队扎营据守。曹操趁夜攻占了营垒。吕布火速驰援，曹操撤退不及，被堵营里了，一瞬间两军的攻防角色发生转换。情况非常紧急，吕布亲自上阵，带着人马从三个方向进攻曹操。从凌晨一直打到太阳偏西，双方交战数十次，不分上下。战斗进入关键的相持阶段，需要有人打破僵局了。于是“曹操募陷阵”，在应征的数十人中典韦是第一个报名的。

其实吕布的军队中就有一支名为“陷阵营”的特种部队，根据《英雄记》记载，吕布部将高顺“所将七百馀兵，号为千人，铠甲斗具皆精练齐整，每所攻击无不破者，名为陷阵营”。从这次战斗的结局来看，吕布似乎没有带上以陷阵著称的陷阵营。反倒是曹操临时安装了测试版的陷阵。虽然没有调试，但是曹版的陷阵仍然很猛，原因很简单，队伍中有典韦。典韦和他的陷阵同伴们，都舍盾牌而身穿两层衣服和两层铠甲，腾出手来端起长矛和“撩戟”。在战场上计划永远赶不上变化，西面的情况太危急了，本来用作进攻的典陷阵不得不以援兵的方式投入到防守。吕布军弓弩齐发，箭如雨下，开始冲锋，可典韦看都不看。

典韦对同伴说：“虏来十步，乃白之。”吕布军在逼近。同伴：“十步矣！”继续逼近。看着敌人步步逼近，而典韦却不着急。典韦：“五步乃白！”这情势，就是敢死队心里也得犯嘀咕，典韦的同伴都感到了恐惧。急忙喊道：“虏至矣！”一听此语。典韦大喊着，带着十多根戟冲入对方军中，所向披靡应者皆倒，其余的纷纷后退。当时正好日暮，吕布军的这次冲击失利后不得不退后做短暂休整，曹操抓紧时机才得以返回自己的大本营。这一仗，典韦充分表现了自己的沉着冷静勇敢威猛，自然逃脱不了曹操的法眼。回去后曹操“拜韦都尉，引置左右，将亲兵数百人，常绕大帐”。

典韦自己身体强壮，勇武善战，所统率的部下也多是精选的士卒。每逢战斗，典韦都身先士卒，带着众兄弟率先冲锋陷阵，功劳是大大的，很快就升官做了校尉。当了校尉的典韦仍然保持着自己的优良传统，对曹操非常忠诚，对待保卫工作更是谨慎稳重。白天亲自站岗，彻夜睡在大帐，工作辛苦是经常的；回家探亲休假，尽享家庭温暖，天伦之乐是罕见的。

典韦没什么爱好，如果说在赵宠手下还喜欢玩中幡的话，那当了校尉的典韦生活真的是很枯燥，在枯燥单调的军营生活中有了自己独特的爱好。史载：典韦“好酒食，饮啖兼人”，“饮啖兼人”也是一个成语，形容人饭量酒量都非常大。每次曹操请典韦吃饭，都要派几个人一起给他添酒布菜。典韦吃饭和打仗一样，节奏实在太快，没五六个人是供应不上的，曹操很欣赏他的饭量，典韦更感激曹操的宴请。

典韦吃得多，力量又大，身材还很魁梧，所以在选兵器时也特别偏爱又大又长的，比如大家熟知的大双戟和大家不熟知的大长刀。大双戟为什么有名，因为当时有一首朗朗上口的歌谣，虽然过了快两千年，今天读起来还是没有一点障碍，放在当时肯定是白得不能再白的大白话，油得不能再油的打油诗，姑且把这称作汉乐府“狸花体”吧。军营里文化人不多，所以全诗就两句：“帐下壮士有典君，提一双戟八十斤。”其实典韦的兵器不止这些，他还用过大斧，这个不太为人所知，因为典韦没用在战场上，而是用在了饭局上。

这个饭局发生在公元197年，曹操发兵攻打荆州的途中。打到宛城，张绣出城归降，能不战而屈人之兵曹操自然非常高兴。为增进感情，就邀请张绣和张绣的部将们吃饭。人很多场面很大，做安保工作的将领一见到大场面就知道又有任务来了。因为他们总能从繁华的表象下分析出可能存在的杀机。场面越大，危险越多。典韦更是这样，所以整个饭局他是寸步不离曹操。曹操吃饭他陪着，曹操敬酒他也陪着，不过他陪着不是尝饭，也不是挡酒，而是拿了一把大斧头，曹操喝到谁跟前，他就拿着大斧看着谁。这斧头有多大？史载“刃径尺”。

虽然我酒量颇浅喝一两白的就得抢救，但也见识过许多让人触目惊心的场面，比如青海用盘子端出要求人空腹饮尽的开席六杯；蒙古包里歌声不断酒水不停的大小银碗；山东好汉主陪副陪三陪四陪的轮番轰炸；中原大地先人后己专让别人喝个够的端盅。可每每想到典韦手中寒光闪闪的大斧，心中还是有些不寒而栗。

这顿饭直到吃完，张绣和他的部下诸将都“莫敢仰视”。一晚上一群大老爷们儿头都没抬，这饭吃的，后人有诗为证：

宛城张绣有神枪，
不战就降曹丞相；
丞相做饭就是香，
埋头吃了一晚上。

窝囊！这事当时没瞒住，一直传到今天，太丢脸了！

十几天后，张绣反了，一方面是因为曹操似乎觉得和张绣只有同事关系还不够，潜规则了张绣的婶婶，用事实把张绣变成了自己的贤侄。这件事曹操挺爽，张绣可太不爽了。另一方面，谋反不是请客吃饭，总得得到部下的支持吧，照后面的战斗惨烈程度看，张绣的反叛深得部下支持。很可能就是因为十几天前那顿埋头饭上受的气，那饭曹操和典韦是放心了，可张绣他们太窝心，好些天都消化不了，所以才会上下齐心一起造反。知耻后勇，哀兵必胜，带着饭局上的耻辱和叔叔被绿的悲哀，趁着浓浓的夜色，张绣率军偷袭了曹营。

猝不及防中，甫一交战曹军就败了。作为军事家，曹操自然知道三十六计走为上，曹操从热被窝直接跳到了冰凉的马鞍上，先和轻骑兵撤了。断后的艰巨任务自然就留给了典韦。而典韦手下并没多少人。但典韦已然决定要打完这场没有集结号的战斗。他守在了营门口。张绣的兵，冲在前面的死了，跟在后面的怕了，就分散从其他营门冲了进来，打不过典韦还打不过别人吗？很快典韦的身边就只剩下十几个人了，他们殊死拼杀，无不以一当十。敌人越打越多，自己人越打越少，最后就剩下典韦一个人。

历史上典韦并非如演义所说的那样，兵器被胡车儿偷走了，他的兵器在，还很好使。他手持长戟是左冲右杀，“一叉入，辄十馀矛摧”。他的部下们已经伤亡殆尽了，典韦自己也数十处受伤，战斗从短兵相接，进入到贴身肉搏阶段。典韦不但用自己的血肉相搏，还要用敌人的肉，他挥舞着两个敌兵的尸体继续战斗，这恐怖的一幕，对张绣军形成了震慑，看着典韦这模样没人再敢上了，他们站在一个安全的距离以外开始围观。典韦的伤很重，却没得到任何救护，战况激烈到连简单包扎也没有可能。他身上大大小小的伤口，一定都在汩汩地流着鲜血。张绣那些久经战阵的手下很清楚，这样流着血，典韦一定会死。

在这短暂的安宁中，身受重伤的典韦没有选择“步去”，他也没有“徐出”。他选择了“前突”，手持两具敌尸又杀死了几个敌兵。张绣军退了，又开始新一轮的围观，这回典韦没有力气“前突”了，他瞪圆了双眼，放声大骂……杀声已逝，夜色犹深，也许过了许久，张绣的兵将们才走上前来，他们摘下了典韦那颗不曾屈服的头颅，传看，还有组织地参观典韦的遗体。他们实在没想到，这个在饭局上手持大斧的人会如此善战，他们似乎不太相信典韦真的死了。直至看到了典韦的首级，看到那没了头颅的身躯。

悲哉！典韦！壮哉！典韦！

撤到舞阴，接到了典韦的死讯，在逆境中经常大笑的曹孟德流下了眼泪。他花钱让人偷回了典韦的尸体，看到典韦的尸体，不禁再次伤心落泪。典韦回到了襄邑，不知道那位刘先生可曾焚香煮酒以慰典韦的在天之灵。而曹操每次经过襄邑，都要用中牢之礼祭祀他。中牢是古代祭祀时的一种专有称呼，是规格是标准也是身份，天子祭祀称太牢，诸侯祭祀称少牢。曹操给典韦用中牢祭祀，也算是死后哀荣的一种。具体的祭品是猪羊二牲若干头，也许曹操希望九泉之下的典韦还依然那么能吃，看到鲜美的猪羊，好吃你就多吃点吧。

在对典韦的思念上，曹操是真诚的。这种真诚一直延续到了曹丕，所以对典韦的儿子典满曹家父子都没有亏待。典满先在曹操身边做了司马，曹丕后来还赐爵典满，封关内侯。和刘备不同，曹操是不喜欢哭的。可是对典韦曹操哭了两次，听到死讯一次，见到尸体又一次。由此可见典韦在曹操心中的分量有多重。曹操这样哭，有人说是因为痛心长子曹昂，可惜忠勇典韦。也许这些原因都对，但典韦绝对占的分量不轻。三国中何人之死可让曹操两番落泪，三国中哪个武将的阵亡堪比典韦?

在民间老百姓的心里三国武将武力的大排名中，前三甲是这样的：一吕二赵三典韦。这三位强人的死各有不同，吕布在白门楼遭缢，赵云于自家里寿终，对于他们二位我们虽有遗憾却无心痛甚至有时还觉得些许平淡。唯独典韦的死，堪称铁马金戈泣鬼惊神，率寡而击众寇，孤身以抗强敌。作为一个近卫头领，作为一个安保队长，在这个被鲜血浸透的夜晚，他心里反复吟诵的唯有“主公，我不关心你拥谁入睡，我只关心你的安全”。用生命捍卫了自己的职责，死亡不是典韦的终点，死亡让典韦走向永恒。

即使没有惯例，也应该给典韦写首诗，尤其是在语气上和最后几句我大胆借鉴了“狸花体”，这种体裁的好处将在三千年以后体现，如果三千年后这本书还有人看，到那时的人们读起这首诗来仍然不会费劲：

帐下壮士有典君，
提一双戟八十斤。
一边一个四十斤，
使起称手又称心。
以前兵器没恁大，
胸怀匕首也能杀。
能杀我就真的杀，

闹市从容把人扎。
自从跟了曹丞相，
保卫工作顶呱呱。
白里站岗黑不睡，
饭局都把大斧拿。
宛城张绣手特黑，
深夜摸营图不轨。
好个英雄典校尉，
舍身换得曹操归。

三国点将之十五

不『怯死苟免、毁节求生』的壮烈之士
——庞德

主题词：投降

我是中国人哪，不能做这样的事情。如果我们中国人都投降了，咱们中国就完了。要对得起自己的良心。

——杨靖宇　公元 1940 年 2 月

建安二十四年，公元 219 年，已经六十五岁的曹操还真有些淡定。即便是新春之际夏侯渊的阵亡也没有让他感到太多的悲伤。

夏侯渊年少时曾经顶替曹操坐过牢，一辈子辛辛苦苦立下汗马功劳，可根据史书来看听到夏侯渊的死讯后，曹操并没有表现出什么特别的难过。夏侯渊的死曹操也许早已预见，在夏侯渊生前的一次提醒谈话中，曹操专门嘱咐他说："为将当有怯弱时，不可但恃勇也。将当以勇为本，行之以智计；但知任勇，一匹夫敌耳。"根据夏侯渊后来的表现，他没听进去。

"神龟虽寿，犹有竟时。塍蛇乘雾，终为土灰。老骥伏枥，志在千里；烈士暮年，壮心不已。"英雄迟暮的老年曹操经历了太多生离死别后，坚强得近乎麻木。半年后，北方秋风渐起，南方汛期已至，流经襄城和樊城的汉江因为涨水显得越发丰满。樊城前线的战报传到了许昌，曹操看完阵亡名单就哭了。

陈寿先生真切地在《三国志·魏书·庞德传》记载："太祖闻而悲之，为之流涕。"但曹操的哭泣确实很让人感到非常纳闷。他怎么会哭呢？人生有三大悲剧，即早年丧母，中年丧妻，老年丧子。可是曹操死过那么多儿子，就大公子曹昂死在宛城，因为沾了典韦的光，坟头上才接下点老爷子的眼泪。其他的儿子，也就称过大象的冲冲夭折，曹操才痛哭流涕。那到底是为什么这次曹操又哭了？

原因就一个：庞德死了。所谓人之将死其言亦善，我相信被人看作惯于作秀的曹操这次的眼泪是真的。当我们听到一个人不幸逝世时，我们会悲痛，会难过，还会惋惜，还会开追悼会，当然了还有人会哭，比如曹操。三国人是我们的祖先，他们的表现和我们的差别不会太大。但对庞德的死，还应该有人感到内疚，甚至惭愧。他们那些不恰当不合适的言行，让庞德的死倍加异乎寻常。

在和关羽的作战中，庞德力战不屈，落水被俘，誓死不降，终被斩首。对武将的死，如果没有特殊的内涵，曹操是不会哭的。比如夏侯渊，说了你不听，听了你不做，做了还做错，错了还不改，改了还不服，不服还不说，所以死就死了。

有人的地方就有江湖，三国从某种意义上讲也是一个江湖。江湖上有句名言："出来混，总有一天要还的。"名将更是如此，所谓一将功成万骨枯，今天阵前你取别人首级，明天战斗别人也可能砍你脑袋，打仗哪有不死人的？武将的死亡，本不该让人感到太难过，能够马革裹尸乃是最大的光荣。

可庞德的死却太特殊了，他不但死得壮烈，还死得悲情。三国里能够死得悲情的人不多，能够悲情地战死的就更少，而庞德实在是有些太过悲情，这才会让曹操落泪。悲情庞德。

庞德，字令明，是南安狟（huán）道（今甘肃省陇西县东南）人，和很多武将一样，究竟是哪年出生的，史书中没有记载。

他从少年时期就开始在官场谋生，做过小吏和州里的从事。东汉时期"从事"是聘用制，在中央和地方都设有这个岗位，吃朝廷财政但不占编制。"从事"还被称作"掾史"。按工作分为治中从事、别驾从事、簿曹从事、兵曹从事、部郡国从事等几个大类，均由州长官自行聘用。其中，治中、别驾是州长官的主要助手，地位最高；簿曹掌文书；兵曹掌军事，仅在有军务时设；部郡国从事，每郡国一人，负责纠劾郡国长官、查问惩办郡僚属，其地位仅次于治中、别驾。另外，当时分管少数民族的专职官员，如：护匈奴中郎将、护乌桓校尉、护羌校尉，也设有从事这样的属官，也同样没有固定编制定员，只是根据事务多少而设。这样看来，在封建社会"从事"处在权力金字塔的最底层，直接面对人民群众，享受待遇，又没编制，实在是安排亲友、平衡关系的好地方。庞德不是名门望族出身，自然不会跟在领导身边做治中，也不可能到协助监督官员的监察部门做部郡国，只能去管军务。而且很可能是在护羌校尉的手下。为什么单说羌族呢，因为庞德后面的战斗经历就是很好的佐证。年轻的庞德就这样整天辛辛苦苦地处理着民族纠纷。两千年前的民族关系远不如今天融洽。因为语言不通，很多道理是说不清楚的，罪恶的统治阶级还经常躲在后面挑拨离间。多数情况下，解决问题只能靠打，打的人多派大军，打的人少派小官。庞德就属于被派去的小官，刚开始估计少不了挨打，挨打久了就变成打人的了，打着打着就打出了经验，打出了本事，也许就是在这平凡普通又费心烦人的你来我往打打拉拉的纠缠中，庞德打牢了做武将的基础。毕竟，武将的技术含量实在太高，而天生的武将则太少。

以上推断的依据源于两个方面：一是庞德工作的岗位需求；二是庞德在东汉献帝初平年间（公元190—193年）跟随马腾讨伐叛乱的羌、氐等少数民族的经历。如果庞德没有分管过民族工作，马腾怎么会带他去讨伐羌族和氐族？当然也许他没有工作基础，但这并不妨碍庞德多次立下战功，他也因功成为一名光荣的校尉。而且也是这次战斗后，他就成了马腾的部下。跟随马腾的这段日子，史书中从初平后到建安七年的八年时间没有记载庞德做了什么。

但可以从他的直接领导马腾在这期间的所作所为做个简单推断。如果不补充说明一下庞德的成长过程，他后来那么勇猛显得有些突然。

这八年里，马腾主要和韩遂一起表演了一下什么叫合久必分分久必合。好朋友翻脸成了不共戴天的仇敌，不共戴天的仇敌翻脸又成了好朋友。他们翻一次就打一场，翻来覆去地没少打仗，估计庞德就是在这样的反复中把应付斗殴的经验，升华成为指挥战争的技术。

建安七年（公元202年），曹操攻打袁绍的两个宝贝儿子袁谭、袁尚，双方在黎阳（今河南省浚县）对峙。而袁军方面在侧翼对曹军发起了攻击，组织了一支联军攻打河东（今山西省运城市）。联军中有河东太守郭援（河东还没打下，太守的官已经封出去了，这士气肯定高），有并州刺史高干，还有匈奴的南单于，不但人数多，史载“众甚盛”（《三国志·魏书·钟繇传》），还来势凶猛。

郭援率军进攻，所遇的县城或攻下或归降，一路打到了绛县，在这里打没打出花样，倒是投降投出了花样。城将陷落时，县城里的百姓和郭援约定：不杀害贾逵就投降。

郭援还真不错，答应了。没杀贾县长，还想让贾县长给自己服务，毕竟人才难得啊！可任凭怎么威逼利诱，贾逵毫不动摇就是不就范。左右的人拉贾逵的衣服，让他叩头，贾逵厉声叱责说："哪有国家官员向贼人叩头的道理！"郭援大怒，就要杀贾逵，于是有人伏在贾逵身上保护他。绛县的官民们听说后，都登上城墙，高喊道："如果背弃誓言，杀害我们的好长官，宁可大家一起拼死！"于是郭援把贾逵送到壶关，关在地窖里，用车轮盖住洞口。被关在洞里的贾逵一点没闲着，他对看守们说："此间无健儿邪，而使义士死此中乎？"当时的人以"义"为重，谁受得了这个刺激啊！很快有个叫祝公道的人"适闻其言，乃夜往，盗引出逵，折械遣去，不语其姓名"。从这里可以看出，这一仗完全可以看作是义士的内讧。郭援很讲义气，遵守了和百姓的约定；百姓很讲义气，要和自己的父母官同生共死；贾逵很讲义气，就是不投降；监狱的看守很讲义气，一听说别人怀疑自己不是义士就不惜违反原则，私放囚犯，做完了好事还不留名，就不告诉贾逵自己是谁。至于庞德就更讲义气。可是讲义气的庞德临阵斩杀了讲义气的郭援。这样的结果对义士这个优秀的团体来说绝对是个损失，而且这损失还可以抹上一道浓浓的悲情。当然这是后话。

但在当时，郭援可是来势汹汹，一路势如破竹，曹军中很多人要求撤退。只有钟繇坚决反对。坚决反对的结果是钟繇成了抵抗袁军的统帅，既然你反对撤退，那就你去打阻击吧。所以，钟繇当了统帅，却没有多少兵马。于是，钟繇只好派议郎张既用三寸不烂之舌游说马腾和韩遂，并成功地把他们率领的关中军队变成了自己的盟友。

庞德就这样正式登上了历史的舞台。他不再是个镜头前一闪而过的小龙套了，他最终在特定的场合用特定的行动和特定的语言，永远成为历史的主角，在中华民族的名将之林中占据了一席之地。

这一次，带队的统帅是马超，庞德担任了先锋。双方混战一场，袁军战败，郭援兵败身死。战斗结束，打扫战场，郭援的尸体找到了，却没脑袋。这一下钟繇非常着急，钟繇为什么着急呢？因为郭援得管钟繇叫舅舅。是不是很残酷？外甥来抢地盘，别人都说撤，就亲舅舅不同意；守住不撤也就够意思了，结果还把亲外甥给杀了个落花流水、身首异处。

说起郭援确实死得有些冤，本来马腾答应做他的盟军，敌方的主帅还是自己的舅舅，所以在横渡汾水时，郭援就没防备，任部下怎么劝都不听。郭援心想河那边非亲即友，怕什么？结果刚渡了一半，马超就杀了过来，一同杀过来的还有他的亲舅舅。要评选三国心最狠的舅舅和最杰出的书法家，估计钟繇问鼎前一个奖项把握要更大。郭援死了，总得留个全尸吧。可偏偏首级不知道在哪里。这时，庞德回来拜见钟繇，从箭筒里拿出个脑袋来，结果钟领导一看不但不高兴，反倒号啕大哭起来，我可怜的外甥啊！他这一哭，庞德就有点不好意思了，好不容易带回敌方主将的首级，本想请功，结果没想到杀的是自己领导的亲外甥，这个尴尬啊！庞德左想右想不是滋味，就找钟繇道歉。面对庞德的道歉，钟繇说了一句非常讲原则的话，把庞德噎回去了："援虽我甥，乃国贼也。卿何谢之？"

真是悲啊！

这次战斗后，庞德因功官拜中郎将，封都亭侯。亭侯是汉的封爵的一级。这里的亭代表了汉代的一级行政单位，大致相当于现在的乡镇。也就是说，亭侯的封地只有现在的一个乡镇那么大。当然人口没那么多，庞德这个侯只有食邑三百户，也就相当于一个村而已。不管怎么说，庞德封侯了。庞德都升了，马腾自然升得更大。朝廷转拜马腾为前将军，封槐里侯。

在槐里，马腾和庞德一待就是十数年。这期间马腾主要忙着"待贤进士，衿救民命"，而"北备胡寇，东备白骑"的战斗任务自然就落到了庞德这样的武将身上。在他们的共同努力下，三辅（今陕西省关中地区）一带在战火纷飞的乱世保有了一份罕有的和平安宁。形势一片大好，可总有人唯恐天下不乱，比如张白骑就在弘农（今河南省灵宝市附近）组织了一场叛乱。庞德又跟着马腾前去讨伐，在两崤之间，张白骑打了败仗。

其实张白骑不是人，是一个代号。黄巾起义失败后，全国各地分散着许多各自为战的义军残部。这些队伍都没有什么正式的编制，只有些许绰号，比如嗓门大的叫雷公，轻便的叫飞燕，眼睛大的直接叫大目，这个张白骑不过是骑了白马或者是因为队伍里有骑白马的骑兵。在和张白骑的作战中，庞德每次都冲锋在前，奋勇争先，从来没有胆怯过，被公认为军中作战最勇猛的人。

凯旋后，马腾被征召到朝廷担任卫尉，负责看管首都的大门。庞德就又跟着马超镇守关中。这时候庞德已经成为马家军的骨干了。后来马超又和曹操决裂，庞德也跟着决裂。双方血战，庞德也奋力拼杀。再后来马超败了，逃了，去了汉中，投奔了张鲁，庞德也一直陪着。

公元 215 年，汉献帝建安二十年十一月，张鲁败了，马超又投奔了刘璋。这一次庞德没有再跟着马超。庞德和程银、侯选一起归顺了曹操，官拜立义将军，"封关门亭侯，邑三百户"。

三年后，建安二十三年，宛城的百姓在守将侯音的带领下，举起了反曹大旗。曹操派出曹仁平叛，庞德带着本部兵马也一起参加了战斗。战斗呈一边倒的态势，侯音、卫开被斩首，宛城惨遭屠城。

打完仗后，庞德和曹仁一起驻扎在樊城。来到了三国军事斗争的最前沿。在樊城的日日夜夜里，庞德应该是很不爽的，因为他的哥哥庞柔在刘备那边，其他将领总是不信任他，怀疑他。我觉得根子在曹操。因为曹操就不信任庞德。

可以看看在庞德归顺的这三年里，一点没闲着的曹操做了什么。简言之就是，内政以篡权为主，外交以打仗为主。建安二十一年，在三次半推半就后，领封魏王。“冬十月，遂征孙权”。建安二十二年，二月，带着夏侯惇、曹仁、张辽“进军屯江西郝谿”；冬十月封曹丕为太子，派遣曹洪在下辨驻扎与张飞、马超对峙。建安二十三年，三月派曹洪攻打吴兰；四月派曹彰攻打乌桓，七月亲征刘备。这一系列的对外战斗中都没有庞德的影子，无论是对刘备还是孙权，甚至对乌桓这样彻底的外战，都没有让庞德出征。直到十月份，宛城侯音出现，庞德才有机会施展自己的武艺。对于庞德来说，这不是一场单纯的战斗，而是一场对忠诚的考验，从后来派驻樊城这个结果来看，庞德的考试合格了。宛城百姓因为张绣的叛乱，二十一年后仍然遭受了屠城的苦难，那么庞德跟随马超四年前的叛乱，曹操可能忘记吗？

现实生活中，对领导赏识的小人，多数人会把轻蔑鄙视深深埋在心底，对于领导排斥的君子，多数人却会把冷漠甚至厌恶直接写在脸上。在三国，也不乏这样的人。和曹操一起怀疑庞德的，不止一个人，史载：“樊下诸将以德兄在汉中，颇疑之。”这不是一般的怀疑，是“颇怀疑”，还是广泛的、公开的。

面对别人的怀疑，庞德就如同忠贞的妻子被怀疑有外遇，爱国的大将被怀疑是奸细。他经常说：“我受国恩，义在效死。我欲身自击羽。今年我不杀羽，羽当杀我。”和超一流的武将赌命，庞德真是豁出去了，在无奈的舍命相搏背后，可以清晰地感到一种悲情，而且这悲情的意味越来越浓！见到关羽，庞德的求战欲望非常强烈，不但亲自上阵和关羽厮杀，还用弓箭射中了关羽的额头。按照常理来说，庞德这一箭很好很强大，应该能证明清白了吧。可是也没准这一箭之后庞德更惨，因为那些怀疑他的人又有话说了。比如：“庞德，你老人家行啊，射人额头而不取人性命，真乃神人啊！”其潜台词就是如果你真心射，箭扎脑门上人怎么能不死呢？肯定是你手下留情。

其实再看看曹仁对庞德的安排就更清楚了。曹仁让庞德驻守在樊城北面十里的地方，这样的安排可以理解成曹仁对庞德的关照，把庞德放到后方安全的地方；但更可以理解成曹仁对庞德和关羽的军队可能近距离接触的提防。当时，和庞德一起驻守的还有备受曹操宠信的大红人于禁。阵前还有人看管，庞德又悲情一次。但庞德是真玩命还是假做戏，关羽心里最清楚。当时庞德骑一匹白马，特征明显，关羽军中称他为“白马将军”，都知道他作战勇猛，对他颇有忌惮。

八月初，天降大雨，汉江暴涨，平地都水深数丈，于禁的七支分队都泡在了水里，人马都无法行动。关羽坐着大船围攻，这些大船就像一个个流动的碉堡，水兵们坐船里从一些不大的射孔往外放箭，被洪水围困的于禁等人无处可逃，在飞箭如雨的攻势下为了保命就投降了。于禁的这个举动非常出人意料。他因晚节不保，晚年在无尽的屈辱中凄凉地死去。他活着的时候，就如同死了。而他死了，就真的是死了。

主将投降了，庞德没有投降，他仍在战斗，他带领部下登上江堤避水。庞德全副武装，身穿铠甲，手挽一弓，迎着关羽水军的箭雨嗖嗖地放箭。正所谓你射我也射，看谁最能射。庞德箭法不错，史载：“箭不虚发。”可是庞德再能打也无法改变战场的胜负，随着战斗的进行他手下的人马是越战越少，越打越没希望。有个叫董衡的将领串通部下想投降了，对这些投降派，庞德没有客气，“皆收斩之”。他这样的人面对敌人、命运和困难，任何时候都要去勇敢地战斗。关羽的攻势持久而凶猛，仗从凌晨一直打到中午。这时庞德的箭用完了。射完了，但庞德还有体力，就直接投入到短兵相接的白刃格斗。

征战了大半辈子的庞德，站在自己坚守的大堤上，怀着必死之心，对部将何成说出了一句感心动耳的话，千载之下，犹可让人潸然。“吾闻良将不怯死以苟免，烈士不毁节以求生，今日，我死日也。”关中良将，陇上壮士，今日一死，壮烈！不怯死以苟免，不毁节以求生，这就是强汉的风骨，庞德的身上，让人体会到不屈的坚贞和由衷的感动。这句话气壮山河且格式工整，绝非草草可就一挥而成，一定是庞德早就打好了腹稿，到这一天终于有机会讲了出来。慨然赴死的人，一定有必死之心。我又想起了张自忠将军。1940 年 5 月 1 日，他对将士们说：“国家到了如此地步，除我等为其死，毫无其他办法。更相信，只要我等能本此决心，我们国家及我五千年历史之民族，决不至亡于区区三岛倭奴之手。为国家民族死之决心，海不清，石不烂，决不半点改变。”十五天后，将军壮烈战死。而庞德说完自己的誓言后，作战更加勇猛，气势也更为雄壮。

可是水势也和他的气势一样越来越大了，庞德麾下的兵将们大都投降了，身边只剩下一员偏将和两个伍伯（相当于副班长）。四个难兄难弟带着弓箭，推着一艘小船，想漂回曹仁的大营中去。两地相距十里，庞德能回去吗？很不幸，在湍急的江流中，船儿翻了，武器都掉到水里，庞德只能抱着倒扣过来的船在江水中随波乱漂，结果被关羽俘虏了。

关羽见到站立不跪的庞德，对他说："庞德兄弟，你哥哥也在汉中，跟我是同事，我想让你也做我的部将，你何不早点投降？"又说我哥哥，因为他，我庞德受了多少窝囊气啊！一听这话，庞德大骂着说："小子，说什么呢？投降，不可能！魏王带甲百万，威震天下。你家刘备不过一庸才，哪里能和魏王匹敌！我宁为国家鬼，不为贼将军！"关羽一听这话，就杀了庞德。

庞德死后，多疑的曹操顿时感到了不同寻常的难过，怀疑其实是一把双刃剑，在刺伤别人心灵的同时，也折磨着自己的灵魂，拷问着自己的良心。怀疑也许是世界上最可怕的杀手，很多时候唯一能够打败它的只有死亡。所以很多高尚的人会选择死亡来证明清白，恪守灵魂，坚守节操。

庞德的死对自己对曹操其实都是一种解脱。从到曹营那天起，庞德就承受着被怀疑、不被信任的痛苦。阴霾笼罩下的他就像一个受尽白眼、备受歧视、没人疼爱的可怜孩子。与庞德相比，于禁就像一个被溺爱、被宠坏的公子哥，即使给他再多的恩宠和再丰厚的赏赐都觉得是理所应该。所以庞德死战，于禁投降，是再合理不过了。可是曹操对这样的结果还是难以接受。听到庞、于二人的消息后，曹操哀叹了好一阵才说："吾知禁三十年，何意临危处难，反不如庞德邪！"路遥确可知马力，日久未必见人心。很多时候称量忠诚的最好砝码，就是生命。

庞德战死后，相信那些龟缩在曹仁大营或者已经收容进关羽战俘营中的人，那些曾经怀疑过庞德的人、经常在庞德面前说庞柔的人，一定会非常羞愧，当然了如果他们还有良心，还懂得羞耻。有时候，老天还算公道，生前受了委屈的庞德，死后得到了应有的补偿。

曹操除了眼泪外，还很实惠地把庞德的两个儿子封为列侯。到曹丕称帝后，专门派遣使者到庞德的墓上赐给了谥号。谥文中说："过去晋国名将先轸因为污辱国君而自入敌阵被斩首，齐国大夫王蠋拒绝乐毅聘请自缢以死激励百姓复国，他们都是为了高尚的节操而献出了自己的生命，古时候的人都赞美崇尚他们。想到庞侯你坚毅果敢的品质，舍身于危难成就的声誉，名扬海内，义高前人的时候，寡人我就备感惋惜，所以专门赐给你谥号——壮侯。"赐给谥号后，曹丕把庞德的四个儿子都封为关内侯，食邑各一百户。

庞德的死如此感人，如此壮烈，使得他不仅在曹魏甚至到两晋都被看作忠义的化身。在《晋书·忠义列传》中，敦煌人车济车万度，在被石虎的禽兽军团俘虏后，持节不屈，伏剑而死，临终遗言是：“吾虽才非庞德，而受任同之。身可杀，志不可移。”身可杀，志不可移！更夸张的是晋人王隐在《蜀记》中说，钟会攻下蜀国，吹吹打打地把庞德的尸体接回邺城与首级合葬，打开棺椁后，庞德的首级仍然像活着一样。在王隐的心中，义薄云天的庞德已经不是人了。

是神！

到了唐初，史学家令狐德棻等人在编著《周书》中赵善、元定、杨摽、裴宽、杨敷、韩盛等人的列传时，形容形势危急，环境困难，还用了“杨敷、赵善，类庞德之势穷”这样的话语。

一个武将能够讲出“良将不怯死以苟免，烈士不毁节以求生”这样掷地有声的话，肯定会让人凭空多出许多好感，而发出了这样的誓言后，还能用生命去实践，就绝对会让人钦佩。一个民族需要忍辱负重卧薪尝胆的人，也需要宁为玉碎不为瓦全的人，文死谏，武死战，悲情的庞德尽到了自己的本分。

或许更悲情的是我们自己，我们因为一个只是尽了本分的庞德就会生出别样的感慨，莫非我们身边的本分原本就很稀缺？曾几何时，生产鲜奶的，没尽到本分；收购鲜奶的，没尽到本分；制造奶粉的，没尽到本分；检验奶粉的，没尽到本分……这些没有尽到本分的，让本以为尽到本分的父母们变成了最不本分的人。他们没有想到自己的劳动血汗换回的“高级营养品”，竟然变成伤害孩子的毒药，在以后怀念宝宝的无尽岁月里，他们会永远处于自责的痛苦之中。曾经的信誓旦旦成为可恶的谎言，只是戳穿谎言的代价过于沉重，很多孩子稚嫩的身躯遭受了伤害，幼小的生命之花已然凋零，无法想象在那些痛失爱子的父母心中，会有怎样的仇恨。

公元219年，关羽斩杀庞德。四十四年后，庞德儿子庞会入蜀，灭关氏满门。这告诉人们：中国人不总是以德报怨，我们祖先曾尊崇血债血偿。

庞德用生命履行了自己的誓言，能言行一致成这样的人，就是真君子。无论再过多少年，在历史的天空里，庞德的光芒都将永远灿烂。

悲哉庞德，幸哉庞德！

即使没有惯例，也得给庞德写首诗：

陇上庞家好儿郎，
尝随汉室征氐羌。
勇冠三军勇武将，

汉中归顺汉丞相。
因兄在蜀受中伤，
力敌关羽不屈亡。
良将欲死难苟免，
烈士持节不求生。
言行一致真君子，
视死如归大丈夫。
千载犹可壮人气，
令明纵死骨亦香。

三国点将之十六

恪守大义的孤独守望者
——牵招

主题词：义

南八，男儿死耳，不可为不义屈！

——张巡　公元757年

宁以义死，不苟幸生，而视死如归。

——欧阳修　公元11世纪

光熹元年（公元189年）八月，东汉帝国的首都雒阳发生一件动摇国本的大事，在长乐宫里拜见何太后的大将军何进被人给杀了。

大将军何进被杀了，这还了得？有什么了不得！因为杀他的正是当时权倾朝野的“十常侍”，“十常侍”深受汉灵帝宠信，何进又是何太后的弟弟。宦官杀了外戚，这还了得？

有什么了不得！因为司隶校尉袁绍、虎贲中郎将袁术兄弟俩带着兵马，先杀掉了何进的弟弟何苗，然后攻破了皇宫，派兵捉拿宦官，连同没胡子的一起算上，不论老少，杀掉了两千多人。皇宫被人攻打，还死了那么多人，这还了得？

有什么了不得！因为皇帝刘辩竟然被“十常侍”带出皇宫，逃到了黄河边上。皇帝出了宫，这还了得？这可真真是了不得了，因为皇帝出宫，就好比中国象棋里的“老将”和“老帅”出了九宫，没法下了。东汉王朝经过这次折腾后，就再没缓过劲来。

但在当时，天下的百姓对“十常侍”一下子都死翘翘这件事虽然不明觉厉，却也喜大普奔。全国各地也迅速地掀起了一股剿灭“十常侍”余党的热潮。谁是余党？活着的人咱不清楚，反正被杀掉的肯定是。对这些坏蛋，就要让他们死无葬身之地，暴尸于光天化日。何苗当时的官职很大，已经是车骑将军，有不少部下，其中有叫乐隐的长史，也陪着自己的主公遗臭万年。

当时的天气很不好，从六月份开始接连下了好几个月的雨，直到十月份才停。尸体被雨水这么一泡，那情景，那气味，想想都觉得可怕。乐隐这个人在历史上没留下什么光辉业绩，所能知道的就是他在做官，还当过老师。在当老师期间，乐隐除了有一个叫史路的门生外，还有一个叫牵招的学生。

牵招和史路的名气似乎也一般，因为作为堂堂正正的三国人物，罗贯中先生竟然没把他们收入《三国演义》。他们俩人，充分利用自己名气不大的短板，冒着生命危险把乐教授的尸体给收了。这件事的危险程度陈寿先生用“触蹈锋刃”作了特别的简写，留下了无限的遐想空间。牵招和史路并没有意识到这件事很快就会让他们俩都扬名天下，着实火上一把。其实何苗死得比较冤，虽然与哥哥何进的关系一般，又是同父异母，但他确实没有参加谋害何进的阴谋，只是因为何进的部将吴匡听到主公身死，想起何苗和何进关系不好，就怀疑何苗参与了宦官们谋杀何进的阴谋，鼓动士兵把何苗给杀了。何苗都是冤死的，那乐隐就更冤了。古人讲叶落归根，乐隐不是坏人，又受了这么大的冤屈，必须享受这个魂归故里的待遇。所以，牵招和史路就带着老师的棺椁踏上了回家的漫漫长路。

牵招和老师乐隐的家乡都在安平国的观津（今河北省武邑县审坡镇附近）。今天当地还有前观津、东观津和西观津等村子，如果能开发出个牵招故居，或者发掘出乐隐的大墓，肯定会吸引很多三国爱好者前去消费一下。如果不走高速公路，从洛阳城东汽车站走前观津村，得路过三个收费站，走六百八十多公里。在遥远的三国，乱世之中得走多长时间，费多少周折呢？他们虽然没遇到收费站，却遇到了强盗。强盗的要求比《大话西游》里至尊宝抢人要看脚底板的手下还要变态。他们非要抢乐隐棺材上的钉子，还没有拔钉子的钳子，就是要简单粗暴地砍开棺材。

史路作为门生能把乐隐送到这一步已经不错了，于是默念着“兄弟我只能帮到这儿了”，然后和那些雇来的脚夫一起逃之夭夭。牵招被孤零零地撇下了。

怎么办？拼了！宁为玉碎，不为瓦全，好男儿大丈夫，在此先受我一拜。

但牵招不行，他不能死，不能来硬的，他明白必须要把老师的棺椁送回故乡，所以他得来软的，所以他唯一能用的武器只有眼泪。他哭着哀求强盗们不要伤害老师的遗体。碰到强盗，没有逃命，却要保护老师的遗体。这是什么行为？不含一点杂质、纯纯粹粹、彻彻底底的义举！真正感动强盗的不是眼泪，而是牵招身上的“义气”。强盗很欣赏牵招的义举，走了。牵招从此名扬天下。大家都知道安平观津有个牵子经。而史路，除了在历史上留下一个落荒而逃的狼狈身影，再也没有丝毫痕迹。

这次扶棺千里的历程，对牵招来说有着特殊的意义，当史路和其他人忙着逃命而牵招不得不独自面对杀人越货的强盗时，他的心中一定会闪念出这样八个字：心有大义，无所畏惧。这个观点，在经历了生死考验后，将会更加坚定。我想，靠自己；我做，靠自己；我生，靠自己；我死，更靠自己。只要心中有道义，做一个独行客都没什么可耻的。这时，牵招名垂青史的生涯才刚刚开始。

经过一系列眼花缭乱的动乱后，袁绍占领了幽州、冀州、并州和青州。

对待人才像火龙对待金币一样的袁绍自然会把声名远扬的牵招网罗到自己麾下。牵招被委任为督军从事，职务不算高，是刺史或者州牧的属官，主要做一些军事工作。但牵招的责任却非常重大，因为他所管辖的有乌桓的骑兵。读三国的历史，真的会让人很感慨，儒家思想统治下的基础教育质量真是非常过硬。但凡好好学习掌握了礼乐射御书数这六艺以后，真是坐得书房、站得朝堂、上得战场。

不过袁绍确实没有好好发挥牵招的作用。牵招唯一出彩的工作，竟然是杀了袁绍的一个舍人。舍人是古代贵族大家的门客，不仅和主人有私人依附的关系，还是一种官职，有正规的编制。就是这么个人，犯了法。处理吧，他是袁绍的人，惹不起；不处理吧，违背法理，良心过不去。而且真要下决心处理，按照正常途径报请上级机关，到了袁绍那里，结果很可能是不了了之，既得罪了袁绍，还有负职守，让百姓和同僚瞧不起，真成了风箱里的老鼠——两头受气。牵招的法子很简单，先斩后奏。不请示、不汇报、不商量，自己一个人就把决心给下了。把人杀了以后再说。

袁绍知道后，没什么反应，只是觉得牵招这样做很奇怪，根本没有深究，甚至都没想想牵招为什么会这么做。官渡之战，牵招没有什么作为，袁绍也许都忘记了自己营中还有牵招这么个人。

建安七年（公元 202 年），袁绍死了。牵招又继续为袁绍的儿子袁尚服务。

建安九年（公元204年），曹操率军攻打袁尚驻守的邺城。牵招被袁尚派到并州的上党去督办军粮，粮食还没有运到，邺城就被曹操攻破了。袁尚败逃到中山。还在并州的牵招就劝说高干迎接袁尚，依靠恒山和黄河天险固守并州伺机而动。高干是袁尚的表兄，是袁绍的外甥，当年袁绍平定四州后，对高干视同己出，让他和袁谭、袁熙、袁尚等三个儿子一起分别担任了并、青、幽、冀四个州的刺史，很受优待。并州易守难攻，又北邻胡地，有久经战阵的五万精兵，如果把袁尚接来，那么曹操要想很快肃清袁氏的残余势力也绝非易事，但是享受了袁家的恩惠却没有对袁家忠诚的高干不但没有采纳牵招的建议，还想暗地对牵招下毒手。

牵招听到风声之后，连忙离开并州投奔袁尚，此刻的袁尚为了躲避曹军的攻击，行踪飘忽不定，实在没法给牵招一个靠谱的投奔坐标。万般无奈的牵招，只好调头向东，投降了曹操。这时候曹操兼任冀州刺史，给牵招封了从事的官。从这里似乎可以看出，牵招在袁绍这里工作了十年左右，都没有得到任何晋升，一直就是个从事。作为刺史属官的从事，和领导接触的机会还是很多的，但袁绍和曹操的眼光确实没法比。

从曹操给牵招的任务就可以看出，对牵招的重用程度要胜过袁绍。建安九年十二月，曹操讨伐降而又叛的袁谭。此时的袁谭虽然已是日薄西山，但由于袁家与北方的乌桓过从甚密，关系很好，曹操还是担心乌桓的铁骑对袁谭施以援手。稳住乌桓的任务交给了曾经管理过乌桓骑兵的牵招。当年掌管乌桓骑兵时，牵招是袁绍的从事，这回再去乌桓，牵招已经是曹操的从事了。而乌桓单于可是当年袁绍假冒汉室的命令册封的。

牵招赶到乌桓的地盘时，乌桓单于峭王已经集结好五千骑兵，准备出发救助袁谭。同时，已经自称平州（治所在今辽宁省辽阳市）牧的辽东太守公孙康，派使者韩忠带着册封单于的印绶也来到了峭王营中。峭王接见牵招的排场非常大，聚齐了各部落的酋长，把韩忠也拉来助威。而单人独骑的牵招，所拥有的只有不辱使命的坚定信念和代言天子的凛凛天威。

峭王一见牵招，就来了个胡同里赶猪，直接问道："以前袁公说他奉天子之命，授命我为单于；而今曹操又说应当禀告天子后，授命我做真单于；辽东方面也拿着印绶来说要授命于我，他们这样，谁是正统？"牵招大义凛然地答道："从前袁公秉承天子命令，能够封官授职，但是后来袁绍犯了错误，天子命令曹操取代他，曹操说应该禀告天子以后，才可以授予你真的单于封号，这才是真正合乎规矩的。辽东不过是朝廷管辖的一个郡，怎么能有资格擅自授予别人职位呢？”牵招这样说，韩忠必须要回应，不过韩忠似乎把说理当成了吹牛，他说：“我们辽东在大海东边，有百万大军，又有扶馀、濊貊（huì mò）为我所用，当今之势，强者为王，曹操算什么！”韩忠这样目无君父不讲政治的胡言乱语，自然会遭到牵招的无情痛斥。牵招断然呵斥道：“曹公诚信恭顺明达识理，辅佐天子，讨伐叛逆，安抚归服，安定国家，你们君臣万古嚣张，自以为地处偏远，就违抗天子的命令，擅自封官许愿，玷污了朝廷和天子的权威和尊严，就应当被处死，怎么敢慢待诽谤大人？”

说完以后，抓住韩忠的脑袋撞在地面上，拔出刀来就要砍，韩忠吓成啥样不知道，峭王可是大惊失色，来不及穿鞋光着脚上前抱住了牵招。冬天北国的地面非常冰凉，袁尚在被辽东的公孙康杀头前，坐地上因为屁股凉，都快死了还想要个垫子。峭王光着脚可见有多着急，峭王左右的人更是不争气，吓得脸都变色了。这就是大汉的天威，一个小小的从事，就给胡人的单于如此震慑，叫人怎能不感慨！

牵招一看，就回到座位上，给峭王和诸位酋长扎扎实实地上了一堂时政课，教育这些没见过世面的家伙，要听曹操的话，跟汉天子走。成功失败、灾祸幸福两条路，你们看着办。峭王等人刚才还杀气腾腾，豪情万丈，听完课以后，全部下了座位，老老实实地跪伏在地，接受了牵招的教诲。起身以后，就打发了韩忠，遣散了整装待发的骑兵。牵招原来是个暴脾气，那么当年在强盗面前为护师棺、忍辱负重、不惜哭求，真是天大的憋屈。

没了后顾之忧，曹操顺利地在南皮（今河北省沧州市境内）收拾了袁谭袁老大。这事过后，曹操任命牵招代理军谋掾，一起随军征讨乌桓，到了柳城（今辽宁省朝阳市），又提拔牵招做了乌桓校尉。牵招这次升迁，应该是因为一路上曹操对他有了全面而深入的了解。他这样的人一定是有故事的。

大军凯旋后，辽东的公孙康送来了袁尚和袁熙的头颅。两个亡命天涯也没有逃脱被斩首命运的倒霉蛋，死后也没有得到安宁，他们的头颅被挂在马市上示众，作为邺城曾经的统治者，落到这样的下场，确实让人唏嘘。这时，他俩已经是乱臣贼子，连入土为安的资格都没有。曹操还下命令说，三军中敢为二袁哭泣者斩！

牵招看到袁尚的头颅，不顾禁令毅然决定祭拜袁尚。他在马市袁尚的头颅下，摆下了祭物进行了祭奠。这件事，牵招又是特立独行，一个人就把事情办了。事情传到曹操那里，曹操没有责罚牵招，更没有像袁绍那样对这样的异常举动置之不理，他觉得牵招这样做是有情义的表现，是不忘故主的一种忠诚，所以推荐牵招做了茂才。茂才就是秀才，为了避讳汉光武帝刘秀，才给了这么个别名。当然了，实事求是地讲，当时祭拜袁尚的还有田畴，但田畴始终没有接受朝廷的征召到最后也只是挂了个虚名，从身份上讲就是个老百姓，没有军籍，并不在禁令的约束范围之内。而牵招则不同，若曹操较起真来，就是死罪。可牵招为了故主之“义”，就是不怕死。这一年，是建安十二年（公元207年）。

发表过《求贤令》的曹操，虽然唯才是举但也从来没有忽视过对有德行人士的选拔和使用。八年后，曹操带着牵招一起平定汉中，曹操撤回时，留下牵招担任了中护军，享受四品的待遇。这个职务级别不高，但是非常重要，既负责禁军的管理，又负责武将的选拔监督。这样的重用，牵招在袁绍那里从来没有享受到。

等到汉中争夺战失败，牵招回到了邺城，官职从中护军这样的文职直接调整为平虏校尉这样的武官后，统领起青州、徐州诸郡的兵马，督办当地军务，攻打东莱（今山东省龙口市）的乱贼，恢复了东部地区的安定。从牵招的职务变化，似乎可以判断出，在汉中攻防战中，牵招表现出比较突出的军事才能，但现有史料却无法提供更多的细节，不能不说是个遗憾。否则，曹操不会让一个不能打仗的人去统率两个州的兵。

公元220年，曹丕称帝，改元黄初。曹丕一登基就任命牵招为鲜卑校尉，牵招持节上任，驻扎在昌平（今北京市昌平区）。昌平是边境地区，有许多边民为躲避战乱，在山野湖泽中到处流亡，投奔鲜卑的就有一千多户。牵招广施恩信，千方百计地招揽百姓归附，建义中郎将公孙集带着部属来了，鲜卑的素利、弥加等部落的十多万人也来了。牵招让公孙集回到原来的驻地，让鲜卑人能够自由通过边塞通商往来。边境地区呈现出人丁兴旺的大好局面。

北方的安定激发了曹丕南征的雄心。黄初六年（公元225年），曹丕又准备攻打孙权，这时候牵招已经成了重要的军事骨干，因为曹丕专门把他从北方边境调到了南方的前线。从昌平到长江边那距离可不近。所以，牵招还没走到地方呢，仗就打完了，面对滚滚长江曹丕无奈退兵。这趟路牵招也没白跑，被曹丕封为右中郎将，出任雁门太守。

雁门（今山西省代县境内）也是边疆，虽然魏国对侦察警戒工作抓得很紧，但来自胡人的侵略掠夺从来就没有中断过。当时曹魏军队的主力都在荆襄和长安防备东吴和蜀汉的攻击，北方的边境并没有太多的兵力。牵招就走出了一条军民融合的特色之路，把打仗的阵法教给边民。对已经归顺的五百多家乌桓人，牵招专门上奏朝廷，免除了他们的租税，让他们发挥骑术精良的特长，备好鞍马，把他们变成了四处奔跑的侦察员，做到了边患敌情早知道。敌人每次来进犯，牵招都能提前准备好，带领军队迎击，丧失了突然性的胡骑经常是一触即溃，雁门一带的军民士气大振，别说土地牛羊人丁财产没有危险，就连荒郊野外都没有什么忧患。

牵招不光正大光明的战斗准备做得很好，各种阴招损招也用了不少，针对胡人比较松散的特点，他设计挑拨离间，让各部相互猜疑，始终保持着一盘散沙的不团结态势。鲜卑的头领步度根、泄归泥等人和鲜卑族的一代英主轲比能有了矛盾，就带领本部人马来到雁门关下，投靠了魏国。牵招把他们安顿在边关里面，让他们出塞攻打轲比能。都是鲜卑人知根知底，打起来也敢下狠手，步度根等人不但干掉了轲比能的弟弟，还把叛逃到乌桓人那边的归义侯王同、王寄等人一并收拾了。轲比能恨得咬牙切齿，发誓要报这血海深仇。

这时候，牵招才率领泄归泥等人到云中（今内蒙古自治区托克托县东北）一带，讨伐轲比能。轲比能旧恨未消，又添新恨，大败而逃。虽然轲比能战败，但是牵招并没有将其彻底肃清的力量。轲比能只要恢复了元气，仍然能够攻击雁门威胁太原的安全。

于是，牵招联络河西的鲜卑附头等十多万户人丁，重新修缮了上馆城，驻军防守监控边境。雁门周边的胡人部落纷纷归顺，参与叛逆的人即使是亲戚也不敢收留隐藏，全部自行捕捉押送到官府。边境出现了少有的太平景象。作为雁门的最高长官，在应对复杂的军政事务时，他不会得到朝廷太多的指示，究竟怎么办，全靠自己的决断。不仅要处理外交，还要指挥打仗，不但管城建，还得抓教育。他在雁门治所广武城（据说在今山西省代县西南之旧广武村）里选择有才华、有见识的人，送到朝廷的太学深造，学成后给雁门的百姓传授学问。建校兴学自古就是最能安定民心的义举，孩子们有书读，将来就会有出路，一个家族都有希望了。做到这个地步，牵招已经很了不起了，但他还有更厉害的。

那就是找水。广武城里的井水又咸又苦，老百姓喝不成，就肩挑车载地去取河水，一个往返要七里路，年轻的壮丁或者养得起大牲口的有钱人家还行，但老弱妇孺可就深受其苦了。找水这事照理说和牵招关系不大了，饱受战乱摧残的边民，为了喝水走远一点算什么呢？可是牵招却亲自勘察地形，根据山丘的走势，广开水源、修浚渠道，把水引入了城里，解决了百姓们的饮水问题。

黄初七年（公元 226 年），魏明帝曹叡即位，赐给牵招关内侯的爵位。

太和二年（公元 228 年），田豫出塞，被轲比能包围在旧马邑城（今山西省朔州市），两地路程八十多公里，距离不算远。田豫派人送信给牵招求援。牵招收到信息后，立刻整顿兵马，准备前去救援。并州刺史毕轨却按照有关规定不让牵招行动。毕轨这人写文章不错，生性浮夸奢华，明帝在位期间，因为屡屡败于轲比能，受罚永不录用。明帝后，曹爽任辅政大臣时，毕轨利用曹爽的信任，建议曹爽专权，高平陵之变后，连同曹爽一起被灭三族。总体来说素质不高、能力不强，是个走上层路线的投机分子。

牵招认为持节的将领被包围，救援行动一般官员不应该受限制，在向魏明帝上书的同时，不等批准就带兵出发了。牵招还派出快马向田豫所部传送紧急文书，宣告自己先要向西北攻击，在扫荡了轲比能的大本营以后，再向东汇合田豫消灭轲比能的三万骑兵。文书到达后，田豫麾下三军踊跃，士气大振。此外，牵招还把同样的文书专门遗落在敌军往来的必经之道上，故意让敌军看到，这个消息传开以后，严重扰乱了轲比能的军心，参加联军的各个部落纷纷溃逃。牵招的军队刚走到旧平城（今山西省大同市），轲比能的部队就土崩瓦解了。

但根据《裴注三国志·魏书·刘放传》所载，当时田豫被围，魏明帝非常着急，问计于群臣时，中书令孙咨推荐了上谷（在今河北省怀来县大古城村北约一千米处）太守阎柔的弟弟阎志，这兄弟俩深得轲比能信任。那时，轲比能翅膀还没硬，表现也很好。不但通过阎柔向朝廷进贡，还在建安十六年（公元211年），田银、苏伯等趁曹操亲自西征关中十一路诸侯的时候，在河间反叛，轲比能亲率三千骑兵跟随阎柔平定了叛乱。魏明帝采纳了孙咨的意见，派阎志前往游说，轲比能果然退兵。

田豫是护卫魏国北疆的中流砥柱，他被轲比能包围，是当时魏国非常重要的大事，魏明帝并非昏君，知道轻重，必然会动员一切力量、想尽一切办法救援。阎志的游说应该是朝廷除了派兵解围施以硬手之外采取的软性措施，而牵招的果断救援和大造声势，算是魏国边将的强硬反应，还有田豫所统率的兵马本就十分强悍，各方面因素形成合力，让轲比能明白已无必胜把握，故而退兵。

这种退兵，对轲比能的实力没有任何影响，如果有机会，会卷土重来。但牵招在雁门，轲比能着实是讨不到便宜。于是轲比能就把攻击点改到了平州。结果他又遇到了牵招，等轲比能明白时，他的很多部下已经身首异处了。因为这回牵招长途转进，没有做一点宣传工作，发动了突然袭击。有志青年轲比能又一次带着深深的挫败感，回到了北方的莽莽荒原。

在牵招的心里，他对轲比能还会回来的判断，和轲比能还要回来的决心一样坚定。世界那么大，不可能让你轲比能都看看。强悍的人，总能坐在庭院就看清整个世界的风云。远在边关的牵招，就是一个时刻掌握天下大势，并能积极主动拿出正确应对方案的强人。他在孤独的思考中，把置身于天苍苍、野茫茫的草原中的轲比能和天府之国巴蜀平原中的诸葛亮联系了起来。诸葛亮从太和二年（公元 228 年）开始连续北伐，成为魏国边境最大的威胁。他认为两人很可能会相互勾结，共同攻击魏国。为此，他专门上表要求朝廷做出防备，魏国中央政府的官员们普遍认为诸葛亮和轲比能相距太远，对他们的联合秉持了彻底的怀疑态度。结果在太和五年（公元 231 年），诸葛亮兵发祁山，轲比能也带兵驻扎在北地石城与蜀军遥相呼应，摆出一副随时南下的样子。

魏明帝曹叡下诏命令牵招，要他根据具体情况自行决断讨伐轲比能。牵招终于获得了自主行动的权力。他这一辈子，独自给老师收尸，独自扶送老师的棺椁，独自祭拜故主，独自劝降乌桓，独自救援田豫，独当一面镇守边关，每次独行都以身犯险，每次都是提着脑袋办事，每次都能安然圆满地完成这些没有命令的任务。

任何旁观者对这样的事情都不会熟视无睹，但是到了魏明帝曹叡手里牵招才拥有了早该得到的自主权。牵招的心情我们无从揣测，但是高兴和欣喜是可以有的，只是在高兴之余，他并不知道自己的生命将要走到终点。读历史就是这样悲催，明明看到有那么好的故事，那么好的情节，你甚至完全能够想到即将到来的高潮有多么汹涌澎湃，但主角却偏偏要在这个时候死去。这种浓浓的悲情，是读三国时，感觉最最痛心的地方。

多么希望这些英雄能够再活一百年！但牵招做不到，真的做不到。牵招出马，轲比能自然无法招架，一口气退到沙漠的南部，连草原都待不住了。

牵招没有追，他就此事和毕轨商量道：“胡人的迁移从来没有固定的规矩可循，如果正面攻击，长途跋涉，疲惫之师速度缓慢没法追上。如果想要偷袭，但是山水阻隔，军用物资和粮秣运输既困难且没办法保密。所以最好是派军队扼守新兴、雁门两处的官署，又出兵驻守陉山以北，对外镇抚控制，对内可以开荒屯田，储存粮草，到秋季战马肥壮的时候，各州郡的兵力集合起来，寻找合适的时机讨伐，一定能够获胜。”这个平定北疆的方案，攻守有据，切实可行，但是还没来得及实施，牵招就病死了。可究竟是哪年死的，颇有存疑之处。

在陈寿写给牵招的评语中，首先说明的是他“在郡十二年”，这个郡应该指的是雁门郡。魏文帝登基后让牵招持节在昌平驻防，但昌平属于广阳郡。直到 225 年，牵招才到雁门郡。如果按照在雁门郡的时间来算，牵招就应该是死于 237 年。但从传记中判断，牵招提出的计策是秋天出击，秋天没到，牵招死了，似乎是在击退轲比能对诸葛亮的策应行动之后，应该是年内发生的事情。所以牵招死于公元 231 年是比较让人信服的。由此前推十二年，那么牵招到达边关的时间是在公元 219 年。

这一年，关羽北伐，水淹七军，曹魏集团经历了篡汉之前最为严重的一次危机。而当时的边关，轲比能和乌桓的联军刚刚被曹彰击败，臣服的轲比能已经恢复了对中原的进贡。在用人的紧要关头，把牵招这位干将派到已经稳定的边关，这一人事任命实在是有些匪夷所思。也许是边疆的防御离不开牵招，牵招就适合在边疆打仗。倘若果真如此，那么又该如何解释黄初六年（公元 225 年）时，因为防御孙权而对牵招的专门征调？

我琢磨了很长时间，没想出个所以然来。所谓功夫不负有心人，后来我终于发现了这个匪夷所思背后的合理之处。这得感谢西晋的文学家孙楚。他为牵招专门写的特殊鉴定，全文称作《雁门太守牵招碑》，共二百零六个字，现摘录如下："君体德允直，才量高洁，明鉴达于世变，弘毅足以致远，聿振鸿翼于衮尘之表，卓尔先觉于拟议之前。君与刘备，少长河朔，英雄同契，为刎颈之交。俄而委质于太祖，备遂鼎足于蜀汉，所交非常，为时所忌，每自酌损，在乎季孟之间。迁雁门太守，教民耕战，听断以情，信赏必罚，干服其命是以夷狄窘迫，罔知所安。譬秋枯之陨晨风，激雹之不及掩耳也。伐叛柔服，威震沙漠，遗种远迹，万里无烟。烈烈君侯，文武允崇，少兼七德，翰飞抚戎。名扬河朔，威震汉中，临危运奇，在难匪从。回旌東麾，抚司徐青，截彼降贼，海岱以平。剖符千里，为国干城。"此文被收录在由唐高祖李渊亲令编修、欧阳询任主编，被称为唐代四大类书的《艺文类聚》中。孙楚所写的碑文，今天能够看到的只有两篇，除了写牵招的这篇，还有一篇是为西晋名将羊祜所写，能够和羊祜一同进入孙楚的视野，这才是对牵招更为公正客观的评价。也正是在孙楚这个隔代人所写的这篇文章中，我们才得以了解到，少年的牵招和刘备都曾在河朔的广袤天地里成长成才，结下了深厚的友谊，是生死之交。

也因为这层关系，牵招才会被曹操和曹丕父子所怀疑，始终没有得到彻底完全的信任。无论是"威震汉中，临危运奇"，还是"伐叛柔服，威震沙漠""抚司徐、青，截彼降贼，海岱以平"这般出色的表现，到了牵招这里才总会"每自酌损，在乎季孟之间"，牵招这样的人会在乎比上不足比下有余吗？比较曹操和曹丕父子，曹操作为一代雄主，出于自信，能够做足"疑人不用、用人不疑”的表面文章，所以不会在219年天下动荡的敏感时期把牵招派驻到边塞统兵，他更愿意把忠诚度可疑但很有才干的精英放在自己身边以便控制。反倒是连自己亲兄弟都不信任的曹丕，才会在登基之后把牵招放到离刘备和自己都很远的边疆去。

所以，我认为牵招到达边疆的真正时间应该是220年，曹操3月15日死后至曹丕篡汉12月10日登基这九个月中，曹丕为了当皇帝什么事情都做得出，把牵招远派这样的人事安排更是情理之中。如果这一观点成立，那么牵招的生命在历史的记载中将延长一年，其确切的死亡时间应是公元232年。这个论证虽然没有什么重大意义，且和其他记载的信息都不一样，但是对于希望三国英杰们多活一百岁的虚拟目标来说，还是艰难而成功地完成了1%，心中的遗憾顿时就少了些许。

牵招在边疆受的约束能少一些，能够放开手脚为百姓做点实事，做了很多好事，老百姓都十分怀念他。继承牵招爵位的是他的大儿子牵嘉。二儿子牵弘，是个勇猛坚毅的真汉子，很有牵招的风范。非常有意思的是，牵嘉和后来在西晋做了司徒的李胤是同母所生。如此看来，牵招死后，老婆还改嫁了。牵招不是普通的军士，遗孀不会随意被官府指令性婚配，能在改嫁后生孩子，一来是年纪尚轻，二来肯定也是牵招的遗愿。

刘备死时已经年过六十，牵招比刘备还晚死十几年，由此推断牵招活了将近七十，也算是长寿了。这也许是上天对他一辈子持节守义的最好回报吧。

给牵招这样的人写首诗是必要的，但是写什么着实很让人挠头。今天讲中国梦就是为了实现国家富强、民族复兴、人民幸福的伟大目标，就是要彻底改变1840年以来，中华民族灾难深重的悲惨命运。作为中国人，最引以为荣的就是汉唐气象的蓬勃与昂扬。从牵招身上就有非常典型的例证，他扶棺千里、义感盗匪的成名之举，从一个侧面反映出，当时即便是汉末的乱世，中国人中就连强盗也是讲道理、重气节、有原则的。这反映的是汉王朝四百年宣教的结果，体现的是中华民族处于刚刚成形尚未达到辉煌顶点的特殊时期，道德基因中纯粹而优秀的精华片段。

到了唐朝，中华民族的发展达到了强盛的波峰，无独有偶也发生过类似的事情。在晚唐诗人范摅（shū）编纂的《云溪友议》一书中记载，长庆二年（公元822年），太学博士李涉在看望自己做江州刺史的弟弟李渤时，行船走到浣口，遇到了一群水贼，船被逼停后，贼人问：“船上何人？”船夫说：“是李涉博士。”匪首听到后说：“如果真是李博士，就不劫他的财了。不过我辈早就听说他的诗名，希望他能给我们写一首诗。”李涉听罢，草就一首绝句，送给了强盗，强盗拿着诗高高兴兴地走了。如果说汉朝的强盗还有几分盗亦有道的古板，那么唐朝的强盗真是带着些许文学爱好者的浪漫了。连强盗尚且如此，何况寻常百姓呢？

李涉的这首绝句名叫《井栏砂宿遇夜客》，让牵招拿到汉朝去似乎更切题。不信？我把全诗抄录如下，请朋友们亲自品味。而后从强盗这个反映社会最阴暗面的犯罪团体身上去体会我们祖先曾经创造出怎样的盛世！

暮雨潇潇江上村，
绿林豪客夜知闻。
他时不用逃名姓，
世上于今半是君。

三国点将之十七

三国第一罪狗——成济

主题词：罪

兴兵动众，欲危宗庙，恶不忍闻，罪不容诛。

——《汉书·游侠传序》班固　公元1世纪

不有废也，君何以兴？欲加之罪，其无辞乎？臣闻命矣。

——里克　公元前7世纪

中国有句老话叫："欲加之罪，何患无辞。"西方有个谚语说："给狗一条罪名，就可以吊死它（Give a dog a bad name and hang him）。"所以当别人要整你的时候，你在罪名上跟人家发生争执，你就太笨了。

——《这一次，我只聊真话》李敖　公元2014年

没错，是"罪狗"。但这里要说的，却不是狗，而是成济。至于为什么要用"罪狗"这个词，后面会有一个交代。先要做的，还是一同回顾历史。

公元260年，五月初七，从魏国都城雒阳皇宫的南阙杀出了一支奇怪的队伍。奇就奇在人数不多，怪就怪在成分很杂。成员有宫里的侍卫、奴仆，甚至还有太监。一路上，他们擂鼓嘶喊，虽不齐整倒也气势雄壮。尤为让人称奇的是，队伍最前面走着天子的帝辇，车上一个年轻男子仗剑而立。这个人正

是当时魏国的皇帝——曹髦。虽然他只有二十岁，还是个年轻小伙，但已经用独有的人格魅力，赢得了许多大臣的爱戴。“司马昭之心，路人皆知。”这句名言就出自曹髦之口。就连忠于司马家族的钟会在拜见过曹髦后，也由衷地发出了少主文如曹植、武类曹操的感慨。这样优秀的青年帝王怎么会甘居人下？终于，到了忍无可忍的时候，就有了开头的一幕。那一刻，站在辇车上的曹髦坚信自己决不是一个人在战斗。他坚信自己是真命天子，是大魏帝国的最高统治者。他的血管里流淌着魏国皇家的血，是诸多曹氏后辈中传承曹操基因最完全的人。

但他并不知道，在他报告母后的同时，他眼中那为数不多的几个亲信中已经出现了叛徒。侍中王沈和散骑常侍王业先他一步到司马昭那里通风报信了。唯有尚书王经在苦苦哀求，忠心耿耿地劝阻曹髦“宿卫空阙，兵甲寡弱”，千万不能鲁莽行事。曹髦自信而决绝地说：“行之决矣。正使死，何所惧！况不必死耶。”铿锵慨然之声在耳，司马昭的首波狙击已到。带兵的是屯骑校尉司马伷，司马昭的亲弟弟！司马伷的兵一看是皇帝，吓得一哄而散。这时的曹髦想来心情一定很好了。我是皇帝我怕谁啊！

第二波阻击又来了。这回带队的是贾充。就是《庞德传》里说过的那个义士贾逵的儿子。虽然贾逵对曹魏忠心耿耿，但贾充却是司马家的绝对死党。贾充一心想把曹髦挡住，可普通士兵见了皇帝还是害怕，平常给皇帝说句假话，都是要诛九族的欺君之罪，何况是和皇帝干仗呢？所以贾充的部众一看要挡的是皇帝的道，马上就尿了。这事确实非常为难，在万恶的封建社会，人与人之间是不平等的，存在严重的人身依附关系。贾充和他带的人马绝对不可能是自发组织，出于对封建反动帝王朴素的阶级仇恨而来的。他们是司马昭派来的。如果执行司马昭的命令，拦住了皇上，那就是造朝廷的反。如果不执行司马昭的命令，把皇上放过去，那就是造司马昭的反。横竖是个死。所以第一波人，一哄而散。第二波人和第一波人想法估计差不多，高明不到哪里去。大家都在观望。

今天，身处职场的现代人，常会遇到这样的情况，在一件艰巨的任务面前，即便是老总再怎么望穿秋水、含情脉脉，多数时刻大家都会心照不宣地躲开领导殷切的目光选择沉默，很少有人愿意做第一个提建议的人。因为如果没有人跟进，那么此建议就会成为完成任务的唯一方案，而建议者必将非常光荣地成为这个方案的执行者。这个时候，就如同吃火锅的前十五分钟，谁说话谁就吃亏了。

最着急的人应该是贾充，因为他的职务是中护军。在三国时期，中护军负责掌管禁军和武将的提升，岗位非常重要。司马昭打出贾充这张牌后，手里的筹码也就没几个了。如果这次再一哄而散，那么司马昭之心就可能要被曹髦煮着吃了。在这千钧一发的时刻，第一个提建议的人出现了。他就是太子舍人——成济。太子舍人看起来和太子挺近乎，其实不过是一个宿卫。级别相当低，有多低，看年薪。年薪多少？两百石。和县丞、县尉的级别差不多。可就是这样一个小人物却改写了三国的历史。

贾充带的是相府的兵，但是皇帝曹髦却明白诏示，朕是要亲征司马昭，阻挡者灭九族。成济忍不住了，他问贾充："事情紧急，应当说什么？"贾充答道："司马公养着你们，就是为了今天，这样的情况，还有什么好犹豫的！"这段对话见于干宝的《晋纪》。当然还有别的版本，比如《魏末传》中就更加详细。贾充对帐下的都督成济喝道："司马家的大事如果败了，你们还有活路吗？为什么不出击！"于是，成济和哥哥成倅兄弟二人率领帐下兵马杀将出去，出发时回头问道："应当杀呢，还是抓呢？"贾充答道："杀之。"成济的兵马和曹髦的杂牌军交锋后，曹髦说："放下武器！"其他将领和军士都放下了，只有成家兄弟抗旨，还冲上前去刺中了曹髦。

曹髦倒在车中，死了。皇帝被杀了，大臣们哭成一团。司马昭也赶来猫哭耗子，有的大臣要求杀掉贾充，其实大家也都知道真正该杀的是谁。

两天后，司马昭上了一道奏折，对曹髦的死和成济的罪做了了断："已经死去的高贵乡公带着手下，举刀敲鼓地杀向我的住所，我害怕交起手来伤到他，就严令将士不得有伤害之举，违令者军法从事。"开门见山说清楚自己是无辜的，而且曾经明令不许伤害曹髦。言下之意，曹髦之死与己无关。那和谁有关呢？肯定是成济了。"骑督成倅弟"，这一下把他成大哥也捎带进来了；"太子舍人成济"，主角登场；"冲入高贵乡公阵中"，表演相当地精彩，"把高贵乡公伤害致死"。杀人的是成济。那么司马昭自己的态度呢？他继续写道："开始事变刚刚发生时，我真是想委屈自己，静守着等死，听候制裁。但是高贵乡公本来的目的是想危害皇太后的安全，进而颠覆大魏帝国的宗庙社稷。"皇帝曹髦想毁了自己曹家江山，简直是罪大恶极啊。可是谁信啊？司马昭信。所以，他继续说："我忝列顾命大臣，安定国家义不容辞，所以屡次派人三令五申不得迫近高贵乡公的车辇。但是成济这厮狂妄地冲入阵间，酿成大变，我哀伤悲痛悔恨得五内摧裂。"

五内摧裂了，还活得好好的，谁信啊？还是司马昭信。"成济干扰国体扰乱纲纪，罪不容诛，已经将成济本人和家属全部收监，交给廷尉发落。”这个奏折，太后不管信不信，反正是同意了。于是，成济被灭三族。

成济杀死曹髦这件事在当时和后来都造成了很大的影响，他这种犯上作乱的弑君行为，几乎被所有人所不齿。贾充的母亲很重节义，多次在家中痛骂成济的不忠行为。南朝梁时的名将王僧辩，在讨伐侯景前，在得到梁元帝明确的授意后，仍然很清醒地答道：“为平定反贼出谋划策是我的本分，但要做成济那样的事情，您还是另请高明吧。”晚唐时，大奸臣蒋玄晖带着朱友恭、氏叔琮杀死唐昭宗后，狗头军师李振建议道：“当年晋文帝司马昭杀高贵乡公曹髦，最后归罪成济。今也应当诛杀朱友恭等人，解除天下的诽谤和非议。”作为成济的合格接班人，朱友恭临刑发出了“天若有知，他日亦当如我的毒誓”。朱友恭当时并不知道，很快朱全忠就把蒋玄晖也送到九泉之下陪他。他更不知道，后来天道不爽，他发出的毒誓竟然灵验，朱全忠被三儿子朱有珪派出的悍将冯廷谔所杀。

其实，成济临死也没有乖乖做个待宰的替罪羊，至于发没发毒誓，现在虽然已经不得而知，但是，根据《魏氏春秋》记载，他兄弟俩死前确实骂了不少脏话。这二人，心里不服气啊！压根儿不接受强加的罪名，光膀子爬上屋顶，居高临下地说出许多狂悖不道的丑言恶语，被下面的兵丁乱箭射死。要说成济也真不算什么恶人，从他没头没脑地发问，到没心没肺地弑君，再到没羞没耻地光膀子抗命，充分体现出其肌肉力量与大脑智商完全不相匹配的个性特点。

这样的人三国有，后世也没绝迹，到今天还能经常看到。不相信可以看看前些年暴力拆迁时的血腥现场，那些抛头露面赤膊上阵的有几个是发大财的奸商？等到工程竣工、项目完成，悲催的人们等来正义的宣判时，站在被告席上的总是这些人。

看到这里，大家的头脑里刮了半天的穿越风暴也该休息一会儿了。也可以开始正式回答开头为什么要用“罪狗”的问题了。

从历史上说，这个词源于功狗，却又高于功狗。它全面反映了我对刘邦夺取天下后分封群臣时，那种错综复杂局势的胡乱把握和肤浅认识。它又从一个侧面，反映出我对成济这个人物的深入分析和全新解读。

严格意义上讲成济算不上是武将，他是一个卫士，级别很低，薪水不高，也就是一个愣头青式的武夫。可是，就是这厮竟然在光天化日之下单人独戈杀了一个皇帝，做出别说将军就是连元帅也做不出的逆天之举，对三国的历史进程和以后的历史发展都产生了深远的影响。所以，我决定追封他罪狗将军，与满肚子坏水的狗头军师们遥相呼应。成济一戈刺出去，让以后的帝王再也不敢自己带兵杀向权臣的府邸，如果他没有刺出去，也许曹髦就能够直入相府将司马昭拿下。以贾充的人品，在看到兵士大多慑于皇帝权势的情况下，马上会反戈一击成为诛杀司马昭的急先锋。也许曹髦被杀并非历史必然，没有成济刺那一下，就不会有张济、王济、李济去刺，毕竟像成济这样的宝货，确实很难找出第二个。

根据《魏氏春秋》的记载，曹髦是头天夜里开始分发兵器组织人马的，司马昭得知消息后，应该有较为充足的准备时间。但从阻挡曹髦的只有司马伷和贾充两个司马昭的绝对亲信来看，曹髦的处境比当年献帝要好很多，起码在皇宫里还能说了算，而且多数大臣选择了沉默和观望，也比当年满朝都是曹操亲信的情况好很多。即使曹髦临时拼凑的队伍被冲散，只要没有人冲上来发出致命一击，他就还有机会利用高官厚禄的封赏实现阵前的翻盘。所以，魏国的政权就很可能非常戏剧性地又回到曹家手中。

这样，出于巩固政权的考虑，曹髦不会像司马炎那样为转嫁篡魏以后国内潜伏的矛盾而去急于攻打蜀汉。以曹髦的才干，最后统一天下的必然是地处北方、综合实力较强的魏国。而以魏国的体制，断然不会出现八王之乱，也更不会有五胡乱华的悲剧上演。但是，成济这一刺，让这一切都成了如果，成了假设。

对五年后建立的晋朝而言，成济其实是第一功狗。正是他那要命的一戈，撕下了司马家夺权篡位的仅存遮羞布，也为以晋代魏之路扫除了最后障碍。

但从三国的角度来说，特别是从魏国的立场来看，他实在是第一罪狗。正是他那致命的一刺，杀死了曹家难得一见的优秀接班人，让所有忠于魏国的臣子心如死灰。

成济的毒誓既然没有记载，也就没法讨论是否灵验。但是，曹髦的死却让四十年前的一个诅咒成为现实。发出诅咒的不是别人，正是曹丕的亲妹妹曹节，也就是曹髦的姑奶奶。当年，她面对曹丕派来的逼宫使者，无奈之余气愤地将传国玉玺扔到了台阶之下，大哭着说："上天不会保佑你们的！"她绝对没想到四十年后，自己一语成谶，而且活着见证了好孙儿的惨死。这对一个老人来说实在是非常残忍，曹髦身死一个月后的六月，曹节辞世，与她的丈夫刘协合葬于禅陵。

又是四十年后，偏居一隅的晋明帝司马绍在位，向王导询问司马家的江山是怎么来的。王导如实而又细致地陈述了整个过程，说到曹髦身死时，司马绍以面覆床，羞愧地说："若如公言，晋祚复安得长远！"不知道成济倘若泉下有知会作何感想！不过，就算他有知，以这厮的智商，估计也没什么好想！最后，虽然实在没什么想给这厮说的，但是按照惯例还得给他写首诗。这首诗很面熟，但对成济就凑合凑合吧。

几十年来梦幻真，
一朝被斩谢红尘。
他年叱咤风云日，
"临时工"君是后身。

三国点将之十八

可以相信哥，但别信传说

——关羽

主题词：传说

史官如不滥，独传说英雄。

——于鹄　公元8世纪

傅说已征贤可辅，周公不见恨何长。生松十八年方应，通塞人间岂合忙。

——徐寅　公元10世纪

有把刀，八十二斤，抡来抡去还骑着马，会不会太重？

有支笔，一半两，生前身后都要写尽，会不会太轻？

有个人，早死了，传说比生前故事还多，会不会太假？

有位哥，大家都认识，你会不会去写？他的事，传得太久，你会不会信？

既然信，就写关羽（字云长），也就是大家都十分熟悉的二哥、二爷、关二哥、关二爷、关公……在诸多的称呼里我最喜欢“二哥”。“二哥！”叫起来朗朗上口、透着亲昵，如同小院里略大一点的发小，又像饭局中年龄相仿的上座，二哥不像大哥能决定小弟的命运，二哥可以没有大局观，可以有点二，可以是性情中人，也可以感情用事。二哥只会罩着你，有个二哥挺好。

可是要写关二哥，绝对不能单单写一篇传记，因为二哥已然成了一种文化——关羽文化。二哥更是一种传奇，以供奉他的关帝庙来说，自古就遍及祖国各地，到今天连远在大洋彼岸的美国也能找到踪迹，可以说只要有华人的地方就有关帝庙。2007年12月16日，《楚天都市报》的一则消息宣称："在泰国法庭开庭时，全体成员要起立向关公宣誓，表示对关公忠诚之心后，方可开始有关程序；在日本、澳大利亚、美国等地，关公显灵更具神奇，里根夫人南希为助丈夫竞选，曾专程赶到旧金山、洛杉矶等地向关公神像乞灵，求其神力保佑丈夫竞选成功。"倘若是真，二哥在九泉之下也会感到欣慰。二哥也就是个武将，之所以成为一种文化，原因非常复杂，要究其根源我认为是始于一段传说。

隋开皇十二年（公元592年），天台宗著名四祖智顗大师，云游至荆州当阳（今湖北省当阳县），在当地兴建寺庙开宗立派。寺庙建在当阳玉泉山，各方慕名而来听讲的信众最多时达五千余人，可谓盛极一时。选择玉泉山的背后还有一段完全神话的故事。

话说刚到当阳时，望着沮水、漳河，玉泉山山色堆蓝，大师一激动，就要选择清溪做道场，但一冷静又看出不够宽敞，于是上到了金龙池。池北百余步处有棵大树，风来如婆娑起舞，枝叶繁茂横垂，张大如伞盖，树下中空如庵，实在是参禅打坐入定圆寂的绝佳所在。大师看到美景爽了，爬了山也累了。"乃于其处趺坐入定"。这一坐就不知道多少天，连《佛祖纪要》里都没写。

继续！又一天，"天地晦冥，风雨号怒，妖怪殊形，倏忽千变"。一只长十余丈的巨蟒，冲着智顗大师张大了嘴，要说这只大蟒嘴里可不光有獠牙，还有列队结阵的妖魔鬼怪，它们火力凶猛，炮矢如雨啊！而且这场炮雨整整下了七天。要换作寻常人等，早就落荒而逃了。但大师就是大师，不但没有一点惧色，还十分同情地对蟒蛇说："汝所为者，生死众业。贪着余福，不自悲悔。"话音刚落，蛇也没了，妖魔也没了，炮矢也没了，大地又安宁了。

晚上，云开月明，两个气宇轩昂一看就非王即侯的人来到了大师面前。年长的一副美髯，年少的一头秀发戴着冠帽。这个美髯公竟然是二哥耶！

只见美髯者说道："我就是关羽，汉末纷乱，九州瓜裂。曹操不仁，孙权自保。我信奉忠义臣属蜀汉，希望能够恢复汉室，重整河山，但事与愿违，壮志难酬，死不瞑目，于是我携余威，在此占山为王。大德圣师，怎肯委屈神足到我地盘上来了？"逐客令说得真是九曲回肠，开门见山啊！大师答曰："我想在这里建立道场，来报答生身之德罢了。"二哥听后，说："希望大师您慈悲为怀，怜悯我的愚蠢，把你的'摄受'特别地赠给我。距离这里一舍的地方，山如覆船，其土深厚。弟子我和我儿关平在那里建寺化供，护持佛法，愿大师安禅七日，静观其成吧。”七日后，智颤大师出定了，湫潭千丈，化为平阯。只见一座栋宇焕丽，巧夺天工，神运鬼工，神奇般地矗立在眼前。大师率领众徒即刻进驻，昼夜演法。

一天，二哥对大师说：“弟子今日得以听闻不生不灭的涅槃之法，愿意洗心易念，求受戒，永为菩提之本。”大师即秉炉，授以五戒。于是，关羽的威德，昭布千里，远近瞻祷，莫不肃敬。也就在这一刻，二哥完成了一个死人到大仙的华丽转身，走上了“侯而王，王而帝，帝而圣，圣而天”的康庄大道。

北宋徽宗分别在崇宁元年（公元 1102 年）赐封忠惠公，崇宁三年（公元 1104 年）封崇宁真君，大观二年（公元 1108 年）封武安王，宣和五年（公元 1123 年）封义勇武安王；南宋建炎二年（公元 1128 年）高宗赐封壮缪义勇武安王，淳熙十四年（公元 1187 年）孝宗赐封壮缪义勇武安英济王；元天历元年（公元 1328 年）文宗赐封显灵义勇武安英济王；明万历四十二年（公元 1614 年）神宗赐封三界伏魔大帝神威远震天尊关帝圣君，崇祯三年（公元 1630 年）思宗赐封真元显应昭明翼汉天尊；清顺治九年（公元 1652 年）世祖一下给了二十六个字：赐封忠义神武灵佑仁勇威显护国护民精诚绥靖翊赞宣德关圣大帝，雍正三年（公元 1725 年）世宗赐封关羽先人三代公爵、圣曾祖、光昭公、圣祖、裕昌公、圣考、成忠公，高宗于乾隆元年(公元1736 年）赐封山西关夫子，又于乾隆三十三年(公元1768 年）赐封忠义神武灵佑关圣大帝，嘉庆十八年(公元 1813 年）仁宗赐封忠义神武灵佑仁勇关圣大帝，道光八年（公元 1828 年）宣宗赐封忠义神武灵佑仁勇威显关圣大帝。

被封为大帝的关羽，再也不是一个普普通通的历史人物。封建统治者将其改头换面为一个帝圣合一的神物，把他推上了道德和道义的至高点。

到底是人是鬼是圣是仙还是帝王公侯君谁说了都不算，一个人究竟什么样都是自己活出来的。和众多的三国武将一样，陈寿在记载二哥生平时没有写清楚出生日期。能明确的是二哥死于公元 220 年。二哥是河东解州（今山西省运城市）人，成年后因为犯了法，逃到了涿州，若在太平盛世二哥这辈子也就只能隐姓埋名不知所终了，可三国这段特殊的历史时期给了他扬名立万的舞台和机会。

对二哥的身世陈寿是惜墨如金，只说了“亡命”，但这俩字可以让我们明白两个事实，一是二哥不是循规蹈矩的常人所以会犯法，二是二哥拥有超乎常人的能力所以才会逃过官府的抓捕。同时，陈寿的这寥寥几笔给后世留下无尽的遐思，引发无穷的猜测，给一些疯狂的崇拜者提供了广阔的妄想空间。

公元1678年，解州太守王朱旦写了本《汉前将军壮缪侯关圣帝君祖墓碑记》，对二哥的身世做了详细的记载。书中说二哥的祖父名叫关审，字问之，号石磐，出生于东汉和帝永元二年（公元90年），居住在解梁镇常平村宝池里的第五甲，常常研究《周易》和《春秋》。看到朝廷腐败就绝意仕途，在离所住之地五里左右的地方，盖了间房子，给孩子们讲《春秋》、演《周易》，汉桓帝永寿三年（公元157年）六十八岁时辞世，葬在中条山麓。书中还说二哥的父亲名叫关毅，字道远。继承父学，十分孝顺，守墓三年才回到家中。三年后，也就是汉桓帝延熹三年（公元160年）六月二十四日，生下了二哥。书中还说二哥长大后娶了个姓胡的老婆。在《后汉书》中《列女传》里很多“助国君之政”的“贤妃”、“隆家人之道”的“哲妇”、“弘清淳之风”的“高士”、“亮明白之节”的“贞女”连姓都没留下来，到二哥这里竟然连老婆的姓都弄得这么明白，实在是令人感动啊！（建议大家看看便罢，切莫当真。）

这些生平陈寿没记载，裴松之也不知道，后人也糊里糊涂了一千多年，怎么偏偏到了1678年，王朱旦就知道了呢？原来，那年有个叫于昌的读书人在塔庙复习功课时，梦到二哥托梦留下的“易碑”两个大字，据此在塔庙西殿的井中发现了一块巨型的墓砖。二哥成名前这一切，都在这个巨砖上写着。于是，有了王朱旦的书，于是二哥有了爷爷和爸爸还有老婆……

不管怎样，二哥从山西跑到了河北，在涿州遇到了自己生命中最重要的人——刘备。中平元年（公元184年），黄巾军起义，二哥就在刘备的带领下一同镇压农民起义。后来刘备因累立战功被任命为安喜县县尉。白天里兄弟们是上下级，二哥和张飞一同侍立在刘备身旁，严守礼制，不敢有一点非分之举，不管执行什么任务都不畏艰险。到了晚上，仍然不忍分离，同屋安眠，感情好得不得了。

好日子没过几天，朝廷下诏，对因镇压黄巾而官升至长吏的人一律遣散，刘备也在此列。对朝廷卸磨杀驴的行为，刘备进行了抗争，用二百鞭子热情地接待了前来宣布遣散命令的朝廷命官——督邮。气算是出了，二哥也跟着挂印而逃的刘备又一次踏上了亡命之途。万幸的是，大将军何进派毌丘毅到丹杨募兵，刘备在逃亡途中重新加入了官军，到下邳时在剿灭盗贼的战斗中再立战功，被朝廷任命为下密县丞。带兵的刘备明显喜欢县尉胜于县丞，不久就辞去县丞当了高唐县尉，后来又做了高唐县令。这期间二哥所做的就是跟着哥哥。《英雄记》里记载，汉灵帝死后，刘备还起兵讨伐过董卓，此事若真，那么二哥也在其中。在高唐，刘备被人打败，二哥就跟着刘备又投到了中郎将公孙瓒的麾下。

初平二年（公元191年），受公孙瓒委派，刘备带着兄弟们帮助青州刺史田楷抵御袁绍，立下战功后被封为平原相，二哥也终于有了职务——别部司马。有意思的是，在进攻田楷的队伍里还有曹操，此时曹操和袁绍还是盟友。这期间，管亥带着黄巾军围攻徐州，二哥又跟着刘备去给陶谦解围。兴平二年（公元195年），刘备占据徐州，当上了徐州牧。这一年吕布被曹操打败，投奔刘备。

建安元年（公元196年），曹操上表汉献帝任命刘备为镇东将军，封宜城亭侯。袁术进攻徐州，吕布偷袭下邳，刘备被袁术打败，无奈向吕布求和，吕布同意把刘备安置在小沛。袁术痛打落水狗，又让纪灵带大军来攻刘备，吕布又跳出来劝和两家。刘备利用和平时期休养生息招了一万多兵马，吕布一想不爽，又把刘备打跑，刘备跑到许昌就又投了曹操。曹操又让刘备带着部下驻扎在沛地。建安三年（公元198年），吕布不依不饶又派人来打刘备，刘备招架不住又跑了，跑完又联合曹操攻克下邳杀了吕布。建安四年（公元199年），刘备又被曹操派去打袁术，杀徐州刺史车胄，留二哥守下邳，做太守的工作。建安五年（公元200年），衣带诏事发，曹操又带兵攻打刘备，刘备打不过就又投了袁绍。

也就是这回，二哥染上了人生最大的污点。《三国志》里说，“曹公禽羽以归”。义薄云天的关二哥竟然当了俘虏，说出来谁信啊，可二哥不但真的与刘备分开了，还在曹操控制的朝廷中工作了一段时间。当时二哥心里是怎么想的？时间过得实在太久，没人知道了，我们只能斗胆去加以揣测。刚才啰啰唆唆把刘备从建安元年到建安五年的颠沛流离描述了一遍。主要是出于两个原因：一是这时候的二哥还没有独当一面的机会，基本上是刘备干啥他干啥，刘备到哪儿他到哪儿，写刘备实际就是写二哥；二是通过刘备反反复复的投奔各方来帮助大家理解二哥被曹操大军围困后的所作所为。短短几年刘备就在袁绍、公孙瓒、曹操、吕布几人中间敌人朋友地玩了个遍，在一边看着的人都觉得眼晕，一直跟着的二哥还不早就晕菜了？当哥的都这样了，叫兄弟怎么办？而且当时曹操的名声并不坏，还没有表露出狼子野心，阴谋家的嘴脸也还不够明显，明面上还是汉献帝的保护神、大臣们的好代表。所以我觉得二哥归顺朝廷的心理要远胜过投靠曹操的感觉。还有一个原因就是当时的下邳是个大城市，是个酒绿灯红的花花世界，颠沛流离十几年的二哥也许舍不得这个安乐窝，所以逃跑的立场确实不够坚定，才让曹操抓了现行。当时的下邳，南濒泗水，北来绕城的沂水、武水和南边的泗水相汇，使下邳水运畅通、土壤肥沃、宜农宜渔、物产丰富。下辖十七个小城，北到山东，南至安徽，西到江苏铜山，东到涟水。初平四年（公元193年），笮融曾花巨资在下邳修造浮屠寺，寺中有一座上有金盘、下有重楼的塔，塔为九层八角，层层飞檐，每面镶铜境，塔顶还有一面铜镜朝天，时称“九镜塔”。每到浴佛会时，路旁设数十里长席，置酒饭任人饮食，来人数万之多。这么好的地方，换了谁舍得？还有曹操为报父仇在徐州有过屠城的野蛮记录，是否可以大胆地设想一下，二哥为了一城百姓的性命才折节委身曹操的，若果真如此二哥的形象就更加光辉高大了。不管怎样，二哥的确是归顺了曹操，不管是二哥传里所记的“擒”，还是曹操传里所记的“降”。

曹操并没有虐待二哥这个俘虏，而是直接拜二哥为偏将军，给的待遇非常丰厚。同样的职务，周瑜和赵云都是打完赤壁之战（吕蒙夺了荆州）之后才被授予的。在没有大哥的日子里，二哥虽然衣食无忧，但内心是痛苦的。他用疯狂的工作来排解内心那种难言的复杂情愫。

建安五年（200年），官渡之战爆发，袁绍调十多万人马进军黎阳（今河南省滑县东北），并派大将颜良围攻白马，攻打东郡太守刘延，以保主力渡河南进。四月，曹操谋士荀攸建议：“目前我军兵力少，不能与敌人对抗，分散他们的兵力才有可能取胜。曹公您带兵到延津，假装要渡河攻打敌人的后方，袁绍一定会派兵西行迎战，然后我军派出轻装部队袭击白马，乘敌军没有防备，就可以活捉颜良了。”[“今兵少不敌，分其势乃可。公到延津，若将渡兵向其后者，绍必西应之，然后轻兵袭白马，掩其不备，颜良可擒也。”（《三国志·魏书·武帝纪》）] 曹操依计而行。袁绍果然分兵西进延津。曹操趁机引兵向白马疾进，距白马十余里时，颜良才仓促迎战。荀攸所说的轻兵就是张辽、二哥。作为先锋的二哥跃马阵前，远远望见颜良所乘的麾盖戎车。光天化日、朗朗乾坤、众目睽睽之下，一起血案就这样发生了。

二哥直冲过去，在万众之中“刺”死颜良，斩其首级而归，袁绍诸将“莫能当者”（《三国志·蜀书·关羽传》）。曹操随后挥令大军蜂拥而上，袁军四散溃逃，白马之围遂解。白马的围虽然解了，但是这过程中的一个“刺”字引发的争论却从来没有了结过。

有人由此推断二哥用的不是青龙偃月刀，什么刀也不是，这个比较合理，因为在没有马镫的情况下，抡一把民间传说中的关刀太不实际。还有人说二哥用的就是刀，不过把刀当了枪使，所以颜良措手不及。第三种说法是受荆轲刺秦王一事的启发，认为二哥刺杀了颜良。根据陈寿所记，二哥是策马向前，所谓策马是用马鞭驱马而非纵马，两军对垒，突然从敌方阵营中杀出一位拿着马鞭的单骑武将，作为河北名将颜良在此情况下由危险产生的戒备之心要远远小于因自信引发的好奇之心。放二哥过来也就没什么匪夷所思的，这就使二哥接近颜良成为可能。另一方面，当时刘备在袁绍处受到了很高的礼遇，不但先派出袁谭引兵迎送，袁绍还走出邺城两百里远的地方亲自迎接。这些事情袁绍部下自是多有亲见，广有耳闻。想必颜良对刘备这个义弟的事情也是略有所知。所以，颜良对二哥的警惕性不会太高，这时候二哥突然发难，哪怕是用匕首也能完成刺这个动作，这样的行为和荆轲刺秦王的“刺”完全一样。但并不是说偷袭得手就没有什么难度，因为从陈寿的记载来看，二哥割掉颜良的首级在前，颜良部下诸将拦阻在后。不管怎样，二哥能提着颜良血淋淋的头颅回到自己营中，没有超凡的身手也无法实现。可以回顾一下历史上著名的刺客有几个能够全身而退？就这样二哥完成了斩颜良的传奇，至于孰是孰非、孰真孰假，在有新证据被发现前，就只能是仁者见仁智者见智了。不论是玩阴的贴身行刺，还是正经的破阵斩杀，这一战给二哥带来了智勇双全或武力超群的盛誉，赢得了跻身超一流战将的资格。也因为这次功劳，二哥被封为汉寿亭侯（汉寿是地名）。

也许在与曹操共事的过程中，二哥看出了汉献帝作为傀儡的委屈和曹操摄政的跋扈，所以曹操虽然对二哥非常好，二哥也铁了心要去投奔刘备，重新过那恩若兄弟报效朝廷的幸福日子。倘若曹操真心匡扶汉室，估计二哥就留下了。

二哥这一走就再也没有活着回来，二十年后即使众叛亲离，他也没有去找对自己厚爱三分高看一眼的曹丞相，他冒着生命危险痴心未改地去投奔有着皇家血脉的刘哥哥。这种对汉室的忠，对兄长的义，东吴那些目光短浅的机会主义者们哪里能够理解？曹操不傻，怎么能看不出二哥的心思？便对二哥的好友张辽说：“卿试以情问之。”张辽去后，二哥叹道：“我深知曹公厚待于我，但我也受刘将军厚恩，且不能违背当初所立同生共死的誓言。我最终还是要追随刘将军，但一定要立下功劳报答了曹公之后才会离开。”（《三国志·蜀书·关羽传》）曹操从张辽处得知关羽这些话后，不但没有怨恨关羽，反而认为他重情重义，更加器重。

白马之战后，二哥接受了来自献帝的封号，但是将其他赏赐之物尽数封存，拜书告辞，往袁绍军中找寻刘备而去。也许有人会说，二哥离开曹操是担心曹操无法在官渡之战中取胜，投奔袁绍是一种投机的行为。这样的推测确实有点冤枉二哥。二哥离开曹操的时候，曹操已经亲自斩杀了袁绍手下另外一员大将文丑，袁绍军中得知颜良、文丑都被曹军干掉后，全军震怖，军心不稳。如果二哥真是投机分子，他为何不在斩杀颜良之前就离开曹军，又或者在接近颜良时直接倒戈，何必等到二将身死、袁军士气低迷的时候才去呢?

曹操左右都建议应该派兵追杀，曹操却说："这也是各为其主，就不要追了。"(《三国志·蜀书·关羽传》) 对这段公案有人认为是对曹操的美化，比如裴松之。其实以曹操的胸怀和对二哥的喜爱做出这样的事情再自然不过，否则乌巢军粮被烧后，张郃也不会投奔得那么爽快。后来五胡十六国中南凉的秃发傉檀在处理炽磐（乞伏乾归的太子当时在做人质）逃跑这一事件时，为了说服执意要杀掉炽磐的秃发利鹿孤时，就引用了这个典故，"大臣逃回君王那里，儿子跑到父亲那里，自古就是应该鼓励的通义，故魏武善关羽之奔，秦昭恕顷襄之逝。炽磐虽逃叛，孝心可嘉，应该成全他，以弘海岳之量。"于是赦免了炽磐。等到炽磐到了允街后，他的妻子儿女还被傉檀送到，得以团聚。此事也在当时被传为佳话（非常可惜的是，后来炽磐当上西秦国主后不但灭掉了南凉，还用一包毒药回报了傉檀的"海岳之量"）。还有，后燕惠愍帝慕容宝手下的黄门令赵思，面对慕容德威逼利诱坚决不从，慷慨就义前也提到了二哥这件事，他说："昔关羽见重曹公，犹不忘先主之恩。思虽刑馀贱隶，荷国宠灵，犬马有心，而况人乎！乞还就上，以明微节。"正是在二哥这个榜样的感召下，赵思才谱写出太监界罕有的正气之歌。

当然这些事情二哥是不会知道的，他也不知道他所要追寻的刘备这个时候又准备另寻山头，改投他处了。刘备向袁绍建议，联络荆州刘表南北夹击曹操，袁绍批准了这个计划，于是刘备带着本部人马当然也包括二哥南下汝南，在这里养精蓄锐，打败了来犯的曹军，并斩杀大将蔡阳。之所以要提出这一桥段，不过是想换个角度证明蔡阳不是二哥杀的，"过五关斩六将"的事纯属演义。关于重新回归刘备麾下的过程和为曹操效力的这段经历，我觉得对二哥来说非常重要。因为曹操的赏识，二哥能有机会和曹军中武将以及汉朝大臣广泛交往，而且通过与曹操的近距离接触，二哥在认清曹操嘴脸的同时，也坚定了跟随刘备的决心，此后再也没有动摇对刘备的忠诚，再也没有人怀疑他的忠诚，他彻底赢得了刘备的信任，为他将来独当一面坐镇一方奠定了坚实的基础。

建安六年（公元 201 年），曹操攻到汝南，刘备又打了败仗，二哥跟随刘备又投靠了荆州的刘表。韬光养晦这事不好瞒，尤其是别人都已经知道你要韬光养晦的时候。建安十三年（公元208年），曹操亲率大军南征。刘表死，其子刘琮降曹。刘备为避曹军便撤离樊城，向江陵（今湖北省江陵县）退去，并派二哥独领水军，从水路往江陵会合。刘备此时最信任的人就是二哥了。他麾下的水军，是刘备最后的希望。当刘备混有十余万百姓的杂牌军团在当阳被曹操的铁骑追上时，江陵会师的计划成了泡影。刘备只好带着残兵斜趋汉津，在那里遇到了前来接应的二哥水军。然后大家伙一同去了夏口。对此事最大的好奇，不在于刘备、二哥之间是如何做到及时调整会合地点，而在于二哥一个山西人，从来没有打过水战，怎么能一下成为统领水军的将领？而且在此后的赤壁之战中，再没有这支水军的表现。不管怎样，二哥参加了随后的赤壁大战。周瑜死后，刘备得到了武陵、长沙、桂阳、零陵和孙权借给的南郡等五个郡，终于有了自己的根据地。

在建安十四年征讨荆州南部四郡时，二哥在华容承担了断绝北道阻击曹军增援的任务，和李通打了一仗，除了二哥战败，其他表现未见记载。但在战后征讨论功行赏时，二哥被任命为襄阳太守、荡寇将军，镇守荆州。

从这一刻起，二哥就正式成为《隆中对》里“将荆州之军以向宛、洛”的那位上将军。十一年后二哥将从这里出发，用自己的生命绘就三国时期最为波澜壮阔、跌宕起伏、悲情雄武的恢弘画卷和不朽诗篇。当时的荆州包括南阳、南郡、江夏、武陵、长沙、桂阳、零陵七个郡，曹操占着南阳郡和南郡的北部，孙权占据着江夏郡和南郡的南部。就这半个南郡可以说是刘备所“借”的荆州。

建安十九年（公元214年），刘备夺取益州进驻成都后，给坐镇荆州的二哥厚赏：金五百斤、银千斤、钱五千万、锦千匹。得到赏赐的人有很多，其中一个人引起了二哥的注意。

马超！

在二哥看来，马超纯属那种在革命胜利前夕混入队伍的投机分子，心里不爽就修书一封给诸葛亮，特意询问马超的人品才能如何。诸葛先生何许人也，非常了解二哥逞强好胜、耻为人下的性格特点，就回信说：“马超文武兼备，勇猛刚烈过人，是当代人杰，与黥布、彭越是同类人物，能和张飞并驾齐驱、一争高下，但比不上美髯公您的超群绝伦。”二哥的胡须很漂亮，所以诸葛亮称他为美髯公。诸葛先生的说法让二哥非常满意，满意到要经常拿出信给宾客们传看。由此可以看出二哥很有几分孩子似的虚荣。

二哥不但好面子，还是个行为艺术家，在疼痛忍耐度上远胜常人。人在江湖漂，哪有不挨刀；常在阵前站，总会挨几箭。二哥的左臂曾被流箭射中，伤口虽已愈合，但只要阴天下雨就会作痛，医嘱说："箭头的毒已渗入骨中，得划开伤口，刮去骨上残毒，病痛才会消除。"当时二哥正与诸位将领聚坐就餐，马上让医生给左臂手术，一时间鲜血淋漓，接血的盘子都满了，但二哥切着烤肉、饮着酒，谈笑自如，就好像做手术的是别人。刮骨疗毒的传说就此不胫而走，广为流传，在历史上留下了十分变态的英雄形象。北魏的长孙子彦少年时骑马摔伤了胳膊，肘部的骨头突起寸余，他命人切开伤口锯掉突起的伤骨，流血数升仍然谈笑风生，当时的人在夸奖他时说的就是子彦兄弟你真是比关羽还强！

建安二十年（公元215年），刘备占取益州，孙权就命令诸葛瑾前去索取荆州诸郡。刘备答复说："我现在准备攻取凉州，等如愿后，就把荆州全郡都还与你们。"诸葛瑾拿着这个画出的大饼复命，孙权当然不满意，于是任命了三个郡的官吏并派他们去上任，二哥对这些接收大员一点不客气，全给赶走了。怒火中烧的孙权派吕蒙统兵二万直取长沙、零陵、桂阳三郡。同时让鲁肃带领万人屯兵巴陵防御二哥。刘备命令二哥统兵三万，行至益阳时，三郡已经陷落，此事在《三国志·吕蒙传》中有详述。孙刘联盟之间的内讧一触即发。后来因为刘备全力与曹操争夺汉中，向东吴妥协，孙刘之间恢复和平，但未燃的战火却如炉灶里未熄的炭块随时可能燃烧起熊熊烈焰。

这期间，在益阳鲁肃邀请二哥面谈，上演了一出"单刀会"。当时，双方各驻兵马间距百步，关鲁二人就荆州问题进行了很不亲切的会晤。《三国志》中的记载是，面对鲁肃的质问，接话的是二哥军中一位不知名的小弟，鲁肃说："我们东吴把荆州借给你们是因为你们打了败仗又远道而来，没有安身之处，现在你们已经得到了益州，不但没有归还的意思，我们上门来要三个郡你们还不给……"话音未落这小弟喊道："土地这东东，有德的人据之，何常之有！"被人突然插入的鲁肃当然不爽，厉声呵斥，言语间火气很大，二哥拿起刀来也说道："这是国家大事，你小子知道什么！"使个眼色叫小弟下去了。《吴书》的记载是，鲁肃身边诸将都不同意和二哥的会晤，觉得不太安全，鲁肃经过分析觉得没事，就坚持去了。会晤中二哥表功，认为荆州是刘备劳动所得，二哥虽然说得有理有据，但鲁肃驳斥得也是一针见血，结果二哥一言不发，而后刘备做出让步，双方以湘水为界，各罢刀兵。不管是前面小弟的插嘴，还是后面的一言不发，这两件事都说明，争口舌之利的确不是二哥的特长，于万军中取敌将首级，二哥分分钟解决肯定没问题，可要让他舌战群儒估计憋红脖子也搞不定。

建安二十四年（公元 219 年）刘备进位汉中王，封二哥为前将军，假节。可是二哥听说一同拜将的还有黄忠，立即就不高兴了，他怒冲冲地说："大丈夫绝不和老兵同列！"这可就是二哥的不对了，作为一个三国时期的古人，工作终身制是天经地义的事情，怎么能够因为人家年龄大就觉得人家不行呢？而且像后将军这样级别的人事任免，如果没有一把手刘备点头能成吗？二哥这种反应简直是对"刘备领导"的公然挑战。当然，对二哥的反应，料事如神的诸葛亮早就猜到了，还劝过刘备。刘备胸有成竹，派费诗去宣布命令。费诗果然不辱使命，巧妙地说服了二哥。

忘却了与黄忠并肩拜将的不快后，二哥把注意力放在了"节"上。节在汉代不但赋予臣子对属下的生杀大权，更重要的是有了节就有了调动兵马的权力。二哥在荆州快十年了，到这一刻才有了调兵动武的资格。十年生死两茫茫，不思量间国际形势发生了很大的变化。赤壁大战后，关羽一直镇守荆州，伺机而发。

建安十四年（公元 209 年）刘备领荆州牧，与孙权联姻，孙刘联盟有了一段短暂的蜜月，刘备在这个难得的战略机遇期内，让诸葛亮陪着二哥，自己带着庞统果断入川。在这期间，刘备充分拓展了自己的生存空间，诸葛亮也充分了解了二哥的脾性。而曹操在赤壁之战大败而归后眼看一统天下无望，除了继续消除在北方残存的割据势力外，把人生的目标转向了篡权晋位。早已不再满足于丞相一人之下万人之上的威权，而是走上了先公后王最后欲"帝"的不归之路。当年匡扶汉室的模样渐去渐远，变得狰狞可怖让人认不得了。建安十八年（公元 213 年），汉献帝册封曹操为魏公，加九锡，建立拥有冀州十郡之地的魏国，定都邺城。魏国国内还置有丞相、太尉、大将军等百官。献帝参照萧何享受过的待遇，准许曹操"赞拜不名，剑履上殿"。被曹操视为"吾之子房"的荀彧，秉着对汉室的忠诚曾对此事进行劝阻，荀彧认为"（曹操）本兴义兵以匡朝宁国，秉忠贞之诚，守退让之实；君子爱人以德，不宜如此"（《三国志・魏书・荀彧传》），曹操很恼火，结果荀彧不明而死。建安二十一年（公元 216 年）夏四月，汉天子册封曹操为魏王，封给三万户，待遇在其他诸侯王之上，写奏章打报告不再称臣，接诏书领任务不再跪拜，可以用专供天子的旒冕、车服、旌旗、礼乐郊祀天地，出入得称警跸（古时帝王出行时，清道止行，沿途侍卫的警戒活动），宗庙、祖、腊皆如汉制，国都邺城。几个儿子全为列侯。他名为汉臣，已是实质的皇帝。

前辈吕思勉曾经著文明确指出曹操并无僭越之心，站在后人的立场，固然可以知道曹操后来的确没有亲自篡位，但是他心里真的有无此种想法，后人怎么能够只凭曹操几篇表明心迹的表面文章就说他是汉朝的忠臣呢？今天固然可以说曹操是统一北方的大英雄，但当时他的这些行径，在忠诚于汉王朝的臣民看来，已经是忍无可忍的大逆不道，是肆无忌惮的叛逆行为，是汉室奸贼、人民公敌。士大夫们有些人心中有恨，有些人隐忍不发，还有的人挺身而出，不惜以性命相搏必欲除曹操而后快。于是在二哥愈来愈强势的影响下，建安二十三年（公元218年）春天，曹操的大本营许昌也发生了变乱。据《三国志·魏书·武帝纪》，这年正月，汉太医令吉本与少府耿纪、司直韦晃等一起带人攻打许昌丞相长史王必的大营。

这次起事，最让人意外的是三个人的职务，太医令负责皇室医疗保健，是医生的头——手下没兵；少府负责财务管理买卖，相当于仓库管理员和采购员的头——手下没兵；司直负责督查京城百官，是官员的头——手下没兵。为了强化大家的印象，把朋友们的注意力都吸引到这三名壮士的职务上，再用著名军旅题材电视连续剧《炊事班的故事》里的三个人物做个假设：在一个月黑风高的夜晚，由于不满曹操的暴政，穿越到汉朝的句号指导员带领着蹬三轮的大周和佟掌柜护士长，带着菜贩和小护士若干，向丞相府发起了攻击。结局会怎样？当然是失败了。对，吉本、耿纪、韦晃也失败了，他们被夷三族，曹操因此事大做文章，受到株连而遭灭门之祸的人很多。韦晃临刑大呼曹操的名字，以面颊顿地来表达有心杀贼无力回天的愤恨。起义过程中，义军放了一把火想烧开丞相府的门，这把火是这次起义的亮点，韦晃不知道这把火还要让他超多的同事付出生命的代价。

王必受箭伤撑了十几天死了。曹操知道后大怒，把汉室的官员都召到魏国的都城邺城去，这事就相当于村长有事把中央的同志们都叫到村里开会，挺不可思议吧，曹操就这么干了。曹操见到这些中央领导后，说那晚上许昌城里那么大的火灾，救火的站左边，没救火的站右边！这时的左右就像“二战”在集中营毒气室前的犹太人所面对的左右，一念定生死！常理来说，有了火灾，去救火即使无功，也不会有错吧。等大家站妥了，曹操说，“不救火者非助乱，救火乃实贼也”。于是救火的都英勇就义了。

这就是当时“汉室”官员面临的处境。那些站在右边的，看到左边的同事们须臾间人头落地，会作何感想？官员不太平，老百姓日子更不好过。同年十月，南阳百姓苦于徭役，宛城守将侯音率众反曹，宗子卿在欺骗侯音放掉宛城太守时也说，“你顺应民心，倡导大事，远近军民都望风而来”，“等到曹操带兵打来，关羽的大军也会到的”。后来曹仁攻下宛后，杀侯音并屠城。这个时候在曹操阵营中，忠于汉室的势力虽不够强但已经尽力发出了自己的声音，曹操本人所率领的大军刚从汉中铩羽而归也是灰头土脸又疲惫不堪。刘备在西川的主力，在汉中之战中也打得“男子当战、女子当运”，到了筋疲力尽的地步了，急需休整和做好内部维稳，迫切需要二哥打出一个休养生息的机会。《隆中对》中所言“天下有变”之时不在此刻又待何时？难道非要等到曹操把汉献帝干掉，把所有异己全部铲除后才出兵北伐吗？

虽然《三国志》里记载二哥是在建安二十四年（公元219年）才开始北伐的，但从种种迹象表明（比如侯音事件），汉中争夺战时，二哥就在荆州以北的边境地区发动了牵制性质的进攻，而且还取得了胜利。这些胜利经过小道消息的传播后，给了反曹势力太多太多的鼓励。二哥的北伐究竟有没有得到刘备的允许，千百年来一直都有争论。我认为这件事情刘备确实没有明说，只是象征性地给了二哥北伐的权力，让二哥假节。二哥为什么会去北伐，外因是刚才上面所叙述的那些形势让他觉得“天下有变”，内因是在夺取益州和汉中的过程中，原先的张飞，后来的黄忠、马超，立的功劳太多，二哥自觉寸功未立，面子上挂不住。总不能老是拿黄忠的年龄说事，在胡子上胜过马超吧？

于是，也许什么也不是，二哥出兵北伐了。在当时，没有人能料到二哥会整出这么大的动静。首先受伤的是曹仁，宛地屠城之血未干，他便率军南下屯兵樊城，准备讨伐二哥，在紧张的备战之余，还经常揶揄一下庞德，害得庞德不得不经常发毒誓和二哥拼命。孙子说，“十则围之”。这话没错，但要以此来推断二哥的兵马是曹仁的十倍可就错了。二哥北伐有多少兵史书没有明载，但数年前和甘宁在益阳隔江对峙时，也不过号称三万。就算韬光养晦过程中扩了兵、拉了丁，但是由于要防备东吴坚守江防，荆州的兵力不可能倾巢而出。此外，孙子还说了，“五则攻之”，那被迫防守一方的曹仁本来是打着南征旗号来进攻的。襄阳被围，曹仁人马不多打不过二哥，曹操派出居“五子良将之膀”的于禁紧急驰援。

于禁和驻扎在樊城北十里的庞德合兵，共有七军之众，大概三万五千人。而二哥由于误信了吕蒙有病，把在后方两郡防备东吴的军队都抽调到前线。双方聚齐兵马，拉开架势，准备大战一场。如果当初有人驾驶飞行器从天空俯瞰樊城，就会发现无论是南下还是北上的队伍都络绎不绝。天下人的目光也都聚焦于此。东吴上下认为二哥是“始有大功”，应该趁其骄傲，发动突袭，夺回荆州。对此，陆逊是明说，而吕蒙和孙权虽然暗中早有图谋却不肯承认。曹军一方有人却在担心曹仁的安危，温恢对兖州刺史裴潜说：“我们这里有贼人，不值得忧虑，怕的是曹征南有危险。现在洪水暴涨，他又孤军深入，没有做好长期作战的准备，关羽攻势犀利，乘胜而前，必将会成为祸患。”

八月，汉江暴涨，洪水滔滔，平地水深数丈，二哥趁机发动水军乘船围攻。于禁无奈之余率众投降，庞德死战不降，被二哥杀掉。二哥俘获人马三万人。曹军在荆州一带的野战主力被消灭殆尽。梁（今河南省开封市附近）、郏（今河南省洛阳市附近）、陆浑（今河南省嵩县东北）等地的反曹武装接受了二哥给的封号，与二哥遥相呼应，一时间二哥威名遍及九州。居于“五子良将之足”的徐晃这时虽近在咫尺却因所部多为新兵，不敢上前。虽有赵俨的形势分析为托词，但对二哥的忌惮绝对少不了。于禁的失败给曹操留下了心理阴影，生怕徐晃再有闪失，专门派徐商、吕建二人传令：“等我军人马到齐以后，才能一同进军。”另一方面，曹操则手忙脚乱地提议迁都。这时司马懿站出来了，他和蒋济指出：二哥这样孙权早就羡慕嫉妒恨了，此时正可离间孙刘，用江南封地为条件，诱使孙权攻打荆州，这样樊城之围必解。曹操采纳了这个建议。瞌睡等来软枕头。十月，孙权上书称藩，还表示要以讨伐二哥为投名状。

为此，曹操又非常民主地召开了孙权出兵攻打荆州怎么办的大讨论。多数人认为，如果孙权出兵，江陵和公安必是首当其冲，这两郡一丢关羽肯定得撤兵，这样襄阳、樊城之围不战可解，所以应该秘而不宣，以免关羽提前防备。但董昭却提出“宜应权以密，而内露之”。还进一步解释说，如果曹仁他们不知道外援的消息，坚守意志就会由弱到无，而关羽素为“强梁”，自认后方稳固，绝对不会撤兵。真理这次又没站在多数人一边，董昭的意见是正确的。二哥一生纵横天下，和很多人一起工作过，他的个性早就被其中的有心人看得清清楚楚了。当徐晃将孙权出兵的消息随箭射入曹仁和二哥军中后，曹仁军士气百倍，二哥却犹豫了。

此时的二哥，不知道昔日的盟友东吴悄悄地剑拔弩张，也不知道居于“五子良将之首”的张辽又带着援军从合肥赶来。如果乐进不死，也必定与张辽一同前来，这时曹操手下的五子良将除张郃镇守关中，防范刘备外，其余三人都参与其中，仅凭此项二哥就可笑傲当时天下。二哥，打到这个地步，张飞、马超、黄忠、赵云甚至天下都很佩服你了。可以回家了。可二哥确实很犹豫。打吧，后方不稳；撤吧，可惜了大好形势。有谁会因为一封信而撤军？

在这期间，曹操派给徐晃的殷署、朱盖等十二营人马终于到齐，徐晃的营垒距离二哥设置的鹿砦最近处不足三丈了，这个时候二哥营中军心动摇，徐晃是看得见的。徐晃不愧为当时一流名将，看到有利时机，他抛下曹操的叮嘱，不等张辽的援军到来，果断地向二哥的包围圈发起了攻击。当时二哥屯兵两处，一处叫围头的是主营，另一偏营在四冢。徐晃用声东击西的战术，攻下了四冢。在围头的关羽生怕有失，亲率五千兵马驰援四冢。

裴注引《蜀记》，保留了关羽与徐晃见面后、交手前的一段寒暄，都是老朋友了，来将通名的程序自然免了。二人在阵前隔着一段距离回顾了当年在许昌的幸福生活，让二哥没想到的是，俩人刚一聊完，徐晃下马就对自己的部下说："取关羽人头者，赏金千斤！"听到这话，二哥未怒反惊，又一次孩子气地问道："大哥，你说的这叫什么话！？"结果徐晃大义凛然地来了句："这是国家大事！"两军对阵，杀机重重，二哥还真以为徐晃是来聊天呢。这样的局面，明摆着还没开战二哥就先输一筹。哥，口才不好，咱就不能少说几句！

二哥败了，还败得很惨，不但丢了四冢，还丢了围头。围头徐晃也没费力气攻打，就是追着二哥的屁股前后脚的事，守围头的留守部队连营门都来不及关，徐晃就杀进去了。徐晃这事，受到了曹操的充分认可和高度赞扬，在曹操看来徐晃甚至已经超过了孙武和司马穰苴，地球人已经无法阻止徐晃了。

但就同一本《三国志》来看，持上面观点的见诸《徐晃传》，但在《关羽传》中却不是这样。《关羽传》里写的是"羽不能克，引军退还"。压根没有所谓的追击，有的只是二哥的主动撤退。哪个更可信，看细节。还记得关、徐二人对话完毕后，徐晃的第一个动作吗？下马！既然是徐晃在进攻，他下马干什么？难道他自信俩腿跑起来比骑马快？再看曹操的表扬信，先描述沟堑鹿砦十重，徐将军能够全胜。的确，徐晃的队伍是跟着关羽的败军，从大门进去的，这些鹿砦、壕沟自然没有破坏。所以曹操看得清清楚楚，数得明明白白。描述完毕后曹操开始抒情，我用兵三十多年，连同听说过的古代所有善用兵的牛人，都没有这样长驱直入敌人营垒的！曹操是很幽默的，也是很懂军事的，但更懂政治，知道现在十分需要一场胜利。于是徐晃就成了外星来的，当然徐晃也是诚实的，他确实是跟着关羽进去的，但是这中间究竟隔了多长时间，谁也不知道。至于说二哥手下官兵投沔水而死者甚众，更是纯属曹操一方的凭空想象。二哥水军仍在，到了河边自可上船，哪得如没有水军的北军所想？《赵俨传》中明确记载"羽军既退，舟船犹据沔水，襄阳隔绝不通"。以寡敌众，还面临曹仁和徐晃的内外夹击，二哥仍然能够全身而退，保持攻势不衰。而且在

《三国志·魏书·赵俨传》中明确记载，二哥撤军后，曹操紧急下令，告诫曹仁莫要追击。这其中既体现出曹操对二哥的一往情深，也包含了移祸江东的阴险毒辣，更从一个侧面有力地证明了二哥的队伍没乱，实力犹存。

长久以来，在记述二哥北伐的战斗中，对襄阳的情况总是一笔带过，语焉不详。好像襄阳就是个软柿子、熟桃子，张口能吃、唾手可得似的，事实上襄阳太守吕常也是非常强悍，他的名字只是在《三国志·魏书·徐晃传》里出现过一次。黄初二年（公元221年），吕常的部下杨向为了纪念自己的老领导，专门立了一块“横海将军吕君碑”，碑上较为详细地吹捧了吕常同志的一生。碑铭说，吕常是南阳博望人也，从小果敢坚毅，还勤于练武，封侯拜将后，非常节俭，“食不贰膳，坐不重席”，“生不利家，死不托孤，可谓良大夫也”。行军时，三伏天不用伞盖遮阳，三九天不穿裘衣保暖，“虽叔敖相楚，晏婴在齐，不能尚也”。打仗时，其于战也，“矢石之所及，锋刃之所先”，“虽古良将，不能逾也”。这些话是典型的官话套话，逮谁都这么一说，没必要过于相信。但其中所写的“洪水播溢，泛没樊城，平原十仞，外渎潜通，猛将骁骑，载沈载浮。于是不逞作慝，群歹凶鼎沸，或保城而叛，或率众负旌，自叩敌门，中人以下，并生异心”，倒也不失为真实写照。不管怎样，从建安十三年（公元208年）开始，镇守襄阳十三年，直到死后孙权才敢进攻襄阳。总之一句话，襄阳不好打。后方又有危险，于是二哥就撤了。

但二哥没料到的是，此刻在江陵的南郡太守糜芳、在公安的守将傅士仁与孙权的关系已经完成了从眉来眼去到勾搭成奸的质变。这二厮素来自感备受二哥轻视，北伐以来，二人明显带着情绪，只给军需物资，却不肯全力支援。二哥气头上说过“回去后一定收拾他们”的狠话。二哥不是普通哥，是持了节的，所以糜、傅两人吓得够呛，再加上糜芳还有监管不力致使军用物资失火的渎职劣迹，如果二哥真的回来，后果不堪二人设想。于是他们当了叛徒。

江陵城非常坚固，据唐朝宪宗时宰相李吉甫所著的《元和郡县志》所载，二哥从襄阳前线回来后，发现糜芳已经投降东吴，当部下建议攻城时曾说，“这城是我所筑，攻不下的”。这才退入麦城。历史不容假设，但假设如果糜、傅二人不投降的话，这样的样板工程在攻坚能力不强的东吴军队面前，称固若金汤不为过吧？可是……

再说麦城，在当阳县以东五十里，仍然是据《元和郡县志》所载，此城位于沮、漳二水之间，风景很是优美，王粲《登楼赋》中所写的“挟清漳之通浦兮，倚曲沮之长洲”之景就是这里。当时还在刘表手下颇感怀才不遇的王粲不曾想到，十几年后一代名将关羽会受困麦城，更想不到的是自己虽然备受曹操重用，但两个儿子后来会被曹丕以魏讽谋反案为借口杀掉，这俩儿子比关羽还早死几个月。而魏讽之所以会出现反迹，也是受了关羽水淹七军的影响，历史总是这般纠结，这般缠绕，这般剪不断理还乱。

面对紧急回援的二哥，已将荆州吞入口中的东吴，实施了一系列的攻心计，他们利用二哥军中妻子父母多在江陵城内的弱点，大打亲情攻势，同时还把于禁手下三万余被俘官兵释放，这些人都成了吕蒙的义务宣传员。这期间二哥并没有放弃外交努力，他不断派出特使和吕蒙交涉。二哥在外交上确实不算行家，连孙权派来给儿子讨媳妇的特使，他都能给骂回去，和吕蒙能交涉出什么好结果？这里说点闲话，就是二哥是怎么骂孙权的。这事出处在《典略》，里面记载说“羽围樊，权遣使求助之”，就说关羽包围樊城以后，孙权请求派兵支援，还有说法是“(羽) 遣使求权助之”，这两种说法都有一定道理，前一种孙权觉得是盟友应该助战，后一种关羽兵力不足向盟友求援。但是后来二哥水淹七军获得大胜，又知道孙权让吴军磨洋工慢点走，就怒骂道：“貉子敢尔！如使樊城拔，吾不能灭汝邪！”这话意思很明白，那就是：“老子打下樊城，还灭不了你小子！”“汝”本来就是不拘礼的时候说的，但真正砸给孙权的重锤是“貉子”这俩字，这是带有强烈地域歧视色彩的贬义词，可以参考现在各省地域歧视者之间言语攻击时的一切污言秽语。貉子是一种肉食动物，比狐狸小，丑萌丑萌的，形象不好，是当时中原人对江东人侮辱性的称呼，曹操都没这样说过孙权，但是二哥却说了。后来孙权的后代孙秀归晋后，娶了个中原媳妇，两口子吵架，就因为老婆骂了句“貉子”，孙秀很受伤害，就和老婆分居了。可想而知孙权听到二哥这么骂自己能有多生气。言归正传，二哥派出与吕蒙交涉的特使，回到营中就成为吴军秋毫无犯的证人。本来一心复仇的愤怒之师一下泄了气。于是，二哥的队伍崩溃了。

无奈之余，二哥只能带着残兵（并没有败）和身边亲信向益州逃亡，去找刘大哥。而陆逊则马不停蹄地攻取了宜都、秭归、枝江、夷道，还屯兵夷陵，守住峡口防备蜀中来援。还是在麦城，孙权派人来劝降，二哥诈降，在城墙树起旗帜，立上假人，择机而逃，身边只剩下十几个骑兵。后面的事情，《潘璋传》里都有。十二月，二哥和其子关平一起在临沮被害。

令人十分吃惊的是，二哥遇害的事情，东吴有两个神棍竟然都猜到了。当时二哥已经败了，孙权心里不太踏实，就叫虞翻来算一卦，虞翻整出一个兑下坎上的节卦（近代著名易学家尚秉和认为，节卦九五有项象，变为拆一，项断矣，故应断头）后说："不出二日，必当断头。"后来果然如此，孙权发出了"卿不及伏羲，可与东方朔为比矣"的感慨。其实虞翻除了会算卦，倒还提过一些比较客观的建议，比如吕蒙刚刚受降糜、傅二人时，他就敏锐地提出"城内有异心的不过糜芳一人，其他人还不能都相信的，你得赶紧入城"。当时城中确实有人想反正，但由于吕蒙听从了虞翻的建议入城神速未能成功。荆州有很多人是不愿意投降的。孙权杀关羽，并荆土，潘濬宣称患病不去拜见孙权。秭归的豪门大姓文布、邓凯等集合了数千夷兵，后虽被陆逊所破，但文布、邓凯都成功地回到蜀汉做了将领。最为悲壮的要数习珍，据《襄阳记》记载他是零陵郡中的北部都尉，加裨将军。孙权杀二哥后，零陵郡中诸县都放弃了抵抗，习珍当时听从弟弟习宏的意见诈降孙权，私下联系樊胄等一同举兵，一度占据七县自称邵陵太守，失败后退守山中，对围攻他的潘濬说："我必为汉鬼，不为吴臣，你逼我也没用。"习珍固守月余，粮、箭皆尽，仗剑自裁前对部下说："受汉厚恩，不得不报之以死。诸君何为者？"习珍用生命证明了二哥对荆州的治理是成功的，连陆逊也不得不承认："(关羽）已据荆州，恩信大行。"习珍的事迹也证明了虞翻的建议确实非常关键。

而另外一个叫吴范的，就彻底是个神棍了。最初孙权和吕蒙有攻取荆州的想法时，孙权心里是没什么把握的，他找了不少近臣悄悄商量过此事，但和孙权保持高度一致的确实没几个。问到吴范时，这哥们很干脆地来了俩字："得之。"后来二哥在麦城派人来请降，孙权拿不准就又问吴范："关羽究竟会不会投降？"吴范说："他有走气，定是诈降。"听听，"走气"。孙权为截杀二哥，派出潘璋后，有侦察员报告说关羽已经走了。吴范又说："虽去不免。"孙权不信就又问期限。吴范就很明确地报告说："明日日中。"精确到这种地步孙权都没办法不相信，于是就立个晷表，下个刻漏等着瞧。到中午还没消息，孙权已经开始问个究竟了，吴范的回答是"还没到正午"。顷之，有风吹动帷帐，吴范拍手说："羽至矣。"须臾，外面传来万岁的呼声，捷报传俘获关羽。

除了两个神棍外，支持孙权的还有是仪，就是他劝孙权批准吕蒙的计划，孙权采纳了是仪的意见，是仪也参加了讨伐二哥的战斗，因功拜忠义校尉。被二哥鲜血染红顶子的人还有很多，吕范是其中一个。之所以把吕范拉出来亮相，是因为《三国志》在记述他时透露出一个很重要的信息，就是孙权也参加了讨伐关羽的战斗。孙权在路过吕范的官署时说起了一段往事，当初刘备拜访孙权时，吕范曾经建议将刘备扣留。所以孙权对吕范说，"要早听你的，就没有这次的辛苦劳累了。如果成功，请爱卿你镇守建业。"后来孙权凯旋，让吕范做了建威将军，封宛陵侯，领丹杨太守，负责管理建业。

此外，还有被封为阳华亭侯的全琮。全琮并没有参加战斗，但他曾经专门上书孙权陈述可以讨伐关羽。提建议时，全琮并不知道孙权已经和吕蒙密谋好了，为了保密，孙权故意没有答复。等到俘获二哥后，孙权在公安宴请全琮，席间孙权说："爱卿前日所说的那事，我虽然没有答复你，但今天的胜利，也有你的功劳。"

至于那些参加过战斗的更是封侯的封侯，拜将的拜将。吕蒙是主谋，官居南郡太守，封孱陵侯，赐钱一亿，黄金五百斤。陆逊领宜都太守，拜抚边将军，封华亭侯。骆统随陆逊破宜都，迁偏将军。擒获二哥的潘璋成为固陵郡太守，领振威将军，封溧阳侯。朱然迁昭武将军，封西安乡侯。周泰被封为汉中太守，奋威将军。韩当升迁为偏将军，遥领益州永昌郡太守。蒋钦拼了老命带着水军上了前线，病死在凯旋路上。

夺取荆州是一场成功的军事行动，事后大赏功臣，也是自然，尤其让俺佩服的是，东吴为此还专门改编了一首歌。把《巫山高》改为《关背德》，说的是"蜀将关羽背弃吴德，权引师浮江而擒之也"。具体的歌词是这样的："关背德，作鸱张。割我邑城，图不祥。称兵北伐，围樊襄阳。嗟臂大于股，将受其殃。巍巍吴圣主，睿德与玄通。与玄通，亲任吕蒙。泛舟洪汜池，溯涉长江。神武一何桓桓！声烈正与风翔。历抚江安城，大据郢邦。虏羽授首，百蛮咸来同，盛哉无比隆。"

上面这些个封赏庆功的事，其实一个"大赏三军"就可以概括。之所以说了谋士、说神棍，说了神棍、说武将，啰啰唆唆、洋洋洒洒不过是想说明一个问题，就是东吴对夺取荆州相当重视，事先精心策划、严守机密，事中君臣上下齐心、几近全力为之，所以完胜关羽也是非常合理。另外也是为了衬托二哥的强悍。

曹操阵营中，除了把徐晃捧成了外星人，其他参战武将的封赏也少不了，就不再赘述。

对蜀汉阵营来说，二哥的死影响自然最大，以此为标志蒸蒸日上的刘备集团终于迎来发展拐点，开启了下坡路。特别值得一提的是，刘备的养子刘封因此丢了性命。这些都是影响深远的大事。特别是刘封的死，给二哥的死蒙上了一层浓浓的不和谐。章太炎先生的观点是二哥不死，他日刘禅登基之后难以驾驭。当时的廖立因为说破这事，就被以"诽谤先帝"的罪名流放。而且荆州本是文人士大夫聚集之地，刘备明知二哥"骄于士大夫"却仍然命其镇守荆州。

这其中的确有很多只可意会不可言传的事情。如果从阴谋论的角度来看，张飞的死就更是不明不白，联想起来让人不寒而栗。

荆州丢了，可是不知从何时起有好事者在“丢荆州”前加上了“大意”两字。这句话经常被用来教育我们做什么事都不能麻痹大意。除此之外，还说二哥过于骄横，把东吴不放在眼里，云云。并由此说二哥其实不咋样。对这些议论，以前感觉挺有道理。但真写起二哥了，这才发现哥的不容易，才发现哥是真了得。这一仗，二哥战败身死。历史是由胜利者来书写的，蜀汉又不置史官，所以各种史籍记载的多是二哥的败绩，而其胜绩或一笔带过，或根本不说，但即便如此二哥的光芒任谁也掩盖不住。如果二哥不厉害，曹操能去亲征，孙权能去亲征？试问三国期间有谁能带一偏师，同时应对两线进攻？而这进攻皆非不痛不痒的骚扰牵制，是曹操、孙权这样帝王级统帅亲遣精锐几近倾巢的决战式攻击。

有人说二哥用人有误，不该让糜芳、傅士仁镇守后方。其实只要稍微做点功课，就可以发现这个责任应由刘备承担。糜芳是刘备的小舅子，从徐州就跟着刘备，经受过长坂坡那样的考验；傅士仁也是从冀州时就跟了刘备，二人都是又忠又勇的老同志。别说二哥以前没假节，就是假了节要真想处置这两人也不容易。还有人说二哥不该拒婚，应该和孙权结为儿女亲家。其实结不结亲家和要不要荆州没有关系，和孙刘两家联不联盟也没有关系。试想刘备娶了孙权的妹子，又能如何？

作为武将，二哥陆上能骑马，水上能驰舟，战阵前敢于万军中取上将首级，闲暇时“长而好学，读《左传》略皆上口”（《三国志·吕蒙传》），镇守荆州十年不失，东吴不敢稍动，城建工作抓得也很好。“天下有变”，以一己之力出兵北伐，威震华夏，几让曹操迁都。可谓能文能武能治的复合型高素质人才。诸多优点中，最突出的就是二哥的忠，三国时代人才流动是很常见的，在汉天子这个旗号下，为谁打工都是为汉室服务，二哥最终选择刘备，不仅是为了回报“若兄弟”的私恩，而是从内心深处对汉室彻底纯粹的忠诚。和其他人的不同在于，他通过亲身感受看透了曹操挟天子以令诸侯的虚伪，他通过联合作战的经历看扁了东吴上下的外强中干、贪图小利和目光短浅。这样的忠被后世很多人视作愚忠，岂非天大的冤枉？

作为大汉子民，二哥看不懂三国归晋天下一统的时代大势，也看不出“设使天下无有孤，不知当几人称帝，几人称王”的良苦用心，更看不清分久必合的历史潮流。他只明白自己是食汉粟而生，读《左传》而长，《左传》字里行间流露出的儒家思想，对等级秩序宗法伦理、长幼尊卑的反复强调，让二哥将忠孝节义视为正义，将有皇家血统的刘备哥哥奉为正统，并因为恪守所认定的正道，兵败被俘义不苟生以死殉节。也是《左传》，这本以记述战争见长、被称为“相斫书”的儒家经典，二哥在反复阅读的过程中，学会了遣将之法、调兵之方、攻守之道，在他成为一代名将的道路上打下了坚实的理论基础。还是《左传》，其君权本在民、君立为保民、君可为民议的朴素民本思想，也深深地打动了二哥的心，所以二哥“善待卒伍而骄於士大夫”，所以二哥只杀掉不降的庞德，而厚待于禁的俘兵。二哥不但在紧急战斗的间隙不忘将他们送回江陵，为了解决俘虏的口粮而不惜强抢东吴在湘关的存粮。假以时日，这三万人在二哥的教育引导下加入汉军，共举匡扶汉室的大旗，那么三国的历史又将如何演绎？

二哥之武雄冠天下，二哥之忠日月可鉴，二哥之义可薄云天，跻身名将当之无愧。唐朝时，颜真卿上表修建武成庙，庙中配享的“古今”六十四位名将，关羽和张辽、周瑜、陆逊、邓艾、张飞、吕蒙、陆抗、杜预一起名列其中。宋朝时，历代皇帝又根据自己的喜好对武城王庙中的六十四人进行了甄别，白起被太祖赵匡胤“此人杀已降，不武之甚”的一句话请了出去，到徽宗赵佶宣和五年（公元1123年），当时的礼部确定了七十二将，关羽仍在其中。宋末元初时，从1270年开始，每年在元大都正月十五“游皇城”时，有“八卫拨伞鼓手一百二十人，殿后军甲马五百人，抬舁监坛汉关羽神轿军”参加游行。到了清朝，除了皇帝屡加尊号外，据《乾隆京城地图》，仅北京城内就建有一百一十六座关帝庙。而于右任先生一副“忠义二字团结了中华儿女；春秋一书代表着民族精神”的楹联更是把二哥的精神升华为联系全世界炎黄子孙的文化象征。

二哥死后，孙权把他的首级送给了曹操，曹操以诸侯之礼厚葬。次年正月，也就是亲征回师雒阳的当月，曹操病亡。九个月后曹丕篡汉，自立国号魏。随后刘备在成都称帝，国号汉，也许是看到当年二哥献上的玉玺触景生情（关羽在襄阳，男子张嘉、王休献玉玺。《宋书·符瑞》载），想起了当年一起摸爬滚打的峥嵘岁月，刘备不顾众意兴兵伐吴，后兵败夷陵，于白帝托孤，因病而逝。也因为伐吴，张飞被部下杀死。次年，积极推动攻取荆州的吕蒙也因病不治而亡。

众星陨落，日月无光，在二哥渐去渐远的背影中，魏、汉、吴三国这才正式登场，在纵横捭阖中汉、吴两家重归于好，共同抗魏。而当年建议曹操不要迁都的司马懿又像曹操对待汉献帝那样攫取了曹魏政权，最后当够了主角的三国又相继覆亡成就了晋朝的霸业。

由于过度神化和《三国演义》的影响，二哥在常人心中总是一副大义凛然的模样，不但不食人间烟火，还不亲近女色。其实二哥对美女是十分感兴趣的。建安三年（公元198年），这一年曹操三十三岁、刘备二十七岁，二哥还是二十出头的毛头小伙，他们都很年轻！还是盟友的他们联合起来一起攻打共同的敌人吕布，实事求是地说，二哥在这次战斗中力气没全使在战斗上。为了得到一个女人，二哥专门拜见了曹操，表达了想娶其为妻的意愿。曹操当然同意了，二哥却并不放心，又多次向曹操汇报这个事情。结果引起了曹操的好奇心，曹操开始怀疑这个女人定是有着非比寻常的美貌。于是，城破以后曹操派人先接走了这个女子，一看果然是人间绝色，就留着自己用了。说起来曹操口味挺重，因为这位女士是秦宜禄的老婆，也就是秦朗的母亲，当时还有身孕。这事《蜀记》里有记载，《华阳国志》里也有，两处记载细节略有不同，但大致情节一致，故而可信度较高，从《华阳国志》来看，二哥明白地说了秦妻无子，比起曹操来，口味淡了许多。对这个女人二哥一直耿耿于怀，因为心愿未了，甚至“心不自安”（《蜀记》）。这其中的蹊跷和玄机，限于篇幅就不再拓展。在此处提及不过是为了证明二哥绝对是个正常的男人。

后来，他娶别的女士为妻，生了三个儿子。其中关平和他一同赴死，关兴深得诸葛亮器重，担任过侍中、中监军，数年后死去。关兴之子关统当过驸马，官至虎贲中郎将，但无子嗣。关兴的另一个儿子关彝继承了关统的官职、爵位。公元263年，邓艾攻下成都，庞德的儿子庞会灭关羽一门。

从此，世无二哥，唯留传说。在传说中，二哥成了传奇，成了神话，也成了封建统治阶级用来统治人民的工具。

还有观点认为清朝皇帝是出于民族感情才封赏二哥，而故意封杀姜尚和岳飞的。我不这么认为，因为清统治者对二哥的喜好，不过是出于马背上民族崇尚武力的朴素情感，而且马革裹尸的二哥总比寿终正寝的姜尚和死于冤狱的岳飞要好一些，和民族矛盾并无太大关系。明洪武二十一年（公元1388年），礼部选古今三十六位名臣祭祀时，岳飞和木华黎、博尔忽、博尔术、赤老温、伯颜等蒙元名将并列其间。清朝历代皇帝做表面文章的功夫绝对一流，顺治祭孔、康熙拜孝陵、乾隆为袁崇焕平反，都是可以获得奥斯卡奖的顶级政治表演，但在武圣问题上的确没有那么复杂的难言之隐。就以岳飞的待遇来说，顺治年间在阜成门内建历代帝王庙时，与帝王一同配享的四十一位名臣中，平定安禄山反叛的唐将郭子仪、张巡、许远，屡次打败吐蕃的唐将李晟，抗辽抗金的宋将曹彬、潘美、张浚、韩世忠、岳飞都在其间。到咸丰年间时，还批准杭州、嘉兴、汤阴、武昌四地建立祠堂祭祀岳飞，并没有封杀的迹象。

二哥死后地位这么高，还真得感谢罗贯中，要不是他的《三国演义》，老百姓不可能那么喜欢他。因为传说二哥年轻时卖过豆腐，所以二哥就成了豆腐业的祖师爷；传说二哥打过铁，所以二哥就成了打铁的祖师爷；就因为二哥晚上读过《春秋》，做香烛灯笼的也把二哥当祖师爷；还有理发、屠宰、磨刀制剪的因为二哥传说使刀，所以也认二哥做祖师爷。

而清统治者对《三国演义》的喜好，更是见诸正史，清初著名悍将额勒登保最初隶属于鄂温克族名将海兰察，海兰察对他说："你小子是个将才，应该知道点古代的兵法。"说起兵法大家的脑海中一定会浮现出《孙子》《吴子》《司马法》《六韬》《尉缭子》《三略》这些经典著作，但是很不幸这些书都不够格！海兰察给了额勒登保一本奇书，额勒登保看后，从此深刻把握了战争规律，营中诸将给他报告时，都不敢仰视。而让众人不敢仰视的原因说来也是颇有内涵，竟然是自卑于额将军太有文化了！

而这本奇书，竟然就是带绣像的满文版《三国演义》。至于《三国演义》对后人在三国历史看法上的影响，在《前言》里已经说过了。

就此停笔，给二哥写诗：

有的人

——读关羽有感

有的人活着
他已经死了；
有的人死了
他还活着。

有的人
守着白马："呵，袁绍真强大！"
有的人
骑着战马把他的脑袋斩下。

有的人

把天子圈在身边想“不朽”；
有的人
情愿做反贼，狼狈地四下奔跑。

把名字刻入石头的，
名字比尸首烂得更早；
只要春风吹到的地方，
到处是青青的野草。

给人民做牛马的，
人民永远记住他！
他活着为了让人民活得更好，
百姓把他抬举得很高，很高。

三国点将之十九

心系人民的无敌将军
——赵云

主题词：人民

掌建邦之生地之图，與其人民之数。

——《周礼·官记·大司徒》周公旦　公元前11世纪

益州人民，初罹兵革，田宅皆可归还，……

——《三国志·蜀书·关张马黄赵传》赵子龙　公元3世纪

要始终把人民放在心中最高的位置！

——习近平　公元2013年2月8日

赵云者，赵子龙也，是将近两千年前的常山真定（今河北省正定市）人。

据正史记载，赵云成年后找的第一份正式工作，是在割据势力公孙瓒那里当了一名骑兵，当时汉朝天子已经被曹操请到了许昌，要想真正地报效朝廷只能到许昌去，在其他地方就只能选择自己喜欢的诸侯，于是赵云就投到了公孙门下。

赵云工作的地方当时属于冀州，袁绍是最高行政长官，按理说通过举孝廉应该是去袁绍那里。公孙瓒就问赵云，贵地的人大多都看好袁绍，你怎么偏偏就来我这里了呢？要换作一般人，像这样给领导送高帽的良机绝对不会错过。

类似“公孙将军英明神武”之类的话，肯定是张口就来。但赵云从这时起就显露出不是一般人的潜质！他不卑不亢、大义凛然地答道：天下动荡，孰是孰非未有定论，但想到百姓们极其困难危险、如同倒悬，决定乡亲们投靠谁的不是因为实力的强弱，我们州里人要去哪里更是如此，并非薄他袁某而厚你公孙，关键是看谁实施仁政。

这句话绵里藏针，言下之意是你公孙瓒若行仁政我就跟着你干，倘若你假模假式玩虚的，对不起我赵云和兄弟们不伺候！当时，袁绍玩阴的吞并了冀州，逼死了韩馥，很为天下仁人志士所不齿。将实施仁政作为人生抱负的赵云，自然不会去投奔袁绍了。但这样的回答，公孙瓒自然不会太舒服。因此虽然史书上并未记载公孙瓒如何对待赵云，但可以肯定绝对没有刘备对他好。

据《三国志·蜀书》记载“先主与云同床卧眠”。而且同眠的行为发生在共同讨伐袁绍的战斗间隙，白日一起战场玩命，即便夜晚也不愿意分开，想想大学时代男生寝室里一同开过的“卧谈会”，这样的感情还用说吗？很多年后在长坂坡那个血流成河的日子里，有人说赵云叛变，刘备拿出短戟冲着那人就掷了过去。这种宝贵的信任，深深打动了陈寿先生，他不吝文笔记道：“初，先主之败，有人言云已北去者，先主以手戟擿之曰：子龙不弃我走也。”即使是在义薄云天的古人面前略显寡情的现代人见到同窗都会备感亲切，何况在遥远三国时代的同床兄弟呢？

赵云的精彩人生随着刘备慢慢拉开了帷幕，不断演绎出传颂千古的精彩故事。

公元193年，公孙瓒把有着“襄贲励德，维城燕北。仁能洽下，忠以卫国”美誉的刘虞俘虏后杀掉，暴露出和袁绍一样的嘴脸。赵云另觅明主，开启了跨越式发展的人生。

史书用先主“密遣云合募得数百人，皆称刘左将军部曲，绍不能知。遂随先主至荆州”这寥寥两句就把赵云带到了离当阳长坂不远的地方，迫不及待地切入到赵云人生中最精彩的篇章。

史载：“先主为曹公所追于当阳长坂，弃妻子南走，云抱弱子，即后主也，保护甘夫人，即后主母也，皆得免难。”在这三十九个字尤其是“皆得免难”的背后，不仅充满了血腥和杀气，还饱含着赵云的鲜血和汗水。面对曹军这样一支高度亢奋的禽兽之师，赵云竟然在保全刘备夫人的同时，还妥善地保护了小阿斗，真乃神人也！很多年后，在追谥赵云时，姜维等人谈及此事仍然说“当阳之役，义贯金石”，后主刘禅更是用诏书这样的正规形式高度评价了赵云的功绩："朕以幼冲，涉涂艰难，赖恃忠顺，济于危险。"

中国传统武术有句名言：月棍、年刀、一辈子枪。如若不信，可以参看各类功夫电影中的种种群殴和武打，使棍的远多于抡刀的，而用枪的只有真正的练家子也就是灭了马宁儿的洪熙官。其他人就没这个本事！举凡枪法多好花招，花了你的眼，才能要了你的命，最关键的致命杀招就是一扎。战场上乱军丛中，俩武将快马加鞭，一个照面常定生死，取人性命主要靠刺。

长坂坡里赵云在曹军中贴身肉搏、坚持不懈地来回冲杀。大家可以想象一下，在疾速奔跑的马背上，那样的动作，难度有多大。凭什么说赵云使的是枪？这个问题提得相当有水平。因为其一，这是一个穿越时空的典型疑问；其二，《三国志》里压根儿就没说过赵云用的什么兵器。

在影视作品中，诸多的大牌导演用现代科技还原了一场又一场的冷兵器战争。尤其是骑兵作战时，二马错镫、你来我往打得不亦乐乎。尤其是涉及三国题材的，少不了骑马武将的单挑，演员们眼花缭乱的马上功夫，估计要让匈奴武士们瞧见的话，不用卫青、霍去病和张辽、曹彰的铁骑敲打，早早就自觉地跑到欧洲去了。

很遗憾，这些单挑大多是艺术的虚构。也许长在马背上的游牧民族中骑术高明的人能够做出高难度动作，而处在农耕文明中的汉人，要在奔驰的战马上完成复杂的打斗动作，可能性不大。原因很简单，三国时期汉人还没有掌握马镫的技术。即便游牧民族有，那估计也像今天的核武器一样，制定了严格的马镫技术不扩散条约。据《三国志》记载，刘备曾经感慨"吾常身不离鞍，髀肉皆消；今不复骑，髀里肉生"。假如有马镫，刘备的缝匠肌就不需要苦练了，皮下脂肪多就多点吧，整个内收肌群，包括阔筋膜张肌、大收肌、长收肌、短收肌都不用那么辛苦，骑马时大腿也用不着使那么大的力气夹住马身了。

关键先生——马镫！马镫是人类生产生活和军事斗争史上一项有划时代意义的发明。英国历史学家怀特这样评价马镫："很少有发明像马镫那样简单，而又很少有发明具有如此重大的历史意义。马镫把畜力应用在短兵相接之中，让骑兵与马结为一体。"没有马镫时的骑兵主要靠高速运动过程中的冲击力、排山倒海的气势和快速机动的骚扰以及能够远距离的弩箭攻击来消灭敌人。

啰唆了这么多，无非是要说明一件事，在没有马镫的情况下，与对面来敌照面时伺机发出致命的一击，枪是最好的选择。甚至可以说，如同三国时期环首刀是步兵的标配，长枪也是骑将的标配。就像中国人吃饭都用筷子一样，是人所共知的常识，根本就不用赘述。所以，陈寿先生就在此处做了省略。除非有特别另类的才会专门写出来。

言归正传。

再后来赵云的人生又跨越了一下，刘备从葭萌关开始进攻刘璋，命令诸葛亮合兵一处，诸葛亮就带着赵云和张飞等人溯江西上，平定沿路郡县。到江州，赵云依令独领一军上江阳，最后与诸葛亮在成都会师。江阳郡含今天四川省泸州市、自贡市、内江市，只以最近的路线计，沿沱江北上，到达成都一路要攻克简阳、资阳等要地，逆流而攻的难度很大，但赵云自己一人默默地克服了，史书上没有留下只言片语。如果走其他远一点的路线，更是艰苦，这些功绩被埋没真是越想越遗憾。占领成都后，赵云被封为翊军将军。

公元 221 年，刘备称帝，大赏功臣。根据史书记载，当时刘备想把成都城里的房屋和城外的田地桑园分赐给诸位将领。别人有没有意见不知道，但赵云却作了这样的发言："霍去病以匈奴未灭，无用家为，今国贼非但匈奴，未可求安。"刘备还姓刘，是中山靖王之后，总以自己为汉室江山的代表。可关键时刻能想起自己是汉家子民的除了赵云还有谁呢？如此忠心，真可赞也！

赵云抒发了感慨以后，又进一步阐述自己的观点："必须得等到天下都平定了，大家都回到桑梓之地，回归故里耕耘本来拥有的土地，那时赏赐才是应该做的事情。"赵云还说，益州"人民"，刚刚遭受了战祸，田地和房屋都应该还给他们，现在安居复业了，以后就能够从事徭役，服从调度，才能真正赢得他们的拥护。在农妇、山泉和肥田的诱惑下，赵云还能保持独有的清醒，这说明他不但是一个纯粹的人、一个高尚的人，还是一个脱离了低级趣味的人！

赵云的话里最大的亮点是，他竟然提到了"人民"。由此看来赵云还是一个情为民所系、权为民所用的好干部。他说得这么大义凛然入情入理，刘备不照他的意思办都不好意思，就采纳了他的建议。赵云能为蜀地的百姓请命，绝非一时冲动，而是他一直都有的那种发自内心的爱民情怀，他没有先进理论的指导，却用火热的赤子之心，带出了一支文明之师、善战之师，千年的岁月可以尘封彼时赵云的具体做法，但是绝对无法掩盖赵云治军的思想光辉。

有个著名的成语叫"一身是胆"，这个词就源于刘备对赵云的夸奖，原话是"子龙一身都是胆也"。这事是发生于建安二十四年（公元 219 年）汉中争夺战中的一个小插曲。

当时赵云奉命跟随黄忠一起去抢曹操的军粮，具体分工是黄忠抢、赵云搬。约定出发的时间到了，赵云集结好部队，可就是不见黄忠。等着等着，赵云就有点担心黄忠的安危了，也有点担心黄忠一个人连抢带搬把工作都包圆了，于是就带着“数十骑轻行出围”去打探打探。一出去正好碰到曹操的大军，好汉不吃眼前亏，赵云再厉害也架不住人多，就只好“且斗且却”，斗着斗着就被包围了，斗着斗着又突出来了，赵云的特长之一就是突围，不光自己回来，还捎带着受伤的部将张著。回到营中，守营的张翼是沔阳的父母官，看到赵云回来就想赶紧把营门关起来。赵云断然拒绝，反而下令打开营门，偃旗息鼓（也是一个著名的成语）。曹操来了一看这架势，就怀疑这不寻常的平静之后必有伏兵。正犹豫不定的关头，赵云突然下令擂鼓，战士紧张的情绪一下如黄河泛滥般一发不可收拾，锣鼓敲得震天响。伴着咚咚的鼓声，嗖嗖飞出的是羽箭，“公军惊骇，自相蹂践”。刘备天亮后来视察，看到曹军败退的惨象，心中十分高兴，激动之余就说出了那句话。这一仗赵云的枪倒没怎么出彩，胆却天下闻名了。

也是在这一年，在那个不知阴晴的正午，关羽被斩杀在东吴临沮潮湿的土地上，随后张飞又在一个夜晚在阆中被人刺杀，刘备陷入了巨大的悲愤之中。通常，悲愤一升腾，智商就下降。此二人和刘备感情非常深厚！刘备非要起兵伐吴给关羽报仇，赵云这时候却冷静地说：“国贼是曹操，非孙权也，且先灭魏，则吴自服。操身虽毙，子丕篡盗，当因众心，早图关中，居河、渭上流以讨凶逆，关东义士必裹粮策马以迎王师。不应置魏，先与吴战。兵势一交，不得卒解也。”

赵云的这番话说得入情入理，在高举反对攻吴大旗的前提下，直接抓住了曹魏这个主要矛盾。曹丕继承了曹操的遗志，推翻了汉室称帝，老百姓心中并没有完全认同，在人心不稳的时候，进取陕西的关中地区，沿着黄河渭河顺流直下，函谷关东边的忠义之士一定会积极响应的。清朝的乾隆皇帝爱新觉罗·弘历曾评价说，“使如赵云所言，居河、渭上流，以伐逆寇，汉事未必无成。”清朝皇帝给出了正面的肯定，那么明朝遗老王夫之呢？这位伟大的爱国者、朴素唯物主义思想家，在晚年穷困潦倒的时候，面对前来拉拢利诱的清朝高官以“清风有意难留我，明月无心自照人”的诗句表明了心迹。他在评价赵云的这个建议时，不吝笔墨地说道：“向令先主以笃信羽者信公，听赵云之言，辍东征之驾，乘曹丕初篡、人心未固之时，连吴好以问中原，力尚全，气尚锐，虽汉运已衰，何至使英雄之血不洒于许、雒，而徒流于猇亭乎？”就是说如果刘备当时不攻打东吴，趁着曹丕篡位民心不稳的时候，联合东吴一起攻打曹魏，那么即便汉室复兴的大业不会完全成功，但复兴汉室的英雄们也不会把血白白流在猇亭。明朝的沈国元在《二十一史论赞》中，把赵云的这个建议和前面推辞田宅赏赐的行为并列而论，认为赵云有古代大臣的见识和器量。清初康熙年间的“乌头丞相”魏裔介在他的《兼济堂文集》更是不无惋惜地说道：“倘用顺平之言，舍孙权而取关中，秦陇响应，汉室可兴矣。”还批评刘备：“盖先主生平，颇有知人之明，而用兵之识，暗於时势权谋故，其自将也，往往致败。”魏丞相用称赵云谥号而不称其名的方式，表达了自己对赵云的尊崇。

但刘备就是不听，他光记得兄弟，早忘了献帝，结果呢？刘备拒绝了赵云，更衬托出赵云对汉帝国的忠诚。刘备把“伐吴意志不坚定”的赵云留在了后方的江州（今重庆市）。后来赵云得知刘备战败，就连忙带兵前去接应，走到永安的时候，吴军已经退了。不知道刘备再见到赵云又该作何感想。

衡量一个人是不是真朋友，你落魄时他的表现要比你得意时的更重要。同样评价一个战将，他失利时的表现也要比胜利时的表现更重要，赵云虽然特长很多、非常全面，虽然被视为常胜将军，但事实上他也打过败仗。那是建兴六年（公元228年），诸葛先生再出祁山，为了减轻自己大部队的压力，他让赵云和邓芝两个猛人带了一小部分军队冒充主力，从斜谷道出击。这次冒充非常成功，曹真果然上了当，把主要精力放在了赵、邓二人的进攻方向。但是因为赵云和邓芝的兵力实在太少，在箕谷失利，虽然落了下风，但是二人仍然聚集部队坚守，不至于大败。撤军以后，赵云被贬为镇军将军。

为什么没有大败，所有的人都很好奇，连诸葛亮都忍不住问个究竟。这事用不着赵云开口，因为有邓芝在。邓芝口才相当了得，多次代表蜀汉出访吴国并赢得外交胜利，邓芝说道：“云身自断后，军资什物，略无所弃，兵将无缘相失。”全明白了，赵云一生中为数不多的败仗，原来竟也败得如此潇洒，我想那些远远追来的曹军看到“赵”字旗时，唯一敢做的和能做的也许就是远远地跟着。

打完仗军需还没用完，诸葛亮就让赵云把这些物资分给将士们。赵云拒绝了，他说道：“仗没有打赢，凭什么有赏赐呢？请将这些物资都存放到赤岸（今陕西省留坝县北部）府库，等到十月冬赐时再赏给大家吧。”这个建议透着无功不受禄的清高和为百姓节省军事用度的精算，得到了诸葛亮的高度赞扬。

对于赵云拒绝赏赐的事迹，清朝的书法家何焯表示过怀疑，认为是后人美化赵云编出来的。何焯的理由是诸葛亮赏罚分明，把赵云官职都贬了，怎么会对赵云的部下不罚反赏？但要细细想来，这样的处理颇有其合理之处，因为从总体上看，北伐的战略目标没有实现，诸葛亮自己也贬官三级；但从局部来看，圆满完成了牵制任务的赵云部队还是应该也必须给予奖励。就好比街亭之战后，马谡被斩，但王平却受到了提拔。

一年后（公元229年）赵云驾鹤西去，留下了千年不朽的传奇。但这传奇在当时的蜀汉并没有受到特别的重视。直到三十多年后的蜀汉景耀三年（公元260年），关羽、张飞、马超、庞统、黄忠这五位开国元勋被刘禅追赐了谥号，赵云也没有享受这种哀荣。到了第二年，刘禅似乎突然想起来自己尚在襁褓时还有过一次有惊无险的长坂坡之游。于是专门下诏表彰赵云的功绩，要求大家商议给赵云什么样的谥号。“云昔从先帝，功绩既著。朕以幼冲，涉涂艰难，赖恃忠顺，济于危险。夫谥所以叙元勋也，外议云宜谥。”

姜维等人认为，赵云生前追随先帝立下的功劳和创造的业绩都很突出，无论是打天下还是守江山都本本分分，可谓劳苦功高，足以彪炳史册。当阳长坂坡一战，赵云的行为义举，比黄金奇石还要贵重。臣子忠心耿耿护卫主上，君主心怀仁惠考虑如何奖赏；君主对臣子守礼且厚赏，臣子必然对君主舍生忘死。这样的厚恩，死者若泉下有知，完全能够让自己的功绩永垂不朽；生者出于感激，完全能够奉献自己的生命。

根据谥法，就是确定谥号的方法规则，柔贤慈惠曰顺，执事有班曰平，克定祸乱曰平，所以给赵云评定了“顺平侯”这个谥号。网上有些帖子言之凿凿地论证出赵云本是女儿身的结论，或许是受了“柔贤慈惠”这四个字的“蛊惑”。中国人讲究盖棺论定，对赵云的评价，陈寿在《三国志》里把赵云看作是灌婴、夏侯婴一样的人物。不仅前面提过的清人魏裔介觉得这个评价低了，发出过“果其俦乎”的质疑，认为赵云的事迹完全能够“奋发史册，功绩焜燿古今”。也许，明清的人受了《三国演义》的影响，可是与赵云同朝为官的杨戏在《季汉辅臣赞》一书里说“征南（赵云）厚重”，同样被认为厚重的最著名人物当属汉初名臣周勃，由此看来，杨戏心里赵云是可以和周勃并驾齐驱的。杨戏当时很受诸葛亮的信任，诸葛亮去世后，蒋琬对他也很赏识。杨戏后来因为言语上嘲讽姜维，遭姜维忌恨被贬为老百姓。他和姜维关系不和，但对赵云给出了一致的正面评价，因此可信度非常高。综上来看，“顺平”这个谥号，大家普遍觉得评价低了，但不管怎样，这总是官方的一种特殊认可。民间把蜀汉武将中得此殊荣的关羽、张飞、马超、黄忠连同赵云并列一起，就有了“五虎上将”之说。

在众多的三国迷中赵云的粉丝很多，而且其中不乏美女。中国的民间文化圈里，枪法好的武将都有非常好的异性缘，经常会被那些受封建礼教毒害较浅的巾帼豪杰大胆追求。比如杨家将里杨宗保就被女英雄穆桂英暴力逼婚成了压寨老公；而唐朝的名将薛丁山上马提枪，下马使鞭，远近兼施，能长能短，更是让樊梨花爱得死去活来。至于那些大门不出二门不迈的小家碧玉和大家闺秀，只能在通俗演义的字里行间中，带着无穷的想象和无限的遐思怅然入睡。韩国前总统朴槿惠女士在《绝望锻炼了我：朴槿惠自传》一书中透露："现在回想起来，甚至怀疑自己的初恋对象会不会就是赵云，因为每次只要他一出现，心中就会不自觉地小鹿乱撞。"其实即使赵云的枪使得不好，女士们也应该喜欢他。因为他在美色面前非常理性，自控能力超强，不会犯生活作风错误。

这件事的经过是这样的，当时赵云被外派到桂阳当太守，其前任赵范，想把自己的寡嫂嫁给赵云以托付终身。要说这个寡妇可不一般，时人皆称其有国色，是个大美女，很多登徒子都暗自垂涎，恨不得倒插门，可赵云偏偏不为所动。赵范想不通就问赵云，赵云回答得义正词严："相与同姓，卿兄犹我兄。"莫言人间无正道，三尺之下有伦常。美女虽好，不能乱搞！赵范很无奈。后来还有人不甘心，继续劝赵云将美女纳入怀中，吃了这块送到嘴边的肥肉，赵云估计是给整得挺烦，就说了真心话：这个赵范是被迫降的，心里怎么想的没人能知道，天涯何处无芳草，我又何必娶他嫂！后来赵范果然偷越国境，叛逃投敌，赵云若是当时抱得美人归，这会儿岂能不受连累？其实就算赵范心怀不轨，给赵云使的是美人计，赵云将计就计一下也能理解，毕竟英雄难过美人关。现代著名学者卢弼在《三国志集解》中就明白指出，赵云看到天姿国色般的美女都不要，就比关羽要强得多。赵云过了美人关，真乃英雄中的英雄。可能还有兄弟质疑，没准是人家嫂嫂看不上赵云呢。有这样的怀疑实在是该打，长坂坡一战赵云名扬天下，而且赵云"身长八尺，姿颜雄伟"，是当世一等一的大帅哥，若无此资本老奸巨猾的赵范能对赵云下手吗？

再看史实，赵云虽身在行伍，却并无什么不良嗜好，他没有像关二哥那样夜读《春秋》，让老婆守空床的习惯；没有像关二哥在战斗前听说敌人老婆漂亮，就三番五次向领导索要；更不像刘备动辄就拉个新认识的兄弟睡一个床开"卧谈会"，把老婆挤对得一个人睡觉。

除此之外，赵云还有一个更为可靠的地方，就是他特守法。曾有人说如果想客观地评价一个人，最好的办法是看看他周围有些什么样的朋友。正所谓"蓬生麻中，不扶而直；白沙在涅，与之俱黑"。说来话长，那是在博望坡的战斗发生之后，赵云生擒了一名叫夏侯兰的敌将。夏侯兰和赵云是同乡，也是发小，很早就认识。夏侯兰对法律颇有研究，于是赵云向刘备极力推荐，后来刘备把夏侯兰也吸收进了自己的队伍。能和精通法律的人共同长大成为挚友，赵云自然也不会是违法乱纪之辈。

这样一个枪法卓绝、相貌堂堂、谦虚谨慎、遵纪守法、无不良嗜好的好男人实在是居家生活过日子的不二人选。看了《三国志》，就是把《三国演义》也算上，赵云可曾传出过一点绯闻吗？

更为难能可贵的是，生活在三国时代的赵云，作为一个古代人已经拥有了较为朴素的依法治军和依法治国的思想。当时是建安十四年（公元209年），赤壁之战后的孙刘两家正处于结盟的蜜月期，孙权的妹子嫁给刘备成了刘孙氏，刘孙氏仗着自己哥哥的势力，经常带着陪嫁的吴兵侍卫和随行官吏“纵横不法”，很多人都只能打落门牙往肚里吞。刘备本人也经常受到家庭暴力的威胁，不得已采取了断然措施，既然你不法，我就派个执法如山的人来。

这时候，刚刚经历过当阳血战的赵云就成了最佳人选，在有诸葛亮、关羽、张飞等人留守的荆州做了留营司马，这个官职是刘备专门为赵云创造出来的。留营司马官职不高但非常重要，当时刘备还没有称汉中王，不过是个左将军。“营”对于将军，就如同“府”对于丞相，“国”对于帝王，理论上司马只管军事，但在军营中，没有什么事情能完全和军事无关，所以实际上是什么都管。事实证明刘备的确是知人善任。孙权听说刘备西征，就派出水军来要接妹子回东吴。女人回娘家经常得带孩子，所以刘孙氏就带着阿斗一块儿上了船，多亏了赵云和张飞带兵堵截，这才抢回了刘禅。这就是后世广为传颂的“截江夺阿斗”。

纵观赵云的一生，是光芒万丈、英勇战斗的一生，是久经考验、忠诚于三国统一事业的一生，他身为武将有为国之忠、葬兄之孝、爱民之仁、不离之义、护嫂之礼、孤战之智、长坂之勇、联吴之公、归汉之信。明代的著名平民学者、其作品对日本明治维新有过积极影响的史学家徐奋鹏把赵云当作了刘备和诸葛亮的关键先生，他说：“尝观玄德孔明出遣调诸将也，遇事势旁午，安危发系之际，则以命赵子龙。子龙不惟无首鼠退缩意，而往往挺身一出。”还把赵云和关羽、张飞做了比较，得出结论是：“故子龙不特浑身是胆，殆浑身是智。”最后激动得把赵云评为三国时期的“完人”。

宋朝史学家《续后汉书》的作者萧常对赵云的评价也是很高。他的父亲不满意《三国志》中没有把蜀汉作为正朔，就要重新写。结果创新未半而中途崩溃。萧常子承父业，终于写完，他说：“云虽虎臣。其所建明。通达国体。”把赵云心系人民归还田地房屋、拒领封赏物资留作公用、反对攻吴坚决伐魏的事迹总结起来，说比诸葛亮考虑得还周到。把赵云回避同姓嫌疑不娶赵范嫂嫂的行为作为严格自律的典范。综合评定说："方时诸将，其最优乎。"

康熙六十一年，赵云和其他四十名功臣一同"入住"景德崇圣殿陪祀历代帝王，汉臣中的其他五人分别是刘章、魏相、丙吉、耿弇、马援，从和这五人相提并论的难度之大，就可以看出对赵云的认可有多高。

在戎马倥偬之间赵云还不忘培养革命接班人，百忙之中生下了两个儿子。大儿子赵统继承赵云的官职后来做到虎贲中郎，督行领军。次子赵广，官至牙门将，跟着姜维，在沓中之战中以身殉国。

实事求是地讲，单论武艺，从现有的历史来看，赵云不算最高，只说刘备阵营中就不及关羽、张飞、马超、黄忠等人。关、张二人都是"万人之敌"，被称为"熊虎之将"，马超也被诸葛亮视作"雄烈过人，一世之杰"，连老将军黄忠也"常先登陷陈（阵），勇毅冠三军"。赵云除了长坂坡中在下大胆的揣测，并无突出的彪悍表演。

另一方面再论功劳，赵云也几乎没有独当一面的辉煌，很多时候只是扮演禁卫军头领的角色，或被雪藏后方，或被派去率领偏师，但这并没有妨碍赵云在广大人民群众，乃至封建文人心中的光辉形象。民间的崇拜就不提了，在后世的一些史评中，对赵云的武艺也有较高的评价，比如《旧唐书》（卷一百五，列传第五十一）中就有："至如武艺，则赵云虽勇，资诸葛之指捴；周勃虽雄，乏陈平之计略。"

中国人民非常厚道，只要你心里曾经有过他们，他们就永远不会忘记。因此，和赵云一起永垂不朽的实际上是他心系人民的伟大精神，拥有这种精神力量的武将和军队（注：这支军队来自1927年8月1日的江西南昌，始终秉承着全心全意为人民服务的根本宗旨，始终与人民血脉相连，根植于中华大地，是中华民族第一支真正意义上的人民子弟兵。这支队伍有一个非常响亮的名号——中国人民解放军，如果身为其中的一员，完全可以无所顾忌地去骄傲、自豪），在老百姓的心里一定是百战百胜的。

九百年后，另一位中国历史上的伟大将领，用同样的精神再度征服了我，让我坚信自己的观点。他待亲至孝，赤着脚千里扶棺送母归葬；他文采飞扬，留下了"壮志饥餐胡虏肉，笑谈渴饮匈奴血"这样千古传唱的佳句；他受了千古奇冤仍然精忠报国，满腔悲愤写下"天日昭昭、天日昭昭"这样让人怆然落泪的绝笔；他统领的军队对金兵几乎是百战百胜；他心里始终有着老百姓，"冻死不拆屋，饿死不掳掠”，敌人发出了撼山易撼他难的悲叹，他叫岳飞。

如果真有转世，我觉得赵云就是岳飞的前生。

如果真有穿越，我希望岳飞去的就是三国。

心中有人民的，才是真正的武将！

给赵云写首诗：

燕赵自古多英雄，
子龙壮志盖苍穹。
一心为民不畏死，
救得幼主乱军中。
满腔忠义为汉室，
浑身是胆煞敌汹。
厚德精武真名将，
千载犹记君英容。

三国点将之二十

语不惊人死不休——魏延

主题词：惊人

一梦华胥，记得惊人句。

——《蝶恋花》袁去华　公元12世纪

眼中见惯是寻常，又不惊人又久长。

——《颂古》释道颜　公元12世纪

建安二十四年（公元219年），正值酷暑的汉中盆地除了燥热的天气外，暗地里还涌动着一股亢奋的热潮。漂泊多年的刘备在夺取巴蜀之地后，又顶住了曹操大军的攻击，赢得了汉中攻防战的伟大胜利。刘备也抓紧时机半推半就地自封汉中王，揭开了犒赏三军的序幕。

奋斗多年的草台班子、皮包公司终于上市，要分红啦！汉中作为汉王朝的龙兴之地，物产丰富气候宜人还易守难攻，就连不可一世的枭雄曹操也在这里铩羽而归，能在这儿当个父母官真真是极好的。既然空出位子，群众自然会配班子，虽然这事情能说了算的只有刘备，但人事问题在官场的各个圈子里永远是最热门的话题。

既然汉中重要，那么能够镇守汉中的首先得是刘备的亲信，其次还必须得有高超的战略素养和作战能力。

论亲信，首推关羽、张飞。这俩人从涿郡起兵那会儿就一直跟着刘备喝风饮雨吃苦遭罪，刘备待这俩也是“恩若兄弟”（《三国志·先主传》），同生共死的誓言和同生共死的日子一样都有好多年。论能力，关羽、张飞都是万人敌，关羽曾经在万军丛中取过袁绍大将颜良的首级，而张飞最近在攻打刘璋的战斗里降服了严颜。

关羽当时已经被刘备派驻荆州，那么镇守汉中的就非张飞莫属了。这个分析相当地合理，完全可以作为成功预测人事安排的模范案例，放在课堂上反复研究。不管别人信不信，张飞反正信了。这事明明白白地记载在《三国志》中，原文六个字：“飞亦以心自许。”

但最后的结果却让所有人都大吃一惊，再一次证明掌握在少数人手中的不仅仅有真理还有人事任命。刘备任命的汉中太守是魏延，同时任命魏延为镇远将军。这是一个非常重要的决定，因为刘备已经决定把自己的办公室迁到成都去，在那里他将完成称“汉中王”这件大事。

从《三国志》中“一军尽惊”的记载来看，刘备事先酝酿的工作一点也没有做好，直接导致魏延在惊雷滚滚中闪亮登场，并且将这个独有的风格一直保留到了生命的结束。看到大家的反应，刘备认为有必要帮助大家统一一下思想，提高一下认识，这事本来就是刘备的独角戏，但是刘备却拉着魏延一起整了出情景剧。

机会来了，刘备大会群臣，专门向魏延提问：“现在我对你委以重任，你上任了就发表一下就职的感言吧。”魏延的回答是：“如果曹操率领全国的军队前来攻击，我请求为大王抵御他。如果是其他部将率领十万人马，我请求为大王消灭他。”这样的豪言壮语，在任前和魏延谈过话的刘备，了解了魏延的底牌，自然是非常喜欢，而不明就里的大多数人稀里糊涂地突然听到这么豪迈的任职宣言估计还是会受点惊。

如果没有事实支撑，这些话很有些假大空的意味，但魏延的确是对汉中的防守胸有成竹。他的办法归纳起来就是“御敌于国门之外”，把主要兵力放在各个出山的隘口，不让魏军进入汉中平原。这个方针不是魏延告诉别人的，而是在《三国志·姜维传》里记载的。姜维作为诸葛亮在军事上的接班人，自然在防守上也有自己的一套。陈寿没有在《魏延传》里记录魏延如何防守，而是记录了姜维的如何调整防守。姜维的方法是坚壁清野以老敌军，两者的优劣历史已经告诉了我们，对陈寿来说倒不是心中偏见想要厚此薄彼，不过是秉承了其惜字如金的一贯风格。事实证明，魏延的战略部署是正确的，是符合汉中的地理特点的，取得了良好的防守效益，其继任者王平沿袭魏延的做法，始终让曹魏无法踏入汉中半步，为诸葛亮的北伐提供了坚实的战略支撑。

可在当时，不夸张地说好多人还不知道魏延是谁呢。既然不知道，有正经渠道的就赶紧翻档案，走野路子的就四处八卦好好打听。调查研究嘛！

这下知道了，魏延是义阳（今河南省南阳市）人，是以刘备部曲的身份，一同入川，屡立战功，一级级升上来的牙门将军。“部曲”和“牙门将军”就是陈寿对关于魏延身份的所有说明。先看“部曲”。古代中国的乡村有个别名叫“乡曲”，这是兵民合一的政治传统在字面上的反映。尤其是在边疆的屯垦区，如同我国目前的新疆生产建设兵团，平时建设，战时打仗。到汉朝，部曲本是朝廷正规军编制，大将军营有五部，部下有曲。三国时期的部曲已经带有很强的私人色彩。一些无法谋生的老百姓为了躲避战乱寻求保护，就主动投靠一些士族大姓，而这些士族大姓也希望通过招抚到更多的百姓来壮大自己的势力，这些百姓慢慢就演变成了大户“家兵”。所以刘备即便没和魏延“亲若兄弟”，也会给魏延绝对的信任。而“牙门将军”则完全是刘备的发明创造，从字面上看应该是从负责防守“牙门”的“牙门将”拓展而来。牙门将本身就已经是亲信了，而牙门将军更是亲上之亲和信中之信，因为蜀汉独有且性质特殊，整个三国获此官职的除了魏延就是赵云。

查清楚这两点后，大家都平静地接受了这个组织任命，把张飞张益德留在风中独自凌乱。刘备对魏延的这个重用历来被看作明智之举。十六国时期，前凉国的张耽向国君推荐著名的儒将谢艾时，在阐述选择主将非常重要这个道理时，把魏延和韩信、司马穰苴、吕子明等四人的任用一起打包，说服了凉王张重华。张重华接见谢艾，委以重任。谢艾也不负厚望，先后三次以少胜多击败了后赵老石家的禽兽军团。

但在当时，因为大家还不太了解魏延，所以他从牙门将军跃升为汉中太守，是一次货真价实的惊人任命。这一点，唐时名相魏元忠成名前让唐高宗颇为惊叹并因而重用的秘密奏折里也为其提供了有力的佐证。为了说明“富贵者易为善，贫贱者难为功”这个朴素的道理，魏元忠所举的事例就是“汉拜韩信”和“蜀用魏延”，他对这两个著名任命的评议正是全军惊笑和众臣觖望。我想在那些心怀不满的众臣中，一定有一个和魏延任太守差不多同时当上尚书的哥们儿，他的名字叫杨仪。

杨仪最早是荆州刺史傅群的主簿，后来投奔关羽做了功曹。一次，作为信使给刘备送信，见面后两人就共同关心的国家大事做了亲切友好的会谈。杨仪站在祖国统一的立场上表示东吴和曹魏都是蜀汉不可分割的一部分。刘备很赞赏杨仪关于一个汉朝的立场，高高兴兴地把杨仪留在身边，封杨仪做了自己的副官——左将军曹掾，不让他回关羽那里去了。刘备当了汉中王，提拔杨仪做了尚书。杨仪这个人确实很能干，个性也十分鲜明。刘备带兵亲征东吴时，杨仪就与尚书令刘巴闹别扭，刘备就给了个虚职——弘农太守，把他调开了。

在这里非常突然地把杨仪这么插叙一下，完全是因为这厮对魏延来说太太太重要了。公元221年，刘备称帝后，魏延被封为镇北将军，第二年还被封了都亭侯，成为仅次于四征将军的高级将领。但是，非常不幸，刘备伐吴失败，竟然在章武三年（公元223年）病逝，临终将后主刘禅托付给诸葛亮。这时候还看不出诸葛亮对魏延的态度。

这个千古名相兢兢业业地治理着蜀汉，暗自积蓄力量，准备北伐光复中原，成就兴复汉室的大业。

建兴五年（公元227年），诸葛亮上《出师表》，驻军汉中，任命魏延率领前锋部队，把堂堂的汉中太守纳入野战部队的体系，同时还让魏延兼任丞相司马、凉州刺史。建兴六年（公元228年），诸葛亮率大军从汉中出发，攻打魏国的陇右。

这个时候，诸葛亮对魏延的态度就比较明朗了，这么大的军事活动，他没有给魏延机会，把据守街亭的任务交给了马谡。这一次任命和九年前的情况完全相反，大家都觉得应该是魏延这样的宿将担此大任，结果一出来又让大家吃了一惊。大家觉得不该他时该他了，大家觉得该他时他又不该了。优秀参谋马谡一上前线就暴露出实战经验不足这个致命弱点，他舍道上山，被张郃切断水源后，全军土崩瓦解伤亡惨重，致使第一次北伐在形势大好的情况下，功败垂成，引发了无尽的遗憾。

为此，很多人都在假设如果换作魏延防守街亭会怎样，这事情估计魏延也没少想。但魏延真正想的并不是扼守一城一地，他琢磨的是进攻。

扼守要道是魏延防守汉中战略的核心，而要把这一策略完美实施，对地形的熟悉是基础所在。所以对阻隔汉中与关中之间的山道，魏延一定做了很多功课。据此，魏延提出了非常著名的子午道方案。这个方案的成败优劣是千百年来三国最为热门的话题之一，围绕这个话题无数三国迷打了不少口水仗。此事的经过在《三国志》中记载比较简单，只是说魏延想带领一万兵士，与诸葛亮分道进兵在潼关会合，就像汉初韩信“明修栈道，暗度陈仓”那样，但诸葛亮始终没有采纳。

而在《资治通鉴》中就要详细一些，把起兵前诸葛亮等人关于军事部署的商议过程记录了下来。魏延当时是丞相司马，他发言道："根据情报，镇守长安的是曹操的女婿夏侯楙，这人胆子小没有智谋。我请求'精兵五千，负粮五千'，直接从褒中（今陕西省勉县褒城镇）出发，沿着秦岭向东，到子午道后再转向北方，这样不用十天就可以抵达长安城下。夏侯楙要是看到我突然兵临城下，肯定会弃城逃跑。他一跑，长安城就只有御史和京兆尹这样的文官。横门粮仓的存粮和逃亡百姓剩下的粮食，足够供应军粮。等到魏军重新集结好进攻部队，还要二十天的时间，而丞相您走斜谷的进攻部队也完全可以到达接应，如此一来，可以彻底平定咸阳以西的地区了。"

魏延的判断没有错，因为当年马超不顾父兄死活起兵反叛时，就曾一举攻克长安，只要足够突然，就有胜算。但诸葛亮认为魏延的建议存有很大的风险，不够稳妥，不如陇右方向的道路平坦，进攻获胜的把握较大，否定了魏延的建议。

其实，魏延的计策没有错，但是严重低估了曹魏对长安战略地位的重视程度；诸葛先生的方案也没有错，但是严重高估了曹魏对防范蜀汉攻击的战备水平。如果两人都能够客观地评估，那么比较合适的方案是，诸葛亮批准魏延的方案，但要将魏延的攻击点选定在函谷关，将围攻长安的任务交由自己统率的主力部队承担，即将主攻方向从陇右调整至关中。而后两支军队精确算好行军时间，特别是诸葛亮率领的大军不要计较陈仓、眉县、武功等城池的得失，一定要全力以赴地在魏延攻击函谷关的同时围攻长安。

这样一来，魏延从关内向关外攻击逆取函谷关，卡断曹魏增援的通道，而诸葛亮的大军用最快的速度到达长安城下，拿下关中几乎成为定局。长安一失，陇右地区自可望风而降。整个凉州也成了蜀汉的囊中之物。这种大好局面，支持大汉复兴的小伙伴们简直睡觉都会笑醒。

但这一方案真要实施起来还是充满风险和太多不确定的因素。首要的是隐蔽突然。这一点，谨慎一生的诸葛亮做到了。他派赵云和邓芝率领偏师佯做主力从今天陕西省宝鸡市境内的箕谷进攻，魏明帝曹叡派大都督曹真统领关中和陇右地区几乎所有的部队全力防御，直接导致关中和陇右兵力严重空虚。

这时刘备去世刚刚四年，国力孱弱的蜀汉经历过伐吴的大败，南边部落的叛乱刚平定不久，守成尚且不足，何来进取？所以魏国可以说没有防备。诸葛亮大军突然进攻祁山，军容严整而且号令严明，战斗力不仅没有下降，甚至比刘备在时还要更强。所以不但魏国朝廷震动，一般的民众也很害怕，陇右的兵马又被曹真调到陈仓附近，所以天水、南安、安定等郡都打开城门迎接诸葛亮。这三郡的举动充分反映了当时关右的基本形势。所以如果诸葛亮大军在陈仓硬碰硬击败曹真以后，大军兵临城下，长安军民开门迎接汉家王师也未可知。遗憾的是诸葛亮把这么突然的攻击放在了陇右。

再看魏国的反应。虽然事发突然，大臣们拿不出什么像样的应对措施，还是魏明帝最终决策，果断下定不放弃长安的战略决心（这也反映出准备放弃长安的意见不是少数）。在抛出“诸葛亮向来依据险要山势防守，现在亲自率兵前来，正应了兵书上所说的招敌前来的策略，我们一定能够打败诸葛亮”的狠话后，带着右将军张郃，率步骑大军五万，御驾亲征。援军很快就到达长安。缓过神来的曹魏迅速露出了狰狞的面容，张郃抓住了马谡的失误，曹真也打退了赵云的佯攻。诸葛亮无奈之余只有把西县的一千多人带回汉中，草草结束了轰轰烈烈的首度北伐。大军去后，徒留下空旷的子午口，独自怅然若失地沉浸在亘古不变的静寂之中。

宋人程大昌所著的《雍录》中说：“关中南面皆碍南山，不可直达，其有微径可达汉中者，惟子午关。子午关在长安正南。”同为宋人的宋敏求所著的《长安志》中说：“子午谷长六百六十里，北口曰子，在府南百里，南口曰午，在汉中府洋县东一百六十里。此汉、魏旧道也。”唐代著名的《元和郡县图志》中说：“旧道在金州安康县界，梁将军王神念以旧道，缘山避水，桥梁百数，多有毁坏，分别开乾路，更名子午道。”魏延所说的子午道南端出口在汉阴县西境。南北朝以后，子午道偏西，移至今西安市南至宁陕县境。《汉书》的《王莽传（上）》也说过：“元始四年（即公元 4 年）其秋，（王）莽以皇后有子孙瑞，通子午道。子午道由杜陵直绝南山，径汉中。”

1987 年，撰写过《秦汉交通史》的王子今先生和周苏平一起对子午道进行了实地调查，他们合著的《子午道秦岭北段栈道遗迹调查简报》（1987 年《文博》第 4 期）一文，让我们可以在两千年后想象出子午道当时的概貌。“子午峪在长安县子午镇西南，调查循山峪行至西衙门口，共发现三处栈道遗迹，第一地点在拐儿崖北 50 米，石壁上可见台阶三级，侧面有明显的刻痕一道。第二地点在拐儿壁，有栈道遗迹跨越山溪，河南岸崖上凿有五级台阶，台阶长 62 ～ 74 厘米，宽 20 厘米，圆孔直径 23 厘米，其中一方孔有残留石桩，河北岸崖上有二级台阶，最下级台阶一侧有一方孔。第三地点距第二地点 75 米，可见圆形底子 5 个，直径 12 ～ 18.5 厘米，深 13 厘米，有阶二级，阶长约 82 厘米，加上与两侧柱洞之距离，可知路面原宽度在 1 米以上。”

这样的路况确实不好，那么诸葛亮自己选择的褒斜谷道又如何呢？褒斜谷是秦岭中贯穿关中和汉中的峡谷，北口为斜，南口为褒，褒水从谷中流过，谷长四百七十里，两侧高山壁立，地势异常险峻。现存最早的东汉石刻《开通褒斜道记》中载有，“始作桥阁六百二十三间，大桥五，为道二百五十八里”。虽然这个石刻现在还能在汉中市博物馆中看到，但道路的遗址已经淹没在1970年建成的褒河石门水库中了。由此看来，这条道的路况也好不到哪里去。

诸葛亮拒绝了魏延的建议，如果抛却感情因素的话，我们只能说是性格因素使然。即使是在街亭吃了败仗，诸葛亮上书自贬三级，仍然踏踏实实、继续稳扎稳打地筹备新的北伐。

魏延的方案后来在魏国得以实施，那是建兴八年（公元230年），魏国派出三路大军，其中司马懿走西城（今陕西省安康市西北），曹真走诸葛亮选的斜谷，张郃走的正是魏延曾经想走的子午。这次战斗魏军几乎还没看到蜀军就被大自然击败了。他们选择的进攻时间是秋天，绵绵阴雨将所有的通道变成了绝路，曹真等人不战而还。魏军也许选对了地利，却没选对天时。如果选择雨水“贵如油”的春天，应该是有机会的。

而建兴六年的那次北伐，诸葛亮所选的时间正是春天。没有大雨断绝道路的危险，魏延的奇兵也许真会帮助诸葛亮遂了心愿。让魏延十分难过委屈的是，这个准备多年的方案在一点尝试机会都没有的情况下就付诸东流了。不仅如此，他还无奈地跟着官比自己高一级的丞相一起总吃败仗，心里自然是越来越憋屈，进而带着满腹牢骚开始埋怨怀才不遇，觉得自己空有一身本领却无法尽情发挥，甚至认为诸葛亮胆子太小。诸葛亮事必躬亲，蜀汉军中能有什么瞒得了他？被诸葛亮认为才能堪比庞统的廖立，在丢失了长沙以后，发牢骚说诸葛亮“不任贤达而作俗吏”，结果被诸葛亮下放到汶山乡下，到死也没有回到城里。依此类推，诸葛亮对魏延肯定是不会太喜欢。

偏偏魏延在性格上也存在致命的缺陷，明明是出身部曲的小丫鬟命，却很有些高傲矜持的大小姐脾气。作为武将魏延对待部下还是很有一套，是公认的善于养兵、勇猛过人的良将。因为这一点大家也都让着魏延，惹不起还躲不起吗？但唯有一人例外，他就是前面提过的杨仪。杨仪为人偏激狭隘，对待魏延总是针锋相对，从不退让容忍。

魏延非常恼火杨仪，两人矛盾很深，关系势同水火，只要见面坐到一起就会争论。魏延估计说不过杨仪，所以经常举着刀在杨仪面前比划，杨仪见了刀不知是气的还是怕的鼻涕眼泪一大把。费祎经常为了隔开他俩而故意坐在两人中间。

杨仪是文官，要么在后方，要么跟着诸葛丞相在中军大帐运筹帷幄；而魏延要么是前锋，要么做大将，总在前方厮杀，还算万幸两人面对面在一起的机会并不多。魏延是优秀的将领，杨仪也是优秀的谋臣。诸葛亮领兵出征，每次都是杨仪承办军队的分配部署，特别是在筹备军粮这个难题上，杨仪基本不用太久的思考，片刻之间就能处理完毕，甚至连军队的纪律约束和调动进转，都是杨仪办理。

蜀汉人口少，人才本来就不多，好不容易有这么两个人物，诸葛亮实在不忍心对他们俩有所偏袒，更不忍心灭了其中一个。对于俩人不团结闹矛盾这个问题，诸葛亮的态度是一以贯之地深表遗憾。诸葛亮这种和稀泥抹光墙的方法，虽然能够阻止魏延和杨仪当面冲突，但无法阻止两人的矛盾激化，更不能阻止关于俩人矛盾说法的传播。

早在建兴三年（公元225年），费祎出使吴国时，孙权喝得大醉后，毫不客气地对费祎说："杨仪和魏延都是像牧童一样的小人，虽然有点鸡鸣狗盗的本领可以应急，但都当了不小的官职，势力和影响都不可小视，如果有朝一日诸葛亮不在了，一定会造成灾祸。"费祎被孙权问住了，一时语塞，后来在副使董恢的帮助下才作了这样的答复：他们俩人的矛盾纯粹是私人恩怨并非因为公务，也没有黥布和韩信那样不可驾驭的野心。现如今扫除奸贼、统一天下，要想成功必须广纳英才，如果因为有后患而弃用这二人，这和害怕风波而废弃舟楫有什么两样？孙权听了哈哈大笑，不再多说。

既然魏延和杨仪的矛盾孙权都知道，那么在蜀汉更是人尽皆知了。这两人都是先主刘备赏识的精英，影响力确实都很大。建兴八年（公元230年），诸葛亮处理李平一案时给后主刘禅专门上书，在联名以表众议时，魏延排在车骑将军刘琰之后列第三，杨仪排在第七。刘琰虽然官拜车骑将军，但是基本上不打仗，一直在成都过着花天酒地的生活。建兴十年的时候魏延和刘琰还发生过一次矛盾，诸葛亮维护了魏延，训斥了刘琰，把刘琰从前线赶回了成都。从那以后，只要在前线，魏延基本上就是诸葛亮一人之下万人之上。

魏延的地位和傲娇虽然有刘备赏识和超常提拔的缘故，更重要的原因是他确实能打仗。建兴八年，魏延率领偏师进入羌中（秦汉时期泛指羌族聚居地，这里应是今甘肃省境内），等待他的是郭淮和费瑶。郭淮也是魏军名将，后来给矢志北伐的姜维制造了无穷尽的麻烦，而费瑶在前一年刚刚率兵逼退了诸葛亮，解了陈仓之围，都不是平凡之辈。但这两人完全不是魏延的对手，活生生被杀了个惨败。凭着硬邦邦的战功，魏延被封为前军师征西大将军，假节，还得到了南郑侯的封号。遗憾的是这种独当一面的机会，魏延只有这一次。

建兴十二年(公元234年)，诸葛亮用流马运粮，一开春就从斜谷出兵北伐，魏延又一次随军征战。蜀汉大军占据了五丈原（今陕西省岐山南），在渭河岸边分兵屯田，和魏国的百姓一起开展大生产运动，准备长期驻扎下去。司马懿也非常配合地带着魏国的大军和诸葛亮对峙，任凭部将冷嘲热讽、诸葛亮百般羞辱也拒不出兵。魏延就算有天大的本事，没仗打也无法施展。春去冬来，统率一支大军执行境外作战任务的艰巨和烦琐彻底摧毁了诸葛亮并不强壮的身躯，在八月中秋令人舒爽的凉风中，诸葛亮用生命实践了自己“鞠躬尽瘁，死而后已”的诺言，给世人留下了无尽的遗憾和传说。诸葛亮死了，蜀汉军队秘不发丧。《魏书》记载，蜀军一把火烧了营地，进入褒斜谷道后诸葛亮才死去，其实这不过是对蜀军秘不发丧的误会。

这次出征，魏延是全军的先锋，单独率军驻扎在离诸葛亮大营十里的地方。十里的距离远吗？不远！但这段距离却成了把魏延摒弃出最核心决策圈的那道无法逾越的天堑。传说中善于神机妙算的诸葛亮没有辜负大家对他的期待，在时日无多的人生最后阶段，用仅存的生命之火为北伐大军做好了最后的安排。如果不是出于保护军事机密的特殊需要，这个安排就是一次纯粹的暗箱操作，能够参与密谋的只有长史杨仪、司马费祎和护军姜维等人。具体内容是让魏延断后，姜维在次后。魏延被放在了最危险的殿后位置，还专门补充说明：如果魏延不服从命令，大军就自行开拔。实事求是地说，这个命令对魏延非常不公平。如果你魏延不愿意当后卫，我大军就先撤了，就把你留在最后，不当后卫也不行，这样的神机妙算让魏延作何感想？

这样的安排，实在不妥。首先从职务上看，魏延当时的官职是前军师，领征西大将军的称号，假节，兼任汉中太守，被封过南郑侯。与以丞相录尚书事、假节、领司隶校尉、兼任益州牧、封武乡侯的诸葛亮相比，仅是职位稍低，但都是假节，封侯。在后方朝廷，魏延是不是仅次于诸葛亮，不好妄下结论；但在北伐前线，魏延的地位绝对是仅次于诸葛亮，而高于时任丞相府长史的杨仪、丞相司马的费祎和任中监军征西将军的姜维。老大不在了，不让老二接班，却找老五老六甚至老八老九开个碰头会就想定下北伐的大局，我魏延不同意！但魏延的不同意，别人早就料到了。

诸葛亮死后，杨仪马上以领导人自居，派费祎去魏延营中打探虚实。可怜的魏延竹筒倒豆子般，不加掩饰地说出了自己的想法：“丞相虽亡，我还在啊。

让丞相府的亲信护送灵柩回汉中安葬，应当由我继续率领各军攻打贼军，怎么能够因为一个人的去世而荒废统一天下的大事呢？我魏延是什么人，凭什么听杨仪的指挥，给他断后！”说完魏延就拉着费祎一起商定回去安葬和留下战斗的人事安排，商议完毕让费祎亲笔书写后，一同签名，作为通知联名发布给众将。这时候的魏延，仍然是坚定的统一派和主战派，一成不变地执行刘备兴汉灭魏的事业和诸葛亮的北伐行动。

而费祎的态度就很值得玩味，作为诸葛亮的亲信，虽然他最后服从了诸葛亮撤兵的安排，但对诸葛亮的北伐事业并不忠诚。在记述费祎对魏延的最后告别词时，陈寿在这里毫不隐晦地用了“绐”字，明白地告诉大家费祎是带着欺诈和瞒骗应付魏延的。费祎说：“我应该回去替君上把这个安排报告给杨仪长史，杨长史是个文官，对军事方面了解得很少，肯定不敢反对您的命令。”魏延同意了，结果费祎一出营门就催马飞驰而去，魏延随即后悔不该把费祎放走，连忙派人去追都没追上。魏延所带的部队一直就有快速通过子午路奇袭长安的作战计划，行军速度肯定慢不了，但却追不上费祎，可见费祎跑得多急。

这时的魏延，仍然没有放弃北伐的最后希望，他派人前去打探中军主力的情况，结果反馈的消息让人愤怒。大军在杨仪等人的催动下，已经准备按照诸葛亮生前的安排，有条不紊地逐营撤军了，魏延被抛弃了。魏延怒火中烧，一个堂堂的假节大将军，在外作战可以代表皇帝临机决断，现在仅有费祎口头通知的诸葛亮命令并无正式的通报，出征大军怎能不战而退？

魏延又一次做出了惊人之举。他率领部下向南返回汉中，抢到了杨仪的前头，还把走过的栈道或烧掉或截断全部毁掉。事情发展到这个地步，完全超出了诸葛亮的预计，魏延自己也没有意识到，他在事实上已经从坚决要求继续北伐不赞成撤退的人变成了一个私自退兵、毁绝栈道想要把北伐大军置于退无可退地步的死罪之人。无论魏延怎么辩解，他的行为都成了客观事实无法改变。而杨仪他们在碰头会上的所为和安排，只要统一成另外一种新的口径，就可以置魏延于死地。

这时在所有人看来都是要谋反的魏延并没有任何要造反的意思，他仍然规规矩矩向刘禅上书，指控杨仪破坏北伐的大业，是叛逆之举。而真正先撤退的杨仪却在用更为理直气壮的语气上书刘禅，指控魏延要谋反。一天之中，插着羽毛的告急文书接连不断地被送到成都，刘禅连忙召集诸葛亮在《出师表》中点名表扬过的侍中董允和长史蒋琬开会商量对策，魏延的文书怎么写得过杨仪？魏延和董允、蒋琬的交情又怎么能比过杨仪和费祎？众口铄金，刘禅最后的裁决一定是魏延谋反。

而魏延此刻还在执拗地陈兵南谷口，准备阻击“私自”回撤的杨仪大军。杨仪撤退的决心比北伐的决心要大很多，他指挥官兵开山修路，日夜兼程。双方终于照上面了，杨仪派出率领着蜀汉最精锐的无当飞军的王平去攻击魏延，王平非常聪明地采用了攻心战，他怒斥魏延为什么要先撤退，还十分动情地说：“丞相刚刚去世，尸骨未寒，你们这些家伙怎么敢这样！”魏延的部下一听这话，一哄而散。

这时或许魏延才醒悟过来，自己才是真正先撤退的一方。万般无奈之下魏延只能和儿子带着几个亲信向自己的属地汉中逃去，如果他真要谋反的话，他逃亡的方向应该向北。杨仪派马岱朝着汉中方向追杀魏延，其实杨仪和马岱都清楚魏延并不是真谋反，所以魏延必须死。果然，马岱追上了魏延，砍下他的头颅，带给了杨仪。看到魏延的头颅，杨仪站起身来，用脚踏上去说道：“庸奴！还能作恶不？”作为刘备的部曲，魏延低贱的出身，也许从来就没有得到别人的真正尊重，能够给过魏延自尊的只有他忠心耿耿跟随过的主公。一句“庸奴”，暴露出以杨仪为代表的文官集团对魏延这样没有多少文化的寒门及武将的鄙视。一刹那我突然明白也许在魏延性情高傲的外表内，其实包含着一颗极度自卑和渴望成功的心。

当杨仪肆意踩踏着魏延的头颅时，蒋琬所率北上防备魏延的禁卫军才走出成都几十里，他们听到魏延的死讯，就撤回了成都。对魏延的这个结局，陈寿在最后说了几句公道话，他推测魏延没有向北逃跑去投降魏国，而是向着南方撤军，其本意只是想杀死杨仪等人。

魏延和杨仪有矛盾，作为前线的高层领导，平时众将领支持谁的看法就不一致，魏延就是希望大家能够推举他接替诸葛亮，毕竟在战场上主将战死副将接任也是合情合理之事。魏延从来就没有想过要背叛。这一点应该是三国以后各个时期大家对这段历史的共识，宋朝的陆文圭在《读史》中曾经写到这样的诗句：“魏延及杨仪，两人蜀俊乂。各怀专忌心，曲直竟谁在。……朝臣意左右，魏为杨所害。……蜀竟以是亡，束手付邓艾。……”更为悲惨的是，尽管魏延没有谋反，杨仪还是灭了魏延的三族。作为蜀汉后期不可多得的善战之将，魏延落得这个下场实在是太多偶然聚集后形成的必然。如果诸葛亮能够坚持北伐，不要做出撤军的决定，魏延不会死。如果诸葛亮早有撤军的计划，就应该请示后主批准，魏延不会死。如果诸葛亮早就指定接替自己指挥的人选，魏延不会死。如果没有放走费祎，能为自己在文官集团中保留一个证人，魏延不会死。如果不要跑那么快，赶在前面阻拦杨仪撤军，魏延不会死。甚至在最后关头，如果先回成都求见刘禅，表明心迹，魏延也不会死。可这些“如果”都没发生。而且在这之前，魏延曾经梦到自己的脑袋上长出了犄角，为此他专门询问了负责解梦的赵直，赵直哄骗魏延说：“麒麟长着角但是不使用，这是敌人不战而溃败的自破征兆。”魏延又不是麒麟，却相信了这样的解释。没文化的人在盲目地相信科学时会发生多可怕的事情，看看赵直私下对别人说的真话以后，大家就知道了。赵直告别魏延后告诉别人：“角这个字，刀下用也，头上有刀，那不是一般的凶兆。”这些难道就可以证明魏延气数已尽非死不可吗？

倘若撤军真是诸葛亮做出的决定，那么魏延的结局就更加让人唏嘘。当时的天下，几乎所有人都看出弱小的蜀汉不可能通过正面战场打败魏国，北伐既可以说是蜀国以攻为守的无奈之举，也可以说是诸葛亮为了证明自己鞠躬尽瘁死而后已的官样文章，连年的战争也让蜀汉的百姓疲惫不堪，极度厌战，诸葛亮神一样的人物难道不明白？但魏延却真的不明白，他只是自信地认为，他平时善待的士卒会在关键时刻挺身而出，和自己一起拼死相搏。他错误地认定大家都和他一样会坚定不移地持续北伐。结果这种貌似亲密的战友之情，竟然抵不过王平的一席阵前游说。魏延所有的错误中最为致命的是严重高估了普通士兵对北伐的热情。从此以后，蜀汉朝廷内部持绥靖主义的主和派完全占据了主流，继承了诸葛亮衣钵的姜维虽然坚持北伐，但是受到了后方文官集团各种各样的抵制。

令杨仪没有想到的是，他虽然杀了魏延，但诸葛亮的接班人却是曾被他使唤来使唤去的费祎。自视甚高的杨仪始终不能接受这个事实，最后竟然对费祎说出了“丞相去世时，如果我带着军队投奔魏国，怎么会如此落魄失意”这样大逆不道的牢骚话。费祎报告给朝廷，杨仪被流放到荒凉的汉嘉郡，心中不服的杨仪在上书时依然言语过激，并因而获罪，最后在朝廷逮捕他之前，为免受辱愤然自尽。

经过这次内耗，资历人品和能力素质稍逊诸葛亮一等的魏延、杨仪先后横死。蜀汉原本稀缺的军事人才更加匮乏，政局开始掌握在一些德高品端却能力平庸的三流人才手中，这些人守成尚且困难，又何谈进取？被灭亡只是时间问题。魏延死后七年，因为对姜维冷嘲热讽而被免职的蜀人杨戏在《季汉辅臣赞》中给魏延做出了这样的评价：“文长刚粗，临难受命，折冲外御，镇保国境，不协不和，忘节言乱，疾终惜始，实惟厥性。”把魏延的身死归结于性格缺陷，应该是比较公允客观的论断。

至于诸葛亮为什么不喜欢魏延，千百年来一直是人们津津乐道的话题。罗贯中在《三国演义》中的解释充满了唯心主义，认为魏延的脑后长有反骨，如此荒诞牵强，怎能说服我新世纪年轻有为的中国少年？事实证明俺的确没有掌握穿越的技能，无法对诸葛亮和魏延进行专访，只能从人性的本能出发，做个大胆的想象，把自己置入诸葛亮和魏延第一次相遇的现场。经过意念重建之后的情景是这样的（由于水平所限，我只写对话，动作和表情请大家自行脑补）：

刘备对诸葛亮说：这是我的心腹，军师可以信赖！

诸葛亮：心腹啊！久仰久仰！

魏延：我心腹不痒，后脑勺有点痒。

诸葛亮：为什么会痒？

魏延：因为有个包。

诸葛亮：哦，有个包。壮士贵姓？

魏延：免贵姓魏。

诸葛亮：魏什么？

魏延：为什么？！

诸葛亮：对，魏什么啊。

魏延：……&￥%＃@*

诸葛亮：到底是魏什么？

魏延：关你P事！！！

转身而出，留下诸葛亮一人凌乱。

这番惊雷滚滚的对答，我想除了语不惊人死不休的魏延之外不会有别人可以做到。

给魏延作诗：

辛苦一生唯几惊，
干戈寥落数悲星。
山河色变风飘絮，
出身部曲若浮萍。
赤胆匡汉一腔血，
雄心吞魏十万兵。
艺高敢效韩王信，

偏师欲斩子午荆。
执着北伐忠王事，
丞相身死显无情。
为阻大军烧栈道，
身陨马岱败王平。
生有无常死乃命，
文长怎是武将名。
傲气人生或可敬，
头颅掷后盼天青。

三国点将之二十一

孤城不倾彪炳千秋

——霍峻

主题词：孤

现孤军奋斗，决心全部牺牲，以报国家养育！为国战死，事极光荣。

——戴安澜　公元 1942 年

“冬至”是个很重要的节气。之所以说这天重要是因为要吃顿饺子，当一种食物和一个具体的日子联系起来时，这食物和日期就都变得既常情又有意义。比如：中秋的月饼、端午的粽子、除夕的年夜饭和正月十五的元宵。

其实，早在汉代“冬至”就不单是一个重要的节气，更是一个非常重要的节日。《汉书》中说：“冬至阳气起，君道长，故贺。”那时人们认为从这一天开始，白天开始比夜晚的时间长，这意味着阳气开始上升，所以非常值得庆贺。东汉时期，冬至正式成为官方法定的节假日，从这一天开始所有的官员都不再办理公务，大家都放假休息，皇帝带头“安身静体”，吃好喝好休息好以后，择良辰吉日再重新开工，比现在的黄金周还爽。因为冬至这个黄金节气过得太爽了，所以在三国那样一个战乱频仍的乱世，这个优良传统仍然被大家尽量坚持，比如魏国就在这一天接受属国祝贺。到了唐宋时期，冬至成为皇帝祭天的日子，而百姓在这一天也要向自己的父母祭拜。明清两代，官方仍然保持了这个传统，要在这天举行祭天大典，民间虽然动静小了点，但在《清嘉录》中仍然有“冬至大如年”的说法。到今天虽然冬至不是法定假日，但我们仍然会高高兴兴地包饺子，买饺子，相互问候着吃没吃饺子、冻没冻耳朵？享受着幸福快乐的生活，品味着等同节日一般的愉快。吃完饺子过完冬至后，就开始入九，人们就得老老实实窝在家里过冬，等候春天了。

在漆黑的冬夜，坐在温暖的家中写三国的武将，当笔触投向蜀汉阵营时，心里总会感到不寻常的难受。看着蜀国的地图，看到那些熟悉的地名，就无法忘记2008年“5·12”的那场灾难，无法挥去铭刻在脑海中的那些悲惨画面。失去亲人的巨大悲痛，实在是物质、肉体还有精神上无法愈合的创伤。我出生在广元，嘉陵江水曾经哺育过我，巴山蜀水已经给我的生命烙下了不可磨灭的印记。俗话说每逢佳节倍思亲，说实话我很牵挂那些坚持在灾区的父老乡亲。他们带着伤痕活着，就是要坚守家园，重建家园。

在一千八百多年前，也是在十二月，有一个人，带着数百个兄弟，忍受着严寒，在敌人的重重围困中，顽强不屈地坚守着自己的家园。这个人就是霍峻，霍仲邈。这一年霍峻和部下没有享受冬至带来的黄金周，他们从十二月开始，就承担一项可能死也不一定能完成的任务。

建安十七年（公元212年）十二月，刘备夺取益州的企图因张松的书信而暴露。刘家兄弟撕破脸后，刘备采纳庞统的计策，拿下葭萌关，用杨怀、高沛的脑袋祭了旗，发动三军进逼涪城，兵锋直指成都。刘备把扼守葭萌关的重任交给了霍峻，就带着大军出发了。

葭萌（今四川省广元市元坝区昭化镇）地处嘉陵江与白龙江交汇处，在汉中和成都之间，顺嘉陵江而下，可直达重镇阆中，地理位置非常重要。清朝道光年间《昭化县志》说：“葭萌治地四面环山，三面临水，……关之地势雄险而又扼控蜀道要冲，峰连玉垒，地接锦城，襟剑阁，踞嘉陵，诚天设之雄也。”霍峻要守的就是这样一个地方。

那时候刘备并没有多少兵，在葭萌关这样的关键所在也没法多加照顾。霍峻的手头只有区区数百人。把后方交给这么点人防守，必须得看看这几百人的来历。时光得倒流到十几年前的初平年间，霍峻的兄长霍笃在自己的老家召集了数百子弟兵投奔了刘表。笃哥死后，刘表就叫峻弟继续担任这支小部队的头目。之所以叫他霍头目，是因为史书上的确没有记载他当时是什么官职。

直到建安十三年，刘表病死后，霍峻带着哥哥留下的数百人小部队投奔了刘备，才有了中郎将这个正式的官职，堂堂正正地进入了武将行列。读到这里有必要稍微停顿一下，冷静深入甚至要长时间地思考一个问题。霍峻为什么要投奔刘备？这件事在当时没有引起娱记们的丝毫关注，没有留下任何只言片语的八卦文章，只能靠我们自己绞尽脑汁好好想想这背后究竟有着怎样的运筹帷幄和艰难抉择。大家知道，建安十三年发生了赤壁之战，交战的双方从实力上看，刘备无论是和敌人曹操还是和盟友孙权相比都是最弱的。那个时候的刘备真是既尴尬又狼狈。因为得不到刘表的信任，惯于战阵突然闲下来的刘备不但在这段时间制造出“髀肉复生”这样有追求的成语，还成功地制造出了刘禅那样有个性的接班人。刘表死后，刘琮带着荆州的官员和军队投降了曹操。而作为刘表的老部下，霍峻却没有步老领导公子的后尘。

当时，霍峻这支数百人的小部队走在了命运的十字路口，上天要求他们必须做出唯一的选择。人生不是打游戏，可以在关键时刻存盘，失败了可以载入记录重新来过，人生就是一条不归路，只要走错就能直接导致“游戏结束”。这不禁让我想起了张绣，在官渡之战的前夕他也面临同样的选择，他和霍峻一样选择了较弱的一方。但是能做出这样选择的人不是张绣，他没有这个胆量也没有这个智慧，他担心曹操会算曹昂的老账。而有人用三条理由打消了张绣的疑虑（感兴趣的读者可以看看《贾诩传》，就会找到这答案）。投降曹操后，曹操又是封侯拜相、又是厚加封赏，还和张绣结为儿女亲家。为张绣出谋划策的是被称为“庶乎算无遗策，经达权变”，和张良、陈平一样有战略眼光的贾诩。事实证明贾诩的建议正确，事实也证明霍峻的选择对头，事实更证明雪中送炭是多么重要。可是霍峻的“贾诩”在哪里呢？

第一种情况是霍峻的“贾诩”就在那数百人中，但是没有留下名字；第二种情况是霍峻很强大，一切都是自己琢磨出来，一切都是自己做的决定，压根儿就不需要“贾诩”。无论是哪种情况，能有这样的眼光，能有这样的魄力，做出这样决定的霍峻团队其潜能绝对不可小觑。刘备老奸巨猾，看人的眼光毒得没边儿，霍峻这点特长自然无法逃脱，所以刘备才敢放心大胆地把后方交给霍峻的这支小部队。这是一种近乎赌博的信任。还好上天给了霍峻机会，让他证明自己没有辜负主公的信任。

提供这个机会的人有两个，一个是三国时期著名的大米贩子张鲁，另一个就是刘备的远房亲戚刘璋。两人虽然目的一样，都想拿下葭萌关，但手法却截然不同。米贩子张鲁着重在智取上下功夫，主要依靠花言巧语的诈骗；而族兄弟刘璋直接在蛮力上见高低，直接用的是围城硬攻乱打。事实证明论智慧和论武功，张鲁和刘璋派出的选手和霍峻的水平相比都要差很多。张鲁的部下杨昂想诱降霍峻，就虚情假意地要求和霍峻共同守城。霍峻看穿了空手套白狼的小把戏后，义正词严的地回绝了杨昂：姓杨的我告诉你，你们可以得到我的脑袋，但是你们得不到这座城池。“小人头可得，城不可得”，这样的豪言壮语足以让任何侵略者望而却步，对张鲁这个大米贩子的军队来说更是有效。多个脑袋多张嘴，少个城池少块地，多张嘴就多消耗大米，少块地就少种水稻，五斗大米经不住乱七八糟的人来白吃！于是杨昂拨拉着小算盘撤了。软的刚走，刘璋就接茬来硬的了。大将扶禁、向存率领大军万余人浩浩荡荡从阆水逆流而上，直扑葭萌关。真正的考验来了。

伟大的军事家孙子曾经说过“故用兵之法，十则围之，五则攻之，倍则分之，敌则能战之”，刘璋深刻领会了这句话的精神，为了打一个随心所欲的漂亮仗他派出了万余人的军队。一万余对付数百，人数超过数十倍真是想围就围想攻就攻，哪怕一人一口唾沫，就把守城人呛也呛死了。这样的战场兵力对比，让人觉得葭萌关的失守只是个时间问题。为了这个小小的葭萌关，刘璋真可谓是下了血本，因为当时防守成都的兵力也才不过三万，在这里就派出了一万多人，真可谓势在必得。命运就是这样地不公平，势在必得的东西往往就是得不到。

这场攻坚战从建安十七年的冬十二月，打到了建安十八年的春天，然后是夏天、秋天、冬天，整整一年葭萌关都在霍峻的手上。霍峻不但守住了葭萌关，还忙里偷闲趁着刘璋的军队不防备，带着自己的数百人马实施了反击。刘璋的万余大军对这样的突然袭击很明显缺乏足够的心理准备，结果霍峻不但把围城的军队敲打得到处乱跑，还顺手斩杀了大将向存。具体的战斗过程，史书没有记载，也许对于这件事怎么打的过程已经不再重要，重要的是数百人打败了万余人的结果。由于葭萌关一直没有被刘璋攻下，刘备避免了腹背受敌的巨大威胁，顺利地平定了蜀地。

霍峻立下这样的汗马功劳，刘备是看在眼里，喜在心头。立刻专门从广汉剥离出梓潼、涪城、武连、黄安、汉德、晋寿、剑阁、白水等八个县成立了梓潼郡，任命霍峻为太守、裨将军。从行政区域的划分来看，梓潼郡的正西是汶山郡，西北是阴平郡，正北是武都郡，东北是汉中郡，正东是巴西郡，都是当时益州直辖市蜀郡的门户。

从地理特征来看，梓潼郡又地处四川盆地的边缘，位于山地向丘陵过渡的地带，蜀汉曾经在七曲山的送险亭设置过“坡去平来”的石坊，过了此处就进入了人称“天府之国”的四川盆地。如果梓潼有失，天府之国将无险可守，成都就会直接暴露在来犯之敌的兵锋之下。所以设置梓潼郡，就可以看出刘备的良苦用心，他要让梓潼在霍峻的监管下成为一个坚不可摧的堡垒，成为敌人无法逾越的屏障。葭萌关的硝烟散后，还有谁能比霍峻更适合当梓潼郡的太守呢？有霍峻在，成都的人就可以很放心。

遗憾的是霍峻在能充分发挥特长的岗位上只工作了三年就逝世了。一个真正的牛人在活着的时候人们也许感觉不到他的伟大，但他死后一定会留下别人无法填补的空白。当然，发现空白也是需要时间的，不同的人反应快慢是不同的，这可以代表一个人的水平，比如刘备的反应就很迅速。霍峻刚死，刘备除了非常痛心以外，就专门给诸葛亮说，霍峻作为一个优秀的人才，再加之为国家做出过特殊的贡献，我十分想去祭奠他。刘备已经看出来了霍峻的空白蜀汉没人能补。

所以他做了一件让所有活人都非常眼红的事情，带领文武百官在霍峻的墓前，夜宿一晚。一个准皇帝亲自为部下守灵，我不敢说独此一例，但敢肯定在中国历史上实属罕见。可以说，这是万恶的封建社会里，一个人臣所能获得的最高奖赏。刘备这样想，但并不意味着所有人都能这样想。如果已经统一了思想，刘备何苦还要专门下命令给诸葛亮呢？这确实有些奇怪，难道对于霍峻的死孔明先生觉得无所谓？若果真如此，那么论起智慧来诸葛军师和刘备主公还确实有些差距。

十二年后，在诸葛军师北伐大军的身后出现了一个空白——街亭。诸葛亮力排众议选出了他心目中填补空白的最佳人选。这个人想必大家都知道——马谡。结果，马谡丢掉了这个十分关键的地方，把空白折腾成了一个大黑洞，差点把整个北伐的蜀军都吞了进去。很多年后，当诸葛亮站在五丈原的高岗上，迎着凄冷的北风，回顾起那次功败垂成的北伐时，是否会想起霍峻？在他的心中是否陡生英年早逝、天不假年的惺惺之感？如果霍峻不死，如果他和他的家乡子弟仍然健在，由他们来驻守街亭，会是怎样的情景？

霍峻，这个湖北枝江人，在遥远的三国时代，带着他的子弟兵，带着他的弟兄们，为了一种信任，为了履行自己的职责，顽强地坚守在葭萌关，力保孤城不倾。他宁可死，也不愿后退。这种精神千年之后仍然会让我们生出由衷的敬意。

看到坚守孤城的霍峻，我不禁又想起了仍然在震魔曾经肆虐过的灾区坚守着，执着而顽强地重建着家园的四川同胞。在这个不同寻常的冬天里，希望他们的心中能够保有一份可贵的温暖；希望他们的心中仍然拥有一份永不低头的坚强。

严格地说，霍峻和罗宪都不是蜀人，他们因为种种原因来到了四川。也许他们自己都没有意识到，从他们的双脚踏进巴山蜀水的那一刹那起，他们的生命就和这块神奇的土地紧紧地联系在一起，永不分离。一方水土一方人，刘备选择蜀地来成就自己的帝业，应该能够感觉到这里一草一木万民苍生骨子里带有的倔强，所以他对死去的霍峻给予了足够的尊重。与命运抗争过的人，即使他没有成功，哪怕他的生命已经终止，也必须得到应有的尊重。

说三国就无法回避四川，“5·12”大地震给我们带来了很多的悲伤，同时给我们也带来了更多的感动。地震刚过几天，一个叫吴加芳的普通男子，引起了人们的关注。他的前妻石华琼，在地震当天遇难。地震前一星期，石华琼对吴加芳说：“来世还要嫁给你。”我相信石华琼被埋压在废墟下时，一定没有放弃过与命运的抗争，一定在牵挂着自己的爱人。吴加芳找到了妻子的遗体后，给妻子穿上了她平时最喜欢穿的衣服，把妻子的手环绕在自己的腰上，像往常那样回家。妻子的脸仍然紧紧地贴着他的后背，回家的一幕被人拍下，通过媒体向世界展示了一个丈夫给予自己亡妻的挚爱，也展示了普通中国人对爱情的坚守和对家庭的责任。这一刻，感动了世界，感动了中国，感动了无数普通的民众。

其实在我们每个人的心里都有一个需要坚守的圣地，虽然这圣地很是脆弱柔软，容易受伤，可当你决定用生命守护这个圣地的时候，它就会变得坚不可摧。当一个人带领一群人坚守一座孤城时，面对敌人优势兵力的围困，外无援兵，内无粮草，在近乎绝境之下让人能够坚持下去的原因除了对信仰的坚贞和职守的忠诚外还有什么呢？所以每每在看到有人坚守孤城的时候，每每看到张巡、李庭芝、史可法、于谦这些名字的时候我都会产生一种身临其境的冲动。同时也对他们产生了由衷的敬仰和钦佩。

在2008年的冬天，寒流已来了，还比往年略早。饱经磨难的四川同胞仍然在寒风中坚守着自己的家园，灾难夺走了他们的家园和亲人，但是不能夺走他们对未来的希望和对美好生活的向往。在他们的身上，我看到了强汉的风骨。

霍峻坚守葭萌关，力保孤城不倾，千载之后仍然留有英名。我相信四川人民在灾难面前的坚强会万世流芳。很多个夜晚，我无法入睡；很多个夜晚，我神游巴蜀；很多个夜晚，我梦回三国。

用《汶川震赋》做结尾吧。

汶川震赋

——长歌当哭，为灾民祈福

汶川故郡，岷江西府。东接彭州，承都江堰之奇巧；西邻宝兴，胜小金川之丰藏。环汶川而皆山，穿县境乃四河。西北昂首，赏四姑娘山之高秀；东南顺目，濯岷杂草寿之波扬。人文多姿，今为羌绣之乡；祥兽频现，贵称卧龙之地。与世无争，静居天府西北；安居乐业，默守邛崃山中。世享清誉，从无盛名。

戊子年，丁巳月，壬子日，日跌未时。地动山摇，犹如不周神山之方倾；举世皆震，堪比擎天玉柱之将折。汶川悲兮，万民无辜，须臾陷阿鼻之地狱；墙倒屋摧，户破家残。汶川哀哉，一域之地，独受神州陆沉之劫；数省皆震，而汶川独烈。汶川罹难之民不朽于是也！

斯时斯地，闻声而伤怀，睹景而心碎。夫人非禽兽，孰能无情，然则世间万象，岂能尽遂人意。逢冰雪暖者不知寒意，遇洪涝而旱地仍颂水清；青黄不接总有饱食者无感饿意，膏肓不治难绝无病者乐无痛感。而此次灾祸尤甚于前，神州内外，多有震感，当是时也，楼宇摇摆，房屋动荡，叫天不应，呼地不灵，如刀俎将临之鱼肉，斧钺将屠之良善。同为鱼肉，而汶川先承刀俎；同为良善，而汶川先受斧钺，此感同于身受，惨痛如切己肤，惶恐如临其境也。

灾情急急，音讯渺渺，路途拥塞，内外不通。子以“君子不立于危墙之下”明君子之自重，而救人之士悉忘己身。胡温二公，国之重器，躬领袖之尊，忘花甲之体；闻噩耗而身动，体民情于震中。领袖人民同患难，天下华人共一心。

灾情如军令，军令重如山，精兵勇将，强师劲旅，越重山而突进，自高空而降达，天地同发，水陆并进。立危楼之前，冒死救灾，潜废墟之中，舍身抢险。一线官兵，挥血汗而搏生死，后方军民，捐钱物以助声威。一方之难引八方之援，一县之地成世界焦点。视声传媒，现场直播，街头巷尾，口碑相传。惨烈之景，议之者俱垂泪；壮勇之举，闻之者皆昂然。功德箱前，千金速聚，献血车下，万民争先。此汶川不幸之大幸也！

想我中华，文华五千，传承万代，方得今果，〇八之年，适逢奥运，全国上下，喜迎盛典，岁月如歌，好事多磨，冬有雪灾，春有乱火，五月夏花，绚彩烂漫，青春正烁，又遇震魔。所谓成大事者，路皆坎坷，昔有孟子，慎言安乐，是有多难兴邦，多难兴国。汶川之灾，齐聚民心，汶川之灾，迸发国力，汶川之灾，使世人知我国民良善，使世人知我军队忠勇，使世人知我良善不可欺，忠勇不可侮。

小生不才，未能置身一线，唯有伏案不眠，以拙笔赋文，聊表心意，以助声威。愿我震中灾民，悉得救助，家庭团圆；愿我忠勇将士，尽显天威，莫有减员；愿我堂堂中华，繁荣富强，超卓万邦；愿我中华万民，安居乐业，鸿福畅享！

丁巳丙辰书于西安

三国点将之二十二

蜀汉最后的荣光

——罗宪

主题词：防守

进攻赢得胜利，防守赢得冠军！

——NBA 名言　公元 20 世纪

卑军守土有则，尺地寸草，不得放弃；为救国保家而抗日，虽牺牲至一卒一弹，决不退缩。

——蔡廷锴　公元 1932 年 1 月

2008 年 5 月 12 日，一场震惊世界的灾难——8.0 级大地震袭击了巴蜀大地，许多同胞罹难，到现在我的眼前仍然会浮现出伤痛欲绝的父母和被废墟埋压的儿童，那些惨景我永生难忘。

因为三国，看到绵竹、江油、什邡我一直是备感亲切，可是地震过后，看到这些熟悉的地名，我的心中却总是悲伤。带着这样的悲伤，我一越千年心驰神往而至公元 263 年。

十月，邓艾携绵竹斩杀诸葛瞻之余威，一鼓作气攻陷了雒县（今四川省广汉市北），逼近蜀国都城成都。蜀国后主刘禅在主降派的劝说下，让人抬着棺材，把自己捆得如同粽子一样和文武大臣六十多人走到邓艾的军营，投降了。

对于蜀汉的灭亡，我总是怀有一种难以抑制的心痛。虽然刘备从血缘上讲和刘邦的重孙子中山靖王已经很远了，但不管怎么说这还是汉朝的血脉，从心里我真的很难接受曾经无比强大的汉朝竟然这样彻底地退出历史舞台。在内心深处我多么希望北伐能够成功，能够胜利，大汉的辉煌能够在长安、洛阳重塑，哪怕是回光返照也好。可历史就是这么残酷，强汉的雄武既然已经随风逝去，要想重归，相待何止千年。

一千七百多年前，蜀汉灭亡的那个秋天，悲痛的人并不多，像北地王刘谌（chén）那样杀死妻子而后自尽殉国的人更少。相反趁火打劫的人却很多。这种强盗行径连正规军和盟友都参与其中。先是军队乱了，没组织的乱兵们成群结队结伴抢劫，抢到哪里就杀到哪里，一时间天府之国顿成阿鼻地狱。然后东吴的建平太守盛曼，趁着蜀地百城无主，本着打秋风的目的紧急出动，带兵逆江而上。虽然他们的动作已经很快了，但是从时令上来看，还是有点慢，因为此刻已是早春二月，暖风渐著，别说秋风了，就是想喝点西北风也不容易。可当时东吴全军上下没人能想明白这点。

数千年来早春时节的三峡，风景一直是没的说，这个月里三峡两岸开放的花不可胜数，有野生兰草、三峡中华蚊母、迎春花、千里光、断肠草、恶蓟婆；有成片的樱桃花、杏花、油菜花、李花、梨花、桃花、杜鹃花、柑橘花；还有无数不知名的野花等竞相开放。面对如此美景，这时候去攻打群龙无首乱成一锅粥的蜀地，而且盛领导带着大家绕过了防守坚固的巴东，精心挑选了防守比较薄弱的永安这个软柿子。想来东吴的官兵们心情很好。所以在他们看来这与其说是一场军事行动，还不如说是一场全副武装的春游。当他们兴冲冲地走到永安时，一个人不失时机地提醒他们：趁火打劫还是需要一点技术含量的。

这个人就是罗宪罗令则。当时吴军一定是非常意外，都这个时候了怎么这里还有人在坚守呢？先交涉交涉吧，于是吴军派出使节，一再声明自己是友军，听说魏国来犯所以派兵驰援，希望罗长官能够放行，并提供吃喝等诸多后勤保障。可这个罗长官没买账，而且一下看穿了东吴打的小算盘，用八个字一针见血地指出了此次行动的目的——“外托救援，内欲袭我”。嘴脸暴露以后，吴军还挨了一顿臭训。罗长官的义正词严首先占据了道德上的制高点。“本朝倾覆，吴为唇齿，不恤我难，而邀其利，吾宁当为降虏乎！”很多年后有一个人看到这个场景，读到这句话后，激动得写了一首诗，这个人就是在下，这首诗也在下：

唇齿本相依，

相伴守人口。
孰料生贪念，
齿欲吞唇肉。

吴国真是不地道。想抢地盘，人家不让过；想骗个道，又被人羞辱。盛曼肯定非常恼火，都是太守，谁怕谁啊！于是就开始来硬的，打下来城是我的，道自然就归我了。理是这么个理，可是事却完全不是这么个事。盛曼硬了好些天也没打下永安城来，东吴就派了一个更硬的大将。不过这个大将的名字不太硬，叫布协。“布鞋”绵软，名不虚传。攻城仍然没有起色，表现非常糟糕，把吴景帝孙休都给激怒了。因为孙休给自己选定的年号就叫永安，永安皇帝打不下永安城，开国际玩笑！

要知道，罗宪手里的兵马明确见于史书的只有右大将军阎宇返回成都前给他留下的两千人，而且这两千人的质量肯定还不咋样。因为阎宇是死太监黄皓的亲信，去成都勤王，一定把精兵强将都带走了，留下的估计都是些老弱病残。当然了关于罗宪的兵力还有很多种说法，因为这事还引起过很多争论，但能确认的是罗宪的兵力绝对不会太多，因为永安城就那么大点地方，开始百姓逃难时被罗宪及时用造谣者的人头制止，原有居民人数不曾锐减，如果给几万兵怎么住得下，人毕竟不是麦秆砖头可以一层一层地摞着放吧。

所以孙休就又派出了陆抗，说起这个陆抗来也是名声大得吓死人，他既是名将陆逊的次子，也是小霸王孙策的外孙，是三国后期东吴头号名将，后来在和晋将羊祜（hù）对峙时，多次惺惺相惜传为千古佳话。陆抗来了，还有和他一同到达的三万援军。虽然永安城还在罗宪手里，但是情况比布协来时强多了。因为布协和盛曼这二位攻城的时候，罗宪还冲出城来搞了一次“短促出击”，把吴军打得大败。伟大的墨子曾经在《号令》里说过：“凡守城者以亟伤敌为上，其延日持久以待救之至，不明守者也。”看来罗宪一定读过他的书。对于攻方，这姓“布”的和姓“盛”的搁一块儿分明就是个“不胜”，要能打胜才怪。陆抗来了以后形势也没有好转，因为小伙的姓有点问题。“陆”就是大写的六，后来这仗非常凑巧地打了六个月也不胜，是不是有点邪乎？当然了任何邪乎的事情都不能当真，“陆布盛”也同样，之所以打不下永安一方面是吴军的攻坚能力弱，另一方面是罗宪太有才，守得漂亮。

遗憾的是，关于军事指挥方面的光辉事迹，史书上没有记载，陈寿先生也只是简单地描写了罗宪做战前动员等思想工作。这又得从头说起，公元 263 年农历十月，多事之秋，正经的信息渠道都没有了，私下流传的消息自然是非常不靠谱，永安城里颇有些乱，要是有心人绝对能写出比《长安乱》更为精彩的《永安乱》。当时，城里最高的军事长官已在早些时候被征调到成都勤王，敌特分子更是蠢蠢欲动，用后主投降、成都陷落等妖言惑众，结果不但让老百姓心里十分不安，连江防工事里的一些基层干部都逃之夭夭，溜之大吉了。罗宪果断出手，一个家伙因为散布成都乱了的消息被砍了脑袋，城中百姓顿时安定了下来。等到刘禅归顺魏国的手令传来时，罗宪率领手下的士兵到永安附近的都亭哭吊了三天，要求大家化悲痛为力量。吴军来了以后，罗宪更是抓住这个机会，加固城池打造兵器，并及时开展“无耻吴国背信弃义你怎么看”“无耻吴国背信弃义你怎么办”等形势教育，统一思想提高认识激励大家团结奋战。经过一段时间的学习，全城军民“莫不激愤”，形成了“哀兵必胜”的大好局面，为下一步的守城战斗打下了牢固的思想基础。因为战前教育抓得好，所以这仗从二月一直打到七月，吴军也没有打下永安城。虽然城池还没失守，但这个时候永安城已经很危险了，外出向魏国求援没有回声，城内疾病流行（明显是地方小，伤员无法隔离），有人向罗宪进逃跑的计策。罗宪用二十六个字表明了自己的心迹：“夫为人主，百姓所仰，危不能安，急而弃之，君子不为也，毕命於此矣。”

读到此处，在感慨之余就想起了小时候看电影，区小队和乡亲们被鬼子包围，子弹没有了，刺刀拼弯了，就剩下光荣弹和大石头了，可主力部队的增援还没来，心里那个急啊，还好导演总能让援兵及时赶到。可是历史不是拍电影，罗宪的援兵能来吗？突围北出的参军杨宗能见到安东将军陈骞吗？就算见到了陈骞，陈骞能顺利报告给司马昭吗？而司马昭能派兵救助新归附的永安军民吗？那时节，永安城外绝对是沟壑丛生，山峦叠套，既有难于通行的蜀道，还有杀人越货的强盗。十七个世纪后，在大洋彼岸有个叫罗文的美国小伙子有样学样，在总统面前啥也不问地接下任务，然后把信送给了一个叫加西亚的古巴人。说起这个加西亚，虽然待在古巴那样一个热带雨林丛生的岛上，但是绝对不难找，愚蠢的西班牙侵略者就俘虏过他两次。杨宗的任务虽然比罗文的要难，但还是把求援的讯息交给了陈骞。

永安的军民在孤城里盼望着魏军早日到来。缺粮少药、疾病流行无情地折磨着永安军民的肉体，而在他们的内心深处更是痛苦万分，充满了矛盾。毕竟他们和所谓的援军魏军，在不到一年前还是不共戴天的敌人，这些援军刚刚攻占了他们的首都，俘虏了他们的皇帝。皇帝都投降了，罗宪一个小小的太守在孤独地守望着什么?

看着城下围城的吴军，罗宪心中一定是感慨万千，他们曾是友军，曾是盟国。延熙元年（公元238年）的时候，正月新年，万象更新，刘禅新册封了太子。罗宪在这一年连升三级，从太子舍人一直做到了尚书吏部郎，还以宣信校尉的身份第二次出使了盟国——东吴。在东吴，罗宪没有辜负祖国人民的重托和刘禅的信任，用渊博的学识和儒雅的风度，折服了吴人。把酒言欢，共商北伐大事的情景还历历在目。可今天他们却做出了趁火打劫这样的可耻行径。假设东吴没有派军逆流而上，而是派出大军像以往那样继续攻打合肥，甚至从荆州出击攻打樊城，做出真正牵制魏军帮助蜀军的行动，那么不甘于不战而降的蜀国残余势力会自然而然地顺江而下归附吴国，可是吴国却偏偏出此下策。这种无耻的行径怎能不让人寒心?

在罗宪感慨的同时，陈骞带着罗宪的儿子和印绶，拜见了晋王，并汇报了永安的战况。这时候魏国的皇帝已经是傀儡了，老刘家当年给曹家的赏赐差不多都搬到司马家去了。司马昭作为新一代的阴谋家，和老一代阴谋家司马懿一样出色。见此情形立即下令增援，于是两万步骑混编的战斗部队在荆州地区长官胡烈将军的带领下兵锋直指西陵，不日将至永安。战场的天平向作为防守方的永安军民倾斜了，于是进攻方陆抗带着“不胜”二将，悻悻地退军。真是活该。

吴军撤走以后，司马昭不但让罗宪继续管理永安，还封侯拜将以示表彰，于是罗宪就成了魏国的凌江将军荣封万年亭侯。碰巧，武陵郡（今湖南、四川、贵州省交界处）四个县的军民脱离吴国归附了魏国，将魏国的版图向东推进，算是报了永安围城之仇。罗宪就又担任了武陵太守，全面负责巴东地区军务。这时罗宪同志的人事档案开始在魏国的组织部门编撰成册，归档留存，在档案的整理过程中，他们也更加全面地了解了罗宪。

不过非常遗憾的是，罗宪的档案里和其他很多武将一样，没有记载出生年月。罗宪，字令则，本不是蜀人，祖籍襄阳（今湖北省襄樊市）。老罗家到蜀地，得追溯到他父亲罗蒙身上。那时，罗蒙还是个孩子，因为躲避战乱才来到了巴山蜀水之间。

刚到蜀地时罗蒙不过是个难民，不过他做难民做得非常成功，竟然奋斗成广汉地区的最高长官，做了太守。因为罗蒙做了太守，罗宪从小就能受到良好的教育，十三岁时就写得一手好文章，很年轻就以学习成绩好而著名。这样的好学生不继续深造才怪，所以罗宪进入当时的最高学府太学就读，导师是谯周教授。

这谯周虽然是个投降派，但教书育人还是颇有一套的。比如《三国志》的作者陈寿就是他的学生。那么罗宪和陈寿就自然是同学了。从对罗宪的描写来看，这些同学的关系相当不错，没有文人相轻的臭毛病，不但互相帮助，还互相吹捧。比如，他们把文立同学称作颜回，把陈寿与李虔称作子游与子夏，把本传的主人公罗宪称作子贡。子贡是孔子最得意的门生，不但学习好，而且社会活动能力强，是所有学生中最能忽悠的一个，不但能给自己忽悠来千金家产，还能忽悠着当时的强国，围着自己的祖国——鲁国打仗。当时就有人说，子贡要比他的老师孔子还有才。罗宪同学能被人看作是子贡，实在不是一般的优秀。刘禅册封太子以后，就因为罗宪才华横溢，让他辅佐太子。出使吴国的时候，又让吴国人为他倾倒。这不但归功于他的才华，还有他高尚的人格魅力。他生性正直、作风严谨、光明磊落、诲人不倦、乐善好施，视金钱如粪土，从不以权谋私为自己经营家产。

当时刘禅宠信黄皓，很多人都屈尊投附巴结奉承。而正直的罗宪却对黄皓不理不睬，秉承了汉代以来文士与阉党不共戴天的优良传统。所以黄皓把罗宪外放到巴东［郡府在永安白帝城（今重庆市奉节县）］当太守。当时的巴东已经安排了别人，右大将军阎宇是那里的最高长官，罗宪只能当阎宇的副手，协助统领军队。正是因为黄皓的这个阴险举动，为罗宪提供了施展军事才华的机会，提供了一展雄风的舞台。这一点，这个死太监绝对没想到。

人生有时就是如此，一时的挫折所带来的除了磨难，还有曲折中孕育着的腾飞机遇。我们应该在精神上蔑视那些给我们人生道路上下套使坏的坏人，因为能和他们有共同语言的只有黄皓那样的死太监。但我们或许更应该感谢这些龌龊的家伙，是他们让我们更加成熟，更加坚韧，更加强大。在刘备托孤的地方，罗宪临危不惧，独守孤城，不打折扣地履行了自己的职责。这样的好员工，到哪里都是骨干。

于是泰始元年（公元 265 年），三国最大的一次企业并购后，新兴的大晋集团董事长司马炎，改封罗宪为西鄂县侯。罗宪的妻子和儿女也都同时迁居到首都洛阳，大儿子罗袭直接免试特招担任了给事中。“给事中”这个官职，虽然从秦代开始就已有设置，但真正成为实权岗位是从晋代开始，由此可见，司马炎待罗宪的确不薄。

泰始三年冬天，罗宪奉命上调中央，被封为冠军将军，假节。司马炎专门下发诏令：“罗宪忠诚果敢刚烈坚毅，有才华、善谋策、器量恢宏、精明强干，应当赏赐鼓吹的乐器和出行的仪仗。”除此之外，还赐给他一把山玄玉制成的佩剑。一年后，阳春三月，司马炎在今河南洛阳东洛阳故城内的华林园大宴群臣，酒酣耳热之际，向一些蜀汉的旧臣询问蜀地是否有被埋没的栋梁之才，如果有请大家积极推荐。罗宪举荐了蜀郡的常忌、杜轸、寿良，巴西陈寿，南郡高轨，南阳吕雅、许国，江夏费恭，琅邪诸葛京，汝南陈裕。司马炎照单全收，这些人后来都成为当时的名臣。罗宪辨别人才的能力由此可见一斑。两年后，罗宪又回到永安，他又带兵攻取了位于下游三十公里处的吴国巫城。在总结战报中，附上了伐吴的攻略。

公元 270 年，罗宪在任上走完了自己的一生，到死也没当逃兵。他死后，被追封为安南将军，谥号“烈”。在谥法中“以武立功，有功安，秉德尊业”曰“烈”。对罗宪来说，真是再合适不过了。

也许是历史的尘封太过厚重，也许是因为《三国演义》通俗文化缺少包容，罗宪困守孤城的事迹并不为人所熟知。但是他的持节不屈的风骨，仍然深深地根植在巴山蜀水的川人心中。对蜀汉而言，罗宪可以说是最后的荣光；而对川人这个光荣的集体来说，却仅仅只是个开端。

九百多年后，四川军民在钓鱼城，坚守了三十六年，打败了不可一世的蒙古军队，改变了世界历史的进程。抗战期间，四川军民又紧紧扼守住长江咽喉，使日寇铁蹄无法再进一步，为中华民族的生存保有了一方净土。到今天，经历了空前大地震的四川人民，擦干了眼泪和鲜血，包裹住伤口，坚强地站在被震魔蹂躏践踏过的家乡，为重建家园、为美好明天而辛勤劳动。这份坚守，这份执着，这种面临危难英勇不屈的伟大精神永远是我们最可宝贵的财富。

宋明两朝亡天下，
巴蜀山水尽殉身。
国难来时忠魂碎，
川军百死战犹回。

在不平凡的 2008 年做一个四川人就是一种光荣！最后，我把抗震期间写的一首诗送给英雄的四川人。

中国的脊梁

每一个民族都有自己的脊梁，
说到脊梁

我想起了沙漠里的胡杨
即使生命已经逝去
也要屹立千年
昂着头迎接第一缕朝阳
即便被岁月埋葬
也依然倔强
笔直了枯干抵御风沙的张狂

每一个民族都有自己的祖先
说到祖先
我想起了山西的大槐树
即使垂老了
也绿荫依旧
环着手遮蔽炙热的阳光
纵然枯萎
身躯也依然向上
执着地散发出淡淡的绵香

每一个民族都有自己的儿女
说到儿女
我很自然地想起孩子
不光是我的女儿
还有无数个和她一样的孩子
她们像花朵
他们像新芽
她们像露珠
他们是宝贝
他们是世间一切美好的集合
值得我们用生命去呵护

祖先终归要老去
孩子注定要成长

这中间亘古不变
永远传承的——只有脊梁

这脊梁深植于我们的身体内
这脊梁包裹在我们的血肉中
这脊梁支撑着我们的头颅
这脊梁支撑着我们站立
这脊梁让我们傲然天地
可是平日里
您几时看到过脊梁

就在这几天苦难的日子里
我们看到了脊梁
在灾难的废墟中
我们看到了脊梁
虽然躯体已经冰凉
魂魄已上天堂
可他们体内曾经流淌的鲜血
和我们一样滚烫
他们的脊梁
和我们胸腔里的一样

在我们的心中
定格着一些瞬间
固化着一种姿势
铭刻着一幅画面
因为我们血脉相连
所以这一切
让我们不禁泪流满面
让我们觉得痛苦悲壮
更让我们明白伟大的中华民族
万代的辉煌啊

正是因为有着这样的脊梁

逝者瞿万容
21 岁的幼儿园老师
用脊梁挡住了垮塌的水泥板
怀里护着的是一个孩子
这个瞬间定格在 5 月 12 日的绵竹
遵道镇欢欢幼儿园

逝者谭千秋
50 岁的中学老师
用脊梁挡住了落下的楼板
身下护着四个孩子
这个瞬间定格在 5 月 14 日的绵竹
汉旺镇东汽中学

逝者吴忠洪
45 岁的英语老师
用脊梁顶起了生命的天穹
双臂护着两个孩子
这个瞬间定格在 5 月 14 日的崇州
怀远镇怀远中学

逝者向丽
非常年轻的小学教师
用脊梁挡住了削去自己半个头颅的重物
身下护着三个孩子
这个瞬间定格在 5 月 14 日的什邡
龙居中心小学

逝者杜正香
48 岁的代课老师

用脊梁挡住了钢筋水泥横梁
胸前护着三个孩子
这个瞬间定格在 5 月 14 日的绵阳
平武县南坝小学

逝者张米亚
29 岁的爱歌唱的小学老师
用脊梁绘就生命的彩虹
双臂紧搂着两个孩子
这个瞬间定格在地震的中心汶川
映秀镇小学

这样的名字还可以写很长
什邡的袁文婷
安县花荄的郑发富
五通村的王光香
还有还有……

在同一个瞬间
他们被压在沉重的废墟下
那个时刻
成为他们人生的终点
这终点到来得突然
这生命结束得残酷
无情的灾难磨灭了他们生命的光环
但是也正是在这一瞬间
他们得到了永生

他们在瞬间的抉择
凸显出民族的脊梁
他们去了
去得英勇

去得悲壮
他们走了
走得伟大
走得光荣
送别他们的
有父母肝肠寸断的啜泣
有孩子撕心裂肺的号哭
有劫后余生那众乡亲纷纷的泪雨
也有共和国军人至高无上的军礼
这一刻
闪耀着尊重生命的人性之光
使我们触摸到真实的中国脊梁

因为重负
他们都倒下了
甚至还无奈地跪着
可弯曲的膝盖
在此刻是最伟大的坚强
扭曲的身子
是我们最壮美的图腾

用自己的身躯保护孩子的身体
用自己的生命延续孩子的生命
用自己的死亡成就民族的希望
祖先的血液
在血脉中流淌
祖先的魂魄
在身躯里激荡
祖先的神圣
在刹那间弘扬

为孩子

为明天
为后代
为未来
慨然赴死
这就是中国的脊梁

汶川
绵竹
青川
彭州
安县
北川
茂县
……

风景如画的胜景
变成满目疮痍的残骸
安居乐业的家园
变成血肉掺杂的废墟
血泊中
泪海里
站起的人民
只有一个心愿
重建　重建　重建

死难者们已经安息
也许只有砖块做的墓碑
甚或连姓名也没有留下
即使什么都没有了
幸存的人们还有自己的双手
还有自己的脊梁

因为这脊梁
坚强在泪水中茁壮成长
泪水浸泡过的心正是孕育希望最肥沃的土壤
因为有脊梁
黑暗中就会有曙光
绝境里也蕴含希望
种子会收获食粮
汗水会成为佳酿

中国的脊梁
我们永远会对您保有一份崇敬
英雄的脊梁
我们一定要把您传扬

脊梁里雄起在回荡
脊梁里强音在奏响
脊梁让我们度过无数的劫难
脊梁让我们拥有美好的明天
挺起我们的脊梁吧
不要把真诚再在灵魂里珍藏
不要把爱心流放到荒原之上
要坚信历经痛苦的民族会团结坚强
要坚信饱受磨难的国家会统一兴旺
还要坚定崛起的志向
更要实现复兴的理想
让中华民族的强音在宇宙唱响
让中华民族的脊梁在世界昂扬

地震中牺牲的每一个英灵都永垂不朽
什么困难也战胜不了英雄的中国人民
中华儿女
挺直脊梁

三国点将之二十三

其实越狱很简单
——廖化

主题词：母亲

世界上的一切光荣和骄傲，都来自母亲。

——高尔基　公元20世纪

2005年8月29日，《越狱》开播。据说全世界至少有数以千万的米粉瞪着饥渴的眼睛，含情脉脉地关注着米帅的胜利大逃亡。在共同感受越狱的日日夜夜里，《越狱》悄悄地改变了我们的生活。

有的人突然对建筑学发生兴趣，一心想学给排水；有的人看到钥匙就想取模；有的人看到卫生间的洗脸池，就想把池子挪开，从池子后的墙洞钻出去；有的人看到有人把白布拉上，特别是看到两个男人这样，就断定人家一定没干好事，所以建议医院把门帘都换成黑布；有的人买房租房时，再贵也要选河景海景，因为扔东西比较方便；有的人把地图文在了自己的后背，不管自己能不能看见；有的人一定要和精神病人处朋友；有的人找出当年小情人给送的纸鹤，见到下水道就扔一个；有的人骨折了，叫救护车专门把自己送到兽医院；还有的人写三国武将的时候，非要专门说说《越狱》。这些习惯很多都是跟Michael Scofield学的，Michael必须这样做，否则他的哥哥就得死。而越狱在任何时候，都几乎是不可能完成的任务。

但对廖化来说越狱其实很简单，《三国志》中描述这个惊心动魄的过程时，只用了两个字："诈死"。美利坚的影视公司拍了那么多集连续剧才整明白的事情，到陈寿这里两个字就办妥了。刹那间，民族自豪感和智商优越感油然而生。

廖化似乎什么都很简单，还包括他自己的生平。到底多简单？在《三国志》里他的一生简单得总共只有一百二十九个字，连出生日期都没有交代。这使得我们在重读廖化时，对他的年龄只能靠只言片语中的信息来综合推断。因为字少，所以转载的时候也很简单，于是我下定决心将全文摘录如下：

> 廖化字元俭，本名淳，襄阳人也。为前将军关羽主簿，羽败，属吴。思归先主，乃诈死。时人谓为信然，因携持老母昼夜西行。会先主东征。遇于秭归。先主大悦，以化为宜都太守。先主薨，为丞相参军，后为督广武，稍迁至右车骑将军，假节，领并州刺史，封中乡侯，以果烈称。官位与张翼齐，而在宗预之右。咸熙元年春，化、预俱内徙洛阳，道病卒。

加上在其他地方跑龙套偶尔客串，不光是《三国志》，就是整个二十五史里，记述廖化的地方不会超过四百字。一个人做一件好事不难，难得的是做一辈子好事。同样，一个人简单一次不难，难得的是一辈子都简单。把简单的事情复杂化的是蠢人，把复杂的事情简单化的是牛人，把什么都简单化的就是超人。廖化就是这样一个"简简单单"的超人。

而事实上，廖化认为很简单的越狱，实际上非常不简单！这就得先说说汉代的监狱。当时的监狱种类繁多。据《汉书·刑法志》记载：西汉时期，全国共有二千多所大大小小的监狱，仅长安城就有二十几种监狱。专门关押高级官员和皇室成员的监狱叫若卢狱、左右都司空狱、居室狱等；关押女性囚犯的叫掖庭狱；囚禁官署吏卒的叫上林狱、都船狱、内官狱等。除此之外，还有京兆狱，长安县有长安狱，都属于京郊的地方监狱。汉代著名的酷吏尹赏任长安县令时，曾在监狱里修造了名为"虎穴"的地牢，挖地数丈深，四面无尽厚的土层为墙，还有石板砌在土墙上，而后用大石板盖在出口处。当时，尹赏把县里百姓检举揭发的恶霸地痞流氓无赖，统统抓起来以百人为一批，先后投入到"虎穴"中，用大石板盖住。几日后再打开，结果里面的人死成一堆、无一幸免，尹赏派人将坑清空后，再填满，再清空，前前后后反复了多次。这样的监狱，即使建筑学学得再好，也没有用武之地。就是土行孙来了，也绕不过那些砌墙的石板。因此，廖化采取诈死的办法来越狱，也是没有办法的办法。

可是诈死就那么简单吗？想出诈死这个法子已经很不简单了，而能够逼真地付诸实施，不穿帮给人看出破绽就更不简单。其实诈死不是廖化的专利，早在春秋时期就有人用过。下面就讲讲可供廖化参考的最为著名的三个案例：

首先看第一例：齐桓公小白，他在生死攸关的回国竞赛中被管仲射中腰带上铜钩（小概率事件），顺势倒下，大叫一声就瞒过了管仲。管仲很强，射得很远，自信得没有再到近处复查，所以小白成功完成了诈死的首映式。这是诈死的初级阶段，演员和观众都要求不高，假模假式也能蒙混过关。可是到了廖化生活的汉朝，诈死和反诈死的技术含量已经随着观众素质的提高达到了一个很高的水准了。

剩下的两个例子将从正反两面证明这一点。

一、杜根例。表演有创意且投入，成功逃脱，安度晚年。

东汉安帝时，颍川定陵的杜根，因为上书直谏得罪了邓太后，邓太后一生气就让人把杜根装在一个袋子里，要在朝堂的大殿上现场摔死。执法的人不忍虐杀好人，就手下留情，杜根也相当配合，摔完后一动不动，被当成尸体硬邦邦地抛到郊外，这表演已经够逼真了，但是邓太后仍然不放心，又派人专门验尸，杜根还真不是一般地敬业，他非常有创意地让自己的眼睛里生了蛆，才没有穿帮。可以看出，安帝时，想诈死不光要骗人，还得恶心人。两千年后，一个叫谭嗣同的大英雄在慷慨就义前留下了一首豪气干云的绝句，后两句“我自横刀向天笑，去留肝胆两昆仑”广为流传。而前两句则正是“望门投止思张俭，忍死须臾待杜根”。

二、袁著例，表演没诚意用替身，失败穿帮，直接死翘翘。

那是汉顺帝时期，郎中（不是看病的大夫，而是管理车骑门户的官员）袁著因为上书得罪了梁冀，为躲避追杀也想装死，于是先四处散布消息说自己生了大病，然后又告诉众亲友说自己不治而死，还煞有介事地广发丧帖，大做法事，甚至开锣送殡（婚丧嫁娶的排场大了在任何时候都容易出事）。但是在出殡这一关键的高潮场景，袁著却没有亲自出马而是用一个蒲草人做了替身，结果给梁某人看出破绽，最后袁著被一群歹徒活活用鞭子打死不说，老百姓还以为他早就病死了，真凶梁冀反倒没几个人知道。从袁著的经历可看出，（一）力度再大的宣传也不能从根本上替代主角的演技；（二）群众演员永远不能替代主演；（三）东汉时反“诈死”技术已经非常成熟了。

综上所述，我们可以得出一个结论：三国时期诈死骗人的把戏要想玩好，难度很大。可廖化不但玩了，还玩得很逼真，史载：“思归先主，乃诈死。时人谓为信然”。他成功实施了诈死，还欺骗了当时所有的人。结合杜伯坚当年的悲惨遭遇，可以想象廖化当时一定“死”得很难看，不忍看，甚或不敢看，所以才能瞒过验尸的医务工作者和抬尸的体力劳动者。

廖化成功地越狱了，逃离了东吴。要出国了（实际上是回国），他没有像很多贪官那样带上了小三、带上二奶，而是非常感人地带上了自己的老娘。史载：“因携持老母昼夜西行。”他越狱时表现出的智慧和勇气以及重获自由后对母亲的孝心，千载之下仍然会让我们感动不已。这样一个人，就是好同志！

非常凑巧的是，当廖化带着自己的老母走到秭归时，遇到了准备讨伐吴国的刘主公（主公的大军已经搞得东吴人心不稳，或许这也是廖化能够成功越狱的原因之一吧）。这时因为执意伐吴的主公，是非常孤家寡人的，所以见到“死而复生”及时归队的廖化后，“大悦”，立刻“以化为宜都太守”。在刘备的亲切关怀下，廖化从关羽军中记流水账写公文的刀笔吏（主簿），一跃成为手握实权的地方官。虽然当时宜都还在东吴手里，但是看到刘备的七百里连营，十余万大军，廖化肯定会认为这张空头支票很快就可以兑现。不但如此，越狱后的廖化还带着一支兵马，亲自上阵欲报昔日被囚之辱。史载：“黄武元年，刘备率大众来向西界，权命逊为大都督、假节，督朱然、潘璋、宋谦、韩当、徐盛、鲜于丹、孙桓等五万人拒之。备从巫峡、建平连围至夷陵界，立数十屯，以金锦爵赏诱动诸夷，使将军冯习为大督，张南为前部，辅匡、赵融、廖淳、傅肜等各为别督，先遣吴班将数千人於平地立营，欲以挑战。”（《三国志·陆逊传》）这段文字中，大家只需明白当中的“廖淳”是“廖化”就可以了。但是没想到蜀军败了，“先主薨”了，宜都也要不回来了。

廖化只好以“丞相参军”的职务，跟着诸葛亮参加了一系列针对魏国的战斗。蜀汉延熙元年（公元 238 年），廖化攻守善羌侯宕蕈（dàng xùn）营，魏雍州刺史郭淮派兵救援，廖化击破南安太守游奕，射杀广魏太守王赟，用一场大胜终于迎来了人生巅峰。延熙十一年（公元 248 年），“姜维出石营，从强川，乃西迎治无戴，留阴平太守廖化於成重山筑城，敛破羌保质”。延熙十二年（公元 249 年），姜维再次北伐，在白水和郭淮、邓艾对峙时，派遣廖化做了一次佯攻。“三日，维遣廖化自白水南向艾结营。”而姜维自己却悄悄地到别处偷渡，想打魏军一个措手不及，结果被邓艾识破，于是只好悻悻而归。

在这些战斗中，除了射杀王赟外，廖化要么是当收容队要么是摆摆样子，没什么功劳。但是苦劳多了也可以升官，所以先“为督广武”（在并州雁门郡，魏国境内，空头支票)，“稍迁至右车骑将军，假节”（和车骑将军张飞已经差不多了)，“领并州（今山西省，当时在魏国境内，继续空头支票）刺史”，“封中乡侯”(这个有些实惠)。史书上虽然只记载了这两次战斗，我想没有记载的战斗应该还有一些。廖化到了丞相府后，历次的封地都在魏国，为了把这些空头支票兑换成真金白银，廖化怎么能不努力北伐呢?

长久（很长很久）以来，大家说起他，总是带着些许不屑来上一句:“蜀中无大将，廖化作先锋。”可是又怎能参透廖化梦想着赴任成真而冲锋陷阵时的那颗不老雄心呢?更深层次的原因是廖化对汉王朝的忠诚，如果单是混口饭吃，三国时期在哪里不能捧个碗，为什么一定要去刘家的饭堂呢?对母亲很孝顺的廖化，对国家一定也非常忠诚。我所敬重的岳飞岳爷爷曾经说过:“若内不能克事亲之道，外岂复有爱主之忠?”可是伐着伐着，把敌人伐到了家门口。

景耀六年（公元263年）夏，至少是七十五岁高龄的廖化，仍然在姜维的带领下和将士们一起投入了保家卫国的战斗。之所以说廖化至少七十五了，是因为在景耀元年（263－5=258年)，发生了这样一件事情:“时都护诸葛瞻初统朝事。”新官上任作为部属应该有个态度，怎么办，自己又拿不准。于是，廖化就到也是刚刚担任兖州刺史的宗预那里商量。史载就是:“欲与预共诣瞻许。”但宗预却说:“吾等年逾七十，所窃已过，但少一死耳，何求於年少辈而屑屑造门邪?”“吾等年逾七十。”很显然，当时这哥儿俩都已经年逾七十了。所以，景耀六年距离元年又过了五年，廖化至少是七十五岁高龄了。快八十了也不能退休。史载:“维与张翼、廖化合军守剑阁，钟会攻之。”至于守没守住已经不重要了。因为蜀汉在这一年完成了历史使命，退出了历史舞台。

廖化这个似乎就是为了三国而生的人，也将走到人生的尽头了。264年的春天，廖化和他的老哥儿们宗预一起出发，依令内迁到洛阳。也许是蜀道过于艰难，廖化于“道病卒”。

在将逝的那一刻，廖化的眼前一定会浮现出熟悉的栈道，而涌上心头的一定是物是人非的苍凉，刘备、关羽、张飞、诸葛亮、黄忠、赵云、马谡、姜维、张翼……这些个并肩战斗的战友，依然清晰的是曾经鲜活的面容，渐去渐远的是已然模糊的背影。多少金戈铁马，几许战鼓硝烟，都已随风飘去，座座青山埋忠骨，葱葱草木附英魂，“物是人非事事休”，事事休。廖化的人生到这里就走到了尽头。可他身后的故事仍然没有结束。

广东省东源县人民政府的网站上，有一条关于“客家娘酒”的美丽传说。

全文转载如下:

据记载，是廖氏祖先廖化的“忠孝”“酿造”了客家娘酒。廖化字元俭，本名淳，襄阳人，曾为前将军关羽主簿，羽败，属吴。

话说廖化想离开吴国回蜀国，却没机会，更何况还要带上老母亲。在思念蜀国时，百无聊赖，于是廖化将一些糯米用水浸透，用甑锅来蒸，他一边烧火，一边自言自语：“焖死你！焖死你！”然后，他又将蒸好的糯米放入陶器中，并将畲族人采集的一二十种药材投入糯米中，用稻草包裹住陶器，美其名曰：“服药、净身、草埋。”

当时，廖化在捣鼓这些东西时，纯粹是用来打发时间，宣泄郁闷的心情。没想到，盛糯米的陶器闲置久了，不仅没把糯米闷“臭”，反而闷出醉人的酒香，“黄酒”由此诞生了。

廖化大着胆一尝发现味道好极了。那一刹那，他心中产生了逃离吴国的“美酒计”。他将这种美酒和美酒的“处方”献给孙权，当然，醉翁之意不在酒。当廖化提出“要携母亲回趟老家”时，喝得晕乎乎的孙权大手一挥：“放行！”于是，廖化连夜带着母亲往西行走，恰巧在路上碰到东征的刘备，随刘备回了蜀国。

转载完毕，言归正传。

也许，历史不是这样。不像传说中所述，也不像我所写。历史有历史的本来面目，但不管怎样，在我们每个人心中都有一个自己的范式和样板。这不能怪陈寿记载得不详细。陈寿当年以民间人士修史，独立创作《三国志》，压根儿没有正规拨款，坚持自筹经费，所以他惜墨如金惜纸如金，在篇幅上自然是能挤则挤，能压就压。而历史人物的形象毕竟不能光靠挤压就能变得丰满深长。

要想让一个武将有血有肉，单只靠有限的史料远远不够，还需要从边边角角中抓住蛛丝马迹，深入分析，然后用合理的推理，来最大限度地还原他的真实面目。在三国武将中，生平事迹很简单的人还有很多。若要栩栩如生，只能借鉴胡适先生曾经说过的一句话：“大胆假设，小心求证。”也更要如同《吕氏春秋·疑似》里说的那样：“疑似之迹，不可不察。”“于无疑处有疑，方是进矣。”

三国点将之二十四

从大忽悠到大英雄
——太史慈

主题词：英雄

出师未捷身先死，长使英雄泪满襟。

——《蜀相》杜甫　公元8世纪

世上只有一种英雄主义，就是在认清生活真相之后依然热爱生活。

——《巨人三传》罗曼·罗兰　公元20世纪

今天的“70后”小时候大都喜欢看小人书，痴迷打仗故事的朋友们一定还记得当年上海人民美术出版社集合诸多名家绘就的《三国演义》。当时，这套蓝色封面的连环画把无数男孩子带入了三国这段波澜壮阔的历史画卷，成为功勋卓著（请容许我用了这个词）的历史启蒙教科书。

写三国武将时，我毫不费力地就从童年残缺的记忆片段中，挖掘出很多有关三国的内容。时间最早且记忆最为清晰的就是这套连环画中的第十集《小霸王孙策》。至今有关许贡三个门客刺杀小霸王的情节，我仍清晰地记得。第一个进攻的门客是用长枪打断了小霸王的佩剑，第二个门客也是用长枪戳入小霸王坐骑的臀部，而第三个门客则在远处射出了命中小霸王脑门的致命一箭。这支箭有毒。

然后就是小霸王托孤。然后，然后小霸王就死了。当时并不觉得小霸王年轻，因为我也就四岁多。但小霸王的死依然让我非常伤心，因为我实在无法接受，如此彪悍的人物，怎么在第十集就离开人世呢？

他和太史慈的那场单挑，我看过好多次，也缠着大人们给我讲过很多次。那场战斗，双方都是胜利者，孙策拿走了太史慈背后插着的小戟，而太史慈则拿走了孙策的头盔。随后，两军对阵时，太史慈叫小兵们挑着孙策的头盔得意洋洋地喊道："孙策的头就在这里！孙策的头就在这里！"如此童心未泯的阵前叫骂，给我幼小的心灵以强烈的震撼，也让我下意识地将头盔、头颅和荣誉、帽子、脑袋和尊严画了等号。我心中的这个等式，不知通过什么渠道，被别人知道。于是有很多次，我被大人或同伴拿走了帽子。当我试图夺回帽子时，他们就会摇着帽子说我的头在那里，然后在我痛不欲生的耻辱中哈哈大笑，而且我愈是悲痛他们愈是乐此不疲。就这样，小霸王孙策和太史慈早早就在我心里留下了深深的烙印。

有好些次我都忍不住要写太史慈了，但却总在百感交集间调转笔头写了别人。这回终于该您老人家了。

终于可以洗去演义的铅华，还原那场让我魂牵梦萦而又纠结烦乱多年的神亭之战。

论人数，这是一场小规模的遭遇战。且看双方阵容。孙策方：孙策和十三名随从，随从阵容豪华，都是被称为江东虎臣的韩当、宋谦、黄盖之流。太史慈方：太史慈和一名随从，随从单枪匹马，属于典型的无名之辈。虽然众寡悬殊，但遭遇战仍然爆发了。惜字如金的陈寿没有记载战前的任何前奏，在《太史慈传》中用"慈便前斗"四个字就拉开了战斗的序幕。只带了一名骑卒的太史慈怎么能在这场遭遇战中不冲在最前呢？而被江东父老称为小霸王的孙策又怎能落在自己部下的后面呢？战斗也许持续了很久，也许只有一个回合。二马相错间，孙策刺中了太史慈的坐骑，夺走了太史慈颈后的手戟。太史慈掠去了孙策的头盔。互有得失间，双方的大部队赶到，于是两人脱离了接触，各回本营。

孙策和太史慈两人之间的战斗，似乎看不出这是敌对双方你死我活的肉搏厮杀。人多的没有以多欺少，人少的没有丝毫畏惧。像绅士间的对决，更像讲台上的舌战。不管怎样，这场战斗给孙策和太史慈都留下了无法磨灭的记忆。当然也给后来的无数个三国爱好者留下了不可磨灭的记忆，我是其中之一，相信在看到此书的朋友们当中也不是少数。

到清末这段战斗被改编成川剧《战神亭》，而且两人的战斗被演绎成大战七天七夜，因为天降滂沱大雨才停止。周瑜和孙策出访名将时又遇到太史慈，两人打一个还没打过，于是三十六计走为上。天上的姻缘圣母看到后，派神仙下凡化成龙虎来到乔家花园，看到龙虎受惊的大小二乔得了重病，孙策落难而来献上灵符治好了二乔。乔翁一激动，就把两个如花似玉的女儿嫁给了孙、周二人。招亲之日，太史慈闻讯赶来。至于太史慈带兵赶来的原因是不是为了抢亲，就得看唱本，但看到唱本的难度较大，当时日本书志文献学家长泽规矩也收藏了《战神亭》的唱本，为了买房子，又把唱本卖给了东京大学的东洋文化研究所。看戏就不要太认真了，继续看清朝人怎么编吧。他们说娶了娇妻的孙、周二人这回变得神勇无比，竟然把太史慈给活捉了。活捉以后，太史慈不服气，孙策就要杀太史慈，结果有人当说客，把太史慈说服了，太史慈被说服后，众人就把盏庆祝，然后剧终。2004年，在四川省绵阳市召开了“三国学会”，一群牛人整出一本《川剧三国戏汇编》，里面就有《战神亭》这出，希望有关人士能够尽快将其影视化，把这出有武打有神话、有英雄有美女的传说故事搬上屏幕。

继续说太史慈。这场战斗发生在公元196年，距今将近两千年，无情的岁月也许早已让当年的战场无迹可寻，应该没有谁能精准地指出当时二人扭打的具体地点。但是，江苏省金坛市茅麓小学的老师和同学们一次名为“走进神亭岭，探寻古战场”的主题活动，让我坚信那场战斗就发生在神亭村。虽然，这次主题活动是为了证明他们的家乡就是《三国演义》（请注意：是《三国演义》）中的神亭之战发生地。这些活动能够激发出孩子们探究家乡历史、认识家乡现在，畅想家乡未来的美好情趣，还有什么比这个更重要呢？于是，我相信了。

那一年，孙策二十一岁，太史慈二十岁，他们年轻的人生因神亭的这场战斗而产生交集，并演绎出一段义薄云天的人间传奇。一年后，两人再度交锋，太史慈中计被俘。孙策见到太史慈后，立刻上前为他松绑。然后像老友重逢般握着他的手说：“还记得神亭吗？如果您当时抓了我会怎样呢？”太史慈答道：“这可没法想象了。”孙策大笑着说：“今后，就是和您一起共图大事了！”度尽劫波兄弟在，相逢一笑泯恩仇。

孙策随即任命太史慈为门下督，返回吴郡后还给太史慈实实在在的军权，封太史慈为折冲中郎将。这时，太史慈的老东家刘繇死在豫章，部下有兵马万余人群龙无首，无处可去。孙策就派太史慈前往安抚兵众，将这些人马收归己有。孙策的这个决定一出，立刻引来大家的反对。身边人都说：太史慈这一北上肯定不会回来了。但是孙策却自信地说：子义若舍了我，还能投奔谁呢？

说完，亲自为太史慈饯行，送别到吴郡的昌门时，孙策握着太史慈的手腕问道：“您什么时候能回来？”太史慈答道：“不超过六十日”。就这样太史慈带着孙策的重托，一骑孤尘北上而去。除了孙策，多数人认为太史慈这一走肯定是肉包子打狗——一去不回了。《江表传》较为详细地记下了当时圈内人对太史慈的可能去处所作的推测。有人说，太史慈会去找华歆华子鱼，然后一起对付孙策，给老东家刘繇报仇。还有人说，太史慈会西去江夏假装投奔黄祖，而后择机北上回山东老家。反正归根结底一句话：就不该派太史慈去招抚刘繇的旧部。

这真不能怪同事多疑，实在是因为太史慈的名声太响，而且成名之作都极尽忽悠之能事。太史慈字子义，生于东汉延熹九年（公元166年）。这一年罗马皇帝Marcus Aurelius Antoninus遣使来到中国，两大帝国终于有了官方的正式接触。太史慈是东莱黄县（今山东省龙口市）人。他身高七尺七寸，成年后留着一把潇洒飘逸的胡子，是山东大汉中英俊潇洒的标杆式人物。太史慈从小就爱好学习，礼乐射御书数等功课都学得很好，据说长了一双猿臂，“射”的成绩非常突出，达到了箭无虚发的境界。年轻轻就担任了东莱郡的奏曹史，专门主奏议事。

当时郡里的郡守和州牧这两个主官之间闹矛盾，很多事情在地方政府都分不出是非，必须上报，让更高级的首长裁定。在封建社会，恶人先告状的道理知道的人还不多。朝廷里负责掌刑赏的官员更不明白，官僚主义非常严重，打官司往往是先看到谁的状子，谁就是原告，谁就是受害者。因为先入为主的便利，后来的一方作为被告往往吃亏。更糟糕的是当时州牧的状子已经先送出了，太史慈作为吃郡国这边编制饭的，被郡守派去挽回被动的局面。

其实，当时的太史慈不过是个孩子。虽然据陈寿说，这一年太史慈都二十一岁了，是个小伙子。但我觉得陈先生在这儿可能真是记错了，因为太史慈完成这项任务的经过后来被人民群众广泛传播，到193年传到北海太守孔融的耳朵里，从太史慈逝世时的年龄来推算，这时的太史慈不过十七岁，那么当年他执行毁人奏章任务时也就十五六岁，尚未成年。这样的年龄不是花季少年是什么？俗话说得好：有志不在年高。并非说年轻人志向都远大，其本意是想说明很多事情都和年龄无关。而太史慈的所作所为则可以得出一个朴素的道理：忽悠和年龄也无关。

接到任务，太史慈日夜兼程，取捷径，抄小道，马不停蹄地赶到了首都雒阳，守在公车门前等候。这里需要说明一下，“公车”不是一种车，而是一个部门，专门负责接待上京请愿的和上书言事的人和公文。有时候可以在此拜谢皇帝的恩赐，比如大富翁石崇就和自己的哥哥石统、石浚一起在公车门前拜表谢恩。当然在公车前有些事做得也是口味很重，十六国时后燕的皇帝慕容熙就将没给皇后看好病的“神医”王温在公车门前肢解后一把火烧了。到晚清著名的公车上书事件，公车也是这个意思，而绝非公共汽车。还好三国那会儿公车门还就只是公车门，太史慈在这里果然看到了州牧派出的使节，这个敬业的好同志一到首都就请求通报文书先告状。

太史慈上前问道：“这位先生您也是来呈送奏章的吗？”对方答道：“是啊！”太史慈又问：“那奏章呢？”对方又答道：“在车上呢。”太史慈又问：“奏章上题书签署该不会有什么错误吧？能否取来让我看看？”想来太史慈讲出的雒阳话一定相当标准，因为这个州吏竟然压根儿没听出他是东莱人。等到州吏拿出奏章后，太史慈接过来，用藏在怀中的刀，把奏章连割带砍地给毁了。州吏急得直跳，大喊道：“有人毁了我的表章！”

正所谓：沧海横流，方显忽悠本色。陈寿没有记载周围的人对这一幕的反应，而是直接说到了太史慈的应对。太史慈把情绪激动的州吏带到马车的车厢里，至于怎样带进来的大家就只能发挥想象力了。在车里太史慈一针见血地指出了州吏的错误，他说：“刚才您要是不把奏章拿出来，我也不可能把奏章毁掉。”奏章是公文，按规定只能呈送到公车门里的工作人员，可是州吏却擅自把奏章交给了素昧平生的太史慈，造成公文被毁，这个罪过要是上峰追究起来绝对小不了。可以想象，此时州吏心里绝对是十五个吊桶打水——七上八下。这可如何是好？总不能再跑回去找领导重新签发一次吧。不能，绝不能！面对迷茫恐慌的州吏，太史慈的服务相当到位，热情周到地为他指出了一条幸福的逃亡之路。

在州吏已经接受了太史慈有关“公文被毁、人人有责”这个理论的情况下，太史慈说：“咱俩的吉凶祸福现在是一样的，我可不会单独去承受这个罪过。不如咱俩一起悄悄地逃跑，没准还可以绝处逢生，不至于一起接受法律的处罚。”这时候，州吏又迷茫了，他不解地问道：“太史慈你毁了我的奏章，任务完成得不错啊，你为什么也要逃亡？”太史慈答道：“我当初接受的任务，不过是来看看你们的奏章有没有呈上去。哪想到我不但太过投入还用力过猛，下重手把政府的公文毁掉了。如今我要是这样回去，恐怕也少不了受惩罚，还不如和您一起逃了去。”州吏被太史慈发自肺腑的话语感动了，当天就和太史慈一起逃离了一线城市——首都雒阳。

当州吏带着逃离北上广心怀诗和远方的小确幸兴冲冲地走在雒阳郊外的小道上，奔向生不如死的未来，开始亡命天涯时，他完全想不到，太史慈已经悄悄地潜回雒阳，再次回到公车门前呈上了郡守的奏章。州吏被太史慈忽悠了，但是州吏并不是一个人在战斗，他在被忽悠的那一刻，州牧和州牧以下的很多官员灵魂附体。终于州牧那边回过神了，再次派使节前往雒阳，有关部门已经非常高效地完成了判决，且以超强的原则性，严格遵守后来奏章与先前奏章内容相互抵触时以先到奏章为主的规定，不再复查复议了。州牧为此吃了大亏，可想而知对忽悠了他的太史慈恨之入骨。

所以，太史慈虽然因此扬名立万、名噪一时，但也成为州牧的眼中钉、肉中刺，为了躲避州牧的报复，太史慈避居辽东。当时的辽东，居住着许多躲避战乱的中原人。到公元 193 年，太史慈的光辉事迹传到了北海相孔融那里，这个四岁就能让梨的传奇人物竟然十分惊异地产生了惺惺相惜之情。孔融多次派人去探望太史慈的母亲，还赠送了礼物。当时黄巾起义尚未平息，孔融为了镇压黄巾军，带兵进驻在都昌。结果被管亥带领的黄巾军围困。刚好，太史慈从辽东返回到家中。

太史慈的母亲对他说："虽然你和孔北海从没见过面，但自从你走后，他对我赡养体恤得非常殷勤，比起故人旧友，都有过之而无不及；现在他被围困，为了这份情谊，你也应当赶去救他啊！"三天后，太史慈告别了深明大义的母亲，独自步行前往被困的孤城都昌。

黄巾军的包围圈可以围住"小时了了"的孔融，但是挡不住刚刚从辽东回来的太史慈。对太史慈来说，突破包围圈，只要有夜色就够了。他带了一个人回来，此人姓王名政，是少时曾经哭泣求学的邴原先生的好友，也是个有胆略又讲义气的英雄豪杰。因为太有才了，招来公孙度的嫉妒，惹出杀身之祸，辽东是待不住了。天下之大能去哪里呢？这时恰逢太史慈要离开辽东回东莱。可见当时的太史慈年纪虽小却也是个人物了，一举一动都受到圈内圈外人士的广泛关注。邴原找到了太史慈，把自己的朋友托付给他。必须要说明的一点是，邴原也是山东人，当时叫北海朱虚（今山东省临朐县）。

太史慈没有推辞，很好地完成了把王政带走这个艰巨的任务。个中细节今天已经无从得知了，但是只要知道把一个身带死罪、正被通缉的大活人带出城门的难度有多大，就能推断出太史慈的能耐有多大。当时公孙度明令告示各县说："敢藏匿王政的，与王政同罪。"太史慈那么有文化，又当过公务员，既不是文盲也不是法盲，利害关系他都懂。在他心中"义"总是最高的，至于自己的安危，绝对在其次，这一点不是我的盲目拔高，后面太史慈会用自己的行动一而再、再而三地证明这一点。

古代的城池，为了防止敌人入侵，除了几个城门可供出入外，其他都是高大的城墙，有兵卒把守的城门要想在不被允许的情况下出去和想要攻进去一样困难，伍子胥那样厉害，因为找不到出韶关的良策，一夜白头。可是王政在太史慈的帮助下，成功脱逃。这件事，也许太史慈又用到了他忽悠人的独门绝技。太史慈能够从公孙度的城池里出来，就能够从被包围的都昌城外进去。

太史慈进城后，一见到孔融，就自告奋勇要求带兵出城杀敌。但孔融却打定主意固守待援。援兵始终未见踪影，而包围圈却越来越紧。孔融想到了在平原的刘备，可是城里没有人能冲破包围。太史慈又一次主动请缨。可是这一次连孔融也不相信了，孔融说："现在外边的包围那么紧密，大家都说出不去，虽然你精神可嘉、想法豪壮，可真要实行起来还是太艰难了吧？"太史慈的答复并没有说自己想怎么做，而是饱含深情地说出了为什么要做。太史慈说："从前府君尽心照顾我的母亲，母亲对您的厚待心怀感恩，这次专门派我来解除您的急难，我母亲本来就认为我肯定有可取之处，肯定会对您有帮助。现在别人都说不能突围，如果我也说不能，这不是辜负了府君您照顾我老母的情谊和家母派我来这里的本意吗？情势危急，希望府君您不要有顾虑了。"孔融同意了。

于是太史慈饱餐一顿，整装待发。天亮了，太史慈带上箭囊，提弓上马，带领两个骑卒，打开城门而出。

城外的黄巾军一看城门开了，还冲出几个人，都十分惊骇，连忙调兵遣将，排兵布阵，进入高度戒备的状态。摆好阵势后，定睛一看才发现，原来是两个骑兵各拿一个箭靶，在城壕里插好后，一个人在操练射箭。练习结束后，射箭的人就回城了。白忙活半天，黄巾军被忽悠了。第二天早上，城门又开了。黄巾军已经不像头天那样紧张了，有人站起来戒备，有人还躺卧着压根儿不管不顾了。他们看到昨天那个人仍然如昨天般，安置好箭靶，练习射箭，习射结束后，又回城关门。虚惊一场，黄巾军又被忽悠了。

第三天早上，太史慈又出来了。黄巾军一看，练箭的小子又出来了，没事，睡觉，没有一个人站起来戒备。可是这回太史慈却快马加鞭，直突城外而去，等到黄巾军回过神来，太史慈已经冲出好远了。对敢追上来的，太史慈弯弓搭箭，接连射死了好几个，其他人也不敢再追。就这样，太史慈冲出了包围。黄巾军也被忽悠了。

太史慈很快就赶到平原，见到刘备后，他展开了一段颇为成功的游说。首先他非常谦虚地自报家门说："我太史慈是东莱郡里一个粗俗鄙贱的人，"让身为皇亲的刘备顿生身份上的优越感，然后大公无私地说，"和北海相孔融非亲非故，只是因为仰慕盛名又志向相同，才有了共患难、解灾祸的情义。"试想既然连我太史慈这样的粗鄙之人都敢于承担如此艰难的责任，你刘备怎么能回避呢？这个时候，不让刘备和孔融共患难，刘备都会觉得没面子。太史慈趁热打铁又进一步说明孔融目前所处的情势，他说："现在管亥叛乱，孔融在都昌被围困，孤立无援，危在旦夕。"既然这么危险，万一刘备不敢去了怎么办？别急，太史慈自有办法，高帽子来了，他继续说道，"因为您素来有仁义的大名，总能救人之急。所以孔北海心诚意切地翘首以盼您的援助，专门派遣我冒着敌人利刃重围之险，从万死之中把自己托付给您，真心希望您能够救救他！"

听完这席话，刘备不淡定了，他收起客套的笑容，十分严肃地说道："孔北海竟然知道世间有我刘备！"立刻派给太史慈三千精兵驰援都昌。援军还没到，听到消息的黄巾军就撤退了，都昌之围成功解除。孔融得救后，更加器重太史慈，不禁折节下交，还感慨地说道："爱卿是我的少年朋友啊！"孔融是建安七子，是孔子二十世孙，早有盛名，为人刚直不阿，不屈权贵，备受世人尊崇。能得到孔融这样的评价，对太史慈来说，实在是很高的褒奖。这段忘年交不但在当时传为佳话，而且到东晋时仍然被人称道。谢玄的孙子谢混自视甚高，轻易不和人来往，但单单对镇北将军刘牢之的儿子刘敬宣礼数周到，有人好奇地问道："谢公您从来不随便和人来往，怎么偏偏对刘敬宣这么亲切呢？"谢混的回答是："当年孔融孔文举敬重太史慈，天下有人为此责难他吗？"谢、刘二人生活的年代，距太史慈身后已将近两百年了。高质量的友谊不但不会让人们忘记，还会长期被人效仿。

太史慈回家将事情经过禀告给母亲，老人家高兴地说："能有机会报答孔北海，娘真是为你高兴啊！"这时太史慈已经名满天下了。

扬州刺史刘繇和太史慈都是东莱人，太史慈从辽东回东莱没有见到刘繇，就渡过长江到曲阿拜访刘繇。同乡相会，刚好碰到小霸王孙策来攻打刘繇。有人就劝刘繇把太史慈任用为大将军，但刘繇却说："如果我任用了子义，许子将不得嘲笑我吗？"三国时期，一个人的出身是很重要的。太史慈也就是个普通老百姓的孩子，刘繇担心重用太史慈，会贻笑于所谓的"大方"。所以，刘繇只把太史慈当作侦察兵使用，专门负责探听孙策营中的虚实。历史的玄妙之处在这里又一次得到了生动的体现。如果太史慈做了刘繇的大将军，也许小霸王平定江东的大业到这里就该结束了。如果太史慈做了刘繇的大将军，神亭之战也就不会发生。如果江东六郡没有统一，十二年后靠什么抵挡曹操南征的大军？赤壁之战还会不会打起来？没了赤壁之战，还会有三国吗？许子将的月旦之评，堪称三国时期影响最大的人才遴选和评审工程。

也许老许也有走眼的时候，给了太史慈不甚良好的负面评价。于是，在年轻同乡和专家评委之间，刘繇听信了“砖家”的意见放弃了太史慈。

但对太史慈来说，他被动地介入了这场战争，却毫不犹豫地承担起自己分外的义务，尽心尽力地履行刘繇赋予自己的职责。他骑着马向着敌人可能驻扎和出现的地方前进，然后把自己的所见所闻带回来。终于，在神亭，太史慈遇到了孙策。

老迈的刘繇抵挡不住朝气蓬勃的孙策，在许子将的建议下，刘繇退到了豫章。而太史慈，自己退到了芜湖，躲进山中自称丹杨太守。这时，孙策已经平定了宣城以东的地区，泾县以西的六个县还没平定。太史慈进驻了泾县，建立屯馆，时间不长，就受到当地山越人的信服。孙策亲自进攻讨伐，太史慈战败被俘。然后，孙策义释太史慈，太史慈归顺。于是，太史慈领受了第一个任务——收拢刘繇的旧部。

这个时候的太史慈，大忽悠的形象早就深入人心了。对内，太史慈忽悠州吏；对外，太史慈忽悠黄巾军。而且这些事迹早就已经有口皆碑传遍天下了。所以，孙策左右提出反对意见也完全可以理解。太史慈这回会忽悠孙策吗？孙策说话了：“你们说得都不对，这事我考虑得很周详了。子义虽然意气用事、胆大勇猛、性如烈火，但绝非肆无忌惮的人。他可是心有计谋、胸有韬略，志经道义、一诺千金啊！子义一旦与知己交了心，就算死也不会辜负，你们犯不着为这事再发愁了。”

六十天后，太史慈带着招来的兵马，果然从豫章回来了。这些人并不知道，孙策曾经和太史慈有过一次推心置腹的交谈。那时，太史慈刚刚被孙策收服。孙策为了安抚这位青州名士，态度诚恳地说道：“早听说过阁下从前为了郡守劫毁了州牧的奏章，又为了解孔融的危难，克服危险找到刘备求来援兵。您这些壮烈义气的行为，足以证明您是天下真正的智士。但您所托非人。射钩斩袪，古人不嫌。我是您的知己，千万不要担心在我这里不能称心如意啊！”且莫要小看“射钩斩袪”这四个字，因为这里包含了两个著名的典故，展示出小霸王孙策深厚的历史功底和很强的人文修养。

先说“射钩”。鲁庄公九年，齐国的公子纠和公子小白曾经进行过一次争夺君位的生死竞赛，公子纠派出得力干将管仲对小白进行了狙杀，管仲一箭射中小白衣服上的金属带钩，小白装死骗过了管仲和公子纠，终于抢先回国，后来成为赫赫有名的齐桓公。齐桓公不计前嫌，任命差点射死自己的管仲为相终成霸业，名彪春秋五霸之首。

再说“斩袪”。当年重耳为了躲避晋献公的迫害，准备逃往翟国，寺人披奉晋献公之命前来追杀，手起刀落间，重耳身手矫健地翻过了宫墙，仍然被寺人披砍下一个衣袖。重耳牢记此仇，逃亡十九年都始终留着那件破衣服。但是回国后，当上晋国国君的重耳饶恕了寺人披，终成一代霸业。

孙策提出这两个典故并非炫耀自己有文化，他的目的很明确，就是要向太史慈证明神亭之战这点过节真不算什么。最后，孙策还说即使是龙要高飞，也得先找个大树高杆，顺着雷电而去，进一步形象地阐述出自己和太史慈的关系就是你是龙儿我是树。太史慈那么聪明的人，得遇明主又怎会不珍惜呢？所以，当太史慈主动提出招揽刘繇残部时，孙策就放心地让他去了。

旁人只看到孙策剃头挑子一头热，却没看到两人早已肝胆相照，结下了生死不渝的牢固信任关系。在晋朝胡冲所著的《吴历》里，对太史慈的归来有过相当戏剧化的记载：话说两人约定日中相见，孙策专门在营中立起一根竹竿以日影来计时，还预先摆好了酒宴专门等太史慈回来。结果到了中午，日影渐无的时候，太史慈果然履约而回，孙策高兴得不得了。这件事，后来被罗贯中先生征用，成为《三国演义》中的经典场景之一。但是因为《吴历》中说，太史慈在神亭就被孙策俘获，而且太史慈出去的时间也只有一天，和陈寿的《三国志》中所载相差实在太远，历来被公认为记载失实。但是从烘托气氛、渲染情感、加深读者的印象来说，很有借鉴意义。

不管太史慈去而复返的细节如何、过程怎样，都能看出孙策对他非常信任。《江表传》中还记载过丹杨宗帅、祖郎被孙策收服后，与大军一同返回时，和太史慈一起位居全军前导，这对太史慈来说是很大的荣耀。而太史慈也并没有辜负孙策对他的信任。

当时荆州刘表有个名叫刘磐的从子，没有遇到太史慈时十分骁勇善战，多次侵犯艾、西安等县。针对这个情况，孙策分出海昏、建昌附近的六个县，设立建昌郡，让太史慈做建昌都尉，郡政府所在地选定海昏县，率领众将领专门对付刘磐。结果刘磐自此销声匿迹，再也没敢来过。没准是让太史慈天下闻名的百步穿杨术给吓的。当时，他跟从孙策讨伐麻、保二屯的贼人，有个家伙站在屯围的城楼上口若悬河地叫骂，为了抵御唾沫星的后坐力，这厮把手抵在了城楼的柱子上。太史慈看到后，弯弓搭箭，一下把那厮的手钉在了柱子上，围城的上万兵将无不叫好。

曹操也听说了太史慈的大名，爱怜之心陡升的阿瞒对太史慈进行了赤裸裸的招揽。他派人给太史慈送去一封信，当太史慈打开装信的小竹箱时，发现里面压根儿就没有信。没有信，那装的是什么呢？满满地装着一味中药——当归。太史慈没有动心，继续留在了江东。

孙策死后，继位的孙权考虑到太史慈能够遏制住骁勇善战的刘磐，就仍然让太史慈负责南方的军务。建安八年(公元203年)，孙权任命太史慈统领海昏。

识趣的刘磐再也不敢造次，南方无战事。而太史慈的身影也从这时开始淡出了史书。在这种平静的对峙和等待中，太史慈的人生走到了尽头。建安十一年（公元206年），太史慈死去。他的儿子太史享继承了他的官位，当过尚书、吴郡的太守，最后做到越骑校尉。两年后，赤壁之战爆发。二百六十八年后，南朝梁时的“三玄”专家太史叔明出生，他著有《论语太史氏集解》《孝经义》一卷及《孝经发题》四卷，也算是把老祖宗太史慈的孝道发扬光大。一千年后，宋人洪迈在《容斋随笔》中写道：“三国当汉、魏之际，英雄虎争，一时豪杰志义之士，礌礌落落，皆非后人所能冀，然太史慈者尤为可称。”这个评价非常高。

三国时期，群雄割据，人才流动频繁，同一个人常常会效忠不同的势力，跳槽这事是很常见的，太史慈就先后效忠过孔融、刘繇和孙策。帮助孔融是因为报答厚待自己母亲的恩情。帮助刘繇是因为同乡之情。帮助孙策是因为知遇之恩和彻底的信任。每次选择的主公都不是强势一方，考虑的不是自身的名利，都是以情义为重。

效忠孔融时，正值孔融被围，坐以待毙、势穷力孤的具体情况无庸赘述。效忠刘繇时，因为许子将的一句话，在得不到重用的情况下，仍然尽好本分，当斥候不惜单兵深入敌占区，以至和敌方主帅在神亭狭路相逢。在刘繇战败主力尽失、败局已定后，太史慈仍然不屈不挠，联合山越，自设屯府，以图东山再起。

最后兵败被俘，效忠孙策后，镇守海昏，让刘磐望而却步，面对挟天子且有绝对优势的曹操的招揽丝毫不为所动，表现出强烈的气节和坚贞的节操。

天不假年，倘若太史慈能够多在历史的舞台上坚持几年，他的人生一定会更加精彩，三国的历史也会更精彩。对太史慈，《三国志》的作者陈寿给出了很高的评价，赞扬他：“信义笃烈，有古人之分！”东汉末年，政治黑暗，太监专权，党锢之祸几乎将社会上敢于坚持正义不畏强权的名流贤士杀戮殆尽，灭族的灭族，流放的流放，勃勃生机的华夏文明呈现出日益明显的酱缸象！到了晋朝，知识分子阶层更是完全没有了匡扶社会正义的责任感，彻底沉溺于不着边际的玄学清议和不守底线的放浪形骸，最终酿成了五胡乱华的历史悲剧。

在这种大环境下，也许只有太史慈重义轻利、严守礼教的行为，才能在三国那个礼崩乐坏的乱世里，给陈寿一点心灵上的慰藉，在那些个铁血暗黑的政治风暴中，绽放出一缕道德的光辉。正是这缕光辉，让太史慈永远活在大家的心中。一般来说，当我们语速缓慢地说一个人永远活在大家心中时，那么这个人肯定不在人世了。毋庸置疑，太史慈无论如何也活不到今天。他的死是一个事实，属于过去完成时。但他的死还是让人非常遗憾，非常堵得慌。

太史慈死时四十一岁，《吴历》再次用非常煽情的笔法把他的临终遗言记录下来。他叹息道："丈夫生世，当带七尺之剑，以升天子之阶。今所志未从，奈何而死乎！"或许到这一刻，大家才明白报效朝廷、为国尽忠才是太史慈的人生理想。他的一生中，见识过刘备老哥早年颠沛流离时那急切切建功扬名的嘴脸，得到了开创江东基业的孙家兄弟视若股肱的器重，更引发了如日中天时曹操求之若渴的艳羡。这些人是真正的三国之主，太史慈都可轻易得之，但仍然心中有憾，就更加证明他内心深处唯有效命天子的忠诚，这样的忠贞之士在任何时期都是最为稀缺的宝贵资源。

在《三国志》中，太史慈的传记排名很靠前，列位仅在孙坚、孙策和孙权等人之后，居于宗室和妃嫔之前，而且独立于东吴诸将，与刘繇和士燮两位诸侯合传。地位相当高！对这一点，我真的比较满意。

带着较高的满意度给太史慈写首诗了。

尝试一下顶针的笔法：

男儿胸中有长剑，
长剑七尺扫权奸。
权奸除去迎天子，
天子临朝振河山。
河山破碎成一梦，
一梦神亭对阵间。
阵间生死为一愿，
一愿长生五百年。

三国点将之二十五

比窦娥还冤的男人
——周瑜

主题词：冤屈

一个人只要热爱自己的祖国，有一颗爱国之心，就什么事情都能解决。什么苦楚、什么冤屈都受得了。

——冰心　公元20世纪

每年暑假，各家电视台都会给放假在家的孩子们播放好几遍电视连续剧《三国演义》。

有一回下班早，得以重温了一遍“周郎妙计安天下，赔了夫人又折兵”的场面，看着周大都督在船上吐完鲜血、摇摇欲倒的时候，估计连诸葛亮也会被气死。因为太离谱了！

周瑜不是这样，可是大家偏偏都以为人家就这样，人都死了快两千年了，还背着这么大口黑锅，周瑜是不是比窦娥还冤？

周瑜出生在公元175年，字公瑾，庐江舒县（今安徽省舒城县）人。周瑜出身于官宦世家，堂祖父周景周子忠，当过汉朝的太尉（相当于国防部长），在豫州当刺史的时候，独具慧眼把陈蕃特招成公务员（五百多年后，大才子王勃在《滕王阁序》里为了突出人杰地灵的代表徐孺，特意引用了“陈蕃之榻”）。此外周景身边跟班的阵容才是超豪华超一流，李膺、荀绲和杜密放里面都看不着。他的父亲周异也曾官居首都雒阳市市长，在这样的家庭里成长起来的周瑜，自幼就受到严格系统的家教，礼乐射御都很精通，琴棋书画也造诣颇深，可谓文武德智体音美全面发展的好少年。

尤其是在音乐领域，当时无论谁发出的音乐声，只要跑调，周瑜一定能听出来，末了还一定要指出来。好朋友一起去唱歌，有人唱得不好，又怕周瑜说出来挺没面子，就想把周瑜灌醉了再唱，谁知道周先生喝了“三爵之后，其有阙误”仍然能给指出。时间长了就有句民谚：“曲有误，周郎顾。”

如果在太平盛世，凭这样的家庭背景、身材相貌和音乐功底，周瑜完全可以在娱乐圈发展下去，在偶像派和实力派的路线上左右逢源、游刃有余，其叱诧风云独领风骚的程度，估计连格莱美奖都看不上。但三国是乱世，并不太平，男儿求富贵靠“快男”“星光大道”上掉掉眼泪扯扯嗓子练练膀子是不行的，必须经过战场上铁血的考验。

战争不同于街头混战，是高层次的群殴，有些高人把战争还看作是政治的延续，因此想在战争中立于不败之地，就必须把自己置身于一个团体之中，才不会莫名其妙地挂掉。

三国前期，这样的社团很多，群雄逐鹿到最后仅剩下三个，选对老大的概率也就比彩票中奖高点。还好，周瑜一开始就跟对了老大，因为一个偶然的机会他和小霸王孙策成了好朋友。

那时候孙坚刚起义军讨伐董卓，为免除后顾之忧，把家迁到了舒县。周家是舒县的名门望族，吴家自然会主动接近，这样两家很快就有了比较亲密的接触。

孙坚的儿子孙策和周瑜同岁，小孩子心地纯洁，遇事都随天性，很快就成了好朋友，史载“坚子策与瑜同年，独相友善”（注意这个“独”字）。

周瑜很够哥们，既然你只跟我好，我也就不含糊了，很大方地把路南的一座大宅子让给了孙策家居住。周瑜还登门拜见了孙策的母亲，双方经常亲切会晤，就共同关心的问题交流看法，互通有无。从此，两人的发小的名分可是定下了。为了这份宝贵的友谊，周瑜付出了一生的忠诚。

兴平二年（公元 195 年）周瑜探望做丹杨太守的从父周尚。正好孙策率军入历阳（今安徽省和县西北），将要东渡长江，派人送信紧急通知周瑜，周瑜就率兵迎接孙策，用实际行动给孙策以大力支持。孙策十分喜悦，说：“我有了你，一切就顺了。”

周瑜跟着孙策攻克了横江（今安徽省和县东南长江北岸）、当利（今安徽省和县东，当利水入江处），又渡过长江攻下了秣陵（今江苏省南京市江宁区秣陵街道），打败了笮融、薛礼，转攻湖孰（今江苏省南京市江宁区湖熟镇）、江乘，进入曲阿（今江苏省丹阳市），逼走刘繇。当时孙策部众已发展到几万人。所以孙策对周瑜曰：“吾以此众取吴会平山越已足。卿还镇丹杨。”丹杨这个地方，周瑜的从父在那里当太守，孙策给自己的战友放了探亲假。这个时候的周瑜已经崭露头角，引起了袁术的注意，想任命他做将领，可周瑜一看袁术那没出息的公子哥样，就请求外任居巢，顺路回到了吴郡。

孙策亲自迎接了他，不但授予他中郎将的职务，还当即拨给他两千人，五十匹马。《江表传》里还说：“策又给瑜鼓吹，为治馆舍，赠赐莫与为比。策令曰：‘周公瑾英俊异才，与孤有总角之好（总角是八九岁至十三四岁的少年，古代儿童将头发分作左右两半，在头顶各扎成一个结，形如两个羊角，故称“总角”。此处借指童年时期），骨肉之分。如前在丹杨，发众及船粮以济大事，论德酬功，此未足以报者也。’”这一年周瑜才二十四岁。而他的威名，已经在吴郡中颇为响亮，尤其是在庐江一带，大家都尊敬地称呼他为“周郎”。

不久，孙策想要夺取荆州报杀父之仇，就带着周瑜一起打皖县，孙策、周瑜一生攻城略地无数，为什么要强调一下这个地方呢？原因很简单，在这里，孙策娶走了大桥，周瑜遇到了小桥，“金风玉露一相逢，便胜却人间无数”，才子佳人的相逢其实没有多少浪漫，孙策和周瑜成了挑担以后，据《江表传》记载：“策从容戏瑜曰：‘桥公二女虽流离，得吾二人作婿，亦足为欢。’”

你们哥儿俩是挺欢，桥老爷可就有点悲催了，两个天姿国色的女儿，没准儿早就跟别人门当户对指腹为婚，或是两小无猜青梅竹马私定终身。可一朝城破，就被人直接洞房，个中甘苦，也只有三个桥自己心知了。君不见，曾有好事者诗云：

皖县桥公夜无眠，
龙凤花烛泪潸然。
周郎持橹穿桥孔，
霸王上的不是弓。

解决了婚姻大事，周瑜全身心地投入到扩大地盘的伟大事业中去。进攻寻阳，打败了刘勋，征讨江夏，返回来平定了豫章、庐陵。周瑜留在巴丘（今湖南省岳阳市）镇守。建安五年（公元200年），孙策遇刺身死。

周瑜带着兵奔丧，在孙策的追悼会上向孙权表达了自己不改的忠诚，他和麾下的将士们被孙权留在了都城。周瑜与张昭一起组成了最高决策层。

孙策的死，是东吴立国过程中最大的政治危机，其严重程度甚至超过了孙坚之死。率军奔丧的除了周瑜还有吕范、程普等人，周瑜并不突出，但在下一个事件中的表现就无人可及了。

这时，曹操挟战胜袁绍的兵威，要求孙权送儿子到许昌做人质。孙权年纪轻轻不好定夺就召开会议找大臣们商量研究。张昭对汉朝忠心耿耿，又信奉儒家的忠孝之道，觉得天子在许昌那里就建议孙权送。而孙权舍不得儿子，又对曹操不放心，就不想送。犹豫不决中，孙权就带着周瑜去拜见自己的母亲。

周瑜看着亲切的吴阿姨，对孙权说出了这样一段话："遥想当年的楚国，初兴于荆山之侧，占地不过百里，世代传承，任用贤能，开拓疆土，扎根郢都，荆州扬州先后占据，边疆之远，直到南海，王业绵延，九百多年。现在孙权将军继承了父兄伟业，兼有六郡的民众，兵精粮多，将士用命，开发山里可以炼出铜，煮干海水可以得到盐，境内富饶，人心安定，只要泛舟扬帆，就能朝发夕至，将士们作风劲勇，所向无敌，有什么逼迫，才会想着送公子去做人质？公子一旦入到许昌，我们就不得不和曹操首尾相应，只要他们召唤我们就必须听从，这样是受制于人。即便孙将军言听计从，亲自去了许昌，在那里能够享受的极限也不过是被授予一枚侯爵的官印，赐予十几个仆人，家里有车数乘，马数匹，哪里能和您'南面称孤'可比呢？依我之见，不如不要派人质，慢慢观察形势的变化。如果他曹某人能够以忠义为先匡正天下，那么将军您再与其共事也不算太晚。如果他意图暴乱，那么战事如火，不约束必将自焚。将军您韬勇抗威，以待天命，何送质之有！"

周瑜的这番话说得纵览古今横观中外，对母子俩是又拍又打，推心置腹，设身处地，有根有据，入情入理。吴阿姨听得非常欣慰，她慈祥地看着周瑜，心想这个大块头还真是有大智慧啊！而后，吴阿姨对孙权说："公瑾的建议太对了。公瑾与你兄长同年所生，我把公瑾看作自己的孩子，你也要像对待兄长一样对待公瑾。"于是，向许昌送人质的事情就不了了之了。

周瑜不但在关键时刻劝慰孙权母子，还以身作则影响同僚。刚才之所以说孙策之死是江东最严重的政治危机，是因为群龙无首的江东集团险些陷入了濒临瓦解的悲惨境地。比如，后来在赤壁大战中抗曹死硬派的杰出代表鲁肃，在孙策死后就动摇了。他决定听从刘晔的意见，不去袁术给安排的"小地方"东城，准备投奔在巢湖的郑宝。行前因为和周瑜关系好，所以专门去告辞。

他俩的交情要追溯到当年周瑜在做居巢长（居巢的县长，居巢在今天安徽省巢湖市东北）的时候，周瑜带的兵马缺粮了。鲁肃出身士族，早年丧父，但为人慷慨仗义疏财，名声很好。周瑜找上门去借粮，鲁肃很爽快地把家中一半的存粮三千斛送给了周瑜。周瑜认为鲁肃绝非常人，就主动与他相交，两人成为了挚友。后来鲁肃拒绝了袁术的邀请，并于建安三年（公元 198 年）在周瑜的引荐下投奔了孙权。

周瑜建议孙权多方搜罗像鲁肃这样能够成就大业的人才，留住他们共图霸业。孙权召见了鲁肃，两人相谈甚欢，宴请完毕又把鲁肃单独留下长谈，鲁肃在这次谈话中说出了著名的“榻上对”，为孙权绘就了封王称帝的路线图。这样的人才，如果因为孙策之死而流失，周瑜是一定不会让它发生的。他劝阻鲁肃说：“从前马援曾经对光武帝说过，‘当今之世，不只是君王选择臣子，臣子也可以选择君王’。而今我们的主公亲近贤臣，珍爱士人，接纳录用奇人异士。并且我听说先辈哲人的一些秘密预言，将来替代汉朝刘氏的天命之士，一定是振兴于东南。从现在的形势推断，主公正好是符合其中历数的人物。主公必将构建帝王的基业，来匹配中运之气与司天之气相符合的年份，现在正是忠烈之士疾驰奔走攀龙附凤奋力驰骛的好时候。我正在辅佐主公达成这个天命，希望足下不要在意刘子扬（刘晔）所说的话，来实现此一天命，还望足下能与我一齐努力！”鲁肃听后，决定留下。质子未送，鲁肃已留，并不意味着危机完全过去。

曹操在官渡向汉献帝上表，征召华歆和王朗，就是要把这两人从江东的基层调到许昌的中央工作。孙权舍不得，但是架不住华歆愿意去。王朗磨磨蹭蹭“积年”才到。曹操看到王朗，就向他打听江东的情况。王朗对周瑜的评价是这样的：“周公瑾，江淮之杰，攘臂而为其将。谋而有成，所规不细，终为天下大贼，非徒狗盗而已。”曹操一听，此等人物不为我服务实在是太可惜了，于是指派蒋干蒋子翼去游说周瑜。

《三国演义》里罗贯中根据这个情节虚构出了“蒋干盗书”的故事，实际上并没有那么曲折离奇。

蒋干是周瑜亲自迎接的，而且礼数十分周到。一见面，周瑜就毫不避讳地问蒋干：“子翼良苦，远涉江湖，为曹氏作说客邪？”蒋干一看来意被周瑜戳破，就只得说道：“我与足下本是州里乡亲，中间别隔，遥闻芳烈，故来叙阔，只想领略足下高雅的风范，你却说我是说客，莫非是要逆诈我吗？”周瑜说：“我虽然达不到夔、旷两位大师的水平，但闻弦赏音，足知雅曲也。”周瑜的音乐素养果然深厚，与人交谈短短一句寒暄，就涉及舜时的夔和春秋时的师旷两位乐坛大腕，还说出了闻弦歌而知雅意的乐理。而后，把蒋干接到营中，好酒好饭招待自然不免。吃饱喝足，周瑜对蒋干说：“我军中有机密事要处理，您先在营外客馆住下，事情办完，我再去请您。”三天之后，周瑜再次把蒋干请入营中，带着他参观全营，检视各类仓库、军用物资和武器仪仗。然后，继续摆桌把酒。席间，周瑜还向蒋干展示了自己的侍从、服饰珍宝，并对他说：“丈夫处世，遇知己之主，外托忠臣之义，内结骨肉之亲，言行计从，祸福共之。即使苏秦、张仪、郦食其这些说客都复活重出，我也能够给他们来个摸头杀，驳回他们的言辞，我的志愿哪里是您这样的小伙伴游说一下就能改变的！”蒋干笑着但始终没有说话。蒋干不笨，他看出故友的心思，明白多说无益。回去向曹操复命时，称赞周瑜雅量之高不是言辞所能形容，劝曹操放弃招降周瑜的念头。

周瑜证明了自己有大智慧，还在百忙之中证明了自己有大力气。建安十一年（公元 206 年），他带着孙瑜征讨麻、保二屯（“麻包”二屯能不给人破了吗？），杀其首领，俘虏就抓了一万多。江夏太守黄祖派邓龙带兵进攻柴桑，周瑜又上阵统兵活捉了邓龙。这一仗的主要意义不在胜利本身，而是帮助甘宁下定了离开黄祖的决心。在周瑜和鲁肃的引荐下，孙权帐下又多了一员虎将——甘宁。

两年后，建安十三年（公元 208 年），东风又绿江南岸的时候，周瑜任前部大督，周大都督的名头由是而始。

周都督率领东吴大军沿长江逆流而上进攻江夏。在夏口和沔口连续打败黄祖的水军，登陆进攻江夏的西陵城（今湖北省新洲县对岸）。城破后，斩杀黄祖，把江夏的居民全部迁徙到江东，所有的俘虏都被屠杀，毁掉城墙，烧毁城池。孙权非常残酷地报了杀父之仇，吴军上下士气大振。

这一年周瑜三十三岁，看着意气风发的他，谁能想到这时距离他的人生终点只剩下短短三年。老天有眼，让周瑜赶上了赤壁之战，老天也十分残酷，不假以年还妒良才，赤壁之战后周瑜便英年早逝。赤壁成就了周郎，而周郎也让赤壁更精彩，没有赤壁就没有三国鼎立。虽然周瑜生命中的这三年在历史长河中只是一瞬，可正是他在这一瞬间的作为，为自己在中华民族数千年的名将之林中赢得了一席之地。可是他的功绩和贡献到今天仍被人们误解，假若您能够神游赤壁、临江怀古，一定会深切地体会他所蒙受的冤屈！宋朝时，苏轼说过了公道话：“人道是，三国周郎赤壁。”

七月，曹操做好南征准备，在宛城集结大军。八月，刘表病死。九月，刘琮举众降，曹操进占荆州，“得其水军，船步兵数十万，将士闻之皆恐”。孙权再次召开大会商议对策，当时的主流意见是投降，因为曹兵实在太多，投降派的说法被史书记下来了：“曹公是像豺狼虎豹般彪悍的猛人，他借助当朝丞相的名义，挟持天子，讨伐四方，但凡有所举动都打着朝廷的旗号，咱们如果抵抗他，名不正言不顺，事态更为不利。何况孙将军您可以抗拒曹操的最大优势，不过是长江。可是曹操现在已经夺取荆州全境，从前刘表训练的水军和数以千计的艨艟斗舰，都成了曹操攻击我们的资本，曹操把这些水军沿江摆开，将来载着步兵，水陆并进，我们所谓的长江天险，曹操和我们共同拥有，不再是我们单方的优势。而且敌我双方众寡悬殊，依我等愚见开门迎接他们实属上策。”照他们的说法天时地利人和似乎都在曹操一边，东吴不完蛋都不行。果真如此吗？

孙权满怀期待地看着周瑜，公瑾是从来不会让人失望的，这次应该也一样。感谢那些记录下周瑜的发言的古人，周瑜说道：“曹操虽然名为汉室丞相，但他实际上是汉室的贼子。孙将军英明神武雄才大略，又依仗父兄烈烈威名，据有江东，占地千里，兵精粮足，豪杰效命，正是纵横四海驰骋天下，为汉室江山扫污除秽、铲除奸邪之时。曹操此行就是送死，我们怎么能够投降他呢？孙将军我请求您批准我来筹划抗曹之事。首先我们假设曹操已经平定了北方，毫无后顾之忧，可以与我们长期僵持，相互攻打，他们有本事靠舰船与我们在水战上争胜负吗？而实际情况是，对曹操来说北方并不安宁，如今马超、韩遂尚在关西，是曹操的后患。可是曹操却舍弃自己擅长的鞍马，来操持不甚熟悉的舟船，在吴越与我们这些精于水战的人争雄，岂不是以其之短攻我之长，犯了兵家大忌？眼下天寒地冻，马无草料，曹操麾下的北方兵士长途跋涉，来到江河水网之间，水土不服，必生疾病。这四种情况都是用兵时最大的隐患，但曹操仍贸然行动。今天正是将军您擒获曹操的最佳时机。我请求将军您给我精兵三万，进军夏口，保证为将军您攻破曹军。”同样的事，不同的人说就是不一样。一经周瑜分析，曹操的天时地利人和都没了。

周瑜在说，孙权的思想活动肯定也很丰富，也许在他的眼前此刻不断闪回的是人称江东猛虎的父亲、人称小霸王的兄长，想起了袁绍、刘表、吕布、陶谦、袁术，还想起了倾国倾城的大桥嫂嫂，还用再考虑吗？他不是一个人在战斗！孙仲谋想明白了，愤怒了：“曹操老贼意淫皇帝宝座，已经很久了，之所以没硬来，就是顾忌到袁绍、袁术、吕布、刘表还有我的反对，现在他们都已经死了，只剩下我，我和老贼，誓不两立！”说完又饱含深情地看着周瑜说：“周哥哥你又说到弟弟我心窝子里去了，你真是上天专门授予我的啊！”《江表传》

里还特别说明了孙权讲完话后的结束动作："权拔刀斫前奏案曰：'诸将吏敢复有言当迎操者，与此案同！'"

散会后，周瑜又连夜求见了孙权，面对忧心忡忡的孙权，周瑜这次张嘴都是大实话，没有了"之乎者也"，大概就成了这样："主公（抱拳立正做恭敬状），今儿个在朝上那些书呆子可真是叫嘛比的傻（周瑜是安徽人，为了加强语气此处特意用了安徽方言）啊，只要是写纸上的，什么都相信！打仗了自己有多少人马这可是绝密级的信息，能写在公函上告诉别人吗？（孙权心里一咯噔，差点给这姓曹的家伙蒙了）阿瞒一写自己有水陆大军八十万，把文官都吓傻了，哪还有心思分辨真假啊？所以他们说出些想投降的话，是可以理解的。我今天好好算了算，他们带的北方兵，算上厨子、马夫、盗墓的（曹军中专门有摸金校尉）不过十五六万，而且一路上打过来，早累得只有大喘气的份儿了。至于刚收编的刘表部队，虽然有七八万人，他们可是天天害怕得睡不好觉啊，曹操有过坑杀俘虏的不良案底，官渡之战过去才几天啊。他们用疲软的衰人监督胆小的㞞人，人数再多，还不都是菜？只要给我五万精兵，我就一定能把他们搞掂，主公（抱拳立正做恭敬状）您就放心吧。"

孙权抚摸着周瑜的脊梁骨说："公瑾啊，你简直是我心窝子里的虫子！张昭、秦松他们光顾着自己的饭碗和老婆孩子，压根儿就没为我考虑，我很失望，特失落。还好你和鲁肃和我一条心，老天爷派你们俩人来就是专门帮我的啊。五万兵这么快不好凑齐（孙权对谁都不放心），已经选好三万人（剩两万孙权准备留着自己带），战船武器粮草都准备好了，你和鲁肃、程普先用着，后面要钱要粮要人我都给你办，当好你的后勤部长。"卿能办之者诚决，邂逅不如意，便还就孤，孤当与孟德决之。"意思是爱卿您先和曹操决战，要打不过回来找我，我再和曹操决战。这一下，孙权是铁了心要和曹操干到底。

至此刘备终于可以和孙权联合了，不用投奔苍梧太守吴巨了，而诸葛亮才有机会得到孙权的召见。当时刘备驻军在樊口，樊口在今天的湖北省鄂州市，处于赤壁的下游，真要打起来，逃离赤壁要比赶到赤壁方便很多。毕竟大战在即，刘备也没有闲着，天天都派巡逻兵在江边眺望东吴军队。只要士兵报告看到周瑜船队来了，刘备就派人慰劳。周瑜则说："我有军事任务在身，不能委派别人代理，如果刘备能屈尊前来会面，实在符合我的愿望。"

于是刘备就真的屈尊，只乘着一只船去见周瑜。见到周瑜，刘备就问兵力："现在抵抗曹操，实在是很明智的决定。但不知有多少战士？"周瑜如实说："三万人。"刘备说："可惜太少了。"周瑜自信地说："足够了，将军且看我击败曹军。”

刘备还想招呼鲁肃等来一起会谈，周瑜说：“接受军令，不得随意委托人代理，如果您要见鲁肃，可以另行去拜访他。”刘备听到周瑜这话，虽然很惭愧了，但还得装作很高兴。

前前后后周瑜的作用最最关键。可是《三国演义》里凭空虚拟仿真出舌战群儒这个大场面，把决定战略方针的大事交给一群儒生，后来还把这个功劳记给了诸葛亮，更可恨的是还编造出孔明用“揽二乔于东南兮，乐朝夕之与共”来刺激周瑜，真是让人愤愤不平啊！

带着三万精兵迎战曹操的十余万大军，周瑜豪气干云，毫无畏惧。他的对手是曹操，是三国乃至中国历史上一流的战略家军事家。这是三国时期少有的强强对决，更是决定三分天下的奠基之战。从八月到十二月，曹操忙着抚平荆州，孙权忙着下定决心，周瑜忙着做好战斗准备。十二月，周瑜军与曹操军狭路相逢于赤壁。两军废话少说，直接开打。无论是《资治通鉴》还是《三国志》都明确地说，一经交战，曹军作战不利，退回到长江北岸。周瑜军继续在长江南岸驻守。

对于曹军战败的原因，《资治通鉴》和《三国志·周瑜传》都说是因为传染病流行，战斗力受损。在《三国志·武帝纪》中，却说是在赤壁和刘备作战不利，打了败仗以后，又传染病流行，才撤军的。两种说法中，我认为第二种说法“为尊者讳”的层面要大得多，因为刚才说过，刘备当时的总兵力也就两千左右，没有力量独自抵挡住曹军的攻击。最有可能的情况是，曹军渡江登陆作战，周瑜一方面让陆军死守不退，另一方面派出水军攻击曹军后勤补给。打败过黄祖水军的江东水军无论从士气还是装备上都要胜过刚刚投降曹操的荆州水军。没有谁比经历过官渡决战的曹操更加清楚后勤补给线的重要性，于是曹操明智地选择了退兵。他要回到北岸的乌林（今湖北洪湖境内）重整旗鼓，等待荆州水军恢复战斗力，自己带来的北军适应南方的水土之后，再做攻击。

撤到乌林，有可能是曹军的粮草都在这里。由此想到，官渡之战时袁绍军的粮草都在乌巢。粮草囤聚地一个是树林，一个是鸟窝，好有趣！

曹操将北方的步兵补充进水军，充实水军的力量，并针对北方兵无法适应舰船颠簸的情况，把停泊在江中的大战船连在一起，假以时日，一定能够和东吴在水面上一决雌雄。“久拖不利”这四个字在官渡之战时是对曹操说的，但在赤壁则换成了周瑜。

所以第一个提出用火攻的黄盖在提出具体方案之前，“然观操军船舰首尾相接，可烧而走也”。首先说的就是，“今寇众我寡，难与持久”（提议用火攻的是黄盖，仍然与诸葛亮无关)。对形势了如指掌的周瑜同意火攻，随即任命黄盖做先锋。这才引发了黄盖的诈降，如果周瑜任命其他将领发起首轮攻击，那么诈降的人也就不是黄盖了。而且诈降本身多为上级决策，少有本级提议，大战在即，投降属于高度敏感之事，任何人只要主动提过“投降”无论真假，以后自证清白都是非常麻烦和困难的，还容易招来杀身之祸。所以，最可能的情况是，周瑜命令黄盖作为诈降的实施者。

因为有了诈降，警惕性极高的曹操才放松了警惕，让攻强守脆的火船得以成功接触曹军的水寨。在总攻开始之前，曹操还憧憬着拿下江东后如何成就不世之伟业，史载：“曹公军吏士皆延颈观望，指言盖降。盖放诸船，同时发火。时风盛猛，悉延烧岸上营落。顷之，烟炎张天，人马烧溺死者甚众，军遂败退，还保南郡。”

补充一点，江东除了水军厉害以外，陆军的战力也是惊人。那时的江南和现在不一样，经济落后，民风原始，很多地方都有赤膊文身的习惯，一直保持着好勇斗狠的古风。所以，江东壮丁只要武装起来，经过正规训练，可以和当时任何军事力量进行堂堂决战。讨伐董卓时，关东诸侯包括曹操在内连遭败绩，唯有孙坚的军队能够打败西凉的野兽军团。乌林的曹军因为驻扎时间不长，并没有坚固的营垒，无法抵挡东吴陆军的凌厉攻势，乌林也没有逃脱和乌巢一样覆灭的命运。

到这里赤壁之战的主要战斗结束了，关于头功属谁，明代以前是没有争议的，但《三国演义》出现以后，越来越多的人受通俗流行文化的影响，把诸葛亮看成了关键先生。清代的曹雪芹在说起赤壁时，就已经不像前人那样指名道姓地表扬某个同志，他只是特别抒情地说道：

赤壁沉埋水不流，
徒留名姓载空舟。
喧阗一炬悲风冷，
无限英魂在内游。

也许曹先生觉得那样久远的一场战争中，每一个战死疆场的将士，都是英魂，而谁功谁过都已不再重要。这样说，没有错，可对周瑜来说还是显得不太公平。那么多吟诵赤壁之战的诗篇中，还是诗仙李白说得最好：

二龙争战决雌雄，
赤壁楼船扫地空。
烈火张天照云海，
周瑜于此破曹公。

曹操一看大势已去，就把剩余的舰船全部烧毁，“樯橹灰飞烟灭”描述的正是这个场景。从号称八十三万的志得意满，到落魄华容，这场大战其实也就持续了不到一个月时间。曹操真正见识了周瑜的厉害以后，狼狈地逃回北方。留下曹仁，守着江陵城，后来又派徐晃增援。

刚刚晋升为偏将军的周瑜并不满足于击退曹操，他又马不停蹄地发动了第二波攻击。根据我国天文学史家、中科院研究员张培瑜主编的《三千五百年历日天象》一书可知，建安十三年有两个十二月。所以仍然是在十二月（若是公历已经是公元 209 年了）。东吴军队分成两线，由孙权带领的东线兵团进攻合肥；周瑜和程普则带领西线兵团进攻江陵方向。周瑜的兵力只会比孙权少而不会比孙权多，上限是三万。而他的对手则是曹仁。曹仁是曹军中为数不多的能够独当一面的战略家，论综合素质要比五子良将强那么一点点。当时除了曹仁和徐晃在江陵以外，乐进在樊城，李通在襄阳，满宠在当阳，新降的文聘在江夏，所以，曹军的总兵力只会比周瑜多而不会比周瑜少，下限是三万。

《孙子兵法》里明确规定说：“十则围之，五则攻之，倍则战之，敌则能分之，少则能守之，不若则能避之。”周瑜比曹军兵力少，不但不守，反而要攻。他用高超的战略艺术，打出了一套漂亮的组合拳。

第一步采纳甘宁的意见，夺取夷陵，控制战场上游，保持居高临下的战略优势。曹仁来救，让曹军主力离开江陵。周瑜力排众议坚持以主力打援，在局部对曹仁形成兵力优势。缴获战马三百匹，江南少马，这三百匹马就是巨大的胜利，反观曹军竟然抛下这么多战马，惨败是肯定的。夷陵原来的守将叫龚肃，和甘宁早就认识，所以在甘宁的劝说下，从益州转投东吴。打退曹仁后，周瑜把龚肃的兵马给了吕蒙。

第二步，就是《三国志》里记载的，“宁围既解，乃渡屯北岸，克期大战”。夷陵之战后，周瑜军士气大振，直接在北岸登陆，在江陵城下构筑屯堡，要在陆地上与曹仁决战。在和曹仁的战斗中，周瑜亲自骑着马督阵，结果被流箭射中右胁。在这个部位的脏器只有肺，一般来说肺脏对穿透性损伤相对容易耐受，肺其实有很好的修复能力，但是“高速投射物”除外。糟糕的是，流箭就属于“高速投射物”。于是，周瑜退回营中养伤。曹仁听说周瑜卧床不起，就算准时间带着兵想打点秋风。周瑜听到消息后，强撑病体到各部队巡视，鼓舞士气。曹仁一看周瑜没事，急忙掉转马头撤回城内了。曹仁坚守不出战，战场进入相持阶段，周瑜下出胜负手。

第三步，周瑜伤情稳定好转，长江进入丰水期，原本不能行使大船的地方，也变得畅通无阻，跨江坚守的东吴军队已经牢牢掌握了长江的治水权，能够把兵力投送到船运所及的战略目标。周瑜亲率一股兵力，直接攻击满宠驻守的当阳。当阳若失，江陵难保。驻守襄阳的李通也是一员虎将，看到周瑜来攻不敢怠慢，倾巢出动前来救援，结果战败病死。满宠不得已，和李通的残部一起逃往襄阳。当阳失守，在江陵的曹仁很快粮秣紧张。

在这个阶段，刘备出现了，根据《吴录》记载：刘备给周瑜建议说，曹仁守着江陵城，城中有很多粮食，真是祸害。不如这样，让张飞带我的一千人跟着你，然后你调两千人跟着我，相机从夏水截断曹仁后路，曹仁要知道我们这样一定会退走。”两千换一千这样的赔本买卖周瑜也同意了，压根儿没斤斤计较（还说周瑜心眼儿小）。周瑜的不计较，倒是衬托出刘备的心眼儿小。

刘备这个时候如此计较实在是出于无奈，因为经过当阳惨败后，虽经努力收集残部，手下也只有区区两千的兵力。《江表传》说得很清楚：“备虽深愧异瑜，而心未许之能必破北军也，故差池在后，将二千人与羽、飞俱，未肯系瑜，盖为进退之计也。”所以，赤壁之战谁起的作用大，根本就是不争的事实。

对刘备虽然周瑜不计较，但并不意味着周瑜对刘备没有戒心（赤壁战役结束后，周瑜还专门提出过针对刘备集团的对策，这个后面再说）。但是这时候，周瑜实在没有多余的兵力了。曹仁死守江陵不退，曹军反攻当阳未果。所以，刘备建议后，周瑜就让刘备去攻打荆城（今湖北省钟祥县西南），以便完成对曹仁的包围。具体执行任务的是关羽和从黄祖处投诚过来的苏飞，荆城一攻得手。曹军大惊，立即展开围攻。这时的关羽虽为名将，但尚未达到战力巅峰，且立足未稳，在乐进、文聘、徐晃、满宠的联手攻击下，逐渐不支，特别是文聘竟然在短期内恢复部分水军战力，从沔水攻击关羽在荆城的船队。关羽后勤补给受到威胁，等不到周瑜支援便放弃荆城。到此处，我不禁又假想，倘若孙权那边莫要分兵，将主力尽数交给周瑜统领，曹仁等人哪里还会有机会？经此一战，曹仁坚守决心顿挫，终于在建安十四年（公元 209 年）冬，放弃江陵，退到襄阳。周瑜为赤壁之战画上了圆满的句号。

回到江东后，孙权让周瑜以南郡太守的头衔驻扎在江陵，把下隽、汉昌、刘阳、州陵等地作为周瑜的封地。这时候刘备以左将军领荆州牧，治公安。刘备到京县拜见孙权，周瑜针对此事专门上疏说："刘备是当世的枭雄，又有关羽、张飞这样的虎将，一定不会甘居于人下。我觉得最好的办法就是，给刘备分配深宅大院，装修还得豪华，然后安排一些身材好又作风差的美女（因为刘备经常丢下老婆自己逃命，夫妻感情不算牢固），让他骄奢淫逸，让他腐化堕落。对关、张二人，要把他们分驻两地，各守一摊，到时候我带着他们攻城略地，征战四方，天下大事皆可定也。可是今天你轻率地把荆州给他们作为根据地，他们三个聚在一起，就像蛟龙遇到云雨，一旦发展出有核心竞争力的队伍出来，我们就麻烦了。"

可是权弟弟看到曹操还在北方虎视眈眈，觉得当下正是用人之际，同时又担心收拾刘备这事也不是那么轻松，就没有采纳。设想一下，倘若孙权采纳了周瑜的意见，《三国演义》还有得写吗？稿费还有得赚吗？（罗贯中这么毁周瑜，难道是因为这个？）但对周瑜而言，这还不算最狠的。因为周瑜看得远，他的注意力已经转向了天府之地——益州。

为了益州，周瑜也来到了京县，在这里提出了自己生命中最后的战略性建议。当时刘璋为益州牧，面临张鲁来自汉中的入侵。周瑜对他的权弟说："现在曹操新败，很忧郁，人在闷骚的时候，是不会主动进攻的。我请求和奋威将军一起进攻蜀地，继而兼并张鲁，留下奋威将军固守益州，与西凉的马超结成同盟。我回来和主公（抱拳立正做恭敬状）您一起从襄阳出兵，这样两路形成钳形攻势，整个北方不愁摆不平。"

孙权听从了周哥哥的建议。看到周瑜的这番话，大家会觉得非常眼熟。因为诸葛亮在《隆中对》里也这样说过，当时天下的形势摆在那里，有战略眼光的人都能分析出关键所在。周瑜看出来了，但很遗憾，老天没有给他时间，当他返回江陵，收拾行装，准备大显身手的时候，因为赤壁之战透支，他终于倒下了。肺脏受了损伤的人必须静养，绝对不能太拼，可周瑜一天也没闲着。周瑜用自己的性命证明了对孙权的忠诚。

在病榻上，他带着无比的遗憾和满腔的赤诚，写下了《疾困与吴主笺》："瑜以凡才，昔受讨逆殊特之遇，委以腹心，遂荷荣任，统御兵马，志执鞭弭，自效戎行。规定巴蜀，次取襄阳，凭赖威灵，谓若在握。至以不谨，道遇暴疾，昨自医疗，日加无损。人生有死，修短命矣，诚不足惜，但恨微志未展，不复奉教命耳。方今曹公在北，疆埸未静，刘备寄寓，有似养虎，天下之事，未知终始，此朝士旰（gàn，意为天色晚）食之秋，至尊垂虑之日也。鲁肃忠烈，临事不苟，可以代瑜。人之将死，其言也善，傥或可采，瑜死不朽矣。”

《三国志·鲁肃传》里还记载了周瑜另外一篇向孙权推荐鲁肃的奏疏。周瑜说道：“当今天下，正有战事，这是我日夜忧虑的事情，希望至尊您预先筹谋，防患未然，而后再享康乐。如今既已与曹操敌对，刘备又近在公安，边境紧密相连，百姓人心没有归附，应该求得良将镇守安抚他们。鲁肃的机谋与智慧足以胜任。我乞求让他来接替我。这样我丧身之日，心愿就都了却了。”

这两篇短短的文字，让我们得以领略周郎的文采，感受周郎的豪气。从谦恭的言辞中，更可以看到周瑜胸怀天下的勃勃雄心。交代完后事，推荐鲁肃为接班人，周瑜在巴陵因病抢救无效与世长辞。周郎去了，电视连续剧《诸葛亮》里李法曾的哭诉比较到位：

宝剑失光，
铁甲蒙尘。
瑶琴音断，
战马悲鸣。

周瑜死了，曹操顿觉轻松，以后南征再也不用碰这样的硬茬；刘备更是爽得不行，很快就借到了“荆州”。

周瑜的突出才干，都曾引发曹、刘二人的高度关注。赤壁之战后，刘备在和孙权的一次单独会晤时就发出过这样的感叹：“周公瑾文武兼备，又有谋略，是万里挑一的英才，我看他器量广大，恐怕不愿一辈子只做个臣子吧。”而曹操则写信给孙权说：“赤壁之战，正当我军遇到疾病，孤王自己烧毁了战船退兵，白白让周瑜赢得那样的盛名。”当时的周瑜声威远播，名满天下，所以曹操和刘备都觉得他会取孙权而代之。但周瑜却到死也没有改变对孙权的忠诚。最为让人扼腕的是周瑜之后再无勃勃进取的江东。

孙权很悲伤，亲自穿上丧服为他发丧，丧葬费也实报实销，就连周瑜家中的佃户长工也都免除了赋税徭役，最后还一把鼻涕一把眼泪地说：“公瑾有王佐之资，今忽短命，孤何赖哉！”十九年后当了皇帝仍然念念不忘：“孤非周公瑾，不帝矣。”孙权晚年和陆逊议论周瑜、鲁肃和吕蒙时曾说过：“公瑾雄烈，胆略过人，凭此打败曹孟德，开拓荆州，他的高远后人很难继承……”

周瑜和小桥育有二子一女。女儿嫁给孙权的太子孙登，长子周循做了孙权的女婿，官至骑都尉，很有周瑜的风范，但也英年早逝。次子周胤，娶的也是孙权家族的女子，从兴业都尉做起，领兵一千人，驻守在刘备驻扎过的公安县。封为都乡侯后，因罪被流放到庐陵。赤乌二年（公元239年），诸葛瑾和步骘联名给孙权上书说情：

“故将军周瑜之子周胤，曾受褒奖，封为将军，但不能修养福运，以功报效，反倒肆意纵欲，很快触犯罪罚。臣等私下认为周瑜生前深受宠信重用，在内是心腹，出战是干将，奉命出征，身当矢石，尽忠用命，视死如归，所以能够在乌林打败曹操，在郢都赶走曹仁，弘扬我国的威德，华夏为之一震，蠢愚的蛮荆没有不臣服的，即使是周朝的方叔（周宣王时率兵车三千南征北伐，是中兴周朝的大功臣），汉朝的韩信、英布，实在也没有他的功劳大。能够击败强敌匡扶国难的大臣，自古帝王没有不贵重的，所以汉高帝封爵时发誓说，‘即使黄河变得只有一条带子宽，泰山变得只有一个磨盘大，国家都要永远保存，传递给子孙后代’；丹书写明，重约定盟，珍藏在宗庙，传于无穷，想要让功臣的后代，世代相承，直到永远，以此回报他们的恩德，彰显他们的功劳，让大家勤勤恳恳，做到这些，就是要劝诫后人，让忠诚使命的大臣，死而无悔。而周瑜去世时间并不久远，他的儿子就被贬为平民，这更加让人为逝去的周瑜伤心。私下希望陛下圣明，按照古代的惯例义理，推崇家族的延续，臣等为周胤诉说衷情，恳求赦免他的罪过，把部队再交给他，把他的爵位恢复，使得错过早晨报晓的雄鸡，能够再次鸣叫，已经负罪的臣子，以后还能够为您效命。”

孙权答复说：“心腹功臣，和我共成大事的是公瑾，实在是不能忘记的人。过去周胤年少，没有功劳，就率领精兵，封侯拜将，是因为想起了公瑾才照顾他。但周胤却倚仗这个，恣意酗酒淫乱，反复告诫也没有悔改。孤对公瑾的感情，要胜过你们，希望周胤能有所成就的心劲有什么时候停止过？但是迫于他犯的罪过，不适合马上把他从流放之地召回，不过是想让他多经历些磨难，早点自己明白罢了。现在您二位诚恳地援引高皇帝的事例，让孤感到惭愧，虽然德行无法与高帝相比，但还是想要努力达到高帝的水平。事情如此，所以没有立即听从您二位的意见。公瑾儿子的事情，你们又从中说情，如果他能悔改，还有什么担心的呢？”

朱然和全琮也上书求情，孙权就同意赦免周胤，但周胤却在这个时候病死了。

孙权的内心究竟是怎样看待周瑜，我们实在无法得知。但是从他在生死存亡的关头也不肯把全部兵马交给周瑜，乌林大胜后立刻亲征与周瑜分兵以及给周瑜配属不服周瑜的老将程普来看，他并没有真正地信任过周瑜。更何况还有曹操、刘备添油加醋的诋毁。所以，三国疑心最重的人真是曹操吗？

江东有精兵也不乏悍将，特别是像周瑜这样的统帅级人物，往往在大功过后或身死或遭贬。周瑜英年早逝，除了有孩子还有部属，但是最有名的凤雏先生庞统在周瑜死后没有顾忌自己的老领导曾经提出过扣押刘备的计划，反倒投靠了刘备，这是否意味着，周瑜的部属并没有得到孙权的信任？若果真如此，江东君臣一体上下同心的大好局面下，实则涌动着见不得人的暗流，而孙权的光辉形象本就带着浓重的阴影。

周瑜的忠贞效命和丰功伟绩如果仍然没有得到孙权真正的信任，或许这才是他一生最大的委屈。

当时孙权虽是老大但年纪轻轻且职位不高，仅仅只是将军。部将和宾客们对他的礼仪一般来说比较草率随便。只有周瑜对孙权敬慎服事，恭恭敬敬完全按君臣之礼来对待。

周瑜心胸开阔，一贯以德服人。老将程普曾经不太服气周瑜，倚仗自己的老资格，多次欺辱周瑜。周瑜却始终以大局为重，从不跟他计较。天长日久，程普服了，对人发出了很有水平的感慨："与周公瑾交，若饮醇醪，不觉自醉。""时人以其谦让服人如此。"此等胸怀，颇有蔺相如之风！就连刘备挑拨孙权和周瑜的关系时，也无法回避"器量太大"这个优点。而且当时的"中州之士，亦以此多之"。周瑜若此，再看看诸葛亮对李严、魏延的所作所为，两人之间孰高孰下，不言自明啊。

在《三国演义》里周瑜却生生给罗贯中描写成了一个心胸狭窄妒贤嫉能的小人。若是周瑜泉下有知，倒是真得再给气死一回。看到这里，有一个问题必须要提出了，那就是罗贯中为什么要这样写？最流行的说法是当年罗贯中参加科举，败给了周瑜的某位后代未能中举，断了当官的念想，所以就写书来诋毁周瑜以报考场失利之仇。这样的说法大家能相信吗？反正我不信。

因为我不相信罗贯中是这样的人。先生一贯主张国家统一，并以张士诚参谋的身份参加过驱逐鞑虏、光复汉室的民族解放战争，他忠诚于中华民族，致力于弘扬民族文化。在《残唐五代史演义》中，为了表达自己情系桑梓、尊崇英雄、忧国忧民的心境，他曾经吟诗一首：

两岸西风起白杨，沁州存孝实堪伤。
晋中花草埋幽径，唐国山河绕夕阳。
鸦谷灭巢皆寂寞，并州尘路总荒凉。
诗成不尽伤情处，一度行吟一断肠。

能写出这样诗句的人怎么可能毁人不倦呢？风吹草低露牛羊角，浪淘沙尽有狗头金，周瑜的风采岂是几个曲笔就可遮掩得住的？

北魏的尚书左丞李苗，每次读到《周瑜传》，没有不“嗟咨绝倒”的。《后汉书·孝献帝纪第九》中明确记载：“冬十月癸未朔，日有食之。曹操以舟师伐孙权，权将周瑜败之于乌林、赤壁。”赤壁大胜后，孙权让韦昭专门制作了十二曲名，其中改编自《上之回》的《乌林》就有曹操攻破荆州以后，“顺流东下，欲来争锋，权命将周瑜逆击之于乌林而破走也”这样的词句。陆逊的孙子陆机在《辨亡论》中，用“交御豪俊，而周瑜为之杰”“周瑜、陆公、鲁肃、吕蒙之俦，入为腹心，出为股肱”“而周瑜驱我偏师，黜之赤壁，丧旗乱辙，仅而获免，收迹远遁”“悉委武卫，以济周瑜之师”等语句多次突出地赞颂了周瑜的功绩。

愿周公瑾九泉之下安息！

最后用《长河吟》结尾吧：

长河吟，望长江。
滚滚歌去英雄浪，铮铮泪打芙蓉妆。
丹心枕剑寄热血，雪衣抱琴向夕阳。
忆当年，
三尺青锋怀天下，一骑白马开吴疆。
虎铠燕翎多飒爽，羽扇纶巾亦飞扬。
雄姿英发从征路，纵横江东扶君王。
春风得意小桥嫁，文才武略揽天香。
沉沙折戟破北魏，飞灰烟灭笑虏樯。
功成名就震寰宇，汗册青史著八荒。
正欲催帆济沧海，忽陨将星坠天罡。
怒向焦尾弦绷断，未终长河人已亡。
行云流水音犹在，从此曲误无周郎。
猎猎旌旗悲风卷，瑟瑟盔缨满秋霜。
长河吟，殇长江。

三国点将之二十六

知识改变命运

——吕蒙

主题词：知识

人的威严蕴藏在知识之中，因此，人有许多君主的金银无法买到、君主的武力不可征服的内在的东西。

——弗朗西斯·培根　公元 17 世纪

公元 219 年，三国名将，频频谢幕。

汉中，夏侯渊被斩杀在定军山下。樊城，庞德战败被擒杀，投降后的于禁更是生不如死。麦城，关羽也走到了人生的尽头。

东吴，吕蒙突发疾病卧床不起了。他的病情引起了老领导孙权的高度关注。一点小变化都牵挂着孙权的心。孙权在吕蒙身上的所作所为充分表现了他体恤下级的仁义之心，任谁都会感动。

当时吕蒙的病房就安置在孙权的内殿，孙权千方百计地实施救治，除了动用官方资源以外，孙权还下令在东吴招募医者，用千金重赏来发掘民间潜力寻找能够治好吕蒙病的人。每当医生给吕蒙实施针灸治疗时，看到吕蒙被针扎孙权就感到很难过。孙权总想多看看吕蒙，又担心吕蒙发现，毕竟见了领导得表现出激动还得行礼对病人来说太过辛苦。无奈间竟然想到了偷窥，孙权叫人在墙壁上凿出小孔，天天有事没事就悄悄地查看吕蒙的病情。如果吕蒙吃下点东西，孙权就兴高采烈，心情就好，就对手下人有说有笑；如果吕蒙胃口不好，孙权就长吁短叹，忧愁郁闷，不但对手下没好脸，自己也夜不能寐；倘若看到吕蒙病情略有好转，孙权就下达赦令（连囚犯都跟着沾光），让群臣都来庆贺（整这么大动静）。可是，疾病从来都不会随人的意志转移。即便是请出了道士为吕蒙祈祷，吕蒙仍然是越病越重直至抢救无效，在孙权的内殿辞世了。

吕蒙死后，孙权悲痛万分，消减了自己的伙食标准和睡眠时间以示哀悼。还下令让吕蒙的儿子吕霸继承了爵位，给吕蒙守墓的人家就派了三百户。一个武将死成这样，虽然不如战死沙场那样死得其所，但绝对算是极尽哀荣了。

吕蒙之所以会被孙权如此看重，直接原因是他在四十一岁这年，在人生的最后岁月里，打败了关羽（不用在关羽名字前加什么形容词了吧），帮助东吴夺回了思念多年的荆州。而且吕蒙还是孙权亲手抓起来的先进典型。在三国那样的乱世，吕蒙听从了孙权的劝说，开始认真读书，刻苦学习文化知识，最终用自己的人生历程告诉大家：知识改变命运。

吕蒙字子明，汝南富坡（今安徽省阜南县）人。生于公元 178 年，卒于公元 219 年。三国的武将里生卒年这么详细准确的不多。一般武将的档案里都没有出生日期这一说。这不能埋怨陈寿懒惰，这实在是因为那时候检验干部能力的唯一标准就是能否克敌制胜，对文官武将的年龄不光史官不在意，连聘用他们的领导也不在意。只要文官能谋善断，武将能打能杀，管你多大年纪，只要还有一口气，就得一直干下去。这制度真是又科学又没人性。

吕蒙幼时家贫，估计还是战乱惹的祸，很小就随父母南渡长江，投奔了姐夫邓当。从这里可以推断出吕蒙有个姐姐（人物又丰满了一些）。邓当是孙策的部将，跟随孙策讨伐过山越。

说到这里就必须得说明一下，究竟什么是山越。汉末，在今天江苏、浙江、安徽、江西、福建等省分散生活着很多古越族的后裔，有些越人因为住在山区，被称作山越，说白了就是山里的越人。山越属于百越的一支，由于秦汉以来长期民族融合的结果，山越和汉人的区别已经不太明显了，他们当中甚至就有一些因逃避政府赋役和战乱而入山的汉人。所以山越虽以种族作称谓，但实际上是居于山地的南方土著居民，他们以农业为主，种植谷物；山里有矿就自采铜铁，打造兵器盔甲。他们大分散、小聚居，好习武，以山险为依托，组成武装集团，其首领称“帅”，对于封建中央政权处于半独立的状态。这些“帅”都很猛，常常在行动上表现出彻头彻尾的山大王本色，时不时还闹闹独立，引发东吴正规军的讨伐。东吴和山越之间的战斗真是太多了，看看吴国武将的成长道路，几乎个个都跟山越进行过坚苦卓绝的战斗。他们当中有些人早早战死了，成为荒山野鬼；有些人活了下来，战力得到了全方位的提高，这才具备了进入三国主战场的资格。吴国除了夺取荆州外，没有主动进攻过蜀国，蜀地多山，其实照吴军和山越多年的战斗来看，吴军山地作战的水平一定不低。倘若在公元 222 年陆逊也“二”一下，然后曹丕再不要那么“二”，没准东吴先把蜀国给灭掉了。

言归正传，继续说吕蒙。

邓当跟着孙策讨伐山越自然是胜多败少见过不少世面，逢年过节带着媳妇回岳家的时候，见到岳父岳母自然不免要吹嘘一番，也许还故意透露过吴军战时的伙食标准。这样一来，老两口自是觉得自己的“娇客”（湖北人对女婿的称呼）很好很强大，而小舅子吕蒙听完对姐夫的肯定也是佩服得五体投地口水直流，对打打杀杀的战场也颇有些心驰神往。

十五六岁，正在青春期的吕蒙上了战场，斗志昂扬得就像小兵张嘎。嘎子吕蒙参军没有通过当地政府部门的审批，也没有征求母亲的同意，就连姐夫都蒙在了鼓里。所以，邓当看到他以后，先是大吃一惊，然后就劈头盖脸地一通臭骂加恐吓，小毛孩上什么战场！可是这一切都无法阻挡执着的吕蒙。史载：“当顾见大惊，呵叱不能禁止。”

吕蒙就是不回去，坚持完成了一段童子军上战场的传奇。回到家中，吕蒙的母亲相当生气，但后果却不怎么严重。因为老人家正想责罚吕蒙的时候，吕蒙说了一句很有气势的硬话。根据《三国志·吴书·吕蒙传》记载，吕蒙说：“贫贱难可居，脱误有功，富贵可致。且不探虎穴，安得虎子？”吕蒙的意思很明白：这苦日子我是不想过了（当时吕蒙还小，没读什么书，没什么知识，不懂得“君子固贫”“安贫乐道”，但以后他会懂），贫困低贱的滋味不好受啊，顾不了那么多了，万一立了功，就可以享受富贵了。再说不入虎穴怎么能得到小虎崽呢？

这两句话说得很有水平，有对现状的描述，有对未来的憧憬，有对行为的叙述，还有对心理的描写，再加上一个形象生动的比喻，结尾处还用反诘加强了语气，可谓逻辑严密，层次分明，有很强的说服力。除此之外还有很广的适用范围，兼容性好，方便大家活用至他处。比如有些未婚男青年在第一次去丈母娘家的路上就经常掷地有声地鼓励自己说：不入虎穴，安得……

谁人是志当存高远，少年吕蒙！谁人是有志不在年高，还是少年吕蒙！在内心深处，老人一定十分难过，做母亲的谁舍得让自己的孩子到刀口上混饭吃？娘穷，可怜的孩子啊！为娘的不能给你锦衣玉食荣华富贵，就给你一片自由的天空吧。吕蒙走了，为了他所憧憬的富贵，和他一起不胫而走的还有那句关于老虎的名言。

邓当的一个下属就记住了这句话，而且见了吕蒙就用这个做引子搭讪，史载：“时当职吏以蒙年小轻之，曰：‘彼竖子何能为？此欲以肉喂虎耳。’”（《三国志·吴书·吕蒙传》）字里行间充满了吕蒙将要以身饲虎的不良揣测。说句实在话，这哥儿们不过是和领导的小舅子开开玩笑，套套近乎，并没有太多的恶意。在现实生活中有很多，比如碰到自己同事已经工作的孩子，我们经常都会说，丫头／小子，都这么大了，你也能怎么怎么了，还哭鼻子吧，等等之类的话。可是有些孩子是开不起玩笑的。他们会认真地和你顶嘴，不搭理你，回家还会跟自己的父母告状。事实证明少年吕蒙就开不起玩笑。

对于这样的套词，他听在耳中，恼在心上。他没有告家长也没有找姐夫。一天，那哥儿们又一次说起“你小子去虎穴能干什么啊？给老虎送肉吃去了吧！”吕蒙翻脸了发怒了。吕蒙发怒后果很严重，史载：“他日与蒙会，又蚩辱之。蒙大怒，引刀杀吏。”（《三国志·吴书·吕蒙传》）当时适逢乱世，公检法虽不能正常运转，但威慑力还有一些。吕蒙再没文化，杀人偿命的道理也是知道的。所以他跑了，当了逃兵，到自己的同乡郑长家里躲了起来。这事的发生时间大约是 194 年。

在逃亡的几年中，吕蒙一定对同乡充满了感激，在日后的军旅生涯中对同乡也一定是“关照”多多。后来吕蒙通过校尉袁雄到政府自首。袁雄还真有些面子，他不但没让官府法办吕蒙，还把吕蒙推荐给了孙策。在三国时代，年轻人犯了杀人这样的死罪往往不是坏事，在一些头头脑脑眼中，这就是过人之处。有时，杀人犯的人气比打虎英雄还火爆。事实上，有很多武将都是这样成名的。

而吕蒙除了敢杀人胆子大以外，还有一个别人没有的长处，就是认真。要不认真就绝不可能拔刀相见取人性命。世界上最怕“认真”二字，对认真的人，一定要收归已有，然后让别人害怕。在三国的各方领导中，孙策颇有识人眼光，对吕蒙自然是看在眼里喜在心头，所以史载：“策召见奇之，引置左右。”把杀人犯当作人才留在身边，孙策确实很强。几年后，邓当去世。张昭推荐吕蒙接替邓当职务，任别部司马。

孙策死后，孙权接掌东吴大权，想把那些统兵较少又发挥不了多少作用的年轻将领所率领的部队进行合并，吕蒙也在这个范围之内。他不甘心被裁撤，他要向命运抗争，于是用自己的行动诠释了“亲信”的另一个含义，就是要亲历亲为做出成绩来获取领导的信任。他是怎么做的？

史载：“蒙阴赊贳，为兵作绛衣行縢。”他想办法赊来物品，为部下赶制了绛色的服装和绑腿，这里需要注意的是吕蒙选择的是绛色，即大红色、正红色，三原色中的红，为传统的中国红。到了检阅部队的那天，孙权看到了一支“陈列赫然”也就是军容醒目、操练娴熟的队伍，他们穿着大红的军衣，扎着大红的绑腿，展现出良好的精神风貌和昂扬的战斗士气。孙权一看非常高兴，结果在裁军风暴中吕蒙的部队非但没有削弱，还增加了兵员，成为在军改中获得感最强的那部分幸运儿。

靠着这支部队，吕蒙开始了跟着大大小小各级领导的四处征战。史载：“从讨丹杨，所向有功。”从别部司马“拜平北都尉，领广德（今安徽省广德市）长”，到建安八年（公元 203 年）的时候，孙权攻打黄祖，歼灭了黄祖的水军，这时吕蒙已经是剧县令了。

接着，吕蒙又跟着讨伐黄祖，黄祖派出都督陈就率领水军迎战。吕蒙作为前锋，亲手斩下陈就的首级，将士们乘胜攻城。黄祖听到陈就战死，把守城的任务交给别人自己溜走，结果被追兵擒获。吕蒙在关键的时刻出现在关键的地点，取得了关键的胜利。对此孙权有很高的评价：“事之克，由陈就先获也。”也给了足够的奖赏，史载：“以蒙为横野中郎将，赐钱千万。”（《三国志·吴书·吕蒙传》）

中郎将在汉代是俸禄达到两千石的高官了，有了两千石粮食垫底，按照规定这个级别的官员可以自辟掾属，直接聘任俸禄为百石的官吏。

升官发财的富贵似乎在一夜之间都实现了，吕蒙当时一定很爽！

这一年是建安十三年（公元 208 年）。

十月，吕蒙在周大都督的带领下在赤壁乌林打退了曹操的大军，跟随周瑜、程普等人把曹仁围在了南郡。而甘宁一个人率领千余人的孤军在夷陵苦苦死守。面对甘宁派来求救兵的通信员，大多数的人都担心分兵救夷陵后，包围曹仁的兵马就显得太紧张了。只有吕蒙对周瑜和程普说：“留凌公绩，蒙与君行，解围释急，势亦不久，蒙保公绩能十日守也。”（《三国志·吴书·吕蒙传》）

吕蒙的意思是大家都去救甘宁，留下公绩来坚持包围战。公绩是谁？公绩就是凌统，和甘宁有杀父之仇。这时的吕蒙已显露出掌控大局轻重缓急和合理调度人力资源的能力。

此外他还给周瑜建议，派人用木头把本来险峻的山路截断，当敌人逃跑时，我方就可获得他们的马匹。曹军很配合，看到东吴援军到达后，果然连夜撤退，还果然经过已经堵塞过的道路，最后果然给东吴留下了三百匹战马。江南是不怎么出马匹的，这次一下就缴获了三百匹，所以吴军士气大振。竟然渡过长江建立堡垒，步步为营，连续攻击，结果逼走了曹仁，夺取了南郡，并借此机会一举安抚平定了荆州。战罢凯旋，吕蒙因功被任命为偏将军，兼任寻阳令。

这个寻阳令标志着吕蒙正式成为脱产干部，再不用赤膊上阵打打杀杀了。脱了产闲暇时间就多了，总得有点事情干吧。给吕蒙找事的不是别人，是孙权。《江表传》中曾经记载过这样一件事。这件事后来被改编成励志故事《孙权劝学》收录进九年制义务教育的中学语文课本。具体经过是这样的。有一天，孙权对吕蒙和蒋钦说："卿今并当涂掌事，宜学问以自开益。"两个武夫一听，领导要求咱们学文化，当时就有点蒙，吕蒙说："在军中常苦多务，恐不容复读书。"

孙权听后说了一段话，这段话文绉绉的，今天读起来仍很费劲，估计吕蒙和蒋钦也听得非常不爽，所以我想当时孙权说得应该是大白话一些："你们以为孤是想让你们考研啊？不过是想让你们知道点过去的事情，过去的事情就是大家经常说的——历史。再告诉你们一个好消息，谈论历史的时候还可以喝酒，谈得好还可以上三家讲坛呢。"哪三家？魏蜀吴呗！二将听说可以喝酒还可以上三家讲坛，就高高兴兴地答应了。

于是孙权继续说："孤小时候把《易经》《诗经》《书》《礼记》《左传》《国语》看了个遍，继承兄长的遗位以来，经常看看《太史公书》和诸子百家中谈论兵法的书籍，自我感觉读书是大有益处。""你们两位爱卿，悟性这么高，品德这么好，只要学习肯定会有收获，怎么能不读书呢？当下急需要读的是《孙子》《六韬》《左传》《国语》和'三史'"。"孔子曾经说过'终日不食，终夜不寝，以思无益，不如学也'。光武皇帝即使军务再繁忙，手里的书也不放下。你们比他还忙？"两人一定是忙说：没有，没有。孙权继续说，"就连曹孟德也经常吹嘘自己虽年老而仍然好学。二位爱卿怎么不自己勉励自己好好读书呢？"

这一席话说得语重心长，情深义重，包含着孙权对蒋钦和吕蒙二位高级武将的深厚感情和殷切希望。蒋钦不知道后来怎样，但是吕蒙确实是趴下身子去，好好学习天天向上，史载："笃志不倦，其所览见，旧儒不胜。"

看到这里大家会想，为什么孙权挑选吕蒙和蒋钦来谈心，并提出这样的要求呢？别的不说，可能这两人跟孙权私交甚厚，而且品德都比较良好。人是好人，就是没有多少文化。如果再有些文化，不正是好上加好！蒋钦的事迹以后再说，先说说吕蒙有多好。

赤壁之战后，当时益州的袭肃带领自己的军队投奔东吴。周瑜上表建议，请孙权把袭肃的军队都拨给吕蒙管辖。人多力量大，兵多谁不愿意啊，可是吕蒙就没同意。他高度赞扬说袭肃有胆识，有才能，并且专门提到袭肃向慕威化远道前来投诚，应该增加他的兵力作为奖励，而不能褫夺他的兵权。孙权觉得吕蒙说得有理就同意了，史载：“权善其言，还肃兵。”

当时，吕蒙和成当、宋定、徐顾三人驻扎的军营邻近，三人死得早，子弟还都年幼弱小，孙权想把他们的兵都合并成吕蒙部下。吕蒙坚决不同意，连续三次上奏章，说明他们三人都是因为国家辛勤操劳而死，他们的子弟虽小，决不能荒废，一定要照顾好，培养好。孙权还真是从善如流，终于改了主意。吕蒙于是给孩子们找来老师，精心辅导。为别人吕蒙就是如此地关心备至。总之这时候的吕蒙，虽然没什么知识，但是个货真价实的厚道人。

周瑜死后，接替周瑜工作的鲁肃有一次去陆口，路过吕蒙的驻地。当时鲁肃还用老眼光看待吕蒙，以为阿蒙还是当年那个临阵枭陈就首的武夫，随从中有人告诉鲁肃说：吕将军的功劳和名气日渐显著，都督您千万不能用老眼光看他，应该去看望一下吕蒙。

鲁肃将信将疑地去了吕蒙的驻地，领导来了吕蒙自然少不了酒饭招待，酒喝得正酣，吕蒙问鲁肃说：“您受主公重任和关羽相邻对峙，如果出现意外情况，用什么措施来应对呢？”用现在的话说，就是你有没有紧急预案和作战想定。鲁肃是个老实人，对这个问题没事先准备，就随便说了句：“临时施宜。”

这样的回答，吕蒙明显瞧不上，就继续问诘说：现在吴蜀两家虽是联盟，可是关羽可是像熊虎这些猛兽一般，进攻欲望非常强烈。你怎么能够不提前做好应急预案加以防备呢？”说完就给鲁肃拿出了五套应急方案。一般说来古人做应急方案时，大多做三套，分为上策、中策和下策。就连演义里诸葛亮给蜡丸时也从来不超过三个，可是吕蒙一下就准备了五个。不但数量惊人，质量也不错。

鲁肃听完，忘记了饭桌礼仪，激动得下了座位，亲切地拍着吕蒙的后背说：“吕子明，我不知道你的才干和谋略竟然达到如此水平。”史载：“拊其背曰：‘吕子明，吾不知卿才略所及乃至於此也。’”（《三国志·吴书·吕蒙传》）根据陈寿的记载，吕蒙听到鲁肃的夸奖既没有谦虚推辞，也没有借梯上楼趁机自吹自擂。

六百年后，司马光编的《资治通鉴》里也出现了两人的对答。而鲁肃的话也有了一点变化。鲁肃说："我以前一直以为贤弟只有武功，没想到今天才知道现在的你知识渊博，见识非凡，不再是当年吴郡的那个阿蒙了。"吕蒙的表现让人有点吃惊，他一点没客气地说："士别三日、就应该刮目相看，大哥为什么对这个道理明白得这么晚呢！"吴下阿蒙，士别三日，刮目相看等成语由是得之。如果司马光老人家没记错，那么从这就可以看出，这时的吕蒙已经有些骄傲自满了。鲁肃事后专门拜访了吕蒙的母亲，并且和吕蒙结成好友才离去。

其实，吕蒙不只惦记着如何防备关羽，还时刻提防着曹操。他建议孙权在濡须的夹水口立坞，防御工事修建得非常精良，曹操率军前来攻打，一看守备森严，就退了兵。当时吕蒙提出这个建议时，其他将领都持反对意见。他们认为："上岸击贼，跣足入船，何用坞为？"吕蒙曰："兵有利钝，战无百胜，如有邂逅，敌步骑蹙人，不暇及水，其得入船乎？"权曰："善。"遂作之。(《三国志·吴书·吕蒙传》) 孙权这个"善"支持了吕蒙的意见，他没有料到正是这些工事后来挡住了张辽救了自己的命。

苏东坡曾经说过："腹有诗书气自华。"吕蒙这时的知识储备和学识能力已经胜过多数宿儒，发散出耀眼的道德光芒和文化魅力了。当时庐江人谢奇担任蕲春典农（三国魏置典农中郎将和典农校尉。分置于屯田的地区，掌管农业生产、民政和田租，职权同太守)，在皖县乡间屯田，经常骚扰东吴。吕蒙诱降数次，谢奇比较死硬坚决不从，而他手下的部将孙子才、宋豪等，都扶老携幼，前来投诚。

在武将中吕蒙更是越来越显得卓尔不群了。还是在皖县，曹操让庐江太守朱光亲自在皖屯田，大种水稻，又派遣特工在鄱阳一带招募东吴乱党的头领，让他们做将来的内应，形势一时很危急。吕蒙就此写了一个非常详细的情况报告，很有预见性地指出：皖县的田地肥沃，如果在这里有一年的收成，都会大大增强他们的实力，要再多经营几年后果不堪设想，应该尽快把他们赶走。实际上，吕蒙的文字非常精练，上面那么一大段话，吕蒙只用了二十四个字。史载："皖田肥美，若一收孰，彼众必增，如是数岁，操态见矣，宜早除之。"(《三国志·吴书·吕蒙传》)

孙权看到吕蒙的建议后，立即决定亲征皖县，战前召集诸将共同商讨对敌之策，《吴书》记载了这次会议的主要内容，"诸将皆劝作土山，添攻具"，用的是步步为营的稳妥之计。只有吕蒙清楚问题的严重性，他走上前来亮出了自己的观点："无论是制造攻城器械还建筑攻城的土山，都得有好几天才能完成，那时皖县的城墙工事也修整完备，外面的救援也到了，根本没有攻下的可能。

而且我军利用大雨之后江水暴涨的时机作战，如果停留的时间过久，江水必然回落，返回的道路就会非常艰难，我私下以为这是很危险的事情。今天观察此城，不是很坚固，凭借三军锐气，四面并攻，不一会儿就可以攻下，而后趁着水势凯旋，这才是全胜之道也。”这时的吕蒙不但能够从敌我双方的具体态势来确定战役意图，还能从气候、地理、士气等诸多方面来综合考虑战役的发展，完全表现出一代名将的风范。

孙权采纳了吕蒙的意见。

接下来的事情，大家就很熟悉了，甘宁担任了升城督，吕蒙亲自敲响了进攻的战鼓，三军将士斗志昂扬，从凌晨开始，赶到早餐的饭点，就攻破了皖城。

神速!

这时候张辽的援军才走到夹口（今湖北省远安县），大家可以查查今天从湖北省远安县到安徽省潜山县的距离有多远，如果真如诸将所言，只怕攻城的大土包还没修好，张辽的马队就开过来了。也许逍遥津的一幕就要提前上演了。还好，吴军动作快，张辽一看皖城破了，也就撤退了。

好悬!

于是，孙权根据吕蒙的功劳，让他做了庐江太守（又一个庐江太守，一个国家三套领导班子，公务员严重超编，不统一行吗？），战斗缴获的人马都给了他，另外还有上次寻阳屯田的六百人，官属三十人。

吕蒙回到寻阳，屁股还没坐稳，庐陵就出了反贼，史载：“诸将讨击不能禽。”别人干不了，孙权就点名让吕蒙去。这回对于吕蒙的表现，孙权说了句很形象的话：“鸷鸟累百，不如一鹗（俗称鱼鹰）。”儒将出马，一个顶好几个俩，吕蒙去后，采取了只杀首恶从皆宽大的办法，结果贼头没了藏身之处水落石出，一下子暴露在光天化日之下，叛乱很快被摆平。

建安二十年（公元215年），“权遣吕蒙奄袭南三郡”（《三国志·蜀书·廖立传》），这时的吕蒙已经达到了同时期超一流武将的水平，否则孙权不会让他去和关二哥叫板。吕蒙在这次战斗中俨然已是心理战的高手。仅靠传书就招降了长沙、桂阳两郡。只有零陵太守郝普坚守城池，这时刘备亲自到公安，并派遣关羽前来争夺，气势很盛。

孙权“时住陆口，使鲁肃将万人屯益阳拒羽，而飞书召蒙，使舍零陵，急还助肃”（《三国志·吴书·吕蒙传》）。吕蒙收到转进的命令后，秘而不宣，连夜召集部将分派战斗任务，准备天亮攻城。对孙权的命令吕蒙不会抗拒，但他决定当一次导演，派个演员演部活剧给一个人看。

这个演员就是郑玄之。吕蒙是在招降长沙后赶往零陵路过酃（líng，在今湖南省境内）县的路上遇到他的，因为郑玄之是郝普的老朋友，所以吕蒙想让他去诱降郝普。布置完命令后，吕蒙对玄之说："郝子太（郝普的字）知道世间有忠的事，自己也想做忠义的事，是好同志，但就是不识时务。刘备现在被夏侯渊围在汉中，关羽被我家主公亲自挡在南郡。最近刘、关二军攻破樊城的营垒，援救酃县，结果给孙规袭破。都是近来发生，也是你亲眼所见。蜀军首尾错乱，自救尚且来不及，怎么有能力救援郝普呢？反观我方，士卒精锐，人思致命，至尊遣兵，相继於道。现在郝普以旦夕之命，待不可望之救，就像牛蹄印中的鱼儿，盼望着长江汉水，这压根儿就靠不住，再明白不过了。假如子太能够让将士上下同心之心，保住零陵不失守，拖延上一段时间，等到援军，倒也不错。可是我现在已经布置好人马，下决心一定要拿下零陵，用不了几天，必能攻下，城破之后，自己死了对事情、对时局能有多少好处？更何况郝普已经百岁的老母亲，也白白受连累死于非命，岂不痛哉？我猜想郝普一定不知道援军已经不可能来了，还认为援军可以依靠，所以拒不投降。郑先生可以去会会你这位老朋友，把祸福前景给他讲清楚。"吕蒙的这脚本中，除了人名不假，其他没一句真话。

效果出奇地好，玄之见到郝普后，把吕蒙的台词全都转达了。郝普越听越怕，就投降了。玄之出城向吕蒙报告，郝普随后也拜见了吕蒙。吕蒙提前安排了四员武将各带一百军士，一看到郝普出城，就控制了城门。两人见面不久，吕蒙就和郝普手拉着手一起下了船。零陵城就这样给吕蒙攻下了。

吕蒙阴谋得逞非常得意，做了一件很不厚道的事情。他和郝普做了亲切会晤后，拿出了孙权给自己的告急文书，交给郝普看，看到郝普的难过样，吕蒙还乐得拍手大笑，史载："拊手大笑。"郝普能不难过吗？因为书上写得很明白，什么夏侯渊，什么孙权亲征全都不存在，反倒是当时刘备已经到了公安，关羽在益阳，鲁肃快顶不住了，一时间郝普羞惭懊悔得恨不得找个缝钻地里去。郝普在东吴做到了高官，最后还是参加了一起说不清楚的谋反，我想真要究起原因，与他投降时受过的深深欺骗和重重屈辱绝对有关。

这时的吕蒙把兵不厌诈运用得炉火纯青，并且达到了胜利的最高境界——"不战而屈人之兵"。可从做人上讲，离厚道却是越来越远了。吕蒙带着自己没怎么拼杀就拿下三个郡的部队，及时支援了鲁肃，而魏军这时又准备攻打汉中，刘备后院起火，就请求重新结盟，孙权得了便宜卖个乖，双方再次合作。

这一仗胜得太轻松，从某种程度上促使孙权走上了骄傲轻敌想要速战速决的“左”倾冒进主义道路。具体表现是，组织了十万大军。目标，北伐。突破口，逍遥津。结果，张辽一战成名，孙权差点成了烈士。

吕蒙因为自己和部下，其中有甘宁，救主有功，被孙权提升为左护军、虎威将军（赵云也是这个封号）。这回曹军觉得胜得轻松了，曹操决定乘胜追击，派出大军又攻打东吴。吕蒙当年建议修的营垒又发挥了作用，他以都督的身份，猫在自己修的工事里，单弓弩就准备了一万张。甘宁还制造了一起百人规模的曹军大营一夜游。所以曹军就退兵了。

这一年冬天，坚决支持联蜀抗曹的老实人鲁肃去世了。吕蒙很难过，难过之余也有几分兴奋，因为当年他给鲁肃友情赠送的五个应急方案终于可以启动了。这时，吕蒙接替了鲁肃的岗位，就如同当年鲁肃接替周瑜。一同接收的还有鲁肃所辖的一万余人马。孙权任命吕蒙为汉昌太守，增加下隽、刘阳、汉昌、州陵作为吕蒙的封地。这一下吕蒙辖区和关羽的辖区江陵就对上了，二人分守其土，各为其主。

吕蒙一直就没有真正把刘备当作盟友，也一向把关羽看作熊虎，现在荆州军又占据了上游，吕蒙一定要有所作为。所以，他积极备战，时刻想要伺机抢回荆州。鲁肃始终认为曹操占据北方，孙、刘两家应该互相依赖，互相帮助，同仇敌忾，不可因局部利益冲突而影响大局。也许鲁肃是大户人家出身，让片土地出去不觉得什么，有看起来很大气的战略眼光，而吕蒙自幼家贫，是饿过肚子的人。饥荒来临，人们连抠出的鼻牛都舍不得弹，苦孩子吕蒙能舍得荆州这样的产粮区吗？不能，绝不能！鲁肃是舍出孩子套大恶狼，吕蒙则是以身犯险抓小老虎。

所以赤壁战后，吕蒙打完南郡，就给孙权献过密计，他说：“现在可以让征虏将军（孙皎，和甘宁闹过矛盾）镇守南郡，潘璋驻守白帝，蒋钦率领一万人的机动部队，沿长江而动，根据敌情随时应战，我自己据守襄阳，对曹操我们有什么可忧？对关羽又有什么可求？而且关羽君臣，骄矜于自己欺诈的智谋和野蛮的武力，反复无常，没法和他们推心置腹。如今关羽因为主公您的圣明和我们这些武将在，所以没有向东攻打我们。如果我们不趁他们羽翼未丰、实力不够强盛的时候谋取时机打击他们，一旦我们死去，再想效命出力，还有成功的可能吗？”（《三国志・吴书・吕蒙传》）

可以看出，此时的吕蒙已经是自视甚高了。他把关羽之所以没有向东进攻说成是因为孙权圣明和自己在那儿。字里行间不但有股子自傲，还有一种建功立业的渴求。

孙权非常认可吕蒙的意见。但很奇怪，向吕蒙咨询的却是如何攻打徐州。谁说孙权是偏安之主？恐怕东吴皆是偏安之将吧。吕蒙说：现在曹操在河北，刚刚打败袁绍，吞并幽州和冀州，无暇照顾东边的徐州，徐州的守兵，没什么了不起的，只要攻打必能克敌制胜。可是徐州那里地势平顺，便于骑兵骁骑纵横驰骋，至尊您今日得到徐州，曹操不过一旬必定来争夺，派七八万人守在那里，心里仍然非常担忧。所以不如攻打关羽所据的荆州，占有长江全线，这样我们的声势和实力都会得到扩张。(《三国志·吴书·吕蒙传》)

对吕蒙的这些建议孙权认为还行。可是他自己所想的攻打徐州这事，吕蒙压根儿就不感兴趣。从内心深处讲，孙权对于吕蒙的话并不是完全相信，对攻打关羽仍然存有顾虑。

根据史书的记载，孙权向别人征求了意见，而且还不止两人。孙权问过是仪。《三国志·吴书·是仪传》留下这样的记载："吕蒙图袭关羽，权以问仪，仪善其计，劝权听之。从讨羽，拜忠义校尉。仪陈谢，权令曰：'孤虽非赵简子，卿安得不自屈为周舍邪？'"还问过吴范。《三国志·吴书·吴范传》留下这样的记载："权与吕蒙谋袭关羽，议之近臣，多曰不可。权以问范，范曰：'得之。'"这些吕蒙也许都不知道。

孙权问了很多人，终于下定决心，放手一搏。他下令让吕蒙接替鲁肃，与关羽对峙。吕蒙一到陆口，就采取种种措施隐瞒对关羽的杀机，换个脸来对关羽加倍殷勤，广施恩义，和关羽结下"友好互助"的亲密关系。

建安二十四年（公元219年），镇守荆州的关羽觉得后方稳固，自率主力北攻荆襄（魏荆州治新野，今河南省新野县；襄阳郡治襄阳，今湖北省襄阳市）。让南郡太守糜芳留守江陵（今湖北省江陵县），将军傅士仁留守公安（今湖北省公安县西北）。关羽打得相当投入，兵锋所指，许昌震动，曹操几乎要迁都了。

根据这个情况，吕蒙给孙权上书建议：关羽讨伐樊城，留下很多兵力守备，一定是担心我偷袭他的后方。我经常有病，请求以治病的名义，带一部分兵马返回建业。关羽知道消息以后，一定会撤走防备的兵马，尽数投入攻打襄阳的战斗。这时我们的大军，只要乘船沿江而上，昼夜兼程，趁虚而入，那么一定能够攻下南郡，擒获关羽。史载："羽讨樊而多留备兵，必恐蒙图其后故也。蒙常有病，乞分士众还建业，以治疾为名。羽闻之，必撤备兵，尽赴襄阳。大军浮江，昼夜驰上，袭其空虚，则南郡可下，而羽可擒也。"（《三国志·吴书·吕蒙传》）从这几个奏折中我们可以看出，吕蒙四字一句的公文写作水平已经玩得很溜了。于是，吕蒙扬言病重，孙权公开下令把他召回建业（神配合）。

关二哥听到这消息后逐渐把守备兵力调往前线，果然中计了。

在回建业的路上，吕蒙在芜湖，见到了一个年轻人，这个年轻人具有对时局异常精准的洞察力和判断力，吕蒙后来极力向孙权推荐这个人，吕蒙的推荐不但非常诚恳而且毫无保留，孙权下令由这个年轻人接替“病了的”吕蒙。

这个人，当时默默无闻，被大家轻视，自然包括关羽。他到任后，马上修书一封，表达了自己对关羽的仰慕，全文如下：“先前您敏锐捕捉敌人破绽及时进兵，循法度而驱动全军，轻而易举就取得了大胜，这样的功勋真是巍巍峨峨震烁古今啊！敌国的溃败，受益的是盟友，听到捷报，我们击节称赞，就想和您一起席卷中原匡扶汉室，重振朝纲。最近在下不才，被委派到此处，出于对您文采的仰慕，非常想聆听您的教诲……”

读到这里估计关二哥已经得意得合不拢嘴，而我已经寒得后背发凉了，但是还没有完，这个人继续说，“于禁等人被俘虏，天下人无论远近都欢欣赞叹，公认将军的功勋卓著自当永垂不朽、彪炳史册，即便是当年晋文公重耳在城濮之战凯旋的雄师，淮阴侯韩信攻取赵国的谋略，也无法超越您啊！有传言说徐晃带着兵马在您近旁驻扎，妄图窥探您的举动。曹操是狡猾的劲敌，依然恼羞成怒不顾头尾，肯定是悄悄增兵暗暗使劲，狂想得逞。虽然他们的军队整体疲弱，但个别还有彪悍的。而且每逢战斗胜利以后，常常会有轻敌的情绪，古人兵法强调得胜之师更要警惕，希望将军能够考虑周全、多方谋略，保持全胜战捷。鄙人一介书生，才疏学浅，为人愚钝，忝居现职，喜邻威德，以向您倾诉为乐，倘使不合您的雄才大略，我仍然倾心仰慕。希望您能够体察我对您的瞩目仰望。”（《三国志・吴书・陆逊传》）

关羽看完这封信，除了看出信中“谦下自托之意，意大安，无复所嫌”之外，还知道了这个年轻人叫陆逊。

可是，如果关羽还能够得知陆逊和吕蒙在芜湖所谈论的内容的话，他绝对不会调走后方防御东吴的军队，更不会在供给匮乏时蛮横无理地抢夺东吴存放在湘关的粮食。

情景重现。陆逊问：关羽与我们很近，两军对峙，你走后能不让人担忧吗？吕蒙答：你说得没错，可是我病重了。陆逊又问：“羽矜其骁气，陵轹于人。始有大功，意骄志逸，但务北进，未嫌于我，有相闻病，必益无备。今出其不意，自可禽制。下见至尊，宜好为计。”（《三国志・吴书・陆逊传》）请注意：还是四字一句。

说完，吕蒙认为陆逊这个年轻人“意思深长，才堪负重，观其规虑，终可大任。而未有远名，非羽所忌，无复是过。若用之，当令外自韬隐，内察形便，然后可克”。

这年的十一月，孙权任命吕蒙为大都督，率军隐蔽前出。剑已出鞘。这个过程也被后人总结成一个成语：白衣过江。具体做法就是把精锐士卒都埋伏在伪装的商船中，暴露在外的将士身穿白衣，装扮成商人，昼夜兼程，沿江逆行，直奔江陵而去。驻守江防的蜀军士兵被伪装的吴军所骗，猝不及防，全部被俘虏，江陵城内空虚，陷入混乱。

吕蒙又打起了心理战，而且再次取得成功。吕蒙让被孙权视为“不及伏羲，可与东方朔为比矣”的虞翻写信诱降了驻守公安的蜀将傅士仁。又让投降后的傅士仁引导吴军迫降了守江陵的蜀南郡太守糜芳。吕蒙遂率大军进据江陵，一举夺回被刘备久借不还的荆州。

这时候骄傲轻敌的关羽，竟然对吕蒙的袭击行动一无所知。在吕蒙的严格约束下，展现在荆州百姓面前的吴军俨然是一支不拿群众一针一线的仁义之师、文明之师。他抓获了关羽部下的家属，厚加抚慰。并下令军中，不得骚扰百姓，不得擅取人家。吕蒙手下有一个军士，正经的吕蒙同乡，下雨天为了防止国家财产——铠甲锈蚀，拿了百姓的一个斗笠。虽然是同乡，还是因公，可吕蒙仍然挥泪将他斩首。全军为之一震，以至路不拾遗。

从早到晚，吕蒙都派出亲信慰问长者，把救济工作做到实处。有人生病，就送去医药，有人饥寒，就送去衣食。关羽府库中的财宝，吕蒙一毫不取，全部封存，等候孙权来接受。收买人心的工作卓有成效。

这时，与徐晃对峙的关羽才知道江陵已然失守，这才急急忙忙地从樊城撤军。回军途中，二哥还幻想能够通过谈判，要回江陵，可是他派出的谈判代表都成了吕蒙策反关羽部下的专班工作者。每次有人来，吕蒙总是热情接待，好吃好喝不说，还安排城中旅游，让他们到一些军属开办的家庭旅馆亲自感受东吴对大家的亲切关怀。有些军属还写了信拜托这些使者带给仍在军中的亲人。吕蒙收买人心的手段如此高明，轻轻松松就让关羽成了光杆司令。这样的手段，大家看了十分佩服，可是旁观的孙权会作何感想？心头一定是别有一番滋味吧。

这时，孙权已到达江陵，派陆逊攻占了夷陵、秭归（今湖北省秭归县），切断了入川的所有退路。关羽自知势单力孤，就逃到麦城，想投奔在上庸的刘封。最终关羽父子被孙权派出的大将潘璋麾下别部司马马忠擒获，斩首，荆州遂平。

荆州回来了！

吕蒙居功至伟，孙权任命他为南郡太守，封孱陵侯，赐钱一亿，黄金五百斤。吕蒙推辞再三，不肯接受金钱，孙权不许。在很多当代的官场小说中，当坚持原则的官员义正词严地拒绝不法商人的非法行贿时，这些商人都不会感到丝毫羞愧，因为他们往往要说这样一句话："是不是嫌少？"面对这样的奖励，吕蒙拒绝了，孙权会不会也有同感？而多疑的孙权一定会用发散性的思维联想："不要钱！你吕蒙究竟想要什么？"这样的人手下有虎将还有雄兵，这样的人胸中有韬略还有好名声，这样的人在孙权眼中就是个危险的人。

所以就在上下级之间为奖励的问题拉拉扯扯的时候，吕蒙病了。四十二岁的吕蒙，装病装得突然真病了，还病得很重。孙权显得很关心，尤为关心，特别关心。不但自己关心还经常叫群臣一起来关心，通过这样让大家知道自己对吕蒙很关心，对于吕蒙治疗的每一个细节，孙权不惜用偷窥来掌控。

在张艺谋导演的著名大片《满城尽带黄金甲》中，皇帝总是特别关心皇后的病情，他不断地让儿子刘烨、周杰伦去问候母后，还通过儿子们监督母后服药来考核他们的孝心。表面上看，皇帝和皇后情深意笃，而实际上药里含有致命的毒物——西域草乌头。

孙权是一个非常多疑的人，他所处的时代，身边发生过太多的领导被部下干掉的鲜活事例，孙权身居尊位，谁能保证他不是整天胆战心惊呢？江东英才辈出，有了鲁肃，东吴就可以没有赢得赤壁之战的周瑜；有了吕蒙，东吴就可以没有缔结孙刘联盟的鲁肃；而有了陆逊，东吴就可以没有夺取荆州的吕蒙。还是太史公司马迁说的那句话："勇略震主者身危，而功盖天下者不赏。"

吕蒙是读了不少书，可他看有用的兵书看得足够多，学会了兵法诡道。而孙权推荐的人文社科类图书，他自认为没有什么用，就没有用心读进去。结果，有了知识的吕蒙显得越来越不厚道。如果读了《史记》，他肯定会学习王翦，不但要孙权的钱，还要向孙权要地；或者他还会学习萧何，立了功就故意霸占百姓的土地做点坏事，破坏一下自己的光辉形象。

知识改变了吕蒙的命运。可是太过功利性的知识没能改善吕蒙的命运，同样是都督的陆逊就比他的几个前任都要长寿得多。因为陆逊从小就以博览群书而闻名于世，在他的奏折里经常引经据典，以古讽今。"没用"的书他也读了很多。

吕蒙没有学习时，给孙权汇报工作，都是口述奏疏。吕蒙曾经因为自己的部曲犯法被江夏太守蔡遗怼过，虽然吕蒙有没有怼回去史书没记载，但吕蒙没有记恨确实是白纸黑字写得明明白白。因为后来豫章太守顾邵死了，孙权询问接替人选，吕蒙就推荐蔡遗，还说蔡遗是恪尽职守的好干部，孙权笑着说，“你想做外举不避仇的祁黄羊啊。”然后采纳了吕蒙的意见。这事发生在公元214年，吕蒙三十五岁。甘宁粗暴好杀，不但经常违背吕蒙的命令，有时连孙权的话也不听，孙权为此很恼火，吕蒙知道后，专门劝孙权说：“天下未定，甘宁这样的战将难得，主公应该容忍他。”于是孙权就厚待甘宁，终于赢得了甘宁的忠诚。当年那个因为几句玩笑就会杀人的吕蒙再也没有了，读书学习彻底改变了吕蒙。

吕蒙死了。

《三国志》里记载，吕蒙，“年四十二，遂卒於内殿”。《三国演义》说，吕蒙是在君臣庆功之时，关羽阴魂索命而死。两种说法中，我从前觉得演义之说很荒诞，可是现在，我希望那是真的。

吕蒙死了!

有人一定很悲伤，比如甘宁，比如荆州的百姓。还有人一定很高兴，比如刘备军中的很多人。最高兴的人在曹魏，因为吕蒙的这次行动，虽然在战术上几近完美，可是在战略上却是彻底的失败，他直接导致了蜀吴之间联盟的破裂。因此所引发的夷陵之战，让东吴和蜀汉都失去了统一天下的可能。三国归晋的命运，其实在东吴上下痛饮庆功酒的那一刻，就已经确定。从这一点说，吕蒙是比其他武将要强悍，因为他的所作所为影响了历史进程。

吕蒙死后，孙权评价他说：“吕子明年少时，孤认为他只是不会因为艰难和容易而推辞任务，果敢有胆量罢了；等他成人之后，学问增加，见识开阔，很能筹划奇谋，可以说是仅次于周公瑾了，只是谈吐议论和英姿奋发不如公瑾。他谋划进攻关羽，胜过鲁子敬。”

历史学家陈寿也发表了自己的看法：“吕蒙勇敢还有谋略，善于判断决定军事大计，谲郝普，擒关羽，是他最巧妙的杰作。年少时虽然轻率武断随意杀人，但最终能克制自己，有国士的不凡气度，岂是一个武将而已！”还说孙权对吕蒙的评价，无论是优点缺点都很公允适当，所以就记了下来。陈寿这样做固然是给足了孙权面子，但却让我们失去了很多了解其他人评价吕蒙的机会。

吕蒙死后，吕霸、吕琮、吕睦三个儿子前赴后继地继承了吕蒙的爵位。从三个儿子的名字似乎可以看出读书学习对吕蒙的渐进影响。长子名“霸”，传递出的是一种赤裸裸的霸气，暴露出未学习时的吕蒙对权威武力等刚性力量的欣赏和期盼；次子名“琮”，琮是一种用于祭地的重要礼器，传递出的是一种满满的仪式感，体现了学有所获的吕蒙对天地自然等客观世界的敬畏和尊崇；三子名“睦”，传递出的是一种暖暖的和谐，彰显出学有所成的吕蒙对人伦纲常中敦和亲近等完美境界的向往和追求。

能让一个人有这样的转变，或许唯有知识的力量吧。

到唐朝时，在名相魏元忠“命将用兵”的奏疏中表明自己的用人观时说，举凡建功立业的人，人们只说他们的成就，而不说出身；只谈他们的才能，而不问门第。在论证这个观点时，吕蒙和陈汤、马隆、孟观这些名将一起，已然是“出自贫贱，勋济甚高”的杰出代表。

建中三年（公元782年），颜真卿上表修建武成庙，庙中配享的“古今”六十四位名将，吕蒙和皇甫嵩、张辽、关羽、周瑜、陆逊、羊祜、邓艾、张飞、王濬、陆抗、杜预等三国武将一起名列其中。

给吕蒙写诗：

少虽家贫志存高，
敢入虎穴胆气豪。
身未长成临战阵，
青春芳华砺兵刀。

一怒杀人因年少，
幸遇恩公罪得销。
案前几后伴主上，
沙场险苦累功劳。

人到中年始文教，
开卷不辍才益佼。
白衣过江瞒天晓，
兵不血刃定吴郊。

三国点将之二十七

瘢痕体质是优点——周泰

主题词：瘢痕

长日尽处，我站在你的面前，你将看到我的瘢痕，知道我曾经受伤，也曾经痊愈。

——《飞鸟集》 泰戈尔　公元20世纪

光荣的瘢痕是最好的装饰。

——英国谚语

每劝儿孙学刀箭，解衣教看旧瘢痕。

——《老将》高翥　公元12世纪

爱美之心人皆有之，对一个爱美的现代人来说，凡是影响容貌的因素都必欲除之而后快。

为了减肥，许多人过着省吃不俭用的生活，在和谐幸福的小康生活中饿出了暗无天日的昏厥和灿烂耀目的金星。为了增白，一些女士竟然研发出“脸基尼”出现在海滩追波逐浪引发环宇惊叹。而对于影响皮肤光滑的瘢痕大家更是恨之入骨，带着与瘢痕不共戴天的仇恨，很多人义无反顾地接受了各种各样的整容技术，这种“仇恨消费”产生的经济效益，不知要比西方社会商业精英所追捧的“恐怖营销”高出多少倍。

但在遥远的三国时代，医学还没有那么发达，又适逢战乱，很多人在打打杀杀间过着刀口舔血的日子，那时候老爷们儿谁要是身上没个伤疤，可能都不好意思到人前去。

建安二十二年（公元217年）三月，孙权巡视东吴的濡须坞，在此设宴犒赏刚刚打退曹军的东吴诸将。这是一次胜利的宴会，一次团结的宴会。席间有酒有肉、有乐有舞，孙权带着大家好吃好喝着，还有好玩的，大家都很高兴。

正高兴着，大家发现孙领导离开自己的饭桌了。只见孙权直奔一个叫周泰的部将而去。酒桌上大家喝高兴了，领导给下属敬酒并不稀罕。即使在等级森严的封建社会，如果做领导的给部属只是单单敬个酒，那么史家的笔触是不会描述这个细节的。但陈寿在这里却偏偏记下了这个细节，说明孙权绝对做出了有异于常人的举动。

孙权没有让我们失望。他端着酒走到周泰的面前，周泰一看领导来了估计激动得端起大壶准备先干为敬呢。没想到孙权压根儿没提喝酒的事情，而是说了一句相当雷人的话：“周泰，把衣服脱了。”客观地讲，这是一个口味很重的要求。

但是周泰秉承了东吴武将听指挥的优良传统，不折不扣地落实了孙领导的指示。面对周泰裸露的身体，孙权情不自禁地伸出手摸了起来。看到这里的朋友可能会有点紧张，一本正经的历史书里怎么会出现这样限制级的内容，竟然出现了两个大老爷们儿之间的亲密接触？其实俺写到此处心脏也是鹿跳，生怕误导了小朋友，被打入禁书之列。

还好孙权救了我，他重点关照的只是周泰身上的伤疤。每指一处就让周泰说出受伤的经过。于是周泰成了宴会的主角，话说得没完没了，累得够呛。

现在我将设法还原一下当时的场景：

孙权问：周泰啊，这块伤疤是怎么来的？周泰就说：主公……孙权说：我当然知道，让你给大家说。周泰：诺！那一年，主公带着我驻守宣城，手下的兵丁不到一千。结果好几千山越贼寇突然来打我们，我们工事修得不好，那些山贼一下就打了进来，情况真危急，主公刚骑上马，山贼的刀枪就杀将过来，有个小子手快，一刀剁在了主公的马鞍上！那时我年轻，脑袋一热就冲上去了，我杀呀杀呀在前面，大家喊啊喊啊在后面，拼了命才把山贼杀退。这些山贼真够狠的，把我打得受了重伤，躺了好多天才醒，起来一看，就留下了这块疤！

孙权又问：那这块伤疤又是怎么来的？周泰：诺！那一年，主公带着我驻守宣城，手下的兵丁不到一千。结果好几千山越贼寇突然来打我们，我们工事修得不好，那些山贼一下就打了进来，情况真危急，主公刚骑上马，山贼的刀枪就杀将过来，有个小子手快，一刀剁在了主公的马鞍上！那时我年轻，脑袋一热就冲上去了，我杀呀杀呀在前面，大家喊啊喊啊在后面，拼了命才把山贼杀退。这些山贼真够狠的，把我打得受了重伤，躺了好多天才醒，起来一看，就留下了这块疤！

这是怎么回事，怎么又来了一遍，不会是排版错误吧？郑重声明：本人创作态度端正，编辑校对仔仔细细，出版社也很有社会责任，断然不会出现这样的错误，我只是传神地还原了历史场景。

因为周泰在这一场战斗中，身受十二处创伤。按照孙权一处伤疤讲一次的要求，不还得讲十次吗？当然把这段话再复制十次也确实没有必要，就只放个零头，让大家读上两次体会体会。

孙权就这样对着周泰的伤疤指一个问一次，周泰就把战斗经过讲一次再喝一杯。

《英雄记》记载得更仔细，说孙权激动得眼泪鼻涕哗啦啦，紧紧握住周泰的手臂讲出了肺腑之言："幼平（周泰的字）啊！爱卿您为我的兄长和我打起仗来像熊虎一样勇敢，完全不吝惜自己的躯体和生命，受伤数十次，皮肤如刀刻笔画一般，我怎么能够不用骨肉般的恩情来对待您，把统率兵马的重任托付给您呢！爱卿是我们吴国的功臣，我一定要与您荣辱一体，休戚与共。幼平您一定要心情舒畅地把咱们的事业进行下去，千万不要因为出身寒门自己打退堂鼓！"说完以后，孙权让周泰穿好衣服，重新落座，与众将共同把酒、彻夜言欢。

宴席散后，孙权暂留，专门让周泰带着所部兵马开路、做护卫，还擂着鼓鸣着号，奏着军乐，走出了军营，让周泰过了一把禁卫军司令的瘾。

第二天，孙权派使者把自己用的裹头巾和青罗伞盖赐给了周泰。

孙权用这一系列近乎出格的事情充分表达了自己对周泰的感激。不但把周泰感动坏了，还把跟着周泰一同防备曹军的三国著名失控哥——徐盛和能攻善守出身江南四大家族的朱然给彻底震慑"服"了。

周泰，字幼平，是九江郡下蔡县土生土长的江东子弟，祖上几辈子都是贫民百姓。早年与蒋钦一起跟随小霸王孙策南征北战，立下了不少功劳。

建安元年（公元196年），孙策打败王朗和严白虎后，占据了会稽郡，周泰被封为别部司马，开始了带兵打仗的战斗生涯。

周泰打退山贼，救了孙权性命的那次战斗，实际是孙策讨伐山越这个战斗过程中的一个小插曲。当时孙权、周泰和一支不足千人的小队伍驻守宣城。那时的孙权和哥哥孙策一样都属于热血气质，年纪轻轻、吃过饱饭、没吃过大亏。不但没有加固城墙，整备工事，连警惕性都不高。结果差点丢了性命。

当时的情况，确实“如周泰所言”，因为敌人来得太快，旁人都乱作一团，只有周泰奋不顾身，不惜性命地死战护卫孙权，在他的感召下其他人才赶上来一同作战，合力打退了山越的军队。

周泰此战身受十二处重创，也的确是休养了很长时间才伤口痊愈。如果没有周泰，孙权肯定就一命呜呼了。那小霸王被许贡的门客刺杀后，还真不知道该把江东托付给谁，三国的历史又不知道会发展成什么样。因此，周泰也算是影响历史进程的人物。

孙策对周泰非常感激，把他补任为春谷县长。这个县虽然人不多，还达不到称县令的标准，但地盘很大，包括了今天安徽省芜湖市南陵县青弋江西南部分、繁昌县和铜陵市及其铜陵县，直至池州市贵池区清溪河流域濒江部分（含池州市主城区）、青阳县东北部等大片狭长的沿江区域。周泰的前任是黄盖和周瑜这两个强人。

建安四年（公元 199 年），周泰跟着孙策攻下了皖县（治所在今安徽省潜山县城），在这里孙策娶了大桥。而后周泰又跟着孙策讨伐江夏（治所在今湖北省武汉市武昌区），在班师回江东时路过豫章（今江西省南昌市附近），又因战功被孙策封为宜春县长。

孙策对周泰颇有厚爱。凡是周泰任职的地方，就把那里的赋税全部作为周泰的俸禄。

孙策死后，建安八年（公元 203 年）冬天，在讨伐黄祖的战斗中，周泰又立下了战功。这一仗虽然大破黄祖水军，但因为山越居民在后方起兵，孙权只得撤退。委任周泰、黄盖、韩当、吕蒙等人分别兼任山越聚居地的县太爷。这几个县太爷都比较威猛，很快就完全平定了山越居民的反抗。

赤壁之战，周泰和周瑜、程普一起在赤壁抵御曹操，还在南郡攻打过曹仁。虽然不是主角，倒也不失本色演出，可谓尽心尽力。

只是到了建安二十二年（公元 217 年）三月，孙权和曹操议和以后，留下已经是平虏将军的周泰镇守濡须，与夏侯惇、曹仁、张辽率领的二十六军隔江对峙。在这个时候，周泰的军旅生涯有了点麻烦。因为周泰出身寒门，被朱然和徐盛看不起。要说孙权的领导水平就是高，发现前方将领有不和谐的苗头后，立即赶到了前线。于是，有了这场壮男脱衣，大家一起听主公讲伤疤的故事。这是孙权对周泰特殊的支持和表彰。

周泰这么讨孙权喜欢，除了作战勇敢，更重要的是他的性格好。他跟随孙策态度谦恭，兢兢业业，当初孙权也就是看他的性格好，才调他过来和自己一起守宣城。救孙权命这样天大的功劳，徐盛和朱然这样的老伙计都不知道，真是低调到了极点。但也正是因为平时够低调，所以关键时刻讲出来就特管用，徐盛和朱然也就特服气。相信孙权这个做法是做足了功课以后才决定使用的，绝非突发奇想，因此才能成就一段君臣情深的千古佳话。

要论根本的原因，还多亏周泰不甚严重的瘢痕体质。按照现代医学的观点，瘢痕体质是一种疾病，是人体遭受创伤后出于自我保护而产生的一种本能反应。也许本来造物主为人类设计好的基因具有修复完好如初的功能，但随着千万年的自然选择，那些因为疤痕产生强烈记忆的人群能够比那些没有疤痕的人更主动地规避风险，所以带有疤痕的基因片段才最终跟随他最先变异的那些主人一代代遗传了下来。

自然界中，只有两栖动物以下级别的动物在组织受损后，可由同类组织再生而得以完全修复，不会留下疤痕。但哺乳动物这样的高等动物却只能以纤维组织充填缺损，故而会留下疤痕。人类因为直立行走，一旦产生创伤后，无法像其他动物那样以四肢支撑分散皮肤的张力，创伤切口下方的皮肤重量要对上方的皮肤产生牵拉，致使人类的瘢痕更易产生。因此，人类的瘢痕完全可以看作自身从懵懂走向文明这一艰苦而漫长过程中最不平凡的生物征候之一。

对武将来说，疤痕既是出生入死军旅生涯的生动写照，更是以固化于体表的形象化符号对从弱到强成长历程的真实记录。有了这些符号，即使周泰不说，只要别人看到这些疤痕，就会对他产生由衷的敬佩。对周泰个人如此，对一个国家、一个民族更是如此。

中华民族历经五千年的沧桑，受过的创伤不计其数，尤其是近代以来任人宰割几近亡国灭种，身上的瘢痕不可谓不多，但在今天和谐稳定的太平生活中，有多少人还记得那些曾经有过的伤痛？美军的五星上将麦克阿瑟有句名言：无疤痕不男人！而我们现在的荧屏在多数时候充斥的是面容精致的花样美男。

我们不是周泰，没必要用瘢痕来显示我们的阳刚，也不需要被动地让孙权这样的领导命令我们脱去衣裳，被动地露出曾经有过的瘢痕。但我们应该有一种瘢痕意识。更应该放弃遮掩和美化伤痕的偏颇想法，勇敢地直视这些伤痕，能够把我们审慎和理性的目光也聚焦于那些并不美观甚至还颇为丑陋的疤痕，把它看作是奋斗历程的载体，包含失败教训的寄托。

我们既要牢记是什么让我们曾经那么辉煌，更不能忘记是什么原因让我们曾经如此丑陋，唯有这样我们今天的所作所为才能不负先辈所承受过的苦难和已付出的牺牲。

如果一个民族没有瘢痕体质，缺乏瘢痕意识，总是带有好了伤疤忘了疼的麻木，总是带有羞于自暴历史曾有和现在仍有的丑态的自卑，只会自我标榜、自我宣扬，只会一味地粉饰太平，那么这个民族永远不能自信自尊地屹立于世界民族之林。

周泰死于黄武年间（公元222年十月—229年四月），他的儿子和弟弟先后继承了他的爵位。周泰带着满身的瘢痕魂归大地，留在人间的是那些瘢痕的来历和故事。

两千年后，我还会被这些瘢痕的故事感动。这或许就是我们常说的传承。这种传承不仅应该老周家有，而要属于我们大家。

忘却历史的人必将踏上重演历史的不归路。

不能正视伤痕的人也必将遭受同样的创伤。

我相信周泰不希望我们这样。

给周泰写诗：

寒门出身少无名，
江东未平入军营。
为人谦恭只出力，
处事低调唯有行。
为救主公曾舍命，
统兵犹是被人轻。
指伤把酒得主敬，
奇功一夜举世惊。

三国点将之二十八

横死乱军极尽哀荣的倒霉蛋

——陈武

主题词：倒霉

打扑克时，总有一个人会倒霉，如果四周看不出谁会倒霉了，那就是你自己了。

——巴菲特　公元20世纪

名将有很多种，其中有一种就是在一场有名的战斗中战死的武将。陈武大概率属于这种。

建安二十年（公元215年），陈武死于合肥战役中的逍遥津之战。

这场战斗却非常有名。

其实看了逍遥津之战的阵亡名单，就会发现说陈武是武将中的名将远不如说他是武将中的倒霉蛋更准确些。因为参加这场战斗的还有许多其他的将领，他们都没有阵亡，后来也都成了名将，比如张辽、李典，比如凌统、甘宁、吕蒙、蒋钦、潘璋。

《三国演义》里陈武死得是有点倒霉，“却说陈武与庞德大战，后面又无应兵，被庞德赶到峪口，树林丛密；陈武再欲回身交战，被树株抓往袍袖，不能迎敌，为庞德所杀”。这样被砍了脑袋，要说陈武不倒霉确实是睁着眼睛说瞎话。但作为写史大军中最微不足道的，要是捧着《三国演义》写三国人物，那还不如去卖烤红薯。

其实，看了《三国演义》只会觉得陈武倒霉。等到了解了真正的历史，才会觉得他不是倒霉，而是非常倒霉。

陈武字子烈，是庐江郡松滋县人。论起资历来也算江东的元老。当年孙坚在外征战，还是半大小子的孙策留在了寿春，这个时候十八岁的陈武就投奔孙策门下，以效犬马之劳。

从孙策的表现来看，他一定是青春期来得很早、发育成熟得也快。和十二岁为相的甘罗、十三岁统领大军的慕容恪一样都是天才少年。考虑到三国时期八卦事业还不是很发达，孙策闻名于江东和他的早熟相比要稍微晚上一两年，所以陈武应该是在孙策十四五岁时加入的孙家社团。孙策生于公元 175 年，未满十七岁时，父亲孙坚战死。于是孙策离开寿春，那么可以推断出陈武年长孙策四到六岁，大概出生于公元 171 年。

年龄算完了，言归正传。

初平二年(公元 191 年) 孙策把父亲孙坚安葬在曲阿(今江苏省丹阳市) 后，渡江驻留在扬州招兵买马，一心要报杀父之仇。

陈武跟着孙策四方征战，鞍前马后，出生入死，屡立战功。当时，刘勋担任庐江太守，孙策带军打跑了他。这一仗是以少胜多，曲折离奇，惊天动地，还俘虏了很多庐江人，孙策从中挑选出精锐之士交给了也是庐江人的陈武来统领。陈武带着这支家乡的子弟兵精心操练，把它打造成了一支顽强不屈、能征善战的劲旅。

建安五年（公元 200 年）小霸王被许贡的三个门客刺杀，孙权继承大统。对自己哥哥的人，孙权没法不更加信任。陈武转任五校督。

说起五校督来，就得说说三国时期的军制。还记得周勃铲除诸吕时，进入北军时众多壮汉迎风露出半个臂膀的壮观场面吧？这个北军就是守卫长乐宫的近卫军，与守卫未央宫的南军相对应，属于守卫京师的卫戍部队。到了东汉虽然皇宫的名字变了但是制度却沿袭了下来，为掌管北军五营而专门设置的官职，称为五校督。《后汉书·志六·礼仪下》中说到大丧时，北军五校就承担“绕宫屯兵”的重任。

陈武能身居此位，绝对算得上是孙权的亲信。被领导信任的武将前途是远大的，封侯拜将的美好明天就在前方，陈武能等到那幸福的一天吗？事实告诉我们，他不能，为什么呢？原因前面说过，因为他太倒霉。

建安二十年（公元 215 年），跟着孙权攻打合肥，“奋命战死”。

如果从二十五史来说，陈武应该算得是“奋命”的鼻祖，陈武之前无人奋命，陈武之后却颇有一群。《后唐书》中赖郝玭、李光颜奋命过，奋命过后打退了羌人引来的吐蕃军团，力保泾、夏不失。《旧唐书》中，李嗣业光着膀子、舞着大刀奋命后，打败了安禄山手下的悍将李归仁。《新唐书》中高崇文在杜黄裳的逼迫下奋命过，奋命后，平蜀。《旧五代史》中跟着庞师古讨伐孙儒的王檀奋命过，奋命后，只是“刃伤左臂”。

类似这样奋命的例子很多，虽然时间地点人物差异很大，但是敌人的结局都大同小异，最走运的也就是夹着尾巴逃跑了。然而，陈武作为“奋命”的鼻祖，却直接挂了。真是够倒霉的。

庞德的死，陈寿记载得多详细，而陈武却一笔带过，看来陈武的死确有难言之隐，可是这又带来一个疑问，陈寿为什么要用曲笔呢？难道是陈武死得比较窝囊，陈寿看在都是姓陈的分儿上，文过饰非了？猜测，这只是猜测，可是真相我们永远无法得知。层层的迷雾，让陈武的面孔越发朦胧。

不管怎么说陈武死了，死后还极尽哀荣，因为孙权竟然使用了在西汉中期就几乎被废弃的人殉，被选中殉葬的人正是陈武最宠爱的妾。孔子曾经说过：“始作俑者，其无后乎”。陈武有儿子，还都很优秀，都列了传，先进事迹经陈寿先生总结后，都比老爹丰满。即使是传说中那么暴虐的秦始皇，根据目前的考古发现陪葬的也只有兵马俑，没有真人。孙权为什么要这样做呢？这样做的效果又如何呢？这里面又隐藏着哪些不可告人的秘密呢？

人殉这件事，《三国志》中没有记载，而是见诸《江表传》。《江表传》是晋人虞溥的一本关于荆襄、江东地带发生的事迹的野史，陈武又不是三国里的重要人物，捏造出这个的意义不是很大。试看今天的一些八卦新闻有几个是拿过气明星说事的？所以人殉的可信度很高。

要说《三国志》没有曲笔，大家倒不一定会笑，但泉下有知的曹髦却一定会哭。而有董狐遗风且极重史德的东晋著名史学家孙盛对人殉一事还客观地作出了自己的评价，这就又进一步佐证了此事的真实性。孙盛说：“昔三良从穆，秦师以之不征；魏妾既出，杜回以之僵仆。祸福之报，如此之效也。权仗计任术，以生从死，世祚之促，不亦宜乎！”

孙盛的这句话举了两个著名的典故。一个是三良从穆，说的是秦穆公死的时候，选择了三个最有才干的良臣殉葬，这件事不但“秦师以之不征”，连老百姓都不满意，他们集体创作了一首名为《黄鸟》的诗歌，最后一句就是“彼苍者天，歼我良人。如可赎兮，人百其身！”这句诗淋漓尽致地表达了生者对死者的哀痛和惋惜。

陈武的妾和三良自然无法相比，所以孙盛又举了第二个例子。“魏妾既出，杜回以之僵仆”，简单一句话的背后是五个男人和一个女人的故事，单看字面就非常能够吸引人的眼球，而且其中还涉及了国际外交、大国鏖战、男女私情、神鬼灵异、恩怨情仇，复杂成一团乱麻。如果敞开写，十万字也打不住，就简单说说吧。

先说男人，“魏”指的是晋国的大夫——魏犨（chōu）和他的两个做晋国大将的儿子——魏颗和魏锜；“杜回”指的是秦国的一员猛将，具体有多猛？看看他的个人简介就知道了。

姓名：杜回；性别：男；国籍：秦；外貌：牙张银凿，眼突金睛，拳似铜钵，虬须卷发，身长一丈有余，力举千钧；专业：开山大斧手（斧重一百二十斤）；主要事迹：一日拳打五虎剥皮抽筋以归。

遇到这样的对手，魏家兄弟就是有三头六臂估计也不是对手，活捉他更是不可能完成的任务，可是魏家兄弟竟然完成了。原因只有一个：就是因为得到了第五个男人的帮助。其实确切地说这第五个男人并不是男人，而是个男鬼，在关键时刻用看不见的草缠住了猛男杜回的腿。那么，这个男鬼为什么会这样做呢？

这就必须引出女主人公——叫祖姬的“魏妾”。当初魏犨临死想把自己的爱妾也拖到坟包里去，魏颗没有服从老父的乱命，把老爹的妾改嫁给了别人。这事那个老鬼后来托梦给魏颗说了。话说活捉杜回的那晚，魏颗很踏实，很快入睡，结果梦见白天遇到的那个老人向他作揖说：“将军之所以能捉到杜回是因为老汉结草把他弄僵扑的。”魏颗就说：“我们素不相识，你这样帮我，我得怎样谢你啊？”结果老人说：“我是祖姬之父，为报将军不用先人之乱命，善嫁我女，特效微力。”

这事虽然离奇，却见于《左传》。野史演义也好，神话传说也罢，从官方的宣传到民间的舆论，用人殉葬都是不好的。所以孙盛才会说：“以生从死，世祚之促，不亦宜乎！”不但这样他还批评孙权“仗计任术”。

小霸王孙策当年临终遗言说：“举江东之众，决机於两陈之间，与天下争衡，卿不如我；举贤任能，各尽其心，以保江东，我不如卿。”这样的评价孙权应该记得很牢的，可是孙权这样对待陈武的家属，确实有些不应该。

三国时期婚姻和时局一样很混乱，见到敌人的老婆、女儿就积极地收归自己所有，比如曹操霸占张绣的婶母，曹丕娶袁绍的儿媳为妻，就连张飞也强娶过夏侯渊的侄女。许多地区，还实行统一婚配，有些军士战死以后，也是由官府出面统一再婚配。朋友死了，处理丧事的好朋友还有义务安排守寡的妻妾再嫁，比如钟繇安排荀攸的后事。战乱使很多家庭破裂，寡妇较多，因此寡妇再嫁的工作，从来都是“一把手”工程，被视为德政。

可这样的德政孙权偏偏不践行，非要把人家陈武的至爱给活埋了。这里面看来真是有蹊跷。孙权为什么要去陈武家，还去了很多次？要想把这事想明白就得好好说说老孙家了。

当年孙坚看上了吴景那才貌双全的姐姐，吴景姐弟虽然父母双亡相依为命，但是亲戚还是不少的，这些人认为孙坚年少轻狂为人狡诈，觉得把吴姑娘嫁给他，就是把孩子往火坑里推，所以都不同意。结果孙坚不知道通过什么途径，把拒婚的消息探听到了，很是恼羞成怒。

人一发怒就容易失去理智，一失去理智就容易做出不同寻常的事情来。孙坚做了什么史书上没有说，不过把吴姑娘可是吓着了。受惊的吴姑娘说了一段深明大义的话：“哪里有爱惜一个女子来给家族招来灾祸的事情？如果遇人不淑，也是我命该如此。”带着牺牲我一个幸福全家人的大义凛然，吴姑娘成了孙夫人。

老子孙坚如此，儿子孙策也不含糊，攻打下皖城得到了桥公的两个女儿，自己霸王硬上弓娶了大桥不说，还把小桥当人情送给了周瑜。

到了孙权更是集父兄之大成，青出于蓝而胜于蓝。不但奉母之命娶了谢夫人，还娶了同郡陆尚的遗孀徐夫人、收了罪犯的闺女潘夫人，连自己下属步骘到江东避难的妹妹也没有放过，此外还有海选出来的两位王夫人，对此只能套用一句诗来彰显他这方面的丰功伟绩：权哥情场真抖擞，不拘一格娶老婆。当然这些只是留下姓名的、有名分的夫人，还有其他没有留下姓名的自然也不在少数。这不能怪孙权不尊重女性，只能怪万恶的封建社会。

上行下效，陈武也是三妻四妾，锦簇花团。能够荣幸地成为他爱妾的人一定也是有几分姿色的。

孙权曾经多次到过陈武家，根据孙权的习惯，那么见到陈武爱妾的可能性相当大。在《三国志·吴书·蒋钦传》中记载了这样一件事，说孙权曾经进入蒋钦家的内室（请注意是内室，妻女居住的地方）。也可能孙权只是看看房子漏不漏，家具齐不齐，冬粮足不足，至于女眷们都应该回避。

要这样想可就错了！当时女眷们都在，而且孙权还视察得非常仔细，他看到了蒋母的床，不但发现帐子是粗布的，连被子都看出是淡青色的。他也看到了蒋钦的妻妾们都是身着布裙。孙权马上让御府给她们都换了绸缎锦绣。不管是真如史书上记载的孙权感叹蒋钦身居高位还保持简朴，还是某些人猜测孙权别有用意，反正孙权到了武将家是肯定要接见一下家属们的。

陈武死前，孙权还没有称帝，根据《周瑜传》中的记载，那时东吴上下级之间不怎么讲究，你来我往串门走动的现象应该不少，可是那么多武将，只有去蒋钦和陈武家视察被记录了下来。去蒋钦家，因为赞叹简朴提倡节约，符合主旋律所以记之甚详，而到陈武家那么多次，却什么也没说，这难道不够奇怪吗？万一有什么说了出来，别的武将会怎样想？战死沙场的陈武泉下有知又会怎样想？

陈武死后，陈武的爱妾是没有机会享受增加的二百户人家的劳动果实了，因为孙权要让她和陈武同去，在陈武极尽哀荣的同时，和他的爱妾一起埋葬的还有许许多多永远也不会为人所知的秘密。

一个活生生的生命就这样被扼杀，一个弱女子的人生之路就这样被中断，千载之下，我心中仍然会感到难忍的刺痛。这个可怜的女子走了，没留下姓名，也没留下只言片语。我们已经无法得知她告别人世时是怎样的心情。

根据考古发现，殉葬者的尸骨都大张着嘴巴，面目无一例外都是扭曲的。生命永远定格于无声的呐喊，永恒地控诉着这一非人性的制度。再从现有的史料来看，人殉时的场面都是无比悲惨的。

陈武爱妾身死一千二百二十年后，一个名叫郭爱的年轻女子又面临同样的境遇，她进宫不到一个月，连明宣宗朱瞻基的面都没见过就被列入殉葬的名单，这个尚处于豆蔻年华的美丽少女无力改变自己悲惨的命运，却用非凡的文采表达了自己在生命终结前夕的心理活动。对人世的极度留恋和对生命的极度渴望连同对亲人的极度牵挂，形成了极具震撼的呐喊，这呐喊穿越千载时空，撼人心弦。

陈武奋命一战仍横死乱军，无论生死都无法保护自己心爱的女人。他已经这么倒霉了，就不妨让他再倒霉一次，到结尾的时候破个例不给陈武写诗了，我想仁爱宽厚、乐善好施的陈武是不会跟我计较的。

就用郭爱的绝命诗来做结尾好了，虽然有些沉重，但是在世间的生离死别、天灾人祸前，也不怕再沉重一点，希望这带血的文字能够给我们以训诫，给我们以警示。

任何人，任何时候，都不能以任何理由剥夺任何一个无辜的人的生命。

绝命辞

明·郭爱[1]

修短有数兮，不足较也；
生而如梦兮，死则觉也；
失吾亲而归兮，惭余之不孝也；
心凄凄而不能已兮，是则可悼也。

① 明宣宗朱瞻基之嫔，字善理，凤阳人，贤而有文。

三国点将之二十九

华丽转身的回头浪子——甘宁

主题词：浪子回头

再严厉的法律也不能使浪子回头。

——塞缪尔·斯迈尔斯　公元19世纪

2008年，一部叫《赤壁》的电影上映了，看完后就想起了让我写甘宁的aheng77君。虽然导演在片子里整出了个甘兴，和甘宁差一个字，或者少一个字，但这点伎俩瞒不住熟悉三国的朋友，大家都知道这个人实际上就是甘宁。

决定了，就写甘宁，谁叫我见不得有人受委屈，还很喜欢鸣不平。

在整部电影里就他的普通话最不标准，就他总是大嗓门，就他总是干瞪眼，就装扮他的演员国籍不是中国。当然这都不是最重要的。最不能容忍的是：在这部古装喜剧战争片中，甘将军不但被人整丢了锤子，而且从头到尾都没射过一次。

甘宁作为一个曾经犯过法的罪犯，通过刻苦学习文化知识，浪子回头、改邪归正成为一名保卫边疆的大将。他的人生经历对年轻人的教育意义和榜样作用才是最重要的。

所以很有必要看看他在历史上的真实面目，以了解其如何从不良少年变成国家的栋梁之才。

如果以现代人事管理制度来看，甘宁的档案明显不全，属于直接要打入不得任用之列。因为有关他的材料连具体的出生年月都没有。甚至籍贯都有两种说法，陈寿说他乃“巴郡临江人也”。而韦昭在《吴书》记载说：“宁本南阳人，其先客於巴郡。”客居在巴郡也就是今天重庆市忠县，忠县还有一个甘宁水库，靠着这个水库，要打起名人故里这样的官司来，南阳估计难有胜算。甘宁还曾经做过官，具体地说就是“宁为吏举计掾，补蜀郡丞”，不过甘宁这个官没做多久，就“弃官归家”了。

这段履历说明甘宁毫不珍惜公务员那样的铁饭碗。要想弄清楚为什么，就得先看看少年甘宁是何许人也。

据《三国志·吴书·甘宁传》记载：他“少有气力，好游侠”。他自任首领，聚合一伙古代古惑仔，成群结队，带着当时的高精度远距离攻击武器——弓箭，四处游荡。为了突出自己的个性和地位，同时吸引别人的眼球，甘宁在自己的脑袋上还插上了一样东西，史书上说得很好听：“鸟羽”。很凑巧日本的七十四世天皇的大号也叫“鸟羽”，由此看来认为这个名字很酷的不光甘宁一个人。当然了甘宁完全可以就这个名字控告鸟羽天皇侵权，因为比天皇要早将近九百年。不过，说得再好听，鸟羽也就是个鸟毛。本来插着鸟毛的甘宁已经很酷了，但是甘宁还不满足。羽毛轻飘飘的没有音效。于是，他给自己身上挂了铃铛，挂了几个史书上没说。反正从百姓闻铃声而知甘宁到来看，一定挂了不少。头插鸟毛且身挂铃铛的甘宁只是个做了强盗的失足青年，而强盗就得做强盗该做的事情，史载：“宁轻侠杀人，藏舍亡命”，并很快“闻於郡中”。

人一出名，就自然要讲排场，甘宁也不例外，所以“其出入，步则陈车骑，水则连轻舟，侍从被文绣，所如光道路”，侍从尚且如此，甘宁又当如何？甘宁在停船的时候，他总是用“缯锦维舟，去或割弃”，这样做就是为了告诉大家自己很奢侈。缯锦就是有彩色花纹的丝绸，在中国古代一直是奢侈品，往往用于国与国间迎来送往的相互馈赠，甚至还专门设置了“司彩”这个官职来负责产销研工作。这样的奢侈品甘宁却拿来固定船只，固定完还不再重复利用，只是简单粗暴且非常浪费地一刀两断，开船走人。系船的缆绳尚且如此，不知道船体奢华醒目到何种地步。而整面船帆都用缯锦包裹着，所以，大家都叫他“锦帆贼”。

那么甘宁为何有这么多的缯锦呢？如果单单对普通的民众下手，压根儿不可能有缯锦这样的奢侈品。甘宁有自己的办法，他下手的对象主要是封建官吏。也正是因此他才不同于其他的强贼劣寇。地方官吏既然为官一任就得保一方平安，有头有脸的乡绅们想跟甘宁交往，甘宁就和他们倾心相交，但前提是必须隆重地接待。接待得好，甘宁可以为他们赴汤蹈火；如果接待得不好，礼品不够，排场不盛，甘宁便放纵手下抢掠对方资财，甚至威胁官吏的生命安全。所以官吏们自然是要想办法投其所好，送金送银送绸缎，如此一来甘宁用个把缯锦当缆绳也就不足为奇了。史书上记载这样的情况“作其发负，至二十馀年”。

本来他做强盗有多少年跟我们没什么关系，但从这里可以推断出甘宁的大概年龄。因为陈寿先生的《三国志》总是能简单就简单，武将的年龄总是记载得不甚详细，可是对武将来说，年龄真的是非常重要，绝对不能忽视的。

继续探讨甘宁的年龄。前面说了，甘宁是辞去了蜀地的公务员职务，回到家开始做江洋大盗的。假设他从十六岁参加工作。现代科学研究表明，职业倦怠症的发病期最短只有半年，考虑到古人生活节奏较慢，所以我们给甘宁延长至一到三年，那么辞职的年龄应该是十七至十九岁，打碎铁饭碗和夏天买鸭绒被这种所谓的反季节消费一样都属于冲动型的，要年龄再大点都不太容易这么干。然后才“作其发负，至二十馀年”。按照四舍五入的规矩，说二十余年一定是没有超过二十五年，否则会说成近三十年，那么甘宁不做强盗时的年龄在三十七到四十五岁之间，再结合《吴书》上记载：“宁将僮客八百人就刘表。”而且当时的时间是“时诸英豪各各起兵”，关东诸侯讨伐董卓是在公元 190 年，刘表也是这一年当的荆州刺史。所以可以推断甘宁出生的年代为公元 145 年至 153 年之间。

而甘宁投靠刘表，还真是一段浪子回头的佳话。做强盗很成功的甘宁突然开始读书了，刻苦钻研诸子百家之说，想有一番作为。从各方面来看，刘表就是个不错的人选，他出身高贵，说来算是鲁恭王的后代；名声很好，名列东汉末年的“八俊”之一；最重要的是他还很有学问，是当时有名的大儒，这对成为读书人时间不长的甘宁来说有着致命的吸引力。

甘宁心甘情愿地率领八百多人，投靠了刘表，留驻在南阳。

我想，当时如果条件允许的话，甘宁定会一路高歌：

就这样被你征服，
切断了所有退路，
我的心情是坚固……

但在《英雄记》里却有过这样一段记载：“焉死，子璋代为刺史。会长安拜颍川扈瑁为刺史，入汉中。荆州别驾刘阖，璋将沈弥、娄发、甘宁反，击璋不胜，走入荆州。”这和《吴书》中的说法有了冲突，这就说明甘宁浪子回头后，不是宅在家里，而是回到故乡益州，投奔了刘焉。刘焉死后，甘宁反对刘璋不成，这才去了荆州投奔刘表。

这种说法的合理之处有三点：首先，甘宁是蜀人，在长江中下游做强盗，不祸害家门口，合理；其次，甘宁不做强盗回到故乡益州，合理；最后，既然要有一番作为就必须报效朝廷，所以在益州刺史刘焉手下工作，合理。如果说法成立，符合史实的话，那么甘宁投奔刘表的时间就不是公元 190 年，而是刘焉死亡的公元 194 年。

但很快，甘宁发现刘表这个领导虽然文化水平高，但军事上毫无作为已无进取之心，完全没有当年匹马定荆州时的豪情和斗志，一门心思就想窝在自己的一亩三分地里过安稳日子。

荆州，远离中原战乱，相对和平，包括今天河南省的南部和湖南湖北两省全境，地域广阔；很多北方的士族大家，都南下至此躲避战乱，诸葛亮就隐居在荆州，可谓人才济济；是块大肥肉，经常出现在野心家和阴谋家的睡梦里。可刘表却无所谓。

甘宁看透了刘表，觉得在这里无法施展自己的才华，也无法施展自己的拳脚，所以他需要跳槽。必须要说明，刚才那句“我的心情是坚固”的下句歌词是“我的决定是糊涂”。甘宁的心事，《吴书》里写得很明白：“宁观表事势，终必无成，恐一朝土崩，并受其祸，欲东入吴。”

建安八年（203 年），甘宁求职走到了夏口（今湖北省武汉市内）。“锦帆贼”来了，江夏太守黄祖很激动，少不了酒宴伺候，宴罢发现浪子回头了，就极力挽留甘宁。很意外甘宁竟然同意了。黄祖是刘表的部下，甘宁何故舍大取小呢？

在夏口的三年时光里，黄祖没了初见时的热情。史书上就此只写了四个字“祖不礼之”。古人所说的“礼”，和今天不大一样，不仅是礼节礼貌，更多的是指级别待遇。比如：甘宁的座驾应该是马，你要给了匹驴就是失礼，嘘寒问暖说得再热情、迎来送往做得再周到也没有用。

当然你可以说黄祖这是“大礼不辞小让”，干大事这些小节不算什么。但是，黄祖对甘宁的有功不赏可就完全说不过去了。也是在建安八年，孙权攻打黄祖，黄祖军败逃命，可是追兵很急。甘宁擅长使用弓箭，射得很准，就承担了断后的任务，在阻击战中射杀了孙权的校尉凌操（凌统的父亲）。凌操死了，黄祖才得以幸免。可以想象，当时甘宁和他的弟兄们都十分憧憬黄祖的封赏，可是黄祖回到营中，见了这些救命恩人跟没事人一样。救命恩人怎么能不给红包呢？黄祖就是不给。真不够意思！

甘宁自己不爽是肯定的了。别人也看不过眼，都督苏飞就是其中的一个。苏飞在黄祖面前积极地推荐甘宁，而且还不止一次。可是黄祖不但没有采纳，反而还派人去勾引甘宁的部下，挖甘宁的墙脚。甘宁伤透了心，眼睁睁看着小弟们一个个走了。武汉虽好，还得黄祖喜欢啊。于是就萌生了离开的心思，可身在职场身不由己，甘宁陷入了“独忧闷不知所出”的烦恼。

知音虽难求，世间总归有。甘宁的心，苏飞懂。苏飞请甘宁喝酒。兄弟俩一边喝，苏飞一边向甘宁透露了一个残酷的事实：“我在主公黄祖那里，推荐你好多次了，但是他不用你。”这句话，从黄祖军中的二号人物苏都督口中说出，相信大家能够体会甘宁听后内心那种让人无法呼吸的绝望。苏飞看着甘宁，工工整整地说了十六个字：“日月逾迈，人生几何，宜自远图，庶遇知己。”甘宁无语良久才说：“虽有其志，未知所由。”（《三国志·吴书·甘宁传》）

“未知所由”，也就是“不知道该向哪里去”——这个疑问也经常困惑着我们。苏飞又说：“我向主公建议派你去做邾（在今天因为有决胜高考的独门兵法而名扬天下的湖北省黄冈市西北）的长官，有了离开驻地的借口，至于去哪里，你就可以自己决定了。”

酒后，苏飞就提出让甘宁任邾长，黄祖同意了。一切都按照酒桌上设计好了的步骤进行。甘宁招回了原来被黄祖勾引走的部下，又反过来召集了一些愿意跟从自己的人，投奔了孙权。莫要小看这不满千人的小部队，他们都是纵横长江流域多年的悍匪和黄祖手下能入甘宁法眼的精兵，很多年后他们和甘宁一起面对十倍强敌的围攻，坚守住了夷陵。其中的一些优秀代表还在甘宁的亲自带领下搞过一次曹营半夜游。让苏飞没想到的是，正是因为自己适时地为甘宁指明了发展的道路，在公元208年的春天，也让自己即将终结的生命焕发出新的春天。

作为一个单位的新人，甘宁并没有受太多的歧视，因为他的推荐人实在太牛，他们都做过东吴的大都督，一位是已经入传的周瑜周公瑾，另一位是知识改变命运的老典型吕蒙吕子明。再带上当年威震江左、江右的“锦帆贼”名号，孙权对甘宁十分器重，对待他如原来当年开辟吴疆的老哥们儿一样。

但有一个人对甘宁的归来感到很不爽，这个人是谁呢？凌操的儿子——凌统。杀父之仇，不共戴天！孙权接纳了甘宁，大家都在一个阵营了，这仇还怎么报啊？凌统真可怜！

一次，二人在吕蒙那里喝酒，酒酣耳热，凌统有点激动，拿着刀站起来就舞，甘宁读过书，明白鸿门宴上有人也曾这么干过，反应很快，也立即站起来，抓起营帐中的装饰品——戟，不甘示弱地说："宁能双戟舞。"（有些人根据这个判断甘宁的兵器是双戟，岂不谬矣？）吕蒙一看这哥儿俩要干架了，一着急说了声："宁虽能，未若蒙之巧也。"操刀持楯，以身分之。

后来，"权知统意，因令宁将兵，遂徙屯於半州（今江西省九江市以西大部地区）"。孙权这样做甘宁自然是非常感激，于是他工作的积极性大大提高，马上给孙权献上一计。而算计的对象正是自己当年的老东家——黄祖。不但如此还顺道提到了当年的偶像刘表。

甘宁说，"当今天下，汉室日渐式微，曹操日渐骄横，最终必然要篡权夺位。荆州地处南方，山岭丘陵地形便利，江川河流交通畅通，实在是我们西边地势有利的方面。据我的观察，刘表这个人甚少远虑，儿子无能，没有优秀的继承人。主公您应该尽早用计取之，千万不能落在曹操后面。攻打荆州应该先打黄祖，黄祖年事已高，非常昏庸，钱粮并缺，左右不忠，贪财弄权，欺辱下属，官兵军民都心怀怨恨。刀枪入库，马放南山，舟船兵器，毁废残缺，军无法纪，农业凋敝，实在是进攻的良机！主公您兵锋所指，必可一战而破。一旦打败了黄祖，就可继续西进，占据楚关，那么我方势力就会得到极大扩张，将来甚至可以进一步谋取巴蜀之地"（《三国志·吴书·甘宁传》）。

整个建议，分析得入木三分，科学合理，而且文采飞扬，尤其是最后一句，可能大家都觉得非常熟悉，先占据荆州，再"渐规巴蜀"，分明是甘宁版的《隆中对》啊。这只是甘宁第一次提出夺取巴蜀。赤壁之战后，他又和周瑜一起力劝孙权西取巴蜀。

可是孙权犹豫不决，因为他觉得还应该听听其他人的意见。孙权还年轻，不能让人说自己专权独断。很不幸，他所咨询的那个人很巧妙地说攻取巴蜀是弊大于利，于是孙权坐失良机。不久孙权一定会因为没有攻取巴蜀而感到非常后悔，因为他所咨询的终极顾问是刘备。

当时的天下，牛人扎堆，不光诸葛亮、周瑜能看清天下大势，连甘宁这样的回头浪子也看得出。正是因为有这么多战略眼光超毒的强人，所以三国的历史才异常地精彩。

再回头说甘宁。他提完意见后，孙权的反应，《三国志》只用了四个字"权深纳之"。不是一般的接受，而是深深的接受。同时，也坚定了用兵的决心。

也许历史为了衬托甘宁意见的正确，或者是为了证明民间流传的关于孙策政治遗言的圣明，在对外关系上，只善决内事的张昭不失时机地提出了自己的反对意见：“当下我们东吴内部局势比较紧张，尚存危险，如果大军出征，恐怕会引发动乱。”

甘宁面对这位老先生，当时的儒学大师，丝毫没有客气：“国家把萧何那样的重任托付给您，您留守后方却担忧祸乱，怎么能指望你追慕古人呢？”

孙权举起酒杯对甘宁说：“兴霸，今年出兵讨伐黄祖，就如同这杯酒，喝了它就是给你授了权。爱卿只管努力谋划筹备，使我军一举成功，打败黄祖，有这样的功劳，爱卿何必计较张长史刚才说的那些话呢？”

打黄祖就无法绕开他的都督苏飞。对苏飞的意见黄祖很少纳之深，所以苏飞对黄祖的忠诚自然也就浅之甚。可是孙权仍把苏飞评为第二号战犯，而且肯定还通过一定的途径做了宣传，因为苏飞本人知道，甘宁也知道。史书上记载孙权是这样做的：“初，权破祖，先作两函，欲以盛祖及苏飞首。”

建安十三年（208 年），孙权命甘宁西征江夏，江夏郡兵败城陷，太守黄祖战死。胜利后，孙权分拨一支部队给甘宁指挥，屯兵当口。那么苏飞到哪里去了呢？原来战前，苏飞听到两个匣子的事情以后，十万火急地派人向甘宁求助，甘宁回复说：“飞若不言，吾岂忘之？”

庆功宴上，甘宁没有兴高采烈地庆祝胜利，他离开了自己的席位，“血涕交流”地对孙权说，苏飞昔日曾有恩于我，如果不是他，我的尸体早都腐烂在荒野沟壑之中，哪里还能效命于主公您的麾下！今天苏飞虽然犯了死罪，我仍然想专门向主公乞求饶他一命，莫斩其首。

孙权很受感动，但是仍心存疑虑地说：“我可以放过他，可是他若是逃跑了，咱们怎么办呢？”甘宁说道：“苏飞免受斩杀，受您再生之恩，即使赶他走，他也不会离开，哪有逃跑之理！”最后还抛出了震烁古今的豪言壮语：“若尔，宁头当代入函。”“当代入函”，甘宁的话语和内心表白让我感受到一种心灵上的温暖和无法形容的震撼。

两千年前的中国人之间存有的是这样一种友谊。拥有这种友谊的朋友不但可以相互信任，甚至可以性命相托。反观今天，敢用人头担保某事的，竟然有不少利令智昏之举。他们曾经用人头担保过刘亮中宝马汽车的彩票绝对是假的。他们曾经用人头担保过周正龙照片上的华南虎绝对是真的。可是他们所担保的最后只是证明了自己的愚蠢，让大家在无奈之余想起这样一句话：“假作真时真亦假。”他们知道没有人会因为这事砍他们的头，所以才能在话筒和镜头前那样肆无忌惮。

可对甘宁来说，如果苏飞真的跑了，从军法计，孙权一定会取他的人头。军中何时有戏言？看着义薄云天的甘宁，孙权赦免了苏飞，事先准备的“两函”，一个装了黄祖的脑袋，而另一个则永远空了下来。于是，一起“两个匣子”的血案，变成了两个朋友肝胆相照的传说。

春去冬来，伴着凛冽的西风，曹操的“八十三万”大军屯驻在了乌林，赤壁大战拉开了序幕。

甘宁作为武将虽然少有运筹帷幄的机会，但是陷阵冲杀的功劳却是不少。史载：“随周瑜拒破曹公於乌林。”曹操溃败后，吴军攻打曹仁驻守的南郡（故楚都，在今湖省北江陵县东南，公安县东北），但是没能攻克。“宁建计先径进取夷陵（今湖北省宜昌市东南）”，以便从长江上游顺流之下攻打南郡。今天从江陵到宜昌已经开通了直达的长途大巴，连同高速公路共计一百五十余公里的里程，大轿车要跑约两个半小时。但当年却没有这样的便利。甘宁弃舟楫从小路强行军实施了攻击。行军的艰苦程度常人是无法承受的。但甘宁和他的队伍做到了而且做得很好，达成了战役的突然性。战斗的结果证明了这一点，史载：“往即得其城，因入守之。”

夷陵丢了，后果很严重，我们明白，曹仁更明白。史载：“曹仁乃令五六千人围宁。”而甘宁连同新招募的和自己手下的数百亲兵，一共不满千人。双方实力非常悬殊，当时的情形是“宁受攻累日，敌设高楼，雨射城中”。甘宁手下的亲兵虽然已经跟随甘宁多年，一起做过江洋大盗，一起杀人放火，可面对曹仁的攻势，还是感到畏惧，只有甘宁仍然“谈笑自若”。什么是大将风度，这就是。一个人要成为名将，不仅需要勇武，更需要气质。这时的甘宁已经不需要鸟毛和铃铛这些劳什子来装饰自己，单只一个“谈笑自若”，足矣！

这样的镇定其实还源于一种信任，因为甘宁已经“遣使报瑜”，他相信大都督一定会派来援兵。那种自若是因为坚信援兵正在赶来。上下级之间的沟通，在那个没有手机和无线电通信的年代里，竟也如此毫无隔阂，这或许就是交往的最高境界——神交。

援兵来了，胜利还会远吗？

这次战斗后，甘宁跟随鲁肃镇守益阳。益阳是曾经绘制出《大清一统舆图》的晚清名臣胡林翼的老家，在汉朝不过是荆州郡下的一个小县。在这样一个默默无闻的地方，甘宁仍然做出了震动朝野的大事。因为他的对手是大名鼎鼎的关羽。当时关羽所带兵马号称“三万”，亲自挑选了精兵五千人，在上游十余里长的浅滩集结，声称要乘夜徒步过渡。

不知何故，关羽的行动声势很大，东吴早早就知道了。于是鲁肃召集诸将商议对策。别人都没说什么。甘宁，又是甘宁，当时手下只有三百兵丁的甘宁，站出来说了话：“可复以五百人益吾，吾往对之，保羽闻吾欬唾，不敢涉水，涉水即是吾禽。”（《三国志·吴书·甘宁传》）这句话说得气壮山河，掷地有声！但其核心要义只有两个字——欬唾。欬唾（ài tuò），有两个意思：1. 比喻声音，谈吐。2. 形容不费力气或时间短暂。甘宁的意思很明白，只要再给我五百条壮汉，保证让关羽听到我的声音，就不敢涉水，即使硬要蹚水过来，我抓他也是分秒之间不费力气。鲁肃一听，心里寻思甘宁是不是糊涂了，增兵五百就敢和关羽叫板？好，多给你五百人，一共一千，也算仁至义尽了吧。

于是甘宁带着一千三百人的队伍，连夜赶到上游设防。估计在设防的同时，还不断地欬唾，甘宁也许算准了起码得八百人的声音才能传到对岸，现在一下多出五百人，声音的威慑效果就更好了。关羽也许压根儿就没想真渡过去，毕竟双方还是盟友。也许是见到对岸有吴军，做好了防御准备，关羽就放弃了渡河计划，改在岸上扎木为营。扎营之地被后人称为“关羽濑”。作为益阳十景之“关濑惊湍”，到今天仍然为益阳地区的经济发展默默地做着贡献。

此战甘宁因为震慑了关羽，被封为西陵太守，统阳新、下雉两县。随后，跟随吕蒙一起攻打皖城，“为升城督”。注意这个官名，汉末的时候，领兵的武官多称“督”，负责攻城的叫“升城督”，其实也就是冒着滚木礌石爬城头的敢死队队长。甘宁没有辜负这个光荣的称号。他手持链锁——其实是流星锤的可能性很大。甘宁的兵器在电影《赤壁》里导演给他配备了一把宋代才有的长柄朴刀，在网上《三国无双》的玩家认为是戟，说戟的还经常为是一把还是两把打口水仗。

善射的甘宁用流星锤可能有些匪夷所思，其实结合他的出身就觉得没什么意外的了。做长江大盗时，他经常要进行水战，弓箭可以实施远距离攻击，专门射杀舵手等关键岗位的船员，再牛点的可以直接把挂船帆的绳索射断。而流星锤，便于登舷作战。在《加勒比海盗》这部影片中就可以看到专门用来打断敌船桅杆的小流星锤。甘宁手持流星锤，首登皖城。战后“计功，吕蒙为最。宁次之，拜折冲将军”。

再随后，《江表传》曰：“曹公出濡须，号步骑四十万，临江饮马。权率众七万应之，使宁领三千人为前部督。”双方对峙，孙权密令“出斫（这会儿甘宁又用刀了）敌前营”。为了更好地完成这个敢死的任务，“（孙）权特赐米酒众殺”，而“（甘）宁乃料赐手下百馀人食”。

等这些个东吴特种兵吃完饭后，甘宁拿起银碗，自己先干了两碗，然后斟给他手下的一个小都督。可是这样的诀别酒，不是谁都敢喝的。小都督跪伏在地，接酒接得不怎么干脆利落。甘宁一见此景，抽出一把雪亮的快刀放在膝盖上，呵斥道：“你在主公那里受信任的程度，能和我甘宁比吗？主公那样对我，我尚且不怕死，怎么你偏偏就怕死呢？”其实甘宁的前半句话确实没有太多的说服力，吴侯比较信任你甘宁，你当然不惜死了，可是吴侯什么时候信任过我呢？还好有后半句，既然大家一起去死，奈何桥上有个伴也就没什么好怕的了。看到甘宁态度严肃，话语严厉，小都督马上立正施礼，恭敬地接过酒杯。然后，给其他兄弟都满上。

《三国志》简单地记录了这场战斗：“至二更时，衔枚出斫敌。敌惊动，遂退。宁益贵重，增兵二千人”。而《江表传》则记载得更为详细一些：“宁乃选手下健儿百馀人，径诣曹公营下，使拔鹿角，逾垒入营，斩得数十级。北军惊骇鼓噪，举火如星，宁已还入营，作鼓吹，称万岁”。一战打出了个吴国的万岁军。战罢，甘宁连夜拜见孙权。孙权高兴得不得了，兴奋地说：“足以惊骇老子否？聊以观卿胆耳。”“孟德有张辽，孤有兴霸，足相敌也。”（《三国志·吴书·甘宁传》）

从那时起甘宁和张辽齐名，如同“北乔峰、南慕容”一般日渐深入人心。到了北宋年间，欧阳修在编撰《新唐书》时，描写李存孝的光辉事迹时，就用到这样的语句：“及壮，便骑射，骁勇冠绝，常将骑为先锋，未尝挫败；从武皇救陈、许，逐黄寇，及遇难上源，每战无不克捷。存孝每临大敌，被重铠櫜弓坐槊，仆人以二骑从，阵中易骑，轻捷如飞，独舞铁檛，挺身陷阵，万人辟易，盖古张辽、甘宁之比也。”甘宁的名字此时已经成为一个术语，专门用来形容一个武将的勇悍程度。

当时正值阴历正月，小冰河时期的江南颇有些寒冷。能让甘宁一百个步兵在大营里如入无人之境，不能说甘宁太强，只能说曹军压根儿就不想打仗，要么躲工事里坚守，要么躺被窝里酣睡。曹操久经沙场不可能再坚持打这样的仗，所以“停住月馀，北军便退”。

但是作为进攻方来说，甘宁的行为仍然值得钦佩，毕竟深夜放弃休息，在众寡悬殊的敌我态势下劫营，没有超人的胆略是做不出来的。所以，孙权非常高兴，赏甘宁丝绢一千匹，战刀一百口，并增兵二千。甘宁这次特种突击，让孙权的信心极度膨胀，在胜利的刺激下，他将在不久的将来率领东吴的十万精兵，开始自己的北伐。

建安二十年（215年），甘宁跟随孙权攻打合肥。但是，雄心勃勃的东吴将帅起兵时一定没有想到，他们此行的目的只是为了成就张辽的英名。沧海横流方显英雄本色，甘宁在这次战斗中表现得也同样出色。

因为瘟疫流行，再加上刚开始就遭到了张辽无情的迎头痛击，所以吴军的士气非常低下，这导致大军没怎么打仗就开始后退了。而孙权心有不甘地走在队伍的最后。看着吕蒙、蒋钦、凌统、甘宁等一帮干将，孙权觉得很安全，更重要的是还有甘宁麾下所辖的虎士一千多人。

张辽通过侦察得知这个消息后，以迅雷不及掩耳之势杀将过来。紧急关头，甘宁再次拿起了自己的弓箭，在射杀敌人的同时，厉声质问战鼓声箛为何不够响亮，并痛斥心生胆怯的军士，其“壮气毅然”，让孙权尽收眼底，喜在心头。还有更感人的事情，与甘宁并肩作战的竟然是和他有杀父之仇的凌统。

看到这里，我想起了1938年3月的临沂，张自忠将军奉命率部以一昼夜一百八十里的速度增援庞炳勋。在国家和民族利益面前，张自忠不顾庞乃自己宿仇，摈弃了个人恩怨，率部与庞部协力作战，以“拼死杀敌”“报祖国于万一”的决心，与敌激战，反复肉搏。最终使日军遭受沉重打击，彻底粉碎其向台儿庄前线增援的战略企图，保证了台儿庄大战的胜利。

大敌当前，可以忘却私人恩怨同赴生死；沙场之上，可以性命相托共对强敌。做人坦荡如砥，为人公私分明。这就是传说中的大将风度。

在这场生死攸关的战斗中，甘宁再一次显露出他高超的射术。

其实不光是对敌作战，处死自己的手下时，甘宁也会用弓箭。

《三国志》记载了这样一件事情，事情本身很简单，就是甘宁冒着得罪吕蒙的风险，生生射杀了一个厨子。具体说来，经过是这样的。甘宁有个厨子，犯了错误，就逃到了吕蒙那里。吕蒙担心把厨子送还甘宁，会要了厨子的命，所以就收留厨子一段时间。“后宁赍礼礼蒙母，临当与升堂，乃出厨下儿还宁。”当然了前提条件是“宁许蒙不杀”。等甘宁回到自己船上后，竟然叫人把厨子“缚置桑树”，“自挽弓射杀之”。甘宁在船上，厨子在船下的桑树下，还亲自用弓箭射，折冲将军甘宁杀个人摆的谱可真是够大的。杀了人，甘宁很平静，脱了衣服躺在船里。吕蒙得知消息后大怒，立刻集合军队准备攻打甘宁，多亏吕蒙老母制止，不然不知道会闹出什么样的乱子来。

因为这件事，陈寿和后来的史家在评价甘宁“开爽有计略，轻财敬士，能厚养健儿，健儿亦乐为用命”的优点时，总忘不了说他“粗猛好杀”，但是在论证究竟有多粗、有多猛时，都没有拿甘宁当强盗时杀人越货的劣迹做论据，却总是拿这个厨子说事。要说没有蹊跷，谁信？

中国古代的史家，因为种种原因，总喜欢留点曲笔。叙事评人点到为止。对甘宁虽然字数已算不少，但是没有说清楚道明白的地方也很多。比如甘宁的死，就是这样。陈寿用了短短六个字就为这位江东名将的人生拉下了帷幕，“宁卒，权痛惜之”。

甘宁死了，怎么死的、什么时候死的都没有说，或许陈寿觉得这些都不重要。因为他所表达的重心是在孙权的表现上。孙权对甘宁有知遇之恩，而在甘宁心里也有“士为知己者死”的信念。

《三国志·吴书·宗室传》中记载了这样一件事，孙权的堂弟孙皎孙叔朗，“尝以小故与甘宁忿争”，这个“小故”其实孙权在给孙皎的信中也说明白了，就是两个人喝酒喝多了以后有过争执。有人就劝甘宁要和领导的亲戚搞好关系，甘宁却说：“臣子一例，征虏虽公子，何可专行侮人邪！吾值明主，但当输效力命，以报所天，诚不能随俗屈曲矣。”很显然在甘宁心中，孙权就是明主。

回头的浪子，人们看得更多的还是背影。展望未来时，更容易想到昨天。

对于甘宁的孩子——甘瑰，孙权并没有给予太多的关照。关于他的死，陈寿描写得比他父亲甘宁稍微详细了一点，“以罪徙会稽，无几死”共八个字。

正是因为史书里没有详细记载甘宁的死，所以在演义和传说中才会有不同的说法。有人说他是病死的，有人说他是战死的，更具体些说射术高超的他竟是被人射死的。不管怎样，我宁愿相信甘宁是战死的。因为对武将来说，“得一青山埋忠骨，死能马革裹尸还”也是一大幸事。

对于这样的虎将，还是按照惯例写首诗吧：

浪子尝驾锦帆舟，
冠饰炫羽佩铃游。
重义轻生酬故友，
厚养虎士武德修。
意取巴蜀谋远久，
百骑衔枚慑敌酋。
关濑惊湍今依旧，
兴霸英名千古留。

三国点将之三十

重装潜水的先驱

——凌统

主题词：先驱

及期，百夫荷罕旗以先驱。

——《史记·周本纪》司马迁　公元前 122 年

千万卉，尽花奴。天教芍药来骖乘，一春桃李作先驱。

——《最高楼》向子諲　公元 11 世纪

建安二十年（公元 215 年），东吴集结十万大军直扑合肥，彼时曹操正与拿出全部家底的刘备争夺汉中。防守合肥的是张辽、乐进和李典率领的七千偏师。

占尽了天时地利人和的孙权赫然出现在前军中，用亲任前锋的实际行动摆出了一副志在必得的架势，不过非常遗憾的是这一次孙氏家族喜欢冒险的冲动基因并没有帮助孙权实现预先的战略目的，反倒是不少可怜的东吴将士用自己的头颅和鲜血成就了张辽的万世英名。

这一仗无论从哪个方面来分析，东吴都是完败。但经过深入挖掘，倒也从东吴上下浓重暗黑的失败阴影中发现了一丝亮点，给东吴这场惨败的乌云镶上了金边，呈现出一道别样的战争风景线。

制造亮点的人叫凌统，字公绩。

要在今天，凌统能享受不少优待，因为他是烈士的后代，他的父亲是东吴的开国元勋凌操，在很多数时候凌统的名声主要来自他这位被甘宁射死的父亲。凌操是孙权的老部下，孙策起兵时冲锋陷阵的队伍里就有他的身影。因为这层关系，孙权对凌统也是厚爱三分高看几眼。早早就让凌统做了别部司马和破贼都尉，还让他统领父亲凌操的旧部。

孙权的这份感情投资在逍遥津得到了丰厚的回报，正是凌统率领亲兵舍命护卫孙权冲出了包围圈。

当时的情况十分紧急，东吴的前锋部队已经出发，张辽的铁骑突然出现在逍遥津北，直接杀向脱离大部队的孙权，孙权一看情况不妙赶紧派出传令兵通知前卫回援。张辽的追兵动作神速一下就包围了孙权。由于前卫部队已经走远，杀回包围圈前来解围的只有凌统和他的“亲近三百人”，给前面这五个字加引号是因为引用了《三国志·凌统传》中的原文，陈寿在这里非常特别地用了“亲近”两个字，正是这两个字凸显出此战对于凌统的残酷与血腥。

凌统作为东吴正规军中的正牌武将，这个时候竟然没有部属了，造成这种局面的原因无非两个：一是在张辽铁骑的猛烈冲击下东吴军队的建制被完全打乱了，凌统无法收拢自己的部队；另一个就是，杀回刚刚逃出的死地，再次迎战张辽的铁骑，正规的军令已经失效，起作用的只有上下级之间生死相依的感情。凌统忠心耿耿拼命救主，他的亲信对他也是这种态度，这三百个壮士决心验证一下“不能同年同月同日生，但求同年同月同日死”的誓言。

三百人虽少，但却怀着必死之心。一番血战后，竟然把孙权从包围圈里救了出来。大家你搀我扶地护卫着孙权往回撤，到了河边才发现桥已经被敌人毁坏。这个细节非常重要，因为它解开了一个一直都有的困惑。那就是逍遥津之战中，张辽为何能够和敢于在东吴的十万大军撤退时用劣势兵力进行肆无忌惮的追击？终于这条断桥给出了答案。因为张辽为了这一仗可谓是做足了功课，竟然能够提前破坏掉东吴军队撤退路线上的桥梁。而且破坏得非常巧妙，前面走过的吴军不值得下功夫去修，没事儿时搭两块木板慢慢悠悠地走着也没什么问题，可到了孙权这会儿十万火急地撤退时就出问题了。

凌统护送孙权到断桥处后，帮着孙权拍马疾驰一下子冲过去以后，才转过身杀将回去，为主公撤退到安全的地方争取更多的时间。

死战一场，凌统的三百亲信全部阵亡，他自己也受了重伤，杀死了几十个追兵，估摸着孙权已经安全了，这才撤退。这时的桥断处，连搭着的板子也没有了。前有河水，后有追兵，怎么办？

面对绝境凌统径直向河水深处走去，想必追兵也逼得很紧来不及脱掉铠甲，也可能是铠甲很贵舍不得脱掉，反正他就这么全副武装地朝着河对岸走去。水再深，这也是回家的路啊。水淹没了头顶，追兵走了，但凌统却依然前行。屏住呼吸艰难地在水底行进的凌统完全没有意识到，他的这次水下之行开启了中国军事史上武装潜水的序章。

在他之前，也许穿着盔甲潜水的人都淹死了。在他之后，又涌现出许多不怕淹死的勇士。一百六十四年以后，东晋太元四年（公元379年），谢玄派兵救援被前秦兵团围困的彭城（今江苏省徐州市），一万多人的队伍进至泗口（今江苏省淮安市清浦区西南，是古代泗水汇入淮河的地方），谢玄想派人通知彭城守将戴逯，虽然这明显是个不太可能完成的任务，但是谢玄忠诚的部曲中有一名叫田泓的将领自告奋勇主动承担了下来。通往彭城的陆上道路已经被秦军完全阻断，田泓就用了潜水的办法，但是很不幸，快到城边时，被秦军发现后抓住了。田泓被俘虏后，秦军没有折磨他，反倒给了他很多钱，想收买他喊一些动摇守军军心的话。田泓假装答应下来，秦军就把他带到了城边，他大喊着："援军马上就到了，我单独来报信，被贼兵抓住了，你们要好好守城啊！"喊完话，就被上当受骗的秦军杀害了。英勇就义的田泓是很壮烈，水性也不错，虽然忠义可嘉，但身死敌手的悲情还稍嫌浓厚。

到了东晋末年，大将胡藩率领水军和桓玄在桑洛洲（今安徽省宿松县汇口镇程营村和归林村一带）大战时战船被烧，情急之中老胡竟然穿着全副盔甲跳入长江之中，在水下潜行了三十多步的距离，成功登岸。如果按照古时一步五尺（东晋时一尺约为24.5厘米）来计算，胡藩这段水下行走的距离有四十多米长，如此强悍的身体素质和良好的水性充分体现了他"平时多下水，战时不淹死"的较高训练水平。

到南朝欧阳纥占据广州发动叛乱，陈宣帝派车骑将军章昭达平叛。欧阳纥惶恐之下，派兵列阵洭口（今广东省英德市西南连江口镇），把堆积好的砂石用竹笼盛好，放在大营水栅的外围，想凭借工事阻挡平叛大军的舰船。章昭达占据了上游的有利位置，给军舰上装上了投石机，同时派遣士兵带着刀潜入水下，砍破了竹笼。江水冲散砂石后，章昭达驱使大船突击，一下就活捉了欧阳纥。

可以看出经过数百年的发展，到了南朝时期，作战双方已经开始大规模使用潜水部队，而且这些部队都携带有专门的装备执行水下作战任务。

当时不仅正规的水军如此，就连陆军里也不乏水性超卓的壮士。南朝梁天监五年（公元506年，同时也是北魏正始三年），北魏的中山王元英攻打北徐州（南齐改徐州置，辖境在今安徽淮河以南，蚌埠、凤阳、淮南、滁州、明光、定远、来安等市县地），把刺史昌義之围困在钟离（今安徽省凤阳县），名将韦睿临危受命催动大军前往解围，为了提振城内军民士气，临时招募勇士想法把援军已到的消息送入城中。军士言文达、洪骐驎毛遂自荐，带着梁武帝命令军民坚守城池的敕令，正是以潜水的方式进入城中，于是城内“人百其勇”。

到了五代时期，潜水一族中更是出现了名叫马万的猛人。这位先生从小就从军，特长游泳，在德胜渡战斗中，发挥了不可替代的关键作用。当时，后梁军队急攻南寨，并用战舰阻断了后唐军队的救援之路，唐庄宗李存勖干瞪眼使不上劲，绝望之际招募水性好的敢死队。马万兄弟应征前往，潜渡黄河来来回回整了三次，把梁军在河上的船只烧掉，迫退了梁军，解了南寨之围。战后，马万从一名陆军小卒被提拔为堂堂水军军官，荣任水军小校，开始了封侯拜将的发达之路。

这时候，水面以下的作战如果发生在南北之间，那么北方的军队限于对水战的陌生基本上无法做到像陆战那样有攻有防。但若是在比较熟悉水战的南方军队之间作战时，就会出现攻防兼具的精彩场面了。

南吴与吴越的苏州之战中，作为围城的南吴军队就用木栅环绕护城河中，用带有铜铃的网子附着在木栅之上，有效地阻断了水下潜行的道路。但是魔高一尺道高一丈，吴越军中的水军小卒司马福，不但水性好而且智商高，先用巨大的竹竿触网让铜铃发声，南吴士兵听到铃声后美滋滋地收了空网，司马福就趁机潜入城中。在约定好内外夹攻的信号后，司马福又照此办法潜出，最后南吴军队被打得屁滚尿流。

这些事情，凌统不可能知道，孙权也一样。

所以，已经上了船的孙权见到凌统后，那是又惊又喜，上下级劫后余生后还没高兴多大会儿，凌统就悲不自胜地大哭起来，因为他那三百个好战友永远长眠在河对岸冰冷的土地上，再也回不来了。孙权也很难过，拉起凌统用自己的袖子一边擦着凌统的眼泪一边对凌统说：“公绩（凌统的字），人死了就只能是死了，只要爱卿您还在，还用担心没有部下吗？”孙权说到做到，马上任命凌统为偏将军，把凌统部属的人数增加到原来的两倍。

凌统在船上住了挺长时间，因为伤势严重，就被孙权留在船上治伤。多亏了“卓氏良药”凌统才得以康复。说起这个“卓氏良药”那可是三国第一医药品牌，是医药行业最应该大力挖掘的巨大宝藏。希望有识之士早日重现“卓氏良药”的历史辉煌。前面说过，即便是凌统这回没有救孙权，单凭父亲凌操的面子孙权也会对凌统非常信任。经历此事后，孙权对凌统更是非常认可、信赖有加。

当时有人向孙权推荐了一个叫盛暹的人才，盛暹和凌统都是吴郡人。这个三国老猎头认为盛暹的气度和节操比凌统要高得多，结果孙权说：“只要盛暹能和凌统一样就足够啦！”凌统对盛暹一点也不嫉妒，后来孙权召见盛暹的时候，因为是晚上，凌统已经就寝了，正在脱光光睡香香的时候，听说盛暹来了，赶紧从热被窝里爬起来，穿好衣服拉着盛暹的手，把盛暹请进来。对同郡的盛暹如此，对不同郡的留赞也不错。

留赞也是个猛男，打黄巾军时受了脚伤，无法伸展。本来大丈夫能屈能伸，脚伸展不开一般人也就认命了，毕竟矫形外科学是科技昌明的现代才有的事儿。可留赞就不服气，自己用刀割断了脚筋，竟然歪打正着治好了畸形（这也是值得医学界朋友深入研究的战伤病例）。凌统听到这起勇敢到近乎变态的自救行为后，专门约见了留赞，在充分满足了好奇心的基础之上，特意上书给孙权，郑重推荐留赞。留赞因此获得了试用的机会，后来成为一员非常有个性的猛将，以七十三岁高龄战死疆场。

凌统就是这样亲近人才、亲近贤良，同时还轻财重义，很有国士之风。在对待人的问题上，只要有利于吴国综合国力提高，有利于吴军战斗力的发展，有利于吴军的部队建设，凌统就会不遗余力地去做。就连一直给吴国捣乱的山越，凌统也能想方设法积聚出正能量。

他认为山里人还是有不少勇武强悍之辈的，可以采取措施把他们收归己用。于是孙权就派他去讨伐东边的山越，为了确保凌统完成任务，孙权专门下令沿途的各地一定要为凌统提供坚实可靠的后勤保障，凡是凌统需要的可以先供给再报批。凌统一下就整编出一万多精兵。当时东吴才多少人啊！

他爱护部下，善待士兵，将士们都很尊敬他。凌统带着这支精兵，有幸途经自己的家乡余杭县（今浙江省杭州市余杭区，也是我亲爱的奶奶的故乡）。凌统很低调地步行进入官舍大门，看望当地的长官，都会怀抱着上朝时用的笏板，恭恭敬敬竭尽礼数，对待老友故交更加亲近，给予的恩惠和相互的感情也更加深厚。

但是凌统年轻时可没人能看出他是这样。那个时候的凌统怎么说呢，就像个闷雷，“闷”字的意思可以参考闷骚的闷，说开了去就是闷着不吭声然后做出很雷人的事。

凌统和其他很多的东吴将领不同，是土生土长的江东人。父亲凌操死后，凌统十五岁就担任了别部司马兼破贼都尉。孙权对这样的烈士遗孤，经常带在身边，就连攻打山越这种拼命的任务也不例外。当然凌统即便参战了也就是个打酱油的，一来他年纪不大，二来孙权亲征带的队伍都是精锐，有啃硬骨头的恶战也轮不到凌统上。

但惊雷就在平地不经意炸响了，这事发生在孙权攻破保屯离开之后。孙权留下凌统和督将张巽，要求他们在规定的时间前，在规定的地点上，一定要打败山越。这中间有个短暂的太平时光，这个难得的空当，战友之间嘛，少不了喝两口。有位叫陈勤的督将刚愎自用，是个暴脾气，很有些任性胡为的跋扈派头。一次喝酒，不知道哪位仁兄瞎了眼，让陈勤做了祭酒，也就是酒司令。这下可好，陈勤把酒司令当成了真司令，觉得满桌人都是自己的部下，随意欺负，无论是敬酒罚酒都不按规矩来。凌统看不惯，拍案而起当面斥责陈勤，对陈勤的瞎指挥提了意见。陈勤恼羞成怒大骂凌统，喝了酒什么话说不出来呢？陈勤不但问候了凌统的女性亲属，还很不礼貌地问候了凌统的父亲。

凌统没堕落成骂街的泼妇，又是个“闷雷”，不说话只是默默地流着泪。其他人一看要出大事了，就放下杯子离席开溜了。凌统也走了，但是陈勤仗着酒劲不依不饶地把凌统拦在道上继续侮辱。大家想想，陈勤喝了酒，凌统也喝了啊，而且陈勤那种不公平的执法肯定让凌统没少喝。凌统忍无可忍了，拔出刀来就给了陈勤一下。结果没过几天陈勤就自己找凌操算账去了。

酒醒了，攻打麻屯的日子也到了，凌统心里清楚自己砍死的不是山越，而是堂堂正正的督将。杀了自己人，犯死罪了。所以他明确表态：“不战死就没法赎罪！”冲锋时他迎着箭雨飞石一马当先，士兵们在他的激励下也是玩了命似的往前冲，一下就攻破了山越的防线，其他部队乘胜进攻，终于取得了胜利。凯旋后，凌统很自觉地跑到“军正”（军队的执法官）那里自首去了。对于“少年犯”，孙权向来比较喜欢，所以凌统和吕蒙一样没受到惩罚，反而因为果敢刚毅让孙权有点钦佩，将功赎罪的结果也就自然而然了。

建安十三年（公元208年），等到孙权第二次讨伐江夏时，就让凌统做了前锋。凌统当前锋有个非常显著的特点，那就是非常靠前。他常常带着平时特别关照、给以厚待的数十个棒小伙，驾着一条船先行于大部队几十里。在水战中，凌统在右江斩杀了黄祖部将张硕，并把张硕的船和兵都俘虏了。在陆战中，凌统还率先攻下了江夏城，为东吴大获全胜立下了汗马功劳。战后，孙权把凌统提拔为承烈都尉。

凌都尉豪情万丈地跟着周瑜都督参加了赤壁大战。在乌林挫败了曹操的进攻，又马不停蹄地对曹仁实施了攻击。随后，凌都尉晋升为凌校尉，距离将军仅一步之遥。

建安二十年(公元215年)，曾经并肩作战打败曹操的孙刘联盟出现了裂痕。四月，被孙权派到益州找刘备要求归还荆州的诸葛瑾被礼貌而无情地拒绝。五月，关羽毫不客气地驱逐了孙权派去接收南部三郡的官吏。六月，孙权又派吕蒙率领二万大军威逼利诱、连蒙带骗地夺取了长沙、零陵、桂阳，一同出征的凌统也收获了不战而来的胜利。七月，东吴军队在益阳和赶来救援的关羽相遇，鲁肃与关羽直接交涉。这时，亲征的曹操用两个月时间迫降了张鲁，刘备为了和曹操争夺汉中，与孙权议和，双方以湘江为界，平分了荆州。

八月，孙权挟迫和刘备之势，亲率大军围攻合肥，凌统的身份已经成了“右都督”，成为东吴军中最为核心的高级将领。当年赤壁大战前，与左都督周瑜同领军事的右都督是诸将中年岁最长被尊称为“程公”的程普。

官做到这个份儿上，具体的待遇且不说，脱产干部那是绝对没问题的。但是这个完全可以脱产的高级干部却在合肥之战里，身先士卒亲临一线，为救孙权身负重伤差点把命都给丢了。

这之后，凌统基本上就再没有打过什么大仗，直到他带着从降服的山越中征集到的一万多精兵路过自己的家乡。也许是这种衣锦还乡的荣耀来得太过突然，成了凌统生命中不能承受之轻。

当凌统饮过故乡的水，走过故乡的地，见过故乡的人，做完了一切该做的事情以后，到了要送别故乡的云时，病魔击倒了他。这个病非常凶猛，因为孙权都来不及对自己的救命恩人采取任何治疗措施，以至史书上只记载了孙权听到凌统逝世的消息后所表现出的悲痛。

孙权捶着床，坐起身来，悲痛到无法自已，连续几天减少膳食，提起凌统就痛哭流涕。专门让张昭的儿子张承为凌统写“铭诔”，不但要记下凌统的生平事迹，还要好好颂扬凌统的功德。整部《三国志》中，在东吴享受这般哀荣而被记录下来的唯有凌统一人。

对凌统的两个儿子凌烈、凌封，孙权把他们亲自收养在自己宫中，视同己出，向别人介绍时都说：“这是我的虎子！”并为他们制订了非常细致的教育训练计划，让葛光给他们做文化教师。此外，还每十天让两个小子骑一次马。为了追录凌统的功劳，把凌烈封为亭侯。凌烈犯罪被免官，又特意准许凌封继承了爵位，还非常信任地让凌封继续统领凌烈的部队。

孙权这么悲伤是有原因的，最重要的原因是凌统救过自己的命，还有就是凌统死时实在太年轻。

虽然陈寿先生笔下的记载是四十九岁，但仔细分析一下，肯定是有些问题的。

凌统父亲凌操是建安八年（公元203年）死的，那年凌统只有十五岁，若是四十九岁死，就得活到公元237年，这个时候曹魏已经篡汉，三国各自称帝，年号分别是曹魏青龙五年和景初元年、蜀汉建兴十五年、东吴嘉禾六年。

在建安二十年（公元215年）凌统在合肥死战之后的22年中，公元216年曹操再与吴军对战于濡须口，公元219年吕蒙率东吴精锐袭杀关羽夺取了荆州，公元221年刘备亲征东吴随后双方爆发夷陵之战，公元223年曹魏派遣三路大军南征东吴，公元226年吴军攻打江夏、襄阳，公元228年魏军攻打东吴皖县，公元230年孙权派兵远征夷州，公元234年孙权亲征攻打曹魏合肥新城，公元237年吴军再次攻打江夏，这样一段战事频仍的多事之秋，这么多你来我往的攻防转换，凌统怎么可能完全缺席，一次战斗都没有参加？

同样也是陈寿先生的记载，凌统死后部属由骆统接管。骆统率部参加了发生在公元222年的夷陵之战，在宜都打败了蜀汉军队。如果这个时候凌统没死，哪里轮得到骆统建功？

继续看《三国志》，里面明确记载，凌统死时两个儿子均年幼，只有几岁。凌统要真是快五十才死，怎么会有这么小的两个儿子？所以，凌统死时是二十九岁应该更为可信。如果这个残酷的事实才是历史的本来面目，那么凌统确实是太悲哀了！可是，只要细细想来，凌统最悲哀的不是自己英年早逝，也不是孩子幼年丧父。

他真正的悲哀是在他身后发生了那么多与潜水相关的战斗，有那么多人采用了潜水的技术，但是没有一个人提到过他，这一切都和他无关，他似乎什么都没有做过。给人的感觉是，完全没人知道在三国时有个叫凌统的人曾经成功地完成过这样的战术创举。

这种悲哀并非局限于凌统个人，而是随着时间的延续演变成为整个民族的悲剧。缺乏保障技术创新的体制，唯有等待天才偶然为之的爆发，当天才不在一切又如常，到后来连天才成长的土壤都被高度集中的皇权黑幕所吞噬，万马齐喑的神州大地再无盛世气象。当外来强敌叩响国门时，便沉沦至万劫不复的深渊，想要重整山河重复荣光时，不知道要付出多少中华民族优秀儿女的鲜血和生命。

所以，凌统就只能淹没在历史长河之中，在陆机的眼中与甘宁、程普、贺齐、韩当、潘璋、黄盖等赳赳武夫为伍。经《三国演义》的演绎后给大家留下了一个伟岸高大、武艺一般、对孙权忠心耿耿，还和杀父仇人甘宁成为生死之交的变态形象。

实在是悲哀透了！

就此打住，给凌统写诗：

那一年，
江水血红，
父亲的身躯深深地攫住飞箭。
那一年，
江水如蓝，
我怀着必死的心守在了桥边。
那一年，
江水冰冷，
那身盔甲重重地摁着我下潜。
在天边，
我看到的是层层的乌云，
云边有丝缕金光在闪。
在天边，
我眼前总有诀别的留恋，
难忘三百个兄弟的长眠。
在天边，
太阳的光辉把天地浸染，
只有狂风能把乌云吹散。
有来年，
我还要下潜，
在深渊重现我的灿烂，
用传奇驱散无边而深邃的黑暗。

三国点将之三十一

三国第一失控哥——徐盛

主题词：泪

欲送登高千里目，愁云低锁衡阳路。鱼书不至雁无凭，今番欲作悲秋赋。回首西山又日斜，天涯孤客真难度。丈夫有泪不轻弹，只是未到伤心处！

——李开先　公元16世纪

2010年9月30日，南京一名四岁半的小朋友，因为可爱的失控被人们戏称为“失控姐”，一时间红遍了大江南北、两岸三地。她的走红在带动了一批失控哥的同时，也赋予了“失控”这个词以新的含义。

围观的人们怀着一种快乐的幸福，宽容坦然地分享这个孩子成长过程中给大家带来的快乐。

其实在遥远的三国，在三国武将这个光荣的群体里，也曾有一个哥们儿失控过，每当想起他一把鼻涕一把泪的事情来，都会有一种跟着失控的感动。

那时节，魏蜀吴三方勾心斗角，纵横捭阖、勾勾搭搭实属家常便饭。当然了，大家都以泱泱大国自居，所以在交往中不比老百姓之间的客随主便，想怎么来就怎么来。那是得讲规矩、讲礼仪的，迎来送往一言一行都颇为讲究。稍有不慎，一个疏忽就可能损了国格，引起外交纠纷。

所以在这样场合，每个人都发自肺腑地严肃认真，绝无嬉皮笑脸，都咬牙切齿地控制着自己的情绪。可就有那么一个人，一直都挺爷们儿的，偏偏在外交场合失了控。

公元 221 年，为了借助曹魏的力量抵御蜀汉即将到来的打击，孙权向刚刚称帝的曹丕上表称臣，不但送上厚礼，还送还了先前被关羽俘虏的于禁。于是曹丕派出一个叫邢贞的人前去完成这个宣布命令的任务。

说起这个邢贞，还真是个讲究人。当年因为“威仪”的事情和程昱发生过冲突，谁的责任史书上没说，但冲突结果是程昱竟然被曹操免职了。虽然程昱被免之事史家众说纷纭莫衷一是，但有一点能够肯定的是，邢贞既然能够在曹操时期做执掌卫队的中尉，到曹丕承大统时已然官拜太常（九卿之一），他一定是曹操的贴心人。平时受宠，这回又代表天朝上国持节出访东吴，拜孙权为大将军、封吴王、赐九锡，钦差大臣的嘴脸不拱到天上去都不叫趾高气扬。

孙权赶到都亭亲自等候，秦汉时期的都亭就是都邑中的传舍，供来往的官差休息，一般隔十里设有一个。邢贞一看孙权跑这么老远接自己，就更骄傲了，到了军营门口都不下车。三国承汉制，遥想汉初细柳营中，汉文帝刘恒贵为天子也不能驱车奔驰，就算是此一时彼一时了，邢贞算哪根葱啊！

肯定有人看不惯！果然，赤壁之战前劝孙权投降的张昭说话了：“夫礼无不敬，故法无不行。而君敢自尊大，岂以江南寡弱，无方寸之刃故乎！”（《三国志·吴书》）说白了就是再牛的人对礼仪和法律也是伤不起的，你这样妄自尊大，以为我们江南贫弱得连杀你的小刀都没有吗？

邢贞一听就吓着了，很识趣地下了车。这一下车，瞪天上的眼睛自然就收回来了。拿正眼一瞅陪同孙权前来欢迎的东吴要员，邢贞就发现有一哥们儿哭了。在欢迎的鲜花丛中有一张哭脸，换谁都忘不了，记住了还得打听。这一打听，知道这人叫徐盛，之所以哭就是因为邢贞一脸的骄傲。男儿有泪不轻弹，只是未到伤心处！看到自己的主公忍辱与魏国代表邢贞签下盟约，徐盛的自尊心受到了极大的伤害！

当时处于极度愤慨状态下的徐盛对身边一同列队迎接的同事说：“我徐盛等武将不能奋不顾身以命相搏，为国家攻取许昌洛阳，吞并巴蜀，却让我们的君上和邢贞这样的人签订盟约，不是耻辱吗！”这真是伤不起啊！

到这里，很有必要谈一谈“怒”。所谓愤怒，是指当愿望不能实现或为达到目的的行动受到挫折时引起的一种紧张而不愉快的情绪。在动物界，怒常常和求生、争食和求偶、交配等行为联系着（以后还愤怒不？）。论智慧和相貌人比动物强很多，所以大凡名人都不提倡愤怒。两千多年前，写过《希腊罗马名人传》的罗马国希腊作家普鲁塔克就曾经说过：“动辄发怒是放纵和缺乏教养的表现。”文学家梁实秋也曾经说过“血气沸腾之际，理智不太清醒，言行容易逾分，于人于己都不宜”。曹操也不喜欢人发怒，他老婆卞氏就因为“怒不变容”很受认可。

但是有人从生理学的角度出发说愤怒是人的本能。据一些强人研究，出生三个月的婴儿就已经会愤怒了。虽然怒是本能，但作为一个成人，一把年纪了，单纯靠生理反射就愤怒，怎么也说不过去。

可有些怒，偏偏就名垂青史，备受后人尊崇。蔺相如举着和氏璧冲着秦国君臣一怒，头发都能竖起来。岳武穆想到靖康耻时怒得不但头发竖起，还能冲冠。而徐盛不仅怒而且哭，既超越了前人蔺相如，也不逊后人岳武穆，当时就产生了极强的反响。

邢贞就明确地对部下感叹道：“江东将相如此，非久下人者也。”这样的感慨可以说是为这次外交风波画上了圆满的句号。孙权忍辱负重、曹魏挣够面子、东吴的将相用言语和眼泪维护了国家尊严。特别是徐盛，以个性鲜明的失控行为，永载史册，使得无数后人不管过了多少年，还能领略他的风采，引发无穷的追思。

徐盛，祖籍山东琅玡，也就是今天的莒（Jǔ）县，和大名鼎鼎的诸葛亮是同乡，后来因为躲避战乱逃到了吴县（今江苏省苏州市）。和多数的同行一样，徐盛的出生年月史书上没有记载。山东好汉到了水乡江南，徐盛很快就以勇气闻名四方。

公元200年，孙权继承哥哥的遗位，勇士徐盛就在那个时候正式加入了东吴阵营。孙权直接将徐盛派到了抵御黄祖的前线，让他统率五百兵马负责柴桑的军政大权。请大家记住柴桑，也就是今天的九江，徐盛将从这里开始他近三十年的失控生涯。

成就徐盛失控处女作的人叫黄射，是江夏太守黄祖的儿子，他欺负徐盛兵少，带着几千人打上门来。徐盛的人少，有多少？不到二百人！这么点人手，城墙上站一圈都不够，要换作一般人，即便是不做藏头的鸵鸟，也要做缩头的乌龟了，绝对把躲在城里坚守作为上上策。刚开始徐盛是正常的，他选择了坚决抵抗，在惨烈的攻防中黄射伤亡惨重，损兵千余人。照理说，敌人优势兵力来进攻，作为守将，固守待援就是最好的选择，只要柴桑不失就是大功一件。

可徐盛偏偏不按套数来，面对依然占优势的敌人，他失控了！他打开城门，带着自己少得可怜的人马，主动向黄射发起了攻击。从本质上讲，黄射属于文学青年爱好者，和写《鹦鹉赋》的狂人祢衡算是气味相投，喝点小酒是可以的，打仗还真不行。所以，徐盛完全失控地冲将出来，黄射也就完全失控地大败而逃了。这一仗真打出了和平，黄射以后再也没敢入侵过柴桑。战后，徐盛因功被孙权提升为校尉、芜湖令。

在芜湖令的任上，徐盛平定了临城南阿山贼的叛乱，升为中郎将，负责训练士兵。此时，徐盛已经圆满完成了失控处女作，走上了东吴名将们扬名、入伙、立功、讨贼的成长快车道，将在三国争锋的国际舞台上成就更大的失控伟业。

公元217年，曹操为报赤壁兵败之仇，统率大军出濡须口，再伐江东。徐盛跟着孙权前去迎战。在横江，徐盛将在其他将领的见证下，完成自己军旅生涯的第二次失控。

当时他们乘坐的是一种叫作“艨艟”的战舰，这种舰防御性能好，舰身一般都蒙着生牛皮，配备有身强力壮的士兵为桨手，在江面上移动速度很快。舰身开有射孔，躲在船里的士兵看到敌人后远用箭射，近用枪捅。

据东汉末年南安太守刘熙所著的《释名·释船》载：“外狭而长曰蒙冲，以冲突敌船也。”十三个世纪后，一个叫李舜臣的朝鲜人在抵抗丰臣秀吉的侵略时，造出了一种叫“龟船”的东东，和艨艟比较来看，不过是把牛皮换成了铁皮。结果这种东吴水军用来控制长江流域制江权的利器，在把日本侵略军变为进口“水打棒”（四川方言里称淹死的人）的过程中仍然有着极高的效率。

不过，徐盛这次运气有点坏，还没在不通水战的曹军面前露一小手，就遇上了“迅风”。可怜的艨艟啊，被吹到了曹军驻扎的岸边，船上的人就有点害怕，艨艟到了岸上不跟蛟龙困沙滩一样了吗？但本来用于冲撞的艨艟舰比较坚固，风还刮着，大家就都待在船上，能混一会儿就混一会儿。没准风向变了咱又给吹回去了呢。大风不知疲倦地吹啊、吹啊的，徐盛就又失控了。

他带着自己的本部兵马，伴着狂风，向曹军发起了攻击。这么大的风还有人打仗，谁能料得到啊？曹军一触即溃，跑得慢的还让徐盛的手下干掉了不少。风停了，徐盛就凯旋。孙权的反应，陈寿在《三国志》里用了三个字：“大壮之。”

而在孙权“大壮”的背后，徐盛承受了巨大的压力。当时驻守宣城的蒋钦在豫章讨伐山贼，徐盛把蒋钦的一个部下拘捕后，请示孙权要判处死刑。孙权权衡后，以蒋钦在远方不能亲自处理的理由否决了徐盛的意见。俗话说，打狗也要看主人。等事情平息，徐盛琢磨过劲儿来，就怀疑这事把蒋钦给得罪了，心里总觉不安。到濡须口之战时，调度军队的偏偏就是吕蒙和蒋钦，徐盛就一直担心蒋钦会利用职权公报私仇。后来，徐盛了解了蒋钦的为人放了心，但当时确实是很不踏实。

这个小插曲，倒从一个侧面反映出失控哥徐盛在深思熟虑上做得有些不够，用心直口快的山东好汉形象来描绘徐盛想来是错不了的。这可能正是他成为三国第一失控哥的性格基础所在。

这是公元217年二月发生的事情，三月曹军班师。随后，孙权派使者到曹操处恢复外交关系。再随后邢贞来访，于是就有了徐盛最富盛名的一次失控。前有交代，此处不再赘述。

这次失控后，徐盛被提升为建武将军，封都亭侯，领庐江太守，当年平定山贼的临城县成为自己的俸邑。封侯拜将的徐盛从此过上了有人有地的幸福生活，他还会失控吗?

公元222年，刘备兴兵攻吴，乘兴而来败兴而归，徐盛在西陵攻下多处营垒，又立新功。此战中徐盛表现得中规中矩，并无非常之态。让大家失望了?没有！因为，徐盛此战中的失控完全被淹没在全体吴军集体失控的汪洋大海之中，以弱胜强、以少胜多既是徐盛的一贯做派，也正是夷陵之战的最大特点。想着火烧连营的硝烟，徐盛真是完美地诠释了那句流行语：失控虐我千百遍，我待失控如初恋。

公元222年，曹丕亲率三路大军又伐东吴，一路是“上军大将军”曹真出江陵，二路是“大将军”曹仁出濡须，三路是“征东大将军”曹休出洞口。

洞口这路，不但有曹休亲率的三国最精锐的神秘劲旅——虎豹骑，还有威震逍遥津的张辽和臧霸统领的青州兵。而徐盛当时就和吕范、全琮驻守在这里。听到曹休来攻，徐盛立即有点失控了，既没有守在江边以逸待劳，也没有驾着艨艟半渡击之。徐盛带着兵马渡过长江，准备和曹休决一死战。大战一触即发，但是非常不幸，徐盛在渡江途中又遇到了大风，数千士兵落水溺亡。还有些士兵随船漂到对岸，又被曹军斩杀不少。狂风中，徐盛无奈地带着残部从哪里来又回哪里去，退到江边与曹休对峙。曹休派部队乘船进攻，徐盛发挥以少抗多的特长，曹休终究不能取胜。曹休撤军了，全琮和徐盛趁机追杀上去，将魏将尹卢斩杀，还俘虏、杀伤了数百人。此战过后，徐盛升为安东将军，封芜湖侯。

封侯拜将是封建社会很多人的人生理想，荣华富贵到手后很多人会想着去买房置地。也许有不少好事之徒早就开始帮着徐盛踩盘看点，帮助他选择一个风水宝地。终于他们等来了这一天，徐盛动工了！开始在靠建业的长江边上砌起了围墙，那时候还没有三峡大坝，在长江边上盖房子绝对是一件高风险低收益的投资行为。即使海景也不值几个钱，当时的海南还叫朱崖洲，国际旅游岛的概念像西天的佛祖一样遥远，亚龙湾更是一片未开化之地。徐盛你怎么在江边就开上工了呢？只见徐盛修完了围墙修营垒，修完了营垒还扎篱笆，扎完篱笆后，还做起了景观——箭楼。箭楼明明属于军事设施，怎么能是景观呢？我没胡说，因为这些箭楼都是假的。

徐盛干得非常起劲，他一直从建业修到广陵，有多长呢？从今天南京到扬州，一水儿的江景建筑。整这些玩意儿干什么？老百姓不明白，即便是知道原因的东吴高层也有好多人不理解。为此徐盛的脊梁骨肯定没少被人戳。徐盛什么也没说，即使说了也没用。因为没人给他记下来。不管怎样，徐盛心里明白对岸有人在虎视眈眈。

就在这一年，也就是公元 224 年，魏文帝曹丕又起大军来攻，摆出了十几万雄兵过大江的架势。针对敌强我弱的态势，徐盛采取了大兴土木、修好工事以逸待劳的策略。很多将领对此完全不理解，认为这毫无意义。但徐盛就这么干了，反正一直都挺失控，这回大家也习惯了。但正是这次失控又使东吴收获了不战之胜。曹丕到达广陵后，看到绵延数百里的围墙，十分惊愕。发出了："彼有人焉，未可图也！"望着暴涨中的长江水，曹丕望江兴叹道："魏国虽有精武骑兵成千上万，在这里也没有用武之地啊！"于是魏军撤兵。

在干宝所著的《晋纪》里，这一段被演绎得神乎其神，为了洗清有可能遭受的胡扯之嫌，我决定引用原文如下："魏文帝之在广陵，吴人大骇，乃临江为疑城，自石头至于江乘，车以木桢，衣以苇席，加采饰焉，一夕而成。魏人自江西望，甚惮之，遂退军。"当然，这些话里除了首句"魏文帝之在广陵"和尾句"魏人自江西望，甚惮之，遂退军"，其他的看看就行了。

甭管怎么建的，反正徐盛的土木工程也好、房地产项目也罢，确实把魏军给吓跑了。诸将这才服了。失控了一辈子的徐盛，终于赢得了大家的尊重，也获得了大家的钦佩。

哥累了，得休息了！一直都失控，谁能受得了，换你试试？三年后，公元 227 年，徐盛对自己的呼吸、心跳和思维活动失去了控制。

在他的失控中有着以少胜多的传说，带着冲冠一哭为尊严的傲骨，他执着、专注、勇敢、不为外界因素所动。这也让徐盛的失控能够穿越千年的历史迷雾，还能焕发出独有的精神魅力。

做好事该被人理解，应该吗？应该！不被理解，就可以不做吗？不可以！

上得战场就得杀敌，应该吗？应该！敌众我寡，就可以退缩吗？不可以！

外交场合保持风度，应该吗？应该！蒙受耻辱，能不哭吗？不能！

徐盛好歹是个武将，要不是也认两国交兵不斩来使的道理，单挑十个邢贞估计也没问题。从徐盛身上我们看到，早在两千年前的三国时期中国的军人就已经非常讲政治了，已经深刻地认识到武力并非适用于任何场合。不要觉得这没什么，因为我们一衣带水的邻邦日本直到近代都做得不怎么样！

1895 年，清政府的特使李鸿章赴日签订《马关条约》时，在光天化日之下被人用枪行刺，致使李左颊中弹。可能有朋友会说，行刺李鸿章的小山六之助是日本右翼团体“神刀馆”的成员不是军人。那再举一例。

1928 年 5 月 3 日，当时中国政府外交部的外交特派员蔡公时先生，遭到日本兽军残忍虐杀，被剜去双目、割掉鼻子、口舌被刀搅烂后，用乱刀刺死。一同遇害的还有十八名外交人员。抗日战争爆发后，在菲律宾的中国外交官杨光泩和卓还来等九名外交人员相继被害。当时盟军曾在专机上专门给九名烈士预留了座位，但他们的选择是留下。我们应该永远记住他们的英名：杨光泩、卓还来、莫介恩、朱少屏、姚竹修、杨庆寿、萧东明、卢秉枢、王恭玮。

日本人粗暴践踏国际法则、野蛮杀戮外交人员的兽行不但中国人饱受其害，就连战斗民族也吃过大亏。

1891 年 5 月 11 日，后来成为俄国的末代皇帝当时还是王储的尼古拉·亚历山德罗维奇·罗曼诺夫来到了日本的大津城。尼古拉的这次东方旅行从 1890 年 11 月就开始了，一路上风光无限心情倍好。结果就在大津繁华的街道上，脑袋上挨了两刀，若不是随行的希腊王子手中有根竹拐杖，当时就遇害了。来访的王子遇刺已经够骇人听闻了，而刺客竟然是负责安保的警察津田三藏更是荒唐得让人无法相信。

话题有点远了，举这么多只是想实事求是地衬托一下徐盛。我虽然不敢说至公至正，但也一贯努力坚持“春秋笔法”，从不讳疾忌医。下面也讲讲咱们自己的问题。

1860 年 8 月，英法联军与清军谈判，巴夏礼等三十九人竟然被清军扣押，而后受到残忍虐待。1900 年 6 月 11 日，日本驻华使馆书记杉山彬被清政府董福祥率领的甘军袭杀；6 月 20 日德国驻华公使克林德在前去总理衙门的路上被清军神虎营的小队长恩海射杀。据说这两起事件引发八国联军攻入北京。

脸有点烫吧!

同样，今天的我们如果面临同样的境地，你会怎么办？有把握比徐盛强吗？实在没有好法子，就照徐盛的葫芦画瓢吧！即便哭了也不丢人！

能攻心则反侧自消，从古知兵非好战，徐盛是武将可以让感情失控，但是从没有让自己的武力失控。所以我们可以说中国军人向来有讲政治的优良传统，一切行动听指挥更是中国军人一直都有的良好素质。所以中国少有穷兵黩武，多有“宣德化而柔远人”。

所以中国才能够屹立东方五千年不倒，所以中华民族才能绵延于世而万年不绝，所以中华文明才能灿烂辉煌而万世永济。所以咱们的和平崛起还真是货真价实、言行一致！所以和徐盛相比，真是觉得惭愧得有点受不了！

所以停笔。按照惯例也给徐盛写诗：

少因战乱客江东，
得入吴营因其勇。
军中扬名第一仗，
以百当千保柴桑。
芜湖侯来安东将，
官督濡须固江防。
齐鲁男儿多爽朗，
魏使前头泪满裳。
临敌纵有多失控，
皆为护主尽国忠。

三国点将之三十二

三国最有经济头脑的武将——潘璋

主题词：钱

凡殖财产，贵其能赈施也，否则守钱虏耳！

——马援　公元1世纪

文官不爱钱，武官不惜死。不患天下不太平！

——岳飞　公元12世纪

公元220年，东汉建安二十五年，庞德战死不满周年，他的血仇就有人给报了。

在湖北省远安县罗汉峪沟，关羽和自己的儿子关平一同被杀。

千载之后当年的血雨腥风都已化作历史沧桑，硝烟散去的战场只留下掷甲山、落帽冢、呼儿山、关兴坡、拖刀石等充满武将特色的地名，而今天的人们只能通过这些地名所透露的零散信息来寄托对关羽的复杂感情。

太史公曾经说过“人固有一死，或重于泰山，或轻于鸿毛”。轻于鸿毛的人在一个屁面前即使不想动也得飘一飘，而重于泰山的人即使没有支点和撬杠也能让地球抖一抖。称称关羽死亡的重量级，绝对超重，比较接近泰山。因为关羽死了可以让曹操安心地待在许昌，继续虐待可怜的刘协；关羽死了可以让刘备拒绝所有人的劝谏兴兵伐吴；关羽死了还可以让孙权担惊受怕又向曹魏称臣，又想和蜀汉和谈。

不管怎么说，关羽的死在建安二十五年绝对可以入选当年的十大新闻。根据当今网上比较流行的八卦考据法，只要有一个热点人物出现，大家首先会想到背后肯定有推手，然后启动种种人肉，就一定会揪出幕后的推手。那么关羽致死的直接推手是谁呢？

是吕蒙吗？吕蒙更像是夺取荆州这出大戏的执行导演。而且吕蒙和关羽的死很有些弯弯绕。是马忠吗？马忠和关羽的死太过于直接了。他是目前史料记载的和史料没有记载但大家分析出来的杀死关羽的众多凶手中最最基层的干部。

关键人物：潘璋潘文珪。

首先来看，为什么不是吕蒙。因为，在东吴的历任最高军事长官中，除了鲁肃是坚定的联刘派以外，其他几位对荆州一直是虎视眈眈，还有的甚至对益州都想据为己有。论智慧和才华，能对荆州图谋不轨，能对关羽突发冷箭、背后插刀的并非只有吕蒙，他们之间的差别只是在于选择动手时机和为拿下荆州抓获关羽所付出的代价。

吕蒙等到了这个时机。行动迅速，战果颇丰，而且付出的代价很小。从整场战斗的表现来看，几近完美。当然了，几近完美就不是完美。无论从宏观还是微观荆州之战都还存有缺陷。首先看宏观，吕蒙的所作所为导致了孙刘联盟的破裂，虽然以后重归于好，但是感情破裂了，再走到一起，心里总是别扭。其次看微观，吕蒙虽然安排得相当周密，但还是让关羽逃到了临沮，若不是马忠，关羽几乎逃脱。作为一个基层军官的马忠，他能做的只是守株待兔，至于兔子能不能来、从哪里来他一概不知，或者知之不详。幸运的是，关羽刚好从他的伏击点路过，这有点类似于花两块钱买彩票中了五百万，虽然收获颇丰、令人惊羡，但是绝对不能说他统计学研究精深，概率论运用到位。其中没有什么必然性，总体说来是小概率事件，事发纯属偶然。

吕蒙能够成功夺取荆州，马忠能够成功生擒关羽，关键先生其实是潘璋。没有吕蒙，还会有铁蒙、多拉阿蒙，没有马忠，还会有牛忠、杨忠，而唯独潘璋不能换成刘璋、文璋。

在遥远的三国，没有 GPS，也没有大数据分析，那可是真正的交通靠走通信靠吼。抓捕个把人是很难的。但是潘璋有潘璋的办法。遍观三国，除了领导黄巾起义的张角张宝，能够真正发动群众，能够真正实施人海战术，能够在局部地区打一场“群氓战争”的人，也就属他了。

很多人就更奇怪了，潘璋凭什么打群氓战争，这些人为什么会听他的呢？

因为潘璋非常有经济头脑，总能用市场经济的手段吸引足够的人力资源和物质资源供自己使用。他带的兵不过千人，却总能制造出上万人的动静，不是他千把人的兵特能闹腾，而是他的营中的确有近万人。

那时只要军队驻扎都要安营扎寨，潘璋也不例外，可是别的武将修的是工事，而潘璋从开始就修的是MALL，随时做好成为CBD的准备，一副房地产开发商的嘴脸。而且最强悍的是，在不经意间潘璋就改变了土地的用途。

还记得“资本枭雄”顾雏军吗？2002年9月在南昌经济技术开发区拿下2378亩工业用地，因为享受了最低价格70%的优惠政策，如此大的一片地，土地出让金仅付出476万元。两个月后，经过改头换面的同一块土地估值高达4.71亿元，顾以此为抵押向银行贷款融资4亿元。这便是日后震动国内的顾氏资本魔法。这条捷径成为许多不法地产商暴富的不二法门，在某种程度上成就了房地产行业的暴利。工业用地变成商业用地是暴利，而潘璋把军事用地变成商业用地，更是暴利中的暴利。

所以，别的武将打完仗要么驻扎，要么撤走，而潘璋打完仗直接在自己的防区做起了生意，有钱赚自然就有人来。太史公司马迁曾在《史记·货殖列传》里指出“天下熙熙，皆为利来；天下攘攘，皆为利往”，而且还特别强调了“夫千乘之王，万家之侯，百室之君，尚犹患贫，而况匹夫编户之民乎”。

几百年后的东汉末年，这样的趋利意识已经为很多人所接受，潘璋开市，自然就有人来，而且每次如此，时间长了，次数多了，就开出了信誉，开出了名声，开出了品牌。很多时候，利益是万头攒动背后的那只推手。这样看来，潘璋整出上万人的动静就自然而然了。

和现在相比，那时候中国人真是太少了，而一万人却是真正的太多！如果放在今天，以全国14亿人口计，相当于182万多人。这么多人口顶多也就是一个地级市，可是潘璋当年驻扎的大多是边境地区和匪患之地，匪患之地在今天的中国已经没有了，但用边境地区还是可以做个详细对比的。

根据2004年的数据，全国最大也是最美的边境城市丹东，其市区人口也才不过78万。这说明什么？这说明潘璋只要驻扎下来就会造就2.34个丹东市。

搞经济搞成这样，不是人物是什么？毕竟他只是一个武将。想当年曹操八十三万大军也没听说搞过什么买卖。假设我们能够有幸乘坐时间飞船进入潘璋的营中，那场面一定是相当地大！人山人海，彩旗飘飘，热闹非凡，人财物三旺。这也正是《三国志》的真实写照。原话是“所领兵马不过数千，而其所在常如万人。征伐止顿，便立军市”。

下面就说说为什么生擒关羽的头功会落到潘璋的头上，而不是别人。为什么“所在常如万人”的潘璋，会擒杀有万夫不当之勇的关羽？当时在东吴，潘璋这个级别的将领有不少，所带的兵马也都是千余人。关羽走过的麦城在今当阳市两河镇境内，与被俘地临沮（湖北省远安县），驾车有三条路线，路程都在八十公里左右。从地图来看，第一个比较合适的拦截点在呼北高速和沪蓉高速交汇处到铜鼓包抗日纪念遗址这条线上。潘璋的防御宽度约为二十公里。如果仅仅以本部兵马千余人看守二十公里宽的正面，那么每名士兵平均看守宽度为二十米，这样就没有了必需的纵深，还将一些压根儿不会参与一线围捕的脱产领导干部也算入其间了。

这样稀薄的防守面对败退的关羽、关兴、赵累根本无力应对，更别说生擒了。如果你是潘璋，你一定会非常纠结，如果减少防守正面的间隙，那么纵深的防御就会削弱，如果加强纵深的防御，防守正面的间隙又会过宽。纵深浅了堵不住，间隙大了逮不着。人就那么一点点，怎么办？你以为潘璋这个封建军阀是防守汶河口的“谷子地九连”？潘璋能抓住关羽吗？如果关羽不走潘璋的防区，自然没什么，可是如若关羽从潘璋的防区逃走，那潘璋能被下令“羽至即斩”的孙权轻饶吗？一连串的疑问估计让当年的潘璋也很头大。

可是潘璋的“部马”马忠（马忠只是别部司马，还不是将）偏偏完成了这个看似不可能完成的任务。分析整件事情的缘由，既不能想当然地归结为马忠本领太强，毕竟他只是个别部司马；也不能简单地认定是马忠的运气太好，因为如果单纯考虑运气的话，不如说关羽的运气太坏。

暂且回忆一下西楚霸王项羽自刎乌江时的场景，为了抢夺他的遗体，刘邦的军队打了起来，后来抢到残躯的五个人不但都生前封侯尽享富贵，死后还名留史册。再重温一下这五个鸟人的姓名：王翳、杨喜、吕马童、吕胜、杨武。

可是擒杀关羽的人却只记载了马忠一人，其他人呢？其他人哪里去了？为什么没有载录史册？在此大胆预测，其他的人一定不是正经的东吴官兵。他们很可能是经常跟随潘璋走动的那万把生意人和闻讯而来的江湖人士。潘璋那么有生意头脑，重赏之下必有勇夫的道理他肯定理解得非常透彻而且运用自如。要说抓关羽这样艰巨的任务潘璋不悬赏，不管列位看官信不信，反正兄弟我肯定不相信！而且关羽的项上人头非常值钱。起码值一千斤黄金。谁说的？不是我，真的不是我。是徐晃，详情参见《关羽传》。

在和平富足的西汉文帝时期，十两黄金就是一个中等人家的家产，那么在三国那样的乱世一千斤黄金会是怎样的一个天文数字，大家可以充分展开想象的空间。

潘璋的价码和这个相差不会太多，有这样的重赏，参加围捕关羽行动的人一定是熙熙攘攘。不多算了，只以经常性的万余人计算，任务没变，可是防守的力量一下增强了十倍，一个人看守二十米的正面，变成了十个人来看守，那效果绝对是大不相同。

在潘璋开设的军营CBD中肯定经常性地开展些国际贸易，所以我们可以推断出，参加围捕的万余人一定是多国人士组成的多国部队，这里不仅有东吴的人，可能还会有魏国人、羌人、匈奴人、鲜卑人……甚至还可能有蜀汉的人。把这些人的名字上报给孙权，就是潘璋、马忠愿意，这些人也不会答应。孙权要的是关羽的命，潘璋、马忠要的是抓关羽的功，而这些人只想拿关羽的脑袋换钱，相互之间目的相同，却没有冲突。什么叫多赢？这就是。

如果说抓住关羽是一次偶发事件的话，那么在后来的夷陵之战中，潘璋的部下又一次大显身手，擒杀了刘备的护军冯习，这似乎已经成了一种必然。多年来，潘璋的军营，不，准确地说应该是潘璋的MALL或者潘璋的流动CBD是相当成功的。其他军队有的物资，他不缺；其他军队没有的物资，他总有。长期的边贸和内贸活动为潘璋筹措了军需，也为潘璋赢得了善于经营的声誉，不然他怎么能轻易聚集近万人？

《史记》里说：舜耕历山，历山之人皆让畔；渔雷泽，雷泽上人皆让居；陶河滨，河滨器皆不苦窳。一年而所居成聚，二年成邑，三年成都。舜这般神一样的人物，三年才能召集够相当于一个都市的人数，可是潘璋走哪儿都能把那里变成都市，真是不服不行。

遍观整个三国时期，除了潘璋，别的武将还真没这个本事。司马懿本事大吧，他也开过军市，结果如何呢？《魏略》里说“司马宣王在长安，立军市，而军中吏士多侮侵县民”，欺负老百姓的军市岂能长久？

吕蒙本事大吧，但为了阅兵，想买点涂料，都没有钱，还得赊账。吕蒙在这方面和潘璋相比永远是吴下阿蒙。

潘璋虽然是个武将，但是他最早的成名之作却和军事无关，也是产生于经济领域。当时吴郡的商贸中心里有许多不法之徒和黑恶势力，潘璋分管此项工作后，掀起整顿市场秩序的风暴，擒杀首恶，使全郡盗贼禁绝，名震四方。并因此升任了西安（现江西省修水县）县长，到任以后，吓得以前经常来骚扰的外敌都不敢入侵。邻县建昌有强贼作乱，组织上又把他派去了，潘璋领着武猛校尉的头衔一去，一个月时间把强盗全部搞定，抓社会治安，保经济发展，潘璋猛得一塌糊涂。

这一时期，潘璋完全是东吴地方经济发展的保护神，他就像天平上放置的砝码，秤杆上吊着的秤砣，有了他就有集市，有了他就有贸易，有了他就有交易的公平。在他的营中有军队保护，不用担心强盗抢，也不用担心军队欺，来了就有钱赚，人气能不旺吗？潘璋可真是推动地方发展的标杆，践行市场经济的模范啊！

在一片赞扬声中，想到了当代教育家、哲学家、“反思性教学”思想的重要倡导人 Donald Schon，他曾说过：“人性是复杂的。”潘璋既然没有孬成蛋，也没有牛成神，那他就还是人，就脱离不了复杂。从他早年不成熟的表现和不保晚节的做法来看，他的复杂不仅有些许无赖的精明，还有不少强盗的凶残。

先说他早年不成熟时期的无赖做派。史书上说，潘璋这个家伙“性博荡”，好喝两口，可是家里很穷，就经常赊账，酒店的老板要账要上门来，总说“后豪富相还”。

再说他晚节不保的凶残行径。那时的潘璋已经官拜右将军，同时期蜀汉丞相诸葛亮因为街亭失守，自贬三级以后就是右将军，绝对是待遇优厚的高级将领。可潘璋为了维持已经僭越的奢侈生活，经常对自己的部属下黑手。麾下的官兵要是比较有钱，潘璋为了夺取财物竟不惜杀人。形容一个人贪婪时，我们会用“爱财如命”，而潘璋夺人钱财时，那些受害人是财不如命，这和杀人越货害命图财的强盗已经没有了分别。

对于潘璋，陈寿的评价是“性好喜泰，为人粗猛，禁令肃然，好立功业”。其实还必须再加上一句，“精于算计，颇通经济”。经济领域的精彩表演前面说得足够了，下面我们一起来分析分析潘璋作为一个武将是否对得起这八个字。

为方便起见，将“精于算计”简称为“精算”，将“颇通经济”简称为了“经济”。

公元 196 年，因为赊欠酒钱形成的巨额赤字，潘璋引起了孙权的注意。和吕蒙少年杀人，甘宁做江洋大盗，凌统冒死冲锋、陷阵赎罪相比，潘璋的行为艺术既得了不要钱喝美酒的实惠，还没有生命危险，可谓无本生意，欠酒家钱，扬自己名，此精算一也，经济一也。

公元 215 年，合肥，逍遥津，张辽突然对准备撤退的孙权发起了攻击。孙权麾下众将都没有提防，陈武战死，宋谦、徐盛战败跑散，潘璋跟在他俩后面，立刻策马迎上，横过马身斩杀了宋谦、徐盛所属的两名逃兵，其他士兵又返回投入作战。孙权非常赞赏潘璋的壮举，把潘璋晋升为偏将军。

这一段潘璋的表演真是精彩透了。首先得分析一下“身次在后”究竟是怎样一个顺序。既然是撤退，孙权虽然在十万大军中算是最后走的，但绝对不可能在断后的小分队里当后卫。再从陈武死，宋谦、徐盛逃散的情况来看，走在最后的应该是陈武，因为他一定是最先遭受了张辽的突然攻击。陈武死后，宋、徐的部队才暴露在张辽的攻击下，这期间的时间差给了两人逃跑的提前量，所以才只是走散而未战死。那么潘璋的位置可能在倒数第三，这已经是比较安全了。张辽冲得很猛，冲到跟前一般人的做法肯定是近乎本能地转身迎击张辽，这样很可能会成为第二个陈武。

但潘璋就是潘璋，沧海横流方显经济头脑和精算神功，只见他纵马上前，不奔张辽去，只杀自己人，咔嚓咔嚓连斩两个逃兵，谁的？宋谦和徐盛的。溃散中的兵一看，这三线的潘璋哪是什么预备队，整个一个活阎王，整好了队是对付自己人的。横竖是个死，不如和魏军拼了，又都转身杀了回去。杀了别人的兵立威，自己的兵马还不用出动，潘璋还真不做亏本的买卖。到最后，孙权还“甚壮之”，官拜偏将军，手下校尉就管了百多人。潘璋杀自己的人也算是“壮”，这算什么道理？没办法，太有经济头脑了。杀同僚兵，显自己壮，此精算二也，经济二也。

公元 219 年，东吴夺取荆州，潘璋又受领了设伏捕俘的任务。这活本来不好干，难度挺大，可善于发动群氓的潘璋心里有数，竟然擒杀了关羽，立下大功，封侯。细节不赘述了，借群氓力，获抓人功，仅此一事，说潘璋精算三也、经济三也不过分吧。

照理说占便宜的事情，是事不过三，可潘璋就是没个完。公元 221 年，甘宁去世，那么多武将，偏偏潘璋来接管甘宁的部队，莫非他已经算准了这些原“锦帆贼”不但战力超群，还在刀口舔血的过程中积攒下不少财富？小算盘这么一拨拉，潘璋私下里肯定没少做工作。想想晚年潘璋的谋财害命的恶行，甘宁若泉下有知，会作何感想呢？害部属命，足自家财，是为潘璋精算四也，经济四也。

公元 221 年，夷陵之战火烧连营，潘璋没有胡同里赶猪直来直去，而是选择了成本最低的趁火打劫，乱军中斩杀蜀军护军冯习，因功至平北将军、襄阳太守，在军界达到了相当于今天大军区司令员的级别。把握时机之精准，挑软柿子，立大功劳，充分反映了潘璋精算五也、经济五也。

还没完。

夷陵之战后，魏国夏侯尚攻打南郡。魏国就是人多，光架设浮桥的人就多达三万。为保住刚刚到手的胜利果实，东吴派出了诸葛瑾和杨桀为首的援军，可是看着运渡不断的魏军，两人不知道该怎么下手。在关键时刻，潘璋发表了自己的意见，这个意见和潘璋的一贯做法非常一致，那就是非常注重成本核算，别说亏本就是摊点本的事情他也不干。他说："敌人士气很旺，势头很猛，长江水浅，不能和他们直接交战。"既然不能直接交战，那就间接点好了。潘璋做得很好，带着自己的兵马走到上游五十里处，砍伐芦苇捆扎了好几百万束，然后结束成筏，想要顺流放火。一想起火，夏侯尚就想起了赤壁大战，心灵创伤发作起来可不得了。所以，夏侯尚被吓跑了。不用死拼，用芦苇就吓跑了魏国的大军。布芦苇阵，退大魏兵，这要不算精算和经济的第六怎么也说不过去。

六个精算，六个经济，不少了，够多了。可潘璋还有第七。

公元227年，孙权攻打石阳，班师时让潘璋在后掩护，由于夜间行军发生混乱，加上敌军追击，还有一个重要的原因，就是潘璋已经在最后了，没别人可杀了，所以潘璋抵挡不住，但也没有死战，因为他指望同行的朱然来接盘顶住，结果朱然还真的顶住了。让别人拼，保自己撤，此精算七也，经济七也。

千军易得，一将难求，有经济头脑的潘璋更是人才中的人才。孙权称帝后，对潘璋自然是不会亏待，封他做了右将军。老潘璋未假节而擅杀自己部下，过于奢侈甚至僭越，有人告到孙权那里，孙权因为爱惜他的才能和功劳大度地没有追究。

吴嘉禾三年，也就是公元234年，潘璋死了。

其实按照古代武将的标准来看，潘璋并不出色，即使他斩杀了三国的名将、后来的武圣关羽也不能说明他有多强。可是从潘璋成长经历来看，还真不简单。一个穷孩子，能够封侯拜将，潘璋的人生是成功的；一个武将，能够在战时兵来将挡、冲锋陷阵，平时设市筹资备物、聚众兴市，潘璋的人生是精彩的。

历数潘璋所经历的战斗，就会遗憾地发现他很少打恶仗，打硬仗，太有经济头脑的他，不会去当敢死队，也不会去啃硬骨头，亏本生意他绝不会做。潘璋所追求的最佳境界是不战而屈人之兵，遵循的金科玉律是让别人送死自己还不背黑锅。他的这些行为，是很怯懦，但你却不能指责他怯懦；是很无能，但你还不能认为他无能。

其实他之所以这样做，是因为他太了解自己的兵，他知道自己的部队是经常做生意的部队，是过于关注物质利益的部队，这样的部队不会有必死的决心，也不会有奋战到底的坚韧，他们会把每场战斗都看作买卖和交换，要合计合计是否划算。知兵者良将也。从这一点来看，潘璋具备了成为名将的素质。

可是，作为一个军人，就必须时刻准备着为了祖国、为了人民、为了职责去无条件地战斗，乃至牺牲。军人不是谋生的职业，军人和升官发财无关，他们只有一种权利，那就是战斗。

一个人的生命价值几何？一次胜利又价值几何？一寸国土又价值几何？一个民族的生存发展、复兴崛起价值几何？生命无价，胜利无价，使命无价，国土无价，和平无价。在这些无价的神圣面前，任何算计都显得徒劳而苍白，所以从这个角度来说，潘璋永远不可能成为一名真正的名将。

现在看来，1998年党中央关于军队停止生产经营的决定是多么英明！当前党中央关于军队全面停止有偿服务的决策是多么伟大！

这一点，潘璋永远都不会明白。

精于算计的潘璋给自己的孩子起名为潘平，也许他最大的希望就是宝贝儿子能够太平，可这一次他失算了，潘平后来因为行为不端被流放到了会稽。

还算好，孙权没让潘璋的老婆像陈武的爱妾那样殉葬，而是在建业给她赏赐了田地住宅，还给了她五十家佃户，孙权还特批这五十家人免税赋，以便能让他们有足够的精力、财力和物力照顾好潘氏。

所以，潘璋的老婆即使没有潘平照顾，也会过得很好。

也许，潘璋的老婆在夕阳西下、茶余饭后带着些许怀念，些许哀怨，才会在心里默默地嗔骂：俺家的那个死鬼，脑袋瓜还真是呱呱叫！

给潘璋写诗：

少时虽贫性博荡，
赊账遗风似刘邦。
从讨山越入行伍，
擒杀关羽有名扬。
身为战将不专武，
喜设军市筹钱粮。
恨不生逢太平世，
经治才华促国强。

后记

2008年7月4日凌晨2:33:00，我将此前写好的关于赵云的一篇帖子和一个不长且又错误百出的引文发到了天涯社区煮酒论史的评论随笔版面上。引文发出两分钟后，“板凳”沦陷；赵云发出一分钟后，有了评论；十个小时后，有了广告；13个小时后，网友“中华风骨”留言鼓励我“写得好”；14个小时后，网友“飘渺烟高”借刘备之口高歌一曲《睡在我旁边的兄弟》，网友“lc327”和“爱草虫”明察秋毫地指出了我的错误；两天后“冬季的夏虫”跟帖说“楼主太有才了！”后来她还说过：“每次看到你的文字，我都觉得看到了一个男人中的男人。我一直很欣赏你很迷恋你！”……

当然，还有扶栏客、妖道十四、铁拳王、石门月、wefly123、twfx、ybhcd、pwxwx123、风自东来、喷火小八路、sagittariusboy、gaojinonly、冲灵剑、蒙娜丽莎的笑、李弹花、拉我的心、春风吹你到哪里、飒露子、重庆老猫、若时之秋、Ifrite、洪恩老猫、绣房马猴、临窗碎墨、趴在天上看星星、tg_zod、22181373、lala0877、wylsy、lfnb1988、luyi167、zhangxiang200510、史记牛人、盒小弦、Jesse_Xin_Me等很多很多喜欢三国的朋友都用热情的回帖，给予了我充满温暖和热度的鼓励，使我有了不断更新的动力和继续下去的信心。

于是，我把我们共同喜欢的三国武将用键盘敲出的文字赋予他们新的生命。

这期间，我去了震区，在废墟间我看到了巴蜀儿女的坚韧，感悟到中华民族的团结，在三国故地，在我出生的地方，对三国的人、三国的事有了更加深刻的感悟，我甚至癔症般地发现在诸多的社会焦点和热点中竟然常常浮现出武将们的身影，三国的这些武将从来就没有离开过我们，他们渗入我们的血脉，融入我们的灵魂，这些都更坚定了我把武将们写完的决心。

2008 年 12 月 30 日凌晨 00:11:11，我写完霍峻，完成了更新。在天涯发布以后。我又去了网易、去了新浪，在这里又认识了更多的新朋友。

这段经历我永远不会忘记，对在此过程中每一个支持过、鼓励过、顶过、踩过、献过花、拍过砖的朋友表示衷心的感谢。

也许我看不到字符背后真实的你，但是希望你们能够感受到我对你们致谢时那颗真诚的心。

2012 年初，很偶然的机会，我发现这个小小的帖子曾经光荣入选 2009 年天涯文学推出的庆祝中华人民共和国成立 60 周年“国庆图书专题”活动，笔名和帖名就端正地排在“祖国，我爱你！”这五个火热滚烫大字的“我爱”两字下方。被天涯网站这般认可，让我非常开心。在“冬季的夏虫”和朋友们的鼓励帮助下，2012 年 7 月 1 日这个帖子被出版了，书名和帖名一样都是《三国武将列传》。

2014 年底，我来到北京。工作之余，在那些个自宅自处的日子里，我用文字继续把心中的三国武将一个一个地还原于笔端纸面。同时，也把当年挖坑灌水时，那些粗鄙错漏的言语和轻薄肤浅的调侃进行了认真删改修正。

四年里，没有了天涯上高人的指点和朋友的督促，我写得很慢很懒很随意，但积攒下来又勾勒出十五位武将的人生轨迹。2019 年，作家出版社的田一秀编辑认真地审阅了初稿，她严肃地提出了很多建设性的意见和建议，让我受益匪浅，经过半年多的反复修改，于是有了这本三十二位三国武将合集——《三国点将》。在此，对田编辑表示我最诚挚的谢意。

特别要感谢的是“冬季的夏虫”，她是我最为要好、最为重要的人生伴侣。

谨以此书作为我心爱的女儿蝉蝉十八岁的成年之礼。

图书在版编目（CIP）数据

三国点将 / 李鹏著 .—北京：作家出版社，2020.8
（2022.11 重印）
ISBN 978-7-5212-0988-4

Ⅰ. ①三… Ⅱ. ①李… Ⅲ. ①纪实文学 – 中国 – 当代
Ⅳ. ① I25

中国版本图书馆 CIP 数据核字（2020）第 087947 号

三国点将

作　　者：李　鹏
责任编辑：田一秀
装帧设计：芬　妮
出版发行：作家出版社有限公司
社　　址：北京农展馆南里 10 号　　**邮　　编**：100125
电话传真：86-10-65067186（发行中心及邮购部）
86-10-65004079（总编室）
E-mail:zuojia @ zuojia.net.cn
http://www.zuojiachubanshe.com
印　　刷：三河市北燕印装有限公司
成品尺寸：170 × 240
字　　数：404 千
印　　张：23.5
版　　次：2020 年 11 月第 1 版
印　　次：2022 年 11 月第 2 次印刷
ISBN 978-7-5212-0988-4
定　　价：68.00 元